Gaëtana

LE RETOUR
DU PROFESSEUR
DE DANSE

Henning Mankell, né en 1948, est romancier et dramaturge. Depuis une dizaine d'années il vit et travaille essentiellement au Mozambique – « ce qui aiguise le regard que je pose sur mon propre pays », dit-il. Il a commencé sa carrière comme auteur dramatique, d'où une grande maîtrise du dialogue. Il a également écrit nombre de livres pour enfants couronnés par plusieurs prix littéraires, qui soulèvent des problèmes souvent graves et qui sont marqués par une grande tendresse. Mais c'est en se lançant dans une série de romans policiers centrés autour de l'inspecteur Wallander qu'il a définitivement conquis la critique et le public suédois. Sa série, pour laquelle l'Académie suédoise lui a décerné le Grand Prix de littérature policière, décrit la vie d'une petite ville de Scanie et les interrogations inquiètes de ses policiers face à une société qui leur échappe. Il s'est imposé comme le premier auteur de romans policiers suédois. En France, il a reçu le prix Mystère de la Critique, le prix Calibre 38 et le Trophée 813.

Henning Mankell

LE RETOUR
DU PROFESSEUR
DE DANSE

ROMAN

*Traduit du suédois
par Anna Gibson*

Éditions du Seuil

TEXTE INTÉGRAL

TITRE ORIGINAL
Danslärarens återkomst
ÉDITEUR ORIGINAL
Ordfront Förlag, Stockholm

© original : © Henning Mankell, 2000

Cette traduction est publiée en accord avec Ordfront Förlag, Stockholm,
et l'agence littéraire Leonhardt & Høier, Copenhague

ISBN original : 91-7324-757-X

ISBN 978-2-7578-0370-7
(ISBN 2-02-052296-9, 1ʳᵉ publication)

© Éditions du Seuil, avril 2006, pour la traduction française

PROLOGUE

Allemagne | décembre 1945

Le 12 décembre 1945, peu après quatorze heures, l'avion décolla de la base militaire des environs de Londres. Il faisait plutôt froid et une pluie fine tombait sur la piste, où des bourrasques irrégulières s'engouffraient dans la manche à air ; puis le calme revenait. L'appareil, un bimoteur Bristol Blenheim, avait déjà servi lors de la bataille d'Angleterre, à l'automne 1940. Plusieurs fois touché par des chasseurs allemands et contraint à des atterrissages forcés, il avait toujours pu être réparé et renvoyé au combat. Depuis la fin de la guerre, on l'employait essentiellement à des opérations de transport de vivres et de matériel à l'intention des troupes anglaises stationnées dans l'Allemagne vaincue.

Ce matin-là, le capitaine Mike Garbett avait appris qu'il convoierait après le déjeuner, vers un lieu nommé Bückeburg, non pas du matériel mais un passager unique, qu'il devrait ensuite récupérer au même endroit et rapatrier en Angleterre le lendemain soir. L'identité du passager et l'objet de son déplacement ne lui furent pas révélés par le major Perkins, son plus proche supérieur hiérarchique. Garbett ne posa pas de question ; la guerre avait beau être terminée, il lui semblait parfois qu'elle continuait comme avant. Les transports secrets n'avaient rien d'exceptionnel.

Muni de son ordre de mission, il s'installa dans l'un

des baraquements en compagnie du copilote Peter Foster et du navigateur Chris Wiffin. Ils déroulèrent sur la table les cartes du nord-ouest de l'Allemagne. La base de Bückeburg se trouvait à quelques dizaines de kilomètres de la ville de Hameln. Garbett n'y était jamais allé, mais Peter Foster, lui, connaissait l'endroit. Aucune difficulté prévisible à l'approche – ce n'était pas un coin montagneux. Le seul problème pourrait venir du brouillard. Wiffin partit consulter les météorologues. À son retour, il annonça qu'on prévoyait un ciel dégagé dans l'après-midi et la soirée au-dessus de l'Allemagne du Nord. Ils établirent le plan de vol et calculèrent la quantité de carburant nécessaire avant de ranger les cartes.

– Nous aurons un passager à bord, dit Garbett. Je ne sais pas qui c'est.

Les deux autres ne réagirent pas ; le contraire l'aurait d'ailleurs étonné. Il volait avec Foster et Wiffin depuis trois mois maintenant. Ils étaient liés par le simple fait qu'ils faisaient partie des survivants. Beaucoup de pilotes de la Royal Air Force étaient morts ; aucun des trois n'aurait pu énumérer tous les amis perdus depuis le début de la guerre. Le fait d'être encore là n'était pas seulement un soulagement. Il y avait une souffrance à jouir de cette vie dont les autres, les morts enfouis sous la terre, avaient été privés.

Peu avant quatorze heures, une voiture couverte franchit les grilles de l'aéroport. Foster et Wiffin étaient déjà à leur poste et vaquaient aux derniers préparatifs avant le décollage pendant que Garbett attendait, debout, sur le tarmac de béton fissuré. Il fronça les sourcils en voyant que leur passager était un civil. L'homme trapu qui venait d'émerger de l'arrière du véhicule, un cigare éteint entre les dents, ouvrit le coffre et en sortit une petite valise noire. Au même moment, la jeep du major

Perkins apparut. L'homme qui devait se rendre en Allemagne avait le chapeau enfoncé au ras des yeux, de sorte que Garbett ne put saisir son regard ; il en éprouva un malaise indéfinissable. Quand le major Perkins le présenta, et qu'en retour le passager marmonna son nom, Garbett ne le comprit pas.

– C'est bon, dit Perkins, vous pouvez y aller.

– Pas de bagages ? s'enquit Garbett.

Le passager fit non de la tête.

– Il vaudrait mieux ne pas fumer pendant le vol, ajouta Garbett. L'appareil est vieux, il peut y avoir des fuites. Les vapeurs de fioul, on ne les remarque en général que quand il est trop tard.

L'homme ne répondit pas. Garbett l'aida à monter à bord. Il y avait en tout et pour tout trois sièges d'acier inconfortables ; pour le reste, la carlingue était vide. Le passager s'installa, plaçant la valise entre ses jambes. Garbett s'interrogea sur la précieuse marchandise qui devait à présent passer en Allemagne.

Il fit décoller l'appareil et décrivit un virage jusqu'à parvenir au cap indiqué par Wiffin. Une fois l'altitude de croisière atteinte, il le redressa, abandonna les commandes à Foster et se retourna pour observer le passager. L'homme avait relevé le col de son manteau et rabattu son chapeau plus bas encore.

Garbett se demanda s'il dormait. Mais quelque chose lui disait qu'il était au contraire éveillé et attentif.

L'atterrissage à Bückeburg se passa sans encombre malgré l'obscurité – la piste était à peine éclairée. Une voiture les guida jusqu'à l'angle d'un long hangar, où les attendaient plusieurs véhicules militaires. Garbett aida le passager à descendre. Mais quand il voulut prendre la valise, l'homme fit non de la tête, et la porta lui-même vers l'une des voitures. Dès qu'il eut grimpé à bord, la colonne s'ébranla. Wiffin et Foster, qui étaient entre-temps sortis eux aussi et qui grelottaient de froid sur la piste, regardèrent s'éloigner les feux arrière du convoi.

– Forcément on s'interroge…, dit Wiffin.

– Vaut mieux pas, répliqua Garbett.

Il désigna une jeep qui venait dans leur direction.

– On doit passer la nuit dans un cantonnement. Je suppose que cette voiture vient nous chercher.

Quand on leur eut montré leur couchage et qu'ils eurent dîné, quelques mécaniciens proposèrent d'aller boire des bières dans l'une des tavernes de la ville ayant survécu aux bombardements. Wiffin et Foster acceptèrent, mais Garbett, fatigué, préféra rester. Une fois couché, il eut cependant du mal à s'endormir. Il s'interrogeait sur l'identité du passager solitaire et sur le contenu de cette valise que personne n'avait le droit de toucher.

Il se surprit à marmonner tout seul dans le noir. Le passager était en mission secrète et quant à lui, tout ce qu'on lui demandait, c'était de le ramener en Angleterre le lendemain soir, point final.

Il jeta un regard à son bracelet-montre. Déjà minuit – il rajusta son oreiller. Quand Wiffin et Foster revinrent vers une heure du matin, il dormait.

Donald Davenport ressortit de la prison peu après vingt-trois heures. On lui avait attribué une chambre dans un hôtel endommagé pendant la guerre qui servait maintenant de cantonnement aux officiers anglais stationnés à Hameln. Il sentit qu'il était fatigué et qu'il aurait besoin d'une bonne nuit de repos s'il voulait s'acquitter sans erreur de sa tâche du lendemain. Il nourrissait certaines appréhensions à l'égard du sergent anglais MacManaman, qu'on lui avait désigné comme assistant. Davenport n'aimait pas travailler avec des inconnus. Tant de choses pouvaient mal tourner, surtout dans le cadre d'une mission de cette envergure.

Il déclina l'offre d'une tasse de thé et se rendit tout droit dans sa chambre. Là, il s'assit devant le bureau avec l'intention de relire les notes prises au cours de la réunion qui avait débuté une demi-heure après son arrivée à Hameln. Mais auparavant, il parcourut le document que lui avait remis un jeune commandant du nom de Stuckford, sur qui reposait la responsabilité de l'opération.

Il lissa la page dactylographiée, ajusta la position de la lampe et examina la liste. *Kramer. Lehmann. Heider. Volkenrath. Grese…* Douze noms en tout. Trois femmes et neuf hommes. Il étudia les informations concernant leur poids et leur taille, en faisant des calculs. Le travail n'avançait pas vite, car sa conscience professionnelle exigeait de lui la plus grande minutie. Il était près d'une heure et demie du matin lorsqu'il posa son stylo, enfin satisfait. Il avait refait ses calculs en vérifiant par trois fois qu'il n'avait négligé aucun paramètre. Il se leva, alla s'asseoir sur le lit et ouvrit la valise. Il avait beau savoir qu'il n'oubliait jamais rien, il s'assura que chaque chose était à sa place. Il choisit une chemise propre, ferma la valise et se lava ensuite à l'eau froide, seule option que l'hôtel eût encore à offrir.

Il n'eut pas de difficulté à trouver le sommeil. Cette nuit pas plus que les autres nuits.

Quand on frappa à sa porte vers cinq heures, il était levé et habillé. Après un rapide petit déjeuner, il fut emmené en voiture, à travers la triste bourgade plongée dans l'obscurité, jusqu'à la prison britannique. Le sergent MacManaman était déjà arrivé. Il était blême ;

13

Davenport se demanda s'il serait à la hauteur de sa tâche. Mais Stuckford, qui s'était joint à eux et qui parut deviner l'inquiétude de Davenport, le prit à part pour le rassurer : MacManaman, malgré sa pâleur, ne faillirait pas.

À onze heures, les préparatifs étaient terminés. Davenport avait choisi de commencer par les femmes. Leurs cellules donnaient sur le couloir jouxtant l'échafaud : elles ne manqueraient pas d'entendre le bruit de la trappe. Il voulait leur épargner cela. Davenport ne tenait aucun compte des crimes commis par tel ou tel individu. S'il commençait par les femmes, c'était parce que son propre sens de la dignité l'exigeait.

Tous ceux dont la présence était requise avaient pris leur place. Davenport adressa un hochement de tête à Stuckford, qui fit signe à l'un des gardiens. Il y eut quelques ordres brefs, un bruit de clés, la porte d'une cellule qui s'ouvrait. Davenport attendit.

La première à entrer fut Irma Grese. L'espace d'une seconde, un sentiment d'étonnement prit forme dans le cerveau froid de Davenport. Comment cette blonde maigrichonne de vingt-deux ans avait-elle pu fouetter des gens à mort ? Elle n'était encore qu'une enfant. Mais lors de sa condamnation, personne n'avait émis de doutes. Elle avait été l'un des monstres de Belsen et maintenant elle allait mourir. Irma Grese croisa son regard ; puis elle leva la tête vers l'échafaud. Deux gardes lui firent gravir les marches, Davenport la fit avancer au centre de la trappe et lui passa le nœud coulant, tout en vérifiant que MacManaman resserrait bien, sans faux mouvement, la courroie en cuir autour de ses jambes. Juste avant de faire glisser la cagoule sur sa tête, il l'entendit prononcer un mot, d'une voix à peine audible.

– *Schnell !*

MacManaman avait reculé d'un pas. Davenport tendit la main vers la poignée qui commandait la trappe. La condamnée tomba tout droit, et Davenport eut aussitôt confirmation qu'il avait bien calculé la longueur de la corde : suffisante pour briser les vertèbres cervicales, sans pour autant arracher la tête. Avec l'aide de MacManaman, il descendit sous la structure pour détacher le corps, après que le médecin des armées eut tâté le pouls et constaté le décès. Le cadavre fut emporté. Davenport savait que les tombes attendaient déjà, creusées dans la terre dure de la cour de la prison. Il remonta sur la plate-forme et vérifia dans ses papiers la longueur de corde qu'il fallait attribuer à la suivante. Quand tout fut prêt, il fit signe à Stuckford et bientôt Elisabeth Volkenrath apparut à la porte, les mains liées dans le dos. Elle était habillée, comme Irma Grese, d'une robe grise qui lui arrivait aux genoux.

Trois minutes plus tard, elle aussi était morte.

L'ensemble des exécutions prit deux heures et sept minutes – Davenport avait calculé deux heures quinze. MacManaman s'était acquitté de sa tâche. Tout s'était passé normalement. Douze criminels de guerre allemands avaient été pendus. Davenport rangea la corde et les courroies dans la valise noire et prit congé du sergent MacManaman.

– Buvez un cognac, lui dit-il. Vous avez été un bon assistant.

– Ils le méritaient, répliqua sèchement MacManaman. Je n'ai pas besoin de cognac.

Davenport quitta la prison en compagnie du major Stuckford, en pensant qu'il serait peut-être possible de retourner en Angleterre plus tôt que prévu. C'était lui, à l'origine, qui avait demandé à ne repartir que le soir. Un contretemps n'était jamais à exclure ; même le bourreau le plus expérimenté d'Angleterre n'avait pas l'habitude d'assurer douze pendaisons le même jour. Il résolut finalement de ne pas bousculer l'horaire.

Stuckford l'emmena déjeuner à l'hôtel, où il avait réservé un cabinet particulier. Stuckford traînait la jambe gauche, séquelle d'une blessure de guerre. Davenport éprouvait d'autant plus de sympathie à son égard qu'il ne posait pas de questions oiseuses. Il avait horreur des gens qui lui demandaient ce qu'il avait ressenti en exécutant tel ou tel criminel rendu célèbre par les journaux.

Pendant le déjeuner, ils échangèrent quelques phrases à propos de la météo et des rations supplémentaires de thé et de tabac que le gouvernement anglais distribuerait probablement à l'approche de Noël.

Ce fut seulement après, pendant qu'ils buvaient leur thé, que Stuckford commenta les événements de la matinée.

– Une chose me chagrine, dit-il. C'est que les gens oublient que cela aurait pu être l'inverse.

Davenport n'était pas sûr de saisir.

– Tout aussi bien, poursuivit Stuckford, un bourreau allemand aurait été envoyé chez nous pour exécuter des criminels de guerre anglais, parmi lesquels des jeunes filles. Le mal aurait pu nous frapper de la même manière qu'il a frappé les Allemands.

Davenport ne dit rien. Il attendait la suite.

– Il se trouve que les nazis étaient allemands. Mais personne ne me fera croire que ce qui est arrivé ici n'aurait pas pu se produire en Angleterre. Ou en France. Ou, pourquoi pas, aux États-Unis.

– Je comprends votre point de vue. Mais je ne sais pas si vous avez raison.

Stuckford remplit leurs tasses.

– Nous exécutons les pires, reprit-il, mais beaucoup

d'entre eux nous échappent. Le frère de Josef Lehmann, pour prendre un exemple.

Josef Lehmann avait été pendu le dernier ce matin-là. Un petit homme qui avait accueilli la mort avec calme, presque distraitement.

– Son frère a disparu. Peut-être a-t-il réussi à s'enfuir grâce aux réseaux. Peut-être est-il déjà en Argentine, ou en Afrique du Sud. Dans ce cas, nous ne le retrouverons jamais.

Ils restèrent quelques instants silencieux, pendant que la pluie tombait de l'autre côté des fenêtres.

– Waldemar Lehmann était un homme d'un sadisme inimaginable, reprit Stuckford. Il ne se contentait pas d'être impitoyable avec les prisonniers. Il prenait plaisir à former ses subalternes dans l'art de torturer les gens. Nous devrions le pendre comme nous avons pendu son frère. Mais nous ne l'avons pas retrouvé. Pas encore.

À dix-sept heures, Davenport était de retour à Bückeburg. Il avait froid, malgré son épais manteau. Comme à l'aller, le pilote l'attendait près de l'avion. Davenport se demanda ce qu'il pensait. Puis il prit place sur le siège glacial et releva son col pour se protéger du vrombissement des moteurs.

L'appareil prit de la vitesse, décolla et disparut parmi les nuages.

Davenport avait accompli sa mission. Tout s'était bien passé. Ce n'était pas pour rien qu'il avait la réputation d'être le meilleur bourreau d'Angleterre.

L'avion traversa une zone de turbulences. Davenport songeait aux paroles de Stuckford à propos de ceux qui parvenaient à s'échapper. Et au frère de Lehmann, qui avait pris plaisir à enseigner aux autres des formes atroces de cruauté.

Davenport s'enveloppa plus étroitement dans son manteau. Les turbulences avaient cessé. L'avion volait vers l'Angleterre. La journée avait été fructueuse. L'opération s'était déroulée sans anicroche. Aucun prisonnier ne s'était débattu en montant sur l'échafaud. Aucune tête n'avait été arrachée au corps.

Davenport était satisfait. Il se réjouissait à l'idée des trois jours de repos qui l'attendaient maintenant. Son prochain rendez-vous professionnel serait à Manchester, pour pendre un assassin.

Il finit par s'assoupir sur le siège dur, malgré le hurlement des moteurs.

Mike Garbett se demandait encore qui était son passager.

PREMIÈRE PARTIE

Härjedalen | octobre-novembre 1999

1

Il se réveillait la nuit, cerné par les ombres. Cela avait commencé à l'âge de vingt-deux ans; maintenant il en avait soixante-seize. Pendant cinquante-quatre années consécutives, il avait été insomniaque. Les ombres ne l'avaient jamais quitté. À certaines périodes, en se bourrant de somnifères, il avait réussi à dormir jusqu'au matin. Mais au réveil, il comprenait que les ombres étaient restées présentes. À son insu.

Cette nuit qui touchait à sa fin ne faisait pas exception à la règle. Il n'était pas nécessaire d'attendre que surgissent les ombres, ou les *visiteurs*, ainsi qu'il les appelait parfois. Les ombres survenaient en général quelques heures après la tombée du jour. Soudain elles étaient là, comme surgies de nulle part, tout contre lui, avec leurs visages blancs et muets. Après tant d'années, il s'était habitué à elles. Mais il savait qu'il ne pouvait s'y fier. Un jour, elles cesseraient de se taire. Qu'arriverait-il alors ? Il l'ignorait. Passeraient-elles à l'attaque ou se contenteraient-elles de le démasquer ? Il avait essayé de pousser des cris, de frapper l'air pour les chasser. Pendant quelques minutes, il parvenait ainsi à les tenir en respect. Puis elles revenaient et restaient jusqu'à l'aube. Enfin il s'endormait, mais pour quelques heures à peine, car il avait presque chaque matin un travail qui l'attendait.

Toute sa vie adulte, il avait été harassé de fatigue. Il se demandait encore où il avait puisé la force de tenir. Quand il songeait à son existence, il voyait une file interminable de jours traversés avec effort. Il n'avait presque aucun souvenir qui ne fût, d'une manière ou d'une autre, lié à sa fatigue. Il regardait parfois les photographies où il figurait. Il avait toujours le même air hagard, d'un homme à bout de forces. Les ombres avaient également exercé leur revanche les deux fois où il avait tenté de vivre avec une femme ; à tour de rôle, ses deux épouses s'étaient lassées de sa perpétuelle anxiété et du fait qu'il ne pensait qu'à se reposer, les jours où il ne travaillait pas. À la longue, elles n'avaient pas supporté ces nuits qu'il passait debout, agité, incapable de leur dire pourquoi il ne dormait pas comme un homme normal. Elles l'avaient quitté et il s'était retrouvé seul.

Il regarda sa montre : quatre heures et quart du matin. Il alla à la cuisine, prit la bouteille thermos, se versa un café. Le thermomètre extérieur affichait moins deux degrés. Ce thermomètre allait bientôt tomber, d'ailleurs, s'il n'en changeait pas les vis. Quand il lâcha le rideau, le chien aboya, dehors. Shaka, le chien, était son unique réconfort. Il avait trouvé ce nom dans un livre dont il ne se rappelait plus le titre. En tout cas, ce nom était celui d'un puissant chef zoulou, et il avait jugé qu'il irait bien à un chien de garde. Un nom bref, facile à crier. Il retourna dans le séjour avec son café et jeta un coup d'œil aux fenêtres. Les rideaux, épais, étaient soigneusement tirés. Il le savait, mais il devait cependant s'assurer que tout était normal.

Puis il se rassit et contempla les pièces éparpillées sur la table. C'était un bon puzzle. S'il voulait le finir, il devrait faire preuve à la fois d'imagination et de ténacité. Dès qu'il en avait achevé un, il le brûlait et en commençait immédiatement un autre. Il veillait toujours à en avoir un bon stock chez lui. Il avait souvent pensé que sa relation aux puzzles ressemblait à celle d'un fumeur envers les cigarettes. Depuis de nombreuses années, il adhérait à une association internationale chargée de promouvoir l'art du puzzle. Cette association avait son siège à Rome ; chaque mois, il recevait un bulletin l'informant de l'état du marché, des nouveaux fabricants et de ceux qui avaient cessé leur activité. Dès le milieu des années soixante-dix, il avait constaté qu'il devenait difficile de se procurer de très bons puzzles, découpés à la main. Il n'aimait pas les puzzles taillés à la machine, dont les pièces manquaient de logique et n'avaient aucun lien intrinsèque avec le motif. Ils pouvaient être difficiles, bien sûr, mais la difficulté était d'ordre mécanique. En ce moment, il travaillait à la reproduction d'une toile de Rembrandt intitulée *La Conjuration de Claudius Civilis*, un puzzle de trois mille pièces réalisé par un artiste rouennais. Quelques années plus tôt, il avait fait le voyage en voiture jusqu'à Rouen pour rendre visite à cet homme. Les meilleurs puzzles, avaient-ils estimé d'un commun accord, étaient ceux qui mettaient en jeu de subtiles variations de lumière. Celui qu'il avait sous les yeux en était un superbe exemple.

Il tenait à la main un fragment de l'arrière-plan, dont il mit presque dix minutes à découvrir l'emplacement correct. Il regarda à nouveau sa montre. Quatre heures trente. Encore plusieurs heures à attendre jusqu'au départ des ombres et à l'arrivée du jour, lorsqu'il pourrait enfin s'endormir.

Il songea que la vie était malgré tout devenue beaucoup plus supportable depuis qu'il avait pris sa retraite à l'âge de soixante-cinq ans. Au moins, il ne s'angoissait plus à l'idée de s'assoupir à son poste.

Les ombres auraient dû le quitter depuis longtemps.

Il avait purgé sa peine. Elles n'avaient plus besoin de veiller sur lui. Sa vie était détruite. Alors pourquoi ne le laissaient-elles pas en paix ?

Il se leva et se dirigea vers le lecteur de CD acheté quelques mois plus tôt lors d'une de ses rares visites à la ville. Le disque était déjà dans le boîtier, ce disque qu'il avait eu la surprise de découvrir au milieu de la pop et de la variété dans le même magasin d'Östersund où il avait trouvé le lecteur. Il appuya sur la touche de lecture. Du tango argentin. Tout à fait authentique. Il monta le son. Le chien, qui avait l'ouïe excellente, réagit par un aboiement. Il revint vers la table et contempla son puzzle. Encore beaucoup de travail en perspective. Au moins trois nuits avant d'en avoir fini et de pouvoir le brûler. Il en avait plusieurs autres en attente, dans leurs boîtes scellées. D'ici quelques jours, il irait en voiture au bureau de poste de Sveg récupérer un nouvel envoi du vieux maître de Rouen.

Il s'assit sur le canapé et écouta la musique. Il avait souvent rêvé de se rendre en Argentine. Passer quelques mois à Buenos Aires et danser le tango chaque nuit. Mais quelque chose l'avait toujours retenu. Quand il avait quitté le Västergötland onze ans plus tôt pour s'installer dans les forêts du Härjedalen, il avait eu le projet d'accomplir un voyage par an. Il n'avait que peu de besoins ; sa pension, bien que modeste, supporterait cette dépense supplémentaire. Mais au final il n'était parti que pour de rares escapades en Europe, toujours en voiture, à la recherche de nouveaux puzzles.

Il n'irait jamais en Argentine. Il ne danserait jamais le tango à Buenos Aires.

Mais rien ne l'empêchait de danser ici même. Il avait la musique, et il avait sa partenaire.

Il se leva du canapé. Cinq heures du matin. L'heure de

danser. Dans sa chambre, il prit le costume sombre dans l'armoire et l'examina soigneusement. Il y avait une petite tache sur le revers de la veste. Exaspéré, il humecta un mouchoir et la tamponna prudemment. Puis il se changea. Pour aller avec la chemise blanche, il choisit ce matin-là une cravate couleur rouille.

Restait le plus important : les souliers. Il avait dans son armoire plusieurs paires de souliers de danse italiens hors de prix. Pour un homme qui prenait cette passion au sérieux, les souliers se devaient d'être parfaits.

Enfin, il se posta devant le miroir en pied qui doublait la porte de l'armoire et examina son visage, sous les cheveux gris coupés court. Il se trouva un peu émacié ; il devrait manger davantage. Néanmoins il était satisfait. Il paraissait nettement moins que ses soixante-seize ans.

Il repassa dans le séjour et s'arrêta devant la porte de la chambre d'amis. Il frappa, en imaginant qu'on lui proposait d'entrer, ouvrit et alluma le plafonnier. Sa partenaire était allongée sur le lit. Il était toujours surpris de la trouver si vivante. Il déplia les couvertures et la souleva dans ses bras. Elle portait un chemisier blanc et une jupe noire. Il l'avait appelée Esmeralda. Il la déposa sur le sol. Parmi les flacons de la table de chevet, il choisit un Dior discret et en vaporisa son cou. Ainsi, quand il fermait les yeux, il n'y avait plus de différence entre sa poupée et un être vivant.

Il passa le bras d'Esmeralda sous le sien et l'escorta dans le séjour. Tant de fois il avait songé à supprimer tous ces meubles, mettre en place un éclairage tamisé et disposer ensuite la touche finale, un cigare qui se consumerait lentement dans un cendrier. Il aurait alors sa propre *milonga*. Mais cela ne s'était jamais fait. Il n'y avait que la surface de parquet comprise entre la table et le meuble où se trouvait le lecteur de CD. Il glissa la pointe de ses chaussures dans les brides cousues tout spécialement sous les pieds d'Esmeralda.

Ils dansèrent. Quand il enchaînait les passes avec elle, toutes les ombres étaient comme chassées. Il dansait avec beaucoup de légèreté. De tous les styles qu'il avait appris au cours de sa vie, le tango était celui qui lui convenait le mieux. Et personne ne l'accompagnait aussi bien qu'Esmeralda. Il y avait eu autrefois, à Borås, une femme prénommée Rosemarie qui possédait une boutique de chapeaux. Elle était sa partenaire, la meilleure qu'il eût jamais connue. Or un soir, alors qu'il s'apprêtait à la rejoindre dans un club de danse de Göteborg, il avait appris sa mort, dans un accident de voiture. Après cela, il avait dansé avec d'autres femmes. Mais les sensations éprouvées avec Rosemarie, il ne les avait connues à nouveau que du jour où il avait créé Esmeralda.

L'idée de la poupée lui était venue au cours d'une nuit d'insomnie, alors qu'il regardait par hasard une vieille comédie musicale à la télé. Dans une séquence du film, un homme – peut-être Gene Kelly ? – dansait avec une poupée. Fasciné, il avait pris la décision de s'en fabriquer une.

Le plus difficile, curieusement, avait été le problème du rembourrage. Il avait fait plusieurs essais, avec différents matériaux. Lorsqu'il l'avait remplie de caoutchouc mousse, il avait eu enfin la sensation de tenir dans ses bras une femme vivante. Il avait choisi de lui donner des fesses et des seins volumineux. Ses deux ex-femmes étaient plutôt maigres. Celle qu'il s'offrait là avait de la matière. En dansant avec elle, en respirant son parfum, il lui arrivait encore d'être excité. Bien moins cependant que cinq ou six ans plus tôt. Ses besoins érotiques déclinaient peu à peu et il se disait qu'au fond ça ne lui manquait pas.

Il dansa plus d'une heure. Quand il ramena enfin Esmeralda dans la chambre d'amis et l'enfouit à nouveau sous les couvertures, il était en sueur. Il se déshabilla, suspendit son costume dans l'armoire et alla se mettre sous la douche. Bientôt le jour, bientôt le sommeil. Une autre nuit franchie à force de volonté.

Il enfila son peignoir éponge et se resservit un café. Le thermomètre indiquait toujours deux degrés en dessous de zéro. Quand le rideau retomba, Shaka émit deux aboiements brefs. Il pensa à la forêt qui l'entourait. Voilà ce dont il avait rêvé : une maison isolée, avec tout le confort moderne, mais pas de voisins. Une maison située tout au bout d'un chemin privé. Il l'avait désirée, et il l'avait obtenue. Spacieuse, bien conçue, avec un vaste séjour qui répondait à l'exigence qu'il avait d'une salle de danse. Le précédent propriétaire, un garde-chasse à la retraite, était parti vivre en Espagne.

Attablé dans la cuisine, il buvait son café. L'aube approchait. Bientôt il pourrait s'allonger entre les draps et dormir. Les ombres le laisseraient tranquille.

Shaka aboya une fois. Puis deux. Puis le silence. Sans doute un animal. Probablement un lièvre. Shaka était libre de ses mouvements à l'intérieur de la grande cage du chenil. Shaka veillait sur lui.

Il rinça sa tasse et la déposa sur la paillasse. Dans sept heures, il en aurait à nouveau besoin. Il n'aimait pas changer de tasse et d'ailleurs ce n'était pas nécessaire ; il pouvait utiliser la même pendant des semaines d'affilée. Il retourna dans la chambre, ôta son peignoir et se glissa dans le lit. En attendant le lever du jour, il avait pour habitude d'écouter la radio en position allongée. Dès l'instant où il devinerait les premières lueurs de l'aube, de l'autre côté de la fenêtre, il éteindrait lampe et radio et s'apprêterait à dormir.

Alors qu'il tendait la main vers l'appareil, Shaka aboya encore. Il fronça les sourcils, compta jusqu'à trente. Pas un bruit. L'animal, quel qu'il fût, avait dû disparaître. Il alluma la radio et écouta distraitement la musique.

Nouvel aboiement. Différent, cette fois. Il se redressa dans le lit. Shaka aboyait avec rage. Cela ne pouvait signifier qu'une chose : un élan à proximité. Ou un ours. Chaque année, on en abattait dans le coin. Pour sa part, il n'en avait jamais vu. Mais Shaka aboyait furieusement. Il se leva, renfila son peignoir. Shaka se tut. Il attendit. Rien. Il se déshabilla et se recoucha une fois de plus. Il dormait toujours nu. La lampe à côté de la radio était allumée.

Soudain, il fut aux aguets. Quelque chose n'allait pas. Le chien ! Il écouta en retenant son souffle. L'angoisse l'étreignit. Comme si les ombres qui l'encerclaient avaient entrepris de se transformer. Il se releva. Le dernier aboiement de Shaka : il ne s'était pas fini d'une façon naturelle, comme si on l'avait coupé net. Il alla dans le séjour et écarta le rideau de la fenêtre côté chenil. Shaka restait silencieux. Le cœur battant, il retourna dans sa chambre, enfila un pantalon et un pull et prit le fusil qu'il gardait sous son lit, un fusil de chasse à six cartouches. Dans l'entrée il enfila ses bottes, sans cesser de guetter les bruits du dehors. Il pensa qu'il se faisait des idées, que tout allait bien. L'aube ne tarderait pas. Les ombres l'avaient rendu nerveux, voilà tout. Il défit les trois verrous et entrouvrit la porte avec le pied. Toujours aucune réaction de Shaka. Il était maintenant certain que quelque chose n'allait pas. Il prit la lampe torche sur l'étagère, éclaira l'obscurité du dehors. Shaka était invisible dans le chenil. Il promena le faisceau lumineux le long de l'orée de la forêt en appelant son chien. Pas de réponse. Il referma la porte. Il était inondé de sueur. Puis il défit le cran de sécurité du fusil et sortit sur le perron. Silence absolu. Il avança. Devant le chenil, il s'immobilisa. Shaka gisait sur le sol, les yeux ouverts, sa fourrure grise maculée de sang. Il courut jusqu'à la maison, se barricada à l'intérieur. Quelque chose était en train de se produire, seulement il ne savait pas quoi. On avait tué Shaka. Il alluma toutes les lampes et s'assit sur son lit. Il constata qu'il tremblait.

Les ombres l'avaient dupé. Il n'avait pas perçu le danger à temps. Il avait toujours cru que ce seraient elles qui se transformeraient et qui passeraient à l'attaque. Mais il avait été dupé. La menace venait de l'extérieur. Les ombres avaient déformé sa perception. Pendant cinquante-quatre ans, il s'était laissé berner. Il croyait s'en être tiré, mais c'était une erreur, les images affluaient maintenant, débordaient, envahissaient tout, les images de l'atroce année 1945, il ne s'en était pas tiré, et il ne s'en tirerait pas.

Puis il s'obligea à se calmer. Il ne se rendrait pas sans résistance. Il ne savait pas qui l'attendait là, dehors, dans le noir, après avoir tué son chien. Shaka avait malgré tout réussi à donner l'alerte. Et il ne se rendrait pas de son plein gré. Il ôta ses bottes, enfila une paire de chaussettes et chercha à tâtons les baskets qu'il gardait sous son lit, à l'affût du moindre bruit suspect. Et où était passée l'aube ? Dès que le jour serait là, on ne pourrait plus l'atteindre. Il essuya ses mains moites sur le couvre-lit. Le fusil le rassurait. Il était bon tireur. Et il ne se laisserait pas prendre à revers.

Puis la maison s'effondra. Ce fut du moins son impression. Il se jeta à terre, sans ôter le doigt de la détente ; le coup partit, pulvérisant la glace de l'armoire.

Il rampa jusqu'à la porte et jeta un regard prudent vers le séjour. Quelqu'un avait tiré une balle, ou peut-être balancé une grenade, par la baie vitrée donnant au sud. La pièce était jonchée de débris de verre.

Au même instant, la fenêtre côté nord explosa. Il s'aplatit au sol. Ils attaquent sur tous les flancs, pensa-t-il, la maison est encerclée, ils brisent les vitres, ils vont entrer. Il chercha désespérément une issue.

L'aube. L'aube le sauverait. Il suffisait d'attendre que la maudite nuit s'achève.

Puis ce fut au tour des vitres de la cuisine. Plaqué au sol, sur le ventre, les mains sur la tête, il comprit au coup de feu suivant qu'on avait pulvérisé la fenêtre de la salle de bains. L'air froid de la nuit s'engouffrait par les ouvertures béantes.

Il y eut un sifflement. Un objet rebondit tout contre lui. Levant la tête, il reconnut une cartouche lacrymogène. Il s'en détourna, trop tard. La fumée attaquait déjà ses yeux et ses poumons. Aveuglé, il entendit qu'on tirait de nouvelles cartouches par les vitres brisées. La brûlure aux yeux devenait intolérable. Il tenait encore le fusil. Il devait sortir, il n'avait plus le choix. Peut-être malgré tout serait-il sauvé par la nuit, non par le jour. Il chercha la porte à tâtons. La toux lui déchirait les bronches, ses yeux le faisaient horriblement souffrir. Il finit par la trouver et se jeta dehors, en tirant au hasard. Il savait que la distance était d'environ trente mètres jusqu'à la forêt. Bien qu'aveugle, il courut de toutes ses forces. À chaque instant, il s'attendait à recevoir la balle qui l'achèverait, à être tué sans savoir par qui. Pour quelle raison, il le savait. Mais par qui ? Cette incertitude lui causa une douleur aussi forte que celle qui lui brûlait les yeux.

Il heurta un tronc et faillit tomber. Aveuglé par le gaz, il s'enfonça en trébuchant parmi les arbres. Les branches basses lui lacéraient le visage, mais il ne pouvait pas ralentir, il devait disparaître loin dans la forêt, sinon ses poursuivants le rattraperaient.

Il s'étala de tout son long. En voulant se relever, il sentit une pression à la base du crâne. Il comprit tout de suite. Quelqu'un avait posé le pied sur sa nuque. Et appuyait, fort. La partie était finie. Les ombres avaient gagné. Elles avaient ôté leur habit nocturne et révélaient enfin leur visage.

Il voulait voir. Il voulait savoir *qui*. Il fit une tentative pour tourner la tête. Le pied l'en empêcha.

On le mit debout. Il était aveugle, mais on lui plaça quand même un bandeau sur les yeux. Un court instant, il sentit le souffle de celui ou de celle qui attachait le bandeau derrière sa tête. Il voulut dire quelque chose. Mais quand il ouvrit la bouche, aucune parole n'en sortit. Seulement une nouvelle quinte de toux.

Puis deux mains se refermèrent autour de son cou. Il voulut se débattre, mais il n'en avait pas la force. Il sentit la vie s'échapper lentement de son corps.

Deux heures s'écouleraient encore avant qu'il meure pour de bon. Comme dans une zone frontière terrifiante entre la douleur qui le cisaillait et la volonté désespérée de survivre, on le força à remonter le temps jusqu'à sa première rencontre avec le destin qui venait de le rattraper cette nuit. Il fut jeté à terre. On lui arracha son pull et son pantalon. Il sentit le froid humide contre sa peau juste avant que les coups de fouet se mettent à pleuvoir et transforment tout en un enfer. Les coups s'abattaient sur lui sans interruption. Dès qu'il perdait connaissance, on le ramenait à la surface en lui balançant de l'eau glacée. Puis les coups reprenaient. Il s'entendait hurler, mais il n'y avait personne pour lui venir en aide, Shaka moins que quiconque – Shaka aux yeux ouverts dans le chenil.

31

La dernière chose dont il eut conscience fut qu'on le traînait sur le gravier de la cour, puis à l'intérieur de la maison ; puis les coups de fouet appliqués à la plante de ses pieds. Tout devint noir. Il était mort.

Pour finir, alors qu'il n'était plus en mesure de sentir quoi que ce soit, son corps nu fut traîné dans l'autre sens jusqu'à la lisière de la forêt et abandonné ainsi, le visage collé à la terre froide.

L'aube était venue.

Le 19 octobre 1999. Quelques heures plus tard, il se mit à pleuvoir, une pluie fine qui se transforma imperceptiblement en neige.

2

Stefan Lindman était policier. Au moins une fois par an, il lui arrivait de vivre une situation où il éprouvait une peur intense. Ainsi le jour où il s'était retrouvé aux prises avec un psychopathe de plus de cent kilos, immobilisé à terre, le type à califourchon sur lui, essayant de lui arracher la tête avec ses énormes pognes. Il y serait d'ailleurs parvenu si un collègue de Stefan ne l'avait pas assommé au bon moment. Ou une autre fois, quand il avait failli se prendre une balle dans la jambe alors qu'il frappait à la porte d'un appartement où il avait été appelé pour régler une dispute familiale. Mais jamais de sa vie il n'avait eu aussi peur qu'en ce matin du 25 octobre 1999 où il contemplait le plafond du fond de son lit.

Il n'avait presque pas dormi ; à chaque tentative, il était assailli par les cauchemars. Résigné, il était allé s'asseoir devant la télé et, en zappant, il avait fini par trouver un film porno. Mais au bout d'un moment ça l'avait dégoûté, il avait éteint le poste et il s'était recouché.

Il était sept heures. L'heure de se lever. Au cours de la nuit, il avait élaboré un plan, qui était aussi un exorcisme. Il n'irait pas tout droit à l'hôpital. Il prendrait le temps de flâner. Et, en arrivant, il ferait deux fois le tour de l'enceinte, en guettant d'éventuels signes de bon augure par rapport à l'annonce que lui ferait le médecin. Enfin, il prendrait un café à la cafétéria de l'hôpital et il s'obligerait à lire posément le journal.

Sans l'avoir prémédité, il enfila son meilleur costume. D'habitude, quand il ne portait pas l'uniforme ou une autre tenue de travail, il était en jean et en sweat-shirt. Mais là, le costume paraissait nécessaire. Tout en nouant sa cravate devant le miroir de la salle de bains, il observa son visage. Il n'avait pas dormi ni mangé correctement depuis des semaines, et ça se voyait. Il avait les joues creuses. Et il allait devoir se couper les cheveux ; il n'aimait pas qu'ils lui couvrent les oreilles.

Le visage qu'il voyait ce matin-là ne lui plaisait pas du tout. C'était une sensation inhabituelle. D'habitude, il se trouvait plutôt beau gosse. Mais ce matin, tout était changé.

Une fois habillé, il but un café. Il avait sorti du pain et du beurre, mais il n'avait vraiment aucun appétit.

Il avait rendez-vous à huit heures quarante-cinq. Il était sept heures vingt-sept. Il disposait donc d'une heure et dix-huit minutes pour accomplir sa promenade jusqu'à l'hôpital.

Dans la rue, il constata qu'il pleuvait.

Stefan Lindman habitait Allégatan, dans le centre de Borås. Avant, il avait vécu à Sjömarken, en dehors de la ville. Mais quand ce trois-pièces s'était libéré trois ans plus tôt, il avait sauté sur l'occasion. L'immeuble se trouvait pile en face de l'hôtel Vävaren. Stefan pouvait maintenant aller à pied à son travail. Il pouvait même aller à pied jusqu'au stade de Ryavallen quand l'équipe d'Elsborg jouait sur son terrain. Le football était le principal centre d'intérêt de Stefan en dehors du boulot. Il ne le disait à personne, mais il collectionnait encore dans un classeur les photos et les coupures de presse consacrées à l'équipe d'Elfsborg. Il se rêvait souvent en joueur professionnel, en Italie. À la place de policier. Ces rêveries l'embarrassaient. Mais il n'avait jamais réussi à s'en défaire.

Il gravit l'escalier jusqu'à Stengärdsgatan et obliqua vers le théâtre et le lycée. Une voiture de police passa sans ralentir. Les collègues ne l'avaient pas vu. Aussitôt la peur lui noua le ventre. La sensation, soudain, d'être déjà mort. Il serra plus étroitement sa veste contre lui. Rien ne prouvait que le médecin lui annoncerait une mauvaise nouvelle. Il accéléra le pas. Il ne contrôlait plus ses pensées. Les gouttes de pluie sur son visage lui évoquaient une vie, la sienne, qui coulait sans s'arrêter, et sans laisser de traces.

Il avait trente-sept ans. Depuis sa sortie de l'école de police, il avait toujours travaillé à Borås, conformément à ses désirs. Il était né à Kinna et avait grandi dans une famille de trois enfants ; son père vendait des voitures d'occasion et sa mère était employée dans une boulangerie. Stefan était le petit dernier, littéralement : ses sœurs avaient neuf et sept ans de plus que lui.

Quand Stefan repensait à son enfance, elle pouvait lui sembler bizarrement fade et ennuyeuse. Une vie de sécurité et de routine, sans aspérités ni surprises. Ses parents n'aimaient pas voyager. Leur but d'excursion le plus lointain n'avait jamais dépassé Borås ou Varberg. Göteborg déjà était une trop grande ville, lointaine et effrayante. Ses sœurs s'étaient rebellées et avaient fui de bonne heure, l'une à Stockholm, l'autre à Helsinki. Les parents avaient ressenti cela comme une défaite, et Stefan avait compris qu'il devrait rester à Kinna ou, du moins, y revenir après ses études. Adolescent, il avait été agité, inquiet, sans aucune idée de ce qu'il pourrait bien choisir comme métier.

Par hasard, il avait fait la connaissance d'un gars qui vouait sa vie au motocross de compétition. Il était devenu son assistant, et il avait ainsi passé quelques années à crapahuter sur les circuits du centre de la Suède. Puis il en avait eu assez et il était revenu à Kinna, où ses parents l'avaient accueilli en fils prodigue. Il ne savait toujours pas ce qu'il voulait faire de sa vie. Par hasard encore, il avait croisé un policier de Malmö en visite chez des amis communs à Kinna. L'idée avait alors germé dans son esprit : peut-être policier ? Il y avait réfléchi pendant quelques jours avant de se décider. Qu'avait-il à perdre ?

Ses parents accueillirent la nouvelle avec une inquiétude maîtrisée. Mais Stefan leur fit valoir qu'on avait besoin de policiers partout, même à Kinna. Il ne serait pas obligé de déménager.

Puis il se mit au travail. Sa première initiative fut de retourner sur les bancs de l'école pour passer son bac. Compte tenu de sa motivation, ce fut plus facile que prévu. Pendant ce temps, il gagna sa vie en tant que pion remplaçant, dans différentes écoles.

À sa propre surprise, il fut admis du premier coup à l'école de police. La formation ne lui posa pas de problèmes. Sans se distinguer particulièrement, il s'arrangea pour faire toujours partie de la meilleure moitié de sa promotion. Il rentra à Kinna en uniforme pour expliquer à ses parents qu'il travaillerait désormais à Borås, c'est-à-dire à quarante kilomètres à peine de sa ville natale.

Les premières années, il fit l'aller-retour quotidien. Puis il tomba amoureux d'une fille qui bossait au commissariat, du côté administratif. Il prit alors la décision d'emménager à Borås. Ils vécurent ensemble pendant trois ans, jusqu'au jour où elle lui annonça qu'elle avait rencontré un Norvégien de Trondheim et qu'elle partait vivre là-bas avec lui.

Stefan accueillit la nouvelle plutôt calmement. Il avait pris conscience que leur relation commençait à l'ennuyer – un peu comme si, avec elle, il retrouvait la sensation de son enfance. Ce qui le tracassait, c'était qu'elle ait pu rencontrer un autre homme et nouer une liaison avec lui sans qu'il se doute de quoi que ce soit.

Entre-temps, sans presque s'en apercevoir, il était parvenu à la trentaine. Son père mourut brusquement d'un infarctus. Quelques mois après, sa mère décédait elle aussi. Le lendemain des funérailles, Stefan passa une petite annonce dans la rubrique «rencontres» du journal local, *Borås Tidning*. Il obtint quatre réponses et rencontra les femmes à tour de rôle. L'une était une Polonaise établie à Borås de longue date. Elle avait deux enfants déjà adultes et elle travaillait à la cafétéria du lycée de la ville. Elle avait presque dix ans de plus que lui, mais cela ne fut jamais un problème entre eux. Il était tout de suite tombé amoureux d'elle, sans savoir pourquoi. Plus tard, il comprit qu'elle le fascinait simplement parce qu'elle était absolument normale. Elle prenait la vie au sérieux sans pour autant compliquer les choses. Pour la première fois de sa vie, Stefan découvrit qu'il pouvait ressentir pour une femme autre chose que du désir physique. Elle s'appelait Elena et habitait Norrby. Il dormait chez elle deux ou trois fois par semaine.

Ce fut là, dans la salle de bains d'Elena, qu'il découvrit un matin qu'il avait comme une boule à la langue.

Il coupa court aux mauvaises pensées. L'hôpital se dressait devant lui. Il était sept heures cinquante-six, et il pleuvait toujours. Stefan dépassa l'entrée du bâtiment et accéléra le pas. S'il avait décidé de faire deux fois le tour de l'enceinte, alors il s'y tiendrait.

À huit heures trente, il s'asseyait dans la cafétéria avec un café et le journal du matin. Mais il n'ouvrit pas le journal et ne toucha pas à son café.

Au moment de frapper à la porte, il fut pris d'une peur panique. Il entra. Le médecin était une femme. Il essaya de lire sur son visage à quoi il devait s'attendre : grâce ou condamnation à mort. Elle lui sourit, mais cela ne fit qu'accentuer son désarroi. Que trahissait ce sourire ? Un manque d'assurance ? De la compassion ? Ou le soulagement de ne pas avoir à annoncer à un patient qu'il avait un cancer ?

Il s'assit en face d'elle, pendant qu'elle rajustait quelques papiers sur son bureau. Après coup, il lui fut reconnaissant d'être allée droit au but.

– Il s'avère que cette grosseur que tu as à la langue est malheureusement une tumeur.

Il déglutit et hocha la tête. Il le savait, il l'avait toujours su, depuis ce matin dans la salle de bains d'Elena à Norrby. Il avait un cancer.

– Nous ne voyons aucun signe de dissémination. C'est un diagnostic précoce ; nous pouvons donc réagir sur-le-champ.

– Me couper la langue ?

– Non. Radiothérapie d'abord. Opération ensuite.

– Est-ce que je vais mourir ?

Il n'avait rien préparé. La question avait jailli d'elle-même.

– Un cancer doit toujours être pris au sérieux. Mais nous avons des techniques. Cela fait longtemps que ce diagnostic n'est plus synonyme d'issue fatale.

Il resta plus d'une heure dans le bureau du médecin. En ressortant, il était en sueur. Au creux du ventre, tout au fond, il sentait un point absolument froid. Une douleur qui ne le brûlait pas. Mais qui lui faisait le même

38

effet que les mains du psychopathe autour de son cou. Il s'obligea à rester très calme. Maintenant il allait prendre son café et lire le journal. Ensuite il déciderait s'il était mourant ou pas.

Mais l'édition du matin avait disparu. À la place, il trouva un tabloïd. L'espèce de nœud glacé était là, sans arrêt. Il but son café en feuilletant le journal. Les mots et les images s'effaçaient de sa conscience dès l'instant où il tournait la page.

Soudain, un détail retint son intérêt. Un nom sous une photographie. Le titre de l'article parlait de meurtre. Il resta assis, à contempler ce nom. *Herbert Molin, 76 ans. Policier à la retraite.*

Il posa le journal et se leva pour reprendre du café. Il savait que cela coûtait deux couronnes, mais il ne prit pas la peine d'aller payer. Il avait un cancer, il pouvait se permettre quelques libertés. Un autre type s'était déjà traîné jusqu'au comptoir. Il tremblait tellement qu'il versa du café à côté de sa tasse. Stefan lui proposa de l'aider, et l'homme lui adressa un regard de gratitude.

En revenant à sa table, Stefan reprit le journal. Il lut l'article sans comprendre ce qu'il lisait.

À son arrivée à Borås en tant qu'aspirant, il avait été présenté à l'enquêteur le plus âgé et le plus expérimenté du commissariat : Herbert Molin. Ils avaient travaillé ensemble à la brigade criminelle pendant quelques années, jusqu'au départ à la retraite de Molin. Stefan avait souvent repensé à lui. Sa manière inquiète de toujours chercher des traces et des liens. Les collègues avaient tendance à dire du mal de lui, mais pour Stefan il avait été un maître. En particulier, il lui avait enseigné que l'intuition était la ressource la plus nécessaire et la plus sous-estimée d'un enquêteur. Avec l'expérience, Stefan lui avait donné raison.

Herbert Molin était un solitaire. À la connaissance de Stefan, personne n'était jamais allé chez lui. Il habitait une villa dans Brämhultsvägen, juste en face du tribunal. Quelques années après son départ du commissariat, Stefan avait appris par hasard qu'il avait quitté la ville. Mais personne ne savait où il était allé.

Stefan repoussa le journal.

Herbert Molin était donc parti vivre dans le Härjedalen. Il avait choisi de s'installer dans une ferme isolée au fond de la forêt. Et c'est là qu'il avait été sauvagement assassiné. Aucun mobile apparent, aucune trace d'un suspect. Le meurtre remontait à plusieurs jours, mais la nervosité à l'idée du rendez-vous chez le médecin avait coupé Stefan du monde extérieur. La nouvelle lui parvenait maintenant, par l'intermédiaire de ce tabloïd qui était déjà passé entre de nombreuses mains.

Il se leva brusquement. Là, tout de suite, sa propre mortalité lui suffisait amplement. Il sortit de l'hôpital, sous la pluie qui tombait toujours. Il boutonna sa veste et se dirigea à pied vers le centre-ville. Herbert Molin était mort. Lui-même venait d'apprendre qu'il faisait désormais partie de ceux dont les jours étaient peut-être comptés. Il avait trente-sept ans et il n'avait jamais sérieusement envisagé sa vieillesse. C'était comme si on lui volait soudain toutes ses perspectives d'avenir. Comme s'il avait jusque-là navigué en haute mer et qu'on le précipitait au fond d'une crique étroite entourée de falaises. Il s'immobilisa sur le trottoir et inspira profondément. Ce n'était pas seulement la panique. Il avait le sentiment de se faire avoir. Quelque chose d'invisible s'était introduit dans son corps en secret et s'apprêtait à le détruire.

Ridicule, aussi, de devoir expliquer aux gens qu'il

avait un cancer. Et où ça ? À la langue, parmi tous les endroits possibles.

On pouvait tomber malade du cancer, c'était connu. Mais un cancer de la langue… ?

Il s'était remis en marche. Pour gagner du temps, il résolut de garder la tête vide tant qu'il ne serait pas parvenu à la hauteur du lycée. Là, il prendrait une décision. Son médecin lui avait demandé de revenir le lendemain pour de nouvelles analyses. Elle avait prolongé d'un mois – jusqu'à nouvel ordre – son arrêt de travail. Le traitement devait débuter dans un peu plus de trois semaines.

Devant l'entrée du théâtre, quelques comédiens se faisaient photographier en perruques et costumes de scène. Ils étaient jeunes, ils riaient fort. Stefan Lindman n'était jamais allé au théâtre de Borås. Il n'était jamais allé au théâtre tout court. En entendant rire les comédiens, il accéléra le pas.

Devant la bibliothèque municipale, mû par une impulsion, il poussa la porte et entra dans la salle de lecture. Un vieil homme feuilletait un journal russe. Stefan attrapa au hasard un magazine sur le speedway. Une fois assis et bien caché derrière sa revue, le regard rivé à l'image en couleurs d'une moto, il essaya de mettre de l'ordre dans ses idées.

Le médecin avait dit qu'il ne mourrait pas. En tout cas, pas tout de suite.

Au même instant, il imagina que la tumeur était peut-être en train de grossir, de se répandre, de se multiplier. Ce serait un duel. Victoire ou défaite. Il n'y aurait pas de match nul.

Sans quitter la moto du regard, il pensa pour la première fois depuis très longtemps que sa mère lui manquait. Avec elle, il avait pu parler. Maintenant il n'avait plus personne. L'idée de se confier à Elena lui paraissait déplacée. Pourquoi ? C'était incompréhensible. S'il y avait bien quelqu'un à qui il devait parler et qui lui accorderait le soutien nécessaire, c'était Elena. Pourtant il ne l'avait pas appelée. Comme s'il avait honte de lui avouer qu'il venait de se faire rattraper par un cancer. Il ne lui avait même pas dit qu'il avait rendez-vous à l'hôpital.

Il feuilleta lentement la revue où se succédaient les images de motos. Il continuerait de la feuilleter jusqu'à être parvenu à une décision.

Une demi-heure plus tard, c'était fait. Il parlerait à son chef, le commissaire Olausson, qui revenait juste d'une semaine de chasse à l'élan. Il lui dirait qu'il était en arrêt de travail, sans préciser la raison, et qu'il devait subir des analyses. Pourquoi ? Un mal de gorge persistant, sûrement rien de grave. Le certificat médical, il pourrait l'envoyer lui-même au service du personnel. Cela lui laisserait au moins une semaine de répit avant qu'Olausson apprenne la vérité.

Ensuite il rentrerait chez lui et il appellerait Elena. Il lui dirait qu'il devait partir quelques jours. Par exemple à Helsinki pour voir sa sœur, cela lui était déjà arrivé, Elena ne se méfierait pas. Puis il passerait à Systembolaget[1] s'acheter quelques bouteilles de vin. Toutes les autres décisions, il pourrait les prendre au cours de la soirée et de la nuit. En premier lieu, celle de savoir s'il avait la force et la volonté de combattre un cancer qui menaçait peut-être sa vie. Ou s'il préférait abandonner tout de suite.

Il posa la revue et se dirigea vers le rayon « médecine ». Il prit un livre sur le cancer. Puis il le rangea à sa place, sans l'avoir ouvert.

---

1. Chaîne de magasins d'État détenant en Suède le monopole de la vente de l'alcool. (Toutes les notes sont de la traductrice.)

Le commissaire Olausson était un homme qui traversait l'existence en riant. Sa porte était toujours ouverte. Stefan entra dans son bureau à midi pile. Olausson était au téléphone. Il finit sa conversation, raccrocha bruyamment et se moucha.

– On veut que je fasse une conférence, dit-il en rigolant. Les gens du Rotary aimeraient que je leur parle de la mafia russe. Mais nous n'avons pas de mafia russe à Borås. Nous n'avons pas de mafia du tout. Alors j'ai dit non.

Il fit signe à Stefan de s'asseoir.

– Qu'est-ce qui t'amène ?

– Je voulais juste te dire que mon arrêt de travail a été prolongé.

– Toi ? Tu n'es jamais malade.

– Maintenant je le suis. Je serai arrêté pendant au moins un mois. Je dois subir des analyses. J'ai un mal de gorge qui ne passe pas.

Olausson se rencogna dans son fauteuil et croisa les mains sur son ventre.

– Un mois, ça me paraît un peu long pour un mal de gorge.

– C'est le médecin qui a établi le certificat, pas moi.

Olausson hocha pensivement la tête.

– Les policiers s'enrhument à l'automne. J'ai l'impression que ce n'est jamais le cas des bandits. À quoi cela tient-il, d'après toi ?

– Ils ont peut-être de meilleures défenses immunitaires.

– Très possible. On devrait en informer le patron.

Olausson n'aimait pas le chef de la direction centrale de la police. Il n'aimait pas non plus le ministre de la Justice. De façon générale, il n'aimait pas les supérieurs hiérarchiques. Au commissariat de Borås, c'était une source de joie intarissable que de rappeler le jour, bien des années plus tôt, où un ministre de la Justice social-démocrate venu inaugurer le nouveau tribunal avait tellement bu, lors du dîner offert en son honneur, qu'Olausson avait dû le porter jusque dans sa chambre d'hôtel.

Stefan se leva.

– J'ai appris ce matin dans un journal que Herbert Molin avait été assassiné.

Olausson le dévisagea.

– Molin ? Quand ça ?

– Il y a quelques jours, dans le Härjedalen. Il s'était apparemment installé là-bas. J'ai lu ça ce matin.

– Dans quel journal ?

– Un tabloïd. Je ne sais plus lequel.

Olausson le raccompagna jusqu'au hall d'accueil où traînaient les journaux. Stefan retrouva le journal, et l'article.

– Je me demande ce qui a bien pu se passer, dit-il.

– Je m'en occupe, coupa Olausson. J'appelle les collègues d'Östersund.

Stefan quitta le commissariat sous la pluie qui semblait disposée à ne jamais s'arrêter. Il fit la queue à Systembolaget pour acheter deux bouteilles d'un vin italien très cher et rentra chez lui. Sans même prendre le temps d'enlever sa veste, il déboucha la première et remplit un verre qu'il vida d'un trait. Puis il fit valser ses chaussures et se débarrassa de sa veste sur une chaise. La lampe du répondeur clignotait. Un message d'Elena. Voulait-il venir dîner ? Il emporta le verre et la bouteille dans la chambre. La circulation, dans la rue, lui parvenait comme une lointaine rumeur. Il s'allongea, la bouteille à la main. Il y avait une tache au plafond. Il l'avait contemplée longuement, la nuit précédente. À la lumière du jour, elle n'avait pas le même aspect. Après un deuxième verre, il se tourna sur le côté et s'endormit presque aussitôt.

Il se réveilla vers minuit. Il avait dormi onze heures. Sa chemise était trempée. Il ouvrit les yeux sur le noir ; les rideaux ne laissaient filtrer aucune lumière.

Sa première pensée fut qu'il allait mourir.

Puis il prit la décision de se battre. Après les analyses, il aurait trois semaines de liberté totale. Il en profiterait pour se renseigner à fond. Et il se préparerait au combat.

Il se leva, ôta sa chemise et la jeta dans le panier de la salle de bains. Il s'approcha de la fenêtre qui donnait sur la rue. Quelques hommes ivres se disputaient devant le parking de l'hôtel. L'asphalte brillait sous la pluie.

Il songea de nouveau à Herbert Molin. Un souvenir confus, qui le taraudait depuis l'instant où il avait lu l'article à l'hôpital… Ça venait de lui revenir.

Une fois, ils avaient traqué ensemble un meurtrier en fuite dans la forêt, au nord de Borås. C'était l'automne, comme maintenant. Stefan avait perdu Molin de vue. En le retrouvant, il l'avait pris par surprise, car il se déplaçait sans aucun bruit. Molin avait fait volte-face, avec une expression de terreur.

Stefan s'était excusé de l'avoir effrayé ainsi sans le vouloir. Molin avait haussé les épaules. Puis il avait dit : « J'ai cru que c'était quelqu'un d'autre. »

Rien que cela. *J'ai cru que c'était quelqu'un d'autre.*

Stefan s'attarda à la fenêtre. Les ivrognes avaient disparu. Il fit glisser sa langue contre les dents du haut. Sa langue où rôdait la mort… Mais quelque part dans sa conscience, il y avait aussi Herbert Molin. *J'ai cru que c'était quelqu'un d'autre.*

Il comprit une chose qu'il avait toujours sue, au fond.

Herbert Molin avait peur. Au cours des années de leur collaboration, cette peur n'avait cessé d'être présente. Le plus souvent, il parvenait à la cacher. Mais pas toujours.

Herbert Molin avait été assassiné dans une lointaine forêt du Norrland, après avoir eu peur pendant de longues années.

Peur de qui ?

3

Giuseppe Larsson était un homme qui, fort de son expérience, ne tenait jamais rien pour acquis. Au matin du 26 octobre, il ouvrit les yeux grâce à la sonnerie de son réveil de secours. Il tourna la tête. Sur la table de chevet, son autre réveil s'était arrêté à trois heures et quatre minutes. Même un réveille-matin, on ne pouvait pas s'y fier. C'était bien pourquoi il en avait deux. Il se leva et tira sur le fil du store, qui remonta d'un coup, clac. La veille au soir, le météorologue de la télé avait annoncé de la neige sur le Jämtland. Or Giuseppe ne voyait aucune neige. Le ciel était noir, mais limpide.

Il avala en vitesse le petit déjeuner préparé par sa femme. Leur fille de dix-neuf ans, qui vivait à la maison, dormait encore dans sa chambre. Elle faisait des vacations à l'hôpital et elle commençait ce soir-là une semaine de gardes de nuit. Peu après sept heures, Giuseppe enfila ses bottes, enfonça son bonnet sur sa tête, caressa la joue de sa femme et sortit de la maison.

Il avait maintenant en perspective un trajet de cent quatre-vingt-dix bornes. Cette dernière semaine, il n'avait cessé de faire l'aller-retour, sauf un soir où il était si fatigué qu'il avait choisi de dormir à l'hôtel, à Sveg.

Là, il y retournait une fois de plus. Sur la route, il lui faudrait rester vigilant, à cause des élans qui traversaient

47

à l'improviste, mais aussi s'essayer à un récapitulatif de l'enquête en cours. À la sortie d'Östersund, il prit la direction de Svenstavik et régla le régulateur de vitesse sur quatre-vingt-cinq kilomètres-heure. De lui-même, il n'était pas sûr de se maintenir sous la barre des quatre-vingt-dix. À cette allure, il aurait largement le temps d'arriver pour la réunion avec les techniciens, prévue à dix heures.

L'obscurité était encore compacte. Le long, le profond hiver du Norrland prenait lentement ses quartiers. Né à Östersund quarante-trois ans plus tôt, Giuseppe ne comprenait pas ceux qui se plaignaient de la nuit et du froid. Pour lui, c'était la période de l'année où un calme infini descendait sur l'existence. De temps à autre, bien sûr, un type rendu fou par l'hiver se suicidait ou assassinait un proche. Il en avait toujours été ainsi, même la police n'y pouvait rien.

Mais ce qui s'était produit près de Sveg ne relevait pas de la folie ordinaire.

L'alerte était parvenue au commissariat d'Östersund le 19 octobre en fin d'après-midi, sept jours auparavant. Giuseppe était sur le point de sortir pour aller se faire couper les cheveux quand quelqu'un lui avait tendu un combiné en disant : Écoute ça. Une femme hurlait à l'autre bout du fil. Giuseppe avait dû éloigner l'écouteur de son oreille pour comprendre ce qu'elle disait. Mais il avait immédiatement saisi deux choses : cette femme était bouleversée, et elle n'avait pas bu. Il s'assit et approcha un bloc-notes : en quelques minutes, il avait rassemblé les informations essentielles. La femme s'appelait Hanna Tunberg. Deux fois par mois, elle faisait le ménage chez un certain Herbert Molin, qui habitait une ferme appelée Rätmyren, à quelques dizaines de kilomètres de Sveg. En arrivant ce jour-là, elle avait découvert le chien égorgé dans le chenil et toutes les fenêtres brisées. Elle n'avait pas osé rester, croyant que Molin était devenu fou. Elle était donc repartie vers Sveg pour chercher son mari, qui était en préretraite pour cause de maladie. Ils étaient retournés à la ferme ensemble. Il était environ seize heures à ce moment-là. Leur première pensée avait été d'alerter la police, mais ils voulaient d'abord en apprendre un peu plus – une décision qu'ils avaient amèrement regrettée par la suite. Elle était restée dans la voiture, pendant que son mari entrait seul dans la maison. Il était ressorti en courant et en criant qu'il y avait plein de sang à l'intérieur. Croyant voir quelque chose à l'orée de la forêt, il y était allé. Il avait battu précipitamment en retraite et s'était mis à vomir sans plus pouvoir s'arrêter. Puis il avait repris ses esprits et ils étaient rentrés tout droit à Sveg. Son mari, qui était cardiaque, s'était allongé sur le canapé pendant qu'elle téléphonait à la police de Sveg, d'où les appels étaient transférés vers Östersund. Giuseppe, qui avait noté son nom et son numéro de téléphone, la rappela pour vérifier l'origine de l'appel, et aussi qu'il avait bien saisi le nom du mort, Herbert Molin. Quand il raccrocha pour la deuxième fois, toute idée d'aller chez le coiffeur avait disparu.

Il se rendit tout droit dans le bureau du chef d'intervention, Rundström, et lui expliqua la situation. Vingt minutes plus tard, ils étaient en route dans une voiture de police au gyrophare allumé, pendant que les techniciens se préparaient à les suivre.

Ils arrivèrent à la ferme peu après dix-huit heures trente. Hanna Tunberg attendait à l'embranchement dans sa voiture, en compagnie du commissaire Erik Johansson de Sveg, qui revenait d'un accident : un camion chargé de troncs d'arbres s'était retourné près d'Ytterhogdal. Il faisait déjà nuit. À l'expression de la femme, Giuseppe comprit que ce qu'il allait découvrir à la ferme ne serait pas très agréable à voir. Ils commencèrent par l'orée de la forêt, à l'endroit décrit par Hanna Tunberg. Quand le faisceau des lampes éclaira le corps, ils en eurent le souffle coupé, même Giuseppe, qui croyait pourtant avoir vu à peu près tout ce qu'il était possible de voir. Des suicidés qui s'étaient tiré une balle en plein visage, rien que ça, il en avait connu plusieurs. Mais cette chose, là, par terre, c'était pire que tout. Ce n'était pas un être humain, c'était une masse sanguinolente. Il n'avait plus de visage. À la place des pieds, il avait des moignons sanglants et son dos était tellement déchiqueté qu'on voyait luire les os au travers.

Ils revinrent vers la maison en s'éclairant avec les lampes torches, prêts à tirer. Ils avaient déjà constaté à ce moment-là qu'il y avait effectivement dans le chenil un chien mort, la gorge tranchée. En éclairant l'intérieur de la maison, ils constatèrent que le compte rendu fait par Hanna n'avait rien d'excessif. Le sol était couvert de sang et de débris de verre. Pour ne pas gêner le travail des techniciens, ils ne franchirent pas le seuil.

Pendant tout ce temps, Hanna était restée dans sa voiture, les mains crispées sur le volant. Giuseppe la plaignit. Il savait que ce jour resterait à jamais gravé en elle, comme une peur ou un cauchemar récurrent. Et pour son mari, ce serait pire.

Il avait envoyé Erik attendre les techniciens au carrefour. Il lui avait aussi donné l'ordre de noter scrupuleusement toutes les observations de Hanna Tunberg. L'horaire, en particulier, était important.

Une fois seul, Giuseppe avait pensé que cette enquête dépassait ses compétences. Mais aussi que nul n'était plus qualifié que lui dans tout le district du Jämtland pour la diriger. Il résolut de dire le jour même au chef de district qu'il faudrait sans doute faire appel à des renforts de Stockholm.

Il approchait de Svenstavik. L'obscurité était encore compacte. Au cours des derniers jours, on n'avait pas progressé d'un pouce dans l'élucidation du meurtre de la forêt.

Le mort, avait-on appris, était un policier à la retraite qui avait emménagé dans le Härjedalen après une longue carrière d'enquêteur à la brigade criminelle de Borås. La veille au soir, Giuseppe s'était installé dans le canapé pour lire les fax transmis par Borås. Il possédait maintenant toutes les informations relatives à la victime. Pourtant, il lui semblait toujours être face à un grand vide. Aucun mobile, aucune trace, aucun témoin. À croire qu'une ombre bestiale s'était détachée de la forêt pour agresser Herbert Molin avec une cruauté inouïe, avant de se volatiliser.

Il venait de dépasser Svenstavik. L'aube se devinait à présent, un léger ton de bleu par-dessus les sapins qui l'entouraient de toutes parts. Il pensa au rapport préliminaire envoyé par le médecin légiste d'Umeå, qui rendait compte des lésions, mais ne fournissait nul indice quant à l'origine ou à la cause de cette attaque forcenée. Le rapport d'autopsie décrivait en détail les violences dont Molin avait été l'objet. Les atteintes au dos semblaient provenir de coups de fouet. La peau ayant entièrement disparu, le médecin avait été renseigné par un fragment de lanière retrouvé dans les blessures – si nombreuses qu'elles ne formaient plus qu'une seule plaie. C'était du cuir, affirmait-il après l'avoir examiné au microscope. Mais il ne pouvait en préciser l'origine ; il s'agissait d'un animal inconnu en Suède. La plante des pieds avait, selon toute probabilité, été lacérée avec le même instrument. En revanche, la victime n'avait pas été frappée au visage. Là, les lésions provenaient du fait qu'elle avait été traînée au sol ; elles étaient remplies de terre. Enfin, les hématomes au niveau du cou indiquaient une tentative de strangulation. Tentative seulement, précisait le médecin. La strangulation n'était pas la cause du décès, pas plus que le gaz dont on avait retrouvé des traces dans ses yeux, sa gorge et ses poumons. Molin était mort d'épuisement. Il avait été littéralement fouetté à mort.

Giuseppe freina et s'arrêta sur le bas-côté. Il coupa le moteur, sortit et attendit que le camion qui arrivait en sens inverse soit passé. Puis il ouvrit sa braguette. Parmi toutes les choses qui rendaient la vie agréable, la possibilité de pisser au bord de la route n'était pas la moindre. Il se rassit dans la voiture, mais ne remit pas tout de suite le contact. Il essayait de voir à distance tout ce qu'il savait, désormais, de la mort de Molin. Lentement, il laissa tout ce qu'il avait vu de ses propres yeux et tout ce qu'il avait lu dans les différents rapports défiler dans son esprit et se ranger spontanément dans différentes cases.

Il entrevoyait quelque chose.

Rien qui puisse les mettre sur la piste du meurtrier. Mais il était clair que Molin avait été exposé à une violence inouïe et prolongée.

De la rage, pensa Giuseppe. C'est de ça qu'il s'agit. Et il est possible alors que la rage elle-même soit le mobile.

S'ajoutait à cela un autre élément. Toute l'opération donnait l'impression d'avoir été préméditée en détail. Le chien de garde avait été égorgé. Le meurtrier s'était équipé d'un ou de plusieurs fouets, d'un fusil, de cartouches lacrymogènes. Rien à voir avec un concours de circonstances fortuit. La rage était empaquetée dans un projet.

Rage et préméditation, songea Giuseppe. Vengeance ?

La préméditation impliquait que le meurtrier de Molin fût déjà venu à la ferme au moins une fois. Si un inconnu s'était déplacé dans le coin, il y avait toutes les chances qu'il ait été repéré. A fortiori s'ils étaient plusieurs. Ou alors, au contraire, personne n'avait remarqué quoi que ce soit. Dans ce cas, le ou les coupables devaient être recherchés dans le cercle des relations de Molin.

Mais Molin n'avait pas de relations. Hanna Tunberg leur avait dit très clairement que Herbert Molin ne fréquentait personne. C'était un solitaire.

Une fois de plus, Giuseppe visualisa l'enchaînement des faits. Pour lui il était clair, même s'il manquait de fondements objectifs pour l'affirmer, que le tueur était un homme seul. Quelqu'un, donc, était venu à la ferme, armé d'un fouet confectionné avec le cuir d'un animal inconnu, d'un fusil et de cartouches lacrymogènes. De façon très méthodique, ce quelqu'un avait piégé Herbert Molin avant de le mettre à mort avec un sadisme caractérisé et d'abandonner son corps nu à l'orée de la forêt.

Il devenait urgent de contacter la brigade criminelle de Stockholm pour obtenir son assistance. Il ne s'agissait pas d'un meurtre ordinaire. Giuseppe était de plus en plus convaincu d'avoir affaire à une exécution programmée.

Il était dix heures moins vingt quand Giuseppe s'engagea dans la cour de la ferme de Herbert Molin. Les bandes plastique étaient toujours là, mais aucun véhicule de police n'était en vue. Giuseppe sortit de sa voiture. Le vent s'était levé. Sa rumeur, dans les arbres, donnait une espèce de tonalité sourde à cette matinée d'automne. Immobile, il regarda autour de lui. Les techniciens avaient identifié des traces de pneus à l'endroit même où il se tenait ; des traces qui n'appartenaient pas à la vieille Volvo de Molin. Chaque fois qu'il revenait sur les lieux d'un meurtre, il essayait d'imaginer la façon dont les choses avaient pu se passer. Qui était sorti de la voiture inconnue ? Quand ? Ce devait être au cours de la nuit. Le légiste n'avait pas encore établi l'heure exacte du décès. Le rapport préliminaire laissait prudemment entendre que les sévices avaient pu durer très longtemps. On ne pouvait affirmer combien de coups de fouet la victime avait reçus. Mais, avec des interruptions, la séance avait pu se prolonger plusieurs heures.

Giuseppe rassembla ses pensées, qui vagabondaient sans arrêt depuis le début du trajet en voiture.

La rage. La vengeance.

L'homme seul.

Une organisation minutieuse. Rien à voir avec des circonstances fortuites.

La sonnerie de son portable le fit tressaillir. Giuseppe ne s'était pas complètement habitué au fait de pouvoir être joint jusqu'au fin fond de la forêt. Il sortit le téléphone de sa veste.

– Giuseppe.

Combien de fois avait-il maudit sa mère de lui avoir donné ce prénom. Celui d'un crooner italien qu'elle avait entendu un soir alors qu'il se produisait dans le parc du Peuple à Östersund. Pendant toute sa scolarité, les autres s'étaient moqués de lui, et aujourd'hui encore, chaque fois qu'il le prononçait au téléphone, il percevait le temps d'arrêt de l'interlocuteur.

– Giuseppe Larsson ?

– C'est moi.

L'homme dit s'appeler Stefan Lindman. Il était policier, il appelait de Borås, il avait travaillé autrefois avec Molin et il désirait connaître les détails de sa mort. Giuseppe demanda à le rappeler ; il était déjà arrivé que des journalistes se fassent passer pour des collègues. Stefan Lindman dit qu'il comprenait très bien. Comme il n'avait pas de crayon sur lui, Giuseppe traça le numéro dans le gravier, du bout de sa chaussure. Lindman décrocha à la première sonnerie. Ça ne prouvait rien, évidemment ; il pouvait être journaliste quand même. En réalité, il aurait fallu appeler le commissariat de Borås et demander s'ils avaient chez eux un dénommé Stefan Lindman. Mais la manière de s'exprimer de ce type avait suffi à le convaincre. Il répondit de son mieux à ses questions, mais ce n'était pas facile au téléphone. La liaison était mauvaise, et la camionnette des techniciens approchait.

– Écoute, dit Giuseppe, il faut que je file. Je garde ton numéro. Rappelle-moi plus tard, si tu veux, sur ce portable, ou au commissariat d'Östersund. Je voudrais juste te poser une question à mon tour. On n'est pas très avancés ici, ou plutôt, on nage complètement. Alors voilà ma question : Herbert Molin se sentait-il menacé ?

Il écouta en silence pendant que la voiture des techniciens freinait dans la cour. Après avoir raccroché, Giuseppe marqua plus nettement les chiffres dans le gravier.

Le policier de Borås avait dit quelque chose d'important. Herbert Molin ne s'était jamais expliqué là-dessus, mais Lindman était sûr de son fait : Molin avait eu peur en permanence.

Les techniciens étaient au nombre de deux. Jeunes, l'un comme l'autre. Giuseppe les appréciait. Ils étaient très efficaces dans le travail, aussi énergiques que minutieux. Ensemble ils entrèrent dans la maison dont l'investigation allait à présent reprendre. Giuseppe faisait attention à l'endroit où il mettait les pieds. Une fois de plus, il contempla le sang séché au sol et sur les murs. Pendant que les jeunes enfilaient leur combinaison, il essaya à nouveau de visualiser les faits.

Il en avait déjà une image superficielle. D'abord, on avait tué le chien. Ensuite, on avait brisé toutes les vitres et tiré des cartouches de gaz lacrymogène. Ce n'étaient pas les cartouches qui avaient brisé les vitres. Les policiers avaient retrouvé dans la cour plusieurs douilles provenant d'un fusil de chasse. L'homme était méthodique. On pouvait supposer que Herbert Molin avait été endormi, au départ. Ou du moins couché. Il était nu, mais un pull et un pantalon pleins de sang gisaient dans le gravier au pied des marches. Le nombre des cartouches lacrymogènes laissait penser que la fumée avait rempli la maison. Molin s'était enfui en emportant son fusil. Il avait même tiré plusieurs fois. Mais il n'avait pas réussi à aller bien loin. Son fusil était par terre, dans la cour. Giuseppe savait que Herbert Molin était encore aveuglé par le gaz en déboulant de la maison. Et qu'il ne respirait qu'avec la plus grande difficulté.

Herbert Molin avait été contraint à la fuite. Il était sans défense au moment d'ouvrir la porte. Son meurtrier l'avait vu sortir, hébété, asphyxié, aveuglé.

Giuseppe se dirigea avec précaution vers la chambre qui ouvrait directement sur le séjour et qui recelait la plus grande énigme de toutes : une poupée maculée de sang, couchée sur un lit. Une poupée de taille humaine, mais beaucoup plus souple qu'un mannequin. Ils avaient d'abord pensé à un jouet sexuel servant à distraire Molin de sa solitude. Mais elle n'avait aucun orifice. Les brides cousues sous ses pieds avaient fini par les mettre sur la voie : la poupée faisait office de partenaire de danse. On pouvait se demander pourquoi elle était barbouillée de sang. Molin s'était peut-être réfugié dans cette chambre avant que le gaz ne l'oblige à partir. Mais cela ne répondait pas à la question. Depuis six jours que la maison était passée au crible, ils n'étaient pas parvenus à une conclusion valable sur ce point. Giuseppe avait décidé d'y consacrer la matinée. Cette poupée l'inquiétait. Elle dissimulait quelque chose qu'il n'arrivait pas à cerner.

Il ressortit prendre l'air dans la cour. Son téléphone sonna. C'était le chef du district de police d'Östersund. Giuseppe lui dit ce qu'il en était : le travail continuait, mais rien de neuf pour l'instant. Hanna Tunberg avait en ce moment même un entretien approfondi à Östersund avec Artur Nyman, le plus proche collaborateur de Giuseppe. Le chef de district l'informa qu'on avait réussi à joindre la fille de Molin, en Allemagne, et qu'elle était en route vers la Suède. Le fils, steward sur un paquebot de croisière dans les Caraïbes, avait été contacté lui aussi.

La première femme de Molin, la mère de ses deux enfants, était décédée quelques années plus tôt. Giuseppe avait consacré beaucoup de temps à vérifier ce point, mais elle était bien morte de cause naturelle. Et leur divorce remontait à dix-neuf ans. La deuxième, qui avait partagé les dernières années de Molin à Borås, avait été plus difficile à localiser.

Giuseppe retourna à l'intérieur. De l'entrée, il contempla le sang séché sur le parquet du séjour. Puis il s'écarta de quelques pas et regarda à nouveau. Il fronça les sourcils. Ces empreintes lui posaient problème. Il prit son carnet, emprunta un crayon à l'un des techniciens et fit un croquis. En tout, il y avait dix-neuf traces de pas. Dix provenant d'un pied droit et neuf d'un pied gauche.

Il ressortit dans la cour. Une corneille s'envola. Giuseppe contemplait son croquis. Puis il alla chercher un râteau qu'il avait repéré dans la remise et égalisa le gravier devant la maison. Quand il fut satisfait, il posa le pied droit en l'enfonçant bien dans le gravier, puis le gauche et ainsi de suite, en suivant son croquis. Il observa le résultat, puis il revint sur ses pas, en plaçant ses pieds dans les traces. Revenu au point de départ, il répéta le mouvement, plus vite cette fois, en fléchissant les genoux.

Soudain le déclic se fit.

L'un des techniciens était entre-temps apparu sur le perron. Il alluma une cigarette et considéra les empreintes de pas dans le gravier.

– Qu'est-ce que tu fabriques ?

– J'explore une théorie. Que vois-tu ?

– Des empreintes dans le gravier. Identiques à celles qu'on a à l'intérieur.

– C'est tout ?

– Oui.

Giuseppe hocha la tête. Le deuxième technicien sortit avec une thermos. Giuseppe s'adressa à lui.

– Il n'y avait pas un CD dans le lecteur ?

– Mais si.

– C'était quoi, comme disque ?

Le technicien tendit la thermos à son collège, retourna dans le séjour et revint après quelques secondes.

– Un truc argentin. Un orchestre. Ne me demande pas de prononcer le nom.

Giuseppe se remit une fois de plus en mouvement dans les empreintes, pendant que les deux techniciens fumaient et buvaient leur café en l'observant du coin de l'œil. Giuseppe s'arrêta et leva la tête.

– L'un de vous danse-t-il le tango ?

– Pas tous les jours. Pourquoi ?

– Parce que c'est ça que vous avez sous les yeux. Comme quand on était petits, à l'école de danse, et que le professeur scotchait des formes de pied noires sur le plancher, pour nous aider à comprendre. Ici, c'est du tango.

Pour démontrer sa théorie, Giuseppe se mit à fredonner un air de tango improvisé tout en se déplaçant dans les traces. Les pas coïncidaient avec le rythme.

– Vous voyez ? Quelqu'un a traîné Molin à travers le salon en plaçant ses pieds, ou ce qu'il en restait, comme dans une leçon de danse.

Les techniciens étaient incrédules ; en même temps, ils étaient bien obligés de lui donner raison. Ils retournèrent à l'intérieur.

– Voilà ce qu'on a ici, répéta Giuseppe. L'assassin de Molin l'a invité à danser un tango.

En silence, ils contemplèrent les traces de sang séché sur le sol.

– Mais qui ? C'est toute la question. Qui invite un mort à danser ?

4

Stefan Lindman avait la sensation que son corps se vidait peu à peu de son sang. Les techniciennes de laboratoire avaient beau le manipuler avec douceur, l'épuisement le gagnait. Il passait plusieurs heures chaque jour à l'hôpital, pour ses analyses. Il eut encore deux occasions de parler à son médecin. Il avait de nombreuses questions à lui poser, mais le courage ou la présence d'esprit de le faire lui manquait à chaque fois. Au fond de lui, il savait que toutes ces questions se réduisaient en fait à une seule. Allait-il survivre ? Et si elle ne pouvait répondre là-dessus avec certitude, combien de temps pouvait-elle lui garantir ? Il avait lu quelque part que la mort était un tailleur discret, silencieusement occupé à prendre les mesures du dernier costume de chacun. Même s'il survivait à l'épreuve, il aurait toujours le sentiment que son temps était compté, et qu'il l'avait su beaucoup trop tôt.

Le soir du deuxième jour d'analyses, il alla chez Elena. Contrairement à son habitude, il ne l'avait pas prévenue. Dès qu'elle le vit, elle comprit que quelque chose n'allait pas. Stefan avait essayé de prendre une décision, savoir s'il allait lui dire ou pas, mais au moment de sonner à sa porte, il était encore indécis. Il avait à peine posé sa veste qu'elle lui demanda ce qui était arrivé.

– Je suis malade, dit-il.

– Comment ça ?

– J'ai un cancer.

Après cela, il n'avait plus été en mesure de se taire. Autant tout lui dire, tant qu'il y était. Il avait besoin de se confier à quelqu'un, et il n'avait personne en dehors d'Elena. Ils veillèrent tard, ce soir-là, et elle eut la sagesse de ne pas tenter de le consoler. Ce dont il avait besoin, c'était de courage. Elle alla chercher un miroir et le lui tendit en disant que, comme il pouvait le constater, un homme vivant était assis là, pas un mort. Et il devait raisonner en tant que tel. Il passa la nuit chez elle et garda les yeux ouverts longtemps après qu'elle se fut endormie.

À l'aube, il se leva doucement pour ne pas la réveiller et quitta l'appartement sans bruit. Au lieu de repartir tout droit à Allégatan, il fit un long détour par le lac de Ramnasjön. Quand il se décida enfin à rentrer, il s'aperçut qu'il avait poussé jusqu'à Druvefors. Ce jour-là, avait dit son médecin, il en aurait terminé avec les analyses. Il lui avait demandé s'il pourrait partir en voyage, peut-être à l'étranger, en attendant le début du traitement, et elle lui avait répondu de faire ce dont il avait envie. Arrivé chez lui, il but un café et écouta les messages sur le répondeur. Elena s'était inquiétée au réveil, en voyant qu'il était parti.

Vers dix heures, il se rendit dans une agence de voyages de Västerlångatan et s'installa sur un canapé pour feuilleter des catalogues. Il avait presque fait le choix de Majorque, quand la pensée de Molin revint le hanter. Soudain, sa décision fut prise. Il n'allait pas se rendre à Majorque. Là-bas, il ne ferait qu'errer sous le soleil en ruminant les événements précédant son départ et ceux qui le guettaient après son retour. Dans le Härjedalen, sa solitude ne serait pas moindre, puisqu'il ne connaissait personne là-bas. Mais au moins son activité serait sans lien avec sa propre personne. Il n'avait pas d'idée très précise de ce qu'il pourrait entreprendre là-haut, mais il ressortit de l'agence de voyages et entra chez le libraire de la place pour s'acheter une carte du Jämtland. Rentré chez lui, il l'étala sur la table de la cuisine et calcula que, pour se rendre de Borås à Sveg, il fallait compter entre douze et quinze heures. En cas de fatigue, il pourrait s'arrêter en cours de route et passer la nuit quelque part.

L'après-midi, il se rendit à l'hôpital pour ses dernières analyses. Rendez-vous était déjà pris avec son médecin pour le début du traitement. Il l'avait noté dans son agenda, de son écriture habituelle qui partait dans tous les sens, comme il aurait inscrit ses dates de vacances ou l'anniversaire de quelqu'un : *vendredi 19 novembre. 8 h 15.*

Ce soir-là, il fit sa valise. En consultant la météo sur télétexte, il apprit qu'il ferait entre cinq et dix degrés le lendemain à Östersund. Entre Östersund et Sveg, la température ne devait pas être très différente. Avant de se coucher, il pensa qu'il devait informer Elena de ses projets de voyage. Elle s'inquiéterait s'il disparaissait comme ça. Mais il repoussa l'échéance. Il avait son portable, elle connaissait son numéro. Peut-être voulait-il qu'elle s'inquiète ? Peut-être se vengeait-il sur une innocente parce qu'il était malade, et pas elle ?

Le lendemain, vendredi 29 octobre, Stefan se leva très tôt. À huit heures, il était déjà loin de Borås. Avant de prendre l'autoroute, il avait fait le détour par Brämhultsvägen et l'ancienne villa de Herbert Molin. Molin avait vécu là, d'abord avec sa femme, puis seul, et c'était de là qu'il était parti vers le nord au moment de sa retraite.

Stefan repensa à la fête d'adieu qu'ils avaient organisée pour lui à la cafétéria du personnel, au dernier étage du commissariat. Molin n'avait pas beaucoup bu. C'était probablement le plus sobre de la bande. Le commissaire Nylund, qui devait lui-même partir à la retraite l'année suivante, avait prononcé un discours dont Stefan ne se rappelait pas un mot. La fête manquait un peu d'ambiance, et on s'était séparé de bonne heure. Ensuite, contrairement à la coutume, Molin n'avait pas invité ses collègues chez lui pour les remercier. Il avait simplement quitté le commissariat. Quelques semaines plus tard, il quittait aussi la ville.

Stefan réalisa qu'il reproduisait aujourd'hui le trajet exact de Molin, au départ de Brämhultsvägen. Il le suivait à la trace sans rien savoir des raisons de son déménagement, ou peut-être de sa fuite, vers le Norrland.

Stefan parvint à Orsa dans la soirée. Il s'arrêta pour dîner, un bifteck trop gras dans un routier, puis il retourna sur le parking et se roula en boule sur la banquette arrière. Il était si fatigué qu'il s'endormit presque aussitôt. Les sparadraps au creux de ses coudes le grattaient. Dans son rêve, il courait à travers une enfilade sans fin de salles plongées dans le noir.

Il se réveilla avant l'aube, ankylosé, avec un mal de tête terrible, et s'extirpa de la voiture. Pendant qu'il pissait, debout sur le parking, il s'aperçut que son haleine formait une vapeur blanche. Le gravier crissait sous ses pieds. Il comprit que la température avait chuté en dessous de zéro. La veille au soir, il avait pensé à faire remplir sa thermos. Il se versa un café, et le but assis derrière le volant. Un poids lourd qui stationnait à côté de lui s'ébranla brutalement et disparut dans l'obscurité. Stefan alluma la radio et écouta les infos matinales. Cela ranima son angoisse. Quand il serait mort, il ne pourrait plus écouter la radio. La mort impliquait plein de choses. La radio se taisait, elle aussi.

Il rangea la thermos sur la banquette arrière et mit le contact. Il lui restait une centaine de kilomètres à parcourir jusqu'à Sveg, à travers l'interminable Orsa Finnmark. Il s'engagea sur la route en songeant qu'il devait faire attention aux élans.

La lumière grignotait lentement le ciel pendant que Stefan pensait à Herbert Molin, en essayant de se rappeler tout ce qu'il pouvait, les conversations, les rendez-vous, les moments anodins. Quelles étaient les habitudes de Molin ? En avait-il même eu ? Quand avait-il ri ? Quand s'était-il mis en colère ? Stefan constata qu'il avait du mal à s'en souvenir. L'image de Herbert Molin se dérobait. Sa seule certitude, c'était qu'il avait eu peur.

La forêt s'ouvrit. Stefan traversa le fleuve Ljusnan. Peu après, il entrait dans Sveg, mais le bourg était si petit qu'il faillit en ressortir, le temps de comprendre qu'il avait atteint son but. Il tourna à gauche après l'église et aperçut presque aussitôt une enseigne d'hôtel. Il n'avait pas jugé utile de réserver. Mais la réceptionniste lui dit qu'il avait de la chance. Il restait une chambre, et encore, parce que le client s'était décommandé. Stefan n'en revenait pas.

– Qui loge à l'hôtel, à Sveg ?

– Des pilotes d'essai, qui testent de nouveaux modèles de voiture. Puis il y a les informaticiens.

– Pardon ?

– On en a beaucoup en ce moment. De nouvelles boîtes s'installent dans la région, et il n'y a pas de logements disponibles. La commune envisage de construire des baraquements. Tu comptes rester combien de jours ?

– Une semaine au moins. C'est possible ?

Elle feuilleta le registre.

– Pas sûr. On est complet presque tout le temps.

Stefan déposa sa valise dans la chambre et redescendit à l'entresol, où le buffet du petit déjeuner était servi. Les clients déjà attablés étaient des types jeunes, presque tous revêtus d'une espèce de combinaison d'aviateur. Après avoir mangé, Stefan monta dans sa chambre, se déshabilla, arracha ses sparadraps et se mit sous la douche. Puis il se glissa dans le lit. Qu'est-ce que je fais ici? pensa-t-il. J'aurais pu être à Majorque. Au lieu de me balader sur une plage face à une mer bleue, je suis encerclé par un million d'arbres.

Au réveil, il se demanda où il était. Puis il s'attarda sous les couvertures en essayant d'imaginer un plan d'action. Il ne pouvait prendre aucune initiative tant qu'il n'aurait pas vu l'endroit où Herbert Molin avait été tué. Le plus simple, évidemment, aurait été de s'adresser à l'homme d'Östersund, Giuseppe Larsson. Mais, pour une raison confuse, il voulait y aller seul et sans prévenir personne. Plus tard, il pourrait en parler avec Giuseppe, peut-être même lui rendre visite à Östersund. N'y avait-il donc pas de policier sur place, à Sveg? Il s'était posé la question pendant son long voyage à travers la Suède. Quelqu'un devait-il réellement se taper les cent quatre-vingt-dix kilomètres à la moindre infraction?

Il finit par se lever. Les questions étaient nombreuses. Mais le plus important dans l'immédiat, c'était de voir de ses propres yeux le lieu du meurtre.

Il se rhabilla et descendit à la réception. La fille qui l'avait accueilli en début de matinée était au téléphone. Stefan déplia sa carte de la région et attendit. Elle parlait à un enfant – le sien, sans doute – en lui expliquant qu'elle n'allait pas tarder à rentrer.

– La chambre te convient? demanda-t-elle après avoir raccroché.

– Tout va bien. Mais j'ai une question, euh, comment dire. Je ne suis pas pilote d'essai, ni touriste, ni pêcheur. Je suis venu parce qu'un ami à moi a été tué par ici la semaine dernière.

Elle prit un air grave.

– Celui qui vivait près de Linsell ? L'ancien policier ?

– C'est ça.

Il lui montra sa carte professionnelle. Puis il tourna vers elle sa carte de la région.

– Tu peux me montrer où il habitait ?

Elle chercha quelques instants avant de poser son doigt sur une intersection.

– Il faut aller à Linsell. Là, tu prends vers Lofsdalen, tu traverses le fleuve. Tu verras un panneau où il est écrit «Linkvarnen». Après ce panneau, tu continues tout droit sur une dizaine de kilomètres. Sa maison est sur la droite, au bout d'un chemin. Mais le chemin n'est pas indiqué.

Elle leva la tête et le regarda.

– Je ne suis pas très curieuse de nature. Beaucoup de gens sont allés là-bas jeter un coup d'œil. Pas moi. Mais des policiers d'Östersund sont venus, et ils ont logé ici. Je les ai entendus décrire l'itinéraire au téléphone à quelqu'un qui devait arriver par hélicoptère.

– J'imagine que les meurtres ne sont pas fréquents dans la région.

– Je n'ai jamais entendu parler d'un meurtre. Et je suis née ici, du temps où il y avait encore une maternité à Sveg.

Stefan essaya de replier sa carte, sans succès.

– Donne, dit-elle.

Il la laissa faire. Elle lissa la carte avant de la replier.

Dans la cour de l'hôtel, Stefan s'aperçut que les nuages du matin avaient disparu. Le ciel était dégagé, l'air vif. Il inspira profondément.

Puis il s'imagina mort.

Et il se demanda qui viendrait à ses funérailles.

Peu après quatorze heures, il était à Linsell. À son étonnement, il y découvrit une pâtisserie qui portait l'enseigne « cybercafé ». Il y avait également une station-service et un magasin d'alimentation. Il prit à gauche, traversa le pont. Entre Sveg et Linsell, il avait compté en tout et pour tout trois voitures sur la route. Il conduisait lentement. Une dizaine de kilomètres, avait-elle dit. Sept kilomètres plus loin, il distingua sur sa droite un chemin de gravier à peine visible qui s'enfonçait dans la forêt. Cinq cents mètres d'ornières plus loin, le chemin s'arrêtait. Quelques panneaux tracés à la main signalaient que les sentiers qu'on voyait au-delà étaient des pistes de scooter pour la circulation hivernale. Il fit demi-tour et retrouva la route principale. Un kilomètre plus loin, il essaya un autre sentier impraticable qui s'arrêtait au bout de deux kilomètres au pied d'un tas de bois. Plusieurs fois, il avait senti des pierres érafler le dessous de la voiture. Il ne restait plus qu'à rebrousser chemin.

En arrivant à Dravagen, il comprit qu'il avait dépassé l'embranchement. Il fit demi-tour encore une fois, croisa un camion et deux voitures, puis plus rien. Il roulait très lentement, vitre baissée. De temps à autre, la pensée de la maladie revenait. Que serait-il arrivé s'il avait choisi d'aller à Majorque ? Là-bas il n'aurait pas eu à chercher des chemins invisibles dans la forêt. Qu'aurait-il imaginé de faire alors ? Boire, se saouler tout au fond d'un bar obscur ?

Soudain il l'aperçut, juste après un tournant de la route. Il sentit tout de suite que c'était le bon. Une montée, trois virages serrés – le sol était égal, du gravier, comme elle l'avait dit. À peine deux kilomètres plus loin, il aperçut la maison entre les arbres. Il s'arrêta au milieu de la cour. Les bandes plastique de la police étaient encore là. Mais l'endroit était désert. Il sortit de la voiture.

Il n'y avait pas un souffle de vent. Immobile, il regarda autour de lui. Herbert Molin avait quitté sa villa de Borås pour venir vivre ici. Au fond, tout au fond de la forêt. Où quelqu'un était venu pour le tuer. Stefan contempla la façade, les fenêtres éventrées. Il s'avança, la porte était fermée à clé. Il contourna la maison. Toutes les vitres étaient dans le même état. À l'arrière, il devina un scintillement entre les arbres. Un lac. Il tâta la poignée de la remise. La porte s'ouvrit. Dans la pénombre, il identifia les contours d'un établi et de quelques outils. Il ressortit.

Solitude, songea-t-il. Ici, Herbert Molin a été seul. Et c'était ce qu'il voulait, déjà du temps où il vivait à Borås. Je le comprends maintenant. Il voulait être seul, c'est cela qui l'a poussé à s'installer ici.

Comment s'était-il procuré cette maison ? À qui l'avait-il achetée ? Pourquoi dans ce coin précis du Härjedalen ?

Il s'approcha d'une fenêtre du mur pignon. Un traîneau était rangé contre la façade. Il le déplaça, s'en servit comme d'un escabeau, fit un rétablissement, glissa le bras par l'ouverture béante et ouvrit la croisée de l'intérieur. Puis il épousseta ses vêtements et entra dans la maison. Il règne toujours une odeur spéciale dans les endroits où la police est passée, pensa-t-il. Chaque métier laisse des traces olfactives. On ne fait pas exception à la règle.

Il se trouvait dans une petite chambre à coucher. Le lit était fait, mais il restait des taches de sang séché. Même si l'investigation technique était terminée, il ne voulait toucher à rien. Il désirait voir exactement ce qu'avaient vu les techniciens de la police. Là où ils s'étaient arrêtés, il prenait la relève.

Mais par où devait-il commencer ? Que croyait-il pouvoir découvrir ? Il se persuada qu'il était dans la maison de Herbert Molin à titre privé. Pas en tant que policier ou détective, seulement comme un homme atteint d'un cancer et qui voulait réfléchir à autre chose qu'à sa maladie.

Il passa dans le séjour. Les meubles gisaient, renversés. Il y avait des traces de sang au sol et sur les murs. Il comprit alors à quel point la mort de Herbert Molin avait dû être atroce. Il n'avait pas été tué d'une balle ou d'un coup de couteau. Il avait été la cible d'un assaut dément, et tout indiquait qu'il avait été pourchassé et qu'il s'était débattu.

Stefan fit le tour de la pièce avec précaution et s'arrêta devant le lecteur de CD ouvert. Aucun disque sur la platine, mais une pochette à côté. Du tango argentin. Il poursuivit son inspection du séjour. Herbert Molin vivait sans bibelots superflus. Pas de tableaux, pas de vases. Et pas la moindre photo de famille.

Une pensée frappa soudain Stefan. Il retourna dans la chambre et ouvrit l'armoire. Parmi les vêtements, il n'y avait pas d'uniforme de police. Molin s'en était donc débarrassé. Les collègues retraités conservaient en général le leur.

Il alla dans la cuisine, sans cesser de se représenter Herbert Molin à ses côtés. Un homme de soixante-quinze ans, seul. Qui se lève le matin, se prépare à manger, fait passer le temps.

On s'occupe toujours à quelque chose. Personne ne peut rester en permanence assis sans bouger sur une chaise. Même le plus passif des hommes *fait* quelque chose. Que faisait Herbert Molin ? À quoi employait-il ses journées ? Il regagna le séjour. Par terre, à côté d'une empreinte sanglante, il avait repéré une pièce de puzzle. Il vit qu'il y en avait d'autres. En se redressant, il sentit un élancement dans le bas du dos. La maladie, pensa-t-il aussitôt. Ou peut-être seulement sa posture inconfortable dans la voiture, pendant la nuit. Il attendit que ça passe.

Puis il se dirigea vers le meuble de rangement où se trouvait le lecteur de CD, se pencha à nouveau et ouvrit les battants de la partie basse. Celle-ci était remplie de boîtes, qu'il prit tout d'abord pour des jeux de société. Mais en regardant la première de la pile, il vit que c'était un puzzle. Il examina le motif reproduit sur le couvercle et qui, d'après le texte, était celui d'une toile de Matisse. Ce nom lui disait vaguement quelque chose. L'image représentait un grand jardin, au fond duquel on distinguait deux silhouettes de femmes vêtues de blanc. Il sortit les autres puzzles à tour de rôle. Presque tous avaient pour motif une œuvre d'art, et un nombre impressionnant de pièces. Il ouvrit le meuble voisin. Plein de puzzles, lui aussi, tous emballés dans leur cellophane d'origine. Il se redressa avec précaution, pour ne pas réveiller la douleur. Herbert Molin consacrait donc au moins une partie de son temps à assembler des puzzles. C'était surprenant. Pas plus, après tout, que sa propre collection d'articles idiots sur les joueurs d'Elfsborg.

Il regarda à nouveau autour de lui. Le silence était si profond qu'il entendait les pulsations de son cœur. Il pensa qu'il devait appeler ce policier d'Östersund au prénom étrange. Peut-être irait-il lundi bavarder un moment avec lui ? Quoi qu'il en soit, il était complètement extérieur à cette affaire. Ça, il avait l'intention de le lui dire d'emblée. Il n'était pas venu dans le Härjedalen pour jouer à l'enquêteur parallèle. Selon toute vraisemblance, la mort de Herbert Molin trouverait une explication toute simple. Le mobile était presque toujours l'argent ou la vengeance. L'alcool tenait aussi un rôle, dans la plupart des cas. Et le coupable se rencontrait le plus souvent dans le cercle des proches, famille ou amis.

Peut-être Giuseppe et ses collègues avaient-ils déjà cerné un mobile et présenté un suspect au procureur ? C'était même probable.

Stefan jeta un dernier regard à la ronde. En se demandant ce que lui racontait ce séjour quant au drame qui s'était joué là. Mais il ne trouva aucune réponse. Il contempla longuement les empreintes de sang séché sur le parquet. Elles formaient un motif. Et elles étaient étrangement nettes, comme imprimées là délibérément, et non au hasard d'un corps à corps ou par un agonisant. Il se demanda quelles conclusions Giuseppe et les techniciens en avaient tirées.

Puis il se tourna vers ce qu'il restait de la grande baie vitrée.

Il sursauta et se jeta contre le mur.

Il venait de voir un homme dans la cour. Un fusil à la main, complètement immobile, cet homme regardait fixement la fenêtre.

5

Stefan n'eut pas le temps d'avoir peur. En découvrant l'inconnu au fusil, il s'était plaqué au mur, et, la seconde d'après, il entendit une clé tourner dans la serrure. L'idée folle qui avait tourbillonné en lui, que ce pouvait être le meurtrier, disparut aussitôt. Le meurtrier n'aurait pas ouvert avec sa clé.

La porte s'ouvrit et l'homme se planta sur le seuil du séjour, son arme le long du corps. Stefan vit que c'était un fusil de chasse. L'inconnu prit la parole.

– Il ne devrait y avoir personne ici. Pourtant il y a quelqu'un.

Il parlait lentement et distinctement, mais pas comme la réceptionniste de l'hôtel. Son dialecte était différent, Stefan ne parvenait pas à le situer.

– Je connaissais la victime, répondit-il.

L'homme hocha la tête.

– Je te crois. Ce que je voudrais savoir, c'est : qui es-tu ?

– J'ai travaillé avec Herbert Molin pendant des années. Il était policier, je le suis encore.

– C'est à peu près tout ce que je sais de Herbert. Qu'il avait été flic.

– Et toi ?

L'homme lui fit signe de le suivre dans la cour et indiqua le chenil.

– En fait, je crois que je connaissais Shaka mieux que je ne connaissais Herbert. Personne ne connaissait Herbert.

Stefan regarda le chenil, puis l'individu debout à son côté. Chauve, maigre, la soixantaine. Une veste enfilée par-dessus un bleu de travail. Des bottes en caoutchouc. Il se tourna vers Stefan.

– Tu te demandes qui je suis. Pourquoi j'ai la clé. Et un fusil.

Stefan acquiesça en silence.

– Dans ce coin du pays, les distances sont grandes. J'imagine que tu n'as croisé personne sur la route. On peut dire que j'étais le plus proche voisin de Herbert. Même si j'habite à dix kilomètres d'ici.

– Quel est ton métier ?

L'homme sourit.

– D'habitude, on commence par demander aux gens comment ils s'appellent. Avant de leur demander ce qu'ils font comme boulot.

– Je m'appelle Stefan. Stefan Lindman. Je suis policier à Borås, là où travaillait Herbert avant sa retraite.

– Abraham Andersson. Mais par ici, on m'appelle plutôt Dunkärr, parce que j'habite une ferme qui s'appelle Dunkärret.

– Tu es fermier ?

L'homme éclata de rire et cracha dans le gravier.

– Non. Je ne travaille ni dans les champs ni dans la forêt. Si, dans la forêt, mais pas pour couper les arbres. Je joue du violon. Pendant vingt ans, j'ai eu ma place dans l'orchestre symphonique de Helsingborg. Un beau jour, j'en ai eu assez. Alors je suis venu ici. Ça m'arrive de jouer. Surtout pour entretenir les doigts, vu que les anciens violonistes ont des problèmes articulaires s'ils arrêtent trop brutalement. C'est comme ça qu'on s'est rencontré, avec Herbert.

– Comment ?

– J'ai l'habitude d'emmener mon violon dans la forêt. Je me mets au milieu des arbres, là où ils sont très serrés. Ça produit un certain son. D'autres fois, je grimpe sur un rocher, ou alors je me plante à côté d'un lac. Le son change sans arrêt. Après tant d'années passées dans une salle de concert, j'ai l'impression d'avoir un nouvel instrument entre les mains.

Il montra le lac qu'on devinait entre les arbres.

– Je jouais là-bas. Le concerto de Mendelssohn, je crois, le mouvement lent. Herbert est arrivé avec son chien. Il se demandait ce qui se passait. Je peux le comprendre. Qui s'attend à trouver un bonhomme en train de jouer du violon dans la forêt ? Et il était furieux, en plus, parce que j'étais sur ses terres. Mais après on est devenu des amis. Enfin, si on peut dire.

– Comment ça ?

– Herbert n'avait pas vraiment d'amis.

– Pourquoi ?

– Il avait acheté cette maison pour avoir la paix. Mais on ne peut pas cesser de fréquenter complètement les autres, c'est impossible. Au bout d'un an à peu près, il m'a dit qu'il avait le double de la clé dans sa remise. Je ne sais toujours pas pourquoi il me l'a dit.

– Mais vous vous fréquentiez ?

– Non. Il me laissait jouer au bord du lac quand j'en avais envie. Pour te dire la vérité, je n'ai jamais mis le pied dans cette maison. Et il n'est jamais venu chez moi.

– Recevait-il d'autres visiteurs ?

La réaction de l'homme fut imperceptible. Mais Stefan perçut son hésitation.

– Pas à ma connaissance.

Il y avait donc bien un visiteur, pensa Stefan.

– Tu es à la retraite, si je comprends bien, dit-il à voix haute. Tu t'es retiré dans la forêt, comme Herbert…

L'homme rit à nouveau.

– Pas du tout. Je ne suis pas à la retraite et je ne me suis pas «retiré dans la forêt». J'écris pour des orchestres de danse.

– Pardon?

– Quelques chansons par-ci par-là, cœur et douleur, ce genre de chose. De vraies merdes, en général. Mais j'ai figuré plusieurs fois en tête du top 50 suédois. Pas sous le nom d'Abraham Andersson, évidemment. J'ai ce qu'on appelle un pseudonyme.

– Lequel?

– Siv Nilsson.

– Un nom de femme?

– J'avais une camarade dont j'étais amoureux au collège. Elle s'appelait Siv Nilsson. Il m'a semblé que ce pouvait être une belle déclaration.

Stefan se demanda si cet Abraham Andersson se payait sa tête. Puis il prit le parti de le croire. Ses doigts étaient longs et minces. Il pouvait fort bien être violoniste.

– On se demande ce qui a pu se produire, reprit soudain Andersson. Qui pouvait en vouloir à ce point à Herbert. Les policiers n'ont pas cessé de venir jusqu'à hier. On a vu arriver des types en hélicoptère, ils ont lâché des chiens dans la forêt, ils ont fait le tour des fermes en posant des tas de questions. Mais personne ne sait.

– Personne?

– Personne. Herbert Molin a débarqué de nulle part parce qu'il voulait avoir la paix. Mais quelqu'un ne voulait pas qu'il ait la paix. Et maintenant il est mort.

– Quand l'as-tu vu pour la dernière fois?

– Tu poses les mêmes questions que les flics.

– Je suis flic.

Andersson le jaugea du regard.

– Tu n'es pas d'ici. Alors tu ne peux pas être sur l'enquête.

– Je connaissais Herbert. Je suis en arrêt de travail. J'ai fait le voyage.

Andersson hocha la tête ; mais il était clair qu'il ne le croyait pas.

– J'ai l'habitude de m'absenter une semaine par mois, dit-il soudain. Je vais à Helsingborg voir ma femme. Le truc étrange, c'est que ça s'est produit quand je n'étais pas là.

– Pourquoi étrange ?

– Parce que je ne suis jamais absent aux mêmes dates. Ça peut être au milieu du mois, du dimanche au samedi. Ou alors du mercredi au mardi suivant. Jamais pareil. Et juste quand je m'en vais, ça arrive.

Stefan réfléchit.

– Tu veux dire qu'on aurait profité de ton absence ?

– Je ne veux rien dire du tout. Sinon que c'est étrange. À part Herbert, j'étais le seul à remuer mes abattis dans le coin.

– Alors ? Que s'est-il passé, à ton avis ?

– Je n'en sais rien. Et maintenant je dois y aller.

Stefan le raccompagna jusqu'à sa voiture, qu'il avait laissée en contrebas de la maison. Sur la banquette arrière, il distingua un étui de violon.

– Où est-ce que tu as dit que tu habitais ? Dunkärret ?

– C'est de ce côté de Glöte. Tout droit sur la route, à huit kilomètres environ. L'écriteau sur la gauche. Dunkärret 2.

Andersson s'installa au volant et baissa sa vitre.

– Il faudrait arrêter le type qui a fait ça. Herbert était un gars bizarre. Mais pacifique. Celui qui l'a tué devait être un fou furieux.

Stefan suivit la voiture du regard, et resta ensuite immobile jusqu'à ce que le bruit du moteur eût disparu.

Il pensa que les bruits s'entendaient longtemps, dans la forêt. Puis il retourna à la maison et prit le sentier qui descendait vers le lac. Il pensait sans cesse à ce qu'avait dit Abraham Andersson. Personne ne connaissait Herbert Molin. Mais quelqu'un lui rendait pourtant visite. Andersson n'avait pas voulu citer de nom. Il songea aussi au détail qui semblait l'inquiéter, à savoir que le meurtre avait été commis à un moment où il n'était pas sur place. Si on pouvait considérer Dunkärret comme « sur place ». Stefan s'immobilisa sur le sentier. Cela ne peut signifier qu'une chose, pensa-t-il. Abraham Andersson soupçonne que le tueur savait qu'il serait absent ce jour-là. Et cela à son tour ne laisse que deux possibilités. Ou bien le tueur est du coin, ou bien il surveillait Herbert depuis longtemps. Un mois au moins, peut-être davantage.

Il parvint au lac, qui se révéla plus grand qu'il ne l'aurait cru. La surface brune était agitée de mouvements imperceptibles. Il s'accroupit et plongea la main dans l'eau. Froide. En se relevant, il vit soudain devant lui l'hôpital de Borås. Cela faisait plusieurs heures qu'il n'y avait pas pensé. Il s'assit sur une pierre et laissa son regard errer par-dessus le lac. Sur l'autre rive, le sommet des sapins dessinait une crête sinueuse. Il distingua le bruit lointain d'une scie électrique.

Je n'ai rien à faire ici. Herbert Molin avait peut-être une raison de se cacher dans cette forêt et ce silence. Moi non. Au contraire, je devrais me préparer à ce qui m'attend. Le médecin a dit que j'avais de grandes chances de survivre. Je suis jeune, costaud. Mais la vérité, c'est que personne ne sait si je vais m'en sortir.

Il se remit en marche le long du rivage. Quand il se retourna, la maison avait disparu. Il était complètement seul à présent. Il poursuivit le long de la grève caillouteuse, jusqu'à une barque vermoulue que quelqu'un avait tirée au sec. Une fourmilière occupait les restes du bateau. Il continua tout droit sans savoir où il allait. Parvenu à hauteur d'une clairière, il s'assit de nouveau, cette fois sur un tronc renversé. Le sol alentour était piétiné. L'écorce portait des entailles au couteau. Peut-être Herbert avait-il l'habitude de venir là, songea-t-il distraitement. Entre deux puzzles. Peut-être emmenait-il son chien – comment s'appelait-il déjà ? Shaka. Drôle de nom pour un chien.

Il avait la tête vide. Il ne vit plus que la route, la longue route depuis Borås jusqu'à cette forêt.

Soudain l'image fut dérangée. Par un détail auquel il aurait dû prêter attention. Puis il comprit. C'était ce qu'il venait de penser à l'instant. Que Herbert avait peut-être promené son chien à cet endroit.

Ce pouvait aussi être quelqu'un d'autre. Quelqu'un d'autre avait fort bien pu s'asseoir sur ce tronc. Il regarda autour de lui, attentivement cette fois. L'endroit avait été déblayé. Il le voyait maintenant. Quelqu'un avait fait le ménage et égalisé la terre. Il se leva, s'accroupit au centre de cette surface approximative. Elle n'était pas grande, vingt mètres carrés à peine, mais bien abritée des regards. Des arbres aux racines enchevêtrées et quelques blocs rocheux la rendaient quasi inaccessible, à moins de passer comme lui par le rivage. En examinant le sol de plus près, il distingua une ligne de démarcation dans la mousse, qui formait un rectangle. Il tâta les angles. Ses doigts rencontrèrent des trous. Il se releva.

Une tente, pensa-t-il. Si je ne fais pas fausse route, il y a eu une tente à cet endroit. Je ne pourrais dire à quel moment, mais ce devait être cette année. Autrement, la neige aurait effacé les traces.

Il promena à nouveau son regard sur la clairière, lentement, comme si chaque impression pouvait être décisive. En son for intérieur, il était rongé par l'idée qu'il se livrait à une activité absurde. Mais il n'avait rien d'autre qui puisse le distraire en cet instant. Il chercha des restes d'un feu. Il n'y en avait pas. Mais ça ne voulait rien dire. Les campeurs d'aujourd'hui partaient dans la forêt avec des réchauds à gaz. Il examina une fois de plus le sol autour du tronc abattu sans rien découvrir de neuf.

Il redescendit vers le rivage. Il y avait une grosse pierre, juste au bord du lac. Il s'assit dessus et regarda dans l'eau. Puis il jeta un coup d'œil derrière, en tâtonnant du bout des doigts. La mousse se détachait toute seule. Quand il eut fini de gratter, il reconnut des restes de mégots. Le papier était marron, presque détruit par l'humidité, mais on distinguait encore quelques brins de tabac. Il continua à creuser. Partout des mégots. Celui ou celle qui venait s'asseoir sur cette pierre était un grand fumeur. Il en dénicha un dont le papier avait conservé une trace de blancheur. Il le prit délicatement et chercha dans ses poches de quoi l'envelopper. Il ne trouva qu'un ticket de caisse de la cafétéria de l'hôpital de Borås. Il emballa le mégot en appuyant bien sur les plis pour en faire un petit paquet. Puis il continua à chercher, en imaginant ce que lui-même aurait fait s'il avait campé à cet endroit. Des toilettes, pensa-t-il. Par un étroit passage contournant le plus grand des rochers, il était possible de grimper vers la forêt. Il examina la paroi, où la mousse semblait avoir été raclée. Il avança en scrutant le sol. Rien. Mètre par mètre, il s'enfonça dans la forêt, en songeant aux chiens policiers dont avait parlé Abraham. S'ils n'avaient rien flairé autour de la maison, il était peu probable qu'ils aient poussé jusqu'au lac. Soit les chiens flairaient une piste, soit ils n'en flairaient aucune.

Il tomba en arrêt. Devant lui, au pied d'un pin, il venait d'apercevoir des excréments humains. Et du papier toilette. Son cœur battit plus vite. Il n'avait pas rêvé, quelqu'un avait bien monté une tente au bord du lac. Quelqu'un qui fumait des cigarettes et qui faisait ses besoins dans la forêt.

Pourtant, il lui manquait l'essentiel. Le lien entre cet individu et Herbert Molin. Il retourna à la clairière avec l'idée de chercher un chemin forestier où le campeur aurait pu se garer.

Puis il se dit qu'il raisonnait de travers. Cette cachette, habilement dissimulée, ne coïncidait pas avec l'idée d'une voiture stationnée près de la route. Quelles étaient les autres possibilités ? Une moto ou un vélo, plus faciles à camoufler. Ou alors se faire déposer par un tiers. Il regarda vers le lac. Le campeur pouvait évidemment être arrivé par là. Dans ce cas, où était le bateau ?

Giuseppe, pensa Stefan. C'est à lui que je dois parler. Je n'ai aucune raison de jouer au détective, tout seul dans la forêt. Cette enquête relève de la police du Jämtland et du Härjedalen.

Il se rassit sur le tronc renversé. La température baissait, le soleil était presque couché. Il entendit un battement d'ailes tout près de lui, mais quand il leva la tête l'oiseau avait déjà disparu. Il se décida à rentrer. Un silence lugubre régnait autour de la maison de Herbert Molin. Stefan s'aperçut qu'il était gelé. Le froid de cet endroit le pénétrait jusqu'aux os.

Il reprit la direction de Sveg. À Linsell, il s'arrêta à la supérette Ica pour acheter le journal local, qui s'appelait *Härjedalen* et qui paraissait tous les jeudis, sauf fériés. Le caissier lui adressa un signe de tête aimable. Stefan comprit qu'il était curieux.

– On ne voit pas beaucoup d'étrangers par ici à l'automne, dit-il.

Son badge indiquait qu'il s'appelait Torbjörn Lundell. Autant lui dire ce qu'il en est, pensa Stefan.

– Je connaissais Herbert Molin. Nous étions amis.

C'était aussi mon collègue, avant qu'il parte à la retraite.

Lundell le dévisagea.

– Pourquoi ? Nos agents à nous ne suffisent pas à régler cette affaire ?

– Je ne suis pas impliqué dans l'enquête.

– Mais tu es venu jusqu'ici du, euh, du Halland ?

– Du Västergötland. Je suis en congé. Herbert t'a donc dit qu'il était de Borås ?

Lundell secoua la tête.

– Ce sont les policiers qui me l'ont dit. En tout cas, il venait faire ses courses ici. Un jeudi sur deux, sans exception. Jamais un mot de trop. Et il achetait toujours les mêmes choses. Mais pour le café, il avait des goûts de luxe. Je devais le commander spécialement pour lui. Du café français.

– Quand l'as-tu vu pour la dernière fois ?

– Le jeudi précédant sa mort.

– Et tu n'as rien remarqué ?

– Quoi, par exemple ?

– Qu'il aurait été différent.

– Il était comme d'habitude. Pas un mot de trop.

Stefan réfléchit. Il n'aurait pas dû endosser son rôle professionnel ainsi à la légère. La rumeur se répandrait vite qu'un policier curieux venu de loin écumait la région en interrogeant les gens. Il y avait pourtant une question qu'il ne pouvait laisser passer.

– Tu n'aurais pas eu de nouveaux clients, ces derniers temps, que tu n'avais pas vus avant ?

– Les policiers d'Östersund et l'agent de Sveg m'ont demandé la même chose. Et je leur ai dit la vérité. À part quelques Norvégiens et un Belge cueilleur de baies la semaine dernière, je n'ai vu personne que je ne connaissais pas.

Stefan le remercia et reprit la route. La nuit était tombée. Il avait faim maintenant.

Il avait tout de même appris quelque chose. Il existait au moins un agent de police à Sveg. Même si l'enquête était dirigée depuis Östersund.

Juste avant Glissjöberg, un élan apparut soudain sur la route. Stefan le cueillit dans la lumière des phares et put freiner à temps. L'animal disparut entre les arbres. Stefan attendit, au cas où un autre le suivrait. Mais la route était déserte. Il continua jusqu'à Sveg et se gara devant l'hôtel. Quelques types en combinaison discutaient à la réception. Il monta dans sa chambre et s'assit sur le lit. La pensée de la maladie revint immédiatement. Il se voyait dans un lit d'hôpital, avec des tuyaux qui partaient de son visage et de son corps. Elena était assise à côté sur une chaise et elle pleurait.

Il se leva d'un bond et projeta son poing contre le mur. L'instant d'après, il entendit frapper à sa porte. C'était l'un des pilotes d'essai.

– Tu me voulais quelque chose ?

– Non, pourquoi ? demanda Stefan.

– Tu as cogné au mur.

– Ça devait venir de dehors, dit-il.

Il lui claqua la porte au nez. Ça y est, pensa-t-il, je me suis fait mon premier ennemi dans le Härjedalen. Alors que j'aurais le plus grand besoin de me faire des amis.

La question résonna en lui. Pourquoi avait-il si peu d'amis ? Pourquoi repoussait-il le moment d'emménager avec Elena et de commencer une vie qu'il désirait pourtant ? Pourquoi avait-il choisi un mode de vie qui le laissait seul pour affronter une maladie grave ? Il n'avait pas de réponse.

Il faillit appeler Elena, mais décida qu'il devait dîner d'abord. Il descendit à la salle de restaurant et s'assit à une table isolée près de la fenêtre. Il était l'unique client. Un téléviseur était allumé du côté du bar. Quand la

82

serveuse s'approcha, il reconnut avec surprise la réceptionniste. Elle avait simplement changé de tenue. Il demanda un bifteck et une bière. Tout en dînant, il feuilleta le journal acheté à Linsell. Il lut à fond les rubriques nécrologiques, en essayant d'imaginer la sienne. Ensuite il commanda un café qu'il avala à petites gorgées, le regard perdu vers la nuit du dehors.

De retour à la réception, il hésita entre une promenade et sa chambre. Il choisit la chambre, s'assit sur le lit et appela Elena, qui décrocha aussitôt. Stefan eut l'impression qu'elle attendait son coup de fil.

– Où es-tu ?

– À Sveg. Dans le Härjedalen. Je n'avais rien à faire, alors voilà.

– Comment ça va ? demanda-t-elle d'une voix prudente.

– Froidement.

– C'est à cause de ton ancien collègue que tu es là-haut ?

– Oui.

– Je ne comprends pas pourquoi tu es parti.

– Moi non plus.

– Rentre alors.

– Si je pouvais, je rentrerais dès ce soir. Mais je dois rester quelques jours.

– Tu ne peux pas me dire au moins que je te manque ?

– Tu me manques, et tu le sais très bien.

Il raccrocha après lui avoir donné le numéro de l'hôtel. Ni l'un ni l'autre n'aimaient parler au téléphone. Leurs conversations étaient presque toujours brèves ; mais Stefan avait quand même senti qu'elle était proche de lui.

Il s'aperçut qu'il était fatigué. La journée avait été longue. Il défit ses lacets et se débarrassa de ses chaussures. Puis il s'allongea et se mit à regarder le plafond.

Je dois savoir ce que je fais ici.

Je suis venu pour essayer de comprendre pourquoi Herbert Molin avait toujours peur. Maintenant j'ai vu la maison où il a été tué et j'ai découvert un campement qui était peut-être une cachette.

Il réfléchit à la suite. La chose naturelle serait de se rendre jusqu'à Östersund pour rencontrer Giuseppe Larsson. Mais après ? Qu'allait-il faire après ?

Il pensa une fois de plus que ce voyage était absurde. Il aurait dû s'envoler pour Majorque. La police du Jämtland ferait son travail. Un jour il saurait le fin mot de l'histoire.

Il se tourna sur le côté et regarda l'écran noir du téléviseur. Quelques jeunes riaient dans la rue. Lui-même avait-il ri au cours de cette journée ? Il eut beau fouiller sa mémoire, il ne trouva même pas un sourire. D'habitude, je ris souvent, se dit-il. Là, tout de suite, je ne suis pas comme d'habitude. Là, tout de suite, je suis un homme qui a une tumeur à la langue et qui a peur de ce qui va lui arriver.

Puis il regarda ses chaussures. Un objet clair s'était coincé sous une semelle, dans le relief du caoutchouc. Un caillou sans doute. Il attrapa la chaussure pour l'enlever.

Mais ce n'était pas un caillou. C'était une pièce de puzzle. Il se redressa sur le lit et orienta la lampe de chevet. La pièce était molle, maculée de terre. Elle pouvait provenir des abords de la maison de Molin. Pourtant son intuition lui disait autre chose. Cette pièce s'était accrochée à sa semelle pendant qu'il arpentait les vestiges du campement.

Le meurtrier de Herbert Molin avait vécu un temps plus ou moins long sous une tente au bord du lac.

6

La découverte du fragment de puzzle ranima d'un coup l'énergie de Stefan. Il s'assit à la table et entreprit de noter par écrit tout ce qu'il avait fait ce jour-là. Ça prenait la forme d'une lettre, sauf qu'il ne savait pas à qui elle était adressée. Puis il réalisa qu'il écrivait à son médecin, avec qui il avait rendez-vous à Borås le 19 novembre. Pourquoi il faisait cela, il n'en savait rien. Peut-être parce qu'il n'avait personne d'autre. Ou parce que Elena ne comprendrait pas. Tout en haut de la page, il avait écrit : *la peur de Herbert Molin*. Ces mots étaient soulignés plusieurs fois. Puis, point par point, les observations qu'il avait faites dans la maison, autour de la maison, et sur le lieu du campement. Quand il eut fini, il essaya de tirer quelques conclusions. Mais rien ne lui paraissait certain, en dehors du fait que le meurtre de Molin avait été prémédité.

Il était vingt-deux heures. Après beaucoup d'hésitation, il se résolut à appeler Giuseppe chez lui pour lui annoncer sa venue à Östersund le lendemain. Il chercha le numéro dans l'annuaire. Il y avait de nombreux Larsson, mais un seul évidemment se prénommait Giuseppe et était policier. Stefan composa le numéro et tomba sur sa femme. Il se présenta. Elle répondit aimablement que Giuseppe était dans le garage en train de se livrer à son hobby. Tout en attendant, Stefan se demanda quel pouvait être le hobby de Giuseppe. Et pourquoi lui-même n'en avait aucun. À part le foot. Il ne trouva pas de réponse.

– Ici Giuseppe.

– Stefan Lindman. De Borås. J'espère que je n'appelle pas trop tard.

– Presque. Une demi-heure de plus, et j'aurais été au lit. Où es-tu ?

– À Sveg.

– La porte à côté, quoi.

Giuseppe rigola dans l'écouteur.

– Pour nous, cent quatre-vingt-dix bornes, c'est peu de chose. Si tu couvres la même distance en partant de Borås, tu arrives où ?

– Presque à Malmö.

– Pas possible !

– Je pensais venir à Östersund demain.

– Tu es le bienvenu. Je me rends au commissariat tôt le matin. C'est une petite ville, tu n'auras pas de mal à trouver. Dès que tu vois le bâtiment de Glesbygdsverket, ne cherche plus, c'est juste derrière. Tu comptais passer à quelle heure ?

– Ce qui te conviendra le mieux.

– Alors disons onze heures. Notre petite commission d'enquête pour meurtre doit se réunir à neuf heures.

– Vous avez un suspect ?

– Rien du tout, répliqua gaiement Giuseppe. Mais on arrivera sûrement à résoudre l'affaire, en tout cas c'est ce qu'on espère. Demain, on devra entre autres décider s'il faut demander l'aide de Stockholm. Au moins pour esquisser le profil du type qu'on cherche. Ce serait intéressant. On n'a jamais fait ça ici.

– Ils font du bon travail, dit Stefan. On a déjà fait appel à eux, à Borås.

– Tu es le bienvenu à onze heures.

Après le coup de fil, Stefan sortit dans le couloir et écouta. Son voisin le pilote ronflait. Il descendit sans bruit l'escalier. Il trouva la réception éteinte, le restaurant fermé. Il était vingt-deux heures trente. Dans la rue, il constata que le vent s'était levé. Il boutonna sa veste et partit à travers les rues désertes. Il parvint à la gare. Elle paraissait abandonnée. En consultant le panneau d'affichage, il comprit que les trains ne s'arrêtaient plus à Sveg. Il croyait pourtant se souvenir que la ligne de chemin de fer historique du Nord, Inlandsbanan, passait par là. Maintenant il ne restait donc plus que les rails. Il poursuivit sa promenade dans la nuit, longea un parc équipé de balançoires et de courts de tennis et se retrouva enfin, au retour, devant l'église dont le portail était fermé. En face de l'école se dressait la statue d'un bûcheron. Il tenta de déchiffrer son expression à la lumière d'un réverbère. Mais le bûcheron était impassible. Jusque-là, Stefan n'avait croisé personne. Il parvint à une station-service près de laquelle un kiosque à saucisses était encore ouvert. Il retourna à l'hôtel, s'allongea sur le lit et regarda un moment la télé en baissant le volume au minimum. Les ronflements du pilote s'entendaient à travers la cloison.

Il était quatre heures et demie quand il s'endormit. Il se sentait complètement vide.

À sept heures, il se leva et s'habilla ; son cerveau ruminait des pensées épuisées. Il s'assit dans un coin de la salle à manger remplie de pilotes en pleine forme. La fille de la réception était redevenue serveuse.

– Bien dormi ?
– Oui, merci, dit-il en se demandant si elle le croyait.

Le temps qu'il atteigne Östersund, il s'était mis à pleuvoir. Stefan erra dans la ville avant de parvenir au bâtiment sombre qui s'ornait d'une enseigne rouge au nom de « Glesbygdsverket[1] ». Il se demanda intérieurement quelle pouvait bien être la fonction d'un tel organisme. Faciliter la mise au rancart des patelins déserts ?

Il trouva à se garer dans une rue adjacente, mais resta assis dans la voiture. Son rendez-vous avec Giuseppe était dans quarante-cinq minutes. Il rabattit son siège et ferma les yeux.

J'ai la mort dans le corps. Je devrais la prendre au sérieux, mais je n'y arrive pas. La mort est impossible à saisir, du moins la mienne. Que Herbert Molin soit mort, je peux le concevoir. J'ai vu les traces de sa lutte. Mais ma mort à moi ? Elle est comme l'élan qui est sorti de la forêt près de Linsell. Je ne sais pas s'il a vraiment traversé la route, ou si c'était dans mon imagination.

À onze heures pile, Stefan franchit le seuil du commissariat. La réceptionniste ressemblait étonnamment à l'une de celles du commissariat de Borås. Stefan se demanda de façon fugitive si les réceptionnistes de la police devaient avoir un certain type de physique, conforme aux choix de la direction centrale.

Il se présenta.

– Giuseppe m'a prévenue, dit-elle en indiquant le couloir le plus proche. Il est là-bas, deuxième bureau à gauche.

Stefan s'arrêta devant la porte qui portait le nom de Giuseppe Larsson et frappa.

L'homme qui lui ouvrit était grand et massif, avec des lunettes de lecture repoussées sur le front.

---

1. Glesbygdsverket : littéralement « office des zones rurales de faible peuplement ».

– Tu es ponctuel, dit-il en le poussant presque dans le bureau avant de claquer la porte.

Stefan s'assit. Il reconnaissait le mobilier, le même qu'à Borås. Même nos bureaux sont en uniforme, eut-il le temps de penser.

Giuseppe avait pris place dans son fauteuil. Il croisa les mains sur son ventre.

– Es-tu déjà venu par ici ?

– Jamais. Je me souviens d'être allé à Uppsala une fois, quand j'étais petit. Je ne suis jamais monté plus au nord.

– Mais Uppsala, c'est le sud ! Ici, à Östersund, tu as encore la moitié de la Suède devant toi. Autrefois, Stockholm était loin. Ce n'est plus vrai maintenant, avec l'avion, tu vas n'importe où en moins de deux heures. En quelques décennies, la Suède est devenue un petit pays.

Stefan indiqua la carte punaisée au mur.

– Jusqu'où s'étend ton district ?

– Loin, tu peux me croire.

– Combien de policiers y a-t-il dans le Härjedalen ?

Giuseppe réfléchit.

– Cinq ou six à Sveg, deux à Hede. Plus quelques collègues éparpillés ici et là, par exemple à Funäsdalen. Une quinzaine en tout, enfin, selon les jours.

Ils furent interrompus par deux coups frappés à la porte. Elle s'ouvrit avant que Giuseppe ait pu réagir. L'homme qui se tenait sur le seuil était l'exact opposé de Giuseppe : petit et sec.

– J'ai proposé à Nisse de se joindre à nous, expliqua Giuseppe. Lui et moi, on est les responsables de l'enquête.

Il se leva pour saluer le nouveau venu. Celui-ci parlait d'une voix si basse que Stefan dut faire un effort pour entendre qu'il s'appelait Rundström. Giuseppe semblait lui aussi affecté par sa présence. Il s'était redressé dans son fauteuil. Son sourire avait disparu.

– On s'était dit qu'on pourrait parler un peu, reprit Giuseppe avec prudence. De choses et d'autres.

Rundström n'avait pas pris place dans le fauteuil vacant. Il se tenait appuyé contre la porte et évitait de croiser le regard de Stefan.

– Nous avons eu un appel ce matin, dit-il à voix basse. Nous informant qu'un policier de Borås se livrait à des recherches près de Linsell. Notre interlocuteur était en colère. Il voulait savoir si la police locale avait abandonné l'enquête.

Il fit une pause et regarda ses mains.

– Il était vraiment en colère. Et on peut dire que nous le sommes aussi.

Stefan commençait à transpirer.

– J'imagine deux possibilités, dit-il. Ou bien l'homme qui a téléphoné s'appelle Abraham Andersson, ou bien c'était le caissier du magasin Ica, à Linsell.

– C'était plutôt Lundell. Mais nous n'apprécions pas que des policiers venus d'ailleurs se mêlent de nos enquêtes.

Stefan se fâcha d'un coup.

– Je ne me mêle pas de votre enquête. J'ai parlé à Giuseppe, je lui ai dit au téléphone que j'avais travaillé plusieurs années avec Molin. Je suis en congé, je suis venu. Je suis allé sur le lieu du meurtre, c'est vrai. Mais je ne vois pas ce que ça a de contestable.

– Ça sème la confusion, dit Rundström d'une voix à peine audible.

Stefan renonça à masquer sa colère.

– J'ai acheté un journal. Je me suis présenté et j'ai bien précisé que je n'avais aucun lien avec l'enquête.

Rundström agita un papier qu'il tenait jusque-là caché derrière son dos.

– Tu as posé des questions, dit-il. Lundell les a toutes notées. Il m'en a fait lecture au téléphone.

Ils sont fous, pensa Stefan. Il jeta un regard à Giuseppe. Mais celui-ci semblait très absorbé par la contemplation de son ventre.

Rundström leva la tête et regarda Stefan en face pour la première fois.

– Qu'est-ce que tu veux savoir ?

– Qui a tué mon collègue Herbert Molin.

– Nous aussi. Cette enquête est notre plus haute priorité. La dernière fois que nous avons monté un groupe d'investigation de cette ampleur remonte à loin. Et il nous est tout de même déjà arrivé de traiter des affaires de meurtre. Nous ne sommes pas complètement novices.

Stefan nota que Rundström laissait libre cours à sa rancœur, mais que cette attitude ne convenait pas forcément à Giuseppe. Cela lui ménageait une ouverture.

– Mon intention n'est en aucun cas de critiquer votre travail.

– Est-ce que tu as des informations qui pourraient nous aider ?

– Non, dit Stefan, qui ne voulait pas raconter à Rundström la découverte du campement avant d'en avoir parlé à Giuseppe. Je ne connaissais pas suffisamment Herbert Molin pour vous parler de sa vie, à Borås ou ici. D'ailleurs, je vais bientôt repartir.

Rundström acquiesça et se tourna vers Giuseppe.

– Des nouvelles d'Umeå ?

– Rien encore.

Rundström adressa un bref signe de tête à Stefan et sortit. Giuseppe eut un geste d'excuse.

– Il peut être un peu sec, parfois. Mais il n'est pas mauvais.

– Il a raison, dans le sens où je n'ai pas à me mêler de votre travail.

Giuseppe se carra dans son fauteuil et le dévisagea.

– C'est ce que tu fais ? Tu t'en mêles ?

– Non. C'est juste qu'on ne peut pas toujours s'empêcher de voir certaines choses.

Giuseppe regarda sa montre.

– Combien de temps comptes-tu rester à Östersund ?

– Je n'ai rien décidé encore.

– Alors reste jusqu'à demain. Je suis de service ce soir. Reviens après dix-neuf heures. Avec un peu de chance, la maison sera calme. J'assure la permanence ce soir, exceptionnellement, parce qu'on a plein de gars malades. Tu pourras te mettre dans mon bureau.

Il désigna une série de classeurs sur l'étagère derrière lui.

– Je te laisse lire le dossier. Ensuite on discutera.

– Et Rundström ?

– Il habite Brunflo. Il ne sera pas là ce soir, c'est une certitude. Personne ne posera de questions.

Giuseppe se leva, et Stefan comprit que l'entretien était terminé.

– Le vieux théâtre a été reconverti en hôtel. Un bon hôtel. Ça m'étonnerait qu'il soit complet en octobre.

– Pourquoi a-t-il parlé d'Umeå ? demanda Stefan en boutonnant sa veste. Umeå, pour moi, c'est la Laponie.

– C'est là qu'on envoie nos morts.

– Ah. J'aurais plutôt imaginé Uppsala ou Stockholm.

Giuseppe sourit.

– Tu es à Östersund maintenant. Umeå est plus près.

Quand Giuseppe le raccompagna dans le hall, Stefan s'aperçut qu'il boitait légèrement. Giuseppe avait suivi son regard.

– J'ai glissé dans la salle de bains. Rien de grave.

Il sortit dans la rue avec Stefan.

– Il y a de l'hiver dans l'air, annonça-t-il après un regard scrutateur vers le ciel.

– Herbert Molin a acheté la maison à quelqu'un, dit Stefan. Directement ou par l'intermédiaire d'une agence.

– Oui, on s'en est occupé. Il s'était adressé à un petit agent indépendant, un gars du coin qui s'appelle Hans Marklund.

– Qu'a-t-il dit?

– Rien jusqu'à présent. Il était en «vacances d'automne», paraît-il. Apparemment, il a une maison en Espagne. Il est sur ma liste des choses à faire demain.

– Ah. Il est donc revenu?

– Il est rentré hier. Je peux dire aux collègues que je me charge de l'interroger. Dans ce cas, rien ne t'empêche d'aller discuter avec lui.

Giuseppe éclata de rire.

– Où puis-je trouver Hans Marklund?

– Il travaille chez lui. Une villa à Krokom. Tu prends vers le nord. À Krokom, tu verras le panneau «Glesbygdsmäklaren». C'est là. Reviens ici pour dix-neuf heures quinze, je t'ouvrirai.

Giuseppe retourna à son travail. L'attitude de Rundström irritait Stefan tout en stimulant son énergie. Et maintenant Giuseppe allait l'aider en lui donnant accès au dossier. Cette initiative, pensa Stefan, risquait de lui attirer des ennuis. Même si le fait de permettre à un collègue d'un autre district de prendre connaissance d'un dossier pouvait difficilement passer pour une faute grave.

Stefan n'eut aucun mal à trouver l'hôtel suggéré par Giuseppe. On lui donna une chambre sous les combles. Après y avoir déposé sa valise, il reprit sa voiture et appela l'hôtel de Sveg.

– Personne ne va te voler ta chambre, lui assura la réceptionniste.

– Je reviens demain.

– Tu reviendras quand tu reviendras.

Stefan s'orienta vers la sortie nord de la ville. Krokom n'était qu'à vingt kilomètres ; il découvrit immédiatement l'enseigne dont avait parlé Giuseppe, devant une maison jaune entourée d'un grand jardin. Un homme promenait un aspirateur à feuilles sur la pelouse. En apercevant Stefan, il coupa le moteur de son engin. Il avait à peu près son âge. Bronzé, il paraissait en excellente forme. Il avait un tatouage au poignet.

– Tu cherches une maison ? demanda-t-il en approchant.

– Pas directement. C'est toi, Hans Marklund ?

– Mais oui.

Soudain, l'homme se rembrunit.

– Tu représentes les impôts ?

– Pas vraiment. C'est Giuseppe Larsson qui m'a dit que je pourrais te trouver ici.

Hans Marklund fronça les sourcils. Puis il fit le rapprochement.

– Ah oui, le policier. Je reviens d'Espagne, tu comprends. Là-bas il y a plein de Giuseppe, ou de noms dans le même genre. Ici, à Östersund, il n'y en a qu'un seul. Tu es de la police ?

Stefan hésita.

– Oui, dit-il. Tu as vendu autrefois une maison à un certain Herbert Molin. Comme tu le sais, il est mort.

– Si on entrait ? proposa Marklund. La police m'a appelé en Espagne, c'est comme ça que j'ai appris la nouvelle. Je croyais qu'ils ne devaient me recontacter que demain.

– Ils n'y manqueront pas.

Une des pièces du rez-de-chaussée était aménagée en bureau. Les murs étaient tapissés de cartes de la région et de photographies en couleurs de maisons à vendre.

Stefan eut le temps de constater que les prix des villas étaient nettement inférieurs à ceux de Borås.

– Je suis tout seul, dit Hans Marklund. Ma femme est restée une semaine de plus en Espagne avec les enfants. Nous avons une petite maison à Marbella, un héritage de mes parents. Les enfants sont en vacances d'automne.

Hans Marklund alla chercher du café et ils s'installèrent de part et d'autre d'une table encombrée de dossiers.

– J'ai eu quelques problèmes avec le fisc l'an dernier, expliqua Hans Marklund d'un air penaud. C'est pour ça que je t'ai posé la question. Vu l'état des finances de la commune, j'imagine qu'ils sont à l'affût de la moindre couronne.

– Il y a onze ans environ, tu as vendu une maison près de Linsell à Herbert Molin. Je travaillais avec lui à Borås. Il a déménagé pour venir s'installer ici au moment de sa retraite. Maintenant il est mort.

– Que s'est-il passé ?

– Il a été assassiné.

– Pourquoi ? Par qui ?

– Nous ne le savons pas encore.

Hans Marklund secoua la tête.

– C'est vraiment désagréable. Tout le monde s'imagine que nous vivons dans une zone protégée, ici dans le nord du pays. Mais ça n'existe peut-être plus, les zones protégées.

– Peut-être. Que te rappelles-tu concernant cette transaction il y a onze ans ?

Hans Marklund se leva, disparut dans une pièce voisine et revint avec un classeur. Il n'eut pas besoin de le feuilleter longtemps.

– Le 18 mars 1988. Nous avons conclu l'affaire ici même dans ce bureau. Le vendeur était un ancien ingénieur des Eaux et Forêts. Le prix était de cent quatre-vingt-dix-huit mille couronnes. Pas de crédit. Il a payé avec un chèque postal.

– Quel souvenir as-tu gardé de Herbert Molin ?

La réponse prit Stefan au dépourvu.

– Aucun.

– Comment cela ?

– Je ne l'ai jamais vu.

– Comment est-ce possible ?

– C'est très simple. Quelqu'un d'autre s'est chargé de prendre contact avec moi, de visiter différentes maisons et d'en choisir une. À ma connaissance, Molin n'est jamais venu avant son emménagement. À ma connaissance, je dis bien.

– Qui était l'intermédiaire ?

– Une femme nommée Elsa Berggren. Elle a une adresse à Sveg.

Hans Marklund fit pivoter le classeur et le poussa vers Stefan.

– Voici la procuration.

Stefan examina la signature. Il eut une drôle de sensation en la reconnaissant. C'était bien celle de Molin. Il retourna le classeur.

– Tu n'as donc jamais rencontré Herbert Molin ?

– Je n'ai même jamais entendu sa voix au téléphone.

– Comment cette femme a-t-elle pris contact avec toi ?

– De la manière habituelle. Elle m'a appelé.

Hans Marklund feuilleta le classeur et indiqua une rubrique.

– Voici ses coordonnées et son numéro de téléphone. C'est probablement à elle que tu dois t'adresser. Je dirai la même chose demain à Giuseppe Larsson. Je ne sais pas si je pourrai me retenir de lui demander d'où il tient son prénom. Tu le sais, toi ?

– Non. N'est-ce pas inhabituel, de ne pas rencontrer la personne ?

– Pourquoi ? J'ai conclu l'affaire avec Elsa Berggren et elle, je l'ai rencontrée. Non, en fait, ce n'est pas si inhabituel que ça. Je vends pas mal de chalets de vacances à des Allemands et à des Hollandais qui se font représenter, eux aussi.

– Rien de particulier, donc, dans cette transaction ?

– Rien du tout.

Hans Marklund le raccompagna jusqu'à la grille.

– Peut-être tout de même, commença-t-il alors que Stefan était déjà dans la rue.

– Quoi ?

– Je me souviens qu'Elsa Berggren a dit une fois que son client ne voulait pas avoir affaire aux grosses agences. Sur le moment, ça m'a paru curieux.

– Pourquoi ?

– Si on veut acheter une maison dans un coin qu'on ne connaît pas, en principe on ne s'adresse pas en premier lieu à un petit agent local.

– Comment interprètes-tu ce choix ?

Hans Marklund sourit.

– Je n'interprète rien du tout. Je te dis juste ce dont je me souviens.

Stefan reprit la direction d'Östersund. Après une dizaine de kilomètres, il s'engagea sur un chemin forestier et coupa le moteur. Cette Elsa Berggren, quelle qu'elle fût, avait reçu la consigne d'éviter les grosses agences. Pourquoi ?

Stefan ne voyait qu'une réponse à cette question.

Herbert Molin voulait s'installer dans la région le plus discrètement possible.

Sa première impression était donc confirmée. La maison où Herbert Molin avait vécu les dernières années de sa vie n'était pas à proprement parler une maison.

Mais une cachette.

7

Ce soir-là, Stefan entreprit un voyage dans le passé de Herbert Molin. Entre les lignes des notes, rapports, déclarations et protocoles qui gonflaient déjà les classeurs de Giuseppe, bien que l'enquête n'en fût qu'à ses débuts, se dégageait l'image d'un Herbert Molin jusque-là inconnu. Stefan prit connaissance d'informations qui le laissèrent songeur, et même incrédule. L'homme qu'il croyait avoir côtoyé de près se révélait être un autre. Un parfait étranger.

Il était plus de minuit quand il referma le dernier classeur. Au cours de la soirée, Giuseppe était passé le voir de temps à autre. À chacune de ces visites, ils s'étaient contentés de boire un café en échangeant quelques mots sur la soirée type du policier de permanence de la brigade criminelle d'Östersund. Les premières heures étaient toujours calmes, avait dit Giuseppe. Ensuite, vers vingt et une heures, il avait dû partir sur un cambriolage à Häggenås. À son retour, plusieurs heures plus tard, Stefan avait achevé sa lecture.

Qu'avait-il découvert au juste ?

Une carte, se disait-il. Une carte parsemée de zones blanches. Un homme dont l'histoire révélait par endroits de curieuses failles. Un homme qui s'était, semblait-il, éloigné de la voie tracée pour mieux la retrouver ensuite, bien que de façon imprévue. Un homme dont le passé était fuyant et, par moments, très difficile à suivre.

Stefan avait pris des notes tout au long de la soirée. Après avoir refermé le dernier classeur, il les relut et s'essaya à une synthèse.

Le plus surprenant avait été de découvrir que Herbert Molin portait autrefois un autre nom. L'extrait d'état civil demandé par la police d'Östersund révélait que Molin était venu au monde le 10 mars 1923 à l'hôpital de Kalmar sous le nom d'August Gustaf Herbert Mattson-Herzén, né d'Axel Mattson-Herzén, capitaine de cavalerie, et de son épouse Marianne. Ce nom avait disparu en juin 1951 lorsque l'Office des brevets et des registres lui avait reconnu le droit d'adopter celui de Molin. Par la même occasion, il avait changé l'ordre de ses prénoms, Herbert devant August.

Stefan avait longuement contemplé ces noms successifs. Deux questions avaient immédiatement surgi. Elles lui semblaient décisives. Quel avait été le facteur déclenchant ? Et pourquoi avait-il choisi un patronyme plus répandu que ne l'était le sien ? En général, quand un Suédois changeait de nom, c'était pour être seul à le porter ou, du moins, ne plus être confondu avec un millier d'autres.

Stefan avait noté les grands traits de la biographie de Herbert Molin. En 1951, année du changement de nom, August Mattson-Herzén a vingt-huit ans. Militaire de carrière, il est lieutenant d'infanterie à Boden. Quelque chose a dû lui arriver à ce moment-là, car plusieurs bouleversements interviennent coup sur coup. D'abord, le changement de nom. Puis, en mars 1952, il quitte l'armée. Il est bien noté par ses supérieurs. Mais on n'a aucune information quant au choix éventuel d'un autre métier. En revanche, il se marie. Deux enfants naissent, en 1953 et

1955, d'abord un fils baptisé Herman, ensuite une fille, Veronica. Avec sa femme, Jeanette, il quitte Boden et se retrouve à Solna, près de Stockholm. Son adresse est Råsundavägen 132. En octobre 1957, soit cinq ans après sa démission de l'armée, on lui connaît à nouveau une activité professionnelle. Il est engagé dans la police rurale de la commune d'Alingsås. Il est par la suite muté à Borås. Après l'étatisation des forces de l'ordre dans les années soixante, il devient fonctionnaire de police. En 1980, sa femme demande le divorce. L'année suivante, il épouse en secondes noces Kristina Cedergren. Ce mariage prendra fin quelques années plus tard, en 1986.

Stefan méditait sur ses notes. Entre mars 1952 et octobre 1957, Herbert Molin n'a pas de métier officiel. C'est une période assez longue, plus de cinq ans. Et, juste avant, il a changé de nom. Pourquoi ?

Quand Giuseppe revint de son intervention à Häggenås, Stefan était debout à la fenêtre, plongé dans la contemplation de la rue déserte. Giuseppe lui raconta en peu de mots le cambriolage, une broutille en fait, un garage dont on avait fracturé la serrure pour voler deux scies électriques.

– Ce n'est pas un problème. On a une bande de frères à Järpen qui sont spécialisés dans ce genre d'opération. On les retrouvera, ces scies. Et toi ? Tu as trouvé des choses intéressantes ?

– C'est curieux. Je découvre un homme que je ne connaissais pas.

– Comment ça ?

– Le changement de nom. Pourquoi ? Et ce trou dans sa biographie, entre 1952 et 1957.

– Je me suis interrogé là-dessus, dit Giuseppe. Mais on n'en est pas encore là de l'enquête, si tu vois ce que je veux dire.

Stefan voyait très bien. Les enquêtes pour meurtre suivaient toujours le même processus. Au début, on avait l'espoir d'identifier très vite le coupable. En cas d'échec commençait le long travail consistant à rassembler puis à analyser tout le matériau disponible.

Giuseppe bâilla.

– La journée a été longue. J'ai besoin de dormir car celle de demain le sera tout autant. Quand pensais-tu retourner dans le Västergötland ?

– Je ne sais pas.

Giuseppe bâilla derechef.

– J'ai compris ce matin que tu avais quelque chose à me dire. Quand Rundström était là. Je l'ai vu. Est-ce que ça peut attendre demain ?

– Oui.

– Tu n'as donc pas de suspect à me soumettre ?

– Non.

Giuseppe se leva.

– Je passe te voir demain matin à l'hôtel. On pourrait prendre le petit déjeuner ensemble. Sept heures trente, ça te va ?

Stefan acquiesça en silence. Giuseppe rangea les classeurs à leur place et éteignit les lampes. Ils sortirent ensemble. Le hall du commissariat était plongé dans le noir. Un policier solitaire prenait les appels dans un bureau.

– Le mobile, dit Giuseppe quand ils furent dehors. Celui qui a tué Molin n'a pas fait ça sur un coup de tête. Ça au moins, c'est une certitude.

Il bâilla encore.

– Mais on pourra en parler demain.

Giuseppe mit le contact et démarra. Stefan lui fit un signe de la main. Puis il remonta la rue et tourna à gauche. La ville était déserte.

Il avait froid.

Il pensait à sa maladie.

À sept heures trente, quand Stefan descendit au restaurant, Giuseppe était déjà installé à une table un peu à l'écart des autres. Pendant le petit déjeuner, Stefan lui parla de sa rencontre avec Abraham Andersson et de la balade qui l'avait conduit à découvrir le campement au bord du lac. À ce point du récit, Giuseppe repoussa son omelette et commença à écouter avec attention. Stefan sortit les petits paquets où il avait rangé les brins de tabac accrochés au papier de cigarette, et le fragment de puzzle.

– Les chiens n'ont sans doute pas poussé jusque-là, conclut-il. Je ne sais pas si ça vaut la peine de faire revenir une patrouille.

– On n'avait aucune piste. On nous a envoyé trois chiens par hélicoptère, le lendemain de la découverte du corps. Mais ils n'ont rien trouvé.

Il ramassa la serviette posée à ses pieds et en sortit une photocopie. C'était une carte des environs de la maison de Herbert Molin. Stefan pointa avec un cure-dents l'endroit qu'il croyait être le bon. Giuseppe mit ses lunettes de lecture et examina la carte.

– Quelques pistes de scooter sont indiquées… Mais aucune voie carrossable. Celui qui a monté sa tente à cet endroit a dû franchir au moins deux kilomètres de terrain impraticable. À moins qu'il soit passé par la maison de Molin. Mais c'est peu probable.

– Et le lac ?

– Possible. Quelques chemins aboutissent à la rive opposée. Il a pu traverser avec une barque ou un canot pneumatique.

Il continua d'examiner la carte. Stefan attendit.

– Tu as peut-être raison, dit enfin Giuseppe en levant la tête.

– Ce n'était pas une enquête privée. Je suis tombé dessus par hasard.

– Il est rare qu'un policier tombe sur quelque chose « par hasard ». Tu cherchais sans savoir…

Giuseppe était passé à l'examen du reste de mégot et du fragment de puzzle.

– J'embarque ça pour les techniciens, dit-il. Il faudra évidemment qu'ils se rendent sur place.

– Que dira Rundström ?

Giuseppe sourit.

– Rien n'empêche que ce soit moi qui aie découvert cet hypothétique campement.

Ils allèrent se resservir de café. Stefan nota que Giuseppe boitait encore.

– Que t'a raconté l'agent immobilier ?

Stefan lui résuma leur entrevue. Giuseppe l'écouta avec la plus grande attention.

– Elsa Berggren…, dit-il ensuite.

– Il m'a donné son adresse et son numéro de téléphone.

Giuseppe plissa les yeux.

– Tu es allé la voir ?

– Non.

– Vaut peut-être mieux que tu me laisses faire, sur ce coup-là.

– Bien entendu.

– Tes observations sont bonnes, dit Giuseppe. Mais Rundström a raison d'estimer qu'on doit faire le travail nous-mêmes. Je voulais te donner la possibilité de voir où on en était. Je ne peux pas t'intégrer dans le groupe d'enquête.

– Je n'y comptais pas.

Giuseppe vida sa tasse, la reposa, le regarda.

– Pourquoi es-tu venu à Sveg ?

– Je suis en arrêt de travail. Je n'avais rien à faire. Je connaissais assez bien Herbert, malgré tout.

– C'est du moins ce que tu croyais.

Stefan le dévisagea à son tour. Cet homme assis en face de lui était un inconnu. Pourtant il éprouvait un besoin irrépressible de lui parler. Comme s'il n'avait soudain plus la force de porter son malheur tout seul.

– Je suis parti de Borås parce que je suis malade. J'ai un cancer. Je suis en attente de commencer une radiothérapie. J'avais le choix entre Majorque et Sveg. J'ai choisi Sveg parce que je voulais comprendre ce qui était arrivé à Herbert Molin. Maintenant, je me demande si j'ai bien fait.

Giuseppe hocha la tête. Ils restèrent une minute silencieux.

– Les gens veulent toujours savoir d'où je tiens mon prénom, dit enfin Giuseppe. Toi, tu ne m'as pas posé la question. Parce que tu pensais à autre chose. Je me suis demandé ce qui te préoccupait à ce point. Tu as envie d'en parler ?

– Je ne sais pas. En fait non. Je voulais juste que tu saches.

– Alors je ne t'interrogerai pas.

Giuseppe se pencha à nouveau vers sa serviette et en sortit un carnet, qu'il feuilleta avant de le donner à Stefan. Sur la page, il y avait un croquis. Des empreintes. Stefan reconnut immédiatement les traces de sang qu'il avait vues sur le parquet du séjour de Herbert Molin. Il y avait repensé la veille au soir, à cause des photos qui figuraient dans les classeurs de Giuseppe. Il ne lui avait pas dit qu'il s'était introduit dans la maison. Mais il serait idiot de feindre l'innocence. Abraham Andersson l'avait vu là-bas, et il serait sûrement réinterrogé tôt ou tard par la police.

Il lui dit donc la vérité. Giuseppe ne parut pas surpris et revint aussitôt à son carnet.

– Ce que tu vois ici, dit-il en montrant le croquis du doigt, c'est un pas de tango.

Stefan resta médusé. Giuseppe hocha la tête.

– Cela ne fait absolument aucun doute. Autrement dit, quelqu'un a traîné le corps de Molin sur le parquet de manière à laisser précisément ces traces-là. Tu as lu le rapport d'autopsie. Le dos déchiqueté par des lanières de cuir d'origine inconnue. Pareil pour les pieds.

Stefan avait parcouru ce rapport avec le plus grand malaise. Les images étaient atroces.

– On peut s'interroger là-dessus, poursuivit Giuseppe. Qui traîne un cadavre de la sorte ? Pourquoi ? Qui est censé identifier ces empreintes ?

– Nous, peut-être.

– Mais oui. La question demeure : pourquoi ?

– Tu as sûrement envisagé la possibilité qu'elles aient pu être photographiées ? Ou filmées ?

Giuseppe rangea son carnet.

– Tout cela nous porte à conclure que ce n'est pas un meurtre ordinaire. D'autres forces sont en jeu ici.

– Un fou ?

– Comment qualifierais-tu le traitement infligé à Molin ?

– Torture – c'est à cela que tu penses ?

Giuseppe fit oui de la tête.

– Je ne vois pas comment appeler ça autrement. Et ça me préoccupe.

Giuseppe referma sa serviette.

– Herbert Molin dansait-il le tango du temps où il habitait à Borås ?

– Pas que je sache.

– Nous l'apprendrons tôt ou tard.

Un bébé se mit à crier dans le restaurant. Stefan regarda autour de lui.

– Cette pièce était autrefois le foyer du théâtre, dit

Giuseppe. La salle proprement dite se trouvait derrière le comptoir que tu vois là-bas.

– Il y avait aussi autrefois à Borås un beau théâtre en bois. Mais on n'en a pas fait un hôtel. On l'a rasé. Ça a mis beaucoup de gens en colère, à l'époque.

Stefan raccompagna Giuseppe jusqu'à la réception pendant que le bébé continuait à brailler.

– Tu devrais peut-être aller à Majorque tout compte fait, dit Giuseppe. Je te tiendrai au courant de la suite.

Stefan ne répondit pas. Giuseppe avait évidemment raison. Il n'avait plus aucun motif de rester dans le Härjedalen.

Ils se dirent au revoir. Stefan remonta dans sa chambre, récupéra sa valise, paya sa note et quitta Östersund en direction de Svenstavik. Il s'aperçut qu'il conduisait beaucoup trop vite dans les lignes droites. Il ralentit et essaya de prendre une décision. S'il rentrait immédiatement à Borås, il aurait encore le temps de monter dans l'avion. Pour Majorque ou ailleurs, n'importe où, deux semaines de vacances. Rester à Sveg ne ferait qu'amplifier son angoisse. Il avait aussi promis à Giuseppe de ne pas interférer dans leur travail plus qu'il ne l'avait déjà fait. Il ne pouvait pas continuer à se faufiler sous les bandes plastique. C'était à la police d'Östersund de découvrir le mobile et le coupable.

La décision s'imposa d'elle-même. Il retournerait à Borås dès le lendemain. L'excursion dans le Härjedalen était terminée.

Il roulait lentement, l'aiguille du compteur juste au-dessus de soixante. Les rares automobilistes présents sur la route le doublaient en lui jetant au passage un regard perplexe. Stefan ruminait ce qu'il avait appris dans les classeurs de Giuseppe. L'enquête semblait conduite de façon rigoureuse et efficace. Quand l'alerte était parvenue au poste, le policier de garde avait réagi selon les règles. Les premiers enquêteurs s'étaient rendus sur place, l'accès au lieu avait été barré, trois maîtres-chiens étaient arrivés par hélicoptère d'Östersund et les techniciens avaient bien travaillé. Stefan avait découvert les restes du campement par un pur hasard ; tôt ou tard, un policier l'aurait repéré. L'entretien approfondi avec Hanna Tunberg avait confirmé l'image d'ermite de Herbert Molin. La tournée des voisins débouchait sur une conclusion univoque. Personne n'avait observé de déplacement suspect de personnes ou de véhicules. Torbjörn Lundell, du magasin Ica de Linsell, n'avait pas constaté d'inquiétude chez Herbert Molin ou de changement dans ses habitudes.

Tout était normal, pensa Stefan.

Dans ce décor immobile, soudain, quelqu'un fait son entrée. Il monte sa tente, il attend. Puis il passe à l'attaque. Il tue le chien, il tire des cartouches de gaz lacrymogène par les fenêtres de l'ancien policier. Tout à la fin, il le traîne, agonisant ou déjà mort, sur le parquet en veillant à laisser des empreintes précises. Des empreintes qui correspondent à un pas de tango. Puis il s'éloigne – à la rame ? – et le silence revient dans la forêt.

Stefan eut brusquement l'impression de pouvoir tirer deux conclusions prudentes. La première était que son hypothèse initiale était correcte. C'était la peur qui avait conduit Herbert Molin à se cacher dans le Härjedalen.

La deuxième conclusion découlait de la première. Malgré les précautions prises, quelqu'un l'avait retrouvé.

Mais pourquoi ?

Il s'est passé quelque chose au début des années cinquante. Herbert Molin quitte l'armée et disparaît derrière un autre nom. Il se marie, il a deux enfants.

Mais personne ne sait ce qu'il fait de ses journées. Cinq années durant, il s'efface ainsi. Avant de ressurgir comme employé de la police rurale d'Alingsås.

Avait-il été rattrapé par des faits vieux de presque un demi-siècle ?

Stefan ne put aller au-delà. Le raisonnement s'épuisait de lui-même. Il s'arrêta à Ytterhogdal et fit le plein d'essence avant de continuer sa route. De retour à Sveg, il laissa la voiture devant l'hôtel. À la réception, il fut accueilli par un inconnu, qui lui remit sa clé avec un sourire. Stefan monta l'escalier, ôta ses chaussures et s'allongea sur le lit. Un aspirateur bourdonnait dans la chambre voisine. Il se redressa. Pourquoi ne pas partir le jour même ? Il n'arriverait pas jusqu'à Borås, mais il pourrait dormir en route. Il se rallongea. Il n'avait pas l'énergie nécessaire pour organiser un voyage à Majorque. L'idée de retrouver son appartement d'Allégatan le déprimait. Là-bas, il ne ferait que tourner en rond en pensant à l'échéance qui se rapprochait.

Il resta étendu, incapable de prendre une décision. L'aspirateur se tut. À treize heures, il décida d'aller manger, quoiqu'il n'eût pas faim. Il devait bien y avoir une bibliothèque à Sveg. Il pourrait s'y installer après le déjeuner et lire tout ce qu'il y avait à lire concernant les effets de la radiothérapie. Son médecin lui avait déjà expliqué ce point. Mais il lui semblait avoir tout oublié. Peut-être ne l'avait-il même pas écoutée ? Peut-être était-il hors d'état d'assimiler le sens de ses paroles ? Leurs implications réelles ?

Il remit ses chaussures. Puis il voulut changer de chemise et ouvrit sa valise, posée sur une petite table bancale près de la porte de la salle de bains. Il tendit la main vers la chemise pliée et s'immobilisa, sans comprendre ce qui venait d'arrêter son geste. Puis il se dit qu'il exagérait. Mais non. Sa mère lui avait enseigné l'art de faire une valise. Il savait plier ses chemises de manière à ce qu'elles ne se froissent pas et l'organisation des bagages, de façon générale, relevait chez lui d'une précision quasi maniaque.

Une fois de plus, il pensa qu'il divaguait.

Puis il se rendit à l'évidence. Quelqu'un avait touché à ses affaires. Le changement était minime, mais suffisant pour qu'il le remarque.

Lentement, méthodiquement, il examina le contenu de la valise. Il ne manquait rien. Mais il était sûr de lui. Quelqu'un l'avait fouillée pendant son séjour à Östersund.

Ce pouvait être une femme de chambre indélicate. Bien sûr. Mais il n'y croyait pas.

Quelqu'un s'était introduit dans sa chambre et avait inspecté ses bagages.

8

Stefan descendit à la réception, furieux. Mais quand la fille, revenue entre-temps à son poste, lui sourit, il perdit tous ses moyens. Sûrement, la femme de chambre avait dû heurter la valise par mégarde, et elle l'avait ramassée et refaite de son mieux. Rien n'avait d'ailleurs disparu. Il hocha donc la tête en réponse au sourire, posa la clé sur le comptoir et sortit. Puis il resta planté devant l'hôtel en se demandant que faire. Comme s'il avait perdu la faculté de prendre même les décisions les plus simples. Il fit glisser sa langue le long de ses dents. La boule était toujours là.

Je porte ma mort dans ma bouche. Si je survis à ça, je jure que je surveillerai toujours ma langue.

Il secoua la tête à cette pensée idiote et résolut à l'instant même d'aller voir où habitait Elsa Berggren. D'accord, il avait promis à Giuseppe de ne pas lui parler. Mais il pouvait regarder sa maison, ce n'était pas un délit. Il retourna à l'intérieur. La réceptionniste parlait au téléphone. Il s'approcha du plan de la ville fixé au mur et repéra la rue qui se trouvait de l'autre côté du fleuve, dans un endroit qui s'appelait Ulvkälla. Il existait un deuxième pont, un ancien pont de chemin de fer, qui lui permettrait de traverser le fleuve à pied.

Il quitta l'hôtel. Une lourde couverture nuageuse obstruait le ciel au-dessus de Sveg. Traversant la rue, il

110

s'arrêta devant les fenêtres de la rédaction du journal local et lut l'article consacré au meurtre de Herbert Molin. Après une centaine de mètres le long de Fjällvägen, il parvint au passage à niveau et tourna à gauche. Le pont qui s'étendait devant lui avait des arches bombées. Il s'arrêta à mi-chemin et contempla l'eau brunâtre avant de continuer. L'adresse d'Elsa Berggren était sur la gauche, après le pont. Une villa en bois à deux étages peinte en blanc, au milieu d'un jardin bien entretenu. Il y avait un garage, dont les portes étaient ouvertes. Pas de voiture. En passant, il crut voir un léger mouvement derrière un rideau du rez-de-chaussée. Il continua sans s'arrêter. Un homme se tenait debout sur le trottoir, le regard levé vers le ciel. Quand il fut à sa hauteur, l'homme tourna la tête et le salua.

– Tu crois qu'il va neiger ?

Stefan aimait bien l'accent des gens d'ici. Il avait un je-ne-sais-quoi de gentil, de presque innocent.

– Peut-être, répondit-il. Mais n'est-ce pas un peu tôt, au mois d'octobre ?

L'homme secoua la tête.

– Ici il peut neiger en septembre. Et en juin.

Il était vieux, très ridé, et rasé au petit bonheur.

– Tu cherches quelqu'un ? demanda-t-il, sans plus cacher sa curiosité.

– Je suis en visite, dit Stefan. Je me promène.

Puis, très vite, il se décida. Il avait promis à Giuseppe de ne pas parler à Elsa Berggren. Mais il ne s'était pas engagé à ne pas parler d'elle.

– Une belle maison, dit-il en indiquant la bâtisse blanche qu'il venait de dépasser.

– Ah, ça. La maison d'Elsa est bien entretenue, comme son jardin. Tu la connais ?

– Non.

L'homme le regarda, paraissant attendre autre chose.

– Je m'appelle Björn Wigren, dit-il ensuite. Le plus long voyage que j'aie fait dans ma vie, c'est quand je suis allé à Hede. Tout le monde voyage, de nos jours. Sauf moi. J'habitais de l'autre côté du fleuve quand j'étais petit. Puis je suis venu ici. Un jour, je ferai le trajet en sens inverse. Jusqu'au cimetière.

– Je m'appelle Stefan. Stefan Lindman.

– Et tu es en visite ?

– Oui.

– Tu as de la famille dans le coin ?

– Non. Je suis de passage.

– Et tu te promènes ?

– Oui.

La conversation prit fin. La curiosité de Wigren était aimable, pas intrusive. Stefan cherchait un moyen d'aiguiller à nouveau la conversation vers Elsa Berggren.

– J'habite ici depuis 1959, dit soudain Wigren. Je n'ai jamais vu un étranger se promener ici. Du moins pas en octobre.

– Il faut bien une première fois.

– Tu peux avoir un café. Si ça te dit. Ma femme est morte, les enfants sont partis.

– Ce n'est pas de refus.

Il le suivit. Peut-être Björn Wigren avait-il l'habitude de faire le guet sur le trottoir, dans l'espoir d'attraper quelqu'un qui veuille bien partager sa solitude ?

La maison dans laquelle entra Stefan était de plain-pied. Dans l'entrée trônait une reproduction de la traditionnelle bohémienne aux seins nus ; dans le salon, il reconnut le vieux pêcheur. Mais il y avait aussi quelques trophées de chasse, parmi lesquels un bois d'élan. Stefan fit le compte, quatorze cors. Il se demanda si c'était peu ou beaucoup. Sur la table de la cuisine, une thermos attendait déjà, à côté d'une assiette de brioches à la cannelle recouverte d'un torchon. Wigren apporta une deuxième tasse et l'invita à s'asseoir.

– On n'est pas obligés de parler, dit-il de façon inattendue. C'est possible de boire un café avec un inconnu en se taisant.

Ils burent leur café et mangèrent une brioche chacun. L'horloge au mur sonna le quart. Stefan se demanda ce qu'avaient bien pu faire ensemble les gens de ce pays avant l'arrivée du café.

– Je suppose que tu es à la retraite, dit Stefan.

Il regretta immédiatement cette remarque idiote, mais Björn Wigren ne parut pas s'en formaliser.

– J'ai travaillé trente ans dans la forêt. Parfois, je me dis que c'est incompréhensible. Les bûcherons étaient des esclaves sous le règne des entreprises forestières. Je ne crois pas que les gens mesurent la bénédiction que ça a été quand on a vu arriver les scies électriques. Après j'ai attrapé mal au dos et j'ai arrêté. Les dernières années, je travaillais à l'office des routes. Je ne sais pas si je me suis rendu bien utile, là-bas. Je m'occupais surtout d'une machine qui aiguisait les lames de patins, pour les gosses. Mais j'ai fait au moins un truc sensé au cours de ces années-là : j'ai appris l'anglais. Je passais mes soirées à m'escrimer avec les livres et les cassettes. Je peux te dire que j'ai failli abandonner plus d'une fois. Mais je m'étais mis en tête de réussir. Puis je suis parti à la retraite. Deux jours après, ma femme est morte. Je me suis réveillé le matin, elle était déjà froide. Ça va faire dix-sept ans. J'ai eu quatre-vingt-deux ans en août.

Stefan fronça les sourcils. Il avait du mal à croire que Björn Wigren puisse être octogénaire.

– Je ne mens pas, dit Wigren, en percevant son incrédulité. J'ai quatre-vingt-deux ans, et ma santé est tellement bonne que je peux m'attendre à vivre jusqu'à quatre-vingt-dix ans et plus. Si ça sert à quelque chose, je n'en sais rien.

– J'ai un cancer. Je ne sais même pas si j'atteindrai la quarantaine.

Les mots avaient surgi de nulle part. Wigren haussa les sourcils. Puis il dit :

– Ça ne doit pas arriver tous les jours, que quelqu'un raconte qu'il a un cancer à quelqu'un qu'il ne connaît pas du tout.

– Je ne sais pas pourquoi je l'ai dit.

Björn Wigren poussa l'assiette de brioches vers Stefan.

– Si tu l'as fait, c'est que tu en avais besoin. Si t'as envie de parler, je t'écoute.

– Je préfère pas.

– Alors on oublie. Si tu ne veux pas parler, il n'y a pas de problème. Si tu veux, il n'y a pas de problème non plus.

Stefan comprit soudain comment il allait pouvoir aborder le sujet d'Elsa Berggren.

– Si on voulait acheter une maison dans le coin, comme celle de la voisine par exemple, ça irait chercher dans les combien ?

– La maison d'Elsa, tu veux dire ? Oh, c'est bon marché par ici. Je regarde parfois les annonces. Pas dans le journal. Sur Internet. Je me suis dit que ça serait quand même le diable si j'arrivais pas à me débrouiller avec cet Internet. Ça ne va pas vite, mais le temps, tu sais, c'est pas ça qui me manque. J'ai une fille à Gävle qui est employée de la commune. Elle m'a apporté un ordinateur un jour, et elle m'a appris à m'en servir. Maintenant j'ai l'habitude de chater avec un type de quatre-vingt-seize ans qui s'appelle Jim, il habite au Canada et il travaillait dans la forêt, lui aussi. Il y a de tout dans cet ordinateur. On est en train de créer un forum où les anciens bûcherons pourront se raconter des conneries. C'est quoi, tes sites préférés ?

– Je n'y connais rien. Je n'ai même pas d'ordinateur chez moi.

Björn Wigren s'assombrit.

– Ah. Tu devrais t'en acheter un. Surtout si tu es malade. Il y a plein de gens dans le monde qui ont le cancer. Un jour, j'ai fait une recherche sur le cancer du squelette, parce que c'est le pire truc que je peux m'imaginer. Il y avait deux cent cinquante mille réponses.

Il s'interrompit.

– Ah. Je ne devais pas en parler, c'est toi qui l'as dit.

– Ça ne fait rien. En plus, moi, ce n'est pas le squelette. Enfin, pas que je sache.

– Désolé, c'est sorti tout seul.

Stefan orienta à nouveau la conversation vers les prix de l'immobilier.

– Combien alors, pour une maison comme celle de la voisine ?

– Deux ou trois cent mille. Maximum. Mais je ne pense pas qu'Elsa ait envie de vendre.

– Elle vit seule ?

– Je ne crois pas qu'elle ait jamais été mariée. Elle peut être un peu pète-sec, Elsa. Je m'étais dit, après la mort de ma femme, que j'essaierais peut-être de la brancher. Mais elle n'a pas été d'accord.

– Quel âge a-t-elle ?

– Soixante-treize, je crois.

À peu près le même âge que Herbert Molin, songea Stefan.

– Elle a toujours vécu ici ?

– Quand on a fait construire notre maison, elle était déjà là. Je te parle de la fin des années cinquante.

– Elle avait un métier ?

– Elle dit qu'elle était prof, avant. Mais ça, j'y crois si je veux.

– Pourquoi ?

– Qui irait prendre sa retraite à trente ans à peine ? Elle est en pleine santé, en plus.

– Elle doit bien vivre de quelque chose.

– Elle a hérité de ses parents. C'est à ce moment-là qu'elle a emménagé ici. D'après ce qu'elle raconte.

Stefan essayait de réfléchir.

– Elle n'est donc pas née à Sveg ?

– Elle était de Scanie, je crois. Eslöv, il me semble que c'était ce nom-là. C'est possible, ça, Eslöv ? Que ça se trouve là-bas tout au sud, là où la Suède se termine ?

– Oui. Alors pourquoi est-elle venue vivre ici ? Elle avait de la famille dans la région ?

Björn Wigren lui jeta un regard amusé.

– Tu parles comme un flic. On croirait presque que tu m'interroges.

– Je suis curieux, comme tout le monde. On se demande bien pourquoi quelqu'un choisirait de quitter la Scanie pour venir ici, à moins que ce ne soit pour se marier ou parce qu'on a trouvé le boulot de ses rêves.

Tout en parlant, Stefan pensa qu'il commettait une grosse bourde en ne disant pas la vérité.

– Je me suis interrogé là-dessus. Ma femme aussi. Mais tu sais ce que c'est, on n'aime pas être indiscret. Elle est gentille, Elsa. Serviable. Elle s'occupait des gosses quand ma femme ne pouvait pas. Mais pourquoi elle est venue ici, franchement, je n'en sais rien. Elle n'avait pas de famille, ça non.

Björn Wigren se tut d'un coup. Stefan attendit.

– Oui, on peut dire que c'est bizarre. Elsa et moi, nous sommes voisins depuis quarante ans. Une génération. Et je ne sais toujours pas pourquoi elle a acheté cette maison ici, à Ulvkälla. Mais il y a un truc qui est encore plus bizarre.

– Quoi donc ?

– De toutes ces années, je n'ai jamais mis les pieds chez elle. Ma femme non plus. Ni les enfants. Je ne connais personne qui ait jamais été invité chez Elsa. Et ça, tu conviendras que c'est tout de même un peu bizarre.

Stefan hocha lentement la tête. Quelque chose dans cette description de la vie d'Elsa Berggren rappelait celle de Herbert Molin.

Tous deux viennent d'ailleurs et vivent en solitaires, pensa-t-il. Je me demande si ce que faisait Molin – se cacher – vaut aussi pour Elsa Berggren. C'est elle qui lui a trouvé sa maison. Mais pourquoi ? Dans quelles circonstances se sont-ils connus ? Quel était leur lien ?

La question suivante coulait de source.

– Tu dis qu'elle ne reçoit jamais de visites ?

– Jamais.

– Ça ne me paraît pas naturel.

– Ça ne l'est peut-être pas. Mais le fait est que personne n'a jamais vu quelqu'un entrer dans sa maison. Ni en sortir.

Il était temps de partir. Stefan regarda sa montre.

– Il faut que j'y aille. Mais je te remercie pour le café.

En retraversant le séjour, Stefan indiqua le bois d'élan aux quatorze cors.

– Celui-là, je l'ai abattu pendant une partie de chasse du côté de Lillhärdal.

– Il était gros ?

Björn Wigren éclata de rire.

– Le plus gros que j'aie jamais tiré. Sinon je ne l'aurais pas accroché à mon mur. À ma mort, il ira à la décharge. Aucun des enfants n'en veut.

Il le raccompagna jusque dans la rue.

– Il y aura peut-être de la neige cette nuit, dit-il en scrutant le ciel.

Puis il regarda Stefan.

– Je ne sais pas pourquoi tu m'as posé toutes ces questions sur Elsa. Et je n'y vois rien à redire. Mais un jour tu reviendras peut-être prendre le café chez moi et tu me raconteras toute l'histoire.

Stefan hocha la tête. Il avait eu raison de ne pas sous-estimer Björn Wigren.

– Bonne chance pour le cancer, dit celui-ci en le quittant. Je veux dire, bonne chance pour la guérison.

Stefan revint par le même chemin. Toujours pas de voiture chez Elsa Berggren. Le garage était vide. Il jeta un regard aux fenêtres. Aucun frémissement derrière les rideaux, cette fois. Parvenu au milieu du pont, il s'arrêta de nouveau pour contempler l'eau en dessous de lui. La terreur de la maladie affluait par vagues. Il ne pouvait plus repousser la pensée de ce qui l'attendait. L'occupation qu'il s'était choisie, cette balade à la périphérie du meurtre de Herbert Molin, était une thérapie aux effets limités.

Il retourna dans le centre de Sveg et vit que la bibliothèque était logée dans la maison communale. Il entra. Dans le hall d'entrée, un ours empaillé le dévisageait. Stefan eut l'impulsion de se jeter sur lui, de mesurer ses forces avec celles de l'ours. L'idée le fit éclater de rire. Un homme qui passait, chargé de dossiers, lui jeta un regard plein de curiosité.

Stefan entra dans la bibliothèque et se mit en quête du rayon, « médecine ». Mais quand il fut assis à une table avec un livre bourré d'informations sur toutes les formes de cancer, il n'eut pas le courage de l'ouvrir.

C'est trop tôt. Encore un jour, un seul. Ensuite j'affronterai la situation, au lieu de l'enterrer sous des investigations futiles autour du destin de mon collègue.

Dans la rue, il se découvrit une fois de plus incapable de prendre une décision. Furieux, il s'éloigna vers l'hôtel au pas de charge. En passant devant le magasin de Systembolaget, il s'immobilisa. Le médecin de Borås ne lui avait pas imposé de restrictions. Sûrement, il valait mieux ne pas boire. Mais là, tout de suite, ça lui était égal. Il acheta deux bouteilles de vin, d'une marque italienne comme d'habitude. Il venait de ressortir quand son téléphone sonna. Il posa son sac et répondit. C'était Elena.

– Je me demandais pourquoi tu ne m'appelais pas.

Stefan eut immédiatement mauvaise conscience. Il entendait à sa voix qu'elle était triste. Et blessée.

– Je ne vais pas très bien, dit-il sur un ton d'excuse.

– Tu es toujours à Sveg ?

– Où serais-je sinon ?

– Qu'est-ce que tu fabriques là-bas, au juste ?

– Je ne sais pas. J'attends peut-être l'enterrement de mon collègue.

– Tu veux que je vienne ? Je peux me libérer.

Il fut sur le point de dire oui. Oui, il voulait qu'elle vienne.

– Non. Je crois que je préfère être seul.

Elle ne renouvela pas sa question. Leur conversation se poursuivit quelques instants encore, sans que rien soit dit. Après coup, il se demanda pourquoi il avait menti. Pourquoi n'avait-il pas dit à Elena qu'elle lui manquait ? Qu'il ne voulait pas du tout être seul, au contraire ? Il se comprenait de moins en moins. Tout ça à cause de cette saloperie de boule qu'il avait dans la langue.

Il rapporta son sac à l'hôtel. La fille arrosait les plantes de la réception.

– Tu as ce qu'il te faut ? demanda-t-elle.

– Tout va bien.

Elle alla chercher sa clé sans poser son arrosoir.

– Dire que la grisaille est déjà là, reprit-elle en souriant. Et on n'est qu'en octobre. Le pire est encore à venir. Tout l'interminable hiver...

Elle retourna à ses fleurs pendant que Stefan montait dans sa chambre. La valise était dans l'état où il l'avait laissée. Il posa sur la table le sac contenant les bouteilles. Quinze heures passées de quelques minutes.

C'est trop tôt. Je ne peux quand même pas me mettre à boire dans ma chambre d'hôtel en plein après-midi.

Immobile au milieu de la pièce, il regardait le paysage par la fenêtre. Puis, très vite, il se décida. Il avait le temps de repartir au lac. Mais cette fois, il irait sur l'autre rive, par les chemins forestiers dont avait parlé Giuseppe. Il ne pensait pas y découvrir quoi que ce soit. Mais au moins, ça ferait passer le temps.

Il mit plus d'une heure à trouver un des chemins en question. Sur la carte, il avait vu que le lac s'appelait Stångvattnet. Tout en longueur, il s'élargissait à l'endroit précis où aboutissait ce chemin. Stefan sortit de la voiture et s'approcha du rivage. Le crépuscule tombait déjà. Il écouta, immobile. Il ne perçut que la rumeur des arbres. Il essaya de se rappeler s'il avait lu dans le dossier d'enquête quelque chose sur la météo de la nuit où Herbert Molin avait été tué. Même en cas de fort vent contraire, pensa-t-il, les coups de feu ont dû s'entendre jusqu'ici.

Mais qu'est-ce qui indiquait qu'il y ait eu quelqu'un à cet endroit la nuit du meurtre ?

Rien. Absolument rien du tout.

Il resta au bord de l'eau jusqu'à la nuit tombée. Un coup de vent venait parfois rider la surface du lac. Puis l'eau redevenait lisse. Il réalisa qu'il ne s'était jamais de sa vie trouvé seul dans une forêt. Sauf la fois où il avait perdu Molin, dans les environs de Borås. Le fameux jour où il avait découvert la peur de son collègue. Il tournait en rond, décidément.

Pourquoi Herbert Molin est-il venu ici ? Cherchait-il vraiment un refuge, un terrier ? Ou bien y avait-il autre chose ?

Il pensa à ce qu'avait dit Björn Wigren. Elsa Berggren ne recevait jamais de visiteurs. Mais elle, de son côté, rendait peut-être visite à Herbert Molin...

S'il avait été plus malin, il aurait posé deux questions à Björn Wigren.

Elsa Berggren avait-elle l'habitude de s'absenter la nuit ? Elsa Berggren aimait-elle danser ?

Deux questions simples qui auraient pu lui donner de nombreuses réponses.

Il songea soudain que c'était Molin qui lui avait enseigné autrefois cette vérité policière : la bonne question posée au bon moment permettait d'obtenir plusieurs réponses à la fois.

Il tressaillit en entendant un bruit dans son dos. Une branche cassée, sans doute. Ou un petit animal.

Puis il n'eut plus la force de penser à Herbert Molin ni à Elsa Berggren. C'était absurde. Dès le lendemain, il mobiliserait ses forces pour affronter ce qui lui arrivait. Et il quitterait le Härjedalen. Il n'avait rien à faire là. Giuseppe Larsson allait continuer. Pour sa part, il allait préparer sa radiothérapie.

Il s'attarda quelques instants au bord du lac. Les arbres l'entouraient comme une haie de soldats, l'eau noire était une douve. L'espace d'un instant, il se sentit invulnérable.

De retour à Sveg, il se reposa une heure dans sa chambre en buvant deux verres de vin. À dix-neuf heures, il descendit à la salle à manger. Les pilotes d'essai avaient disparu. La fille de la réception avait une fois de plus endossé sa tenue de serveuse. Elle joue tous les rôles, pensa Stefan. Peut-être est-ce le seul moyen de faire tourner l'hôtel ?

Il s'assit à la même table que les autres soirs et constata avec déception que la carte n'avait pas changé. Il ferma les yeux et laissa son index se poser au hasard sur la liste limitée des plats. Bifteck d'élan, encore. Il venait de commencer son repas quand quelqu'un entra dans la salle, derrière lui. En tournant la tête, il vit une femme qui avançait vers sa table. Elle s'arrêta et le regarda. Stefan fut frappé par sa beauté.

– Je ne voudrais pas t'importuner. Mais j'ai appris par un policier d'Östersund qu'un ancien collègue de mon père était ici.

Stefan resta un instant interdit. Puis le déclic s'opéra.

La femme qui se tenait devant lui était la fille de Herbert Molin.

9

Après coup, Stefan pensa qu'elle était sans doute l'une des plus belles femmes qu'il ait jamais eu l'occasion de rencontrer. Avant qu'elle ait pu s'asseoir, avant même qu'il eût dit son nom, il l'avait mentalement déshabillée, tout en feuilletant un des classeurs de Giuseppe jusqu'à la page où il était écrit que Herbert Molin avait eu en 1955 une fille prénommée Veronica. La femme debout devant lui, dont il percevait le parfum discret, avait donc quarante-quatre ans, soit sept ans de plus que lui. S'il ne l'avait pas su, il aurait imaginé qu'ils avaient le même âge.

Puis il se présenta, lui serra la main et exprima ses condoléances.

– Merci.

La voix, qui manquait curieusement de timbre, ne coïncidait pas avec sa beauté.

Elle ressemble à quelqu'un qu'on n'arrête pas de voir dans la presse et à la télé. Mais qui ?

Il l'invita à s'asseoir. La réceptionniste s'approcha.

– Ah ! dit-elle à Stefan. Avec un peu de chance, tu ne dîneras pas seul ce soir.

Il faillit lui dire d'aller se faire foutre, mais se maîtrisa.

– Je ne voudrais pas m'imposer, dit Veronica Molin. Je comprendrais que tu n'aies pas envie d'être dérangé.

Il vit qu'elle portait une alliance. Un court instant, cela le déprima. Réaction absurde, violente, vite disparue.

– Pas du tout, dit-il.

Elle haussa les sourcils.

– Pas du tout quoi ?

– Envie de ne pas être dérangé.

Elle s'assit, ramassa la carte et la reposa aussitôt.

– Est-ce que je pourrais avoir une salade ? Et une omelette ?

– Pas de problème, dit la réceptionniste.

Stefan pensa soudain que c'était peut-être elle aussi qui assurait la cuisine.

Veronica Molin commanda de l'eau minérale pendant que Stefan essayait à nouveau de se rappeler à qui elle ressemblait.

– Il y a eu un malentendu, dit-elle. Je croyais avoir rendez-vous avec la police ici, à Sveg. Mais ils sont à Östersund. Ce n'est pas grave, j'irai demain.

– D'où viens-tu ?

– De Cologne. C'est là que j'ai appris la nouvelle.

– Tu habites en Allemagne ?

Elle secoua la tête.

– J'habite à Barcelone. Ou à Boston, ça dépend. Mais là, j'étais à Cologne. C'était très étrange, très effrayant. Je venais d'entrer dans ma chambre de l'hôtel Dom, juste à côté de la cathédrale. Les cloches ont sonné en même temps que le téléphone. Puis un homme, dont la voix me parvenait de très loin, a dit que mon père avait été assassiné. Il m'a demandé si je voulais parler à un pasteur. Ce matin, j'ai pris l'avion jusqu'à Stockholm, puis jusqu'ici. En fait, j'aurais mieux fait d'atterrir directement à Östersund.

Elle se tut pendant que la fille de la réception apportait l'eau minérale. Un homme, au bar, éclata d'un rire aigu. Comme s'il essayait d'imiter un chien, pensa Stefan.

Puis ça lui revint. Elle ressemblait à la vedette d'un de ces sitcoms interminables. Il essaya de se rappeler son nom, mais impossible.

Veronica Molin était grave et tendue. Stefan se demanda comment lui-même aurait réagi s'il avait été dans une chambre d'hôtel quelque part et qu'on lui eût annoncé au téléphone l'assassinat de son père.

– Je ne peux que compatir, dit-il. Ça paraît terrible, absurde.

– N'est-ce pas le cas de tous les meurtres ?

– Bien sûr. Mais parfois on discerne un mobile.

– Personne ne pouvait avoir de raisons de tuer mon père. Il n'avait pas d'ennemis, il n'était pas riche.

Mais il avait peur, pensa Stefan.

La salade et l'omelette arrivèrent. Stefan avait le sentiment confus d'être dominé par la femme qui lui faisait face. Elle possédait une assurance qu'il n'avait pas.

– Si j'ai bien compris, mon père et toi étiez collègues autrefois. Cela veut dire que tu es policier.

– À Borås, oui. C'était mon premier poste, ton père m'a aidé. Il a laissé un grand vide en partant.

Je parle comme si nous avions été amis, songea-t-il. Mais ce n'était pas le cas.

– Je me suis naturellement demandé pourquoi il avait choisi de s'installer dans le Härjedalen, dit-il après un silence.

Elle déjoua immédiatement la manœuvre.

– Je ne pense pas que mon père ait jamais parlé de ses intentions à qui que ce soit.

– Ma mémoire me trompe peut-être. Si ça se trouve, je l'ai appris plus tard. Mais ma curiosité est intacte. Pourquoi est-il venu vivre ici ?

– Il voulait être tranquille. C'était un solitaire. Je le suis aussi.

Que dire, après pareille déclaration ? Ce n'est pas une réponse, se dit Stefan, c'est une manière de couper court à la conversation. Pourquoi s'assied-elle à ma table si elle ne veut pas me parler ?

– Je n'ai rien à voir avec l'enquête, dit-il froidement. J'étais en congé, je suis venu.

Elle posa sa fourchette et le considéra.

– Pourquoi ?

– Peut-être pour assister aux funérailles. Si elles ont lieu ici.

Elle ne le croyait pas, visiblement. Cela augmenta son dépit.

– Est-ce que tu voyais souvent ton père ? demanda-t-il pour changer de sujet.

– Non. Je travaille comme consultante pour une boîte d'informatique qui opère dans le monde entier, et je suis souvent en voyage. Je lui envoyais une carte postale deux ou trois fois par an, et je l'appelais à Noël. C'est tout.

– Vos relations n'étaient pas très bonnes ?

Il la regardait intensément. Même s'il la trouvait toujours très belle, il pensa qu'elle dégageait une grande froideur, une grande distance.

– La relation qui existait entre mon père et moi ne concerne que nous. Il voulait qu'on le laisse tranquille. Je respectais sa volonté. Il respectait la mienne. J'étais comme lui.

– Tu as aussi un frère, je crois.

La réponse fusa, carrée, sans hésitation.

– Nous ne nous parlons pas, à moins d'y être obligés. La meilleure façon de caractériser nos rapports serait de dire qu'ils sont à la limite de l'hostilité déclarée, pour des raisons, là encore, qui ne concernent que nous. J'ai pris contact avec une entreprise de pompes funèbres. Elle s'occupe de tout. Mon père sera enterré ici, à Sveg.

Stefan appuya le bout de sa langue contre ses dents. La boule était toujours là.

Ils commandèrent des cafés. Elle lui demanda si elle pouvait fumer, il dit que cela ne le dérangeait pas. Elle alluma une cigarette et souffla quelques ronds de fumée vers le plafond. Brusquement, elle le regarda en face.

– Pourquoi es-tu venu ?

Stefan se décida à dire une partie de la vérité.

– Je suis en arrêt de travail. Je n'avais rien de mieux à faire.

– Le policier d'Östersund a dit que tu t'étais impliqué dans l'enquête.

– On est toujours affecté par la mort violente d'un collègue. Mais ma visite est d'ordre personnel. J'ai parlé à quelques personnes, c'est tout.

– Qui ?

– Surtout le policier que tu dois rencontrer demain, Giuseppe Larsson. En dehors de lui, j'ai discuté avec Abraham Andersson.

– Qui est-ce ?

– Le plus proche voisin de ton père. Il habite à dix kilomètres.

– Avait-il quelque chose à dire ?

– Non. Mais si quelqu'un a vu quoi que ce soit, ce devrait être lui. Tu pourras lui parler toi-même.

Elle écrasa son mégot comme si c'était un insecte.

– Ton père a changé de nom autrefois, dit Stefan doucement. De Mattson-Herzén, il est devenu Molin. Cela s'est passé quelques années avant ta naissance. À peu près au même moment, il a démissionné de l'armée et il est parti pour Stockholm. Tu ne peux pas en avoir le souvenir, puisque vous avez déménagé à Alingsås quand tu avais deux ans. Mais une chose m'intrigue : que faisait-il là-bas ?

– Il tenait un magasin de musique.

La surprise dut se peindre sur son visage car elle poursuivit :

– Comme tu le disais toi-même à l'instant, je n'en ai aucun souvenir. C'est par la suite que j'ai appris qu'il avait décidé de se lancer dans le commerce, et qu'il avait ouvert cette boutique à Solna. Les premières années, il a rencontré un certain succès. Puis il a ouvert une deuxième boutique dans une autre banlieue de Stockholm, à Sollentuna. Il a fait faillite assez rapidement. Mes premiers souvenirs datent d'Alingsås. On habitait en dehors de la ville, une vieille maison qu'on n'arrivait jamais à chauffer correctement l'hiver.

Elle marqua une pause et alluma une nouvelle cigarette.

– Pourquoi veux-tu savoir tout cela ?

– Ton père a été tué. Alors toutes les questions deviennent importantes.

– On l'aurait tué parce qu'il avait eu autrefois un magasin de musique ?

Stefan ne répondit pas. Il passa à la question suivante.

– Pourquoi a-t-il changé de nom ?

– Je ne sais pas.

– Pourquoi se faire appeler Molin quand on porte le nom de Herzén ?

– Je ne sais pas.

Stefan sentit soudain qu'il devait être prudent. Il posait des questions, elle y répondait. Mais, en filigrane, se jouait tout autre chose.

Veronica Molin se renseignait. Elle voulait savoir ce qu'il avait appris, concernant son père.

Il lui proposa un autre café. Elle déclina.

– À l'époque où nous travaillions ensemble, dit Stefan, j'avais l'impression que ton père était inquiet. Qu'il avait peur, plus exactement. De quoi, je l'ignore.

Mais cela m'est resté, bien que nos chemins se soient séparés il y a plus de dix ans.

Elle fronça les sourcils.

– De quoi aurait-il eu peur ?

– Je n'en sais rien. Je te pose la question.

– Mon père n'était pas quelqu'un de peureux. Au contraire, il avait du courage.

– De quelle manière ?

– Il n'avait pas peur d'intervenir, de s'opposer. Jamais peur d'exprimer son opinion.

Son portable sonna. Elle s'excusa et répondit. Il y eut un échange dans une langue étrangère, espagnol ou français, Stefan n'était pas sûr de bien faire la différence. Après avoir fini sa conversation, elle appela d'un geste la fille de la réception et demanda l'addition.

– Tu es allée à la maison ? demanda Stefan.

Elle le dévisagea avant de répondre.

– Je garde un bon souvenir de mon père. Nous n'avons jamais été proches, mais j'ai vécu assez pour savoir ce que peuvent être les relations parents-enfants. Je ne veux pas ternir cette image en allant voir le lieu où il a été tué.

Stefan comprenait. Du moins, il croyait comprendre.

– Ton père aimait beaucoup danser, je crois.

– Ah bon ? Comment le sais-tu ?

Sa surprise paraissait authentique.

– Quelqu'un l'a dit, éluda Stefan.

La fille de la réception revint avec deux additions séparées. Stefan voulut les prendre, mais elle avait déjà saisi la sienne.

– Je préfère payer pour moi.

– De quoi s'occupe une consultante en informatique ? demanda Stefan pendant que la fille de la réception partait chercher la monnaie.

Elle sourit, mais ne répondit pas.

Ils se séparèrent dans le hall de l'hôtel. La chambre de Veronica Molin était au rez-de-chaussée.

– Comment comptes-tu te rendre à Östersund ? demanda-t-il.

– Sveg n'est pas grand, mais j'ai quand même trouvé un loueur de voitures. Merci pour la compagnie.

Il la suivit du regard. Ses vêtements devaient coûter une fortune, sans parler des chaussures. Cette conversation lui avait rendu un peu de son énergie. Mais qu'allait-il en faire ? Existait-il une vie nocturne à Sveg ?

Il résolut de repartir pour une promenade. Ce que lui avait raconté Björn Wigren l'intriguait. Il voulait en savoir plus sur les rapports entre Elsa Berggren et Herbert Molin.

Le rideau avait bougé. Il en était certain.

Il monta chercher sa veste et quitta l'hôtel.

Il faisait plus froid que la veille. Il prit le même chemin que la première fois, s'arrêta sur le pont et écouta le bruit du fleuve. Quand il passa devant un homme qui promenait son chien, il eut la sensation de croiser un navire aux feux éteints au milieu d'une mer noire. Parvenu près de la villa, il fit halte à distance des halos lumineux projetés par les réverbères. Il y avait à présent une voiture dans la cour. Mais il faisait trop sombre pour distinguer le modèle. Une fenêtre était éclairée au deuxième étage. Il resta immobile, sans trop savoir ce qu'il attendait.

L'homme qui s'approcha de lui par-derrière se déplaçait sans aucun bruit.

Il avait longuement observé Stefan avant d'estimer qu'il en avait assez vu. Il était à deux mètres quand Stefan sursauta.

Erik Johansson ne savait pas qui il avait en face de lui. Pour sa part, il avait la cinquantaine, mais une excellente condition physique. Il laissa pendre ses mains sans quitter l'étranger du regard.

– Salut, dit-il. Je me demandais juste ce que tu faisais là.

Stefan avait eu peur. Ce type était vraiment silencieux.

– Qui me pose cette question ?

– Erik Johansson. Police. Je voudrais savoir ce que tu fais ici.

– Je regarde une maison. Je suis sobre, je ne fais pas de bruit, je ne suis même pas en train de pisser. C'est interdit de regarder les maisons ?

– Pas du tout. Mais celle qui habite là, ça l'a mise un peu mal à l'aise, et elle a pris son téléphone. Quand les gens s'inquiètent, par ici, c'est moi qu'ils appellent. Je me suis dit alors que j'allais me renseigner sur place. Les gens n'ont pas l'habitude d'être observés par des étrangers dans la rue. En tout cas, pas le soir.

Stefan sortit son portefeuille de sa poche et s'approcha du réverbère pour lui montrer sa carte. Erik Johansson hocha la tête.

– Alors c'est bien toi, dit-il comme si Stefan avait été une vieille connaissance et qu'il ne s'en souvenait qu'à l'instant.

– Stefan Lindman.

Erik Johansson se gratta le front. Stefan vit qu'il ne portait qu'un maillot de corps sous sa veste.

– Bon, eh bien, on est de la police tous les deux. Giuseppe m'a dit que tu étais dans les parages. Mais je ne pouvais pas savoir que tu surveillais la maison d'Elsa.

– C'est elle qui a acheté la maison pour le compte de Molin, dit Stefan. Mais ça, je suppose que tu le savais déjà.

– Pas du tout.

– C'est ce que m'a expliqué l'agent immobilier à qui j'ai rendu visite à Krokom. Je pensais que Giuseppe t'en aurait parlé.

– Il m'a juste dit que tu étais un ancien collègue de

Herbert Molin en visite chez nous. Il ne m'a pas dit que je risquais de te surprendre en train d'espionner Elsa.

– Je n'espionne personne. Je me promène. Je ne sais même pas pourquoi je me suis arrêté ici.

Réponse idiote, évidemment. Ça faisait un moment qu'il était planté au même endroit.

– Vaut mieux qu'on y aille, dit Erik Johansson. Autrement, Elsa va se poser des questions.

Stefan le suivit jusqu'à une rue adjacente. La voiture d'Erik Johansson n'était pas un véhicule de police, mais un break Toyota avec un grillage derrière les sièges avant.

– Alors comme ça, tu te promenais et tu t'es retrouvé par hasard devant la maison d'Elsa.

– Oui.

Erik Johansson paraissait contrarié. Il réfléchit.

– Il vaut peut-être mieux qu'on n'en dise rien à Giuseppe. Ça l'inquiéterait. Je ne crois pas qu'ils seraient ravis, à Östersund, de savoir que tu espionnes la population.

– Je n'espionne personne.

– Oui, tu l'as déjà dit. Mais ça fait quand même bizarre de te trouver planté devant la maison d'Elsa.

– Tu la connais ?

– Elle a toujours été là. Gentille. Elle s'intéresse aux gosses.

– Comment ça ?

– Elle a une école de danse dans les locaux de la maison du Peuple. Elle avait, plutôt. Les gosses apprenaient à danser. Je ne sais pas si elle le fait encore.

Stefan hocha la tête, mais ne posa pas d'autres questions.

– Tu loges à l'hôtel ? demanda Erik Johansson. Je peux te déposer.

– Je préfère marcher. Merci quand même. Je n'ai pas vu de poste de police à Sveg.

– On est logé dans la maison communale.

– Est-ce que je pourrais passer demain matin ? Juste une visite. On pourrait bavarder un peu.

– Pas de problème. Bon, il faut que j'appelle Elsa pour lui dire que tout est rentré dans l'ordre.

Il s'installa au volant, dit salut et claqua la portière. Stefan attendit que la voiture ait disparu avant de s'éloigner.

Pour la quatrième fois ce jour-là, il s'arrêta sur le pont. Le lien, pensa-t-il. Entre Herbert Molin et Elsa Berggren. Qu'est-ce que c'était ?

Il se remit lentement en marche, tandis que ses pensées s'emboîtaient les unes dans les autres. Herbert Molin s'était servi d'Elsa Berggren pour trouver une maison. Ils se connaissaient donc d'avant. Peut-être même était-ce pour se rapprocher d'elle que Herbert Molin était venu dans le Härjedalen ?

Stefan avait atteint l'autre rive quand il s'immobilisa à nouveau. Il aurait dû y songer plus tôt ! Elsa Berggren l'avait repéré sur le trottoir, malgré l'obscurité. Cela ne pouvait signifier qu'une chose. Elle surveillait la rue. Elle attendait – redoutait ? – la venue de quelqu'un.

Il en était certain. Elle n'avait pas pu le repérer par hasard.

Il se remit en marche, plus vite cette fois, en pensant que la passion commune d'Elsa Berggren et de Herbert Molin pour la danse n'était pas une coïncidence, elle non plus.

De retour à l'hôtel, il trouva la réception fermée. Il monta l'escalier en se demandant si Veronica Molin dormait. S'appelait-elle d'ailleurs encore Molin ? À voir.

Il entra dans sa chambre et alluma le plafonnier. Par terre, glissé sous la porte, il y avait un message.

Rappeler Giuseppe Larsson à Östersund. Urgent.

10

Giuseppe décrocha en personne.

– Je ne retrouvais plus ton numéro de portable, j'ai dû le laisser traîner au bureau. C'est pour ça que j'ai appelé l'hôtel. Ils m'ont dit que tu étais sorti.

Stefan se demanda si Erik Johansson n'avait pas tout compte fait rapporté leur rencontre à Giuseppe.

– Je suis allé me promener, dit-il. Il n'y a pas grand-chose d'autre à faire par ici.

Giuseppe ricana dans l'écouteur.

– De temps en temps, ils passent un film à la maison du Peuple.

– J'ai besoin de bouger, pas de m'asseoir.

Stefan entendit Giuseppe dire quelques mots à quelqu'un, et qu'on baissait le son d'un téléviseur.

– Tu es encore là ? Je pensais te divertir avec un truc qui nous est arrivé d'Umeå. Un papier signé du docteur Hollander. On se demande pourquoi il n'en a rien dit dans son premier rapport. Les légistes sont des types insondables. Tu as le temps ?

– Tout le temps du monde.

– Il nous écrit qu'il a découvert trois vieux trous d'entrée.

– Qu'est-ce que ça veut dire ?

– Que Herbert Molin s'est fait tirer dessus par le passé. Tu étais au courant ?

– Non.

– Pas une balle, mais trois. Et le docteur Hollander s'autorise une extrapolation. Il estime que Herbert Molin a survécu par une chance incroyable, une chance «miraculeuse», je cite. Deux balles l'ont atteint au thorax juste sous le cœur, la troisième est entrée dans le bras gauche. À partir des cicatrices et d'autres trucs auxquels je ne comprends rien, Hollander conclut que ça s'est passé dans sa jeunesse. Il n'affirme pas qu'elles ont été tirées à la même occasion, mais on peut le présumer.

Giuseppe éternua plusieurs fois de suite.

– Je ne supporte pas le vin rouge, s'excusa-t-il. Mais ce soir, je n'ai pas pu résister à la tentation. Voilà, je suis puni.

– Dans le rapport d'enquête que tu m'as fait lire, il n'y avait rien concernant des blessures par balle.

– En effet. J'ai appelé à Borås, où on m'a mis en communication avec un homme sympathique qui rigole tout le temps.

– Le commissaire Olausson?

– C'est ça. Je n'ai pas dit que tu étais parmi nous, je lui ai juste demandé s'il savait que Herbert Molin avait été blessé par balle. Il m'a dit que non. Et alors on peut tirer une conclusion très simple.

– Ça s'est passé avant qu'il entre dans la police.

– Bien avant, même. Lors de sa création, en 1965, la nouvelle police d'État a récupéré les archives de l'ancienne police rurale. Le cas échéant, la chose aurait figuré dans le fichier de Molin quand il est devenu fonctionnaire de Sa Majesté.

– Cela remonterait donc à sa carrière dans l'armée.

– C'est ce que je me dis. Mais ces archives-là, il faut du temps pour y accéder. On devrait donc d'ores et déjà envisager que ces blessures puissent être plus anciennes encore.

Giuseppe se tut.

– Ça change quelque chose à l'image d'ensemble ? demanda Stefan.

– Ça change tout. Ou plutôt, on n'a aucune image d'ensemble. Je ne pense pas qu'on mette la main sur le meurtrier dans un avenir proche. Mon expérience me dit que ça va être long, car il va falloir creuser profond. Que te dit ton expérience ?

– Que tu peux avoir raison.

Giuseppe se remit à éternuer.

– Je dois rencontrer la fille de Molin demain, dit-il ensuite.

– Elle loge dans le même hôtel que moi.

– Je pensais bien que vous vous croiseriez. Alors ?

– Réservée. Mais très belle.

– Un plaisir en perspective, donc. Tu lui as parlé ?

– On a dîné ensemble. Elle m'a appris quelque chose au sujet de ce blanc au milieu des années cinquante. Son père aurait eu deux magasins de musique dans la banlieue de Stockholm, qui ont fait faillite après quelques années.

– On ne voit pas quelle raison elle aurait de mentir à ce sujet.

– Non. Enfin, tu verras demain.

– Une chose est sûre, c'est que je vais l'interroger sur ces blessures par balle. Tu as décidé jusqu'à quand tu restais ?

– Peut-être demain encore. Pas plus longtemps. Mais je t'appellerai.

– Très bien.

Après avoir raccroché, Stefan se laissa tomber sur le lit. Il était épuisé. Sans même ôter ses chaussures, il s'allongea et s'endormit.

Il se réveilla en sursaut et regarda sa montre. Cinq heures moins le quart. Il avait rêvé. Quelqu'un le pourchassait. Soudain il était encerclé par une meute de chiens qui déchiraient ses vêtements et commençaient à lui arracher des lambeaux de chair. Son père était là à l'arrière-plan, ainsi qu'Elena. Il alla se rincer le visage sous le robinet. Le rêve n'était pas difficile à interpréter. La maladie, les cellules qui se multipliaient hors contrôle comme une meute de chiens sauvages lâchés dans son organisme... Il se déshabilla, se glissa entre les draps, mais ne parvint pas à se rendormir.

C'était toujours à ce moment, au petit matin, qu'il se sentait le plus vulnérable. Il pensa qu'il était un policier de trente-sept ans, qui essayait de mener une vie digne. Rien de remarquable, rien qui sorte de l'ordinaire. Mais c'était quoi, l'ordinaire ? Il se rapprochait à toute vitesse de la quarantaine et n'avait même pas d'enfants. Et maintenant il en était réduit à lutter contre une maladie qui le détruirait peut-être. Dans ce cas, sa vie n'aurait même pas été ordinaire. Elle n'aurait été qu'un essai, sans possibilité de démontrer sa valeur.

Il se leva. Le buffet ouvrait à six heures trente. Il choisit des vêtements propres dans la valise, se dit qu'il devrait se raser, mais ne le fit pas. À six heures trente, il était en bas. En jetant un regard par les portes entrebâillées du restaurant, il reconnut avec surprise la fille de la réception. Elle était assise sur une chaise, en train de s'essuyer les yeux. Il recula précipitamment. Puis il risqua un nouveau coup d'œil. Elle avait pleuré, c'était clair. Il remonta silencieusement la volée de marches et attendit à la réception. Les portes de la salle s'ouvrirent.

– Tu es matinal, dit-elle en lui souriant.

Il entra, se servit, déjeuna, tout en se demandant pourquoi elle avait pleuré. Mais cela ne le concernait pas. À chacun sa misère, se dit-il. À chacun sa meute.

Le temps de ressortir, il était parvenu à une décision. Il allait retourner à la maison de Herbert Molin. Non qu'il pensât y découvrir du nouveau. Mais il voulait faire le point sur ce qu'il avait appris. Ou pas appris. Puis il laisserait cette histoire à son destin, sans attendre des funérailles auxquelles il ne voulait de toute façon pas assister. En cet instant, c'était bien la dernière chose à laquelle il avait envie de s'exposer. Il allait rentrer à Borås, laver son linge et boucler sa valise, avec l'espoir d'embarquer sur un vol pas cher pour Majorque.

Il me faut une stratégie. Sinon, je n'arriverai pas à me tenir debout jusqu'au traitement.

À sept heures et quart, il quittait l'hôtel. Veronica Molin ne s'était pas montrée. La fille de la réception oublia de lui sourire quand il déposa sa clé. Elle a des ennuis, pensa-t-il. Mais ça m'étonnerait qu'elle ait appris qu'elle avait un cancer.

Il prit vers l'ouest, à travers l'automne et le silence. Quelques gouttes isolées s'écrasaient de temps à autre sur le pare-brise. Il écouta distraitement les nouvelles à la radio. La Bourse de New York avait gagné ou perdu quelques points, il ne comprit pas bien si c'était l'un ou l'autre. En traversant Linsell, il aperçut un groupe d'enfants qui attendaient le ramassage scolaire, leur sac sur le dos. Il y avait des antennes paraboliques sur le toit des maisons. Il se rappela son enfance à Kinna – le passé était soudain très proche. Le regard fixé sur la route devant lui, il repensa aux innombrables voyages désespérants dans le centre de la Suède, à l'époque où il servait d'assistant au pilote de motocross qui n'avait quasiment jamais gagné une course. Il était si abîmé dans ses réflexions qu'il dépassa la sortie vers Rätmyren. Il fit demi-tour et se gara au même endroit qu'à sa première visite.

Quelqu'un était venu. Il y avait de nouvelles traces de pneus dans le gravier. Peut-être Veronica Molin avait-elle changé d'avis ? Il sortit de la voiture et inspira l'air froid au fond de ses poumons. La bourrasque agitait le sommet des sapins. C'est ça, la Suède, pensa-t-il. Arbres, vent, froid. Gravier et mousse. Une personne seule au fond d'une forêt. Mais d'habitude cette personne n'a pas une tumeur maligne à la langue.

Il fit lentement le tour de la maison en songeant à tout ce qu'il savait maintenant des circonstances de la mort de Herbert Molin. Il dressa intérieurement une liste. En premier lieu, les vestiges d'un campement où quelqu'un avait bivouaqué avant de disparaître. Deuxièmement, les informations de Giuseppe concernant des blessures par balle. Stefan s'immobilisa. Qu'avait donc dit Giuseppe ? Deux entrées sous le cœur et une dans le bras gauche. On lui avait donc tiré dessus de face. Et par trois fois. Il essaya sans succès d'imaginer ce qui avait pu se produire.

Puis il y avait Elsa Berggren, l'ombre invisible derrière le rideau. S'il avait raison, elle montait la garde. Pourquoi ? Erik Johansson l'avait décrite comme une femme aimable qui donnait des leçons de danse aux enfants. Encore un lien, la danse. Mais que signifiait-il ? Signifiait-il même quoi que ce soit ? Il continua son errance autour de la maison aux vitres brisées, en se demandant pourquoi la police n'avait pas mieux recouvert ce qui restait des fenêtres. Du plastique déchiré flottait dans les trous béants. L'image de Veronica Molin surgit devant lui. Une femme de grande beauté, qui avait appris la mort de son père dans un hôtel de Cologne, pendant l'un de ses voyages de par le monde. Stefan avait maintenant fait un tour complet de la maison. Il repensa au jour où il avait traqué avec Herbert Molin le prisonnier évadé de la maison d'arrêt de Tidaholm. Sa peur, ce jour-là. *J'ai cru que c'était quelqu'un d'autre.* Stefan s'immobilisa à nouveau. À moins que Herbert Molin ait été victime d'un fou, le point de départ devait être celui-là. La peur. Sa fuite jusque dans les forêts du Härjedalen. Une cachette tout au bout d'un chemin que Stefan lui-même avait eu le plus grand mal à découvrir.

Il ne parvenait pas à voir au-delà. La mort de Molin était une énigme ; il avait peut-être identifié quelques éléments, mais ceux-ci menaient pour l'instant à un grand vide. Il retourna à la voiture. Le vent avait forci. Au moment d'ouvrir sa portière, il eut la sensation que quelqu'un l'épiait. Il jeta un rapide regard à la ronde. La forêt était déserte. Le chenil, abandonné. Le plastique déchiré battait contre les traverses des fenêtres. Il remonta en voiture et quitta les lieux en pensant qu'il n'y reviendrait jamais.

Dans le hall de la maison communale, l'ours l'accueillit avec la même expression que la veille. Pendant que Stefan cherchait les bureaux de l'antenne de police, il croisa Erik Johansson, qui s'apprêtait à sortir.

– Tiens ! J'allais prendre un café avec les bibliothécaires. Mais ça peut attendre. J'ai des nouvelles pour toi.

Stefan l'accompagna dans son bureau. Erik Johansson avait réchauffé la banalité du décor à l'aide d'un masque de diable.

– Je l'ai acheté autrefois à La Nouvelle-Orléans, dit-il en suivant le regard de Stefan vers le mur. J'étais ivre, et je crois bien que je l'ai payé beaucoup trop cher. Je pensais que je pourrais le mettre ici. Comme un symbole de toutes les forces du mal qui donnent du fil à retordre à la police.

– Tu es seul aujourd'hui ?

– Mais oui, répondit gaiement Erik Johansson. On est censé être quatre ou cinq. Mais les gens sont malades, ou en formation, ou en congé parental, ou en congé tout court. Alors il n'y a que moi. C'est impossible d'obtenir des remplaçants.

– Comment ça fonctionne ?

– Ça ne fonctionne pas. Mais les gens qui appellent en journée ont au moins la chance de ne pas tomber sur un répondeur.

– Elsa Berggren t'a appelé hier soir.

– Il y a un numéro d'alerte, disons, provisoire. Et ils sont nombreux à le connaître, en ville.

– Quelle ville ?

– Sveg. J'aime bien dire « en ville », on a l'impression que c'est plus grand.

Le téléphone sonna. Stefan regarda le masque en se demandant quelles pouvaient bien être les nouvelles promises par Erik Johansson. La conversation, au téléphone, portait sur la découverte par quelqu'un d'un pneu de tracteur au milieu de la route. Erik Johansson était apparemment un homme doué d'une grande patience. Enfin il raccrocha.

– Elsa Berggren a appelé ce matin. J'ai essayé de te joindre à l'hôtel.

– Que voulait-elle ?

– T'inviter à prendre le café.

– Tiens donc. C'est très étrange.

– Pas plus que le fait que tu surveilles sa maison.

Erik Johansson jaillit de son fauteuil. Stefan se leva et le suivit.

– Elle est chez elle. Vas-y tout de suite, elle devait sortir faire des courses après. Et reviens me raconter votre conversation, si jamais elle a dit des trucs intéressants. Mais pas cet après-midi, ni ce soir. Je dois aller à Funäsdalen, en mission, et aussi pour jouer au poker avec quelques potes. On a beau être sur une enquête pour meurtre, il faut essayer de vivre comme d'habitude.

Erik Johansson partit rejoindre les bibliothécaires. Stefan resta un petit moment dans le hall à observer l'ours.

Puis il prit la route d'Ulvkälla et se gara devant la villa blanche. En sortant de la voiture, il aperçut Björn Wigren sur le trottoir, cherchant des yeux quelqu'un qu'il pourrait inviter à prendre un café dans sa cuisine.

Elle ouvrit sans lui laisser le temps de sonner. Stefan ne savait pas ce qu'il avait imaginé au juste. En tout cas pas cette dame élégante aux longs cheveux teints en noir et aux yeux très maquillés.

– J'ai pensé qu'il valait mieux que tu viennes. Au lieu de rester sur le trottoir.

Stefan franchit le seuil, en se disant qu'il était maintenant plus avancé que Björn Wigren ne l'avait été en quarante ans. Elle le précéda dans le séjour, qui donnait sur le jardin à l'arrière de la maison. Au-delà, la crête des sapins s'élevait en direction d'Orsa Finnmark.

Le salon était meublé avec recherche. Pas l'ombre d'une bohémienne aux seins nus comme chez Björn Wigren. Stefan jeta un coup d'œil aux huiles encadrées qui ornaient les murs et pensa qu'Elsa Berggren avait du goût. Elle s'était entre-temps excusée pour aller dans la cuisine. Il s'assit sur le canapé et attendit.

Il se releva en apercevant une série de photos, dans la bibliothèque ; l'une représentait deux filles assises sur un banc, dans un parc, bien des décennies plus tôt. À l'arrière-plan, une façade surmontée d'une enseigne. Stefan se pencha pour tenter de la déchiffrer, mais les lettres étaient floues. En tout cas, ce n'était pas du suédois. Puis il entendit un bruit de porcelaine et se rassit sur le canapé. Elsa Berggren entra, posa les tasses sur la table basse et entreprit de le servir.

– Un étranger observe ma maison. Je suis surprise, c'est normal. Et inquiète. Après ce qui est arrivé à Herbert, rien n'est plus comme avant.

– Je comprends, dit Stefan. Il se trouve que Herbert Molin était mon collègue, au commissariat de Borås.

– Erik me l'a dit.

– Je suis en arrêt de travail. J'avais du temps, je suis venu. Par un pur hasard, j'ai parlé à Hans Marklund, l'agent immobilier de Krokom, qui m'a raconté les circonstances de l'achat de la maison.

– Il m'avait demandé ce service. Juste avant son départ à la retraite.

– Vous vous connaissiez donc ?

Elle lui jeta un regard méfiant.

– Pourquoi sinon m'aurait-il demandé de l'aider ?

– J'essaie de comprendre qui il était. Depuis mon arrivée ici, je découvre que l'homme avec qui j'ai collaboré pendant des années n'était pas celui que je croyais.

– De quelle façon ?

– De plusieurs façons.

Elle se leva et rajusta le tombé d'un rideau.

– Je connaissais sa première femme, dit-elle. Nous étions camarades de classe. C'est ainsi que j'ai rencontré Herbert. Ils vivaient à Stockholm à l'époque. Après leur divorce, j'ai perdu le contact avec elle. Mais pas avec Herbert.

Elle revint s'asseoir.

– Ce n'est pas plus extraordinaire que cela. Maintenant il est mort. Et je le pleure.

– Sais-tu que sa fille, Veronica, est ici ?

Elle secoua la tête.

– Je l'ignorais. Mais je ne crois pas qu'elle me rende visite. Je connaissais Herbert. Pas ses enfants.

– Est-ce pour toi qu'il a déménagé ?

Elle le regarda droit dans les yeux.

– Cette question ne concernait que lui et moi. Désormais, elle ne concerne plus que moi.

– Bien sûr.

Stefan but son café. Elsa Berggren ne disait pas la vérité. L'histoire de la première épouse était crédible, et pourtant elle sonnait creux. Pourquoi ? Il devait pouvoir le découvrir.

Il posa sa tasse, qui était bleue avec un liseré d'or.

– As-tu une idée de qui a pu le tuer ?

– Non. Et toi ?

Stefan secoua la tête.

– Un vieil homme qui désirait vivre en paix. Pourquoi aurait-on eu la moindre raison d'en vouloir à sa vie ?

Stefan regardait ses mains.

– Pourtant quelqu'un le voulait, dit-il prudemment, tout en pensant qu'il n'avait au fond qu'une question. Je trouve curieux que tu n'aies pas pris contact avec la police d'Östersund.

– J'attendais que la police prenne contact avec moi.

Stefan en était certain, à présent. Cette femme ne disait pas toute la vérité. Mais n'aurait su dire où était la faille.

– Je m'interroge beaucoup sur les raisons qui ont pu pousser Herbert à venir s'installer ici, dit-il. Pourquoi avoir choisi un endroit si isolé ?

– Sveg n'a rien d'isolé. Il y a pas mal de choses à faire pour peu qu'on en ait l'énergie et le désir. Par exemple, je vais ce soir écouter un organiste de Sundsvall qui donne un concert dans notre église.

– J'ai appris par Erik Johansson que tu dirigeais une école de danse.

– Les enfants doivent savoir danser. Si personne ne s'en occupe, je veux bien me dévouer. Mais je ne sais pas si j'aurai la force de continuer longtemps encore.

Stefan résolut de ne pas l'interroger sur le goût de Herbert Molin pour la danse. De façon générale, c'était à Giuseppe, non à lui, qu'il revenait d'interroger Elsa Berggren.

Un téléphone sonna quelque part. Elle s'excusa et

quitta la pièce. Stefan se leva. Il hésita un instant entre la porte du balcon et la fenêtre ; puis il défit les deux crochets de la fenêtre et la poussa un peu. Il se rassit. Elsa Berggren revint après quelques minutes.

– Je ne vais pas te déranger davantage, dit Stefan en se levant. Merci pour le café. C'est rare qu'il soit aussi corsé.

– Pourquoi tout doit-il être si fade par les temps qui courent ? Le café comme les gens. Ça me dépasse.

Stefan avait laissé sa veste dans l'entrée. Tout en l'enfilant, il chercha du regard un détail qui trahirait la présence d'un système d'alarme. Mais il ne vit rien.

Il reprit la direction de l'hôtel, en pensant à la réflexion d'Elsa Berggren sur le café fade et les gens qui l'étaient aussi.

La fille de la réception paraissait plus contente qu'au matin. Sur le panneau près du comptoir, une affichette jaune signalait qu'un concert d'orgue serait donné à l'église de Sveg, à dix-neuf heures trente. Au programme, exclusivement de la musique de Johann Sebastian Bach.

Peu après dix-neuf heures, Stefan se rendit à pied jusqu'à l'église. Il se posta contre le mur et attendit. Il entendait l'organiste répéter à l'intérieur. À dix-neuf heures vingt, il recula parmi les ombres. Elsa Berggren apparut et entra dans l'église.

Très vite, Stefan retourna à l'hôtel, prit sa voiture, traversa le fleuve et se gara sur un terrain en friche à côté du pont. Puis il s'approcha de la maison d'Elsa Berggren par l'arrière. Le concert durerait au moins une heure. Il regarda sa montre. Vingt heures moins dix-neuf minutes. Un chemin longeait le fond du jardin de la villa blanche. Il n'avait pas de lampe, et progressait à tâtons. La pièce où il s'était tenu le jour même avec elle était éclairée. Parvenu à la clôture, il s'arrêta et écouta. Puis il l'escalada et courut, plié en deux, jusqu'à la maison. Se hissant sur la pointe des pieds, il effleura la fenêtre. Elsa Berggren n'avait pas découvert les crochets défaits. Il l'ouvrit avec précaution, fit un rétablissement et se glissa dans le séjour en évitant de heurter le vase posé sur le rebord.

Il pensa qu'il s'introduisait chez Elsa Berggren de la même manière qu'il l'avait fait chez Herbert Molin quelques jours plus tôt.

Il essuya ses semelles avec un mouchoir. Dix-neuf heures quarante-cinq. Il regarda autour de lui. Il ne savait pas ce qu'il cherchait. Peut-être la confirmation qu'Elsa Berggren ne disait pas la vérité. Il savait par expérience qu'un mensonge pouvait être trahi par un objet. Il jeta un coup d'œil dans la cuisine, puis dans une pièce aménagée en bureau. Il résolut de finir par là. Il voulait d'abord voir le premier étage. Il grimpa les marches quatre à quatre. La première pièce où il entra était de toute évidence une chambre d'amis. La suivante était celle d'Elsa Berggren. Elle dormait dans un grand lit double. Il y avait de la moquette au sol. Il ouvrit la porte de sa salle de bains. Flacons et pots étaient disposés en rangées bien alignées sous le miroir.

Il s'apprêtait à redescendre quand une impulsion le fit retourner dans la chambre et ouvrir la penderie. Les vêtements étaient nombreux. Il toucha les étoffes, toutes d'excellente qualité.

Puis quelque chose, au fond, attira son regard. Il repoussa les robes pour mieux voir.

Un uniforme.

Il mit quelques secondes à comprendre ce qu'il avait sous les yeux. Un uniforme de l'armée allemande.

Sur l'étagère, au-dessus, une casquette.

Il la prit. Une casquette militaire. Il reconnut aussitôt la tête de mort.

C'était un uniforme SS qu'il venait de découvrir dans la penderie.

11

Stefan ne prit pas la peine d'explorer le bureau du rez-de-chaussée. Il quitta la maison d'Ulvkälla comme il était venu, en repoussant soigneusement la fenêtre, et se hâta vers la voiture, près du pont. Il neigeait, de lourds flocons mêlés de pluie. Il rentra tout droit à l'hôtel, se servit un verre de vin et essaya de prendre une décision. Devait-il appeler Giuseppe Larsson tout de suite ? Il avait promis de ne pas parler à Elsa Berggren. Là, non seulement il lui avait parlé, mais il s'était introduit chez elle de façon clandestine.

Ce n'est pas le genre de chose qu'on raconte au téléphone, pensa-t-il. Giuseppe comprendra sans doute, mais pour ça, il faut qu'on soit face à face et qu'on ait du temps.

Il alluma la télé et, après avoir zappé un peu, resta devant un vieux western aux couleurs passées. Un homme armé d'un fusil rampait au milieu des rochers dans un paysage de carton-pâte pour échapper à d'autres hommes qui approchaient à cheval. Stefan baissa le son et alla chercher son bloc-notes. Il essaya de rédiger une synthèse des événements survenus depuis son arrivée à Sveg. Que savait-il maintenant qu'il avait jusque-là ignoré ? Il voulait construire une hypothèse sur les causes de la mort de Herbert Molin. Il le fit simplement, comme s'il se racontait une histoire écrite par un autre.

Un jour, un homme nommé Herbert Molin est victime de trois coups de feu. Il survit.

À une certaine époque, cet homme possède un magasin de musique.

Cet homme a une relation particulière à la danse, une passion secrète. Comme d'autres se consacrent à cueillir des champignons ou à pêcher la truite dans les torrents norvégiens.

Il a aussi dans sa vie une femme nommée Elsa Berggren. À l'heure de prendre sa retraite, il lui demande d'acheter pour son compte une maison isolée dans les forêts du Härjedalen, pas trop loin de chez elle. Il ne lui rend cependant jamais visite, du moins si l'on en croit le meilleur de tous les témoins possibles, c'est-à-dire un voisin curieux. Dans la penderie de cette femme, bien caché, il y a un uniforme SS.

Puis quelqu'un vient le tuer. Quelqu'un qui a peut-être campé longtemps tout près de sa maison.

Dans la tête de Stefan, l'histoire s'arrêtait sur cette image. Celle d'un homme qui traverse un lac à la rame et qui disparaît sans laisser de traces.

Mais il y avait aussi d'autres balises à insérer dans ce récit. Les empreintes de sang qui reproduisaient les pas du tango. La peur de Herbert Molin. Le fait qu'il avait autrefois changé de nom. Un changement curieux : des Mattson-Herzén, il ne devait pas y en avoir beaucoup en Suède, alors que Molin était un nom courant. Il n'y avait qu'une explication. Le nouveau nom était lui aussi une cachette. Herbert Molin camouflait ses traces. Mais lesquelles ? Et pourquoi ? S'il trouvait Mattson-Herzén trop long ou trop compliqué, il aurait pu se faire appeler tout simplement Mattson.

Il relut ce qu'il avait écrit, tourna la page et ajouta deux dates. *Né en 1923, mort en 1999.* Puis il revint aux notes prises pendant la soirée où il était resté enfermé dans le bureau de Giuseppe Larsson avec le dossier de l'enquête. En 1941, Molin a dix-huit ans. Il accomplit son service militaire en pleine guerre, à la défense côtière. Les notes de Stefan n'étaient pas complètes, mais il se rappelait que Herbert avait été affecté quelque part dans l'archipel de l'Östergötland, sur un îlot minuscule, pour surveiller une portion des eaux territoriales. Stefan présumait qu'il y était resté jusqu'à la fin de la guerre. Sept ans plus tard, il quitte l'armée, s'essaie sans succès à la gestion d'une boutique, trouve ensuite un emploi dans la police rurale avant d'être incorporé dans la nouvelle police d'État.

Issu d'une famille de militaires, avait inscrit Stefan. Le père capitaine de cavalerie à Kalmar, la mère femme au foyer. Au départ, il ne s'éloigne donc pas trop de l'arbre généalogique. Puis il abandonne soudain sa carrière d'officier. Pourquoi ?

Stefan reposa son bloc et remplit son verre. L'homme qui rampait dans les rochers non loin de Hollywood avait été capturé par les hommes à cheval, qui procédaient à présent à sa pendaison. La corde au cou, il paraissait curieusement insouciant. L'image était toujours aussi décolorée.

Si l'enquête sur la mort de Herbert Molin était un film, il faudrait qu'il se passe un truc maintenant, pensa Stefan, sinon le public ne va pas tarder à en avoir marre. Chose qui peut arriver aussi aux policiers. Mais qui ne les empêche pas de continuer à chercher une explication et un coupable.

Il reprit son bloc-notes. Au même moment, l'homme du film réussissait à s'enfuir, d'une manière complètement invraisemblable. Stefan s'essaya à quelques théories. La première, la plus évidente, consistait à penser que Molin avait malgré tout été victime d'un cinglé.

D'où celui-ci avait surgi et pourquoi il s'était équipé d'une tente et de cartouches lacrymogènes restait évidemment une énigme. Cette théorie était mauvaise, mais il fallait néanmoins la formuler.

La deuxième envisageait un lien confus entre le meurtre de Herbert Molin et un événement enfoui dans le passé. Ainsi que l'avait fait remarquer sa fille Veronica, Herbert Molin n'était pas riche. L'argent n'était pas un mobile plausible, même si la fille avait presque laissé entendre que c'était la seule raison valable de tuer quelqu'un. Les policiers se font des ennemis, pensa Stefan. Un policier menacé de mort, ou une bombe placée dans la voiture d'un procureur, ça s'est déjà vu. Quelqu'un qui désire vraiment se venger peut sans doute attendre toute sa vie le bon moment. Autrement dit, il faut commencer à fouiller sérieusement, et surtout patiemment, dans les archives.

Il existait aussi une troisième possibilité. Celle-ci avait trait à Elsa Berggren. L'uniforme caché dans la penderie avait-il appartenu à Herbert Molin ? Ou bien Elsa Berggren avait-elle dans son propre passé un lien avec l'Allemagne nazie ?

Stefan réfléchit. Selon Björn Wigren, Elsa Berggren et Herbert Molin avaient à peu près le même âge. Il était né en 1923. On pouvait imaginer qu'Elsa Berggren était de 1924 ou 1925. Dans ce cas, elle aurait eu une quinzaine d'années au début de la guerre. Ça ne pouvait pas coller. Mais Elsa Berggren avait eu un père. Et peut-être un frère aîné. Il prit note. Elsa Berggren vit seule, possède une source de revenus inconnue, fait preuve de vigilance. Il continua d'écrire. Herbert et Elsa. Selon ses propres dires, elle connaît Herbert depuis le premier mariage de celui-ci. Stefan avait eu le sentiment qu'elle mentait à ce moment-là, mais il pouvait se tromper. C'était peut-être la pure vérité.

Il referma son bloc. Le lendemain, il parlerait à Giuseppe. Autrement dit, il devait retourner à Östersund. Ensuite il pourrait rentrer à Borås. Tout en se déshabillant, il envisagea de demander à Elena si elle pourrait se libérer une semaine pour l'accompagner dans le Sud. Mais il n'était pas certain d'en avoir la force ou l'envie. Le choix entre la compagnie d'Elena et la solitude ne serait pas simple.

Il alla dans la salle de bains, ouvrit grand la bouche et tira la langue. La boule n'était pas visible, mais elle était là. Il se regarda. Il était pâle. En imagination, il enfila la casquette qu'il avait découverte chez Elsa Berggren. Puis il essaya de se rappeler les grades qu'on donnait aux SS. *Rottenführer* Lindman. *Unterscharführer* Lindman.

Il ôta sa casquette invisible et se rinça le visage. Quand il ressortit de la salle de bains, le western touchait à sa fin. L'homme qui avait failli être pendu était maintenant attablé dans une cabane de rondins avec une femme dotée d'une forte poitrine. Stefan attrapa la télécommande et éteignit le poste.

Puis il composa le numéro d'Elena. Elle répondit presque aussitôt.

– Je m'en vais, dit-il. Je serai peut-être rentré dès demain soir.

– Ne conduis pas trop vite.

– Je voulais juste te dire ça. On pourra parler quand on se verra.

– Comment ça va ?

– De quel point de vue ?

– Le tien.

Il répondit qu'il n'avait pas la force de parler de ça. Elena comprit.

Il but encore un verre de vin avant de se coucher. De l'autre côté de la fenêtre, la neige mêlée de pluie tombait toujours. Le sol était déjà blanc.

Il me reste une seule visite à accomplir, pensa-t-il au moment de s'endormir. Une personne que je veux voir avant de parler à Giuseppe et de laisser tout ça derrière moi.

Il se réveilla peu avant l'aube. Sa joue le faisait atrocement souffrir. Il avait aussi de la fièvre. Il resta sans bouger dans le noir, essayant de surmonter la douleur. Mais c'était impossible. Quand il se leva, il sentit un élancement terrible. Il dénicha un tube d'antalgiques et fit fondre deux comprimés dans un verre d'eau en se demandant s'il avait peut-être adopté une posture bizarre pendant son sommeil. Mais il savait bien que non, et que ça venait de l'intérieur. Le médecin l'avait prévenu. Cela pouvait arriver n'importe quand. Il vida son verre et se recoucha pour attendre que la douleur passe. En vain. Il était sept heures, et il ne se sentait toujours pas capable de descendre à la salle à manger.

Une heure plus tard, il n'en pouvait plus. Il chercha le numéro de l'hôpital de Borås et eut de la chance. Son médecin répondit dès qu'on eut transféré l'appel sur son poste. Il lui décrivit les symptômes. Elle s'engagea à lui faire une ordonnance et à la dicter par téléphone au pharmacien de Sveg. Si les élancements persistaient, il devait la rappeler. Il se recoucha. Elle avait promis de s'en occuper aussitôt. Il décida de tenir le coup une heure encore, si possible. Puis il prendrait sa voiture. Il avait repéré l'emplacement de la pharmacie, à l'entrée du bourg. Il resta allongé, en essayant de ne pas bouger du tout. La souffrance excluait toute réflexion. À neuf heures il se leva, s'habilla tant bien que mal et descendit. La fille de la réception le salua. Il hocha la tête et posa sa clé sur le comptoir.

À la pharmacie, on lui remit ses médicaments sans

problème. Il prit la première dose tout de suite. Puis il retourna à l'hôtel. La fille lui rendit sa clé.

– Ça ne va pas ?

– J'ai mal. Mais ça va passer.

– Tu n'as même pas déjeuné. Tu veux qu'on te monte quelque chose ?

– Du café, merci. Et un ou deux oreillers en plus.

Il se recoucha et attendit qu'elle arrive, avec le plateau et les oreillers.

– Appelle la réception si tu as besoin d'autre chose.

– Hier matin, tu étais triste. J'espère que ça va mieux maintenant.

Elle ne parut pas étonnée.

– Je t'ai vu quand tu as regardé par la porte. Ce n'était rien. Juste un moment de faiblesse.

Elle sortit. Stefan s'allongea sur le lit en se demandant cc quc signifiait cxactement un « moment de faiblesse ». Il pensa aussi qu'il ne connaissait même pas son prénom. Il avala un autre cachet.

La douleur commença à refluer. Il lut le nom du médicament. Doleron. Il y avait un triangle rouge sur la boîte. Il sentit qu'il était gagné par la somnolence. Mais aussi que peu de joies dans la vie pouvaient se mesurer à la disparition d'une souffrance aiguë.

Il resta couché toute la journée. Les élancements revenaient par vagues. Il somnola, rêva à nouveau des chiens sauvages. En fin d'après-midi, il sentit que la douleur était réellement sur le départ, pas seulement mise en sourdine par les drogues. Il n'avait pas mangé de la journée, pourtant il n'avait pas faim. Son portable sonna peu après seize heures. C'était Erik Johansson.

– Alors ? demanda Stefan.

– Alors quoi ?

– La partie de poker à Funäsdalen.

Erik Johansson éclata de rire.

– J'ai gagné dix-neuf couronnes. Après quatre heures de jeu. Dis donc, je croyais que tu devais passer me voir ce matin.

– Je suis malade.

– C'est grave ?

– Non, un peu de douleur, c'est tout. Mais j'ai donc vu Elsa Berggren.

– Elle avait des choses à dire ?

– Pas vraiment. Sinon que Herbert Molin et elle étaient de vieilles connaissances.

– Elle a une idée sur le mobile du meurtre ?

– Non.

– C'est bien ce que je pensais. Quand veux-tu venir ? J'ai oublié de te demander combien de temps tu comptais rester à Sveg.

– Je pars demain. Je passerai te voir avant.

– Vers neuf heures, ce serait parfait.

Il éteignit son portable. La douleur avait presque entièrement disparu.

Il s'habilla, descendit l'escalier, posa la clé sur le comptoir et s'arrêta sur les marches de l'hôtel. La neige avait fondu. Il fit une promenade dans le bourg. À la droguerie Agardhs Färghandel, il s'acheta un paquet de rasoirs jetables.

La veille au soir, il avait décidé de rendre visite à Abraham Andersson. Il se demandait maintenant s'il en aurait l'énergie. Il faisait déjà noir, et il n'était pas sûr de trouver son chemin. Mais Abraham avait dit que Dunkärret était signalé par un écriteau. Il retourna vers l'hôtel chercher sa voiture. J'y vais, pensa-t-il. Demain, ce sera une courte visite chez Erik Johansson. Puis Östersund, Giuseppe Larsson. Je pourrai être à Borås dans la nuit.

Il prit de l'essence à la station-service avant de quitter Sveg. Au moment de payer, il aperçut un présentoir de lampes électriques ; il en choisit une et la rangea dans la boîte à gants.

Puis il partit en direction de Linsell sans cesser de guetter le retour de la douleur. Mais pour le moment elle le laissait tranquille. Il conduisait lentement, attentif à la présence d'animaux éventuels au bord de la route. Il ralentit encore en dépassant le chemin menant à la maison de Herbert Molin. Un court instant, il envisagea de s'arrêter. Mais il n'avait rien à faire là-bas. Il continua tout droit en se demandant si Veronica Molin et son frère comptaient vendre la propriété. Qui voudrait d'une maison où un homme avait été massacré avec sauvagerie ? La rumeur du meurtre ne s'estomperait pas avant longtemps dans la région.

Il traversa Dravagen, continua vers Glöte et ralentit à nouveau. Il aperçut alors le panneau. *Dunkärret 2*. Le chemin, étroit et irrégulier, se divisait au bout d'un kilomètre. Stefan choisit celui de gauche, car l'autre paraissait abandonné. Après un kilomètre, il aperçut un écriteau tracé à la main. *Dunkärret*. Il était arrivé. Un chien aboya quand il sortit de la voiture et commença à grimper la côte vers la maison, enveloppée de nuit. Il y avait de la lumière aux fenêtres. Il se demanda ce qui poussait certains à s'installer dans des endroits pareils. Qu'espéraient-ils y trouver, sinon une cachette ? Il aperçut le chien, attaché à une corde tendue entre la façade et un arbre, au pied duquel il y avait une niche. C'était un chien gris, de la même race que celui de Herbert Molin. Stefan se demanda soudain qui avait enterré le chien mort. La police ? Il gravit les marches du perron et frappa. Le chien aboya de plus belle. Stefan attendit avant de frapper plus fort. Il tourna la poignée. La porte s'ouvrit. Il appela vers l'intérieur. Abraham Andersson était peut-être quelqu'un qui se couchait de bonne heure. Il regarda sa montre. Vingt heures quinze. C'était trop tôt. Il entra et se remit à appeler.

Brusquement, sa vigilance s'aiguisa. Pourquoi? Il n'aurait su le dire, mais ce silence, déjà, n'était pas naturel. Il se dirigea vers la cuisine. Une tasse à café vide était posée sur la table, à côté d'un programme annonçant les concerts de l'orchestre symphonique de Helsingborg. Il appela une troisième fois. Pas de réponse. Il passa dans le séjour. Près du téléviseur, il reconnut un pupitre de musicien. Un violon était posé sur le divan. Il fronça les sourcils. Puis il monta l'escalier. Aucune trace d'Abraham Andersson. La sensation revint, plus forte qu'avant: ce silence n'était pas normal.

Il ressortit. Le chien aboyait en courant d'un bout à l'autre de la corde. Stefan approcha. Aussitôt le chien se tut et se mit à remuer la queue. Stefan tendit la main avec précaution et le caressa. Pas farouche, pour un chien de garde... Puis il repartit vers la voiture, prit sa lampe torche toute neuve et éclaira la cour. La sensation qu'un malheur était arrivé ne le quittait pas. La voiture d'Abraham Andersson était stationnée à côté d'une remise. Stefan tâta la portière; elle n'était pas verrouillée. Il jeta un regard à l'intérieur; les clés étaient sur le contact. Le chien émit trois aboiements brefs. Puis le silence, encore. Seul le vent faisait frémir l'obscurité. Stefan prêta l'oreille. Il appela à nouveau. Le chien lui répondit. Stefan retourna à l'intérieur, effleura les plaques de la cuisinière électrique; elles étaient froides. Un téléphone sonna. Stefan sursauta. L'appareil était posé sur une table du séjour. Il s'approcha, souleva le combiné. Quelqu'un voulait envoyer un fax. Il enfonça la bonne touche et raccrocha. Après quelques instants, le papier commença à sortir de la machine. Des salutations manuscrites de la part d'une certaine

Katarina. «La partition de Monteverdi est arrivée», écrivait-elle.

Stefan ressortit sur le perron. Il était maintenant certain qu'il s'était passé quelque chose.

Le chien. Le chien devait pouvoir le renseigner.

Il revint sur ses pas et prit la laisse qu'il avait vue plus tôt, accrochée au mur.

Le chien, qui n'arrêtait pas de faire des allers et retours, s'immobilisa quand Stefan attacha la laisse à son collier et le libéra de la corde. Il se dirigea aussitôt vers la forêt. Stefan éclairait le sol avec sa lampe. Le chien l'entraînait sur un sentier qui s'enfonçait tout droit au milieu des pins.

Je ne devrais pas faire ça. Pas s'il y a un fou furieux en liberté dans la forêt.

Soudain, le chien s'écarta du sentier. Stefan le suivit tout en essayant de le retenir. Le terrain était impraticable, il faillit tomber plusieurs fois. Le chien tirait fort sur sa laisse.

Puis il s'arrêta, leva une patte et flaira le vent. La lampe de Stefan éclairait les arbres.

Il essaya de faire reculer le chien, mais celui-ci résistait.

La laisse était suffisamment longue pour que Stefan puisse l'attacher à un tronc.

Toute l'attention du chien était dirigée vers deux grands blocs rocheux à moitié dissimulés par quelques sapins touffus.

Stefan s'avança en direction des arbres. Il vit qu'il y avait une ouverture, à côté d'un des rochers.

Puis il s'immobilisa.

Il ne savait pas ce que c'était. Quelque chose de blanc luisait entre les arbres.

Épouvanté, il reconnut Abraham Andersson. Il était nu, ligoté à un arbre. Sa poitrine était couverte de sang. Ses yeux grands ouverts étaient fixés sur Stefan.

Mais leur regard était aussi mort qu'Abraham Andersson lui-même.

DEUXIÈME PARTIE

L'homme de Buenos Aires
octobre-novembre 1999

12

À son réveil, Aron Silberstein ne savait pas qui il était. Une nappe de brouillard séparait le rêve de la réalité, et il devait la traverser pour découvrir s'il était réellement Aron ou, à ce moment précis, Fernando Hereira. Dans ses rêves, les deux noms s'intervertissaient souvent. Chaque réveil impliquait quelques secondes de grande confusion. Ce matin, en ouvrant les yeux et en voyant la lumière qui filtrait par la toile de tente, il sortit son bras du duvet et regarda sa montre. Neuf heures passées de quelques minutes. Il écouta. Silence au-dehors. La veille au soir, il avait quitté l'autoroute après avoir traversé une ville du nom de Falköping. À la sortie d'une petite bourgade qui s'appelait peut-être Gudhem, il avait trouvé un chemin s'enfonçant dans la forêt, et il avait pu monter sa tente. C'était là qu'il se réveillait à présent avec le sentiment de devoir s'arracher à son rêve. Il entendit qu'il pleuvait. Pas une vraie pluie, plutôt une averse ; les gouttes faisaient plic-ploc contre la toile de tente. Il rentra le bras à l'intérieur du duvet avec un frisson. Chaque matin, il éprouvait la même nostalgie intense de la chaleur. La Suède en automne était un pays froid. Il avait eu le temps de l'apprendre pendant son long séjour.

Bientôt, ce serait terminé. Il parviendrait à Malmö en fin de journée ; là, il rapporterait la voiture chez le loueur, il se débarrasserait de la tente et il passerait la nuit à l'hôtel. Le lendemain de bonne heure, il ferait la traversée jusqu'à Copenhague pour embarquer sur un vol qui le ramènerait, via Francfort et São Paulo, chez lui, à Buenos Aires.

Il changea de position et ferma les yeux. Il n'était pas obligé de se lever tout de suite. Il avait la bouche sèche et mal au crâne.

J'ai franchi la limite hier. J'ai trop bu, bien plus qu'il n'en fallait pour dormir.

La tentation était grande d'ouvrir le sac à dos et d'en sortir la bouteille qui se trouvait à l'intérieur. Mais il ne pouvait pas prendre le risque d'être arrêté à un contrôle. Avant de quitter l'Argentine, il s'était renseigné auprès de l'ambassade de Suède sur les règles de la circulation routière là-bas, et il avait compris que la tolérance pour l'alcool au volant était voisine de zéro. Cela l'avait surpris, car il avait lu dans un journal que les Suédois buvaient beaucoup et qu'ils se donnaient souvent en spectacle quand ils étaient ivres. Quoi qu'il en soit, il résista à la tentation. Si la police l'arrêtait, au moins il n'aurait pas l'haleine chargée.

La lumière filtrait par la toile de tente. Il repensa à son rêve. Il y était de nouveau le petit Aron Silberstein et son père, Lukas, était présent. Son père était professeur de danse, et il recevait ses élèves chez lui, dans son appartement de Berlin. Le rêve se déroulait au cours de la dernière année, il le savait, parce que son père n'avait plus sa moustache. Or il l'avait rasée quelques mois avant la catastrophe. Ils se trouvaient dans la seule pièce de l'appartement dont les vitres étaient encore intactes. Il n'y avait que son père et lui, les autres membres de la famille avaient disparu. Ils attendaient. Ils étaient silencieux et ils attendaient. Cinquante-cinq ans après, il avait toujours le sentiment que son enfance entière n'avait été qu'une attente prolongée. Attente et terreur. Toutes les choses horribles qui se passaient dehors, la nuit, quand les sirènes hurlaient et que tout le monde se précipitait à la cave, n'avaient pas vraiment laissé de traces en lui. Mais cette attente, elle, avait orienté et dominé toute sa vie.

Il s'extirpa du sac de couchage et dénicha la bouteille d'eau et le tube d'aspirine. Il regarda ses mains. Elles tremblaient. Il avala le comprimé avec quelques gorgées d'eau. Puis il sortit à croupetons pour pisser. La terre était froide et mouillée sous ses pieds nus. Dans vingt-quatre heures il serait parti, il pourrait oublier tout ce froid, ces longues nuits. Il retourna sous la tente, se glissa à nouveau dans le duvet, remonta la fermeture à glissière jusque sous son menton. La tentation de boire était très forte. Mais il se maîtriserait. Parvenu à ce point, il n'allait pas prendre de risques inutiles.

La pluie au-dehors s'intensifia. Ça ne pouvait pas se passer autrement, pensa-t-il. J'ai attendu. Pendant plus de cinquante ans, j'ai attendu. J'avais presque, mais presque seulement, abandonné l'espoir. Alors, par un hasard incompréhensible, quelqu'un a croisé mon chemin et m'a tendu la pièce manquante. C'était une coïncidence inouïe, qui n'aurait jamais dû avoir lieu.

Dès qu'il serait de retour à Buenos Aires, il rendrait visite à la tombe de Höllner et il y déposerait une fleur. Sans lui, il n'aurait pas pu aller au bout de sa tâche. Peut-être existait-il malgré tout une justice énigmatique, peut-être divine. Elle lui avait permis de connaître Höllner avant sa mort et d'obtenir de lui les réponses à ses questions. La découverte de ce qui s'était réellement produit, ce jour-là de son enfance, l'avait plongé dans un état de choc. Jamais il n'avait autant bu que les nuits et les jours qui suivirent leur rencontre. Mais ensuite, après la mort de Höllner, il s'était contraint à redevenir sobre afin de reprendre son travail à l'atelier et, plus tard, d'élaborer un plan.

Désormais tout était fini.

Pendant que la pluie crépitait contre la toile, il déroula une fois de plus en pensée le film des événements. Tout d'abord Höllner, croisé par hasard au restaurant La Cabaña, cela faisait maintenant plus de deux ans. Filip Monteiro, le vieux maître d'hôtel à l'œil de verre, était venu le voir, un soir où le restaurant était bondé, en lui demandant s'il pouvait partager sa table avec quelqu'un. Il s'était retrouvé face à Höllner. Celui-ci était déjà marqué par le cancer de l'estomac qui ne tarderait pas à l'emporter, mais Aron l'ignorait encore.

Ils avaient tout de suite constaté qu'ils étaient tous deux des immigrés allemands. Leur accent était le même. Aron ne s'était pas présenté sous son vrai nom, puisque Höllner pouvait fort bien être de ceux qui avaient gagné l'Argentine grâce au réseau très organisé qui s'était mis en place après la débâcle, pour aider les nazis haut placés à fuir les ruines du Reich. Peut-être avait-il débarqué, muni de faux papiers, de l'un des sous-marins qui avaient croisé au large des côtes argentines tout au long du printemps 1945, à moins qu'il eût bénéficié de l'aide de l'un ou l'autre groupe nazi opérant à partir de la Suède, de la Norvège et du Danemark. Ou bien il avait pu arriver plus tard, quand Juan Perón avait ouvert grand les bras aux émigrés d'origine allemande sans prendre la peine de les interroger sur leur passé. L'Argentine était pleine d'anciens nazis, de criminels de guerre vivant dans la terreur d'être capturés. Des gens qui n'avaient jamais regretté quoi que ce soit, qui gardaient encore chez eux, à la place d'honneur, le buste de Hitler. Mais Höllner n'était pas ainsi. Il avait évoqué la guerre comme la catastrophe qu'elle était. Aron apprit rapidement que son père avait été un nazi haut placé, mais que Höllner lui-même, à l'instar de beaucoup de ses compatriotes, avait seulement émigré en quête d'un avenir meilleur. Meilleur, en tout cas, que celui qu'ils pouvaient espérer dans les décombres de l'Europe.

Ils avaient donc partagé une table ce soir-là, à La Cabaña. Aron se rappelait qu'ils avaient tous deux commandé un certain ragoût, une spécialité de la maison. Après dîner, ils avaient cheminé ensemble à travers la ville, car ils vivaient du même côté, Aron sur l'Avenida Corrientes et Höllner quelques rues plus loin. Ils avaient décidé de se revoir. Höllner lui raconta qu'il était veuf, et que ses enfants étaient retournés vivre en Europe. Il avait été jusque récemment le patron d'une imprimerie, qu'il venait de vendre. Aron lui proposa de venir le voir dans son atelier de rénovation de meubles anciens. Höllner accepta, et cela devint très vite une habitude. Il rendait visite à Aron dans la matinée. Il ne se lassait pas, semblait-il, d'observer ses gestes lents tandis qu'il retapissait les fauteuils anciens livrés par l'un ou l'autre représentant de la riche bourgeoisie de Buenos Aires. De temps à autre, ils allaient dans la cour boire un café et fumer une cigarette.

À la manière des vieux, ils avaient comparé leurs vies. Ce fut ainsi, comme en passant, que Höllner lui demanda un jour s'il était par hasard de la famille d'un certain Herr Jacob Silberstein de Berlin, qui avait échappé aux persécutions car il était le seul à pouvoir donner à Herman Göring le massage qui soulageait son mal de dos. Pris de vertige, comme si l'Histoire le rattrapait en une fraction de seconde, Aron répondit que Jacob Silberstein était son oncle paternel. Et que, grâce à la protection dont jouissait Jacob, son frère Lukas – le père d'Aron – avait lui aussi échappé à la déportation.

Höllner le regarda alors d'un air songeur. Puis il dit qu'il avait lui-même rencontré autrefois Jacob Silberstein, parce que son père se faisait également masser par lui.

Ce jour-là, Aron ferma son atelier et punaisa un mot sur la porte disant qu'il ne serait de retour que le lendemain. Puis il suivit Höllner jusqu'au vieil immeuble délabré où il vivait, du côté du port. L'appartement était exigu et donnait sur la cour. Aron se rappelait la forte odeur de lavande qui régnait là-dedans, et toutes les mauvaises aquarelles de la pampa peintes par la femme de Höllner. Ils commentèrent jusque tard dans la nuit cette coïncidence remarquable, que leurs existences s'étaient ainsi croisées autrefois dans la ville de Berlin, si loin dans l'espace et si loin dans le temps. Höllner était de trois ans plus jeune qu'Aron. En 1945, il n'avait que neuf ans, et ses souvenirs étaient un peu incertains. Mais il se rappelait parfaitement l'homme qu'on allait chercher en voiture une fois par semaine, et qui massait son père. Il se rappelait même son propre sentiment par rapport à cela, que c'était une situation étrange, étrange et un peu dangereuse, qu'un juif – dont il ignorait à l'époque le nom – puisse habiter encore à Berlin, et sous la protection du redoutable maréchal Göring. Quand ensuite il décrivit la physionomie de Jacob et sa démarche, les derniers doutes d'Aron furent levés. C'était bien de son oncle que parlait Höllner.

Il se souvenait en particulier de son oreille gauche, qui était déformée depuis l'enfance, quand Jacob s'était blessé contre un carreau cassé. Aron attendait ce détail ; il se mit à transpirer quand Höllner lui décrivit cette oreille, qu'il connaissait si bien. Le doute n'était plus possible. L'émotion d'Aron fut telle qu'il serra Höllner dans ses bras.

À présent allongé sous la tente, il repensait à ces événements comme s'ils avaient eu lieu la veille. Il ne comprendrait jamais vraiment comment Höllner avait pu croiser son chemin, et lui apprendre en dernier recours ce qu'il ignorait encore.

Aron regarda à nouveau sa montre. Dix heures et quart. Intérieurement, il changea d'identité, et redevint Fernando Hereira. Il était entré en Suède sous ce nom. Citoyen argentin. En voyage de tourisme. Voilà. Il était tout, sauf Aron Silberstein, arrivé à Buenos Aires un jour de printemps 1953 et qui n'avait plus jamais remis les pieds en Europe. Jusqu'à cet automne, où il était revenu pour mettre fin, une fois pour toutes, à l'attente.

Il s'habilla, démonta la tente, reprit le chemin forestier dans l'autre sens et poursuivit sa route. Il s'arrêta pour déjeuner près de Varberg. Le mal de crâne avait disparu. Dans deux heures, il serait à Malmö. Le loueur de voitures était à côté de la gare. C'est là qu'il avait pris le volant quarante jours plus tôt. Il laisserait la voiture à l'endroit où il l'avait prise. Il trouverait certainement un hôtel dans le quartier. Avant cela, il devait se débarrasser du duvet et de la tente. Le camping-gaz, les casseroles et les assiettes, il les avait jetés dans une poubelle, sur un parking quelque part dans la région des Dalarna. Les couverts, il les avait balancés dans un torrent. Il comptait s'arrêter sur un autre parking, avant Malmö, pour se défaire du reste.

Il trouva ce qu'il cherchait un peu au nord de Helsingborg : un conteneur, derrière une station-service où il s'était arrêté pour remplir une dernière fois le réservoir. Il enfouit la tente et le duvet sous les bidons et les cartons vides. Puis il prit un sac plastique qui renfermait une chemise pleine de sang. Cette nuit-là, il avait porté par-dessus ses vêtements une combinaison de travail qu'il avait brûlée, après, dans la forêt. Mais Herbert

Molin était parvenu à ensanglanter sa chemise. Comment ? Ça restait une énigme. Au même titre que la raison pour laquelle il n'avait pas brûlé cette chemise en même temps que la combinaison.

Mais, au fond de lui, il savait. Il avait gardé la chemise pour se convaincre, en la regardant, qu'il n'avait pas rêvé. À présent, il n'en avait plus besoin. Il enfouit le sac plastique le plus profondément possible dans le conteneur. Au même moment, l'image de Höllner surgit à nouveau. L'homme pâle, marqué par la mort, dont il avait fait la connaissance par hasard, à La Cabaña. Sans lui, il ne se serait jamais tenu sur ce parking suédois, à se débarrasser des dernières traces matérielles d'un voyage au cours duquel il avait assassiné un homme et adressé une dernière salutation atroce à un passé tout aussi atroce par l'intermédiaire de quelques empreintes rouges laissées sur un plancher.

Désormais, ces empreintes n'existeraient plus que dans sa tête.

Il remonta dans la voiture, mais ne démarra pas tout de suite. Une question le rongeait, depuis la nuit où il avait lancé son assaut contre la maison de Herbert Molin. Une découverte imprévue qui le concernait, lui. Au moment de se rendre en Suède, il avait eu peur. Pendant tout l'interminable voyage en avion, il s'était demandé comment diable il pourrait accomplir la mission qu'il s'était imposée, lui qui n'avait jamais de sa vie même envisagé de faire du mal à quelqu'un. Il détestait la violence, il redoutait la possibilité d'en être lui-même victime, et, pourtant, il s'était mis en route vers un autre continent avec l'unique projet d'ôter la vie à un autre être humain. Un homme qu'il avait rencontré à six ou sept reprises, quand il avait douze ans.

Or le fait de le tuer n'avait présenté aucune difficulté.

Voilà ce qu'il ne comprenait pas. Ce qui l'effrayait et

l'obligeait à revenir en arrière, jusqu'aux événements survenus plus de cinquante ans plus tôt, et qui étaient à l'origine de l'acte qu'il venait de commettre.

Pourquoi était-il si facile de tuer ? Cela aurait dû être pourtant la chose la plus difficile au monde.

Ce constat le déprimait.

Il aurait voulu que ce soit difficile. Il avait toujours cru qu'il flancherait au moment de passer à l'acte, et qu'il éprouverait par la suite une angoisse, un remords intenses. Mais sa conscience restait silencieuse. Il resta longtemps sans bouger, derrière le volant, à essayer de comprendre. Quand l'envie de boire devint trop forte, il redémarra et quitta la station-service.

Il roulait vers Malmö. En approchant, il découvrit sur sa droite le grand pont inachevé qui s'élançait par-dessus le détroit entre la Suède et la côte danoise. Puis il entra dans la ville. Il n'eut aucun mal à retrouver le loueur. Au moment de payer, il s'étonna du prix, qui lui parut très élevé. Il ne protesta pas et régla la somme en liquide, bien qu'il eût laissé l'empreinte de sa carte de crédit quand il avait pris le véhicule. Il espérait maintenant que ce bout de papier révélant que Fernando Hereira avait loué une voiture en Suède disparaîtrait tout au fond des archives du loueur.

Quand il se retrouva dehors, un vent froid soufflait de la mer, mais la pluie avait cessé. Il prit la direction du centre et entra dans le premier hôtel qu'il aperçut. Dès qu'il eut refermé la porte de sa chambre, il ôta tous ses vêtements et se plaça sous la douche. Pendant le temps passé dans la forêt, il s'était obligé à se laver une fois par semaine dans les eaux glacées du lac. Mais là, sous la douche à Malmö, ce fut comme si toute sa crasse accumulée le quittait enfin.

Après, il s'enveloppa dans un drap de bain et ouvrit la dernière bouteille. Voilà. C'était la délivrance suprême.

Il but trois rasades au goulot, sentit la chaleur se répandre dans son corps. La nuit précédente il avait trop bu, et il se l'était reproché. Mais ce soir, il n'était tenu à aucune limite. Il devait juste être en état de se rendre jusqu'à l'aéroport le lendemain.

Il s'allongea sur le lit. Ses pensées devenaient plus légères maintenant que le cognac coulait dans ses veines. Tout ce qui s'était produit depuis son départ se transformait déjà en souvenirs. Il se languissait de rentrer, de retrouver l'atelier qui était le vrai centre de son existence. L'atelier exigu à l'arrière de sa maison sur l'Avenida Corrientes était en réalité une cathédrale où il se rendait chaque matin. Ensuite, bien sûr, il y avait la famille. Les enfants, qui étaient grands à présent : Dolores, partie à Montevideo, allait bientôt donner naissance au premier petit-fils ou à la première petite-fille d'Aron ; Rakel faisait encore ses études de médecine à l'université ; enfin Marcus, l'inquiet de la fratrie, rêvait de devenir poète mais gagnait sa vie en faisant des recherches pour une émission à la télévision argentine. Aron aimait sa femme, Maria, et ses enfants. Pourtant son véritable havre restait l'atelier. Il allait le retrouver dans quelques jours. Herbert Molin était mort. Les événements qui le poursuivaient depuis 1945 allaient peut-être enfin le laisser en paix.

De temps à autre, il tendait la main vers la bouteille de cognac. À chaque nouvelle gorgée, il portait un toast silencieux à Höllner. Sans lui, rien n'aurait pu se faire. Sans Höllner, il n'aurait pas découvert la vérité sur l'homme qui avait tué son père. Il se leva, renversa le sac à dos, dont le contenu se répandit au sol, et ramassa le cahier où il tenait son journal depuis le début de ces quarante-trois jours en Suède. Une page par jour, c'était le quota qu'il s'était fixé, pourtant il en était déjà à la page quarante-cinq. Il avait commencé à écrire à bord

172

de l'avion qui l'emmenait vers Francfort, puis dans l'avion suivant, jusqu'à Copenhague. Il se rallongea sur le lit, alluma la lampe de chevet et feuilleta lentement le cahier. Toute l'histoire y était consignée. Peut-être l'avait-il écrite pour la donner à ses enfants – mais, dans ce cas, uniquement après sa mort. C'était l'histoire de sa famille. Une tentative d'explication de son geste. Ce qu'il avait décrit à sa femme comme un voyage d'étude, où il rendrait visite à des ébénistes européens capables de lui enseigner quelque chose de neuf, avait été en réalité tout autre chose : un voyage dans le passé. Dans son journal, il le décrivait comme une porte qu'il devait refermer à tout prix.

Mais à présent qu'il le lisait, il était rattrapé par le doute. Ses enfants ne comprendraient peut-être pas pourquoi leur père avait fait un si long voyage afin de tuer un vieil homme qui vivait seul dans une forêt.

Il laissa tomber le cahier par terre et but une gorgée de cognac, la dernière avant de s'habiller et de sortir dîner. Il boirait du vin au repas. Ce qui restait de la bouteille serait réservé à la nuit et à la matinée du lendemain.

Il s'aperçut qu'il était déjà ivre. À Buenos Aires, Maria lui aurait jeté un regard de muet reproche. Là, il n'avait pas à s'en faire. Il serait bientôt rentré. Cette nuit n'appartenait qu'à lui, et à ses pensées.

À dix-huit heures trente, il se leva, s'habilla et quitta l'hôtel. Le vent froid et dur s'empara de lui dès qu'il mit le pied dehors. Il avait envisagé de commencer par une petite promenade, mais ce vent lui en coupait toute envie. Il regarda autour de lui. Un peu plus loin, dans la même rue que l'hôtel, une enseigne de restaurant se balançait sous les rafales. Il s'y rendit. Une fois le seuil franchi, il hésita. Un téléviseur posé dans un coin diffusait un match de hockey, probablement en direct. Le volume sonore était très élevé. Quelques hommes attablés devant le poste suivaient le match en buvant des bières. Il devina que la nourriture ne serait pas très bonne. D'un autre côté, il n'avait pas envie de ressortir dans le froid. Il prit place à une table. Son voisin, un homme seul, contemplait sans bouger son verre de bière presque vide. La serveuse apporta la carte à Aron. Il commanda un bifteck sauce béarnaise avec des pommes frites, et une bouteille de rouge. Il était voué au vin rouge et au cognac. Jamais de bière, jamais quoi que ce soit d'autre.

– *I hear that you speak English*, dit soudain l'homme au verre presque vide.

Aron hocha la tête, en espérant du fond du cœur que l'autre n'entamerait pas une conversation. Il n'en avait pas la force. Il voulait être seul avec ses pensées.

– *Where do you come from ?*

– *Argentina.*

L'homme le dévisagea avec un air inexpressif.

– *Entonces, debe hablar español.*

Sa prononciation était parfaite. Aron le regarda, très surpris.

– J'ai été marin, poursuivit l'homme en espagnol. J'ai vécu quelques années en Amérique du Sud. Il y a longtemps de ça. Mais quand on apprend une langue à fond, elle reste.

Aron acquiesça en silence.

– Je vois que tu veux être tranquille, reprit l'homme. Ça me va. Moi aussi, je veux être tranquille.

Il demanda une autre bière, pendant qu'Aron goûtait son vin. Il avait commandé ce qui, sur la carte, portait le nom de « cuvée maison ». Il n'aurait pas dû. Mais il ne voulait pas rappeler la serveuse. La seule chose qui lui importait, au fond, c'était d'entretenir l'ivresse.

Un hurlement de joie remplit le local. Des joueurs

en maillot bleu et jaune s'embrassaient à l'écran. Le bifteck arriva. À son étonnement, Aron le trouva bon. Il commanda encore du vin. Le calme était descendu en lui. La tension cédait peu à peu la place à un grand vide libérateur.

Herbert Molin était mort. Il avait accompli sa mission.

Il venait de reposer ses couverts, quand son regard se posa par hasard sur le téléviseur. On devait être entre deux périodes, car les joueurs avaient été remplacés par une femme qui lisait des informations. Aron faillit lâcher son verre. Le visage de Herbert Molin venait d'apparaître à l'écran. La femme continuait de parler, mais Aron ne comprenait évidemment rien à ce qu'elle disait. Il se tenait absolument immobile, le cœur battant. Un court instant, il crut que son propre visage allait apparaître à la suite de celui de Molin.

Ce ne fut pas le cas. Un visage apparut en effet, mais ce n'était pas le sien. C'était celui d'un autre vieil homme. Aron le reconnut.

Il se pencha vers son voisin, qui paraissait abîmé dans ses pensées.

– Qu'est-ce qu'ils racontent, aux nouvelles ?

Le marin tourna son attention vers le poste.

– Deux types ont été tués. D'abord l'un… puis encore un, pas loin de là. Quelque part dans le Norrland. Elle dit que le premier était policier… et que le deuxième jouait du violon. On croit que c'est le même meurtrier.

Le visage disparut. Mais Aron savait qu'il n'avait pas eu la berlue. D'abord Herbert Molin, puis l'autre type, le voisin, qu'il avait vu rendre visite un jour à Molin.

Lui aussi, on l'avait tué.

Il posa son verre et essaya de réfléchir. *Le même meurtrier*. Ça ne collait pas. Il avait tué Herbert Molin. Mais pas l'autre homme.

Aron était pétrifié sur sa chaise.

Le match de hockey reprit.

Il ne comprenait absolument pas ce qui avait pu se produire.

13

La nuit du 4 novembre 1999 fut l'une des plus longues de la vie de Stefan Lindman. Quand l'aube arriva enfin, comme une faible lueur par-dessus les arbres, il eut la sensation qu'il flottait dans le vide, en apesanteur. Il avait depuis longtemps cessé de réfléchir. Ce qui se passait autour de lui ressemblait à un étrange cauchemar, et cela depuis l'instant où, contournant les blocs de rocher, il avait découvert le cadavre d'Abraham Andersson attaché à un arbre. Maintenant que la lumière revenait enfin, il n'avait plus aucune image claire des événements de la nuit.

Il s'était obligé à avancer et à tâter le pouls d'Abraham Andersson, bien qu'il sût que son cœur avait cessé de battre. Mais le corps était presque tiède. Cela pouvait signifier que le meurtrier était encore dans les parages. Abraham Andersson avait été tué d'une balle. À la lueur de sa lampe, il avait vu le trou d'entrée, juste au-dessus du cœur. Il avait été au bord de s'évanouir, ou de vomir. Le trou était béant. Andersson avait été abattu, à bout portant ou presque, avec un fusil de chasse.

Soudain, le chien avait hurlé à la mort. La pensée réflexe de Stefan fut qu'il avait perçu la présence du tueur, et il se mit à courir. Les branches basses lui griffaient le visage, il perdit son portable, mais il continua de courir, entraînant le chien avec lui jusqu'à la maison.

Là, il avait donné l'alerte. Le policier de garde à Östersund avait tout de suite pris son appel au sérieux. En fait, Stefan avait cité le nom de Giuseppe Larsson et, après cela, l'autre n'avait plus posé de questions, demandant simplement à Stefan s'il avait un portable, à quoi il répondit qu'il l'avait perdu. Le policier d'Östersund avait alors proposé de composer son numéro, pour l'aider à le repérer dans le noir. Mais à présent que le jour se levait, le téléphone restait toujours introuvable. Il n'avait entendu aucune sonnerie. Que s'était-il passé ensuite ? Stefan avait sans cesse eu la sensation que le tueur était tout proche. Plié en deux, il avait couru jusqu'à sa voiture. Il avait démarré en trombe, et renversé une poubelle en faisant demi-tour pour aller attendre les premiers policiers au carrefour. Celui d'Östersund avait prévenu que ce seraient des collègues de Sveg.

Le premier fut Erik Johansson, accompagné d'un certain Sune Hodell. Stefan les avait conduits jusqu'au cadavre, et Erik Johansson et le collègue avaient reculé d'épouvante. Ensuite, le temps s'était traîné en attendant l'aube. Ils avaient établi leur Q. G. dans la maison d'Abraham Andersson. Erik Johansson était en contact téléphonique permanent avec Östersund. Il était passé voir Stefan, allongé sur le canapé du séjour parce qu'il saignait du nez, et lui avait annoncé que Giuseppe Larsson était en route. Les voitures du Jämtland étaient arrivées vers minuit, suivies peu après par le médecin qu'Erik Johansson avait eu le plus grand mal à localiser dans une cabane de chasse au nord de Funäsdalen. Il avait également réveillé des collègues des districts voisins du Hälsingland et des Dalarna pour les informer de la situation. Au cours de la nuit, Stefan l'avait aussi entendu parler avec les collègues de Röros, de l'autre côté de la frontière norvégienne. Les techniciens avaient monté des projecteurs dans la forêt. Mais le travail piétinait dans l'attente du jour.

Vers quatre heures du matin, Giuseppe et Stefan s'étaient retrouvés un moment seuls dans la cuisine.

– Rundström arrivera dès qu'il fera jour, dit Giuseppe. Avec trois maîtres-chiens. On les fait venir par hélicoptère, c'est plus facile. Bref, il va se demander ce que tu fais là. Et je devrai lui donner une réponse.

– Non. *Je* devrai donner une réponse.

– Laquelle ?

Stefan réfléchit.

– Je ne sais pas. Je voulais peut-être juste demander à Abraham Andersson s'il avait repensé à quelque chose, concernant Herbert Molin…

– Et tu tombes sur une scène de meurtre ? Rundström va trouver ça bizarre.

– Je vais m'en aller.

– D'accord. Mais pas avant qu'on ait discuté sérieusement, toi et moi.

Leur conversation nocturne n'avait pu aller plus loin. Un collègue de Giuseppe le prévint que la police de Helsingborg avait informé la femme d'Abraham Andersson du décès de son mari. Giuseppe disparut pour parler à quelqu'un, peut-être la femme, sur l'un des innombrables portables qui sonnaient sans arrêt. Stefan se demanda comment on s'y prenait pour diriger les enquêtes criminelles avant l'invention de ces engins. De façon générale, cette nuit-là, il se demanda quels mécanismes entraient en jeu quand on mettait en route une enquête pour meurtre. Il y avait bien sûr toutes les règles qu'il fallait suivre, sans qu'il soit besoin d'y réfléchir. Mais au-delà ? Stefan avait la sensation de *voir* fonctionner l'esprit de Giuseppe ; il partageait ses cheminements, ou ses tentatives de cheminements intérieurs.

Mais il était paralysé par l'image qui lui revenait sans cesse, celle d'Abraham Andersson affaissé au pied de l'arbre. Le grand trou, là où la balle était entrée. Une balle tirée presque à bout portant.

Abraham Andersson avait été exécuté.

Ça non plus, pensa-t-il plusieurs fois au cours de cette longue veille, ce n'est pas un meurtre ordinaire. Mais alors qu'est-ce que c'est ? Herbert Molin et Abraham Andersson forment la base d'un triangle dont la pointe est un inconnu qui s'est matérialisé dans la forêt, la nuit, pas une fois mais deux, pour abattre deux hommes âgés qui, en apparence, n'avaient rien de commun.

À ce point du raisonnement, toutes les portes lui claquaient à la figure. C'est le centre, songea-t-il encore, le cœur de cette enquête. Un lien obscur entre deux personnes, une relation si profonde que quelqu'un conçoit le dessein de les supprimer toutes les deux. Voilà ce que pense Giuseppe, pendant qu'il s'efforce d'assurer les étapes réglementaires en attendant l'aube qui n'arrive pas.

Toute la nuit, Stefan était resté près de Giuseppe. Il l'avait suivi pendant ses allers et retours entre le lieu de la découverte et la maison transformée en quartier général, s'étonnant sans cesse de la facilité avec laquelle Giuseppe s'était mis au travail. Malgré le spectacle infernal du cadavre nu, ligoté contre l'écorce, il l'entendit rire plusieurs fois au cours de la nuit. Il n'y avait pas l'ombre d'un cynisme ou d'une dureté chez lui, seulement ce rire libérateur qui l'aidait à supporter toutes les abominations.

Le jour finit quand même par arriver et un hélicoptère se posa sur la pelouse. En descendirent Rundström et trois maîtres-chiens avec des bergers allemands qui tiraient avec enthousiasme sur leur laisse. L'hélicoptère repartit aussitôt.

Avec la lumière, le rythme lent de la nuit se transforma du tout au tout. Les policiers, qui travaillaient sans interruption depuis la veille au soir, et qui étaient à ce stade aussi gris que l'aube naissante, accélérèrent la cadence. Après avoir rendu compte brièvement à Rundström, Giuseppe rassembla les maîtres-chiens autour d'une carte pour organiser la battue. Puis le groupe s'éloigna en direction de l'arbre, où l'on avait commencé à détacher le corps.

Le premier chien découvrit immédiatement le portable de Stefan. Quelqu'un l'avait piétiné au cours de la nuit, et la batterie était détruite. Stefan le rangea dans sa poche.

Après quelques heures d'un travail silencieux et concentré, Rundström rassembla tous les policiers à l'intérieur de la maison pour faire le point. Deux autres véhicules étaient entre-temps arrivés d'Östersund, chargés de matériel supplémentaire destiné aux techniciens. L'hélicoptère était revenu et avait emporté le corps d'Abraham Andersson. À Östersund, celui-ci serait transféré en voiture à la station médico-légale d'Umeå.

Juste avant la réunion, Rundström s'approcha de Stefan et lui demanda d'y participer. Il ne lui avait pas encore posé la question en suspens : comment diable se faisait-il qu'il ait été le premier à découvrir le corps ?

Les policiers épuisés et frigorifiés se serrèrent dans la cuisine. Giuseppe se tenait appuyé contre un mur et arrachait des poils de ses narines. Stefan pensa qu'il paraissait bien plus que ses quarante-trois ans, avec ses traits affaissés, ses paupières lourdes. Il semblait complètement absent. Mais Stefan le croyait plutôt plongé dans un abîme d'interrogations concernant les derniers événements. Sa concentration était dirigée vers l'intérieur. Stefan devina qu'il cherchait une réponse à la question que les policiers se posaient encore et encore, toujours la même. *Qu'est-ce que je ne vois pas ?*

Rundström commença par évoquer les barrages routiers qui étaient en place dans toute la région. Avant que la police de Särna ait fini de boucler les siens, on avait signalé le passage vers le sud d'une voiture lancée à grande vitesse, sur la route d'Idre. L'information était importante. Rundström demanda à Erik Johansson de parler aux collègues des Dalarna.

Puis il désigna Stefan.

– Je ne sais pas si tout le monde ici connaît Stefan Lindman. Bref, nous avons parmi nous un collègue de Borås, qui travaillait autrefois avec Herbert Molin. Je crois que le plus simple serait que tu nous dises toi-même comment tu as trouvé le corps d'Abraham Andersson.

Stefan obéit. Rundström posa quelques questions, tout d'abord concernant les horaires. Stefan avait eu la présence d'esprit, ou plutôt l'expérience, de regarder deux fois sa montre : à son arrivée à Dunkärret, et à la découverte du corps.

La réunion fut très brève. Les techniciens voulaient reprendre le travail au plus vite puisque la météo annonçait de la neige dans le courant de la journée. Stefan suivit Giuseppe dans la cour.

– Il y a quelque chose qui ne colle pas, dit Giuseppe. Tu as formulé l'idée que la mort de Herbert Molin s'expliquerait par son passé, et ça m'a paru cohérent. Comment envisageons-nous les choses dans ce nouveau contexte ? Abraham Andersson et lui ne se connaissaient pas avant de s'installer par hasard dans le même patelin. La théorie ne tient plus.

– Il faudrait vérifier. Herbert Molin et Abraham

Andersson avaient peut-être des points communs que nous ignorons.

– Bien sûr. Mais je n'y crois pas, dit Giuseppe. Les policiers ne doivent pas extrapoler, je sais. Pourtant on le fait. Dès la première seconde sur le lieu d'un crime, on commence à échafauder des hypothèses. On tricote des filets sans savoir quelle doit être la grosseur des mailles, ni quel genre de poisson on veut pêcher, ni même où on va poser ses filets. Dans la mer ou dans un lac de montagne ? Dans un torrent ou dans un petit ruisseau ?

Stefan avait du mal à comprendre la métaphore de Giuseppe. En tout cas, c'était expressif.

Un des maîtres-chiens ressortit de la forêt avec son animal, qui semblait épuisé.

– On n'a rien trouvé, dit le policier. En plus je crois que Stamp est malade.

– Quel est le problème ?

– Il vomit. Il a peut-être chopé une infection.

Giuseppe hocha la tête. Stefan regardait le chien gris d'Andersson, immobile au bout de sa corde tendue, le regard rivé à l'endroit d'où provenaient les voix des techniciens.

– Qu'est-ce qui se passe dans cette forêt ? dit soudain Giuseppe. On croirait avoir affaire à une ombre qui commence à bouger au crépuscule. On ne sait pas si elle est imaginaire ou réelle.

– Quel genre d'ombre ?

– Du genre de celles dont on n'a pas l'habitude par ici. L'attaque contre Molin était préméditée. Abraham Andersson a été exécuté. Je ne comprends pas.

La conversation fut interrompue par Erik Johansson, qui traversait la cour à grands pas en se dirigeant vers eux.

– On peut oublier la voiture de Särna, dit-il. C'était un type pressé d'emmener sa femme à la maternité.

Giuseppe marmonna une réponse pendant qu'Erik Johansson repartait vers la maison.

– Qu'est-ce que tu en penses ? demanda Giuseppe à Stefan. Vas-y, parle.

– Je crois que j'emploierais le même mot que toi. C'est une exécution. Pourquoi se donne-t-on la peine d'emmener un homme dans la forêt et de l'attacher à un arbre, si on a juste l'intention de l'abattre ?

– À supposer que les choses se soient produites dans cet ordre. Mais c'est évidemment la question que je me pose aussi : pourquoi tant d'efforts ? C'est une autre ressemblance avec le meurtre de Molin. Pourquoi se donner la peine d'imprimer des pas de tango dans le parquet avec le sang de la victime ?

Il apporta lui-même la réponse.

– Pour raconter quelque chose. Mais à qui ? On en a déjà parlé. À qui s'adresse le message ? À nous ou à quelqu'un d'autre ? Et pourquoi le fait-il ? Et n'oublions pas non plus qu'ils peuvent être plusieurs.

Giuseppe leva les yeux vers le ciel chargé de nuages.

– Est-ce que c'est un fou ? Est-ce que c'est fini ? Est-ce qu'il y en aura d'autres ?

Ils retournèrent à l'intérieur. Rundström parlait au téléphone. Les techniciens avaient commencé l'investigation de la maison. Stefan eut la sensation de gêner leur travail. Rundström raccrocha et pointa un doigt dans sa direction.

– Il faut qu'on parle. Viens, sortons.

Ils allèrent derrière la maison. Les nuages qui se pourchassaient là-haut étaient de plus en plus sombres.

– Combien de temps comptes-tu rester ? demanda Rundström.

– Je pensais repartir aujourd'hui, mais, vu les circonstances, je crois que ce sera plutôt demain.

Rundström le fixait du regard.

– J'ai l'impression que tu ne me dis pas tout. Je me trompe ?

Stefan secoua la tête.

– Tu ne partageais rien avec Molin que tu devrais nous dire ?

– Rien.

Rundström donna un coup de pied à un caillou.

– Il vaut peut-être mieux que tu nous laisses nous occuper de cette enquête maintenant. Que tu ne t'en mêles plus, en clair.

– Je n'ai aucune intention de me mêler de quoi que ce soit.

Il avait élevé la voix. Rundström enveloppait ses paroles dans une sorte d'amabilité distraite qui l'exaspérait.

– Parfait, dit Rundström. C'est une chance que tu sois passé par là, évidemment, et qu'il ne soit pas resté trop longtemps attaché à cet arbre.

Rundström s'en alla. Stefan s'aperçut que Giuseppe l'observait depuis une fenêtre et il lui fit signe de le rejoindre.

Giuseppe le raccompagna jusqu'à sa voiture.

– Tu t'en vas, alors ?

– Pas avant demain.

– Je t'appellerai dans la journée.

– À l'hôtel. Mon portable est cassé.

Stefan démarra, mais après quelques kilomètres à peine, il sentit le sommeil le gagner. Il s'engagea sur un chemin forestier, coupa le moteur et baissa le dossier de son siège.

Quand il ouvrit les yeux, il était entouré de murs blancs. La neige s'était mise à tomber pendant qu'il dormait ; elle recouvrait déjà vitres et pare-brise. Stefan retint son souffle. Se pouvait-il que la mort soit ainsi ?

Un espace blanc traversé par une lumière vague ? Il releva son dossier. Il avait mal dans tout le corps. Il avait rêvé, mais ne se souvenait pas de quoi. Peut-être quelque chose en rapport avec le chien d'Abraham Andersson. L'animal avait commencé à se ronger la patte... Stefan se secoua. Quel que soit le rêve, il n'avait pas spécialement envie de s'en rappeler. Il regarda sa montre : onze heures et quart. Il avait dormi plus de deux heures d'affilée. Il ouvrit la portière et sortit pisser dans la neige. Tout était blanc. Mais il ne tombait plus de flocons. Les pins l'encerclaient, immobiles. Pas de vent. Rien, pensa-t-il. Si je restais là sans bouger, je me transformerais en arbre.

Il reprit la route. Il allait retourner à Sveg, manger quelque chose, attendre un éventuel coup de fil de Giuseppe. C'était tout. À Giuseppe, il raconterait son incursion chez Elsa Berggren, l'uniforme dans sa penderie. Il n'avait pas trouvé l'occasion d'en parler au cours de la nuit. Mais il ne quitterait pas Sveg sans avoir transmis à Giuseppe toutes les informations qui pourraient l'aider dans son travail.

Il approchait du chemin de Herbert Molin. Il n'avait aucune intention de s'arrêter. Pourtant il freina, si fort que les pneus dérapèrent. Pourquoi ? Une dernière visite. Une dernière très courte visite. Il parcourut le chemin jusqu'à la maison. En sortant de la voiture, il aperçut des traces dans la neige. Un lièvre ? De mémoire, il essaya de reconstituer le motif formé par les empreintes sanglantes sur le parquet. Il les reproduisit, avec ses pieds, dans la blancheur. Il s'efforçait de visualiser Herbert Molin et sa poupée. Un homme et une poupée dansent un tango dans la neige. À l'orée de la forêt, un orchestre argentin joue. Quels instruments figurent dans un orchestre de tango ? Guitare ? Violon ? Contrebasse ? Accordéon, peut-être ? Il l'ignorait. D'ailleurs, ça n'avait pas d'importance. Herbert Molin dansait sans le savoir avec la mort. Ou le savait-il au contraire. Que la mort rôdait dans la forêt, qu'elle l'attendait. Il se savait déjà suivi par cette ombre à l'époque où je le fréquentais en croyant le connaître. Un policier d'un certain âge, qui ne s'était jamais distingué de quelque manière que ce soit. Mais qui avait quand même pris le temps de me raconter, à moi, un jeune débutant, tout ce qu'on peut ressentir lorsqu'on se fait vomir dessus par un ivrogne, cracher au visage par une femme saoule ou, pourquoi pas, arracher la tête par un psychopathe déchaîné.

Stefan contemplait la maison. Elle paraissait différente sous la neige.

Puis son regard tomba sur la remise. Il y était entré à sa première visite, mais c'était alors surtout la maison qui l'intéressait. Il ouvrit la porte. La remise se composait d'une seule pièce au sol bétonné. Il alluma. Du bois, proprement entassé contre le mur. Contre le mur opposé, un établi chargé d'outils et une armoire en fer. Stefan ouvrit l'armoire en pensant qu'il découvrirait peut-être un uniforme. Mais il n'y avait là qu'un bleu de travail crasseux et une paire de bottes en caoutchouc. Il ferma l'armoire et regarda autour de lui.

Que raconte cette pièce ? Le tas de bois ne m'apprend rien, sinon que Herbert Molin savait comment construire une pile parfaitement symétrique. Il s'approcha des outils. Que racontaient les outils ? Rien d'inattendu.

Stefan songea à son enfance. Son père avait eu une remise à outils à Kinna. Une toute pareille. Herbert Molin avait ce qu'il fallait, ni plus ni moins, pour réaliser lui-même les menues réparations dans sa maison et sur sa voiture. Aucun détail ne retint son intérêt. Il continua à fouiller la pièce du regard.

Dans un coin étaient rangés des skis et des bâtons.

Stefan prit un ski et l'examina à la lumière. Les fixations étaient usées. Herbert Molin s'en servait donc. Peut-être traversait-il le lac à skis, quand le lac était gelé et le temps ensoleillé ? Parce que ça lui plaisait, ou pour prendre de l'exercice, ou encore pour pêcher sous la glace. Stefan rangea le ski à sa place. Tiens, un détail curieux. Une deuxième paire de skis plus courts : des skis de femme ? Il crut voir deux personnes avancer sur les eaux gelées, par un jour d'hiver étincelant. Herbert Molin et Elsa Berggren. De quoi parlaient-ils ? Peut-être gardait-on le silence, à skis. Stefan n'en savait rien, il n'avait jamais skié depuis l'enfance. Son regard continua d'errer. Dans un coin, un traîneau cassé, quelques bobines de fil métallique et un tas de tuiles.

Soudain, son attention s'aiguisa. Il lui fallut près d'une minute pour comprendre ce qui l'avait alerté ainsi. Les tuiles étaient mal rangées. Ça ne collait pas avec le reste. Herbert Molin aimait les puzzles complexes, il entassait son bois avec un sens consommé de l'ordre et de la symétrie. Pareil pour les outils. Mais du côté des tuiles, c'était le grand désordre. Ou alors un ordre différent, pensa Stefan. Il approcha et commença à les déplacer une à une.

Sous les tuiles, encastrée dans le béton du sol, il y avait une plaque en métal. Une trappe. Stefan se redressa et saisit un pied-de-biche parmi les outils. Il l'inséra entre le bord de la plaque et le sol, mais dut employer toutes ses forces pour la soulever. Elle s'ouvrit d'un coup et Stefan tomba en avant. Son front avait heurté le mur. Il passa la main dessus et la retira pleine de sang. Sous le plan de travail, il avait repéré une boîte de bourre. Il se servit, s'essuya le front et garda le tampon de bourre appuyé contre la plaie le temps que le saignement cesse.

Puis il se pencha pour jeter un regard dans la cavité.

Il y avait un paquet. Quand il le prit, il vit que c'était un vieil imperméable noir bien ficelé. Herbert Molin était tout près de lui maintenant. À cet endroit, il avait caché quelque chose que nul ne devait voir. Stefan posa le paquet sur le plan de travail, demanda silencieusement pardon à Herbert Molin et déplaça ensuite les outils. Le paquet était noué avec une ficelle grossière. Stefan la défit et déplia l'imperméable.

Il avait devant lui trois objets. Un cahier noir, des lettres entourées d'un ruban rouge, et une enveloppe. Il commença par ouvrir l'enveloppe. Elle contenait des photographies. Il constata que ces images ne le surprenaient guère. Depuis sa visite chez Elsa Berggren, au fond de lui, il savait. À présent, il en avait la confirmation.

Trois photographies en noir et blanc. Sur la première, quatre jeunes gens se tenaient par les épaules en souriant à l'objectif. L'un des quatre était Herbert Molin – qui s'appelait à l'époque August Mattson-Herzén. L'arrière-plan était flou, mais ce pouvait être une façade.

La deuxième image représentait Molin seul. Elle avait été prise chez un photographe dont le nom était apposé en bas à droite.

La troisième était elle aussi un portrait de Molin dans sa jeunesse. Il posait cette fois à côté d'une moto flanquée d'un side-car. Il était armé. Et il souriait, là encore, droit vers l'objectif.

Stefan disposa les images sur une rangée.

Un détail commun les reliait.

Les vêtements de Herbert Molin. Son uniforme.

Le même que celui qu'il avait vu dans la penderie d'Elsa Berggren.

14

Il y avait une histoire à propos de l'Écosse.

Elle intervenait à mi-parcours du journal, comme une parenthèse inattendue dans la vie de Herbert Molin. En mai 1972, il prend deux semaines de vacances. Le bateau le conduit de Göteborg à Immingham, sur la côte est de l'Angleterre, d'où il poursuit son voyage en train. Il parvient à Glasgow le 11 mai en fin d'après-midi. Il descend à l'hôtel Smith, situé, selon sa description, « près de quelques musées et d'une université ». Mais il ne visite aucun musée. Dès le lendemain, il loue une voiture et continue vers le nord. Il note qu'il traverse des localités telles que Kinross, Dunkeld et Spean Bridge. Il accomplit un long trajet ce jour-là, jusqu'à Drumnadrochit à l'ouest du Loch Ness, où il passe la nuit. Le monstre ne semble cependant pas l'intéresser.

Tôt le matin du 13 mai, il repart, toujours vers le nord, et dans l'après-midi il touche à son but, qui est la ville de Dornoch, située sur un cap de la côte est des Highlands. Il prend une chambre dans un hôtel du port, qui s'appelle « The Rosdale Hotel », et écrit que « l'air est différent de celui du Västergötland ». Ce qui le rend différent, Herbert Molin ne l'explique pas. Il est arrivé à Dornoch, on est à la mi-mai et il n'a encore rien dit de la raison pour laquelle il a entrepris ce voyage. Rien, sinon qu'il doit « rencontrer M. ». La rencontre a lieu le soir même. «Longue promenade dans la ville avec M. Vent cinglant, mais pas de pluie.» Au cours des sept jours qui suivent, il inscrit la même chose. «Longues promenades dans la ville avec M.» C'est tout. Les seuls détails qu'il donne concernent les variations de la météo. Le vent semble souffler en permanence à Dornoch. Mais parfois il pleut «à verse», parfois le ciel paraît «menaçant» et une fois, le jeudi 18 mai, «le soleil brille» et il fait «assez chaud». Quelques jours plus tard, il s'en va par la même route. Il ne précise pas si c'est à bord de la même voiture, ou s'il a rendu la première pour en louer une autre. Il évoque par contre sa surprise au moment de régler sa note au Rosdale Hotel. «Ce n'est pas cher.» Ensuite, après avoir attendu vingt-quatre heures à Immingham «à cause d'une avarie du ferry, qu'il a fallu réparer», il revient à Göteborg, puis à Borås. Le 26 mai, il est de retour au commissariat.

L'histoire écossaise détonne, dans ce journal qui présente pour le reste d'immenses lacunes. Parfois il s'écoule plusieurs années entre deux prises de notes, effectuées au stylo à plume ou, plus rarement, au crayon. Le voyage à Dornoch fait figure d'exception énigmatique. Il y va pour rencontrer cette personne qu'il désigne toujours par la lettre «M». Ils se promènent. Le soir, invariablement. Qui est «M»? De quoi parlent-ils? Pas un mot là-dessus. Ils se promènent, c'est tout. Une seule fois, le mercredi 17 mai, Herbert Molin s'autorise l'un des très rares commentaires personnels du journal : «Me suis réveillé reposé ce matin. J'aurais dû accomplir ce voyage il y a longtemps.» C'est tout. L'adjectif «reposé» revêt un caractère décisif, dans la mesure où le reste du journal traite essentiellement des problèmes d'insomnie de Molin. Mais à Dornoch, il se réveille reposé et se dit qu'il aurait dû entreprendre ce voyage bien avant.

L'après-midi était déjà entamé quand Stefan en arriva à ce point de sa lecture. En découvrant le paquet dans la remise, il avait tout d'abord pensé l'emporter dans sa chambre, à Sveg. Puis il avait changé d'avis. Pour la deuxième fois, il s'était introduit dans la maison de Herbert Molin en passant par une fenêtre, et il avait débarrassé la table du séjour des fragments de puzzle qui l'encombraient. Il voulait lire ce journal dans la maison détruite, là où il pouvait encore sentir la présence de Molin. À côté du cahier, il posa les trois photographies. Avant de l'ouvrir, il défit le ruban rouge qui retenait les enveloppes. Il y en avait neuf. Adressées sans exception par Molin à ses parents, à Kalmar. Les lettres s'échelonnaient d'octobre 1942 à avril 1945. Toutes avaient été expédiées d'Allemagne. Stefan décida de parcourir d'abord le journal.

La première entrée était datée d'Oslo, le 3 juin 1942. Herbert Molin écrit qu'il a acheté ce cahier dans une librairie-papeterie de Stortingsgaten, afin de « relater les événements importants de ma vie ». Il a franchi la frontière norvégienne à l'ouest d'Idre, dans le nord des Dalarna, par une route qui traverse Flötningen. L'itinéraire lui a été recommandé par un « lieutenant W. à Stockholm, qui veille à ce que ceux qui désirent s'enrôler côté allemand trouvent leur chemin dans la montagne ». Il ne précise pas de quelle manière il s'est rendu de la frontière jusqu'à Oslo. Quoi qu'il en soit, il est maintenant dans la capitale norvégienne, on est en juin 1942 et il s'est acheté un cahier où il commence à tenir son journal.

Stefan s'était arrêté là-dessus. En 1942, Molin a dix-neuf ans. Il ne s'appelle d'ailleurs pas Herbert Molin, mais August Mattson-Herzén. Quand il commence son journal, il est déjà engagé dans un choix décisif. À dix-neuf ans, il a choisi de rallier les forces allemandes. Il veut se battre pour Hitler. Il a quitté Kalmar et lié connaissance, d'une manière ou d'une autre, avec un certain lieutenant de Stockholm qui s'occupe de recruter pour le compte des Allemands. À ce stade du journal, les questions sont déjà nombreuses. S'engage-t-il avec le consentement de ses parents ou contre leur volonté ? Quelles sont ses motivations ? Veut-il combattre le communisme ? Ou bien est-il un aventurier ? Rien ne permet de répondre. Il a dix-neuf ans et il est à Oslo, point.

Stefan reprit sa lecture. Le 4 juin, après avoir inscrit la date, il commence une phrase, qu'il barre. Ensuite, il n'y a plus rien jusqu'au 28 juin. Ce jour-là, il écrit en gras et en capitales qu'il a « été admis ». Et qu'il sera transféré en Allemagne dès le 2 juillet. Son écriture traduit le triomphe. Il a été accepté dans la Wehrmacht ! Puis il note qu'il mange une glace. Qu'il se promène sur Karl Johan en regardant les jolies filles, dont les regards, écrit-il, « m'embarrassent quand il m'arrive de les croiser ». C'est le premier commentaire personnel dans le journal. Il mange une glace, il regarde les filles. Et il est gêné.

L'entrée suivante était difficile à lire, et Stefan finit par en comprendre la raison. Herbert Molin se trouve à bord d'un train qui brinquebale et le secoue. Il est en route vers l'Allemagne. Il marque qu'il est tendu, mais plein de confiance et d'enthousiasme. Et qu'il n'est pas tout à fait seul. Il voyage en compagnie d'un autre Suédois, enrôlé comme lui dans la Waffen SS : Anders Nilsson, de Lycksele. Il écrit que « Nilsson ne parle pas beaucoup et ça me convient puisque je ne suis pas très causant, moi non plus ». Il y a avec eux quelques Norvégiens, dont les noms, semble-t-il, ne valent pas la peine d'être notés.

Le reste de la page est vierge, à l'exception d'une

tache marron clair. Stefan croit voir le jeune Molin, le café renversé sur la page blanche, le cahier qu'il range dans son paquetage pour ne pas l'abîmer davantage.

Lorsqu'il reprend la plume, il est en Autriche. On est déjà à l'automne. « 12 octobre 1942. Klagenfurt. Je suis en passe de terminer ma formation au maniement des armes au sein de la Waffen SS. Si tout va bien, je serai un soldat d'élite du Führer. J'ai décidé de réussir. J'ai écrit une lettre qu'Erngren pourra rapporter en Suède, puisqu'il est tombé malade et qu'il a été renvoyé chez lui. »

Stefan regarda les lettres posées sur la table. La première était datée de Klagenfurt, le 11 octobre. Il constata qu'elle avait été rédigée avec le même stylo que le journal, un stylo qui avait tendance à fuir et à faire des pâtés d'encre. Stefan s'approcha de la fenêtre cassée pour avoir plus de lumière. Un oiseau s'envola d'un arbre.

Chers parents,

Vous vous êtes sans doute inquiétés en ne recevant aucune nouvelle de moi. Mais en tant que militaire, père doit savoir qu'il n'est pas toujours facile de trouver le temps et l'espace nécessaires pour s'asseoir avec du papier à lettres et un stylo. Je veux seulement vous dire, chers parents, que je vais bien. De Norvège, je suis passé via l'Allemagne en France, où j'ai reçu ma première formation. Je suis à présent en Autriche pour me perfectionner dans le maniement des armes. Il y a beaucoup de Suédois ici, ainsi que des Norvégiens, des Danois, des Hollandais et trois Belges. La discipline est dure et tout le monde ne la supporte pas. Mais je m'en suis bien sorti jusqu'à présent et j'ai été complimenté par le capitaine Stirnholz, qui s'occupe d'une partie de la formation. L'armée allemande, en particulier la Waffen SS à laquelle j'appartiens désormais, possède probablement les meilleurs soldats du monde. J'avoue que nous attendons avec impatience le moment de nous rendre utiles. La nourriture est bonne, de façon générale. Pas toujours, mais je ne me plains pas. J'ignore quand je pourrai venir en Suède. On ne reçoit sa première permission qu'après un certain temps d'active. Vous me manquez, bien entendu, mais je serre les dents et accomplis mon devoir. C'est une grande cause que ce combat pour l'Europe nouvelle, contre le bolchevisme.

Recevez les salutations de
Votre fils August.

Quand Stefan souleva à la lumière le papier fin et jauni, le filigrane portant l'aigle allemand apparut avec netteté. Il s'attarda près de la fenêtre. Herbert Molin quitte la Suède, franchit clandestinement la frontière norvégienne et s'engage dans la Waffen SS. Dans la lettre à ses parents, sa motivation est clairement indiquée. Il n'est pas un aventurier. Il a rejoint l'armée allemande pour participer à la construction d'une Europe « nouvelle » dont la condition première est l'écrasement du bolchevisme.

Herbert Molin est, à dix-neuf ans, un nazi convaincu.

Stefan retourna au journal. Début janvier 1943, Molin est sur le front oriental, au fin fond de la Russie. L'optimisme se transforme d'abord en doute, puis en désespoir, finalement en peur. Stefan s'arrêta sur quelques phrases datant de la fin de l'hiver.

« Le 14 mars. Lieu inconnu. Russie. Le froid toujours aussi intense. Peur chaque nuit de me réveiller avec un membre gelé. Strömberg tué hier par un éclat d'obus.

Hyttler a déserté. Si on le capture, il sera abattu d'une balle ou bien pendu. Nous sommes enterrés dans l'attente d'une contre-offensive. J'ai peur. La seule chose qui me fait tenir est l'espoir d'arriver jusqu'à Berlin et de prendre là-bas des leçons de danse. Je me demande si je reverrai jamais Berlin. »

Il danse, pensa Stefan. Enterré quelque part, il se rêve glissant sur un parquet verni.

Stefan regarda les trois photos. Molin souriait. Aucune peur chez ce jeune homme, qui était l'image même du danseur mondain tel qu'on pouvait l'imaginer. La peur est ailleurs. Sur les photos qui n'ont jamais été prises. Ou qu'il a choisi de ne pas conserver, de peur d'y être confronté malgré lui.

La vie de Herbert Molin se divise en deux, pensa encore Stefan. Avant la peur, et après. La peur arrive en rampant pendant l'hiver 43, tandis qu'il essaie de survivre sur le front oriental. Il a vingt ans. Peut-être est-ce cette peur-là que j'ai découverte à l'improviste dans la forêt près de Borås. La même, quarante ans après.

Le crépuscule, entre-temps, était tombé. Le froid entrait par les vitres brisées du séjour. Il emporta le cahier dans la cuisine, ferma la porte, boucha les trous de la fenêtre à l'aide d'une couverture prise dans la chambre et reprit sa lecture.

En avril, Herbert Molin écrit pour la première fois qu'il veut rentrer. Il a peur de mourir. Les soldats de la Wehrmacht sont contraints de battre en retraite, une retraite lourde, désespérante, au cours de laquelle il leur faut renoncer à une guerre impossible, mais aussi à l'idéologie qui s'est écroulée. Les conditions sont atroces. Il évoque régulièrement les morts qui l'entourent, les membres épars, les visages sans yeux, les gorges tranchées. Il cherche sans cesse une échappatoire, mais n'en trouve aucune. En revanche, il voit clairement quelle est celle qui ne peut être envisagée. Au cours du printemps, il participe à une exécution collective. Deux Belges et un Norvégien ont été capturés, après avoir déserté. C'est une des entrées les plus longues du journal.

« 19 mai 1943. Russie. Ou peut-être territoire polonais. Ai été choisi par le capitaine Emmers pour faire partie d'un peloton. Deux Belges et le Norvégien Lauritzen ont été condamnés pour désertion. On les a alignés dans un fossé. On était sur la route. Difficile de viser vers le bas. Lauritzen pleurait et essayait de s'enfuir à quatre pattes dans la boue. Le capitaine Emmers a ordonné qu'on l'attache à un poteau de téléphone. Les Belges silencieux. Lauritzen hurlait. J'ai visé le cœur. C'étaient des déserteurs. La loi de la guerre s'applique. Qui a envie de mourir ? Après, on nous a donné à chacun un verre de cognac. C'est le printemps en ce moment à Kalmar. Si je ferme les yeux, je vois la mer. Parviendrai-je jamais à rentrer chez moi ? »

Stefan sentait la peur de Herbert Molin suinter des lignes du cahier. Il tire sur des déserteurs, il considère que la sentence est juste, il boit son cognac et il rêve de la Baltique. Au milieu de tout ça, la peur rampe, rôde, s'insinue dans son cerveau et ne lui laisse pas de répit. Stefan essaya d'imaginer ce que pouvait être l'existence dans une tranchée quelque part sur le front oriental. Un enfer, pensa-t-il. En moins d'un an, la dévotion naïve est devenue terreur. Il n'écrit plus rien sur l'Europe nouvelle, maintenant il s'agit de survivre. Et peut-être un jour de rentrer à Kalmar.

Mais la guerre s'éternise. De Russie, Herbert Molin est retourné en Allemagne. Il est blessé. Le 19 octobre 1944, Stefan trouve l'explication aux cicatrices découvertes par le légiste d'Umeå. Ce n'est pas très précis. Il écrit simplement qu'il a été la cible de tirs, en août 1944, et qu'il a survécu de justesse. Mais ses notes de cette période n'expriment aucune gratitude. Quelque chose, constate Stefan, est en train d'arriver à Herbert Molin. Ce n'est plus uniquement la peur qui domine ce journal. Un autre sentiment se fait jour.

Herbert Molin a commencé à haïr. Il exprime sa colère face aux événements et souligne la nécessité de se montrer « impitoyable » et de ne « pas hésiter à punir ». Il a beau savoir que la guerre est perdue, il garde intacte la conviction que le dessein était bon, l'ambition juste. Hitler a peut-être trahi. Moins cependant que tous ceux qui n'ont pas compris que la guerre était avant tout une sainte croisade contre le bolchevisme. Ce sont eux que Herbert Molin commence à haïr au cours de l'année 1944. Dans l'une des lettres qu'il envoie à ses parents à Kalmar, la chose apparaît très clairement. Le courrier, daté de janvier 1945, n'a pas plus d'adresse d'expédition que les autres. Il a apparemment reçu une lettre de ses parents, qui s'inquiètent pour lui. Stefan se demanda soudain pourquoi Herbert Molin n'avait pas gardé les lettres reçues, seulement celles qu'il avait lui-même écrites. L'explication était peut-être que celles-ci venaient compléter le journal. C'est toujours sa propre voix qui parle, sa propre main qui tient le stylo.

Chers parents,
Pardonnez le retard de ce billet. Nous avons subi des déplacements incessants et sommes actuellement non loin de Berlin. Ne vous tourmentez donc pas pour moi. La guerre, il est vrai, est souffrance et sacrifice. Mais je m'en sors plutôt bien et j'ai eu de la chance. Même si j'ai vu tuer beaucoup de mes camarades, je n'ai pas perdu courage. Je me demande seulement pourquoi les jeunes Suédois – et les moins jeunes – n'ont pas été plus nombreux

à s'engager comme je l'ai fait. Ne voient-ils donc pas ce qui se trame dans notre patrie ? N'ont-ils pas réalisé que le Russe prendra le contrôle partout, à moins que nous lui opposions une résistance farouche ? Je ne voudrais pas vous éreinter avec mes ruminations et ma colère, mais je crois bien que vous me comprenez, chers parents. Vous ne vous êtes pas opposés à mon départ. Père a même dit qu'il aurait suivi mon exemple s'il avait été plus jeune et s'il n'avait eu sa blessure à la jambe. Je dois m'arrêter ici, mais vous savez maintenant que je suis en vie et que je continue à me battre. Je rêve souvent de Kalmar. Comment vont Karin et Nils ? Comment vont les rosiers de tante Anna ? Il y a tant de sujets sur lesquels je m'interroge quand je suis seul. Mais je n'ai pas souvent l'occasion de l'être.

Votre fils
August Mattson-Herzén,
désormais promu au grade d'Unterscharführer.

Les motivations de Herbert Molin apparaissaient là sans aucune ambiguïté. Il avait été encouragé par ses parents à rejoindre l'armée de Hitler. Il était parti en Norvège parce qu'il s'était fixé une mission. Fin 1944, peut-être en rapport avec ses blessures, il bénéficie d'une promotion. Qu'était-ce qu'un *Unterscharführer* ? Quel était l'équivalent suédois ? Existait-il un équivalent ?

Stefan poursuivit sa lecture. Les notes deviennent plus sporadiques et plus brèves, mais Herbert Molin demeure en Allemagne jusqu'à la fin. Il est à Berlin pendant les derniers combats, qui se livrent rue par rue. Il mentionne le jour où, pour la première fois, il voit de près un char soviétique. Il écrit qu'il est à plusieurs reprises sur le point de « tomber entre les griffes des Russes, que Dieu me vienne en aide ». Plus aucun nom suédois ne figure dans ces pages, pas plus que de noms norvégiens ou danois. Il est désormais le seul Scandinave au milieu des camarades allemands. Le 30 avril, c'est la dernière entrée du journal de guerre.

« 30 avril. Je me bats pour ma vie, pour sortir vivant de cet enfer. Tout est perdu. J'ai échangé mon uniforme contre des vêtements que j'ai pris à un mort civil allemand. Ça revient à déserter. Mais de toute façon, c'est le chaos maintenant. Je vais essayer de franchir le pont cette nuit. Ensuite, advienne que pourra. »

Le journal de guerre s'arrêtait là. Pas un mot sur les détails de sa fuite. Quoi qu'il en soit, il survit et parvient à regagner la Suède, car, un an plus tard, il reprend son journal. Il est alors à Kalmar. Sa mère est décédée le 8 avril 1946. Le jour de ses funérailles, il écrit : « Mère va me manquer. C'était une femme pleine de bonté. La cérémonie était belle. Père a dominé son émotion. Je pense sans cesse à la guerre. Les grenades me sifflent aux oreilles même quand je suis à la voile sur le détroit de Kalmar. »

Stefan lisait. Les entrées devenaient de plus en plus éparses, de plus en plus laconiques. Herbert Molin note qu'il se marie. Qu'il a des enfants. Mais rien sur son changement de nom. Rien non plus sur le magasin de musique près de Stockholm. Un jour de juillet 1955, sans raison apparente, il se lance dans un poème, avant de biffer les quelques vers, qui restent cependant déchiffrables.

Soleil du matin sur le détroit de Kalmar
Le chant des oiseaux me parvient
L'un s'égosille au sommet d'un pin

Il n'a peut-être pas trouvé de rime pour Kalmar, pensa Stefan. « Cithare » aurait pu convenir. Ou « tintamarre », pourquoi pas ? Stefan sortit un crayon de sa poche, s'empara du bloc-notes posé sur le plan de travail et écrivit : « Un autre fait entendre son joyeux tintamarre. »

En l'état, c'était déjà un très mauvais poème. Herbert Molin avait peut-être eu le bon sens de reconnaître les limites de son talent.

Herbert Molin note son déménagement à Alingsås, puis à Borås. Une dizaine de jours en Écosse fournissent l'occasion d'un épanchement inattendu. Pour retrouver l'équivalent, il faut remonter à ses débuts en Allemagne, quand son optimisme est encore intact.

Après le voyage en Écosse, le journal reprend comme avant, avec des annotations plus espacées. Herbert Molin note des événements isolés, sans y ajouter de commentaires personnels.

L'attention de Stefan s'aiguisa tout à la fin. Herbert Molin vient d'inscrire la date de son dernier jour au commissariat et celle de son départ pour le Härjedalen. Voilà qu'il ajoute :

« 12 mars 1993. Reçu une carte du vieux Wetterstedt, le portraitiste, pour mon anniversaire. »

Les dernières phrases du journal dataient du mois de mai.

« 2 mai 1999. Sept degrés au-dessus de zéro. Mon maître ès puzzles, Castro de Barcelone, est mort. Reçu une lettre de sa femme. Je comprends maintenant que les dernières années ont dû être très difficiles pour lui. Maladie des reins, incurable. »

C'est tout. Il y a beaucoup de pages blanches après celle-là. Le cahier acheté dans une librairie-papeterie d'Oslo en juin 1942 l'a suivi tout au long de sa vie, mais reste inachevé. À supposer qu'un journal puisse être achevé un jour. Quand il l'entreprend, il est un tout jeune homme, nazi enthousiaste, en route vers l'Allemagne et la guerre. Il mange une glace et se dit embarrassé par le regard des Norvégiennes. Cinquante-sept ans plus tard, il parle d'un fabricant de puzzles de Barcelone qui vient de mourir. Six mois après, il meurt à son tour, de mort violente.

Stefan referma le cahier. Il faisait nuit noire à présent. La solution devait-elle être cherchée dans ce journal ou en dehors de lui ? Je ne peux pas répondre, pensa-t-il. Je ne sais pas ce qu'il a omis d'écrire. Mais je sais quelque chose concernant Herbert Molin que j'ignorais auparavant. Il était nazi, il a participé à la guerre du côté hitlérien. Et en 1972, il est parti en Écosse, un séjour au cours duquel il s'est longuement promené avec «M».

Stefan rangea les lettres, les photographies et le journal dans l'imperméable et quitta la maison par la fenêtre. Au moment d'ouvrir la portière de sa voiture il s'immobilisa, rattrapé par un vague sentiment de chagrin. À la pensée de la vie qui avait été celle de Herbert Molin. Mais le chagrin pouvait aussi s'adresser à lui-même. Il avait trente-sept ans, pas d'enfants, et il était porteur d'une maladie capable de l'expédier ad patres avant même la quarantaine.

Il reprit la route de Sveg. Les automobilistes étaient rares. Peu après Linsell, il fut dépassé par une voiture radio en route vers Sveg, puis une deuxième. Les événements de la nuit précédente paraissaient étrangement lointains, comme irréels. Pourtant il ne s'était pas écoulé vingt-quatre heures depuis qu'il avait fait la découverte effarante, dans la forêt. Herbert Molin n'évoquait pas Abraham Andersson dans son journal. Pas davantage Elsa Berggren. Ses deux épouses et ses deux enfants étaient brièvement mentionnés, sans plus.

La réception était déserte quand il pénétra dans l'hôtel.

Il se pencha par-dessus le comptoir et attrapa sa clé. Une fois dans la chambre, il inspecta sa valise. Personne n'y avait touché. Il commençait vraiment à croire qu'il s'était monté la tête pour rien.

Vers dix-neuf heures, il était attablé dans le restaurant. Giuseppe n'avait toujours pas donné signe de vie. La fille de la réception apparut, en tenue de serveuse, et sourit en l'apercevant.

– J'ai vu que tu avais pris ta clé.

Puis son visage se fit grave.

– J'ai appris qu'un autre vieil homme avait été tué du côté de Glöte.

Stefan acquiesça en silence.

– Mais c'est terrible, dit-elle. Qu'est-ce qui se passe ? Sans attendre la réponse, elle lui tendit la carte.

– On a changé le menu. Mais les côtes de veau, franchement, je ne te les recommande pas.

Stefan choisit un steak d'élan sauce béarnaise avec des pommes vapeur. Il venait de finir quand la fille revint lui dire qu'on le demandait au téléphone. Il remonta à la réception.

– Je passe la nuit à Sveg, annonça la voix joyeuse de Giuseppe. J'ai pris une chambre à l'hôtel.

– Ça avance ?

– Rien de concret.

– Les chiens ?

– Ils n'ont rien trouvé. Je pense être à l'hôtel d'ici une heure. Tu me tiens compagnie pour dîner ?

– Bien sûr.

J'ai malgré tout quelque chose à offrir à Giuseppe, se dit Stefan après avoir raccroché. Même si je n'ai rien découvert sur le lien entre Herbert Molin et Abraham Andersson.

Chez Elsa Berggren, il y a un uniforme caché au fond d'une penderie.

Et Herbert Molin avait pris grand soin de dissimuler un témoignage direct concernant sa vie passée.

La possibilité existe, pensa Stefan. Que l'uniforme dans la penderie d'Elsa Berggren ait appartenu à Herbert Molin. Même s'il affirme s'en être dépouillé et l'avoir troqué contre des vêtements civils, pour sauver sa peau pendant que Berlin brûlait autour de lui.

15

Giuseppe arriva à l'hôtel épuisé. Pourtant il éclata de rire en prenant place face à Stefan. La fille qui alternait entre le service et la réception était déjà occupée à préparer la salle pour le petit déjeuner du lendemain. En dehors de Stefan et de Giuseppe il n'y avait qu'un seul client, attablé contre le mur du fond. Stefan supposa que c'était un pilote d'essai, même s'il paraissait un peu vieux pour être un professionnel de la conduite en terrain accidenté.

– Quand j'étais jeune, j'allais souvent au restaurant, dit Giuseppe pour expliquer sa bonne humeur. Maintenant ça n'arrive que lorsque je passe la nuit quelque part. C'est-à-dire quand j'ai un crime ou une affaire vraiment désagréable sur les bras.

Tout en avalant son dîner, Giuseppe lui raconta ensuite les événements de la journée. Un seul mot aurait pourtant suffi. « Rien. »

– On piétine. Aucune trace de quoi que ce soit. On a déjà parlé à quatre ou cinq individus qui sont passés par là dans la soirée, mais personne n'a rien vu. Ce qu'on se demande à nouveau, Rundström et moi, c'est s'il existe réellement un lien entre Abraham Andersson et Herbert Molin. Et si ce n'est pas le cas, alors de quoi s'agit-il ?

Giuseppe commanda un thé et Stefan un café. Puis

Stefan lui relata son intrusion chez Elsa Berggren, et sa découverte du journal dans la remise de Herbert Molin. Déplaçant sa tasse, il aligna les lettres, les photos et le cahier sur la nappe.

– Tu vas trop loin, dit Giuseppe avec irritation. Je croyais qu'on s'était mis d'accord et que tu n'allais plus fouiner de ton côté.

– Désolé.

– Que serait-il arrivé, à ton avis, si Elsa Berggren t'avait surpris chez elle ?

Stefan n'avait pas de réponse.

– C'est la dernière fois, dit Giuseppe. Maintenant, écoute-moi bien. Concernant ta première visite chez la dame, il vaut mieux qu'on n'en dise rien à Rundström. Il peut être sensible à ce genre de détail. De façon générale, il préfère qu'on s'en tienne au règlement. Et, comme tu as déjà pu le remarquer, ça ne lui plaît pas tant que ça de voir un étranger piétiner le terrain de son enquête. Je dis « son » parce qu'il a la mauvaise habitude, lorsqu'il s'occupe d'un crime, d'en faire une affaire personnelle.

– Erik Johansson lui en parlera peut-être. Même s'il a dit qu'il ne le ferait pas.

Giuseppe secoua la tête.

– Erik n'est pas un fan de Rundström. On ne doit pas sous- estimer les tensions entre individus, pas plus qu'entre provinces. Le Härjedalen n'aime pas être considéré comme le petit frère du gros Jämtland. La même chose vaut pour les policiers.

Il reprit du thé et examina les photographies.

– C'est une drôle d'histoire que tu me racontes là, dit-il. Herbert Molin aurait donc été un mordu du nazisme au point d'aller se battre pour Hitler. Qu'est-ce que c'est qu'un *Unterscharführer* ? Ça a un lien avec la Gestapo ? Avec les camps ? Qu'avaient-ils inscrit, déjà, au-dessus de l'entrée d'Auschwitz? *Arbeit macht frei*[1]. C'est terrible, des trucs pareils.

– Je ne sais pas grand-chose de tout ça, répondit Stefan. Mais si on était un fan de Hitler à l'époque, je suppose qu'on préfère le garder pour soi. Herbert Molin a changé de nom. On tient peut-être l'explication. Il a camouflé ses traces.

Giuseppe régla l'addition. Puis il prit un crayon et inscrivit le nom de Herbert Molin au dos de la note.

– Je réfléchis mieux quand j'écris. August Mattson-Herzén devient *Herbert Molin*. Tu as évoqué sa peur. Qu'on pourrait donc interpréter comme une peur d'être rattrapé par son passé. Tu as parlé à sa fille…

– Veronica Molin n'a rien dit sur le passé nazi de son père. Il est vrai que je ne lui ai pas posé la question.

– Ce doit être comme les gens qui ont commis des crimes. On n'en parle pas volontiers, dans les familles.

– C'est sûr. On peut se demander si Abraham Andersson avait un passé, lui aussi.

– On va bien voir ce qu'on découvrira chez lui, dit Giuseppe en écrivant le nom d'Abraham Andersson à la suite de celui de Herbert Molin. Les techniciens sont partis se reposer quelques heures, avant de reprendre pour la nuit.

Giuseppe traça une flèche à deux pointes entre les deux noms. Puis il dessina, à côté de celui d'Andersson, une croix gammée suivie d'un point d'interrogation.

– Nous allons évidemment avoir dès demain une conversation approfondie avec Elsa Berggren, dit-il tout en écrivant son nom à elle, avec des flèches vers les deux autres.

Puis il chiffonna la note et la jeta dans le cendrier.

– « Nous » ?

1. Le travail rend libre.

– Disons que tu pourrais m'accompagner en tant qu'assistant personnel sans aucun titre.

Giuseppe rit, mais retrouva aussitôt son sérieux.

– On a deux meurtres épouvantables sur les bras. Je me fiche de Rundström. Et du règlement. Je veux que tu viennes. Deux personnes écoutent mieux qu'une.

Ils quittèrent la salle de restaurant. L'homme solitaire était toujours à sa table. Ils se séparèrent dans le hall après avoir convenu de se retrouver le lendemain matin à sept heures trente.

Stefan dormit d'un sommeil lourd. Au réveil, il constata qu'il avait rêvé de son père. Ils se cherchaient dans une forêt. En retrouvant enfin son père, dans le rêve, Stefan avait éprouvé un soulagement infini et une grande joie.

Giuseppe avait mal dormi, en revanche. Dès quatre heures, il était debout. Quand il vint chercher Stefan à l'hôtel, il avait déjà accompli une visite sur le lieu du meurtre.

Le résultat demeurait inchangé. Rien. On n'avait absolument aucune trace du meurtrier d'Abraham Andersson, qui était peut-être aussi celui de Herbert Molin.

En quittant l'hôtel, Giuseppe demanda à la fille de la réception si elle avait par hasard récupéré son addition de la veille au soir. Il s'était aperçu trop tard qu'il en avait besoin pour ses notes de frais. Mais elle ne l'avait pas vue.

– Je ne l'ai pas laissée sur la table ?

– Tu l'as chiffonnée dans le cendrier, dit Stefan.

Giuseppe haussa les épaules. Ils décidèrent de se rendre chez Elsa Berggren à pied. Petite promenade matinale. Le vent ne soufflait pas, et les nuages s'étaient dispersés. Il faisait encore nuit quand ils s'engagèrent sur le pont vers Ulvkälla. Giuseppe montra à Stefan le bâtiment blanc du tribunal.

– On a eu une affaire qui a fait pas mal de bruit, voici quelques années. Une agression raciste. Deux des types arrêtés se définissaient eux-mêmes comme des néonazis. Je ne me rappelle pas le nom de leur organisation. *Bevara Sverige Svenskt*[1], il me semble. Mais elle est peut-être dissoute.

– Maintenant ils s'appellent VAM.

– Qu'est-ce que ça veut dire ?

– *Vitt Ariskt Motstånd*[2].

Giuseppe secoua la tête.

– Ça fait peur. On croyait, du moins je croyais, que le nazisme avait été enterré une fois pour toutes. Mais apparemment il sévit encore. Même si ce n'est qu'auprès d'une bande de morveux qui se rasent le crâne pour défiler dans les rues.

Ils avaient franchi le pont.

– Le train passait ici quand j'étais petit, dit Giuseppe. Celui de la ligne qu'on appelait Inlandsbanan. Venant d'Östersund, il s'arrêtait à Sveg, puis à Orsa. Là, on changeait de train. Ou peut-être non, peut-être était-ce à Mora. Je l'ai pris avec une de mes tantes, autrefois. Maintenant, la ligne ne fonctionne qu'en été. Le chanteur italien que ma mère a vu dans le parc est venu par ce train. Il n'y avait pas d'avions, pas de limousines. Ma mère faisait partie du groupe qui est allé lui dire adieu, à la gare. Elle a une photo de l'événement. Tellement floue qu'on ne voit quasiment rien, prise avec un appareil reflex ordinaire. Mais elle la garde comme un trésor. Elle devait être très amoureuse de ce type.

Ils étaient arrivés devant la maison d'Elsa Berggren.

– Tu l'as prévenue ? demanda Stefan.

– Je pensais aller la surprendre.

1. La Suède aux Suédois.
2. Résistance aryenne blanche.

Ils remontèrent l'allée, Giuseppe sonna. Elle ouvrit presque aussitôt, comme si elle les attendait.

– Giuseppe Larsson, police criminelle d'Östersund. Tu connais déjà Stefan. Nous avons quelques questions à te poser dans le cadre de l'enquête sur la mort de Herbert Molin. Vous étiez proches, apparemment.

«Nous», songea Stefan. Moi, en tout cas, je ne lui poserai aucune question. Pendant qu'Elsa Berggren les faisait entrer, il jeta un regard à Giuseppe, qui lui fit un clin l'œil.

– Ce doit être urgent, si vous venez me voir à cette heure.

– Tout juste, dit Giuseppe. Où pouvons-nous nous asseoir ? Ça risque de durer un moment.

Stefan nota que Giuseppe était d'une brusquerie inaccoutumée. Il se demanda très vite comment lui-même se serait comporté à sa place.

Elsa Berggren les conduisit dans le séjour, mais ne demanda pas s'ils voulaient du café.

Giuseppe n'y alla pas par quatre chemins.

– Tu détiens chez toi un uniforme nazi, déclara-t-il.

Elsa Berggren se figea. Puis elle tourna vers Stefan un regard froid, qu'il interpréta de la manière suivante : elle l'avait immédiatement soupçonné, mais elle ne comprenait pas de quelle manière il avait pu entrer dans sa chambre.

– Je ne sais pas si la loi l'interdit, poursuivait entre-temps Giuseppe. En tout cas, il est sûrement défendu de porter un tel uniforme en public. Tu peux aller le chercher ?

– Comment l'avez-vous appris ?

– Je n'ai pas l'intention de répondre. Mais, autant que tu le saches, il nous intéresse dans le cadre de deux enquêtes pour meurtre.

Elle parut décontenancée. Stefan jugea sa surprise

authentique. Elle ne savait rien du meurtre de Glöte, ce qui le surprit à son tour. Quarante-huit heures s'étaient pourtant écoulées. Elle n'a pas regardé la télé, pensa-t-il. Elle n'a pas écouté la radio. Il y a des gens comme ça, même s'ils sont rares.

– Pourquoi deux ?

– Abraham Andersson. Ça te dit quelque chose ?

Elle hocha la tête.

– C'était le voisin de Herbert. Que lui est-il arrivé ?

– Pour l'instant, je peux seulement dire qu'il a été assassiné.

Elle se leva et quitta la pièce.

– Autant foncer tout droit, dit Giuseppe à voix basse. Mais elle n'était pas au courant, pour Andersson.

– La nouvelle est pourtant connue depuis un moment.

– Elle ne ment pas.

Elle revint avec l'uniforme et la casquette et les posa sur le canapé. Giuseppe se pencha pour examiner l'un et l'autre.

– À qui appartient cet uniforme ?

– Il est à moi.

– Mais ce n'est pas toi qui l'as porté.

– Je ne pense pas devoir répondre à cette question. Et pas seulement parce qu'elle est inepte.

– En effet. Tu peux aussi être convoquée à Östersund pour un tout autre type d'interrogatoire. À toi de voir.

Elle réfléchit avant de reprendre la parole.

– Il appartenait à mon père, Karl-Evert Berggren. Il est mort depuis longtemps.

– Il a donc combattu dans l'armée allemande pendant la guerre ?

– Il faisait partie du corps de volontaires suédois qu'on appelait Svenska Kompaniet. Il a été décoré deux fois pour bravoure. Si vous voulez, je peux aussi aller chercher les médailles.

Giuseppe secoua la tête.

– Ce n'est pas nécessaire. Je ne t'apprends sans doute rien en disant que Herbert Molin avait dans sa jeunesse des convictions nazies, au point de s'engager volontairement dans la Waffen SS ?

Elle se redressa un peu dans son fauteuil, mais ne demanda pas d'où ils tenaient cette information.

– Pas « dans sa jeunesse », répliqua-t-elle. Herbert est resté un national-socialiste convaincu jusqu'à sa mort. Mon père et lui ont combattu au coude à coude. Il était beaucoup plus âgé que Herbert, mais ils sont restés amis après la guerre. Cette amitié a duré toute leur vie.

– Et toi ?

– Je ne pense pas devoir répondre à cette question. On n'est pas tenu de déclarer ses opinions politiques.

– Sauf si ces opinions impliquent l'adhésion à un groupe soupçonné d'incitation à la haine raciale.

– Je n'adhère à aucun groupe, répondit-elle avec colère. Quel groupe ? Cette racaille au crâne rasé qui profane le salut hitlérien ?

– Prenons les choses autrement. Partageais-tu l'idéal de Herbert Molin ?

Elle observa un silence.

– Oui, dit-elle ensuite. J'ai grandi dans une famille consciente de la hiérarchie des races. Mon père a été l'un des fondateurs du parti national-socialiste suédois, en 1933. Sven-Olov Lindholm, notre chef, venait souvent à la maison. Mon père était médecin et officier de réserve. Nous habitions Stockholm. Je me souviens encore des jours où ma mère m'emmenait défiler à Östermalm dans les rangs de l'organisation nationale-socialiste Kristina Gyllenstierna. Je pratique le salut hitlérien depuis l'âge de dix ans. Mes parents étaient lucides par rapport aux dangers qui nous menaçaient. L'importation de juifs, la décadence politique, la dissolution morale. Et la menace communiste. Rien n'a changé. La Suède d'aujourd'hui est gangrenée par l'immigration incontrôlée. La simple pensée qu'on construit en ce moment même des mosquées sur le sol suédois me donne la nausée. Notre société est en train de pourrir de l'intérieur. Et personne ne réagit.

Elle était si indignée qu'elle en tremblait. Stefan se demanda avec malaise d'où pouvait provenir tant de haine.

– Voilà un point de vue peu édifiant, dit Giuseppe.

– Je suis prête à le défendre point par point. La Suède n'existe pour ainsi dire plus. On ne peut que haïr ceux qui ont laissé faire ça.

– Ce n'est donc pas un hasard si Herbert Molin est venu vivre ici ?

– Bien sûr que non. Par ces temps difficiles, ceux d'entre nous qui avons encore à cœur de faire vivre les idéaux anciens avons le devoir de nous entraider.

– Il existe bel et bien une organisation, alors ?

– Non. Mais nous savons qui sont nos amis.

– La liste de ces amis est-elle secrète ?

Elle renifla avec mépris.

– Le patriotisme, de nos jours, est presque assimilé à un crime. Si nous voulons vivre en paix, nous devons nous cacher.

Giuseppe jaillit presque de son fauteuil pour lancer la réplique suivante :

– Quelqu'un a pourtant réussi à retrouver la trace de Herbert Molin.

– Pourquoi y aurait-il un lien entre son assassinat et sa qualité de patriote ?

– Tu l'as dit toi-même. Vous êtes obligés de taire vos idées délirantes.

– Herbert a été tué pour d'autres raisons.

– Lesquelles ?

– Je ne le connaissais pas suffisamment pour le savoir.

– Tu as pourtant dû réfléchir à la question.

– Bien sûr. Mais sa mort reste incompréhensible pour moi.

– Ces derniers temps, dit Giuseppe, avais-tu remarqué quelque chose ? Un changement de comportement chez lui ?

– Il était comme d'habitude. Je lui rendais visite une fois par semaine.

– Il n'a rien dit d'une éventuelle inquiétude ?

– Rien.

Giuseppe se tut. Elsa Berggren, pensa Stefan, disait la vérité. Elle n'avait pas perçu de changement chez Herbert Molin. À son tour, elle interrogea :

– Qu'est-il arrivé à Abraham Andersson ?

– Il a été abattu. D'une manière qui suggère une exécution. Faisait-il partie de votre groupe qui n'en est pas un ?

– Non. Herbert parlait parfois avec lui. Mais jamais de politique. Il était très prudent. Il avait peu de véritables amis.

– As-tu une idée de l'identité du meurtrier d'Abraham Andersson ?

– Je ne le connaissais pas.

– Peux-tu me dire qui était la personne la plus proche de Herbert Molin ?

– Je suppose que c'était moi. Et ses enfants. Sa fille, tout au moins. Il n'avait plus de relation avec son fils.

– De son fait, ou du fait de son fils ?

– Je ne sais pas.

– As-tu entendu parler d'un certain Wetterstedt de Kalmar ?

Elle hésita. Giuseppe et Stefan échangèrent un regard. Elle était manifestement surprise d'entendre ce nom.

– Il mentionnait parfois ce nom-là, oui. Herbert était

né à Kalmar, il avait grandi là-bas. Ce Wetterstedt est de la famille de l'ancien ministre de la Justice, celui qui a été assassiné il y a quelques années. Je crois qu'il est portraitiste, mais je n'en suis pas tout à fait sûre.

Giuseppe avait sorti son carnet et notait les réponses d'Elsa Berggren.

– Et à part lui ?

– Non, je ne vois pas. Mais Herbert n'était pas un homme bavard. Chacun tient à sa vie privée, n'est-ce pas ?

Giuseppe regarda Stefan.

– J'ai encore une question, dit-il ensuite. Aviez-vous l'habitude, Molin et toi, de faire un petit tour de piste quand tu allais chez lui ?

– C'est-à-dire ?

– Je veux savoir s'il vous arrivait de danser.

Pour la troisième fois au cours de l'entretien, elle parut sincèrement surprise.

– Oui, c'est vrai.

– Le tango ?

– Pas seulement. Les anciennes danses de société ont tendance à disparaître, comme le reste. Je parle de celles qui exigent un minimum de technique et une petite mesure de raffinement. Comment danse-t-on aujourd'hui ? Comme des singes.

– Tu sais sans doute que Herbert Molin avait une, euh, poupée, qui lui servait de partenaire.

– Herbert était un danseur passionné. Un très bon danseur. Sa poupée lui servait à répéter les pas, et il répétait souvent. Dans sa jeunesse, je crois bien qu'il rêvait de passer professionnel. Puis il a répondu à l'appel du drapeau et il a accompli son devoir.

Stefan pensa qu'elle utilisait à dessein ce langage anachronique, comme pour contraindre le temps à revenir en arrière jusqu'aux années trente-quarante.

215

– J'imagine que peu de gens étaient informés de ce passe-temps, dit Giuseppe.

– Il n'avait pas beaucoup d'amis. Combien de fois dois-je le répéter ?

Giuseppe se frotta le nez au moment d'aborder la question suivante.

– A-t-il toujours été intéressé par la danse ?

– Je crois que sa vocation est née pendant la guerre. Ou juste avant. C'est normal, il était jeune.

– Qu'est-ce qui te fait croire ça ?

– Il me l'a dit un jour.

– Qu'a-t-il dit ?

– Ce que je viens de dire. La guerre était dure. Mais il lui arrivait d'avoir une permission. L'armée allemande prenait soin de ses soldats. Dès que c'était possible, elle leur accordait un congé et alors, elle payait tout.

– Parlait-il souvent de la guerre ?

– Non. Mais mon père, lui, l'évoquait volontiers. Une fois, ils ont eu une semaine de permission au même moment et ils sont partis pour Berlin. Mon père m'a raconté que Herbert voulait aller danser tous les soirs. Chaque fois qu'il pouvait quitter le front, je crois bien que Herbert retournait à Berlin pour danser.

Giuseppe resta un instant silencieux.

– As-tu autre chose à nous dire ?

– Non. Mais je veux que vous capturiez celui qui a fait ça. Évidemment, il ne sera pas puni. La Suède protège les criminels, pas leurs victimes. En plus, le fait que Herbert soit resté fidèle à son idéal va se savoir. Il sera condamné par-delà sa mort. Mais je veux malgré tout que vous retrouviez le coupable. Je veux savoir qui c'est.

– Nous n'avons plus de questions dans l'immédiat, dit Giuseppe. Mais tu seras convoquée pour d'autres entretiens.

– Suis-je soupçonnée de quelque chose ?

– Non.

– Puis-je savoir, dans ce cas, comment tu as su que j'avais un uniforme chez moi ?

– Une autre fois, répondit Giuseppe en se levant.

Elle les raccompagna dans l'entrée.

– Je dois dire que tes opinions frôlent l'insupportable, dit Giuseppe alors qu'il était déjà dehors.

– Il n'y a plus d'espoir pour la Suède. Quand j'étais jeune, on rencontrait souvent des policiers doués d'une conscience politique, et qui partageaient nos idéaux. Ça aussi, c'est terminé.

Elle referma sa porte. Giuseppe parut pressé de franchir la grille du jardin.

– C'est vraiment ce qu'on peut appeler une personne épouvantable, dit-il quand ils furent dans la rue. J'ai eu envie de lui en coller une.

– Il y a sans doute plus de gens qu'on ne l'imagine qui pensent comme elle.

Ils reprirent en silence le chemin de l'hôtel. Soudain Giuseppe s'arrêta.

– Qu'a-t-elle dit, au fond ? Concernant Herbert Molin.

– Qu'il avait la passion de la danse.

– Ce qu'elle a dit, au fond, c'est que Herbert Molin est resté jusqu'à sa mort quelqu'un qui avait des opinions affreuses. On peut se demander ce qu'il a fait exactement pendant son séjour en Allemagne. Et si certains n'avaient pas d'excellentes raisons de souhaiter sa mort.

– La guerre a tout de même pris fin il y a cinquante-quatre ans. Cela me paraît une trop longue attente.

– Peut-être, dit Giuseppe. Peut-être.

Ils se remirent en marche. Ils avaient dépassé le tribunal quand Stefan s'immobilisa à son tour.

– Et si on inversait la question ? Pour l'instant, nous

pensons que tout commence par Molin, parce qu'il a été tué le premier. Mais imaginons que ce soit le contraire. Nous devrions peut-être nous concentrer sur Abraham Andersson.

– Pas «nous», dit Giuseppe, «je». Je l'ai envisagé, mais ça ne me paraît pas vraisemblable. Abraham Andersson est venu vivre ici pour d'autres raisons que Molin. Et il ne se cachait de personne. D'après ce que nous savons de lui, il fréquentait ses autres voisins et il possédait un tempérament complètement différent.

Ils étaient arrivés à l'hôtel. La brusque mise au point de Giuseppe avait irrité Stefan. Cette manière de lui signifier que lui et ses collègues avaient l'affaire en main... Stefan se retrouvait, une fois de plus, exclu. C'était irrationnel, bien sûr. Mais l'irritation persistait.

– Qu'est-ce que tu vas faire à présent?

Stefan haussa les épaules.

– M'en aller.

Giuseppe parut hésiter. Puis il se jeta à l'eau.

– Comment ça va?

– J'ai eu mal avant-hier. C'est passé maintenant.

– J'essaie d'imaginer ce que ça peut être. Mais je n'y arrive pas.

Ils étaient plantés devant l'hôtel. Stefan contemplait un moineau occupé à picorer un ver mort.

Moi non plus, pensa-t-il, je n'arrive pas à l'imaginer. Je crois encore que c'est un cauchemar, que je n'ai pas rendez-vous à l'hôpital le 19 novembre pour commencer une radiothérapie.

– Avant ton départ, j'aimerais que tu me montres le campement.

Stefan voulait quitter Sveg le plus vite possible. Mais il ne pouvait pas refuser cela à Giuseppe.

– Quand?

– Tout de suite.

Ils partirent en direction de Linsell dans la voiture de Giuseppe. Celui-ci brisa soudain le silence qui régnait dans l'habitacle.

– Les forêts, dans ce coin du pays… Elles sont vraiment infinies, dit-il. Si tu t'arrêtes, si tu t'enfonces de dix mètres entre les arbres, tu passes dans un autre monde. Mais tu le savais peut-être déjà ?

– J'en ai fait l'expérience, oui.

– Un homme comme Herbert Molin a peut-être moins de mal à vivre avec ses souvenirs dans la forêt. Où personne ne viendra le déranger. Où le temps est immobile, si on veut. Il n'y avait pas d'uniforme, là où tu as découvert le journal ? Si ça se trouve, il allait dans la forêt pour tendre le bras droit et marcher au pas sur les sentiers…

– Il écrit lui-même qu'il a déserté. Il a échangé son uniforme contre des vêtements civils arrachés à un cadavre, dans Berlin en flammes. Si j'ai bien lu son journal, il devient déserteur le jour même où Hitler se suicide dans son bunker. Mais il ne devait pas le savoir, je pense.

Giuseppe fronça les sourcils.

– Je crois me souvenir qu'on a caché l'information pendant quelques jours et qu'ensuite quelqu'un a fait un speech à la radio disant que le Führer était tombé à son poste. Mais il se peut que je me trompe.

Ils s'engagèrent sur le chemin conduisant à la maison de Herbert Molin. Les bandes plastique déchirées flottaient toujours aux branches basses des arbres.

– On aurait pu faire le ménage, s'emporta Giuseppe. Enfin maintenant, on a rendu la maison à la fille… Tu l'as revue, au fait ?

– Pas depuis notre conversation à l'hôtel.

– Une femme très déterminée. Je me demande vraiment si elle connaît l'histoire de son père. En tout cas, je vais lui poser la question.

– Elle devrait être au courant.

– Elle doit avoir honte. Qui n'aurait pas honte d'avoir un père nazi ?

Ils sortirent de la voiture et restèrent un moment à écouter la rumeur des arbres. Puis Stefan ouvrit la marche en direction du lac, jusqu'aux vestiges du campement.

Il vit immédiatement que quelqu'un était venu. Il s'immobilisa. Giuseppe le regarda.

– Qu'est-ce qu'il y a ?

– Je ne sais pas. Je crois que quelqu'un est venu depuis l'autre jour.

– Quelque chose a changé ?

– Sais pas.

Le regard de Stefan errait de l'emplacement supposé du bivouac jusqu'au rivage. De prime abord, tout était semblable à la première fois. Pourtant, il savait. Giuseppe attendit. Stefan fit le tour de la clairière. Un tour, puis un deuxième. Soudain, il comprit. Quand il s'était assis sur le tronc abattu, il avait eu à la main une branche de sapin, qu'il avait lâchée en se relevant. Or cette branche avait changé de place. Elle se trouvait maintenant plus loin, à côté du sentier qui descendait vers le bord de l'eau.

– Quelqu'un s'est assis sur ce tronc, dit Stefan.

Il indiqua la petite branche de sapin.

– Est-ce qu'on peut relever des empreintes là-dessus ?

– Très possible, répondit Giuseppe en sortant de sa poche un sac plastique. On peut toujours essayer. Tu es sûr de toi ?

Stefan acquiesça en silence. Il se rappelait l'endroit où il l'avait laissée tomber. Il visualisait l'inconnu s'asseyant sur le tronc, comme il l'avait fait lui-même, se penchant pour ramasser la branche et la rejetant ensuite distraitement au loin.

– Alors on appelle les chiens, dit Giuseppe en prenant son portable.

Stefan regardait du côté de la forêt. Il eut la sensation qu'il y avait peut-être quelqu'un tout près d'eux. Qui les surveillait.

En même temps, il pensa qu'il aurait dû se rappeler quelque chose. Qui avait trait à Giuseppe. Il chercha en vain à capturer le souvenir fugitif.

Giuseppe donna un ordre, posa quelques questions et éteignit son portable après avoir écouté les réponses.

– C'est curieux, dit-il.

– Quoi ?

– Le chien d'Abraham Andersson a disparu.

– Comment ça, « disparu » ?

Giuseppe secoua la tête.

– Comme je te le dis. Il n'est plus là. Malgré les policiers qui grouillent autour de la maison.

Ils échangèrent un regard perplexe. Un oiseau s'envola d'un arbre et s'éloigna à tire-d'aile par-dessus le lac. En silence, ils le suivirent des yeux jusqu'à ce qu'il quitte leur champ de vision.

16

Aron Silberstein était étendu sur la mousse, au sommet d'une hauteur d'où il avait une excellente vue sur la maison d'Abraham Andersson. Il ajusta ses jumelles et compta huit véhicules de police : trois voitures radio, deux camionnettes et trois voitures banalisées. De temps à autre, un type en combinaison émergeait de la forêt. Il avait compris qu'Abraham Andersson avait été tué là-bas, parmi les arbres, à l'abri des regards. Mais il n'avait pas encore pu se rendre sur les lieux. Il le ferait cette nuit, si possible.

Il observa la cour. Un chien, de la même race que celui qu'il avait été obligé de tuer chez Molin, était attaché à une corde tendue entre la maison et un arbre. Il pensa soudain que c'étaient peut-être deux chiens de la même portée, ou en tout cas de la même famille. Le souvenir de celui qu'il avait égorgé lui souleva le cœur. Il baissa ses jumelles, se retourna sur le dos et inspira plusieurs fois profondément. La mousse humide embaumait. Au-dessus de sa tête passaient des nuages.

Je suis fou, se dit-il. Je devrais être à Buenos Aires. Pas dans cette sauvagerie suédoise. Maria aurait été contente de me voir rentrer. Peut-être aurions-nous même couché ensemble ? Dans un cas comme dans l'autre, j'aurais bien dormi cette nuit, et ce matin j'aurais rouvert mon atelier. Don Antonio a sûrement essayé de me joindre, de plus en plus furieux, pour savoir pourquoi le fauteuil qu'il m'a laissé il y a trois mois n'est pas encore prêt.

S'il ne s'était pas retrouvé attablé par hasard dans ce restaurant de Malmö à côté d'un marin suédois qui parlait l'espagnol, si cette satanée télé n'avait pas été allumée, et s'il n'avait pas vu le visage du vieil homme mort, il n'aurait pas été contraint de bouleverser ainsi son programme. Il serait en cet instant même en train de se réjouir à la perspective d'une bonne soirée à La Cabaña.

Il avait cru que c'était fini. Qu'il s'était débarrassé de l'obsession qui le poursuivait depuis l'enfance. Que les années qu'il lui restait à vivre seraient, ainsi qu'il l'avait rêvé, empreintes d'un très grand calme.

Et voilà qu'en une fraction de seconde, à cause d'une image entrevue à la télévision, tout avait basculé. Il avait quitté le restaurant et le marin suédois. Puis il était resté assis sur le bord de son lit d'hôtel jusqu'à ce que sa décision soit prise. Il n'avait pas bu une goutte de plus cette nuit-là. À l'aube, il s'était rendu en taxi à l'aéroport, situé à quelques dizaines de kilomètres de la ville. Une femme souriante lui avait réservé un siège sur un vol à destination d'Östersund. Une voiture de location l'attendait sur place. À Östersund, il avait aussi racheté une tente et un duvet, un camping-gaz, des vêtements chauds et une lampe torche. Dans un magasin de Systembolaget, il s'était constitué un stock de vin et de cognac pour une semaine. Enfin il était entré dans une librairie située sur une place pentue, et il s'était procuré une carte de la région. Celle d'avant, il l'avait jetée en même temps que les casseroles et le reste. Le cauchemar recommençait. Dans l'Enfer de Dante, il existait un cercle où les gens étaient torturés de cette manière, par la répétition. Il fit un effort pour se rappeler quels péchés ils avaient commis, mais cela ne lui revint pas.

Ensuite il avait quitté la ville. En s'arrêtant à une station-service, il avait acheté les journaux locaux disponibles, qui étaient au nombre de deux. Installé derrière le volant, il avait cherché les articles concernant le meurtre. L'information faisait les gros titres. Le texte lui était incompréhensible. Mais le nom d'Abraham Andersson revenait à plusieurs reprises, suivi d'un autre : *Glöte*. Il devina que c'était la commune où il avait vécu. Un autre nom revenait souvent. *Dunkärret*. Celui-là ne figurait pas sur la carte. Ressortant de la voiture, il avait étalé la carte informe sur le capot en essayant d'établir un plan. Il ne voulait pas trop s'approcher. La police pouvait avoir installé des barrages sur la route.

Après de nombreux détours, il parvint à un endroit nommé Idre, qu'il estima suffisamment éloigné de la maison d'Abraham Andersson. S'il cachait bien sa tente, personne ne verrait en lui autre chose qu'un touriste résolu à visiter la Suède en automne.

Quand il eut enfin monté sa tente dans un coin de forêt où il se sentait à l'abri, il constata qu'il était à bout de forces. Il avait recouvert sa tente de branchages, qu'il avait traînés à grand-peine jusqu'au lieu du campement. Puis il avait repris la route vers le nord. Passé Sörvattnet, il avait bifurqué vers Linsell et découvert sans difficulté le chemin qui portait l'écriteau « Dunkärret 2 ». Mais au lieu de l'emprunter, il avait continué vers Sveg.

Peu avant l'embranchement conduisant à la maison de Molin, il avait croisé une voiture de police. Après environ un kilomètre, il s'était enfoncé parmi les arbres, sur un chemin quasiment enseveli sous la végétation. Au cours des trois semaines passées à proximité de Herbert Molin, il avait méthodiquement exploré le terrain. Il s'était vu comme un animal creusant de nombreuses issues à son terrier.

Laissant sa voiture, il suivit un chemin qu'il avait déjà emprunté quelquefois. Il ne pensait pas que la maison de Herbert Molin fût toujours surveillée, mais il s'arrêtait malgré tout régulièrement pour écouter. Enfin il aperçut la bâtisse entre les arbres. Il attendit vingt minutes. Puis il s'avança vers l'endroit où il avait laissé le corps de Herbert Molin. Le sol était piétiné. Des lambeaux de bandes rayées rouge et blanc pendaient à quelques arbres. Il se demanda si l'homme qu'il avait tué reposait à présent dans un cimetière. Peut-être les médecins de la police l'examinaient-ils encore ? Avaient-ils compris que les plaies de son dos provenaient d'un fouet à bœufs utilisé par les vachers des pampas ? Il s'avança jusqu'à la maison et se hissa sur la pointe des pieds. Les empreintes dans le séjour avaient séché, mais elles étaient visibles. La femme qui faisait parfois le ménage chez Molin n'était pas revenue nettoyer.

Quittant la maison, il emprunta le chemin familier vers le lac. C'était par là qu'il était monté, ce soir-là. Les souvenirs affluèrent. L'autre femme, celle qui rendait visite à Molin et qui dansait avec lui, était venue la veille. S'ils respectaient leurs habitudes, il s'écoulerait maintenant une semaine avant sa prochaine visite. L'autre homme – qui s'appelait donc Abraham Andersson – était passé, lui aussi, la veille. Aron l'avait suivi jusqu'à sa maison ; à l'abri des arbres, il l'avait vu fermer ses volets, donner un tour de clé à la remise et manifester tous les signes d'un départ en voyage imminent. Il se rappelait encore le moment où il avait décidé de mettre fin à l'attente. Il avait plu toute la journée, mais vers le soir les nuages s'étaient dispersés d'un coup. Il était descendu au bord du lac et il avait nagé dans l'eau froide pour avoir l'esprit parfaitement clair. Après, il s'était réchauffé dans le duvet. Ses armes étaient posées devant lui, sur une bâche.

L'instant était venu. Pourtant, il était saisi d'un doute étrange. Il avait attendu si longtemps qu'il n'avait aucune idée ce qui se produirait quand cette attente prendrait fin. En pensée, comme tant de fois auparavant, il revint sur les événements bouleversants de la dernière année de guerre, quand son existence s'était écroulée. Il n'avait jamais pu vraiment la reconstruire. Il se voyait volontiers sous la figure d'un bateau au mât cassé, aux voiles déchirées. Sa vie s'était présentée ainsi depuis ce jour-là, et rien ne serait vraiment modifié par l'acte qu'il s'apprêtait maintenant à commettre. Toujours il avait joué avec l'idée de la vengeance. Il avait quelquefois haï cette obsession plus encore que l'homme vers lequel était dirigée sa haine. Mais, même s'il l'avait voulu, il était trop tard pour reculer. Il ne pourrait pas retourner à Buenos Aires tant qu'il ne serait pas passé à l'acte. Il avait pris sa décision ce soir-là, après sa baignade dans le lac obscur. Et il avait frappé la nuit même, respectant point par point le plan établi. Herbert Molin n'eut jamais l'occasion de comprendre ce qui lui tombait dessus.

Aron suivait la ligne sinueuse de la rive, constamment aux aguets. Mais on n'entendait que la rumeur du vent dans les arbres.

Parvenu à l'endroit de son ancien campement, il se dit que la violence ne l'avait pas complètement déformé malgré tout. Il était un homme doux, qui supportait mal la violence. Le fait d'en user contre un autre être humain, dans des circonstances différentes de celles-ci, aurait été pour lui inenvisageable. Ce qu'il avait fait à Herbert Molin s'était évanoui à l'instant même où il s'éloignait de son cadavre nu, à l'orée de la forêt.

La violence ne m'a pas empoisonné, pensa-t-il. J'étais anesthésié. L'accumulation de la haine en moi me rendait inconscient. C'est moi qui ai fouetté Herbert Molin jusqu'à ce que sa chair ne soit plus qu'une bouillie sanglante. Pourtant ce n'était pas moi.

Assis sur le tronc renversé, il tournait entre ses doigts une petite branche de sapin. La haine l'avait-elle quitté aujourd'hui ? Aurait-il le droit de vivre ses dernières années en paix ? Il l'ignorait. Mais c'était son espoir. Il allumerait un cierge pour Herbert Molin dans l'église devant laquelle il passait chaque jour en se rendant à son atelier. Peut-être même pourrait-il boire à sa mémoire, maintenant qu'il était mort ?

Il s'attarda dans la forêt jusqu'à la tombée du jour. Il retrouva une pensée qui lui était venue du temps où il avait dressé sa tente à cet endroit. La forêt était une cathédrale, et les arbres étaient les piliers soutenant son dôme invisible. Malgré le froid, il se sentait empli d'une grande sérénité. S'il avait eu une serviette de bain, il se serait immergé dans le lac glacé, il aurait nagé jusqu'aux eaux profondes où il n'avait plus pied.

Puis il avait regagné sa voiture au crépuscule et avait pris la route de Sveg. Par une coïncidence étrange, alors qu'il dînait dans un hôtel, deux hommes assis à une autre table avaient parlé de Herbert Molin et d'Abraham Andersson. Il avait d'abord cru à une erreur de sa part, mais non. Il avait beau ne pas comprendre le suédois, les deux noms revenaient sans cesse. Il s'était levé et était allé à la réception. Il n'y avait personne. Très vite, il avait consulté le registre. Sous la rubrique « profession », il avait repéré par deux fois les mots « police criminelle ». Il était retourné dans le restaurant. Les deux hommes ne lui accordaient aucune attention. En écoutant intensément, il avait capté au vol d'autres noms, parmi lesquels *Elsa Bergén,* ou quelque chose d'approchant. Puis il avait vu l'un des policiers griffonner au dos d'une note et la jeter dans le cendrier au moment de partir. Il avait attendu que la serveuse se rende aux cuisines pour quitter rapidement l'hôtel, après avoir ramassé le papier au passage. Il avait repris la voiture. Sur un parking désert, à la lumière de sa lampe torche, il avait ensuite tenté de déchiffrer l'écriture du policier. Le plus important était le nom de la femme. Elsa Berggren. Entre les trois – Herbert Molin, Abraham Andersson et Elsa Berggren – un jeu de flèches formait un triangle.

Le nom d'Andersson était suivi d'une croix gammée. Elle-même suivie d'un grand point d'interrogation.

Il avait repris la direction de Linsell, puis de Glöte. Laissant la voiture derrière un tas de rondins, il avait marché dans la forêt jusqu'à découvrir, près de la maison d'Abraham Andersson, cette hauteur où il était maintenant réfugié, sans vraiment savoir ce qu'il cherchait. Mais il devait rester tout près du centre des événements s'il voulait avoir la moindre chance de répondre à sa question : qui avait tué Abraham Andersson ? Et à son corollaire : était-il indirectement coupable ? Il devait en avoir le cœur net avant de rentrer à Buenos Aires. Sinon l'angoisse le poursuivrait le restant de ses jours. Ce serait comme si Herbert Molin avait eu le dernier mot. Sa mission, qui était de se délivrer de la haine, lui exploserait alors en plein visage.

Avec ses jumelles, il observait les allées et venues des policiers. Bien entendu, ils partaient de l'hypothèse que Herbert Molin et Abraham Andersson avaient été victimes du même tueur.

On n'est que deux à savoir que ce n'est pas vrai. Moi, et le meurtrier d'Andersson. Ils cherchent un homme, tandis qu'ils devraient en chercher deux.

Il comprit soudain pourquoi il était revenu. Pourquoi il n'avait pas pris le bateau pour Copenhague, puis l'avion pour Buenos Aires. Il était revenu car il voulait faire savoir, d'une manière ou d'une autre, que ce n'était pas lui, pour Abraham Andersson. Les policiers qu'il voyait à travers ses jumelles suivaient une piste qui ne les conduirait pas à la solution. Naturellement, il ne pouvait savoir avec certitude quelles hypothèses ils agitaient entre eux, là-bas dans la forêt.

Mais il y a toujours une logique, pensa-t-il. Je suppose qu'il n'est pas très courant d'assister à deux crimes graves, coup sur coup, dans un patelin comme celui-ci. Les habitants sont peu nombreux, ils vivent à l'écart les uns des autres, ils ne parlent pas beaucoup et ils semblent coexister dans une harmonie relative. Herbert Molin et Abraham Andersson en étaient un exemple. Maintenant ils sont morts. J'en reviens au point de départ. Qui a tué Abraham Andersson ? Pourquoi ?

Il se frotta les yeux. L'alcool commençait à s'évaporer de son organisme. Il avait encore la bouche sèche et la gorge douloureuse quand il avalait sa salive. Mais il pouvait à nouveau réfléchir. Il s'étira sur la mousse froide. Son dos le faisait souffrir. Les nuages flottaient dans le ciel. Il entendit une voiture démarrer en bas et s'éloigner après une marche arrière.

Il essaya de raisonner. Pouvait-il y avoir entre Herbert Molin et Abraham Andersson une relation qu'il n'avait pas soupçonnée ? Les questions étaient nombreuses. Peut-être Molin n'avait-il pas choisi par hasard de s'installer près d'Andersson. Lequel des deux était arrivé le premier ? Andersson était-il originaire du coin ? Cherchait-il, lui aussi, une planque dans la forêt ? S'était-il battu, comme Molin, pour le compte des Allemands ? Avait-il lui aussi commis des actes pour lesquels il n'avait jamais été puni ? Tout cela lui paraissait invraisemblable. Mais pas impossible.

Il se redressa en entendant un bruit de moteur. À

travers ses jumelles, il vit un homme descendre d'une voiture qui n'était pas un véhicule de la police. Il essaya d'ajuster sa vision. Il reconnaissait cet homme. C'était le policier qui avait crayonné au dos de l'addition, au restaurant. Jusque-là, il ne s'était donc pas trompé. Cet homme était bien sur les deux enquêtes. C'est-à-dire aussi celle qui concernait Molin.

Quelle sensation étonnante que de contempler à travers des jumelles un policier qui était à votre recherche. L'envie de fuir le submergea. Il avait tué Herbert Molin, ils pouvaient l'arrêter d'un instant à l'autre et l'accuser à bon droit de ce crime. Mais son besoin de comprendre ce qui était arrivé à Abraham Andersson restait le plus fort. Était-il ou non responsable ? Il ne pouvait s'en aller avant de le savoir. Quel était le mobile ? Qui l'avait fait ? Il passa la main sur les muscles endoloris de sa nuque. Quelle situation étrange. Il ne pouvait tout simplement pas endosser la responsabilité de la mort d'Abraham Andersson. Quel que soit le meurtrier, quelle que soit la raison de son geste, il ne pouvait pas y avoir de lien avec lui. Si seulement il avait choisi un autre restaurant, sans téléviseur, et si seulement ce marin n'avait pas parlé l'espagnol, il serait maintenant à Buenos Aires. Ce long trajet à rebours pour approcher le lieu d'un crime voisin du lieu d'un autre crime dont il était lui-même l'auteur : c'était de la folie. Il reprit ses jumelles et suivit les mouvements du policier, qui s'avança vers le chien pour lui caresser la tête puis s'enfonça dans la forêt.

Le regard d'Aron s'attarda sur l'animal, pendant qu'une idée, lentement, prenait forme dans son esprit. Il se retourna sur le dos. Je dois leur faire savoir qu'ils se trompent. Pour ça, je dois signaler ma présence. Pas pour leur révéler que j'ai tué Herbert Molin, non. Pour leur expliquer que c'est un autre qui a tué Abraham

Andersson. Ma seule chance, c'est le grain de sable, le bâton dans les roues. Susciter une incertitude quant à ce qui s'est réellement produit.

Le chien va m'aider.

Il se leva, étira ses membres engourdis et s'éloigna dans la forêt. Bien qu'il eût toujours vécu dans les grandes villes, il avait un bon sens de l'orientation et une faculté remarquable de se déplacer dans la nature. Il mit moins d'une heure à retrouver sa voiture. Il avait emporté de quoi manger et quelques bouteilles d'eau. L'idée de boire un peu de vin ou de cognac le titillait. Mais il résista. Il avait une tâche à accomplir, et il n'était pas question de la compromettre. Après avoir mangé, il se roula en boule sur la banquette arrière. Il pouvait s'accorder une heure de repos avant de se mettre en route, s'il voulait être sur place à minuit. Pour être certain de repartir à temps, il programma la fonction réveil de sa montre.

Dès qu'il ferma les yeux, il fut de retour en Argentine. Il hésita entre le lit, où Maria dormait déjà, et le matelas au fond de son atelier. Il choisit le matelas. Ce qui l'entourait n'était plus la rumeur des arbres, mais celle de la rue, à Buenos Aires.

Il avait fait un rêve dont il ne restait rien. Au même instant, le bip de sa montre se déclencha. Il l'éteignit, prit dans le coffre sa lampe torche neuve et se mit en marche à travers la forêt.

À l'approche du but, il fut guidé par les projecteurs qui illuminaient la forêt. Cette lumière montant des arbres lui rappela la guerre. Cela faisait partie de ses tout premiers souvenirs. Quand personne ne le regardait, il allait coller son œil à la fente des rideaux noirs du couvre-feu et il voyait la défense antiaérienne fouiller le ciel nocturne à la recherche des bombardiers ennemis qui survolaient Berlin. Il avait toujours très peur qu'une bombe ne tombe sur leur maison et tue ses parents. Lui-même survivait toujours, dans ce fantasme, mais cela ne faisait qu'intensifier sa panique. Comment pourrait-il continuer à vivre si ses parents n'étaient plus là, ni son frère et sa sœur ?

Il repoussa le souvenir, couvrit sa lampe et sortit ses jumelles de la poche plastique destinée à les protéger de l'humidité. Une fois parvenu en haut, il s'installa, dos à un arbre, et commença à observer la maison à travers ses jumelles. Toutes les fenêtres du rez-de-chaussée étaient éclairées. De temps à autre, la porte s'ouvrait, quelqu'un sortait ou entrait. Il n'y avait que deux voitures dans la cour. Peu après son arrivée, deux hommes partirent à bord de la première. À ce moment-là aussi, quelqu'un éteignit une partie de l'éclairage de la forêt. Il orienta ses jumelles jusqu'à trouver ce qu'il cherchait. Le chien était assis sans bouger à la périphérie de la lumière projetée par une des fenêtres. Quelqu'un avait rempli son bol de croquettes.

Il regarda sa montre. Vingt-deux heures trente. À cette heure, il devrait être en train de quitter La Cabaña – après y avoir rencontré un client, comme il le prétendait à Maria. Il fit une grimace. C'était un tourment pour lui de penser qu'il avait si souvent menti à Maria. Il n'avait jamais donné rendez-vous à un client, à La Cabaña ou ailleurs. Il n'osait pas lui dire la vérité, qu'il n'avait pas envie de manger avec elle, de répondre à ses questions, d'entendre sa voix. Toute mon existence s'est progressivement rétrécie pour devenir une toute petite rue étroite pavée de mensonges. Ça aussi, ça fait partie du prix que j'ai payé. On peut se demander si je serai plus franc avec Maria, maintenant que j'ai tué Herbert Molin. J'aime Maria. Mais je constate en même temps que je préfère être seul. Il y a une faille entre ce que je fais et ce que je veux. Cette faille est présente depuis la catastrophe de Berlin.

La vie a rétréci.

Que reste-t-il, en dehors du constat que tout ou presque m'a été enlevé et ne me sera pas rendu ?

Le temps ne passait pas vite. Parfois, un flocon isolé tombait en voltigeant du haut du ciel. Il continua d'attendre, dans l'expectative. Une chute de neige, c'était la dernière chose dont il avait besoin en cet instant. Elle annulerait automatiquement son projet. Mais les flocons restaient clairsemés et rares.

À vingt-trois heures quinze, l'un des policiers sortit pisser sur le perron. Il venait de refermer sa braguette quand un autre homme sortit, tenant une cigarette. Aron comprit alors qu'il ne restait sur place que ces deux-là ; les deux policiers censés monter la garde jusqu'au matin.

Il attendit minuit. La maison restait silencieuse. Par moments il croyait entendre le bruit d'un téléviseur, ou peut-être d'une radio. Mais il n'en était pas sûr. Il éclaira le sol, vérifia qu'il n'avait rien oublié derrière lui. Puis il commença lentement à descendre, le long du versant opposé à la maison. Il devait se contenter d'exécuter son projet. Mais il ne put résister au besoin de voir de ses propres yeux l'endroit où Abraham Andersson était mort. Ils pouvaient avoir laissé un policier de garde aussi là-bas. C'était un risque. Tant pis.

Parvenu à la lisière, il éteignit sa lampe. Il bougeait avec d'infinies précautions, tâtant le terrain du bout du pied, prêt à entendre le chien aboyer d'un instant à l'autre. Il s'enfonça dans la forêt. À présent, la lumière filtrait entre les arbres.

Il n'y avait aucune surveillance. Rien du tout. Juste un pin, où la police avait apposé différentes marques. Il avança jusqu'au tronc et l'examina. À hauteur de poitrine à peu près, l'écorce était en partie arrachée. Il fronça les sourcils. Abraham Andersson avait-il été tué au pied de cet arbre ? Dans ce cas, il devait être attaché. Et alors ? Ce meurtre était-il en réalité une exécution ? Pris d'une suée froide, il fit volte-face. Il n'y avait personne. J'ai attaqué Herbert Molin. Puis quelqu'un a surgi dans le dos d'Abraham Andersson. Maintenant j'ai l'impression qu'il est derrière moi. Il s'éloigna de la lumière des projecteurs, redevint invisible. Il essayait de réfléchir. Avait-il déclenché un jeu de forces sur lesquelles il n'avait aucun contrôle ? Avait-il déboulé dans une réalité inconnue, alors même qu'il poursuivait un objectif entièrement personnel ? Il ne pouvait le savoir. Les questions tournoyaient en même temps que la peur. Il fut pendant quelques instants sur le point de faire ce qu'avait fait Herbert Molin. Fuir, disparaître, se cacher et oublier, non pas au fond d'une forêt, mais à Buenos Aires. Il n'aurait pas dû revenir. Trop tard. Il ne rentrerait pas chez lui avant de savoir. Il pensa soudain que c'était là la vengeance de Herbert Molin. Cette idée le mit hors de lui. Si cela avait été possible, il n'aurait pas hésité à le tuer une seconde fois.

Puis il s'obligea à reprendre son sang-froid. Inspira plusieurs fois profondément, en pensant à des vagues déferlant sur une plage. Enfin il regarda sa montre. Une heure et quart. Il retourna vers la cour. Cette fois, il entendit nettement de la musique et un bruit de voix assourdies en provenance de la maison. Probablement une radio, et deux policiers qui luttaient contre le sommeil en bavardant de choses et d'autres. Prudemment, il s'approcha du chien et l'appela à voix basse. L'animal émit un léger grondement. Mais sa queue frétillait. Aron se plaça hors de la lumière projetée par les fenêtres. Le chien le suivit dans l'ombre. Il le caressa.

Le chien avait l'air inquiet, mais continuait d'agiter la queue.

Alors Aron détacha le chien.

Dans le noir, ils ne laissèrent aucune trace.

17

Stefan avait souvent eu l'occasion de voir ça. Un policier confronté à une nouvelle inattendue réagissait en s'emparant d'un téléphone. Mais Giuseppe avait déjà un portable dans la main et Stefan, lui, n'avait personne à appeler.

Tous deux savaient qu'il fallait prendre position par rapport à cette histoire de chien. Qui pouvait éventuellement représenter une percée, mais aussi bien une perte de temps.

– Il n'a pas pu s'échapper ? demanda Stefan par acquit de conscience.

– Pas vraiment.

– A-t-on pu le voler ?

– Sous le nez de deux policiers ? Ça m'étonnerait.

– On ne va quand même pas imaginer que le tueur est revenu chercher le chien.

– À moins qu'on ait affaire à un fou. Ce qui n'est pas exclu.

Ils ruminèrent la question en silence.

– On va attendre, dit enfin Giuseppe. Il ne faudrait pas non plus en faire une fixette. Il reviendra peut-être. C'est souvent le cas, avec les chiens.

Giuseppe rangea son portable dans sa poche et se remit en marche vers la maison de Molin. Stefan resta planté là en réalisant que ça faisait plusieurs heures qu'il n'avait pas pensé à sa maladie, ou éprouvé une sourde inquiétude à l'idée que les douleurs reviennent. En voyant Giuseppe s'éloigner, soudain, il eut le sentiment qu'on l'abandonnait.

Tout petit, il était allé voir un match de foot dans le stade de Ryavallen, à Borås. C'était un match de qualification très important, peut-être décisif en vue du championnat, et il avait été autorisé à accompagner son père. Il savait que l'équipe adverse était l'IFK Göteborg. «Là, il s'agit de gagner», avait dit son père plusieurs fois de suite pendant le trajet en voiture entre Kinna et Borås. Une fois arrivés au stade, son père lui avait acheté une écharpe jaune et noire. Stefan pensait parfois que cette écharpe, plus encore que le match, avait allumé sa passion pour le football. Effrayé par la foule qui se pressait vers les entrées, il serrait à l'en écraser la main de son père. Il était totalement concentré sur cet objectif unique : ne pas lâcher sa main. C'était une question de vie ou de mort. S'il lâchait sa main, il serait perdu à jamais. Et ce fut alors, dans la bousculade, juste au moment de franchir les tourniquets, qu'il leva la tête et découvrit, au bout de cette main d'adulte qu'il tenait, un visage étranger. Il baissa les yeux ; la main aussi était étrangère. Il avait dû lâcher un instant celle de son père et en agripper une autre par erreur. Panique. Il se mit à hurler, pendant que les gens se retournaient. L'inconnu, qui ne semblait pas avoir remarqué jusque-là qu'un garçon à l'écharpe jaune et noire se cramponnait à lui, retira brutalement sa main, avec une expression de peur, comme si l'enfant avait eu l'intention de la lui voler. Au même moment, il avait aperçu son père. Ils avaient franchi le tourniquet sans encombre. Leurs places étaient tout en haut et au milieu. De là, on avait la meilleure vue sur les bleu et blanc, et les jaune et noir, et sur leur lutte pour le ballon, qui était marron clair. Il ne se rappelait pas quelle avait été l'issue du match. IFK Göteborg avait probablement gagné puisque le trajet du retour s'était déroulé en silence. Mais ce que Stefan n'avait jamais oublié, c'était ce court instant où il avait lâché la main de son père et s'était retrouvé complètement seul. Abandonné.

Il se rappela l'incident en voyant Giuseppe s'enfoncer dans la forêt vers la maison de Molin.

Giuseppe se retourna.

– Tu ne viens pas ?

Stefan boutonna sa veste et se hâta de le rejoindre.

– Je croyais que tu voulais y aller seul. À cause de Rundström.

– Oublie Rundström. Tant que tu es ici, tu restes mon assistant privé.

Ils remontèrent dans la voiture et laissèrent Rätmyren derrière eux. Giuseppe conduisait vite. Dès leur arrivée à Dunkärret, il commença à se disputer avec un des policiers de garde, un type d'une cinquantaine d'années, petit et très maigre, qui s'appelait Näsblom. Stefan comprit en les écoutant que c'était l'un des gars qui travaillaient habituellement à Hede. Giuseppe s'énervait parce que Näsblom était incapable de fournir une réponse intelligible à une question pourtant simple. À quelle heure le chien avait-il disparu ? Personne ne semblait le savoir avec certitude.

– On lui a donné à manger hier soir, dit Näsblom. Il se trouve que j'ai des chiens, alors j'ai apporté des croquettes de chez moi.

– Ça, dit Giuseppe méchamment, tu pourras sûrement te les faire rembourser si tu envoies la note. Ce que je veux savoir, c'est à quel moment l'animal a disparu.

– Ça devait être après.

– Je m'en doute. Mais *quand* avez-vous remarqué sa disparition ?

– Juste avant que je t'appelle.

Giuseppe regarda sa montre.

– À quelle heure l'as-tu nourri ?

– Vers dix-neuf heures.

– Il est maintenant treize heures trente. Un chien, ça ne doit pas manger deux fois par jour ?

– Je n'étais plus de service. Je suis rentré tôt ce matin. Là, je viens de reprendre mon service.

– Quand tu es parti ce matin, tu as bien dû voir si le chien était là ou non ?

– Euh, non.

– Et tu as des chiens ?

Näsblom contemplait la corde inerte.

– Bien sûr que j'aurais dû faire attention. Mais je ne l'ai pas fait. J'ai cru peut-être qu'il était dans sa niche.

Giuseppe eut un soupir résigné.

– Qu'est-ce qui est plus facile à repérer ? Un chien qui a disparu ou un chien qui n'a pas disparu ?

Il se tourna vers Stefan.

– Qu'en penses-tu ?

– Si le chien est à l'endroit où il est censé être, on n'y réfléchit peut-être pas. Mais s'il n'y est plus, je pense qu'on le remarque.

– Moi aussi. Et toi ?

La question s'adressait à Näsblom.

– Je ne sais pas. Mais je crois bien que le chien n'était plus là ce matin.

– Tu n'en es pas certain ?

– Non.

– Tu en as parlé avec tes collègues, je suppose. Alors ?

– Personne n'a remarqué quoi que ce soit.

Ils s'approchèrent de la corde, qui pendait mollement entre l'arbre et la façade.

– Comment peux-tu être certain qu'il ne s'est pas échappé ?

– J'ai jeté un œil à sa laisse quand je l'ai nourri. C'est un modèle récent, complexe, très solide. Il n'a pas pu se libérer de lui-même, c'est impossible.

Giuseppe considérait pensivement la corde.

– Il faisait nuit à dix-neuf heures. Comment pouvais-tu voir quoi que ce soit ?

Näsblom indiqua le bol vide.

– La lumière de la fenêtre de la cuisine. J'y voyais parfaitement.

Giuseppe tourna ostensiblement le dos à Näsblom.

– Qu'est-ce que tu en dis ?

– Quelqu'un a dû venir pendant la nuit et emmener le chien, dit Stefan.

– Et à part ça ?

– Je ne m'y connais pas trop, en chiens. Mais s'il n'a pas aboyé, ce devait être une personne familière. Du moins si c'est un chien de garde.

Giuseppe acquiesça distraitement, tout en observant la forêt autour de la maison.

– Cela devait être important pour lui, dit-il après un silence. S'il est venu jusqu'ici, dans l'obscurité, pour chercher le chien. Un meurtre a été commis, il y a des policiers sur place, l'accès est barré. Malgré cela, il est venu. Il y a deux questions auxquelles j'aimerais bien pouvoir répondre sur-le-champ.

– Qui ? Pourquoi ?

Giuseppe hocha la tête.

– Ça ne me plaît pas. Qui, à part le meurtrier, a pu vouloir récupérer le chien ? La famille d'Abraham Andersson vit à Helsingborg. Sa femme est sous le choc, elle a fait savoir qu'elle ne ferait pas le voyage. L'un de ses enfants est-il venu ? Nous serions au courant. Et ses enfants n'iraient pas chercher le chien comme ça, en cachette et en pleine nuit. Alors voilà. À moins d'imaginer un fou, ou un ami des bêtes un peu morbide, ou quelqu'un qui gagne sa vie en revendant des bestioles, c'est celui qu'on poursuit qui a fait ça. Ce qui signifie qu'il n'a pas quitté le coin. Il est resté après le meurtre de Molin, et il reste encore après avoir tué Andersson. On peut en tirer plusieurs conclusions.

– Il a aussi pu revenir, objecta Stefan.

Giuseppe le considéra d'un air songeur.

– Pourquoi reviendrait-il ? Parce qu'il aurait oublié qu'il avait quelqu'un d'autre à tuer ? Ou parce qu'il a oublié le chien ? Ça ne tient pas debout. L'homme auquel nous avons affaire, si c'est bien un homme et s'il est bien seul, prémédite minutieusement ses actes.

Giuseppe raisonnait juste. Pourtant, quelque chose tracassait Stefan.

– À quoi penses-tu ?

– Je ne sais pas.

– Bien sûr que si. Parfois on est trop paresseux pour formuler ce qu'on a dans la tête.

– D'accord, dit Stefan. Nous ne savons pas si c'est le même homme, pour Molin et pour Andersson. Nous le croyons. Mais nous ne le savons pas.

– Le bon sens et l'expérience me disent qu'il est extrêmement improbable que deux événements de cette nature se produisent quasi simultanément au même endroit sans qu'il existe un coupable et un mobile communs.

– Je suis d'accord. Mais l'improbable se produit quelquefois.

– Tôt ou tard, nous en aurons le cœur net. Nous allons creuser profond dans la vie de ces deux hommes. Nous découvrirons le lien.

Näsblom, qui avait entre-temps disparu dans la maison, ressortit et approcha timidement. Stefan devina qu'il avait un grand respect pour Giuseppe Larsson.

– Je voulais te proposer d'aller chercher un de mes chiens, dit-il. Il flairera peut-être une piste.

– C'est un chien-loup ?

– Non, un chien de chasse. Un bâtard.

– Ne faudrait-il pas plutôt faire appel à Östersund ?

– Il refuse.

Giuseppe le regarda sans comprendre.

– Qui refuse ?

– Rundström. Il croit que c'est inutile. «Le clébard a dû s'enfuir», voilà ce qu'il a dit.

– Va chercher ton chien, dit Giuseppe. C'est une bonne idée. Mais tu aurais dû y penser tout de suite.

Näsblom revint avec son bâtard, qui fila immédiatement à fond de train vers la forêt, en tirant Näsblom derrière lui.

Giuseppe et un policier dont Stefan ne connaissait pas le nom commentaient les résultats de l'opération porte-à-porte qui battait son plein dans les alentours. Stefan commença par écouter, puis il s'éloigna. Il était temps pour lui de repartir. Son voyage dans le Härjedalen était terminé. Il avait découvert la photo de Molin par hasard, en ouvrant un journal à la cafétéria de l'hôpital de Borås. Il était maintenant à Sveg depuis une semaine. On ne savait toujours pas qui avait tué Herbert Molin, et probablement aussi Abraham Andersson. Giuseppe avait peut-être raison d'associer les deux meurtres. Stefan, lui, avait des doutes sur ce point. En revanche, il savait à présent que Molin avait autrefois combattu du côté allemand, sur le front oriental, qu'il était resté nazi peut-être jusqu'à son dernier souffle, et qu'une femme partageant ses convictions l'avait aidé à trouver une maison dans la forêt.

Herbert Molin était en fuite. Il avait quitté Borås pour se réfugier dans une tanière où on l'avait finalement débusqué. Il savait – cela, Stefan en était certain – que quelqu'un était à sa recherche.

Il s'est passé quelque chose pendant la guerre, pensa-t-il pour la énième fois. Quelque chose dont il ne parle pas dans son journal. Ou alors d'une manière telle que je n'ai pas repéré la faille. Il y a aussi le voyage en Écosse et les promenades avec « M ». Peut-être y a-t-il un lien avec ce qui s'est passé en Allemagne.

Maintenant, quoi qu'il en soit, je vais partir. Giuseppe Larsson est un homme d'expérience et un bon policier. Un jour, ses collègues et lui trouveront la solution.

Lui-même serait-il encore en vie à ce moment-là ? Soudain il fut incapable de se protéger davantage de la réalité. Le traitement n'allait peut-être pas suffire. Son médecin avait dit qu'on pourrait recourir à la chimio, si la radiothérapie et l'opération n'avaient pas l'effet escompté, sans compter la panoplie d'autres techniques dont ils disposaient, un cancer n'était plus synonyme d'issue fatale, etc. Mais la guérison, d'un autre côté, n'avait rien d'une évidence. Si ça se trouve, dans un an, je serai mort. Je dois l'accepter. Mais c'est insupportable.

La peur se jeta sur lui. S'il avait pu, il se serait enfui à toutes jambes hors de sa propre peau.

Giuseppe, qui avait fini sa conversation, s'approcha de lui.

– Je vais y aller maintenant, dit Stefan. Je pars.

Giuseppe le regarda en plissant les yeux.

– Tu m'as beaucoup aidé, dit-il. Mais je me demande évidemment comment tu vas.

Stefan haussa les épaules.

– Veux-tu que je te tienne au courant ? demanda Giuseppe.

Stefan réfléchit. Que désirait-il au juste ? À part guérir ?

– Il vaut mieux que ce soit moi qui t'appelle, dit-il. Je ne sais pas comment j'irai, une fois qu'on aura commencé les rayons.

Ils se serrèrent la main. Stefan pensa que Giuseppe Larsson lui plaisait. Même s'il ne savait rien de lui.

Puis il se rappela que sa propre voiture était à Sveg.

– Je préfère rester ici pour attendre Näsblom, dit Giuseppe. Je vais demander à Persson de te ramener.

Le dénommé Persson était un policier taciturne. Stefan regarda défiler les sapins en songeant qu'il aurait aimé revoir Veronica Molin. Il aurait voulu l'interroger sur ce qu'il avait lu dans le journal secret. Que savait-elle du passé de son père ? Et son frère, au fait ? Où était-il ? Pourquoi ne s'était-il pas manifesté ?

Persson le déposa dans la cour de l'hôtel. La fille de la réception sourit en le voyant.

– Je m'en vais, annonça Stefan.

– Prends garde sur la route. Ça se refroidit, le soir, il peut y avoir du verglas.

– Je ne vais pas rouler vite.

Il monta boucler sa valise. Quand il referma la porte, ce fut comme s'il avait déjà tout oublié de cette chambre.

Il paya sans vérifier le détail de la note.

– À la prochaine, dit-elle. Est-ce qu'ils vont retrouver le tueur, à ton avis ?

– Espérons-le.

Dehors, il faisait froid. Stefan rangea la valise dans le coffre. Il allait prendre le volant quand il vit Veronica Molin sortir de l'hôtel. Elle venait vers lui.

– J'ai appris que tu partais.

– Qui te l'a dit ?

– La fille de la réception.

– Tu lui as posé la question ?

– Oui.

– Pourquoi ?

– Je veux savoir où en sont les recherches.

– Ce n'est pas à moi qu'il faut t'adresser.

– C'était pourtant l'avis de Giuseppe Larsson. Je l'avais en ligne à l'instant, il m'a dit que tu serais peut-être encore là. J'ai de la chance.

Stefan referma sa portière et la suivit jusqu'au restaurant, qui était vide.

– Larsson m'a dit qu'il avait trouvé le journal de mon père, dit-elle. C'est vrai ?

– Oui. J'ai eu l'occasion de le parcourir. Pour l'instant, il est important pour l'enquête. Mais ensuite il te reviendra naturellement. Ainsi qu'à ton frère.

– Je ne savais pas que mon père tenait un journal. Cela me surprend.

– Pourquoi ?

– Il n'était pas du genre à écrire pour le plaisir.

– Beaucoup de gens tiennent un journal en cachette. Je serais même enclin à croire que tout le monde l'a fait, à un moment ou un autre de sa vie.

Il l'observa pendant qu'elle sortait de son sac un paquet de cigarettes. Elle en alluma une et le regarda dans les yeux.

– Giuseppe Larsson m'a dit que la police continuait de travailler sans a priori. Qu'ils n'avaient pas de piste, en somme. Il a dit aussi que c'est vraisemblablement le même individu qui a tué mon père et l'autre homme. Le voisin.

– Que tu ne connaissais pas ?

Elle parut surprise.

– Pourquoi l'aurais-je connu ? Tu oublies que je connaissais à peine mon propre père.

Stefan pensa qu'il pouvait aussi bien foncer dans le tas et lui poser les questions qu'il s'était formulées intérieurement.

245

– Savais-tu que ton père était nazi ?

Il ne put déterminer si l'assaut la prenait par surprise.

– Pardon ?

– Son journal commence en 1942. Un jeune homme de Kalmar traverse la frontière norvégienne pour s'enrôler dans l'armée allemande. Il combat jusqu'à la fin de la guerre. Puis il revient en Suède, se marie, deux enfants naissent – ton frère et toi. Il change de nom, divorce, se remarie, divorce à nouveau. Mais rien n'indique qu'il ait jamais changé de conviction.

– Tout ça figure dans son journal ?

– Oui. On a aussi trouvé quelques lettres. Et des photos de ton père portant l'uniforme allemand.

Elle secoua la tête.

– Ça ne me paraît pas croyable.

– Il n'évoquait jamais la guerre ?

– Jamais.

– Et ses opinions politiques ?

– Je ne savais même pas qu'il en avait. On n'abordait jamais ces questions-là chez nous.

– On peut manifester ses opinions sans parler de politique.

– Comment ça ?

– Il y a bien des manières d'exprimer la vision qu'on a de l'humanité.

Elle réfléchit. Puis elle secoua de nouveau la tête.

– Je me souviens qu'il a dit un jour que la politique ne l'intéressait pas. S'il nourrissait des opinions extrémistes, il le cachait bien. Mais j'ai du mal à le croire.

– Le journal est très explicite.

– Et la famille ? Qu'écrivait-il sur nous ?

– Pas grand-chose.

– C'est-à-dire ?

– Presque rien.

– Au fond, ça ne m'étonne pas. J'ai grandi avec le sentiment que mon frère et moi étions surtout une gêne pour lui. Il ne s'intéressait pas vraiment à nous. Il faisait semblant.

– Ton père avait une amie ici, à Sveg. Peut-être était-elle sa maîtresse, je n'en sais rien. J'ignore ce que peuvent faire ensemble des personnes de plus de soixante-dix ans.

– Une amie ? À Sveg ?

Stefan regretta de lui avoir dit. Elle aurait dû obtenir ce renseignement par Giuseppe. Trop tard.

– Elle se nomme Elsa Berggren et elle habite au sud du fleuve. C'est elle qui a acheté la maison pour le compte de ton père. Elle partageait ses opinions politiques. Si on peut les qualifier ainsi.

– Comment faudrait-il les qualifier ?

– De criminelles.

Soudain ce fut comme si elle saisissait l'arrière-plan des informations délivrées par Stefan.

– Tu veux dire que les opinions de mon père auraient un lien avec sa mort ?

– Je ne veux rien dire du tout. Mais la police doit tenir compte de toutes les éventualités.

Elle alluma une deuxième cigarette. Il vit que sa main tremblait.

– Je ne comprends pas que personne ne m'en ait parlé. Le fait que mon père ait combattu pour les Allemands, et l'existence de cette femme…

– Tu l'aurais su, tôt ou tard. Ce genre d'enquête peut prendre beaucoup de temps. Maintenant ils ont deux meurtres à élucider. Plus un chien disparu.

– Je croyais que le chien était mort.

– Le chien de ton père, oui. Celui qui a disparu est le chien du voisin, Abraham Andersson.

Elle frissonna comme si elle avait froid tout à coup.

– Je veux m'en aller d'ici. Je lirai son journal plus tard. Je dois juste veiller à ce qu'il soit enterré comme il faut. Ensuite je partirai. Et je lirai ses notes. En sachant déjà qu'elles me forceront sans doute à admettre que ce père qui ne s'est jamais intéressé à moi était en plus un nazi.

– Que vas-tu faire de la maison ?

– J'ai parlé à un agent immobilier. Elle sera vendue après le règlement de la succession. Si quelqu'un en veut, ce qui n'est pas sûr.

– Tu y es allée ?

Elle hocha la tête.

– Oui, en fin de compte j'y suis allée. C'était pire que ce que j'imaginais. Surtout ces traces séchées, par terre. C'était affreux.

La conversation prit fin. Stefan regarda sa montre. Il devait se lever, sinon il serait trop tard pour prendre la route.

– Dommage que tu t'en ailles, dit-elle.

– Pourquoi ?

– Je n'ai pas l'habitude de me retrouver seule dans un petit hôtel perdu. Je me demande ce que cela peut être, de vivre ici.

– Ton père avait choisi de le faire.

Elle le raccompagna jusqu'à la réception.

– Merci d'avoir pris le temps de me parler.

Avant de démarrer, Stefan appela Giuseppe pour savoir si on avait retrouvé le chien. Mais la piste flairée par le bâtard s'était interrompue au bord d'un chemin de gravier, après une demi-heure de course effrénée à travers la forêt. Näsblom était éreinté.

– On a fait monter le chien dans une voiture qui devait être à cet endroit, dit Giuseppe. Reste à savoir où ils sont partis.

Stefan mit cap au sud, traversa le fleuve et pénétra dans la forêt. De temps à autre, s'apercevant qu'il roulait trop vite, il donnait un coup de frein. Il avait la tête vide. La seule pensée qui revenait par intermittence était ce qui avait bien pu arriver au chien d'Abraham Andersson.

Peu après minuit, il parvint à Mora. Il s'arrêta devant un kiosque à saucisses qui s'apprêtait à fermer. Quand il eut fini sa barquette, il sentit qu'il était trop fatigué pour continuer. Il gara sa voiture au bout du parking et se recroquevilla à l'arrière. Quand il rouvrit les yeux, il était trois heures du matin. Il sortit pisser dans le noir. Puis il continua vers le sud à travers la nuit. Quelques heures plus tard, il s'arrêta à nouveau pour dormir.

Quand il se réveilla, il était neuf heures du matin. Il fit plusieurs fois le tour de la voiture pour se dégourdir les jambes. Il serait à Borås avant le soir. Il résolut d'appeler Elena de Jönköping, pour lui faire la surprise. De là, avec un peu de chance, il pourrait être chez elle une heure après.

Mais il n'était pas encore arrivé à Örebro lorsqu'il s'arrêta une nouvelle fois. Il avait retrouvé ses esprits. Et il repensait à sa conversation de la veille avec Veronica. Soudain il avait la certitude qu'elle ne lui avait pas dit la vérité.

Cela concernait son père. Quand il lui avait demandé si elle connaissait son passé, elle avait feint la surprise. Or elle savait. Elle savait, mais elle ne voulait pas le dire. Sans pouvoir se l'expliquer, Stefan en avait la certitude. Venait alors la question : connaissait-elle aussi Elsa Berggren, malgré ses dénégations ?

Stefan sortit de la voiture. Cette histoire ne me concerne plus. Je suis malade, je dois consacrer mes forces à essayer de guérir. Je vais rentrer à Borås et m'avouer qu'Elena m'a manqué tous ces jours-ci. Quand j'aurai envie d'appeler Giuseppe, je le ferai et je lui demanderai comment ça avance. Point barre.

La seconde d'après, il avait pris la décision de se rendre à Kalmar. La ville où Molin était né autrefois sous le nom de Mattson-Herzén. Là où tout avait commencé, dans une famille qui révérait Hitler et le national-socialisme.

Là où habitait aussi un certain Wetterstedt, portraitiste. Qui avait envoyé une carte à Herbert Molin pour son anniversaire.

Stefan récupéra la vieille carte de Suède déchirée qui traînait dans le coffre. C'est de la folie, pensa-t-il tout en étudiant les itinéraires possibles d'Örebro à Kalmar. Je devais rentrer à Borås.

Mais il se savait incapable de lâcher prise maintenant. Il voulait comprendre ce qui était arrivé à Herbert Molin. Et à Abraham Andersson. Et peut-être aussi au chien. L'énigme de la disparition du chien.

Il parvint à Kalmar dans la soirée. On était le 5 novembre. La radiothérapie devait débuter quatorze jours plus tard.

Il avait commencé à pleuvoir quelques dizaines de kilomètres avant Västervik. Les gouttes d'eau scintillaient dans le faisceau des phares quand Stefan entra dans la ville et se mit à la recherche d'un hôtel.

18

Tôt le lendemain matin, il descendit au bord de l'eau.
Le pont vers l'île d'Öland était à peine visible dans la
brume matinale qui couvrait le détroit. Il resta planté sur
la rive à écouter le paisible clapotis. Son corps se ressentait du long trajet en voiture. Deux fois dans la nuit,
il avait rêvé que d'énormes poids lourds fonçaient sur
lui. Il essayait de les éviter, trop tard, il était propulsé
hors du sommeil. L'hôtel qu'il avait trouvé était situé
dans le centre. Par la mince cloison de sa chambre, il
pouvait entendre une femme qui parlait au téléphone.
Au bout d'une heure, il avait cogné au mur, et la voix
s'était tue. Avant de s'endormir, il avait longuement
regardé le plafond en se demandant pourquoi il avait
choisi de venir à Kalmar. Voulait-il retarder le plus longtemps possible son retour à Borås ? S'était-il, sans oser
l'admettre, lassé d'Elena ? Il ne le savait pas. Mais il
doutait fort que cette excursion soit uniquement moti-
vée par son intérêt pour le passé de Herbert Molin.
    Les forêts du Härjedalen étaient déjà loin. Ne restaient
que lui, sa maladie, et les treize jours qui le séparaient
du début du traitement. Rien d'autre. Les treize jours
de Stefan Lindman en novembre, pensa-t-il. Comment
les verrai-je dans dix ou vingt ans, si je suis encore en
vie ? Il retourna vers le centre-ville, laissant derrière
lui la mer et le brouillard. Il entra dans un café, prit

une tasse au comptoir et demanda à emprunter un annuaire.

Il n'y avait qu'un seul abonné au nom de Wetterstedt à Kalmar. Emil Wetterstedt, artiste, habitait Lagmansgatan. Stefan chercha le plan de la ville dans l'annuaire et découvrit aussitôt la rue, en plein centre, à quelques pâtés de maisons de l'endroit où il se trouvait. Il prit son portable avant de se rappeler qu'il était hors d'usage. Il faut que j'achète une nouvelle batterie. Je peux y aller à pied et sonner à sa porte. Mais pour lui dire quoi ? Que j'étais un ami de Herbert Molin ? C'est un mensonge, nous n'avons jamais été amis. Nous travaillions dans le même commissariat. Une fois, nous avons recherché ensemble un meurtrier évadé. De temps à autre il me donnait un conseil. Mais ses conseils étaient-ils vraiment aussi bons que je me plais à le croire ? Je n'en sais rien. Je ne peux même pas lui dire que j'aimerais qu'il fasse mon portrait. En plus, il doit avoir l'âge de Molin. Un vieil homme, qui ne s'intéresse plus trop au monde.

Il but son café lentement. Après avoir formulé toutes ces objections, il ne restait plus qu'à aller sonner. Il lui dirait qu'il était de la police et qu'il désirait lui parler de Herbert Molin. Ce qui arriverait ensuite dépendrait entièrement de la réaction de Wetterstedt.

Il finit sa tasse et sortit. L'air était différent de celui du Härjedalen. Là-bas il avait été sec et froid, alors qu'ici, à Kalmar, il était humide. Tous les magasins étaient encore fermés, mais Stefan en repéra un qui vendait des portables. Puis il se dirigea vers le domicile d'Emil Wetterstedt, en se demandant distraitement si les vieux portraitistes faisaient la grasse matinée.

C'était un immeuble gris, à trois étages, dépourvu de balcons. La porte d'entrée s'ouvrit sans difficulté. Il consulta la liste des habitants. Emil Wetterstedt logeait au dernier étage. Il n'y avait pas d'ascenseur. Le vieux devait avoir de bonnes jambes... Une porte claqua quelque part ; le bruit résonna dans toute la cage d'escalier. Le temps d'arriver en haut, Stefan était hors d'haleine. Son excellente condition physique semblait avoir décliné d'un coup.

Il enfonça le bouton et compta en silence jusqu'à vingt. Puis il appuya à nouveau. Aucun écho dans l'appartement. Il sonna une troisième fois. Rien. La sonnette était peut-être cassée. Il frappa, attendit, tambourina avec les poings. Soudain une porte s'ouvrit dans son dos. Il se retourna. Sur le palier se tenait un vieil homme vêtu d'un peignoir.

– Je cherche M. Wetterstedt, dit Stefan. Il n'est peut-être pas chez lui ?

– Il est toujours dans sa résidence secondaire à l'automne. C'est le moment où il prend ses vacances.

Le voisin le toisait d'un air dédaigneux. Comme s'il était tout naturel de prendre ses vacances en novembre. Et d'avoir un travail alors qu'on aurait dû être à la retraite depuis longtemps.

– Où se trouve sa résidence secondaire ?

– Qui êtes-vous ? Nous essayons de contrôler les allées et venues dans l'immeuble.

– J'ai besoin de lui parler concernant une affaire importante.

Le vieil homme le dévisagea avec méfiance. Puis il parut en prendre son parti.

– La maison d'Emil se trouve sur la côte sud de l'île d'Öland. Après Alvaret, vous verrez un panneau. « Lavande ». Et un autre précisant qu'il s'agit d'une voie privée et d'un domaine privé. C'est là.

– Sa maison s'appelle vraiment « Lavande » ?

– Emil parle d'une nuance très spéciale, qui est d'après lui le plus beau ton de bleu qui existe, impossible à reproduire pour un peintre. Il dit que la nature est le seul maître pour cette couleur. Qui est celle de la lavande.

– Je vous remercie.

– Il n'y a pas de quoi.

Stefan se retourna alors qu'il était déjà dans l'escalier.

– Quel âge a Emil Wetterstedt?

– Quatre-vingt-huit ans. Mais sa vitalité est excellente.

Le voisin referma sa porte pendant que Stefan redescendait les étages sans se presser. J'ai donc une raison de traverser le pont et de m'enfoncer dans le brouillard. Moi aussi, je suis en vacances, bien malgré moi, sans autre occupation que de faire passer le temps jusqu'au 19.

Il repartit à l'hôtel par le même chemin. Le magasin qui vendait des téléphones portables avait entre-temps ouvert. Un jeune homme le reçut en bâillant et lui tendit une batterie adaptée. Stefan était occupé à payer quand son portable sonna pour annoncer qu'il avait des messages. Il les écouta avant de monter dans sa voiture. Elena avait essayé de le joindre deux fois, d'une voix de plus en plus découragée. Venait ensuite un message de son dentiste lui rappelant qu'il fallait prendre rendez-vous pour le contrôle annuel. Rien d'autre. Giuseppe ne l'avait pas appelé. Stefan n'y comptait pas, mais il l'avait peut-être espéré malgré tout. Aucun de ses collègues de Borås ne s'était d'ailleurs manifesté. Ça aussi, c'était une surprise. Il n'avait pour ainsi dire pas d'amis.

Il posa son portable sur le siège du passager, quitta le parking et commença à chercher une sortie vers le pont. Le brouillard était encore très dense quand il traversa le détroit. C'était peut-être comme ça, la mort. Autrefois il y avait eu un passeur, une barque, un fleuve. Maintenant c'était peut-être un pont, une voiture qui s'enfonçait dans le brouillard, et puis rien.

Arrivé de l'autre côté, il tourna à droite, dépassa l'entrée d'un parc animalier et poursuivit vers le sud. Il roulait lentement, sans croiser beaucoup de voitures. Il n'y avait pas de paysage, uniquement ce brouillard blanc. Stefan s'arrêta quelque part au bord de la route et sortit de la voiture. Il crut entendre une corne de brume et peut-être aussi la rumeur de la mer ; pour le reste, tout était silencieux. Il eut la sensation que le brouillard avait enseveli jusqu'à son cerveau. Il leva la main droite et la regarda. Elle était très blanche.

Il repartit et faillit manquer l'écriteau « Lavande 2 », qui lui en rappela un autre, qu'il avait cherché récemment, « Dunkärret 2 ». La Suède était un pays où les gens vivaient à deux kilomètres de la route.

Le chemin sur lequel il s'engagea était plein d'ornières et semblait pour ainsi dire inutilisé. Il s'achevait sur un portail fermé, devant lequel se trouvaient une vieille Volvo 404 et une Harley-Davidson. Stefan coupa le moteur et descendit. Il avait gardé certains repères du temps de ses vadrouilles avec le pilote de motocross. Ce n'était pas un modèle standard de chez Harley, mais du sur-mesure, une machine de grand prix. Un homme de quatre-vingt-huit ans pouvait-il conduire une moto ? Alors il avait en effet une vitalité exceptionnelle. Stefan ouvrit le portail et remonta l'allée. Il ne voyait aucune maison. Soudain, une silhouette surgit du brouillard. Elle venait à sa rencontre. Un jeune homme aux cheveux courts, bien habillé, veste en cuir et chemise bleu ciel ouverte au col, s'arrêta devant lui. Il était de constitution plutôt athlétique.

– Qu'est-ce que tu fais là ? demanda-t-il d'une voix aiguë, en criant presque.

– Je cherche Emil Wetterstedt.

– Pourquoi faire ?

– Je veux lui parler.

– Qu'est-ce qui te fait croire qu'il a envie de te parler, lui ?

Stefan perdit patience. C'était absurde. Et la voix du garçon lui écorchait les oreilles.

– Je viens le voir au sujet de Herbert Molin. Police.

Le jeune homme le toisa en silence. Seule sa mâchoire bougeait. Il devait mâcher du chewing-gum.

– Attends là. Ne bouge pas.

Il disparut dans la blancheur. Stefan le suivit à petite vitesse. Il n'avait pas fait deux mètres qu'une maison émergea du brouillard. Il vit le garçon entrer. La maison était chaulée, longue, étroite, avec une aile d'un côté. Stefan se demanda à quelle distance était la mer. La porte se rouvrit, le garçon approcha.

– Je t'avais dit d'attendre ! cria-t-il de sa voix de fausset.

– On n'a pas toujours ce qu'on veut. Alors ? Il reçoit ?

L'autre lui fit signe. Une odeur de térébenthine flottait dans la maison. Les lampes étaient allumées. Stefan dut s'incliner pour passer sous les embrasures des portes. Le garçon le conduisit dans une pièce qui donnait sur l'arrière, et dont le mur était vitré sur toute sa longueur.

Emil Wetterstedt était assis dans un coin. Au fond d'un fauteuil, un plaid sur les genoux. Sur une table d'appoint, Stefan vit une pile de livres et une paire de lunettes. Le garçon s'était placé derrière le fauteuil. Le visage du vieil homme était très ridé, sous ses cheveux blancs et rares. Mais le regard qu'il dirigeait vers Stefan était limpide.

– Je n'aime pas être dérangé pendant mes vacances.

Sa voix était à l'exact opposé de celle du garçon, grave et basse.

– Je ne serai pas long.

– Je ne prends plus de commandes. D'ailleurs, ton

visage ne m'inspire pas, il est trop rond. Je préfère les traits anguleux.

– Je ne suis pas venu pour un portrait.

Emil Wetterstedt changea de position dans le fauteuil. Le plaid glissa de ses genoux. Le garçon le rajusta immédiatement.

– Alors pourquoi es-tu venu ?

– Je m'appelle Stefan Lindman et je suis policier. J'ai travaillé quelques années avec Herbert Molin à Borås. Je ne sais pas si vous êtes au courant, mais il est mort.

– Je sais. A-t-on identifié le coupable ?

– Non.

Emil Wetterstedt indiqua un fauteuil. Le garçon l'approcha à contrecœur. Stefan s'assit et enchaîna.

– Comment avez-vous été informé de la mort de Herbert Molin ?

– C'est important ?

– Non.

– Est-ce un interrogatoire ?

– Non, juste une conversation.

– Je suis trop vieux pour converser. J'ai arrêté à mon soixantième anniversaire. J'avais assez parlé dans la vie. Donc je ne dis plus rien et je n'écoute plus les autres. À part mon médecin. Et quelques rares jeunes gens.

Il gratifia d'un sourire le garçon qui veillait derrière le fauteuil. Stefan commençait à se sentir mal à l'aise. Qui était ce type qui servait apparemment de valet au vieil homme ?

– Tu es venu, reprit Wetterstedt, pour me parler de Herbert Molin. Que veux-tu savoir ?

Stefan résolut d'éviter les détours. Wetterstedt se moquait probablement de savoir qu'il n'avait aucun mandat.

– Le mobile et l'identité du meurtrier nous échappent encore. Nous devons donc travailler en profondeur. Qui était Herbert Molin ? Sa mort peut-elle être liée à son passé ? Voilà le genre de questions que nous nous posons, et que nous posons également à ceux qui le connaissaient.

Emil Wetterstedt garda le silence. Le garçon continuait d'observer Stefan avec une hostilité non déguisée.

– En réalité, je connaissais surtout le père de Herbert. J'étais plus jeune que lui, mais plus âgé que son fils.

– Axel Mattson-Herzén était capitaine de cavalerie, je crois.

– Mais oui. Un noble titre, qui se transmettait dans la famille. Un de ses ancêtres avait combattu à Narva[1]. Les Suédois ont gagné, mais l'ancêtre y est resté. L'événement avait donné lieu à une tradition familiale. Chaque année, on célébrait la bataille de Narva. Il y avait aussi chez eux un buste imposant de Charles XII, et toujours des fleurs fraîches dans le vase à côté. Je m'en souviens encore.

– Vous étiez parents ?

– Non. Mais j'ai un frère à qui il est également arrivé malheur.

– L'ancien ministre ?

– C'est cela. Je lui avais pourtant déconseillé de faire de la politique. Surtout dans la mesure où ses opinions étaient ridicules.

– Il était social-démocrate.

Wetterstedt le regarda droit dans les yeux.

– J'ai dit que ses opinions étaient ridicules. Comme tu le sais peut-être, il a été tué par un fou. On a retrouvé son corps sous un bateau, sur une plage des environs

---

1. En novembre 1700, l'armée suédoise conduite par le roi Charles XII infligea une spectaculaire défaite aux troupes du tsar Pierre le Grand qui assiégeaient Narva (ville de l'Estonie actuelle, qui appartenait alors à la Suède).

d'Ystad. Je ne lui rendais jamais visite. Nous n'avions plus aucun contact depuis vingt ans.

– N'y avait-il pas un autre buste chez les Mattson-Herzén ? À côté de celui de Charles XII ?

– Ah ! Tu penses à qui ?

– À Hitler.

Le garçon tressaillit. Ce fut imperceptible, mais Stefan l'enregistra. Wetterstedt, lui, était resté impassible.

– Où veux-tu en venir ?

– Herbert Molin s'est volontairement enrôlé dans la Waffen SS pendant la guerre. Ses parents soutenaient le nazisme. Est-ce exact ?

– Bien entendu.

Wetterstedt avait répondu sans hésiter et sans détourner son regard.

– Nous n'avons pas besoin de feindre, monsieur le policier. Que sais-tu de moi, exactement ?

– Rien, sinon que vous êtes peintre et que vous étiez en relation avec Herbert Molin.

– Je lui ai toujours été dévoué. Il a fait preuve d'un grand courage pendant la guerre. Évidemment, tous les gens raisonnables étaient du côté de Hitler. Le choix était simple : assister, impuissants, au triomphe du communisme, ou résister. Notre gouvernement de l'époque n'était fiable qu'en partie. Tout était prêt.

– Prêt pour quoi ?

– Une invasion allemande.

La réponse avait été donnée par le garçon. Stefan lui jeta un regard.

– Tout n'a pas été vain, quoi qu'il en soit, reprit Wetterstedt. J'aurai bientôt peint mon dernier portrait. Mais il existe fort heureusement une génération de jeunes gens qui voient d'un œil lucide ce qui se passe en Suède, en Europe, dans le monde. On peut se réjouir de la chute du bloc de l'Est. Un spectacle lamentable.

Mais réconfortant. La situation de la Suède, en revanche, est pire que jamais. Décadence, laxisme. Les frontières n'existent plus. N'importe qui entre chez nous quand il veut, comme il veut, avec n'importe quel dessein. Je doute qu'on puisse sauver le caractère national. Il est trop tard. Pourtant il faut essayer.

Wetterstedt s'interrompit et considéra Stefan avec un sourire.

– Comme tu le vois, j'ai le courage de mes opinions. Je ne les ai jamais reniées, ni même cachées. Bien sûr, il est arrivé que certains refusent de me saluer, ou crachent sur mon passage. Mais il s'agissait toujours d'individus insignifiants. Comme mon frère, par exemple. Et je n'ai jamais eu le moindre problème pour obtenir des commandes en tant que portraitiste. Ce serait plutôt le contraire.

– Que voulez-vous dire ?

– Il y a toujours eu dans ce pays des personnes qui me respectaient à cause de mon courage. Des personnes qui partagent mes convictions, mais qui, pour différentes raisons, préfèrent ne pas se faire connaître. Dans certains cas, je peux les comprendre. Dans d'autres, il ne s'agit que de lâcheté. Mais j'ai fait leur portrait à tous.

Wetterstedt signala qu'il voulait se lever. Le garçon l'aida à se mettre debout et lui tendit une canne. Comment faisait-il donc pour grimper les étages de son immeuble à Kalmar ? se demanda Stefan intérieurement.

– J'ai quelque chose à te montrer, déclara Wetterstedt.

Ils sortirent. La canne résonnait sur les dalles du couloir. Soudain Wetterstedt s'arrêta et regarda Stefan.

– Tu t'appelles Lindman, c'est bien cela ?

– Stefan Lindman.

– Si je ne me trompe pas du tout au tout, tu as l'accent du Västergötland.

– Je suis né à Kinna, près de Borås.

Wetterstedt hocha pensivement la tête et se remit en marche.

– Je ne suis jamais allé à Kinna. J'ai traversé Borås une fois. Mais je ne me sens nulle part aussi bien qu'ici ou à Kalmar. Je n'ai jamais compris pourquoi les gens éprouvaient un tel besoin de voyager.

Stefan pensa qu'il avait entendu récemment un autre vieil homme évoquer les voyages sur le même ton sceptique. Ils entrèrent enfin dans une pièce entièrement nue, à l'exception d'une tenture qui masquait l'un des murs. Wetterstedt l'écarta du bout de sa canne, révélant trois portraits sertis dans des cadres dorés de forme ovale. Celui du milieu représentait Hitler, de trois quarts. À gauche, Stefan reconnut Göring, de profil. Celui de droite était un portrait de femme.

– Voici mes divinités, déclara Wetterstedt. J'ai réalisé le portrait du Führer en 1944 alors que tous, y compris ses généraux, commençaient à se détourner de lui. C'est le seul portrait de ma carrière que j'ai réalisé uniquement d'après photographies.

– Vous avez donc rencontré Göring ?

– Oui. En Suède et à Berlin. Il a été marié quelques années, pendant l'entre-deux-guerres, à une Suédoise prénommée Karin. En mai 1941, la légation d'Allemagne à Stockholm a pris contact avec moi. Le maréchal Göring souhaitait faire peindre son portrait et il m'avait désigné. J'avais en effet eu l'occasion de faire celui de Karin, et il avait apprécié le résultat. C'était un grand honneur. Je suis donc parti pour Berlin. Il était très aimable. À un moment donné, il a été question de me faire rencontrer le Führer, lors d'une réception. Mais il y a eu un empêchement. C'est le grand regret de ma vie. J'étais tout près de lui, pourtant je n'ai jamais pu lui serrer la main.

– Qui est la femme ?

– Mon épouse, Teresa. J'ai réalisé ce portrait l'année de notre mariage, en 1943. Si tu sais voir, tu discerneras l'amour dans ce travail. J'ai peint l'amour. Nous avons eu dix années ensemble, avant qu'elle soit emportée par une inflammation du muscle cardiaque. De nos jours, elle aurait survécu.

Wetterstedt fit signe au garçon, qui remit la tenture en place.

Ils retournèrent dans l'atelier.

– Maintenant tu sais qui je suis, dit le vieil homme quand il fut à nouveau assis sous son plaid et que le garçon eut repris sa place derrière le fauteuil.

– Vous avez dû réagir à l'annonce de la mort de Herbert Molin. Vous avez dû vous interroger sur ce meurtre.

– J'ai pensé que ce devait être un fou. Un de ces innombrables délinquants qui viennent commettre leurs forfaits chez nous en toute impunité.

Stefan commençait à avoir la tête lourde, à force d'écouter sans broncher les avis de Wetterstedt.

– Le meurtre était prémédité. Ce n'était pas un fou.

– Alors je ne sais pas.

Le ton était abrupt. Un peu trop vif et un peu trop appuyé, pensa Stefan. Il choisit d'avancer avec prudence.

– Il peut y avoir eu autre chose. Il y a longtemps. Peut-être pendant la guerre.

– Quoi donc ?

– C'est la question que je me pose.

– Herbert Molin était soldat, point. S'il était arrivé quelque chose de… spécial, il m'en aurait parlé. Ce n'est pas le cas.

– Vous vous fréquentiez régulièrement ?

– Jamais. Du moins au cours des trente dernières années. Notre contact était épistolaire. Il m'écrivait et je répondais par cartes postales. Je n'ai jamais aimé les lettres. Pas plus en écrire qu'en recevoir.

– Vous a-t-il jamais dit qu'il avait peur ?

Les doigts minces de Wetterstedt tambourinaient impatiemment contre l'accoudoir.

– Bien sûr qu'il avait peur. Tout comme moi. Peur de ce que ce pays est en train de devenir.

– Je songeais plutôt à autre chose. Qui l'aurait concerné personnellement.

– Et ç'aurait été quoi ? Il a choisi de dissimuler son identité politique, ce que je peux comprendre. Mais je ne crois pas qu'il ait eu peur au sens où tu l'insinues, peur d'être compromis, au cas où certains documents tomberaient entre de mauvaises mains ou ce genre de chose.

Le garçon toussota et Wetterstedt s'interrompit aussitôt. Il en a trop dit, pensa Stefan. Le garçon veille sur lui.

– Quels documents ?

Wetterstedt secoua la tête avec irritation.

– Il y a tant de documents qui traînent, éluda-t-il.

Stefan attendit une suite qui ne vint pas. Les doigts de Wetterstedt continuaient de tambouriner contre l'accoudoir.

– Je suis un vieil homme. Les conversations me pèsent. Je vis dans un crépuscule qui n'en finit pas de se prolonger. Je n'attends rien. Et maintenant, je voudrais que tu t'en ailles.

Le garçon sourit d'un air mauvais. Stefan pensa que ses autres questions resteraient sans réponse. L'audience était terminée.

– Magnus te raccompagne, dit Wetterstedt. Ce n'est pas la peine de me serrer la main. Je redoute les microbes plus encore que les humains.

Quand le prénommé Magnus lui ouvrit la porte de la maison, l'épais brouillard pesait toujours, immobile, sur la campagne.

– À quelle distance est la mer ? demanda Stefan pendant que l'autre le raccompagnait jusqu'à sa voiture.

– Je ne suis pas obligé de répondre.

Stefan s'arrêta net. La fureur le submergea.

– Je m'étais toujours représenté les petits fachos comme des types rasés, avec des rangers. En fait, ils peuvent avoir n'importe quelle tête. La tienne, par exemple.

Magnus sourit.

– Emil m'a appris à ignorer les provocations.

– Qu'est-ce que tu t'imagines ? Que vos idées ont un avenir ? Que vous allez pouvoir persécuter les immigrés ? Dans ce cas, c'est deux millions de Suédois qu'il faudra mettre à la porte. Le nazisme est mort. Il est mort en même temps que Hitler. Mais toi ? Tu trouves ça intéressant, de torcher un vieillard parce qu'il a eu l'honneur de serrer la main de Göring ? Que crois-tu donc qu'il peut t'apprendre ?

Ils étaient arrivés près des voitures et de la moto. Stefan était en nage. Il insista.

– Que crois-tu donc qu'il peut t'apprendre ?

– À ne pas commettre les mêmes erreurs qu'eux. À ne pas s'énerver. Va-t'en maintenant.

Stefan mit le contact et fit demi-tour. Dans le rétroviseur, il vit que le garçon le suivait du regard.

Il reprit lentement la route du pont en repensant à ce qu'avait dit Wetterstedt. Le vieil homme était quantité négligeable. Ses idées ne représentaient plus un danger, seulement le vague reflet nostalgique d'une époque épouvantable. Épouvantable, mais déjà lointaine. Wetterstedt était de ceux qui n'avaient jamais voulu comprendre. Comme Herbert Molin, comme Elsa Berggren. Magnus représentait autre chose. Il croyait très sérieusement que la doctrine national-socialiste avait un présent et un avenir.

Stefan allait s'engager sur le pont quand son téléphone sonna.

Il s'arrêta, mit les warnings et répondit.

– C'est Giuseppe. Tu es arrivé à Borås ?

Stefan hésita à lui raconter sa rencontre avec Emil Wetterstedt. Puis il résolut de ne rien dire dans l'immédiat.

– Presque. J'ai eu mauvais temps.

– Je voulais juste t'annoncer qu'on a retrouvé le chien.

– Où ?

– Dans un endroit auquel on n'aurait jamais pensé.

– Où ?

– Devine.

Stefan essaya de réfléchir. Aucune idée ne lui vint.

– Je renonce.

– Dans le chenil de Herbert Molin.

– Il était mort ?

– Bien vivant. Et affamé.

Giuseppe éclata de rire.

– Quelqu'un vient voler le chien d'Abraham Andersson en pleine nuit sous le nez de la police, tout ça pour l'enfermer dans le chenil de Molin après lui avoir enlevé sa laisse. Qu'en dis-tu ?

– Qu'il y a quelqu'un tout près de vous qui essaie de vous dire quelque chose.

– Précisément. Mais quoi ? Admettons que le chien soit une bouteille à la mer lancée dans les flots verts de nos forêts. Quel est le texte du message ? Et à qui s'adresse-t-il ? Réfléchis et rappelle-moi. Je rentre à présent à Östersund.

– C'est vraiment remarquable.

– Mais oui. Remarquable et effrayant. Je suis convaincu que cette histoire cache un truc dont on n'a absolument aucune idée.

– Tu crois toujours que c'est le même homme ?

– Oui, sûrement. Rappelle-moi. Sois prudent sur la route.

Il y eut un grésillement. Puis la communication fut coupée. Stefan écouta le tic-tac des warnings. Une voiture passa, puis une autre. Allez, pensa-t-il, je rentre. Emil Wetterstedt ne m'a rien appris de neuf. Par contre, il a confirmé ce que je savais déjà. Herbert Molin n'a jamais varié dans ses opinions. Il faisait partie des irréductibles.

Stefan s'engagea sur le pont de Kalmar, fermement décidé à rentrer chez lui. Mais avant même de toucher terre, il avait changé d'avis.

19

Il rêva qu'il marchait à travers la forêt, en direction de la maison de Herbert Molin. Le vent soufflait si fort qu'il peinait à garder son équilibre. Il tenait une hache, et il était effrayé par quelque chose derrière lui. Il s'arrêtait devant le chenil. Le vent violent avait disparu, comme si quelqu'un avait soudain coupé la bande-son. Deux chiens se jetaient contre la clôture. Ils étaient enragés.

Il fut projeté hors du rêve. Pas à cause des chiens qui auraient réussi à arracher le grillage, mais parce qu'une femme lui tapotait l'épaule.

– Il est interdit de dormir ici, dit-elle sur un ton sévère. C'est une bibliothèque, pas une salle de repos.

– Désolé.

Stefan jeta autour de lui un regard désemparé. Un vieux monsieur à la moustache tortillée était plongé dans un numéro de *Punch.* On aurait dit la caricature d'un gentleman anglais. Il leva la tête et toisa Stefan d'un air réprobateur. Stefan ramassa le livre sur lequel il s'était assoupi et regarda sa montre. Dix-huit heures quinze. Combien de temps avait-il dormi ? Une dizaine de minutes tout au plus. Il secoua la tête, chassa les chiens de ses pensées et s'absorba à nouveau dans sa lecture.

Il avait pris sa décision sur le pont. Il allait s'introduire

267

dans l'appartement d'Emil Wetterstedt. Mais il ne voulait pas reprendre une chambre à l'hôtel. Il attendrait la nuit. Puis il fracturerait la porte.

D'ici là, il n'y avait rien à faire, sinon attendre. Dans une quincaillerie, il avait acheté un tournevis et le plus petit pied-de-biche qu'il avait trouvé en rayon. Puis il était entré dans une boutique de confection pour hommes et il avait choisi une paire de gants bon marché.

Ensuite il avait erré dans la ville jusqu'à ressentir les effets de la faim. Il avait dîné dans une pizzeria en parcourant le journal local, qui avait pour titre *Barometern*, «Le Baromètre». Après deux tasses de café, il lui restait le choix entre retourner à sa voiture dormir quelques heures ou poursuivre sa promenade. Il s'était souvenu alors qu'il restait toujours l'option de la bibliothèque municipale. Dans la section histoire, il avait fini par dénicher ce qu'il cherchait : un épais volume consacré à l'Allemagne nazie, et un livre plus petit consacré à la même période en Suède. L'épais volume avait été vite feuilleté.

Mais le petit livre avait retenu son intérêt.

L'histoire y était racontée de façon limpide. Une heure plus tard, il avait pris la mesure d'une donnée qui lui avait toujours échappé jusqu'alors. Emil Wetterstedt l'avait pourtant dit, et Elsa Berggren aussi, à sa manière. Tout au long des années trente, puis des années de guerre jusqu'en 1943 ou 1944, le nazisme avait été beaucoup plus répandu en Suède qu'il ne l'était rétrospectivement admis, avec plusieurs partis nazis concurrents. Mais au-delà des hommes et des femmes engagés, ceux qu'on voyait défiler dans les rues, il y avait eu une masse anonyme, qui aurait accueilli favorablement une invasion allemande et l'instauration d'un régime national-socialiste en Suède. Il découvrit des informations surprenantes sur les concessions faites aux Allemands par le gouvernement en place, et sur l'exportation de minerai de fer suédois, qui avait contribué de façon décisive à l'essor de l'industrie de l'armement en Allemagne, en lui permettant de faire face aux exigences insatiables de Hitler. Stefan se demanda où donc était passée cette histoire du temps de sa scolarité. Les vagues souvenirs qu'il gardait de l'école donnaient une image toute différente, celle d'une Suède qui, alliant sagesse et prudente diplomatie, était restée à l'écart de la guerre, et dont le gouvernement avait su maintenir une position de stricte neutralité, épargnant ainsi au pays d'être écrasé par la formidable machine de guerre allemande. L'existence de nazis indigènes, non pas isolés mais nombreux, il n'en avait jamais entendu parler. La réalité qu'il découvrait à présent expliquait mieux les actes de Herbert Molin et sa joie, une fois la frontière norvégienne franchie et alors qu'il anticipait son transfert en Allemagne. Stefan avait soudain le sentiment de discerner à la fois Emil Wetterstedt et les parents de Herbert Molin dans la masse floue des spectateurs qu'on distinguait à l'arrière-plan sur ces photographies de défilés des nationaux-socialistes suédois.

C'était à ce point de sa lecture qu'il avait dû s'endormir pour rêver des chiens enragés.

Le lecteur de *Punch* se leva et quitta la salle. Deux filles assises dans un coin chuchotaient en rigolant sous cape. Stefan devina qu'elles étaient originaires du Proche-Orient. Il songeait à ce qu'il venait de lire dans son petit livre, la manière dont les étudiants d'Uppsala avaient protesté contre le fait que des médecins juifs demandent l'asile en Suède pour échapper aux persécutions en Allemagne. Cet asile leur avait d'ailleurs été refusé.

Il se leva et descendit les marches jusqu'au bureau de prêt. La femme qui l'avait réveillé n'était pas là. Il chercha les toilettes, se rinça la figure et retourna en salle de lecture. Les deux filles étaient parties. À leur place, il restait un journal. Il s'en approcha. Il était en arabe. Elles avaient laissé derrière elles un léger parfum. Il pensa à Elena, il devrait l'appeler. Puis il se rassit et lut le dernier chapitre, qui s'intitulait : « Le nazisme en Suède après la guerre. » Il y était question de groupuscules sectaires et de diverses tentatives plus ou moins adroites pour organiser un parti capable d'atteindre une réelle ampleur politique. Derrière ces petites organisations locales qui naissaient, changeaient de nom, s'entre-déchiraient, disparaissaient et renaissaient sans cesse, il lui semblait discerner la masse grise. Ces gens-là n'avaient rien à voir avec les nazillons au crâne rasé. Ils n'avaient jamais braqué une banque, assassiné un policier ou maltraité un immigré innocent. Il comprit qu'il existait une frontière nette entre ces gens et les autres, ceux qui défilaient en braillant en l'honneur de Charles XII[1]. Il repoussa le livre. Où, dans ce contexte, fallait-il situer le garçon de compagnie d'Emil Wetterstedt ? Existait-il malgré tout un réseau dont personne n'avait encore eu vent, à l'abri duquel les « anciens » tels que Herbert Molin, Elsa Berggren et Emil Wetterstedt pouvaient diffuser leur propagande ? Une organisation secrète où était accueillie la nouvelle génération ? Il pensa à ce qu'avait dit Wetterstedt à propos de « documents qui pouvaient tomber entre de mauvaises mains ». Le garçon avait réagi et Wetterstedt s'était tu.

Il rangea les livres à leur place et sortit de la bibliothèque. La nuit était tombée. De retour à sa voiture,

1. Le 30 novembre, jour anniversaire de la mort de Charles XII, récupéré par les néonazis.

il téléphona à Elena. Il ne pouvait plus repousser l'échéance. Elle parut contente d'entendre sa voix, mais aussi sur ses gardes.

– Où es-tu ?

– En route.

– Pourquoi mets-tu tant de temps ?

– J'ai eu des problèmes avec la voiture.

– Quels problèmes ?

– Un truc avec la boîte de vitesses. Mais j'arrive demain.

– Pourquoi ce ton exaspéré ?

– À cause de la fatigue.

– Comment vas-tu ? Pour de vrai ?

– Je n'ai pas la force d'en parler maintenant. Je voulais juste te dire que j'arrivais.

– Tu dois comprendre que je m'inquiète.

– Je serai à Borås demain.

– Ne peux-tu pas me dire pourquoi tu es si énervé ?

– Je te l'ai déjà dit. La fatigue.

– Ne conduis pas trop vite.

– Je ne conduis jamais vite.

– Si, toujours.

La communication fut coupée. Stefan soupira. Mais au lieu de la rappeler, il éteignit le portable. L'horloge du tableau de bord indiquait dix-neuf heures vingt-cinq. Il ne pourrait pas s'introduire chez Wetterstedt avant minuit, au moins.

C'est n'importe quoi. Je devrais rentrer. Et si quelqu'un me voit ? Je serai viré comme un malpropre. Un flic cambrioleur, ce n'est pas quelque chose que le procureur prendra à la légère. Non seulement je m'attirerai les pires ennuis, mais je créerai un problème pour tous les collègues de la corporation. Giuseppe croira qu'il a reçu la visite d'un fou, Olausson à Borås ne rira plus jamais.

Il se demanda s'il *voulait* être arrêté. Si c'était ça, son but. Un passage à l'acte destructeur. Il avait un cancer, donc il n'avait rien à perdre.

Était-ce la vérité ? Il n'en savait rien. Il serra sa veste contre lui et ferma les yeux.

Il était vingt heures trente lorsqu'il se réveilla. Il n'avait plus rêvé des chiens. Une nouvelle fois, il tenta de se persuader de quitter Kalmar. En vain.

La dernière lumière s'éteignit aux fenêtres de Lagmansgatan. Stefan, abrité sous un arbre, observa la façade encore un moment. Le vent s'était levé et il pleuvait. Puis il traversa rapidement la rue et poussa la porte d'entrée de l'immeuble. Curieusement, elle n'était toujours pas fermée à clé. Il se glissa dans le hall d'entrée obscur et écouta. Rien. Il alluma sa lampe, grimpa jusqu'au dernier étage et éclaira la porte de l'appartement de Wetterstedt. Il ne s'était pas trompé. Ce matin, pendant qu'il sonnait vainement chez lui, il avait étudié les serrures. Il y en avait deux, mais aucune n'était d'un modèle bien compliqué. Cela l'étonna. Un homme comme Wetterstedt ne devait-il pas être un maniaque de la sécurité ? Dans le pire des cas, il aurait installé une alarme. Mais il fallait accepter ce risque.

Il ouvrit le rabat de la fente destinée au courrier et y colla son oreille. Il ne pouvait pas être absolument certain que l'appartement soit vide. Mais tout était silencieux. Il sortit le pied-de-biche et glissa la lampe entre ses dents. Il n'avait pas droit à l'erreur. Ou bien il ouvrait la porte du premier coup, ou bien il devrait partir. Tout au début de sa carrière, il avait appris la technique élémentaire des cambrioleurs. Un seul essai, si possible. Un bruit inhabituel passait le plus souvent inaperçu, à condition de rester isolé. Mais si on s'y reprenait, le risque d'attirer les soupçons devenait bien plus grand. Il s'accroupit, posa son pied-de-biche au sol et enfonça le tournevis jusqu'à rencontrer une résistance. Il força un peu ; la porte cédait. Il le remonta le plus haut possible, et le coinça sous la serrure du bas. Il ramassa le pied-de-biche, l'inséra entre les deux serrures tout en écartant le tournevis avec sa jambe pour élargir l'ouverture. Il transpirait sous l'effort, mais il n'était pas satisfait. À la moindre tentative, il risquait de fendre le chambranle au lieu d'arracher les serrures. Il enfonça encore un peu le tournevis. Le pied-de-biche mordit davantage entre la porte et le chambranle. Il reprit son souffle avant de vérifier la position du pied-de-biche. Il ne pouvait forcer plus loin.

Il s'essuya le front. Puis il poussa de toutes ses forces en maintenant la pression de sa jambe contre le tournevis. La porte s'entrouvrit. On n'avait entendu qu'un craquement, et le bruit du tournevis tombant sur son pied. Il éteignit la lampe et écouta dans le noir, prêt à fuir. Le silence était compact. Il ouvrit doucement la porte et la referma derrière lui. Une odeur de renfermé flottait dans l'appartement. Il pensa vaguement à celle de la maison de sa grand-mère, près de Värnamo, où il allait quelquefois enfant. L'odeur des vieux meubles. Il ralluma sa lampe en évitant de diriger le faisceau vers les fenêtres. Il n'avait aucun plan, aucune idée de ce qu'il cherchait. S'il avait été un cambrioleur normal, les choses auraient été plus simples. Il inspecta un tas de journaux posés sur une table. Rien n'indiquait que Wetterstedt fût abonné à un journal livré par un coursier matinal.

L'appartement n'était pas grand – trois pièces –, mais, contrairement à la maison de vacances, plutôt spartiate, il était encombré par le mobilier. Il jeta un coup d'œil dans la chambre, puis dans le séjour qui servait manifestement aussi d'atelier. Il y avait un chevalet. Et un secrétaire, contre le mur. Il ouvrit un tiroir.

Vieilles lunettes, jeux de cartes, coupures de journaux. « Le portraitiste Emil Wetterstedt fête ses cinquante ans. » La photo avait pâli, mais Stefan reconnaissait parfaitement le regard limpide dirigé vers l'objectif. Le ton de l'article était révérencieux.

> *Le portraitiste de renommée internationale qui n'a jamais quitté sa ville natale de Kalmar, même si les occasions ne lui ont guère manqué de s'établir ailleurs… On murmure que de multiples invitations auraient pressé notre artiste de venir prendre sa place parmi ses riches et nobles clients sur la Riviera.*

Il rangea la coupure de presse en pensant qu'elle était incroyablement mal écrite. Qu'avait dit Wetterstedt ? Qu'il n'aimait pas les lettres, leur préférant de brefs messages qui pouvaient tenir au dos d'une carte postale. Peut-être était-ce lui qui avait rédigé l'article, dont la maladresse s'expliquerait alors par le manque d'habitude. Stefan ouvrit distraitement les autres tiroirs puis, laissant le secrétaire, il entra dans la dernière pièce, qui était un bureau, et s'avança jusqu'à la table. Les rideaux étaient tirés. Avant d'allumer la lampe de travail, il posa sa veste par-dessus.

Il y avait deux piles de documents sur la table. Il feuilleta la première : des factures et des dépliants touristiques, de Toscane et de Provence. Il se demanda si Wetterstedt aimait voyager, tout compte fait, malgré ses dénégations. Il passa à la deuxième pile, qui contenait des grilles de mots croisés arrachées à des journaux. Toutes complétées, aucune rature. Il songea à nouveau à ce qu'avait dit Wetterstedt. Il n'aimait pas écrire. Mais il était familier des mots.

Sous la pile, Stefan découvrit une enveloppe ouverte. Il en sortit un carton d'invitation imprimé, dont les caractères évoquaient les runes antiques.

Le 30 novembre, retrouvons-nous comme d'habitude à treize heures dans la Grande Salle. Après le repas, l'évocation de souvenirs et la musique, nous écouterons la conférence de notre ami le capitaine Akan Forbes, qui nous parlera de sa contribution aux années de lutte pour une Rhodésie du Sud blanche. Ensuite nous passerons à l'ordre du jour de l'assemblée générale.

L'invitation était signée « Le Grand Maître de cérémonie ». Stefan examina l'enveloppe. Le cachet de la poste portait le nom de la ville de Hässleholm. Il approcha la lampe et lut le texte une deuxième fois. De quoi s'agissait-il ? Où se trouvait cette « Grande Salle » ? Il rangea la carte dans son enveloppe et la remit sous la pile des mots croisés. Puis il parcourut les tiroirs, qui n'étaient pas fermés à clé, sans cesser de prêter l'oreille, attentif au moindre bruit suspect. Tout en bas à gauche, il découvrit un dossier relié qui remplissait tout l'espace du tiroir. En le posant sur la table, il vit qu'une croix gammée était imprimée dans le cuir. Il l'ouvrit avec précaution car la reliure était en très mauvais état. À l'intérieur, une épaisse liasse de feuilles tapées à la machine. Des copies, pas des originaux. Le papier était mince. Le texte avait été écrit sur une machine où le A et le E avaient tendance à sauter et à se retrouver placés plus haut que les autres lettres.

En haut de la première page, une main inconnue avait tracé ces mots : « Amis fidèles à leur mission jurée. »

Suivait une longue liste de noms classés par ordre alphabétique et précédés d'un numéro. Stefan tourna la page. La liste continuait. Il parcourut les noms sans en reconnaître un seul. Mais c'étaient des noms suédois. Il continua à tourner les pages.

À la lettre D, à côté de Karl-Evert Danielsson, la main de la première page avait porté une annotation : « Décédé – cotisation annuelle versée pour trente ans ». Cotisation annuelle de quoi ? Il n'y avait aucun sigle, aucun nom d'organisation, rien que ces noms de personnes alignés, dont beaucoup étaient assortis de la mention « décédé ». À certains endroits, la main précisait que la cotisation annuelle avait été « acquittée par donation ». Ailleurs il était écrit que « la succession paie » ou encore « cotisation payée par fils ou fille non identifié(e) ». Il revint à la lettre B. Elsa Berggren figurait dans la liste. Il alla à la lettre M. Herbert Molin y était. Il recommença depuis le début. Il n'y avait pas d'Abraham Andersson. Puis il regarda le dernier nom de la liste : Öxe, Hans. Il portait le numéro 1430.

Stefan referma le dossier et le replaça avec précaution dans le tiroir. Était-ce là un des « documents » dont avait parlé Wetterstedt ? Et que cachait-il ? Une association d'amis du nazisme ? Une organisation politique ? Il essayait de comprendre. Il aurait fallu emporter ce dossier et le montrer à qui de droit. Mais c'était impossible, vu la manière dont il avait mis la main dessus. Stefan éteignit la lampe et resta assis dans le noir. L'atmosphère lui semblait encore épaissie par son propre malaise. Ce n'étaient pas les vieux tapis ni les vieux tissus d'ameublement qui dégageaient cette odeur ; c'était cette liste. Tous ces gens, morts ou vifs, qui payaient leur cotisation annuelle, eux-mêmes ou par le biais de leurs héritiers, à cette entité qui n'avait même pas de nom. Mille quatre cent trente individus se réclamant d'un idéal qui aurait dû être enterré une fois pour toutes. Or, à l'évidence, ce n'était pas le cas. Derrière le fauteuil de Wetterstedt s'était tenu un très jeune homme, comme un rappel que tout cela était bien vivant.

Stefan resta assis. Il devait partir. Mais quelque chose le retenait. Il ressortit du tiroir le dossier à la reliure abîmée, l'ouvrit et chercha la lettre L. «Lennartsson, David – cotisation payée par sa femme.» Il tourna la page.

Ce fut comme si on l'avait frappé. Il n'était en rien préparé à ce coup. Pas plus que si un ennemi l'avait attaqué par-derrière. Mais pas d'erreur, c'était bien le nom de son père. «Evert Lindman, décédé – cotisation payée pour vingt-cinq ans.» Figurait aussi la date de sa mort, en 1992. Et puis ce détail qui balaya les derniers doutes de Stefan. Il se rappelait très clairement l'entrevue avec un avocat ami de son père, lors du règlement de la succession. Le testament, établi un an environ avant sa mort, faisait don de quinze mille couronnes – une somme suffisamment importante pour ne pas passer inaperçue – à une fondation, Stiftelsen Sveriges Väl[1], qui possédait un numéro de compte postal, mais pas d'adresse. Stefan s'était interrogé sur ce don, et sur cette mystérieuse fondation. Mais l'avocat avait affirmé que la volonté du défunt ne faisait aucun doute, qu'il avait même été très clair sur ce point précis. Et dans le chagrin suivant la mort de son père, Stefan n'y avait plus repensé.

Voilà que ce don ressurgissait, contre toute attente, dans l'appartement confiné d'Emil Wetterstedt. Stefan ne pouvait se soustraire à l'évidence. Son père avait été un homme d'extrême droite. L'un de ceux qui cachaient leurs opinions. Un représentant de la masse grise.

1. Littéralement: «Le Bien de la Suède».

C'était inimaginable. Pourtant, c'était vrai. Stefan comprit soudain pourquoi Wetterstedt l'avait interrogé sur son nom et sur sa ville d'origine. Il savait ce que Stefan ignorait encore à ce moment-là. Son père avait été comme Wetterstedt, comme Molin, comme Elsa Berggren.

Il rangea le dossier, referma le tiroir et remit la lampe à sa place. Il s'aperçut que sa main tremblait. Puis il vérifia avec soin qu'il n'avait rien perdu ni oublié. Deux heures moins le quart du matin. Il était pressé de sortir de là, de mettre une distance entre lui et les secrets du bureau de Wetterstedt. Avant de sortir, il attendit quelques instants, aux aguets. Puis il se glissa dehors et referma la porte fracturée du mieux qu'il put.

Au même instant, il entendit claquer la porte en bas de l'immeuble. Quelqu'un venait d'entrer. Ou de sortir. Immobile dans le noir, il écouta en retenant son souffle. Personne ne montait l'escalier. Mais il pouvait y avoir quelqu'un au rez-de-chaussée. Il continua à écouter, tout en vérifiant une fois de plus qu'il avait tout emporté, la lampe, le tournevis, le pied-de-biche. Rien ne manquait. Il descendit un étage à tâtons. La folie de l'entreprise lui revenait en plein visage. Non seulement il s'était rendu coupable de cette effraction absurde, mais il avait débusqué un secret qu'il aurait préféré ne jamais connaître.

Il alluma la minuterie. Tout était silencieux. Il finit de descendre l'escalier. Une fois dehors, il regarda autour de lui. Personne. Il longea la façade avant d'obliquer vers le trottoir d'en face. En arrivant à sa voiture, il jeta un nouveau regard circulaire. Rien n'indiquait qu'on l'ait suivi. Pourtant, il était sûr de son fait. Il n'avait pas rêvé. Quelqu'un était sorti de l'immeuble au moment où il refermait la porte de l'appartement.

Il mit le contact, fit marche arrière et fila droit devant.

Pas un instant il ne vit l'homme qui notait son numéro d'immatriculation.

Il quitta Kalmar et prit vers Västervik, où il savait pouvoir trouver un café en bord de route ouvert la nuit. Un poids lourd solitaire occupait le parking. En entrant, Stefan vit le chauffeur qui dormait bouche ouverte, appuyé contre le mur. Personne ne viendra te réveiller ici, pensa-t-il. Ce n'est pas comme dans les bibliothèques.

La femme du comptoir lui sourit. Elle portait un badge au nom d'Erika. Il lui demanda un café.

– Tu es routier ?

– Pas vraiment.

– Je te demande ça parce que la nuit, pour les routiers, le café est offert.

– Je devrais peut-être changer de métier.

Quand il voulut payer, elle fit non de la tête. Il la regarda et se dit qu'elle avait un beau visage, malgré la lumière blafarde des néons.

Une fois assis, il sentit la fatigue. Il peinait à assimiler ce qu'il avait découvert chez Wetterstedt. Mais il s'en occuperait plus tard. Pas maintenant.

Il finit son café et reprit son voyage en direction du nord, avant de bifurquer vers l'ouest, via Jönköping. Il arriva chez lui sur le coup de neuf heures. Il s'était arrêté deux fois pour dormir, d'un sommeil profond et sans rêves, dont il avait été tiré, chaque fois, par des phares de camion éblouissants.

Il se déshabilla et s'allongea sur son lit. C'est bon, pensa-t-il, personne ne m'a vu. Personne ne pourra prouver que c'est moi qui ai forcé la porte de Wetterstedt.

Juste avant de s'endormir, il essaya de calculer combien de jours il était resté absent de Borås. Les dates ne collaient pas. Rien ne collait.

Il ferma les yeux en songeant à la femme qui n'avait pas voulu le laisser payer son café. Mais il avait déjà oublié qu'elle s'appelait Erika.

20

Il s'était débarrassé de ses outils quelque part sur la route. Mais en se réveillant après deux heures d'un sommeil inquiet, il n'en était plus tout à fait certain. Il fouilla ses vêtements. Les outils n'y étaient pas. Il avait le souvenir d'avoir enfoui le pied-de-biche et le tournevis sous la mousse d'un talus, sur une aire de stationnement où il s'était arrêté pour dormir aux environs de Jönköping, au cours des heures les plus sombres et les plus froides de la nuit. Il se rappelait chacun de ses gestes. Pourtant, il s'interrogeait. Comme s'il n'était plus sûr de rien.

Debout à la fenêtre, il regardait Allégatan. La vieille Mme Håkansson jouait du piano à l'étage au-dessous. Tous les jours sauf le dimanche, elle prenait place sur son tabouret et jouait de onze heures quinze à midi quinze. Toujours le même morceau, encore et encore. Il y avait un inspecteur, au commissariat, qui s'y connaissait en musique classique. Stefan lui avait fredonné la mélodie une fois, et le collègue avait tout de suite dit que c'était une mazurka de Chopin. Plus tard, Stefan avait acheté un disque où figurait ce morceau. À une époque où il était de service de nuit, il avait essayé de le passer en même temps que Mme Håkansson se mettait au piano. Mais il n'avait jamais réussi à faire coïncider exactement les deux versions.

Mme Håkansson jouait. Stefan pensa que, dans

son monde chaotique, elle représentait le seul élément immuable. Il continua à regarder la rue. La discipline qu'il avait toujours observée, comme une évidence, n'existait plus. C'était délirant d'être entré par effraction dans l'appartement de Wetterstedt. Même s'il n'avait laissé aucune trace compromettante, même s'il n'avait rien emporté d'autre qu'une information indésirable.

Il prit son petit déjeuner et rassembla le linge sale qu'il comptait emporter chez Elena. Il y avait une buanderie collective au sous-sol de son propre immeuble, mais il ne s'en servait jamais. Puis il alla chercher l'album qu'il conservait dans une commode et s'installa sur le canapé du séjour. Sa mère avait collé les photos dans cet album et le lui avait offert pour ses vingt et un ans. Il se rappelait l'appareil reflex archaïque qui avait accompagné toute son enfance. Par la suite, son père avait acheté des modèles plus récents, et les dernières photos de l'album avaient été prises avec un Minolta sophistiqué. C'était toujours son père qui photographiait, jamais sa mère. Mais il utilisait volontiers un déclencheur automatique. Stefan regarda les images : sa mère à gauche, son père à droite – il avait toujours un air tendu, puisqu'il devait courir s'installer précipitamment. Bien souvent, ça ne marchait pas. Stefan se rappelait en particulier un jour où il ne restait qu'une seule image sur la pellicule. Son père s'était étalé sur le tapis, en courant vers sa place. Il tourna la page. Ses sœurs étaient là, toujours côte à côte, et sa mère avait toujours le regard fixe, rivé à l'objectif.

Que savent mes sœurs ? Probablement rien. Que savait ma mère ? Partageait-elle ses idées ?

Il feuilleta lentement l'album, photo après photo.

1969, rentrée des classes. Les couleurs commencent à pâlir, mais il se rappelle encore sa fierté à arborer sa veste bleu marine toute neuve. Il a sept ans.

1971, il a neuf ans. *C'est l'été. Ils ont fait le voyage jusqu'à Varberg et loué une petite maison sur l'île de Jetterön. Draps de bain étalés sur les rochers, transistor. Il se souvient même de la musique qui passait à la radio quand cette photo a été prise.* Sail Along, Silvery Moon. *Son père l'a dit juste avant d'actionner le déclencheur. C'est idyllique, les rochers, son père, sa mère et ses deux sœurs adolescentes. Le soleil cogne, les ombres sont dures, mais les couleurs sont aussi fanées que sur les autres photos.*

L'image est une surface, pensa Stefan. Dessous, il y avait tout autre chose. Mon père menait une double vie. Peut-être faisait-il le salut nazi la nuit, sur les rochers, pendant que le reste de la famille roupillait ? Peut-être y avait-il d'autres gens sur l'île, dans d'autres petites maisons semblables à la leur, qu'il allait voir pour discuter et entretenir la flamme, l'espoir de voir advenir un jour le quatrième Reich. Pendant son enfance et son adolescence, dans les années soixante-soixante-dix, il n'avait jamais été question du nazisme. Il se rappelait vaguement que certains, à l'école, pouvaient siffler «sale juif» sur le passage de quelqu'un dont la tête ne leur revenait pas. Ils gravaient des croix gammées sur le mur des toilettes, que le gardien devait ensuite gratter en les maudissant. Mais que l'idéologie nazie eût été vivante, cela il n'en avait aucun souvenir.

Les photos réveillaient peu à peu sa mémoire. Elles étaient comme des pierres plates ; il pouvait sauter de l'une à l'autre. Entre ces galets étaient enfouis d'autres souvenirs, qui n'avaient jamais été immortalisés et qui lui revenaient maintenant.

Il devait avoir dans les douze ans. Ça fait longtemps qu'il espère un nouveau vélo. Son père n'est pas avare, mais il a fallu du temps pour le convaincre que l'ancien était pourri. Bref, il a cédé et ils se rendent ensemble à Borås, en voiture.

Dans le magasin où ils attendent leur tour, un autre homme est en train d'acheter un vélo à son fils. Il parle mal le suédois. L'affaire met un certain temps à se conclure. Enfin l'homme et son fils s'en vont avec le vélo neuf. Le gars du magasin, qui peut avoir le même âge que son père, s'excuse de les avoir fait attendre.

– Ces Yougoslaves, dit-il. Il y en a de plus en plus.

– On devrait les renvoyer chez eux, répond son père. Ils n'ont rien à venir chercher en Suède. On a déjà assez à faire avec les Finlandais. Sans parler des gitans. Il faudrait les exterminer.

Stefan se rappelait l'échange mot pour mot. Ce n'était pas une reconstruction. Son père avait dit cela et le vendeur n'avait pas réagi à la dernière phrase, *il faudrait les exterminer*. Il avait peut-être souri ou hoché la tête, mais sans répondre. C'était surtout cela : il n'avait pas réagi. Ensuite ils avaient choisi une bicyclette et ils étaient rentrés à Kinna, la bicyclette arrimée par des sangles sur le toit de la voiture. Le souvenir de Stefan était très net à présent. Quelle avait été sa propre réaction ? Il était obnubilé par ce vélo, qui était maintenant à lui. Il se rappelait l'odeur du magasin, mélange d'huile et de caoutchouc. Mais en cherchant bien, il y avait aussi autre chose. Il avait tiqué. Pas parce que son père avait dit que les gitans devraient être exterminés et les Yougoslaves renvoyés chez eux. Ce n'était pas cela, mais le fait que son père eût exprimé une opinion, chose très inhabituelle pour lui. Une opinion politique.

Pendant toute son enfance et son adolescence, on n'avait jamais abordé en famille que des sujets inoffensifs. Qu'allait-on manger ce soir, la pelouse avait-elle besoin d'être tondue, quelle couleur choisir pour la nouvelle toile cirée de la cuisine…

Il y avait une exception. La musique. Ça, c'était un sujet dont on pouvait parler. Son père n'écoutait que du jazz classique. Stefan n'avait pas oublié le nom de certains musiciens que son père essayait en vain de lui faire apprécier. King Oliver, le cornettiste qui avait été le grand inspirateur de Louis Armstrong et qui cachait ses doigts sous un mouchoir pour que les autres trompettistes ne voient pas de quelle manière il s'y prenait pour exécuter ses solos virtuoses. Il y avait aussi un clarinettiste du nom de Johnny Doods. Et par-dessus tous les autres, le grand Bix Beiderbecke. Son père l'obligeait à écouter les vieux disques grésillants et lui, Stefan, feignait l'enthousiasme parce qu'il savait que ça faciliterait les choses, ensuite, au moment de réclamer une nouvelle crosse de hockey ou un autre truc qui lui faisait envie. En réalité, il préférait la musique de ses sœurs. Les Beatles, mais surtout les Rolling Stones. Pour son père, les Rolling Stones, c'était la fin de tout. Il estimait que ses filles étaient perdues, mais qu'il était peut-être encore temps de sauver Stefan.

Son père avait lui-même joué étant jeune. Du jazz classique, bien sûr. Dans ses moments perdus, il lui arrivait parfois de décrocher le banjo suspendu au mur du salon, mais il ne jouait jamais autre chose que des accords. Le banjo était un Levin à long manche. C'était un instrument précieux, lui avait expliqué son père, fabriqué dans les années vingt. Il y avait aussi au mur une photographie du temps où il avait fait partie d'un orchestre, le Bourbon Street Band. Batterie, basse, trompette, clarinette, et trombone. Plus son père au banjo.

On parlait donc musique à la maison. Mais on n'aurait jamais pris le risque de soulever un sujet susceptible de se révéler dangereux et de susciter une des fameuses crises de rage paternelles, aussi rares que spectaculaires.

L'enfance de Stefan avait été marquée par la peur des accès de fureur imprévisibles de son père.

Mais le jour de cette expédition à Borås pour acheter le vélo, son père avait exceptionnellement exprimé une opinion qui ne concernait pas les dangers qu'on courait à écouter l'affreuse musique pop. Là il s'agissait de personnes, de leur existence même. *Il faudrait les exterminer*. La scène grandissait en lui à mesure qu'il se la remémorait.

Il y avait un épilogue.

Il est assis à l'avant. Dans le rétroviseur, il voit le guidon du vélo qui dépasse du toit de la voiture.

– Pourquoi est-ce qu'il faudrait exterminer les gitans ?

– Ce sont des incapables. Des parasites. Ils ne sont pas comme nous. Ce pays va pourrir si on n'y fait pas le ménage.

Il se rappelait distinctement les paroles de son père. Mais ce souvenir en contenait un autre : sa propre inquiétude, en entendant cela. Pas à l'idée de ce qui risquait d'arriver aux gitans s'ils ne quittaient pas le pays. Non, c'était pour lui qu'il s'inquiétait. Car si son père avait raison, alors Stefan serait lui aussi obligé de penser la même chose, qu'il fallait exterminer les gitans.

Après cela, le souvenir disparaissait. Il ne lui restait rien de la suite du trajet en voiture, jusqu'à leur arrivée à la maison, sa mère sortant dans la cour pour admirer le vélo neuf.

La sonnerie du téléphone le fit sursauter. Il posa l'album et alla répondre.

– Olausson, dit celui-ci. Comment ça va ?

Il s'était attendu à entendre la voix d'Elena. Il fut aussitôt sur ses gardes.

– Couci-couça.

– Tu pourrais passer ?

– Pourquoi ?

– Un truc sans importance. Quand peux-tu venir ?

– Tout de suite.

– Disons dans une demi-heure. Dans mon bureau.

Olausson n'avait pas ri une seule fois. Déjà, pensa Stefan en raccrochant ; ils n'avaient pas perdu de temps. La porte cassée, la police de Kalmar qui pose des questions, tiens, justement, un collègue à vous est passé hier, oui, tout à fait à l'improviste, il était de Borås. *Sait-il quelque chose ? Allez, on appelle Borås et on se renseigne.*

Ça ne pouvait être que ça. Il était deux heures de l'après-midi. La police de Kalmar avait eu largement le temps de visiter l'appartement et de parler à Wetterstedt.

Il s'aperçut qu'il transpirait. Personne ne pourrait l'associer au cambriolage, il en était certain. Mais il serait obligé de répondre aux questions d'Olausson. Et il ne pourrait rien dire du dossier à la reliure en cuir découvert dans le tiroir.

Le téléphone sonna à nouveau. Cette fois, c'était Elena.

– Je croyais que tu devais venir chez moi.

– J'ai deux ou trois trucs à faire. Je viendrai après.

– Quels trucs ?

Il faillit raccrocher brutalement.

– Je dois passer au bureau. À tout à l'heure. Salut.

Il n'avait pas la force de répondre à ses questions. Ce serait déjà assez difficile d'aller voir d'Olausson et d'inventer un mensonge qui ait l'air plausible.

Il se posta à la fenêtre et répéta son emploi du temps imaginaire de la veille. Puis il prit sa veste et monta jusqu'au commissariat.

Il s'arrêta pour saluer les filles de la réception. Personne ne lui demanda comment il allait, ce qui acheva de le convaincre que tout le monde à son travail était maintenant informé du fait qu'il avait un cancer. Le policier de garde, qui s'appelait Corneliusson, sortit de son bureau pour échanger deux mots avec lui. Aucune question, aucun cancer, rien. Stefan prit l'ascenseur jusqu'à l'étage d'Olausson. La porte de son bureau était entrouverte. Il frappa, Olausson lui cria d'entrer. Chaque fois que Stefan allait le voir, il se demandait quelle cravate l'accueillerait ce jour-là. Olausson était connu pour son choix de couleurs et de motifs étranges. Aujourd'hui elle n'était que bleu marine, sans plus. Stefan s'assit. Olausson éclata de rire.

– Figure-toi qu'on a arrêté un cambrioleur ce matin. Sans doute un des plus gros imbéciles que j'aie jamais rencontrés. Tu vois le magasin qui vend des radios dans Österlånggatan, juste à côté de la place ? Il est entré par la porte de service. Mais comme il avait chaud, il a enlevé sa veste. Et il l'a oubliée en partant. Dans sa poche, il y avait un portefeuille avec son permis de conduire et, tiens-toi bien, cet abruti s'était fait imprimer des cartes de visite où il se donnait le titre de « consultant ». Il en avait plein son portefeuille ! On n'a eu qu'à aller le cueillir chez lui. Il dormait. Il avait complètement oublié cette histoire de veste.

Olausson se tut. Stefan se cuirassa en pensant qu'il valait mieux prendre l'initiative.

– Qu'est-ce que tu me voulais ?

Olausson ramassa un fax posé sur le bureau.

– Rien d'important. Mais voici ce que j'ai reçu ce matin des collègues de Kalmar.

– Je suis allé là-bas, si c'est ça que tu veux savoir.

– Oui, justement. Tu aurais rendu visite à un certain Wetterstedt sur l'île d'Öland. Le nom m'est familier, d'ailleurs…

– Son frère était le ministre qui a été assassiné il y a quelques années, en Scanie.

– Mais oui, bien sûr. Qui était le meurtrier ?

– Un adolescent. Il s'est suicidé après. Je me souviens d'avoir lu ça dans le journal à l'époque.

Olausson hocha pensivement la tête.

– Est-il arrivé quelque chose ? enchaîna Stefan.

– L'appartement de Wetterstedt à Kalmar aurait été cambriolé cette nuit. Et un voisin affirme que tu es passé là-bas hier. Le signalement coïncide avec celui qu'a donné Wetterstedt.

– Je voulais le voir. Le voisin a ouvert sa porte. C'est lui qui m'a appris que Wetterstedt se trouvait dans sa maison de vacances.

Olausson reposa le fax.

– C'est bien ce que je pensais.

– Qu'est-ce que tu pensais ?

– Qu'il y avait une explication.

– Une explication à quoi ? Quelqu'un a-t-il émis l'idée que je pourrais être l'auteur du cambriolage ? Wetterstedt était à Öland. Je l'ai rencontré là-bas.

– Je te pose la question, voilà tout.

Stefan pensa qu'il devait garder l'initiative. Sinon Olausson aurait toujours un doute.

– C'est tout ce que tu voulais savoir ?

– En gros.

– Suis-je soupçonné de quelque chose ?

– Absolument pas. Tu cherchais donc Wetterstedt, et il n'était pas chez lui…

– J'ai frappé. J'ai cru que sa sonnette était cassée, ou peut-être qu'il était un peu sourd, je ne sais plus. Il a quand même quatre-vingts ans bien tassés. Le voisin a dû m'entendre.

– Alors tu es allé à Öland ?

– Oui.

– Puis tu es reparti pour Borås ?

– Pas tout de suite. J'ai passé quelques heures à la bibliothèque. J'ai pris la route dans la soirée, et je me suis arrêté près de Jönköping pour dormir.

Olausson acquiesça. Stefan poursuivit.

– Si j'avais eu l'intention de m'introduire chez lui, il me semble que je n'aurais pas d'abord attiré l'attention des voisins en cognant à sa porte.

– Bien entendu.

Olausson commençait à battre en retraite. Stefan sentit qu'il avait réussi à orienter la conversation dans le sens qu'il voulait. Pourtant il n'était pas rassuré. Quelqu'un avait pu apercevoir sa voiture. Et puis il y avait ce détail de la porte de l'immeuble qui s'était refermée au moment où il sortait de chez Wetterstedt.

– Personne ne croit évidemment que tu aies cambriolé qui que ce soit. Mais nous voudrions répondre aux collègues de Kalmar le plus vite possible.

– J'ai répondu.

– Tu n'aurais rien observé qui puisse les aider dans leur travail ?

– Et ce serait quoi ?

Olausson éclata d'un rire bref.

– Je n'en sais rien.

– Moi non plus.

Stefan sentit qu'Olausson le croyait. Il s'étonna d'avoir menti avec autant de facilité. Puis il pensa qu'il fallait l'aiguiller ailleurs.

– J'espère qu'on n'a rien volé de précieux chez Wetterstedt.

– D'après les informations que je vois ici, on n'a rien volé du tout. Ce qui peut paraître curieux dans la mesure où Wetterstedt affirme posséder quelques œuvres d'art de valeur.

290

– Les toxicos ne connaissent pas les cours du marché de l'art. Le monde des receleurs n'est pas le leur.

– Il aurait eu aussi des bijoux et de l'argent liquide. Mais apparemment, tout y était.

– Le type a peut-être pris peur ?

– Possible. Mais la façon dont la porte a été fracturée relève plutôt d'un professionnel que d'un amateur.

Olausson se carra dans son fauteuil.

– J'appelle Kalmar, je leur dis que j'ai parlé avec toi, et que tu n'as pas d'observations à leur communiquer.

– Je ne peux pas prouver que j'ai quitté la ville comme je l'ai dit.

– Pourquoi te demanderait-on de prouver quoi que ce soit ?

Olausson se leva et entrouvrit la fenêtre. Stefan s'aperçut alors seulement qu'on étouffait dans ce bureau.

– La ventilation déconne dans tout le bâtiment, dit Olausson. Les gens font des allergies, les gars dans les cellules se plaignent de maux de tête. Mais on ne fait rien, parce qu'il n'y a pas d'argent.

Olausson se rassit. Stefan constata qu'il avait encore grossi. Son ventre débordait de sa ceinture.

– Je ne suis jamais allé à Kalmar, dit Olausson. Ni à Öland d'ailleurs. Il paraît que c'est beau.

– Si tu ne m'avais pas fait venir, je t'aurais téléphoné. La raison pour laquelle j'ai voulu rencontrer Wetterstedt est liée à Herbert Molin.

– Alors ?

– Herbert Molin était nazi.

Olausson le regarda.

– Quoi ?

– Bien avant d'entrer dans la police, alors qu'il avait à peine dix-neuf ans, il s'est engagé comme volontaire dans la Waffen SS. Il est resté en Allemagne jusqu'à la fin. Et il n'a jamais renié ses convictions. Wetterstedt l'avait rencontré dans sa jeunesse et ils avaient gardé le contact. Ce Wetterstedt est quelqu'un de franchement désagréable.

– Et tu es allé à Kalmar pour lui parler de Herbert ?

– Ce n'est pas interdit.

– Non. Mais tu comprendras que ça m'étonne.

– Tu étais au courant du passé de Herbert Molin ? Ou de ses idées ?

– Absolument pas. C'est une totale surprise.

Olausson se pencha par-dessus le bureau.

– Est-ce que ça a un lien avec le meurtre ?

– Peut-être.

– Et l'autre type qui a été tué là-haut ? Le violoniste ?

– Il n'y a pas de rapport évident entre les deux. Du moins il n'y en avait pas quand je suis parti. Autre chose : Herbert Molin s'était installé là-haut à cause d'une femme, une autre nostalgique du national-socialisme. C'est elle qui lui a déniché sa maison. Elle s'appelle Elsa Berggren.

Olausson secoua la tête. Ce nom ne lui disait rien. Stefan pensa que Kalmar était oublié. Si Olausson avait eu le moindre soupçon concernant le cambriolage, celui-ci était maintenant effacé.

– Tout cela est très surprenant.

– Oui. En tout cas, nous savons à présent que nous avons eu ici, pendant des années, un collègue qui était nazi.

– Quelles qu'aient été ses opinions, c'était un bon policier.

Olausson se leva. L'entretien était terminé. Il raccompagna Stefan jusqu'à l'ascenseur.

– Comment vas-tu, au fait ? Je ne te l'ai même pas demandé.

– J'ai rendez-vous à l'hôpital le 19. Ensuite, on verra bien.

Les portes de l'ascenseur s'ouvrirent.

– J'appelle Kalmar, dit Olausson.

Stefan se retourna.

– Savais-tu que Herbert Molin avait la passion de la danse ?

– Non. Il dansait quoi ?

– Le tango, entre autres.

– Eh bien, je dois dire qu'il y a beaucoup de choses de lui que j'ignorais.

– N'est-ce pas le cas pour nous tous ? Nous ne savons pas grand-chose, au-delà de la surface qu'on veut bien nous présenter.

Les portes se refermèrent avant qu'Olausson ait pu répondre. Stefan se retrouva dans la rue. Il se demanda quoi faire. En attendant, Kalmar n'était plus un problème – à moins que quelqu'un l'ait vu, mais c'était peu probable.

Il resta planté sur le trottoir, en proie à l'irrésolution. Pour une raison ou pour une autre cela le mit en colère, et il jura à voix haute. Une femme qui s'apprêtait à le contourner recula de surprise.

Stefan rentra chez lui et changea de chemise. Puis il regarda son visage dans la glace. Quand il était petit, tout le monde disait qu'il ressemblait à sa mère. Mais plus il avançait en âge, plus c'était le visage de son père qui ressortait. Quelqu'un est au courant, pensa-t-il. Quelqu'un devrait pouvoir me parler de mon père. Il faut que j'appelle mes sœurs. Mais il y a peut-être une personne mieux placée. L'avocat qui a rédigé son testament. Stefan s'aperçut qu'il ne savait même pas s'il était toujours vivant. Son nom était Hans Jacobi. Un nom juif ? Jacobi était blond, athlétique et, dans le souvenir de Stefan, grand amateur de tennis. Il chercha dans l'annuaire. Le cabinet Jacobi & Brandell existait en tout cas encore.

Il composa le numéro.

– Jacobi et Brandell, dit une voix de femme.

– Je désire parler à maître Hans Jacobi.

– De la part de qui ?

– Mon nom est Stefan Lindman.

– Maître Jacobi a pris sa retraite.

– C'était un ami de mon père.

– Je m'en souviens. Mais maître Jacobi ne travaille plus au cabinet depuis cinq ans.

– En fait, je voulais savoir s'il était toujours en vie.

– Il est malade.

– Habite-t-il encore à Kinna ?

– Il est soigné par sa fille, chez elle, près de Varberg.

– J'aimerais entrer en contact avec lui.

– Je ne peux vous donner ni son adresse ni son numéro personnel, puisque maître Jacobi m'a expressément demandé de ne pas les communiquer. Mais je peux vous dire qu'il a bien fait les choses, avant son départ.

– C'est-à-dire ?

– Il a transmis tous ses dossiers à son neveu, Lennart Jacobi, qui est maintenant l'un des associés de Jacobi & Brandell.

Stefan la remercia et réfléchit. Il ne serait pas difficile de dénicher l'adresse à Varberg. Mais il hésitait. Allait-il réellement déranger un vieil homme malade et lui demander de remuer le passé ? Il repoussa la décision au lendemain. Dans l'immédiat, il avait autre chose de plus important à faire.

Peu après dix-neuf heures, il se garait devant l'immeuble d'Elena à Norrby. Il leva la tête vers ses fenêtres.

Sans Elena, là, tout de suite, je ne suis rien, pensa-t-il.

21

Quelque chose avait inquiété Aron Silberstein pendant la nuit. Il s'était réveillé une fois à cause du chien, qui geignait de l'autre côté de la toile de tente. Il lui avait sifflé un ordre, le chien s'était tu et Aron s'était rendormi en rêvant à La Cabaña et à Höllner. Quand il se réveilla, il faisait nuit noire. Il écouta, immobile. La montre accrochée au piquet de la tente indiquait cinq heures moins le quart. Il essaya de sentir si la menace qui l'avait déstabilisé venait de l'intérieur ou de la nuit d'automne froide. Bien que l'aube fût encore loin, il n'avait pas le courage de rester là. L'obscurité du dehors était pleine de questions.

Au pire, s'il devait être jugé, il le serait pour le meurtre de Herbert Molin, dans la mesure où il n'avait aucune intention de nier les faits. Si tout s'était passé comme prévu, il se serait envolé pour Buenos Aires et ce meurtre serait resté à jamais une énigme dans les annales de la police suédoise.

Plusieurs fois, surtout pendant la période où il avait campé au bord du lac à attendre son heure, il avait envisagé de rédiger une confession, qu'il demanderait à un avocat d'envoyer à la police de Sveg après sa mort. Ce serait le récit de la raison pour laquelle il avait été contraint de tuer Herbert Molin. Une histoire qui remonterait à l'année 1945, et qui expliquerait en termes simples ce qui s'était passé alors. Mais si on l'arrêtait maintenant, il serait aussi accusé d'un meurtre qu'il n'avait pas commis.

Il s'extirpa du duvet et entreprit de démonter la tente. Le chien tirait sur sa laisse en agitant la queue. À l'aide de sa lampe torche, Aron éclaira le sol pour s'assurer qu'il avait effacé toute trace de son passage. Puis il chargea la voiture et démarra, le chien à l'arrière. Parvenu à un carrefour, non loin d'un endroit nommé Sörvattnet, il s'arrêta, fit la lumière dans l'habitacle et déplia sa carte. Il n'avait qu'une envie, mettre cap au sud, fuir toute cette obscurité et s'arrêter quelque part sur la route pour appeler Maria et lui dire qu'il arrivait, qu'il serait bientôt rentré. Mais il ne le pouvait pas. Son existence deviendrait impossible s'il laissait derrière lui cette confusion entre Herbert Molin et Abraham Andersson. Il prit donc vers l'est, vers Rätmyren, et s'engagea sur un des chemins forestiers qu'il connaissait bien. Il sortit de la voiture et s'approcha avec précaution de la maison de Herbert Molin. Le chien était silencieux. Quand il eut la certitude qu'il n'y avait personne, Aron le lâcha dans le chenil, referma la grille, suspendit la laisse à la clôture et s'enfonça dans la forêt. Mission accomplie. Ça ferait un bon sujet de rumination pour les policiers.

Puis il poursuivit sa route. Il faisait encore nuit. Le gravier crissa sous ses pneus quand il s'arrêta sur un autre chemin pour consulter à nouveau la carte. La frontière norvégienne n'était pas loin. Mais il ne voulait pas la franchir. Il continua vers le nord, dépassa Funäsdalen et bifurqua ensuite sur une route plus étroite, au hasard, droit vers l'obscurité. La pente était rude, peut-être était-il maintenant dans les montagnes. S'il avait bien lu la carte, ça pouvait coller. Il s'arrêta, coupa le moteur et attendit l'aube.

Aux premières lueurs, il redémarra. Les arbres se

clairsemaient, la route grimpait toujours. Çà et là, il apercevait de petites maisons nichées derrière des rochers, ou des arbustes. Il comprit qu'il se trouvait dans une zone de chalets de vacances. Il alla le plus loin qu'il put. Nulle part il ne vit de lumière aux fenêtres. La route fut soudain interrompue par une barrière. Il alla l'ouvrir et continua après l'avoir refermée derrière lui. Il savait que c'était un piège. S'ils se lançaient à sa poursuite, il serait capturé. Mais cela lui était curieusement égal. Il voulait continuer jusqu'à la fin de la route. Là, il serait contraint de prendre une décision.

Après un moment, il devint en effet impossible de continuer. Il n'y avait plus de route devant lui. Il sortit de la voiture et inspira l'air froid au fond de ses poumons. La lumière était grise. Il regarda autour de lui. Entre les sommets, il apercevait une vallée au loin et, par-delà la vallée, d'autres montagnes. Un sentier s'enfonçait entre les arbres. Il s'y engagea et parvint après quelques centaines de mètres à une vieille cabane en bois. Il la contempla, immobile. Il avait déjà pu constater que le sentier n'avait pas été emprunté récemment. Il s'avança et jeta un regard par une fenêtre. La porte était fermée à clé. Il s'imagina à la place du propriétaire. Où aurait-il caché la clé ? Il y avait un pot de fleurs ébréché au pied des pierres plates qui formaient un semblant de marches. Il se pencha et souleva le pot. Pas de clé. Il cherva à tâtons sous les pierres. La clé était sous l'une d'elles, fixée à un bout de bois. Il ouvrit.

La maison n'avait pas été aérée depuis longtemps. Elle se composait d'une grande pièce, de deux chambres exiguës et d'une cuisine. Les meubles étaient en bois clair. Il caressa le dossier d'une chaise en pensant qu'il aurait bien aimé avoir quelques meubles comme ceux-là pour éclairer son intérieur, à Buenos Aires. Au mur, des textes brodés au point de croix, dont le message lui était incompréhensible. Il alla à la cuisine et appuya au hasard sur un commutateur. La maison était reliée au réseau. Il y avait même un téléphone. Il souleva le combiné et écouta la sonnerie. Il y avait aussi un grand congélateur. Aron l'ouvrit : il était plein. Il essaya de comprendre ce que cela signifiait. La maison n'était-elle que provisoirement inoccupée ? Impossible de le savoir. Il sortit du congélateur quelques hamburgers durs comme du bois et les posa sur la table de la cuisine. Puis il s'approcha de l'évier et ouvrit le robinet. Tout fonctionnait parfaitement.

Il s'assit à côté du téléphone et composa le long numéro jusqu'à Maria, à Buenos Aires. Il n'avait jamais réussi à bien mémoriser le décalage horaire. Pendant que le téléphone sonnait dans le vide, il se demanda distraitement qui recevrait un jour la facture de cette communication internationale passée depuis le chalet en son absence.

Maria décrocha. Avec impatience, à son habitude, comme si cet appel la dérangeait au milieu d'une activité importante. Mais ses journées, il le savait, s'ordonnaient invariablement autour du ménage et de la cuisine. S'il lui restait du temps, l'agitation la gagnait. Elle sortait alors son jeu de cartes et faisait une réussite, d'une complexité telle qu'Aron n'avait jamais pu en saisir la règle. À vrai dire, il avait le sentiment qu'elle trichait. Pas pour en venir à bout, mais au contraire pour la faire durer le plus de temps possible.

– C'est moi, dit-il. Tu m'entends ?

Elle lui répondit d'une voix pressée et trop forte, comme toujours quand elle était nerveuse. Je suis resté parti trop longtemps, se dit Aron. Elle commence à croire que je l'ai quittée, que je ne reviendrai jamais.

– Où es-tu ?

– Encore en Europe.

– Où ?

Il pensa à la carte qu'il avait étudiée, dans la voiture, tout en essayant de prendre une décision.

– En Norvège.

– Qu'est-ce que tu fais là-bas ?

– Je regarde des meubles. Je rentre bientôt.

– Don Batista m'a demandé où tu étais. Il était en colère. Il a dit que tu lui avais promis pour décembre le canapé qu'il veut offrir à sa fille en cadeau de mariage.

– Dis-lui que son canapé sera prêt à temps. Est-il arrivé autre chose en mon absence ?

– Et que veux-tu qu'il arrive ? Une révolution ?

– Je ne sais pas. Je te le demande.

– Juan est mort.

– Qui ?

– Juan. Le vieux gardien.

Elle parlait moins vite maintenant, mais d'une voix encore trop forte – elle croyait peut-être que c'était nécessaire, à cause de l'éloignement de la Norvège. Aron pensa qu'elle était probablement incapable de situer la Norvège sur une carte. Et aussi qu'elle ne lui était jamais aussi proche que lorsqu'elle parlait de quelqu'un qui venait de mourir. La mort du vieux Juan n'était pas une surprise en soi. Depuis son attaque, quelques années plus tôt, il n'avait fait que se traîner dans la cour en lorgnant la besogne en attente, qu'il n'avait plus la force d'accomplir.

– Quand doit-il être enterré ?

– C'est déjà fait. J'ai mis des fleurs pour toi et pour moi.

– Merci.

Silence. Il y avait de la friture sur la ligne.

– Maria, dit-il. Je serai bientôt rentré. Tu me manques. Je ne t'ai pas été infidèle. Mais ce voyage était très

299

important pour moi. J'ai un peu l'impression d'avoir voyagé en rêve, de n'avoir pas réellement quitté Buenos Aires. C'était nécessaire pour moi de venir ici, car je devais voir quelque chose que je n'avais pas vu avant. Pas seulement ces meubles étrangers, avec leurs couleurs claires. Je commence à me faire vieux, Maria. Un homme de mon âge doit faire un voyage, au moins une fois, en sa propre compagnie. Pour découvrir qui il est en réalité. À mon retour, je serai quelqu'un d'autre.

Elle réagit avec inquiétude.

– Comment ça, quelqu'un d'autre ?

Il regretta sa formule. Maria se méfiait des changements, quels qu'ils soient.

– Quelqu'un de mieux, dit-il. Je dînerai à la maison maintenant. Je ne te laisserai plus seule. Je n'irai plus à La Cabaña, ou alors de façon exceptionnelle.

Elle n'en croyait pas un mot, manifestement, puisqu'elle répondit par un silence.

– J'ai tué un homme, dit Aron. Un homme qui, il y a longtemps, quand j'habitais encore en Allemagne, a commis un crime terrible.

Pourquoi l'avait-il dit ? Il n'en savait rien. Une confession via une ligne téléphonique entre un chalet de montagne suédois et un appartement humide et exigu dans le centre de Buenos Aires, faite à quelqu'un qui n'y entendait rien, qui n'imaginait même pas qu'il puisse se rendre coupable de la moindre violence envers son prochain... C'était aussi simple que cela, se dit-il. Il ne pourrait pas endurer davantage s'il ne partageait pas son secret avec quelqu'un, fût-ce seulement avec Maria qui n'y comprendrait rien.

– Quand rentres-tu ? demanda-t-elle à nouveau.

– Bientôt.

– Ils ont encore augmenté le loyer.

– Pense à moi dans tes prières.

– Parce que le loyer a été augmenté ?

– Ne pense pas au loyer. Seulement à moi. Chaque matin et chaque soir.

– Et toi ? Est-ce que tu penses à moi dans tes prières ?

– Je ne prie pas, Maria, tu sais bien. C'est à toi que revient cette mission, chez nous. Je dois te laisser maintenant. Mais je te rappellerai.

– Quand ?

– Je ne sais pas. Au revoir, Maria.

Il raccrocha. Il aurait dû lui dire qu'il l'aimait, même s'il ne l'aimait pas. C'était elle, malgré tout, qui était là près de lui, et qui lui tiendrait la main le jour de sa mort. Mais il se demandait si elle avait saisi le sens de ses paroles. Compris qu'il avait, de fait, tué un homme.

Il se leva et s'approcha de l'une des fenêtres basses. À présent, il faisait clair au-dehors. En regardant les montagnes, il vit aussi Maria, assise dans le fauteuil de velours rouge à côté du guéridon où était posé le téléphone.

Il aurait voulu rentrer tout de suite.

Puis il prépara du café et ouvrit la porte pour aérer la maison. Si quelqu'un se matérialisait sur le chemin, il savait ce qu'il dirait. Il avait tué Herbert Molin. Pas l'autre homme. Mais personne n'approcherait, il en avait la certitude. Il était seul dans cette cabane de rondins, libre d'en faire son quartier général pendant qu'il tentait de découvrir ce qui s'était produit dans la forêt la nuit de la mort d'Abraham Andersson.

Une photo encadrée était posée sur une étagère. Deux enfants, assis sur la dalle sous laquelle il avait trouvé la clé, souriaient à l'objectif. Il prit le cadre et le retourna. On distinguait vaguement une date, 1998, et un nom, Stockholm. Il fouilla méthodiquement la maison à la recherche de traces du propriétaire, et dénicha la facture d'un électricien de Sveg. La facture était établie au nom de Frostengren, qui avait une adresse à Stockholm. Cette découverte finit de le persuader qu'il aurait la paix ici. La maison était isolée. Et le mois de novembre n'était pas très prisé des randonneurs, ni des skieurs. Il faudrait seulement faire attention au moment de s'engager sur la route. Et à chacune de ses allées et venues, il devrait observer les autres chalets, au cas où l'un d'entre eux serait soudain occupé.

Il passa le reste de la journée dans la maison. Il dormit longtemps, d'un sommeil sans rêves, et se réveilla sans angoisse. Il but du café, fit griller les hamburgers et sortit deux ou trois fois sur les marches contempler la montagne. Vers quatorze heures, il se mit à pleuvoir. Aron alluma la lampe de table dans la grande pièce et s'assit à côté, près de la fenêtre, pour réfléchir à la suite des événements.

Il n'y avait qu'un seul point de départ évident et dépourvu de toute ambiguïté: Aron Silberstein – ou Fernando Hereira, nom qu'il préférait pour l'instant – avait commis un meurtre. Eût-il été croyant, comme Maria, cet acte l'aurait condamné à l'un des pires châtiments de l'enfer. Mais il n'était pas croyant. Pour lui, n'existait aucun dieu, en dehors de ceux qu'il s'inventait quelquefois dans ses moments de faiblesse, et uniquement quand il en avait besoin. Les dieux, c'était bon pour les malheureux et les mal- portants. Pour sa part, il n'était ni pauvre ni malade. Enfant, il avait été contraint d'endosser une carapace qui s'était peu à peu confondue, au fil des ans, avec son identité même. Il ne savait pas s'il était avant tout un juif, ou un Allemand émigré en Argentine. Le judaïsme ne l'avait aidé en rien, au cours de sa vie. Ni la religion, ni les traditions, ni la communauté ne l'avaient aidé.

Il s'était rendu une fois à Jérusalem. En 1969, deux ans après la guerre des Six Jours, mais ce n'était en rien un pèlerinage. Il y était allé par curiosité, peut-être aussi pour rendre hommage à son père, ou pour expier le fait de n'avoir pas encore identifié son assassin. À l'hôtel, à Jérusalem, il avait parfois pris son petit déjeuner avec un vieux juif de Chicago, un hassid du nom d'Isak Sadler. Ce Sadler était un homme plein de bonté. Il lui avait raconté qu'il était un survivant, avec un sourire mélancolique, qui ne cachait pas son étonnement continuel devant cet état de fait. Lors de la libération des camps – libération qui se confondait pour lui, dit-il, avec le visage des soldats américains –, il avait dû consacrer ses dernières forces à leur expliquer qu'il ne fallait pas l'enterrer, qu'il était, malgré les apparences, vivant. Après cela, il lui avait paru évident d'aller en Amérique et de passer le restant de ses jours dans ce pays. Un matin, ils avaient évoqué Eichmann et la question de la vengeance. Aron traversait alors une période défaitiste. Il s'était résigné à l'idée qu'il ne retrouverait jamais l'homme qui avait tué son père.

Mais les conversations avec Isak Sadler lui avaient rendu l'inspiration – c'est le mot qui lui était venu à l'esprit – de poursuivre ses recherches. Isak Sadler avait exprimé sa forte conviction que l'exécution d'Eichmann avait été une chose juste. La chasse aux criminels nazis devait continuer aussi longtemps que subsistait le moindre espoir de retrouver vivant ne fût-ce qu'un seul d'entre eux.

Ce voyage en Israël l'avait laissé toujours aussi indifférent à son origine juive. Mais il avait repris ses recherches, en se faisant aider cette fois par Simon Wiezenthal à Vienne, sans le moindre résultat. Il avait encore de longues années à attendre, même s'il n'en savait évidemment rien à l'époque.

Il contemplait la vallée et les cimes par la fenêtre de ce chalet en rondins appartenant à un inconnu nommé

Frostengren. Contre toute attente, il avait retrouvé l'aiguille dans la botte de foin. Et à l'heure d'agir, il n'avait pas hésité. Herbert Molin était mort. Mais ensuite, il y avait eu ce dérapage imprévu. L'histoire du voisin.

Il existait des ressemblances entre les deux hommes abattus. Comme si l'autre avait cherché à l'imiter. Tous deux étaient âgés et vivaient seuls dans une maison isolée de la forêt. Tous deux avaient un chien. Tous deux avaient été tués dehors. Mais tout cela comptait cependant moins que les différences. Il ignorait bien sûr ce qu'en pensaient les policiers. Mais lui, dans la mesure où il n'avait rien à voir avec le meurtre d'Andersson, il les avait tout de suite repérées.

Un banc de brouillard s'insinuait lentement dans la vallée. En son for intérieur, Aron savait qu'il approchait maintenant de la croisée des chemins. Celui qui avait tué Andersson voulait donner l'impression que le même homme avait frappé deux fois, afin de pouvoir imputer son crime à un autre. Mais voici quelle était la complication. Qui pouvait savoir comment s'était déroulé, en détail, le meurtre de Molin ? Aron n'avait pas accès aux journaux, et il n'avait aucune idée de ce que les policiers avaient révélé lors de leurs probables conférences de presse. Pas grand-chose, sans doute. Alors *qui* était au courant ?

Il restait aussi un autre grand point d'interrogation. Le deuxième meurtrier avait un mobile. Aron se figurait intérieurement un ressort comprimé. La mort de Herbert Molin déclenchait un mécanisme, qui entraînait le meurtre du voisin.

Pourquoi ? Par qui ? Toute cette journée, il approcha ces deux questions par différents angles. Il mangea plusieurs fois, non qu'il eût particulièrement faim, mais pour atténuer l'anxiété. Il ne pouvait se débarrasser de l'idée qu'il portait une responsabilité dans la mort d'Abraham Andersson. Les deux hommes avaient-ils partagé un secret ? Un secret qu'Andersson risquait de dévoiler après la mort de Molin ? Il devait en être ainsi. Un secret dont lui, Aron, n'avait rien su. La mort de Herbert Molin avait signifié un danger pour quelqu'un. Abraham Andersson devait mourir pour éliminer ce danger.

Il sortit. La mousse embaumait après la pluie. Les nuages étaient bas au-dessus de sa tête. Les nuages ne faisaient pas de bruit, pensa-t-il. Leur mouvement était parfaitement silencieux. Il fit lentement le tour du chalet, une fois, puis une deuxième.

Une tierce personne fréquentait la zone où avaient vécu Herbert Molin et Abraham Andersson. Une femme. Elle était venue à trois reprises chez Herbert Molin. Ils s'étaient promenés ensemble dans la forêt. Aron les avait suivis. À la deuxième visite de la femme, Molin et elle s'étaient dirigés vers le lac, et Aron avait eu très peur qu'ils ne découvrent sa tente. Mais ils avaient fait demi-tour avant le dernier virage. Il les avait suivis, comme un pisteur ou l'un de ces Indiens dont il lisait les aventures, enfant, dans les livres d'Edward S. Ellis. Ils bavardaient de façon décousue. Parfois, ils riaient.

Après la promenade, ils étaient retournés chez Molin. En approchant par l'arrière de la maison, Aron avait entendu de la musique. Il n'en avait pas cru ses oreilles. Une voix chantait en espagnol. En espagnol d'Argentine, avec cette cadence caractéristique, qui n'existait nulle part ailleurs dans le monde hispanique. Chaque fois, la musique avait duré entre trente minutes et une heure. Puis un silence total était descendu sur la maison. Aron s'était demandé s'ils faisaient l'amour, mais il n'en avait jamais eu la certitude. Si oui, ils le faisaient en silence. Aucun soupir, aucun grincement n'avait jamais filtré à travers les murs. Ensuite Molin avait raccompagné la femme, le long du sentier, jusqu'à l'endroit où elle avait laissé sa voiture en arrivant, et il lui avait serré la main. Jamais de baiser ou d'embrassade. Et elle était repartie vers l'est.

Il s'était interrogé sur cette femme, dont il devinait maintenant qu'elle ne pouvait être qu'Elsa Berggren, celle dont le nom figurait en dessous de ceux de Herbert Molin et d'Abraham Andersson au dos de la note abandonnée par le policier, à l'hôtel. Ce que cela pouvait signifier, il l'ignorait. Elsa Berggren était-elle aussi une nostalgique de Hitler retranchée dans la forêt?

Il regardait les montagnes tout en essayant de formuler une hypothèse quant au triangle formé par Herbert Molin, Elsa Berggren et Abraham Andersson. Elsa Berggren connaissait-elle également Abraham Andersson? Il ne les avait jamais vus ensemble. Andersson et Elsa Berggren étaient des figurants dans le drame auquel il était venu, de très loin, mettre un point final. Des figurants, rien de plus.

Il fit encore une fois le tour du chalet. Au loin, il crut entendre un moteur d'avion. Puis le silence revint. Seul le vent soufflait le long des parois de la montagne.

Il n'y avait pas d'autre explication. Entre ces trois personnes, ainsi que le suggéraient les flèches du policier, il y avait eu un secret. Une complicité. Herbert Molin était mort, Abraham Andersson devait donc mourir lui aussi. Restait la femme.

Il retourna dans la cuisine, où un deuxième paquet de hamburgers décongelait lentement sur le plan de travail. C'est elle qui détient la clé, pensa-t-il. Elle seule peut m'apprendre ce qui s'est passé.

Au cours de la soirée, il échafauda un plan d'action. Il avait tiré les rideaux et posé la lampe au sol afin qu'aucune lumière ne filtre dans la nuit. Il était plus de minuit quand il se leva. Il savait de quelle manière il allait s'y prendre. Les risques étaient énormes. Mais il n'avait pas le choix.

Avant de se coucher, il rappela Buenos Aires. L'homme qui décrocha était pressé. Aron pouvait entendre le brouhaha à l'arrière-plan.

– La Cabaña, j'écoute. Allô ?

Aron raccrocha. Le restaurant était toujours là. Bientôt il en franchirait le seuil et il irait s'asseoir à sa table habituelle, sur la droite, contre la fenêtre qui donnait sur une rue perpendiculaire à l'Avenida Corrientes.

Dans l'annuaire posé à côté du téléphone, il trouva les coordonnées d'Elsa Berggren. En consultant le plan de la ville qui figurait dans les premières pages, il vit que son adresse correspondait à une route située juste au sud du fleuve. Il fut soulagé de ne pas devoir la chercher dans la forêt. Mais cela augmentait évidemment le risque d'être repéré. Il nota le numéro et la rue sur un bout de papier et remit l'annuaire à sa place.

Il dormit d'un sommeil inquiet cette nuit-là. Au réveil, il sentit qu'il était à bout de forces. Il resta toute la journée allongé, ne se levant que pour manger, en se servant au fur et à mesure dans le congélateur.

Aron resta encore trois jours dans le chalet de Frostengren avant que les forces commencent à lui revenir. Au matin du quatrième jour, il fit le ménage. Puis il attendit la fin de l'après-midi avant de refermer la porte et de ranger la clé sous la dalle. Dans la voiture, il déplia à nouveau sa carte. Il estimait peu probable que la police ait maintenu ses barrages, mais, dans le doute, il choisit de ne pas emprunter la route directe jusqu'à Sveg.

Au contraire, il prit vers le nord en direction de Vålådalen. Parvenu à Mittådalen, il obliqua vers Hede.

Il faisait nuit quand il arriva à Sveg. Laissant la voiture à l'entrée du bourg, là où se trouvaient des magasins, une station-service et un panneau avec un plan détaillé de la ville, il partit à pied vers l'adresse d'Elsa Berggren, de l'autre côté du fleuve. Elle habitait une maison blanche entourée d'un grand jardin. Une fenêtre était éclairée au rez-de-chaussée. Quand il en eut assez vu, il retourna à la voiture.

Il avait encore de nombreuses heures à attendre. Dans un supermarché, il choisit un bonnet de laine tricotée et se plaça dans la file la plus longue, où la caissière paraissait la plus stressée. Il lui donna la somme juste, en liquide. En quittant le magasin, il était à peu près certain qu'elle ne se souviendrait jamais de sa physionomie. Dans la voiture, il entreprit de faire deux trous dans le bonnet à l'aide d'un couteau emprunté à Frostengren.

Vers vingt heures, la circulation se fit rare. Il traversa le pont et se gara sur un emplacement discret, peu visible de la route. L'attente recommença. Pour faire passer le temps, il retapissa en imagination le canapé que Don Batista offrirait à sa fille en cadeau de noces.

Vers minuit, il s'anima.

Il prit dans le coffre une petite hache, elle aussi empruntée au chalet.

Un poids lourd approchait. Il le laissa passer.

Puis il se hâta de traverser la route et disparut le long du sentier qui longeait le fleuve.

22

À deux heures du matin, Stefan quitta l'appartement d'Elena dans un état de rage. Le temps d'arriver en bas, sa colère était évanouie. Pourtant il n'eut pas la force de remonter. Malgré l'envie qu'il en avait. Il reprit sa voiture, direction le centre-ville, mais en évitant Allégatan. Il ne voulait pas rentrer chez lui. Il remonta jusqu'à l'église Gustav Adolf et coupa le moteur. La ville était déserte.

Que s'était-il passé ? Elena l'avait accueilli avec joie. Ils s'étaient installés à la cuisine et avaient partagé une bouteille de vin. Il lui avait parlé de son voyage, des douleurs qui l'avaient immobilisé à Sveg. Au sujet de Herbert Molin, Abraham Andersson et Emil Wetterstedt, il n'avait dit que le strict minimum. Elena voulait surtout savoir comment il allait, lui. Elle était attentive, et ses yeux trahissaient suffisamment son anxiété. Ils avaient veillé tard. Quand il lui avait demandé si elle était fatiguée, elle avait répondu que non, qu'elle voulait l'écouter jusqu'au bout. On n'a pas toujours besoin de dormir, avait-elle dit, d'autres choses sont parfois plus importantes. Après un moment, ils s'étaient levés de table. Et là, comme en passant, alors qu'elle rinçait les verres, elle lui avait dit qu'il aurait tout de même pu l'appeler plus souvent. Ne comprenait-il pas combien elle s'était inquiétée ?

– Tu sais que je n'aime pas le téléphone, Elena. On en a déjà parlé je ne sais combien de fois.

– Rien ne t'empêche de composer mon numéro, de dire salut et de raccrocher.

– Là, tu m'énerves. Là, tu es en train de me mettre la pression.

– Je te demande seulement pourquoi tu m'as si peu appelée.

C'est à ce moment-là qu'il avait empoigné sa veste et claqué la porte. En regrettant son geste à peine le seuil franchi. Il pensa qu'il ne devait pas prendre le volant, en cas de contrôle ce serait un désastre. Je fuis. Je suis sans arrêt en fuite, dans l'espoir d'échapper au 19. J'erre dans les forêts du Härjedalen, je cambriole un appartement à Kalmar et maintenant je conduis en état d'ébriété. La maladie me chasse devant elle, ou la peur, plus exactement, et elle est si intense que je ne peux même pas rester avec la personne qui m'est la plus proche, une femme qui est absolument sincère et qui me montre qu'elle m'aime.

Il prit son portable et composa son numéro.

– Qu'est-ce qui s'est passé ? demanda Elena.

– Je ne sais pas. Je te demande pardon. Je ne voulais pas te blesser.

– Je sais. Tu reviens ?

– Non. Je dors chez moi.

Il ne savait pas pourquoi il avait dit ça. Elle répondit par un silence.

– Je te rappelle demain, ajouta-t-il sur un ton qui se voulait encourageant.

– On verra bien, dit Elena d'une voix lasse.

Il éteignit le portable et resta assis dans le noir. Puis il sortit de sa voiture et descendit à pied jusqu'à Allégatan. Il s'imagina que la mort ressemblait à ça : un promeneur nocturne, un promeneur solitaire.

Il dormit mal. Dès six heures, il était à nouveau debout. Elena était sûrement levée elle aussi. Il aurait dû l'appeler, mais c'était au-dessus de ses forces. Il s'obligea à avaler un petit déjeuner copieux, puis quitta l'appartement. Le vent soufflait fort, et il avait froid en marchant. Il rejoignit sa voiture et prit la direction du sud, jusqu'à la ville de Kinna.

Il s'arrêta devant la maison où il avait grandi. Il savait qu'elle était maintenant habitée par un céramiste ; il avait aménagé son atelier dans l'ancien garage qui avait aussi servi d'atelier de menuiserie à son père. La maison paraissait abandonnée dans la lumière matinale. Les branches de l'arbre où Stefan et ses sœurs avaient eu leur balançoire s'agitaient sous le vent.

Soudain ce fut comme s'il voyait son père sortir de la maison et s'avancer vers lui. Mais au lieu du costume et du pardessus gris habituels, il portait l'uniforme que Stefan avait vu chez Elsa Berggren.

Il reprit la route et ne s'arrêta qu'à Varberg. Il but un café en face de la gare et chercha dans l'annuaire le numéro d'Anna Jacobi. L'adresse correspondait à une zone résidentielle au sud de la ville. Il devait peut-être s'annoncer. Mais Anna Jacobi, ou quelqu'un d'autre, lui répondrait peut-être que le vieil avocat ne pouvait pas, ou ne voulait pas, recevoir de visites. Il se mit en quête de la rue et finit par la trouver après s'être égaré deux fois.

La villa début de siècle se distinguait de ses voisines, toutes des constructions modernes sans exception. Il ouvrit la grille et remonta l'allée jusqu'à la porte surmontée d'une large marquise. Il hésita avant de sonner. Qu'est-ce que je fais ? Qu'est-ce que j'attends de Jacobi ? C'était l'ami de mon père. En apparence du moins. Ce que mon père pensait des juifs en réalité, je ne peux que le deviner, ou plutôt le craindre. Mais ils appartenaient tous deux au groupe des notables de Kinna, à l'époque. Pour mon père, le plus important était sans doute de maintenir la concorde au sein de ce petit monde. Ce qu'il pensait vraiment de Jacobi, je ne le saurai jamais.

Il résolut de commencer par l'histoire de ce legs, qui avait sans doute motivé la rédaction du testament. Il l'avait déjà interrogé là-dessus, lors de la succession. Au besoin, il expliquerait que cela avait un rapport avec la mort de Herbert Molin. J'ai bien menti à Olausson en le regardant droit dans les yeux, rien ne peut aggraver mon cas, pensa-t-il en sonnant.

À la deuxième tentative, la porte s'ouvrit sur une femme d'une quarantaine d'années. Elle le dévisagea, à travers des verres épais qui lui agrandissaient les yeux. Il se présenta et expliqua l'objet de sa visite.

– Mon père ne reçoit personne. Il est vieux et malade et il veut qu'on le laisse tranquille.

De la musique classique s'échappait des profondeurs de la villa. Devant le silence de Stefan, la femme ajouta :

– Si ça t'intéresse, mon père écoute du Bach tous les matins. Aujourd'hui, il m'a demandé de lui mettre le concerto brandebourgeois n° 3. Il dit que cette musique est la seule chose qui le maintienne encore en vie.

– Si je suis venu, c'est pour une affaire importante.

– Mon père a depuis longtemps laissé tomber tout ce qui a trait au travail.

– Il s'agit d'une affaire personnelle. Il a établi autrefois le testament de mon père. Il se trouve qu'un point de ce testament vient de ressurgir dans le cadre d'une affaire judiciaire complexe. Qui a aussi une grande importance personnelle pour moi.

– Je n'en doute pas. Mais ma réponse reste la même.

– Je m'engage à ne pas rester plus de quelques minutes.

– Je regrette.

Elle recula pour fermer la porte.

– Ton père est vieux, il va bientôt mourir. Moi, je suis jeune mais je vais peut-être mourir aussi, parce que j'ai un cancer. Ce serait plus facile pour moi de m'en aller si je pouvais auparavant lui poser ma question.

Anna Jacobi le considéra à travers ses culs de bouteille. Stefan nota aussi son parfum lourd, qui lui irritait les narines.

– Je suppose qu'on ne ment pas sur un sujet pareil, dit-elle enfin.

– Si tu veux, je peux te donner le numéro de mon médecin à Borås.

– Je vais demander à papa. Mais s'il refuse, tu devras partir.

Stefan accepta. Elle referma la porte. La musique franchissait les murs. Il attendit. Il commençait à croire qu'elle ne reviendrait pas lorsqu'elle reparut sur le seuil.

– Un quart d'heure, pas plus. Je vais compter les minutes.

Elle le fit entrer. La musique s'entendait encore, mais on avait baissé le volume. Il la suivit à travers la maison. Anna Jacobi s'arrêta devant une porte et l'ouvrit, révélant une vaste pièce aux murs nus. Un lit d'hôpital occupait le centre de la chambre.

– Parle à son oreille gauche, dit-elle. De la droite, il n'entend rien.

Elle ressortit en refermant la porte derrière elle. Stefan crut deviner de la fatigue ou de l'irritation dans sa manière d'évoquer la surdité de son père. Il s'avança jusqu'au lit. Les traits du vieil homme étaient affaissés sous le coup de la vieillesse et de la maladie. Stefan se dit qu'il ressemblait à Emil Wetterstedt. Un autre oiseau décharné qui attendait la mort.

Jacobi tourna la tête et le regarda. Puis, d'une main, il

313

lui fit signe de s'asseoir sur la chaise placée au chevet du lit.

– Le morceau est presque fini. Si vous m'excusez, je pense que c'est un crime que d'interrompre la musique de Johann Sebastian par une conversation.

Stefan attendit, silencieux sur sa chaise. Jacobi avait remonté le volume à l'aide d'une télécommande ; les notes emplissaient l'espace. Le vieil homme écoutait, les yeux fermés.

Quand la musique se tut, il appuya un doigt tremblant sur la télécommande, la reposa sur le drap, à hauteur de son ventre, et reprit la parole.

– Je vais bientôt mourir. Je trouve que c'est une grâce d'avoir vécu après Bach. Dans mon calendrier personnel, l'histoire du monde se divise en deux périodes : avant Bach, et après. Un écrivain dont j'ai oublié le nom a écrit des poèmes là-dessus. J'éprouve une gratitude infinie de passer les derniers instants de ma vie en compagnie de sa musique.

Sa nuque chercha une autre position contre les oreillers.

– Quoi qu'il en soit, le morceau est terminé, nous pouvons parler. Que voulez-vous ?

– Je m'appelle Stefan Lindman.

– Ma fille me l'a déjà dit, répliqua Jacobi avec impatience. Je me souviens de votre père. Vous venez m'interroger sur son testament, mais comment voulez-vous que je me rappelle le contenu d'un testament particulier ? J'en ai rédigé au moins mille, en quarante-sept ans de carrière.

– Il s'agissait d'un legs à une fondation qui a pour nom Sveriges Väl. Vous vous en souvenez ?

– Peut-être que oui, peut-être que non.

– Cette fondation fait apparemment partie d'un réseau nazi, ici en Suède.

Jacobi tapota impatiemment sa couverture.

– Le nazisme est mort avec Hitler.

– Pourtant il semble que ses idées soient reprises. Y compris par des jeunes.

Jacobi répliqua avec fermeté.

– Certains collectionnent des timbres, ou des étiquettes de boîtes d'allumettes. Je peux parfaitement imaginer que d'autres collectionnent de la même manière des idéaux politiques périmés. Les gens ont toujours gaspillé leur vie en absurdités diverses. En ce moment, ils aiment crever devant leur téléviseur, le regard rivé à ces séries idiotes et misanthropes dont on ne voit jamais la fin.

– Mon père, dans son testament, a fait don de quinze mille couronnes à cette fondation. Vous connaissiez mon père. Était-il nazi ?

– Je connaissais votre père comme un patriote et un nationaliste. C'est tout.

– Et ma mère ?

– J'étais peu en contact avec elle. Est-elle encore en vie ?

– Non.

Jacobi s'éclaircit la gorge avec une impatience grandissante.

– Pourquoi êtes-vous venu me voir ?

– Pour vous demander si mon père était un nazi.

– Qu'est-ce qui, à votre avis, m'autoriserait à répondre à cette question ?

– Il n'y a plus beaucoup de gens qui puissent me répondre. Je ne connais personne. À part vous.

– Je vous ai répondu. Mais je me demande toujours pourquoi vous êtes venu me déranger.

– J'ai découvert son nom dans une liste. À côté d'un numéro, comme un matricule, si vous voulez. Avant cela, je ne soupçonnais rien.

– Quel matricule ? De quoi parlez-vous ?

– Je n'en suis pas sûr. Mais cette liste comportait plus d'un millier de noms. Parmi eux, un certain nombre de personnes décédées, qui continuent à régler leur cotisation par l'intermédiaire de legs, ou directement par leurs héritiers.

– Ce réseau, comme vous dites, doit bien avoir un nom. Quel est celui que vous avez mentionné tout à l'heure ? Sveriges Väl ?

– Il s'agit d'une fondation qui semble appartenir à une organisation plus vaste – mais de quelle nature, je n'en sais rien.

– Comment vous êtes-vous procuré ces informations ?

– C'est mon secret, pour l'instant.

– Mais vous dites que votre père figurait sur cette liste ?

– Oui.

Jacobi s'humecta les lèvres. Stefan interpréta cela comme une tentative de sourire.

– Dans les années trente et quarante, la Suède était un pays nazifié au plus haut point. Les juristes, d'ailleurs, n'échappaient pas à la contagion. Bach, le grand maître, n'était pas le seul Allemand adulé et encensé en Suède. Dans ce pays, les idéaux, qu'ils soient littéraires, musicaux ou politiques, sont toujours venus d'Allemagne. Sauf après la Seconde Guerre mondiale, quand tout a subitement changé et que de nouveaux modèles ont commencé à nous arriver des États-Unis. Mais ce n'est pas parce que Hitler a conduit son pays à la catastrophe que des notions telles que la supériorité de l'homme blanc ou la haine des juifs, pour prendre deux exemples, ont disparu. Au sein de la génération dont la jeunesse avait été marquée par le nazisme, ces idées ont continué à vivre. Votre père faisait peut-être partie du lot, votre mère peut-être aussi. Et personne ne peut garantir que ces idées ne connaîtront pas un jour une renaissance.

Jacobi se tut, le souffle rauque d'avoir trop parlé. La porte s'ouvrit au même moment, Anna Jacobi entra et lui tendit un verre d'eau.

– Le temps est écoulé, dit-elle.

Stefan se leva. Jacobi le regardait.

– Avez-vous obtenu des réponses à vos questions ?

– J'essaie de comprendre.

– Ma fille m'a dit que vous étiez malade.

– J'ai un cancer.

– Mortel ?

Le vieil homme avait dit cela avec une bonne humeur inattendue. Comme s'il était malgré tout capable de se réjouir que la mort ne soit pas réservée aux vieillards qui consacraient leurs derniers instants sur terre à écouter Bach.

– J'espère que non.

– Bien entendu. Seulement voilà, la mort est l'ombre dont nous ne pouvons nous débarrasser. Un jour, cette ombre se transforme en une bête féroce.

– J'espère guérir.

– Dans le cas contraire, je vous recommande Bach. Seul remède valable en dernier ressort. Il offre la consolation, ainsi qu'une petite protection contre la douleur, et une certaine mesure de courage.

– Je m'en souviendrai. Merci de m'avoir accordé de votre temps.

Le vieil homme ne répondit pas. Il avait fermé les yeux. Stefan quitta la pièce à la suite d'Anna Jacobi.

– Je crois qu'il a mal, dit-elle quand ils furent de nouveau à la porte. Mais il ne veut pas de morphine. Il dit qu'il ne peut pas écouter la musique s'il n'a pas la tête claire.

– Quelle est sa maladie ?

– Le vieillissement et le désespoir. Rien d'autre.

Stefan lui tendit la main.

– Au revoir.

– J'espère que ça va aller, dit-elle. Que tu vas guérir.

Stefan retourna à sa voiture en luttant contre le vent. Qu'est-ce que je peux faire ? À part rendre visite à des vieillards moribonds pour leur soutirer une vérité sur mon père ? Je pourrais toujours appeler mes sœurs et leur demander ce qu'elles savent. Ou leur raconter ce que je sais, et observer leur réaction. Mais après ? Qu'est-ce que je fais des réponses ? Il s'assit dans la voiture et regarda la rue. Une femme guidait tant bien que mal une poussette d'enfant sous les rafales. Il la suivit du regard jusqu'à ce qu'elle eut disparu. Voilà ce que j'ai. Un instant solitaire dans ma voiture stationnée au milieu d'un quartier résidentiel de Varberg. Je ne reviendrai jamais ici, j'aurai bientôt oublié le nom de la rue et l'aspect des maisons.

Il prit son téléphone pour appeler Elena et vit qu'on avait essayé de le joindre. Il fit le numéro de la messagerie et écouta. Un coup de fil de Giuseppe. Il décida de le rappeler. Giuseppe répondit aussitôt.

– C'est Stefan.

– Où es-tu ?

Avec la téléphonie mobile, c'était devenu la nouvelle façon de se saluer. On demandait à l'autre où il se trouvait dans le monde. On savait qui on appelait, mais jamais à quel endroit. Stefan renonça à faire part de ces réflexions à Giuseppe.

– À Varberg.

– Comment ça va ?

– Plutôt bien.

– Je voulais juste t'informer des derniers développements. Tu as une minute ?

– J'ai tout mon temps.

Giuseppe éclata de rire.

– Ça, ce n'est vrai pour personne. En tout cas, on a appris des choses concernant les armes. Pas pour l'arsenal qui a servi dans le cas de Molin, fusil de chasse, cartouches lacrymogènes et compagnie. Ça a dû être volé quelque part, mais on ne sait toujours pas où. Ce qu'on sait maintenant, c'est que c'est une arme différente qui a servi pour Abraham Andersson. Les techniciens l'affirment. On est donc confronté à la possibilité qu'on n'avait pas franchement envisagée.

– Deux meurtriers différents ?

– Oui.

– Ce peut malgré tout être le même individu.

– Mais oui. Le hic, c'est qu'on ne peut pas éliminer la possibilité inverse. Et j'ai encore autre chose à te raconter. Il s'agit d'un gars de Säter qui s'était absenté de chez lui pendant une semaine. À son retour, il a découvert que sa maison avait été cambriolée et qu'il lui manquait un fusil de chasse. Il l'a signalé à la police. On est tombé dessus quand on a commencé à s'intéresser aux vols d'armes récents. C'est peut-être celui-là qui a servi pour Abraham Andersson. Le calibre correspond. Mais le voleur, lui, n'a pas laissé de traces.

– Parle-moi du cambriolage. D'un point de vue technique.

– Porte d'entrée fracturée proprement. Pareil pour l'armoire où étaient enfermées les armes. Ce n'est pas un amateur.

– Quelqu'un se procure un fusil dans un but précis…

– Précisément.

Stefan essaya de visualiser la carte de la région.

– Est-ce que je me trompe en disant que Säter est dans les Dalarna ?

– D'Avesta et de Hedemora, la route passe par Säter

jusqu'à Borlänge, puis tout droit vers le nord et le Härjedalen.

– Quelqu'un, venant du sud, se procure une arme en chemin et poursuit sa route jusque chez Abraham Andersson.

– C'est possible. Mais on n'a pas de mobile. Et si la piste du deuxième meurtrier se confirme, l'assassinat d'Andersson devient plus inquiétant. Car, dans ce cas, on peut vraiment se demander de quoi il s'agit. Peut-être d'un truc qui ne fait que commencer.

– Une série d'homicides ?

Giuseppe éclata de rire.

– *Une série d'homicides* – tu te rends compte de ce jargon qu'on a, dans la police ? Parfois, je me dis que c'est pour ça que les bandits ont toujours une longueur d'avance. Ils parlent direct, pas comme nous avec des mots à rallonge.

– Tu crois qu'il y aura d'autres meurtres ?

– Le problème, c'est qu'on n'en sait rien. Mais déjà, si l'arme n'est pas la même, ça augmente les possibilités et les risques. Tu es en train de conduire, là ?

– Non.

– Alors je continue de te faire part de nos ruminations. Première chose, évidemment, le chien. Qui l'a pris pour le mettre dans le chenil de Molin ? Pourquoi ? Tout ce qu'on sait, c'est que le chien a été transporté là-bas en voiture. Mais les deux questions cruciales, on n'y a pas encore répondu.

– On peut imaginer une plaisanterie macabre.

– Bien sûr. Mais les gens d'ici ne sont pas très portés sur les plaisanteries macabres, surtout en ce moment. Ils sont sous le choc. On s'en aperçoit quand on fait le tour des maisons. Ils veulent vraiment nous aider.

– C'est curieux que personne n'ait observé quoi que ce soit.

– On a eu quelques vagues infos concernant l'une ou l'autre voiture que quelqu'un aurait peut-être vue ou cru voir. Mais rien de tangible, rien qui puisse nous donner une orientation.

– Et Elsa Berggren ?

– Rundström l'a convoquée ici, à Östersund. Il lui a parlé une journée entière. Mais elle s'en tient à ses premières déclarations. Toujours les mêmes opinions épouvantables, mais on ne peut pas l'accuser de manquer de suite dans les idées. Bref, elle n'a aucune idée de qui a pu tuer Herbert Molin. Abraham Andersson, elle ne l'a rencontré qu'une seule fois en vitesse, croisé plutôt, alors qu'elle rendait visite à Molin. On a été jusqu'à fouiller sa maison pour voir si elle cachait des armes, en plus de son uniforme. Mais on n'a rien trouvé. Je crois que si elle avait peur que quelqu'un s'en prenne à elle, elle nous le dirait.

La ligne fut coupée. Stefan cria allô plusieurs fois avant que la voix de Giuseppe revienne.

– Je commence à croire que ça va prendre du temps. Et je me fais du souci.

– Avez-vous découvert un lien entre Andersson et Molin ?

– On cherche, on fouille, on creuse. Mais la veuve d'Andersson nous a redit qu'Abraham parlait de Molin comme d'un voisin parmi d'autres – à croire qu'il en avait plein, des voisins. On n'est pas plus avancés.

– Et le journal ?

– À quoi penses-tu ?

– Le voyage en Écosse. La personne désignée par la lettre « M ».

– J'ai dû mal à voir pourquoi on devrait lui donner de l'importance.

– C'était juste une question.

Giuseppe éternua violemment. Stefan écarta le

téléphone de son oreille, comme si les bactéries pouvaient l'atteindre via le combiné.

– Rhume d'automne, annonça Giuseppe. Ils arrivent toujours à la même époque.

Stefan prit une profonde inspiration et lui parla de sa visite à Kalmar et à Öland. En taisant l'effraction, mais en s'attardant sur les accointances d'Emil Wetterstedt.

Quand il eut fini, le silence se prolongea si longtemps qu'il crut que la communication avait été coupée à nouveau.

– Je vais proposer à Rundström de contacter Stockholm. Ils ont toute une brigade là-bas spécialisée dans les terroristes et les factions extrémistes. J'ai du mal à imaginer que ce qui se passe chez nous soit dû à des petits gars en rangers. Mais on ne sait jamais.

Stefan répondit que c'était une bonne idée. Après avoir éteint son portable, il s'aperçut qu'il était affamé. Il déjeuna dans un restaurant de Varberg. De retour à sa voiture, il constata que quelqu'un avait fracturé la portière côté conducteur. Il eut un geste instinctif vers la poche de sa veste. Le téléphone était encore là. Contrairement à l'autoradio, disparue de son logement. Et le système de verrouillage central était pété. Stefan jura tout haut et démarra rageusement. En principe, il devait maintenant déclarer le vol au commissariat. Mais il savait qu'on ne retrouverait jamais le coupable et que les collègues ne lui consacreraient dans le meilleur des cas qu'un intérêt bureaucratique distrait. Les piles de dossiers étaient les mêmes, d'un district à l'autre. En plus, il se rappela soudain qu'il avait pris une assurance multirisque : ça valait donc le coup d'acheter un autoradio neuf. Restait la réparation du verrouillage central. Mais pour ça, il y avait un collègue à Borås qui s'y connaissait en mécanique et qui avait l'habitude de dépanner les copains. Il laissa tomber l'idée de la déclaration. L'époque était révolue où un cambriolage de voiture pouvait espérer faire l'objet d'une enquête.

Il quitta donc Varberg et reprit la direction de Borås sous les bourrasques qui malmenaient la voiture. Le paysage était gris, lugubre. L'automne de plus en plus profond, l'hiver de plus en plus proche. Comme le 19 novembre. Il aurait voulu pouvoir découper le temps à la hache et commencer son traitement le jour même.

Il venait d'entrer dans la ville quand son portable sonna. Il hésita. C'était sûrement Elena. D'un autre côté, il ne pouvait pas la laisser attendre indéfiniment. Un jour, elle en aurait assez de cette manie qu'il avait de prendre la tangente, de toujours faire passer ses propres besoins avant tout. Il s'arrêta le long du trottoir et enfonça la touche verte.

– J'espère que je ne te dérange pas, dit la voix de Veronica Molin. Où es-tu ?

– À Borås. Tu ne me déranges pas.

– Tu as le temps ?

– Oui. Où es-tu ?

– À Sveg.

– Tu attends les funérailles ?

Silence.

– Pas seulement. J'ai eu ton numéro de téléphone par Giuseppe Larsson – le policier qui prétend enquêter sur le meurtre de mon père.

Elle ne cherchait aucunement à dissimuler son mépris, et cela énerva Stefan.

– Giuseppe est l'un des meilleurs enquêteurs que j'aie eu l'occasion de voir à l'œuvre.

– Je ne voulais pas être blessante.

– Que veux-tu alors ?

– Que tu viennes.

La réponse avait fusé.

– Pourquoi ?

– Je crois savoir ce qui s'est passé. Mais je ne veux pas en parler au téléphone.

– Dans ce cas, ce n'est pas moi qu'il faut appeler. Adresse-toi à Giuseppe Larsson. Je n'ai rien à voir avec l'enquête.

– Là, tout de suite, je ne vois personne d'autre que toi qui puisses m'aider. Je te rembourserai l'aller-retour en avion et tous les frais sur place. Mais je veux que tu viennes. Le plus vite possible.

Stefan réfléchit.

– Tu prétends savoir qui a tué ton père ?

– Je le crois.

– Et Abraham Andersson ?

– Ce doit être quelqu'un d'autre. Mais il y a une autre raison pour laquelle je voudrais que tu viennes. J'ai peur.

– De quoi ?

– Ça non plus, je ne veux pas en parler au téléphone. Je voudrais que tu viennes. Je te rappelle dans deux heures.

La communication fut coupée. Stefan rentra chez lui en repoussant encore le moment d'appeler Elena. Il ruminait le coup de fil de Veronica Molin. Pourquoi donc ne voulait-elle pas parler à Giuseppe ? Et pourquoi avait-elle peur ?

Il attendit.

Deux heures plus tard, son portable sonnait à nouveau.

23

Stefan atterrit à l'aéroport d'Östersund à dix heures vingt-cinq le lendemain matin. En recevant le deuxième appel de Veronica Molin, il était fermement décidé à lui dire non. Il ne retournerait pas dans le Härjedalen. Il ne pouvait rien faire pour l'aider. Il lui expliquerait clairement qu'elle avait le devoir de contacter la police locale, sinon Giuseppe Larsson, alors quelqu'un d'autre, peut-être Rundström.

Mais rien ne s'était passé comme prévu. Elle avait attaqué d'entrée en lui demandant s'il venait. Et il avait répondu oui. Ensuite elle avait éludé toutes ses questions en répétant qu'elle ne voulait pas en parler au téléphone.

Il lui avait demandé de réserver de préférence la chambre trois, comme à sa première visite. Puis elle avait raccroché en lui disant à demain.

Après cette conversation, Stefan était resté à contempler la rue par la fenêtre en se demandant quelle était réellement sa motivation. La peur qui le rongeait, la maladie qu'il tentait désespérément de tenir à distance ? Ou Elena qu'il n'avait pas le courage de revoir ? Il ne savait pas. Depuis qu'il avait appris qu'il avait un cancer, tout était chamboulé.

Et puis son père le hantait. Ce n'est pas l'histoire de Herbert Molin qui me tracasse, pensa-t-il. C'est la mienne. Je cherche une vérité quant à cette, comment dire, cette réalité que j'ai découverte chez Emil Wetterstedt.

Il avait appelé l'aéroport de Landvetter et réservé un billet. Dans la foulée, il avait composé le numéro d'Elena, qui était restée silencieuse et distante. À dix-neuf heures quinze, il était chez elle. Et il passa la nuit avec elle, jusqu'au moment où il dut reprendre sa voiture pour aller chez lui, jeter quelques vêtements dans une valise et conduire les quarante kilomètres vers l'aéroport.

Ils avaient fait l'amour, mais pour Stefan c'était comme s'il n'avait pas été là. S'en était-elle aperçue ? En tout cas, elle n'avait rien dit. Pas plus qu'elle ne l'avait interrogé sur les raisons qui l'obligeaient subitement à retourner dans le Härjedalen. En la quittant, dans l'entrée, il avait senti qu'elle essayait de l'envelopper dans son amour. Il avait tout fait pour lui cacher son angoisse, mais tout en roulant dans la nuit à travers la ville déserte, il n'était pas certain d'avoir réussi. Il portait cette chose – une opacité, un brouillard qui rampait à l'intérieur et menaçait de l'étouffer. C'était la panique, qu'il était en train de perdre Elena, qu'il la poussait, pour son propre bien, à rompre. À l'abandonner.

En descendant de l'avion à Frösön, il sentit le froid. Le sol était gelé. Il loua une voiture ; Veronica Molin paierait la note. Il avait l'intention de se rendre directement à Sveg, mais changea d'avis en s'engageant sur le pont de Frösön à Östersund. Il était impensable de ne pas prévenir Giuseppe de son retour. Mais quel prétexte inventer ? Veronica Molin l'avait appelé en secret. D'un autre côté, il ne voulait pas agir à l'insu de Giuseppe. Il avait déjà assez de problèmes.

Il s'arrêta près du bâtiment en brique, mais resta assis

dans la voiture. Que dirait-il à Giuseppe ? Pas l'entière vérité. Peut-être pas non plus un mensonge radical, même si les mensonges lui réussissaient plutôt ces derniers temps. Alors quoi ? Il pouvait présenter une semi-vérité. Dire qu'il n'avait pas le courage de rester à Borås, qu'il préférait s'éloigner de la ville jusqu'au début du traitement. Un homme atteint d'un cancer pouvait se permettre de se montrer agité et lunatique.

Il poussa la porte du commissariat et demanda à voir Giuseppe. La réceptionniste, qui l'avait reconnu, répondit en souriant que Giuseppe était en réunion, mais qu'il n'en avait plus pour longtemps. Stefan s'assit à une table et feuilleta les journaux locaux. Les enquêtes occupaient la première page. La veille, Rundström avait tenu une conférence de presse. Il y était beaucoup question des armes, et il réitérait son appel au public, tout renseignement pouvait se révéler utile. Rien, en revanche, sur les informations qu'aurait déjà rassemblées la police. Rien concernant tel ou tel type de voiture ou tel ou tel signalement de personne aperçue dans le coin. L'impression générale était que l'enquête patinait.

À onze heures trente, Giuseppe apparut dans le hall d'accueil. Il était mal rasé et semblait épuisé et tendu.

– Je devrais te dire que je suis surpris de te voir. Mais là, tout de suite, rien ne m'étonne.

Cette résignation ne lui ressemblait pas. Ils allèrent dans son bureau. Giuseppe ferma la porte, et Stefan lui servit le couplet sur son état intérieur instable. Giuseppe l'observait attentivement. Quand Stefan eut fini, il demanda :

– Est-ce que tu joues au bowling ?

– Pardon ?

– Moi, c'est ce que je fais quand l'agitation prend le dessus. Si, si, ça m'arrive. L'existence s'écroule et alors le bowling n'est pas à négliger. On y joue de préférence

avec quelques amis. Les quilles sont, au choix, ses ennemis, ses obsessions, ou les problèmes non résolus qu'on
se trimballe.

– Je crois bien que je n'ai jamais joué au bowling.

– Prends-le comme un conseil d'ami.

– Comment ça avance ?

– J'ai vu que tu lisais la presse locale, à l'accueil.
On sort juste de réunion, tout le petit groupe d'enquête.
Que dire ? Ça roule, on suit les règles, tout le monde
travaille dur et consciencieusement. Pourtant ce qu'a dit
Rundström aux journalistes est vrai. On n'avance pas.

– L'hypothèse des deux meurtriers ?

– Sans doute. On a pas mal d'éléments en ce sens.

– Mais le mobile ne l'est pas forcément. Différent, je
veux dire.

– C'est aussi notre avis. Et il y a l'histoire du chien. Je
n'y vois pas une plaisanterie, mais un acte conscient. De
la part de quelqu'un qui veut nous dire quelque chose.

– Quoi ?

– Sais pas. Mais le simple fait de voir que quelqu'un
essaie de nous passer un message engendre un désordre
constructif. On est obligé d'admettre qu'il n'y a pas de
réponse simple. À supposer qu'on l'ait jamais cru.

Giuseppe se tut. Un rire s'éleva dans le couloir. Puis le
silence revint.

– Il y avait de la rage, reprit Giuseppe. Dans les deux
cas. Une fureur incontrôlée dans celui de Molin. Dans
l'autre, c'est plus maîtrisé. Pas de chien égorgé. Pas
de danse macabre. Mais une exécution de sang-froid.
D'autre part, le meurtre de Molin était parfaitement
prémédité. Le campement que tu as découvert le
confirme. Avec Andersson, c'était autre chose. Au-delà,
je n'arrive pas à analyser la nature réelle des différences.

– Qu'est-ce que cela nous suggère ?

– Je ne sais pas. Qu'en penses-tu ?

Stefan réfléchit. Giuseppe, de toute évidence, voulait qu'il réponde, connaître son point de vue.

– Si les deux meurtres sont liés, si c'est malgré tout le même meurtrier, c'est que quelque chose a rendu nécessaire le fait de tuer aussi le voisin…

– C'est aussi comme ça que je vois les choses. Les autres ne sont pas d'accord avec moi. Ou alors, c'est que je ne m'exprime pas assez clairement. Mais la priorité reste à l'hypothèse de deux meurtriers différents.

– C'est étrange que personne n'ait observé quoi que ce soit.

– Je crois que je n'ai jamais connu une enquête où l'on ait frappé à autant de portes et diffusé autant d'appels sans récolter la moindre information en retour. D'habitude, il y a toujours au moins un bonhomme planqué derrière son rideau qui a vu un truc qui tranche sur les habitudes du voisinage.

– C'est une réponse en soi. Par rapport à une façon d'agir très délibérée. Même quand ils doivent improviser, ils le font vite et avec sang-froid.

– Maintenant tu dis « ils » ?

– J'hésite entre un homme seul et un groupe organisé.

On frappa à la porte. Un jeune homme en blouson de cuir, des mèches sombres dans ses cheveux blonds, ouvrit sans laisser à Giuseppe le temps de crier « entrez », adressa un signe de tête à Stefan et fit tomber quelques papiers sur le bureau.

– Dernier rapport du commando porte-à-porte, dit-il.

– Alors ?

– Une mamie de Glöte qui perd un peu la boule a affirmé que le tueur habitait Visby[1].

– Pourquoi donc ?

1. Visby : chef-lieu de l'île de Gotland, à l'autre extrémité de la Suède.

– Svenska Spel, l'entreprise de jeux, a son siège là-bas. La mamie de Glöte dit que le démon du jeu s'est s'emparé du peuple suédois. La moitié de la population pratique le meurtre crapuleux sur l'autre moitié pour avoir de quoi jouer. À part ça, silence radio.

Le type ressortit en coup de vent.

– Il vient d'arriver, commenta Giuseppe. Cheveux teints, sûr de lui, le genre d'aspirant qui adore nous rappeler qu'il est jeune, autrement dit qu'on est très vieux. Mais je crois qu'il va se bonifier.

Giuseppe se leva.

– J'aime bien parler avec toi. Tu écoutes, tu poses les questions que j'ai besoin d'entendre. J'aurais volontiers prolongé cette conversation, mais j'ai rendez-vous avec nos techniciens pour une synthèse qui ne peut être repoussée à plus tard.

Il raccompagna Stefan dans le hall.

– Combien de temps restes-tu, cette fois ?

– Je n'en sais rien.

– Le même hôtel ?

– Pourquoi, il y en a d'autres ?

– Bonne question. Peut-être une pension de famille. Allez, salut, je te fais signe.

Stefan pensa au même instant qu'il avait failli oublier de lui demander quelque chose.

– Le corps de Molin a-t-il été restitué à sa famille ?

– Je peux me renseigner, si tu veux.

– Pas la peine.

Sur la route de Sveg, Stefan repensa à la tirade de Giuseppe sur le bowling. Juste après Överberg, il s'arrêta et sortit de la voiture. L'air était complètement statique et froid. La terre était dure sous ses semelles.

Je me lamente. Je suis en train de m'enfermer dans une morosité qui ne me rend aucun service. En temps normal, je suis plutôt un gars joyeux. Rien à voir avec l'image que j'offre en ce moment. Giuseppe a raison. Je ne suis pas obligé de renverser des quilles si je n'en ai pas envie, mais je dois prendre au sérieux ce qu'il a essayé de me dire. Je me persuade que je vais m'en sortir, tout en faisant tout ce que je peux pour incarner le type condamné sans espoir.

Le temps d'arriver à Sveg, il en était à regretter d'avoir entrepris le voyage. Il faillit faire demi-tour dans la cour de l'hôtel, reprendre la route de Frösön, retourner le plus vite possible à Borås et à Elena.

Puis il sortit de la voiture. La fille de la réception parut contente de le voir.

– Je l'aurais parié ! s'exclama-t-elle en riant. Tu ne peux plus te passer de nous.

Stefan rit aussi. D'un rire trop sonore, trop aigu. Même mon rire ment, pensa-t-il avec résignation.

– Je te rends ta chambre. La trois. Et il y a un message pour toi de la part de Veronica Molin.

– Elle est là ?

– Non, mais elle sera de retour vers seize heures.

Il monta dans la chambre. C'était comme s'il ne l'avait pas quittée. Il alla dans la salle de bains, ouvrit la bouche en grand et tira la langue devant le miroir.

Personne ne meurt d'un cancer de la langue. Ça va aller. Je fais ma radiothérapie, et après je suis guéri. Un jour, je verrai toute cette période comme une parenthèse ou un mauvais rêve, à peine plus.

Il prit son agenda et composa le numéro de sa sœur à Helsinki. Il écouta sa voix sur le répondeur, et laissa un message en donnant son numéro de portable. Pour son autre sœur, partie vivre en France après son mariage, il n'avait pas son numéro, et pas davantage l'énergie de chercher à l'obtenir. Il n'avait jamais réussi à mémoriser l'orthographe de son nouveau nom.

Il regarda le lit. Si je m'allonge, je vais mourir, pensa-t-il. Ôtant sa chemise, il repoussa la table vers le mur et commença à faire des pompes. À vingt-cinq, il était à bout de forces. Mais il s'obligea à continuer jusqu'à quarante avant de s'affaler sur le tapis et de prendre son pouls. Cent soixante-dix. Beaucoup trop rapide. Il décida que, dorénavant, il allait faire de l'exercice. Tous les jours, quelle que soit la météo, interne ou externe. Il ouvrit sa valise. Il avait oublié d'emporter les baskets. Il renfila sa chemise et sa veste, sortit de l'hôtel et repéra l'unique magasin de sport de Sveg, qui proposait un assortiment de chaussures très succinct. Mais il réussit à trouver une paire qui lui allait. Puis il alla manger à la pizzeria, où une radio était branchée. Il entendit la voix de Giuseppe, lançant un nouvel appel au public sur les ondes locales. Ils sont vraiment au point mort, se dit Stefan.

Il se demanda brusquement si les meurtres de Herbert Molin et d'Abraham Andersson resteraient à jamais irrésolus.

Après manger, il partit à pied, vers le nord cette fois. Il dépassa une ferme-musée, puis l'hôpital. Il marchait vite, dans le but de se fatiguer. Soudain une musique lui revint intérieurement. Il mit quelques instants à reconnaître celle qu'il avait entendue chez Jacobi. Johann Sebastian Bach, concerto brandebourgeois.

Il continua dans la mesure de ses forces et, quand il fit enfin demi-tour, Sveg était loin.

De retour à l'hôtel, il prit une douche et descendit à la réception. Veronica Molin l'attendait, assise dans un fauteuil. Il pensa une fois de plus qu'elle était remarquablement belle.

– Merci d'être venu, dit-elle en se levant.

– C'était ça ou le bowling.

Elle haussa les sourcils. Puis elle rit.

– Heureusement que tu n'as pas dit le golf. Je n'ai jamais compris les hommes qui jouaient au golf.

– Je n'ai jamais touché un club de golf de ma vie.

Elle regarda autour d'elle. Quelques pilotes d'essai entrèrent au même moment en criant qu'une bonne bière, là, tout de suite, ne leur ferait pas de mal.

– Je n'ai pas l'habitude d'inviter les hommes dans ma chambre, dit-elle. Mais au moins, on aura la paix.

Sa chambre était au rez-de-chaussée, au bout du couloir, et elle ne ressemblait pas à celle de Stefan. D'abord, elle était plus grande. Il se demanda comment elle prenait le fait de devoir se contenter de la simplicité de Sveg, elle qui était habituée à des suites luxueuses ici ou là dans le monde. Il se souvenait qu'elle avait appris la mort de son père dans une chambre d'hôtel de Cologne d'où elle avait vue sur la cathédrale. Par la fenêtre de cette chambre-ci, elle voyait le fleuve Ljusnan et, au-delà, la ligne bleue des sapins. C'est peut-être aussi beau, pensa-t-il. Aussi imposant, à sa manière, que la cathédrale de Cologne.

Il y avait deux fauteuils. Veronica Molin alluma la lampe de chevet et dirigea la lumière vers le mur, plongeant la chambre dans une semi-pénombre où il pouvait sentir son parfum. Comment réagirait-elle s'il lui disait que son vrai désir, en cet instant, était de la déshabiller et de lui faire l'amour ? Serait-elle surprise ? Elle devait être consciente de son rayonnement. Mais elle lui suggérerait sans doute d'aller se faire voir. Il s'éclaircit la voix.

– Tu m'as demandé de venir. Je vais écouter ce que tu as à me dire. Mais cette conversation, tu le sais aussi bien que moi, ne devrait même pas avoir lieu. Je n'existe pas dans cette enquête. Tu devrais t'adresser à Giuseppe Larsson ou à un de ses collègues.

– Je sais.

Stefan nota son air tendu et attendit.

– J'ai essayé de comprendre, commença-t-elle. Qui pouvait avoir des raisons de tuer mon père ? Au début, tout paraissait incompréhensible. Cette violence déchaînée contre lui… Il ne pouvait tout simplement pas y avoir de mobile. J'étais comme paralysée. Ce qui est très inhabituel pour moi. Dans mon travail, j'affronte tous les jours des crises qui peuvent tourner à la catastrophe en un rien de temps si je ne garde pas la tête froide. Mes actes sont dictés par les faits, et par des décisions rationnelles relatives à ces faits. La paralysie n'a d'ailleurs pas duré longtemps. J'ai commencé à réfléchir. Surtout, j'ai commencé à me souvenir.

Elle leva la tête vers lui.

– J'ai lu son journal intime. C'était un choc.

– Tu ne savais rien de son passé ?

– Rien. Je l'ai déjà dit.

– As-tu parlé à ton frère ?

– Lui non plus ne savait rien.

En écoutant sa voix curieusement dépourvue de timbre, Stefan eut soudain une vague sensation de flottement, d'incertitude. Il aiguisa son attention et s'inclina légèrement pour mieux voir le visage de Veronica Molin.

– Un choc, comme je le disais, de découvrir que mon père avait été nazi. Pas seulement en paroles. En actes, et pas n'importe lesquels. Engagé volontaire dans la Waffen SS. C'est incroyable. J'ai eu honte. Je l'ai haï. Surtout parce qu'il n'en a jamais rien dit.

Stefan se demanda fugitivement si lui-même avait honte de son père. Mais il n'en était pas encore là. Il pensa que la situation était étrange. Cette femme et lui avaient fait récemment la même découverte concernant leur père respectif.

– C'est dans le journal que j'ai trouvé la possible explication à ce qui lui est arrivé.

Elle se tut pendant qu'un poids lourd passait dans la rue. Stefan attendait, en alerte.

– Qu'as-tu retenu de ce journal? demanda-t-elle ensuite.

– Pas mal de choses.

– Il est question d'un voyage en Écosse.

Stefan acquiesça. Il se souvenait parfaitement des « longues promenades avec M ».

– J'étais encore enfant à l'époque. Quoi qu'il en soit, mon père est parti en Écosse retrouver une femme. Je crois qu'elle s'appelait Monica, mais je n'en suis pas sûre. Il l'avait rencontrée à Borås. Elle était de la police, elle aussi. Nettement plus jeune que lui. Elle était venue dans le cadre d'un voyage d'études, un échange entre la Suède et l'Écosse. Ils sont tombés amoureux l'un de l'autre. Ma mère n'en a rien su, du moins sur le moment. Il est donc parti en Écosse, et là, il l'a menée en bateau.

– C'est-à-dire?

Elle eut un geste d'impatience.

– Laisse-moi raconter l'histoire à mon rythme. C'est déjà assez dur. Alors voilà. Il lui a extorqué de l'argent. Ce qu'il lui a dit, évidemment je n'en sais rien. En tout cas, c'était une grosse somme. Mon père avait une faiblesse : il jouait. Aux courses surtout, mais aussi aux cartes. L'argent de cette femme a été englouti comme ça. Quand elle a réalisé qu'il l'avait escroquée, elle a exigé qu'il la rembourse. Mais il n'existait aucune trace écrite. Il a refusé. Elle est venue alors à Borås. C'est ainsi que je suis au courant de l'histoire. Elle a sonné chez nous un soir d'hiver, je m'en souviens, maman était là, moi aussi, mon père aussi, je ne sais pas où était mon frère. Mon père a essayé de l'empêcher d'entrer, mais elle l'a repoussé violemment et elle a tout révélé à ma mère, en criant à mon père qu'elle le tuerait s'il ne lui rendait pas son argent. Je comprenais suffisamment l'anglais pour suivre leur échange. Ma mère s'est effondrée, mon père était blême de rage, ou peut-être de peur. Elle a juré qu'elle le tuerait, qu'elle *attendrait le temps qu'il faudrait*. Je me souviens de ses paroles.

Veronica Molin se tut.

– Selon toi, elle serait donc revenue se venger après toutes ces années ?

– Les choses ont dû se passer comme ça.

Stefan secoua la tête. C'était complètement invraisemblable. Herbert Molin, dans son journal, avait décrit son voyage en Écosse d'une manière qui ne coïncidait en rien avec ce qu'il entendait à présent.

– Tu dois faire part de tes soupçons aux enquêteurs. Mais je doute qu'ils correspondent à la réalité.

– Pourquoi ?

– Ça ne me paraît tout simplement pas vraisemblable.

– Un meurtre n'est-il pas toujours invraisemblable ?

Un groupe de pilotes passa dans le couloir. Ils attendirent que le silence revienne.

– Je dois te poser une question, dit Stefan. Pourquoi n'as-tu pas voulu en parler à Giuseppe ?

– Bien sûr que je vais le faire. Mais je voulais te demander conseil auparavant.

– Pourquoi ?

– Parce que tu m'inspires confiance.

– Un conseil à quel sujet ?

– Je voudrais empêcher que la vérité soit divulguée. La vérité concernant mon père.

– S'il s'avère que le passé de ton père est sans rapport avec sa mort, il n'y a aucune raison que la police, ou le parquet, diffuse ces informations.

– Je redoute les journalistes. Il est déjà arrivé qu'ils me harcèlent. Je ne veux pas que ça recommence. J'ai été mêlée voici quelques années à une fusion complexe entre deux banques, l'une à Singapour, l'autre en Angleterre, et ça s'est mal passé. J'étais l'une des personnes les mieux renseignées, les médias le savaient, et ils ne m'ont laissé aucun répit.

– Je ne pense pas que tu doives t'en faire à ce sujet. Mais à titre personnel, je ne suis pas d'accord avec toi.

– Sur quoi ?

– Sur le fait que la vérité ne doit pas être divulguée.

– Puis-je empêcher la publicité autour du journal de mon père ?

– Sans doute. Mais d'autres personnes prendront peut-être la décision de creuser cette histoire.

– Qui donc ?

– Moi, par exemple.

Elle recula dans le fauteuil, son visage disparut dans les ombres. Stefan regretta ses paroles.

– Ce n'est pas vrai, dit-il. Je suis policier, pas journaliste. Ne t'inquiète pas.

Elle se leva.

– Tu as fait un long voyage, à ma demande, dit-elle. C'était inutile, bien sûr. J'aurais pu te poser la question au téléphone. Mais j'ai un peu perdu mon sang-froid. Le métier que je fais est sensible. Si je commençais à faire l'objet de rumeurs, mes clients ne me le pardonneraient pas. C'est malgré tout mon père qui a été tué là-bas dans la forêt. Je crois que la coupable est la femme dont le prénom commence par un M. Je ne sais pas qui a tué l'autre homme.

Stefan indiqua le téléphone.

– Je propose que tu appelles Giuseppe Larsson.

– Quand pars-tu ? demanda-t-elle en le voyant se lever.

– Demain.

– Et si nous dînions ensemble ? Je te dois bien ça, au moins.

– J'espère qu'ils ont changé le menu.

– Dix-neuf heures trente ?

– D'accord.

Elle resta taciturne et comme absente pendant tout le dîner. Stefan était de plus en plus énervé. Parce qu'elle l'avait poussé à faire ce voyage idiot à cause d'une peur irrationnelle, mais surtout parce qu'elle l'attirait malgré lui.

Ils se séparèrent, assez froidement, à la réception. Veronica Molin s'engagea à virer sur son compte le montant des frais du voyage et disparut en direction de sa chambre.

Stefan monta chercher sa veste et sortit de l'hôtel. Il lui avait demandé, au cours du dîner, si elle avait appelé Giuseppe. Elle avait répondu qu'elle n'avait pas réussi à le joindre, mais qu'elle réessaierait.

Pendant sa promenade dans le bourg désert, il repensa à ce qu'elle lui avait raconté. L'histoire de la femme écossaise était peut-être vraie. Mais qu'elle soit revenue se venger après tant d'années, et de cette façon encore, ça ne tenait pas debout.

Sans s'en apercevoir, il était parvenu à l'ancien pont de chemin de fer. Il était temps de rentrer à l'hôtel et de dormir. Mais quelque chose le poussa à traverser le pont. Il approcha de la maison d'Elsa Berggren. Il y avait de la lumière au rez-de-chaussée. Il s'apprêtait à passer son chemin lorsqu'il crut voir une ombre tourner au coin de la villa. Il fronça les sourcils. Immobile, il scruta l'obscurité. Puis il ouvrit la grille du jardin et remonta l'allée. Il s'arrêta, écouta. Silence. Il longea la façade jusqu'à l'angle et jeta un coup d'œil. Il n'y avait personne. Évidemment. Malgré tout, il commença à faire le tour de la bâtisse, à tâtons.

Il n'entendit pas les pas approcher dans son dos.

Quelque chose heurta violemment sa nuque. Il tomba. L'instant d'après, il sentit deux mains autour son cou. La pression augmenta.

Puis plus rien. Que le noir.

TROISIÈME PARTIE

Les cloportes | novembre 1999

24

Stefan ouvrit les yeux. Il se redressa avec précaution, inspira profondément et tenta de percer l'obscurité. Rien. Pas un mouvement, pas un bruit. Il tâta sa nuque. Quand il retira sa main, elle était pleine de sang. Il déglutit avec difficulté. Mais il était en vie. Incapable de dire combien de temps il était resté évanoui. Il se leva, s'aidant de la gouttière. Il pouvait réfléchir, malgré la douleur au crâne et à la gorge. Il y avait donc bien eu quelqu'un. Qui avait essayé de le tuer.

Son agresseur avait dû être dérangé, puisqu'il n'était pas allé au bout de son projet. Ou alors, il ne voulait pas le tuer, mais seulement l'avertir. Stefan lâcha la gouttière et prêta l'oreille dans le noir.

Une faible lumière filtrait par la fenêtre la plus proche. Il s'est passé quelque chose ici, pensa-t-il. Comme chez Herbert Molin et Abraham Andersson. Que faire ? La décision fut rapide. Il sortit son portable et composa le numéro de Giuseppe Larsson. Sa main tremblait, il dut s'y reprendre à trois fois. Une voix de jeune fille répondit.

– Téléphone de papa, j'écoute ?

– Je voudrais à parler à Giuseppe.

– Mais il dort depuis longtemps ! Tu sais quelle heure il est ?

– Je dois lui parler.

– Comment t'appelles-tu ?

– Stefan.

– C'est toi qui es de Borås ?

– Oui. Il faut le réveiller. C'est important.

– Je vais lui apporter le téléphone.

Pendant qu'il attendait, Stefan s'éloigna de quelques pas et s'immobilisa sous un arbre. En entendant la voix de Giuseppe, il lui expliqua brièvement la situation.

– Tu es blessé ?

– Je saigne de la nuque et j'ai du mal à déglutir. À part ça, tout va bien.

– Je vais essayer de joindre Erik Johansson. Où es-tu exactement ?

– Derrière la maison. Sous un arbre. Il peut être arrivé quelque chose à Elsa Berggren.

– J'ai bien compris ? Tu as surpris quelqu'un qui s'apprêtait à partir de chez elle ?

– C'est ce que je crois.

Giuseppe réfléchit.

– Reste en ligne. Sonne et attends. Si elle ne t'ouvre pas, tu te planques jusqu'à l'arrivée d'Erik.

Stefan finit de contourner la maison et enfonça le bouton de la sonnette. L'éclairage extérieur était allumé. Il tenait le portable serré contre son oreille.

– Alors ? demanda Giuseppe.

– J'ai sonné. Pas de réaction.

– Essaie encore. Frappe à la porte.

Stefan frappa. Chaque fois que son poing heurtait le bois, il avait un élancement à la nuque. Soudain il entendit un bruit de pas.

– Elle arrive !

– Tu ne peux pas savoir si c'est elle. Sois prudent.

Stefan recula. La porte s'ouvrit. Elsa Berggren était tout habillée. Mais blême.

– C'est elle qui a ouvert, dit Stefan au téléphone.

– Demande-lui si tout va bien.

Stefan s'exécuta.

– J'ai été agressée, répondit-elle. Je viens d'appeler Erik Johansson. Il est en chemin.

Stefan rendit compte à Giuseppe.

– Elle n'est pas blessée ?

– Pas d'après ce que je peux voir.

– Qui l'a agressée ?

– Qui t'a agressée ?

– Il portait une cagoule. À un moment j'ai réussi à la lui arracher, et j'ai aperçu son visage avant qu'il prenne la fuite. Je n'ai jamais vu cet homme auparavant.

Stefan transmit l'information.

– Ça me paraît étrange, cette histoire d'homme masqué. Qu'en penses-tu ?

Stefan répondit en la regardant droit dans les yeux.

– Je crois qu'elle dit la vérité.

– Dans ce cas, tu attends avec elle l'arrivée d'Erik. Je m'habille et je viens. Demande à Erik de m'appeler dès qu'il sera là. Terminé.

Stefan eut un accès de vertige en entrant dans la maison. Il dut s'asseoir, et Elsa Berggren aperçut alors sa main ensanglantée. Il lui raconta son agression. Elle alla à la cuisine et revint avec une serviette mouillée.

– Retourne-toi, dit-elle. Je supporte la vue du sang.

Elle lui tamponna doucement la nuque.

– Ça va aller, dit-il.

Une horloge sonna le quart. Stefan se leva avec précaution et la suivit dans le séjour, où une chaise gisait renversée au milieu des débris d'une coupe de verre ornementale. Elle voulut parler, mais il leva la main.

– C'est à Erik Johansson d'entendre ton récit.

Erik Johansson entra alors que l'horloge invisible sonnait la demie.

– Que se passe-t-il ? demanda-t-il à Elsa Berggren.

Au même instant, il aperçut Stefan.

– Toi ici ? Je ne savais pas que tu étais encore à Sveg.

– Non, je suis revenu. Peu importe. Cette histoire ne commence pas par moi, mais ici, dans ce salon, avant mon arrivée.

– Peut-être. N'empêche que tu pourrais quand même m'expliquer ce que tu fais là.

– J'étais sorti me promener. En passant devant la maison, j'ai cru voir une ombre dans le jardin. Je suis allé voir, et là j'ai été agressé. J'ai failli être étranglé, en fait.

Erik Johansson se pencha vers lui.

– Tu as des bleus au cou. Tu es sûr que tu n'as pas besoin de voir un docteur ?

– Sûr.

Erik Johansson s'assit prudemment sur une chaise, comme s'il craignait de la casser.

– C'est la combientième fois que tu te promènes devant la maison d'Elsa ? La deuxième ? La troisième ?

– C'est important ? répliqua Stefan, exaspéré par sa mollesse.

– Qu'est-ce que j'en sais, moi, de ce qui est important ou pas ? Quoi qu'il en soit, maintenant, je vais écouter Elsa.

Elsa Berggren était assise sur le bord du canapé. Sa voix avait changé, pensa Stefan. Sa peur transparaissait, bien qu'elle essayât encore de donner le change.

– Je sortais de la cuisine et j'allais monter me coucher quand on a frappé. Ça m'a paru bizarre, puisque je n'ai pour ainsi dire jamais de visites. J'avais laissé la chaîne de sûreté, mais dès que j'ai ouvert, il s'est jeté contre la porte, violemment. La chaîne a été arrachée. Il m'a ordonné de me taire. Je ne voyais pas son visage, il portait une cagoule, un bonnet en laine avec des trous découpés. Il m'a poussée dans le séjour – ici – en me menaçant avec une hache et il m'a demandé qui avait tué Abraham Andersson. J'ai essayé de répondre calmement – j'étais ici, sur ce canapé. J'ai vu qu'il s'énervait. Il a levé sa hache. Je me suis jetée sur lui. C'est là que la chaise s'est renversée. Je lui ai arraché sa cagoule. Il s'est enfui. Je t'ai appelé tout de suite après. Je venais de raccrocher quand on a frappé de nouveau. J'ai regardé par la fenêtre et j'ai reconnu celui-ci, dit-elle en désignant Stefan.

Stefan réagit aussitôt.

– Est-ce qu'il parlait suédois ?

– C'est moi qui pose les questions, s'énerva Erik Johansson. Je croyais pourtant que Rundström te l'avait expliqué. Réponds quand même, Elsa. Parlait-il suédois ?

– Anglais, avec un accent.

– Était-ce un Suédois qui essayait de se faire passer pour un étranger ?

Elle réfléchit.

– Non. Ce n'était pas un Suédois. Peut-être un Italien. En tout cas, il était du Sud.

– Peux-tu décrire sa physionomie ? Son âge ?

– Ça s'est passé très vite. Mais c'était un homme d'un certain âge, oui. Des cheveux gris, pas très fournis. Des yeux marron.

– Et tu ne l'avais jamais vu avant ?

La voix anxieuse d'Elsa Berggren laissa passer une note d'irritation.

– Je ne fréquente pas ce genre de personne, tu devrais le savoir.

– Je le sais, Elsa. Mais je dois t'interroger. Était-il grand, petit, maigre, gros ? Comment était-il habillé ? Comment étaient ses mains ?

– Veste sombre, pantalon sombre… Les chaussures, je n'y ai pas fait attention. Il ne portait pas de bague.

Elle se leva.

– Cette taille, à peu près, dit-elle en indiquant une hauteur sur le mur. Ni gros ni maigre.

– Un mètre quatre-vingts, dit Erik Johansson en se tournant vers Stefan. Tu confirmes ?

– Sais pas. Je n'ai vu qu'une ombre en mouvement.

Elsa Berggren se rassit.

– Il t'a menacée, reprit Erik Johansson. De quelle manière ?

– Il m'a posé des questions sur Abraham Andersson.

– Quelles questions ?

– Une seule, à vrai dire. *Qui a tué Abraham Andersson ?*

– Rien d'autre ? Rien sur Herbert Molin ?

– Non.

– Qu'a-t-il dit ?

– *Who killed Mr Abraham ?* Ou alors : *Who killed Mr Andersson ?*

– Et il t'a menacée ?

– Il a dit qu'il voulait la vérité, sinon ça se passerait mal pour moi. Qui a tué M. Abraham ? Voilà. J'ai répondu que je ne le savais pas.

Erik Johansson secoua la tête et se tourna de nouveau vers Stefan.

– Qu'en dis-tu ?

– On peut se demander pourquoi il ne l'a pas questionnée sur le mobile. C'est-à-dire : *pourquoi* Andersson a-t-il été tué ?

– Non. Il voulait simplement savoir qui l'avait fait. Au début, j'ai eu l'impression qu'il croyait que je savais. Puis j'ai compris. Et c'est alors que j'ai pris peur. Il croyait que c'était moi qui l'avais tué.

Malgré le vertige qui revenait par intermittence, Stefan s'efforçait de se concentrer. Ce que disait maintenant Elsa Berggren concernant l'agression était décisif, il le savait. L'essentiel n'était pas ce que l'homme lui avait demandé, mais ce qu'il ne lui avait *pas* demandé. Il n'y avait qu'une explication. Il connaissait déjà la réponse. Stefan s'aperçut qu'il transpirait. L'homme qui l'avait étranglé, pour le tuer ou juste pour le neutraliser, pouvait bien être le personnage principal du drame.

Erik Johansson prit un appel sur son portable. Stefan devina que c'était Giuseppe, et que Johansson craignait qu'il ne roule trop vite.

— Il vient de dépasser Brunflo. Il veut qu'on l'attende ici. Pendant ce temps, je vais noter par écrit ce que vient de nous expliquer Elsa. Nous devons commencer à chercher cet homme.

Stefan se leva.

— Je sors, dit-il. J'ai besoin d'air.

Une fois dehors, il se mit à scanner sa mémoire à la recherche d'un détail. Qui était lié à ce que venait de leur dire Elsa Berggren. Il contourna à nouveau la maison, en évitant de s'en approcher pour ne pas compromettre d'éventuelles empreintes. Il essayait de voir le visage qu'elle avait décrit. Il n'avait sûrement jamais vu cet homme. Pourtant, c'était comme s'il le reconnaissait. Il se tapota le front du bout des doigts pour mieux retrouver l'image. Elle était associée à Giuseppe…

Le dîner à l'hôtel. Giuseppe mangeait. La serveuse allait et venait entre la cuisine et la salle. Il y avait un autre client. Un homme d'un certain âge, seul à une table. Stefan n'avait pas mémorisé ses traits. C'était autre chose. Soudain il comprit. L'homme n'avait pas dit un mot, bien qu'il eût plusieurs fois fait signe à la serveuse. Il était déjà attablé à l'arrivée de Stefan. Il était resté dans le restaurant après leur départ.

Il chercha encore. Giuseppe avait griffonné au dos de l'addition, qu'il avait ensuite chiffonnée et jetée dans le cendrier en partant.

Quelque chose en rapport avec ce bout de papier. Quoi ? Il ne s'en souvenait pas. Mais l'homme était resté silencieux. Et son attitude l'apparentait d'une manière confuse au signalement flou que venait de donner Elsa Berggren.

Il retourna à l'intérieur. Une heure vingt du matin. Elsa Berggren était toujours sur le bord du canapé, très pâle.

– Il prépare du café, annonça-t-elle.

Stefan alla à la cuisine.

– Je ne peux pas réfléchir sans café, dit Erik Johansson. Tu en veux ? Franchement, tu as une tête horrible. Je me demande si tu ne devrais pas voir un médecin malgré tout.

– Je veux d'abord parler à Giuseppe.

Erik Johansson, constata Stefan, préparait du café bouilli. Il compta lentement jusqu'à quinze. Puis il dit :

– Désolé si j'ai été un peu brusque tout à l'heure. Nous autres, dans le Härjedalen, nous avons parfois l'impression d'être traités un peu de haut. Ça vaut aussi pour Giuseppe. Juste pour ta gouverne.

– Je comprends.

– Non, je ne crois pas. Mais quand même.

Il tendit une tasse à Stefan, qui cherchait encore dans sa mémoire le souvenir lié au bout de papier de Giuseppe.

Ce fut seulement après cinq heures du matin qu'il put l'interroger sur ce qui s'était passé ce soir-là dans le restaurant de l'hôtel. Giuseppe était arrivé chez Elsa Berggren à deux heures moins dix. Après s'être fait expliquer la situation en détail, il avait entraîné Erik Johansson et Stefan au poste de police de Sveg, c'est-à-dire le bureau d'Erik, pendant qu'un autre policier appelé entre-temps surveillait la villa blanche. Le signalement était trop imprécis pour motiver un avis de

recherche. Par contre, on attendait des renforts d'Östersund dans le courant de la matinée afin d'aller, une fois
de plus, frapper aux portes. Quelqu'un a forcément vu
quelque chose, martelait Giuseppe. Ce type ne peut pas
être venu à pied. Les Sud-Européens anglophones, à
cette époque de l'année, il n'y en avait pas beaucoup à
Sveg. Il arrivait que des amateurs viennent de Milan ou
de Madrid chasser l'élan, et les Italiens adoraient aussi
ramasser les champignons. Mais, dit Giuseppe, ce n'est
la saison ni des champignons ni des élans. Quelqu'un
l'a forcément vu. Lui, ou sa voiture. Ou autre chose.

À cinq heures et demie, Erik Johansson partit dresser
un périmètre autour de la maison d'Elsa Berggren. La
fatigue rendait Giuseppe irritable.

– Il aurait dû le faire tout de suite ! Comment peut-on
espérer travailler correctement si on ne respecte même
pas les règles de base ?

Il se laissa tomber dans le fauteuil, les pieds sur le
bureau.

– Tu te rappelles notre dîner à l'hôtel ? demanda Stefan.

– Oui, très bien.

– Il y avait un homme dans le restaurant. Tu t'en souviens ?

– Vaguement. Il était assis près de la porte des cuisines, il me semble.

– À gauche.

Giuseppe le regardait avec des yeux rougis par le
manque de sommeil.

– Pourquoi penses-tu à lui ?

– Il n'a rien dit. Peut-être parce qu'il ne tenait pas à se
faire repérer en tant qu'étranger.

– Et pourquoi, nom de Dieu ?

– Parce que nous étions de la police. On a répété
le mot plusieurs fois. «Police» ça se dit pareil dans
plein de langues. Je crois que cet homme correspond

au signalement qu'a essayé de nous donner Elsa Berggren.

Giuseppe secoua la tête.

– C'est trop vague, trop hasardeux, et trop tiré par les cheveux.

– Oui. Mais bon. Tu as griffonné sur un papier, après le dîner.

– Oui, sur l'addition. J'ai voulu la récupérer le lendemain, pour mes notes de frais, mais la serveuse m'a dit qu'elle ne l'avait pas vue.

– Nous y voilà. Pourquoi ?

Giuseppe cessa de se balancer.

– Tu veux dire que ce type l'aurait prise après notre départ ?

– Je ne veux rien dire. Je réfléchis à haute voix. Tu te souviens de ce que tu avais écrit ?

Giuseppe réfléchit.

– Des noms, il me semble… Mais oui, on parlait des trois personnages, Herbert Molin, Abraham Andersson et Elsa Berggren. On essayait de deviner le lien qu'il pouvait y avoir entre eux.

Giuseppe se redressa brutalement.

– J'ai noté leurs noms et je les ai reliés par des flèches. C'était un triangle. Je crois même que j'ai dessiné une croix gammée à côté de celui d'Andersson.

– C'est tout ?

– Je crois bien.

– Il se peut que je me trompe. Mais avant que tu chiffonnes le papier, il m'a semblé voir un grand point d'interrogation avec cette croix gammée.

– C'est possible.

Giuseppe se leva et alla s'adosser au mur.

– J'écoute, dit-il. Je commence à saisir ton raisonnement.

– Cet homme dîne par hasard dans le restaurant de

l'hôtel. Il comprend qu'on est de la police. Après notre départ, il récupère la note que tu as laissée sur la table. Maintenant, ça suppose un certain nombre de choses. S'il fait ça, c'est que ça l'intéresse. Et si ça l'intéresse, c'est qu'il est impliqué d'une manière ou d'une autre.

Giuseppe leva la main.

– Comment ?

– Cela nous conduit au deuxième présupposé. Si c'est bien l'homme qui a rendu visite à Elsa Berggren cette nuit et qui m'a agressé en s'enfuyant, nous devons nous poser au moins une question.

– Oui ?

– Celle qui fait suite à sa question à lui : *Qui a tué Andersson ?*

Giuseppe eut un geste d'impatience.

– Je ne te suis pas.

– Je veux dire que cette question nous conduit à une autre. La plus importante, celle qu'il n'a pas posée.

Giuseppe comprit. Ce fut comme s'il respirait à nouveau.

– Qui a tué Herbert Molin ?

– C'est ça. Je continue ?

Giuseppe acquiesça.

– On peut tirer diverses conclusions. Mais la plus plausible, c'est qu'il ne l'a pas interrogée là-dessus parce qu'il connaissait la réponse. Parce que celui qui a tué Herbert Molin, c'est lui.

Giuseppe leva les deux mains.

– Tu vas trop vite. Dans le Jämtland, il nous faut un peu plus de temps que ça. On inclinait déjà à penser qu'on devait chercher deux meurtriers au lieu d'un. Là, il faudrait aussi envisager deux mobiles…

– En tout cas, ce n'est pas exclu.

– J'ai du mal à y croire. Les crimes de ce genre sont exceptionnels par ici. Soudain on en a deux, coup sur coup. Sans que ce soit le même homme ? Tu dois comprendre que mon expérience proteste.

– Il faut une première à tout. Il est sans doute temps de formuler quelques idées neuves.

– Vas-y. À haute voix, s'il te plaît.

– Quelqu'un surgit de la forêt et règle son compte à Herbert Molin. L'opération est minutieusement organisée. Quelques jours plus tard, Abraham Andersson est tué par quelqu'un d'autre. Pour une raison que nous ignorons, le meurtrier de Molin veut savoir ce qui s'est passé. Alors il revient. Qui a tué Abraham Andersson ? Par un concours de circonstances peu commun, il récupère un papier jeté par un policier. Qu'y découvre-t-il ? Pas deux noms, mais trois.

– Elsa Berggren ?

Stefan acquiesça.

– Il se dit qu'elle détient probablement la réponse. Et il décide de lui mettre la pression. Mais quand il devient trop menaçant, elle réagit, contre toute attente, et le démasque. Il prend la fuite et là, il tombe sur moi. Tu connais l'épilogue.

Giuseppe entrouvrit une fenêtre.

– Qui est cet homme ?

– Je ne sais pas. Mais on peut risquer une hypothèse supplémentaire. Qui nous fournira peut-être la solution, si j'ai raison.

Giuseppe attendit en silence.

– Nous croyons savoir que le meurtrier de Molin a campé au bord du lac. Après avoir exécuté son projet, il s'en va. Quand il revient, il ne va pas dresser sa tente au même endroit. Alors où dort-il ?

Giuseppe le fixa d'un regard incrédule.

– Il aurait pris une chambre à l'hôtel ?

– Ça peut valoir le coup de se renseigner.

Giuseppe regarda sa montre.

– Quand commencent-ils à servir le petit déjeuner ?

– À six heures trente.

– Alors ils sont déjà au travail. Viens, on y va.

Quelques minutes plus tard, ils faisaient leur entrée. La fille de la réception parut surprise de les voir.

– Deux messieurs matinaux souhaitent prendre leur petit déjeuner ? s'enquit-elle.

– Ça attendra, dit Giuseppe. La semaine dernière, les clients de l'hôtel. Tu as un registre ou c'est informatisé ?

– Quoi, il s'est passé quelque chose ?

– Contrôle de routine, dit stupidement Stefan. Y a-t-il eu des étrangers ces deux dernières semaines ?

Elle réfléchit.

– Quatre Finlandais la semaine dernière. Ils sont restés deux nuits, mercredi et jeudi.

– C'est tout ?

– Oui.

– Il a pu loger ailleurs, évidemment, dit Giuseppe. Les possibilités ne manquent pas.

Il se retourna vers la fille.

– Le soir où nous avons dîné à l'hôtel, il y avait un autre client dans le restaurant. Quelle langue parlait-il ?

– L'anglais. Mais il était argentin.

– Comment le sais-tu ?

– Il a payé avec une carte de crédit. Il m'a montré son passeport.

Elle disparut dans la pièce située derrière la réception et revint quelques instants plus tard en brandissant une facturette. Ensemble ils déchiffrèrent le nom. Fernando Hereira.

Giuseppe laissa échapper un grognement de satisfaction.

– Alors on le tient. Si c'est lui.

– Est-il revenu à l'hôtel ? demanda Stefan.

– Non.

– As-tu vu sa voiture ?

– Non.

– A-t-il dit d'où il venait ? Où il allait ?

– Non. Il n'a pas dit grand-chose, en fait. Mais il était aimable.

– Peux-tu le décrire, physiquement ?

Elle réfléchit. Stefan vit qu'elle faisait un réel effort.

– J'ai du mal à me rappeler les visages.

– Tu as bien dû voir quelque chose. Ressemblait-il à l'un de nous deux ?

– Non.

– Quel âge avait-il ?

– Je ne sais pas. La soixantaine, peut-être.

– Ses cheveux ?

– Euh, gris.

– Ses yeux ?

– Je ne sais pas.

– Était-il plutôt gros ou maigre ?

– Je ne m'en souviens pas. Mais je ne crois pas qu'il était gros.

– Ses vêtements ?

– Une chemise… bleue, je crois. Peut-être un blouson.

– Autre chose ?

– Non.

Giuseppe secoua la tête et se laissa tomber dans un des fauteuils marron de la réception, la facturette à la main. Stefan l'imita. Il était six heures vingt-cinq, le 12 novembre. Stefan avait rendez-vous à l'hôpital de Borås sept jours plus tard. Giuseppe bâilla et se frotta les yeux. Ni l'un ni l'autre ne prononcèrent un mot.

La porte du couloir s'ouvrit.

En levant la tête, Stefan croisa le regard de Veronica Molin.

25

À l'approche de l'aube, Aron Silberstein se crut un court instant de retour en Argentine. La lumière était la même, celle qu'il avait si souvent regardée au moment où le soleil, s'élevant au-dessus de l'horizon, illuminait les plaines à l'ouest de Buenos Aires. Mais la sensation se dissipa vite.

Il était maintenant dans les montagnes suédoises, près de la frontière norvégienne. Il était retourné directement à la maison de Frostengren après sa visite désastreuse chez Elsa Berggren. L'homme qu'il avait surpris dans son jardin et qu'il s'était senti obligé de neutraliser, puis d'effrayer en lui laissant quelques marques au cou, était l'un des deux policiers qu'il avait vus le soir où il avait dîné à l'hôtel. Que faisait donc là cet homme en pleine nuit ? La maison d'Elsa Berggren était-elle surveillée, tout compte fait ? Il avait pourtant monté la garde longtemps avant de frapper à sa porte et de s'engouffrer chez elle.

Il se contraignit à envisager une possibilité qui lui était au fond insupportable. Qu'il ait serré trop fort, que le policier soit mort.

Il avait roulé vite dans la nuit, non de crainte d'être suivi, mais parce qu'il ne pouvait plus maîtriser son envie de boire. Il avait acheté du vin et des alcools forts à Sveg, comme s'il pressentait sa propre implosion imminente. La seule restriction qu'il avait encore la force de s'imposer était de ne pas ouvrir la première bouteille tant qu'il ne serait pas revenu au chalet.

Vers trois heures du matin, il aborda le dernier tronçon de route avant la maison de Frostengren. Quand il arriva enfin, il dut s'avancer à tâtons vers la porte, dans l'obscurité compacte qui l'enveloppait. Une fois à l'intérieur, il déboucha une bouteille de vin et la vida à moitié en deux rasades.

Lentement, le calme revint. Il s'assit à la table, côté fenêtre, complètement immobile, la tête vide, et continua de boire. Puis il approcha le téléphone et fit le numéro de Maria. Malgré le grésillement, sa voix lui parut très proche. Il pouvait sentir son souffle dans le combiné.

– Où es-tu ? demanda-t-elle.

– Encore là-bas.

– Que vois-tu par la fenêtre ?

– Le noir.

– Est-ce que j'ai raison ?

– Raison de quoi ?

– De penser que tu ne reviendras pas.

Cette réplique de Maria fit remonter l'anxiété. Il but une rasade de vin avant de répondre.

– Et pourquoi ne reviendrais-je pas ?

– Il n'y a que toi qui sais ce que tu fais, et pour quelles raisons tu n'es pas ici. Mais tu me mens, Aron. Tu ne dis pas la vérité.

– Pourquoi mentirais-je ?

– Tu n'as pas fait ce voyage pour regarder des meubles. C'est autre chose. Peut-être as-tu rencontré une autre femme. Je ne sais pas. Il n'y a que toi qui sais. Et Dieu.

Elle n'avait donc pas compris ce qu'il lui avait dit la dernière fois. Qu'il avait tué un homme.

– Je n'ai rencontré personne, dit-il. Je serai bientôt à la maison.

– Quand ?

– Bientôt.

– Tu ne m'as toujours pas dit où tu étais.

– Dans les montagnes. Très haut. Il fait froid.

– Tu t'es remis à boire ?

– Pas beaucoup. Juste pour dormir.

La communication fut coupée. Aron refit trois fois le numéro, sans succès.

Puis il resta assis en attendant l'aube. Tout allait se jouer maintenant. Elsa Berggren avait vu son visage. Quand elle lui avait arraché le bonnet, il s'était enfui. Pris de court, pris de panique. Il aurait dû rester, remettre la cagoule, l'obliger à lui dire ce qu'elle savait. Mais il avait pris la fuite. Et là, il était tombé sur le policier.

Malgré l'alcool dont il emplissait son corps, il restait capable de réfléchir. Il y avait toujours chez lui un instant de grande clarté avant que l'ivresse prenne le dessus. L'expérience lui avait appris quelle dose d'alcool il pouvait ingérer, à quelle vitesse, de manière à garder le plus longtemps possible le contrôle de ses pensées. Et là, il en avait besoin. Pour affronter la manche décisive.

Rien ne s'était conformé à ses attentes. En dépit de la minutie des préparatifs. Et tout était la faute d'Abraham Andersson. Ou plutôt, de celle qui l'avait assassiné. Ce ne pouvait être qu'Elsa Berggren. La question était de savoir pourquoi. Quelles forces avait-il mises en mouvement en tuant Herbert Molin ?

Il continua à boire, et à surveiller son ivresse. Ce qu'il avait le plus de mal à admettre, c'était que ce meurtre ait pu être commis par une femme de soixante-dix ans. Avait-elle eu un complice ? Qui, dans ce cas ? Et si les policiers la soupçonnaient, pourquoi ne l'arrêtaient-ils pas ? Il recommença depuis le début. Elsa Berggren avait dit qu'elle ne savait rien, pour Abraham Andersson. Mais il était convaincu qu'elle mentait. En apprenant la mort de Herbert Molin, elle était sortie dans la nuit, elle avait pris sa voiture, elle était allée chez Abraham Andersson et elle l'avait tué. Était-ce une vengeance ? Croyait-elle qu'Andersson avait tué Molin ? Quel était le lien, entre ces trois personnages, qu'il échouait à identifier ? Un lien qui existait aussi aux yeux des policiers. Il avait encore le papier chiffonné, avec les trois noms.

Il pensa que la vengeance était un boomerang, qui entamait à présent sa trajectoire de retour et le frapperait bientôt en pleine tête. Il s'agissait de culpabilité. À l'endroit de Herbert Molin, il ne ressentait rien. Son acte avait été nécessaire, une dette envers son père. Mais Abraham Andersson ne serait pas mort s'il ne l'avait pas commis. Avait-il maintenant aussi le devoir de venger Abraham Andersson ? Toute la question était là.

Ses pensées faisaient sans cesse des allers et retours. De temps en temps, il sortait regarder le ciel rempli d'étoiles, en grelottant de froid. Il s'enveloppa dans une couverture et continua d'attendre. Qu'attendait-il ? Il l'ignorait. Que quelque chose prenne fin. À présent, son visage était connu. Elsa Berggren l'avait vu. La police commencerait à assembler les détails. Ils découvriraient son nom sur la facture de la carte de crédit. La seule faille de son organisation : il s'était retrouvé ce soir-là à court d'argent liquide. Les policiers se mettraient à sa recherche, en pensant qu'il était aussi coupable du meurtre d'Abraham Andersson. Et maintenant qu'il avait peut-être tué un policier par erreur, toutes les ressources seraient mobilisées pour le capturer.

Il revenait en permanence sur cet instant. Avait-il serré trop fort ? En relâchant son étreinte, juste avant de prendre la fuite, il avait eu la certitude que non. Là, il ne savait plus. Il devait partir, évidemment, le plus vite et le plus loin possible. Mais il savait qu'il ne le ferait pas. Il ne pouvait pas retourner à Buenos Aires tant qu'il n'aurait pas obtenu de réponse à ses questions.

L'aube arriva. Il regardait toujours les montagnes. L'épuisement le faisait piquer du nez, mais il ne pouvait pas rester là. Il devait partir, sinon ils ne tarderaient pas à le trouver. Il se leva. Où disparaître ? Il sortit pisser dans la cour. La lumière grandissait peu à peu, cette brume d'un gris clair qu'il reconnaissait, la même qu'en Argentine. Si seulement il n'avait pas fait si froid… Il retourna à l'intérieur.

Il se décida enfin, rassembla ses affaires, les bouteilles de vin, les boîtes de conserve, le pain dur. Tant pis pour la voiture, il n'allait pas la changer de place. Peut-être serait-elle découverte le jour même, peut-être aurait-il un peu d'avance. Peu avant neuf heures, il quittait la maison. Il se dirigea vers la montagne. Après deux ou trois cents mètres, il s'arrêta et se débarrassa d'une partie de son paquetage. Puis il se remit en route. Droit vers le haut. Il était ivre, il chancelait, tombait parfois, se blessait dans la caillasse. Mais il se relevait et recommençait à marcher. Il poursuivit ainsi, tout droit, jusqu'à ne plus voir la maison.

Vers midi, il était à bout de forces.

À l'abri d'une roche, il enfonça tant bien que mal ses piquets, se déchaussa, étala le duvet et s'allongea dessus, avec une bouteille de vin.

La lumière filtrant par la toile fine transformait l'intérieur de la tente en coucher de soleil.

Il pensa à Maria, tout en vidant la bouteille à petites gorgées. Il lui semblait enfin comprendre à quel point il tenait à elle.

Puis il se glissa dans le duvet et s'endormit.

Au réveil, il se dit qu'il restait encore une décision à prendre.

Les enquêteurs étaient convoqués pour dix heures dans le bureau d'Erik Johansson. Auparavant, les techniciens avaient été dépêchés à la maison d'Elsa Berggren, avec un chien chargé de flairer la piste de l'agresseur. Giuseppe avait réveillé Stefan peu après neuf heures, au téléphone, en disant qu'il ferait bien d'assister à la réunion.

– Que tu le veuilles ou non, et que *je* le veuille ou non, tu es mêlé aux deux enquêtes. J'ai parlé à Rundström. Il est de mon avis. Pas officiellement, bien sûr. Mais vu la situation, on ne peut pas s'en tenir au règlement.

– Des traces ?

– Le chien est parti vers le pont. Sa voiture devait être garée là-bas. Les techniciens pensent pouvoir obtenir une bonne empreinte de pneu. Ensuite on verra si elle coïncide avec une de celles qu'on a relevées chez Molin et chez Andersson.

– Tu as dormi ?

– J'ai trop à faire. On m'a envoyé quatre hommes d'Östersund, plus deux gars d'Erik qui étaient en congé. Il faut frapper à toutes les portes. Quelqu'un a dû le voir. Un type brun, la soixantaine, qui s'exprime en anglais, avec un accent. On ne peut pas vivre sans adresser la parole à qui que ce soit. On fait le plein d'essence, on mange, on achète des trucs. *Quelqu'un* l'a forcément vu. À un moment ou à un autre, cet homme a ouvert la bouche pour parler, le contraire est impossible.

Stefan accepta de venir. Après avoir raccroché, il tâta sa nuque encore douloureuse. Il avait pris une douche avant de s'endormir. Tout en s'habillant, il pensa à sa rencontre avec Veronica Molin trois heures plus tôt.

Ils avaient pris leur petit déjeuner ensemble. Stefan lui

362

avait résumé les événements de la nuit. Elle l'avait écouté attentivement sans poser de questions, jusqu'au moment où il avait dû s'excuser, à cause d'un brusque accès de nausée. Mais ils avaient décidé de dîner ensemble le soir, s'il se sentait mieux. À peine allongé, il s'était endormi.

À présent, la nausée avait disparu et il observait son reflet dans le miroir de la salle de bains. Brusquement, il fut submergé par un sentiment d'irréalité. Il ne put absolument pas s'en défendre. Il fondit en larmes, jeta la serviette qu'il tenait à la main contre le miroir et sortit. Je vais mourir, pensa-t-il avec désespoir, je vais mourir et je n'ai même pas quarante ans.

Le téléphone sonna dans la veste qu'il avait jetée par terre en arrivant. C'était Elena, avec du brouhaha à l'arrière-plan.

– Où es-tu ? demanda-t-elle.

– Dans ma chambre. Et toi ?

– À l'école. Tout à coup, j'ai senti que je devais t'appeler.

– Tout va bien. Tu me manques.

– Tu sais où me trouver. Quand reviens-tu ?

– J'ai rendez-vous à l'hôpital le 19. Je serai de retour d'ici là.

– Tu sais, j'ai rêvé cette nuit qu'on partait en voyage ensemble. On ne pourrait pas le faire ? J'ai toujours eu envie d'aller à Londres.

– Il faut se décider tout de suite ?

– Je te parle d'un rêve que j'ai fait cette nuit. On devrait avoir un projet. Ce serait une bonne idée, je pense.

– Bien sûr qu'on ira à Londres. Si je suis encore en vie.

– Quoi ?

– Rien. Je suis fatigué. Je dois y aller, on m'attend pour une réunion.

– Tu es en arrêt de travail.

– Ils m'ont demandé d'y assister.

– Il y avait un article sur les meurtres dans le journal de Borås, hier. Avec une photo de Melin.

– Pas Melin, Molin. Herbert Molin.

– Il faut que je file. Appelle-moi ce soir.

Stefan le lui promit. Il posa le téléphone sur la table. Que serais-je sans Elena ? pensa-t-il. Rien du tout.

Rundström le surprit en lui serrant aimablement la main à son arrivée. Erik Johansson retirait ses bottes en caoutchouc boueuses pendant qu'un maître-chien exaspéré voulait savoir si un certain Anders avait donné de ses nouvelles. Puis Giuseppe martela la table du bout de son crayon et la réunion commença. Il fit un résumé bref et clair des événements de la nuit.

– Elsa Berggren a demandé qu'on attende ce soir pour l'interroger à nouveau. Ça me paraît raisonnable. Surtout qu'on a beaucoup d'autres tâches au moins aussi urgentes.

– On a pu relever des empreintes, annonça Erik Johansson. Dans la maison et dans le jardin. Quel que soit le type qui lui a rendu visite avant d'agresser Lindman, il n'a pas été prudent. Ce sera la priorité des techniciens, les comparer avec celles de chez Molin et de chez Andersson. Ça, et les pneus.

Giuseppe approuva de la tête.

– On m'a dit que la piste flairée par le chien s'arrêtait à l'entrée du pont. Que s'est-il passé ensuite ?

Le maître-chien qui répondit avait dans les quarante-cinq ans. Une cicatrice lui balafrait la joue gauche.

– La piste s'est refroidie direct.

– Des trouvailles ?

– Non.

– Il y a une place de stationnement près du pont,

intervint Erik Johansson. En fait ce n'est qu'un élargissement du bas-côté, mais la piste s'arrêtait pile à cet endroit. On peut imaginer qu'il y avait laissé sa voiture, d'autant plus que c'est un emplacement très discret dès la nuit tombée. On manque un peu de réverbères là-bas. Il n'est pas rare, surtout en été, que les gens en profitent pour s'arrêter et se bisouter sur la banquette arrière.

Les hommes autour de la table éclatèrent de rire.

– De temps en temps, ça va un peu plus loin, ajouta Erik Johansson sur sa lancée. Parfois, on arrive aux mêmes cas de figure qu'autrefois sur les chemins de forêt isolés, ceux qui surchargeaient notre tribunal de demandes de reconnaissance de paternité.

– Quoi qu'il en soit, coupa Giuseppe, quelqu'un à Sveg a dû apercevoir cet homme. Qui a une carte de crédit établie au nom de Fernando Hereira.

– Je viens d'avoir Östersund en ligne, dit Rundström qui avait jusque-là gardé le silence, laissant Giuseppe diriger la réunion. Ils ont lancé une recherche nationale à ce nom-là. Ils ont découvert dans le fichier un Fernando Hereira à Västerås, inculpé de fraude sur la TVA il y a un petit paquet d'années. Mais c'est un monsieur très âgé, alors ce n'est sans doute pas lui que nous cherchons.

– Je ne parle pas l'espagnol, reprit Giuseppe. Mais Fernando Hereira, ça me fait l'effet d'un nom plutôt courant.

– Comme le mien, commenta Erik Johansson. Presque tous les garçons de ma génération et dans ce coin du Norrland s'appellent Erik.

– Nous ne savons pas si c'est son vrai nom, dit Giuseppe avec douceur.

– On transmet à Interpol, trancha Rundström. Dès qu'on aura fini de comparer les empreintes.

Plusieurs téléphones se mirent à sonner en même

temps. Giuseppe se leva, proposa une pause de dix minutes et fit signe à Stefan de le suivre. Ils s'installèrent dans le hall de la maison communale, face à l'ours empaillé qui les dévisageait.

– J'ai vu un ours une fois, dit pensivement Giuseppe. Quelque part du côté de Krokom, où j'avais interrogé une bande de bouilleurs de cru. Je rentrais à Östersund, j'étais sur la route, et je songeais à mon père. J'avais longtemps cru que c'était ce fameux Italien, mais un jour, alors que j'avais douze ans, ma mère m'a raconté que mon père était un étourdi originaire de Ånge, qui avait pris la fuite en apprenant qu'elle était enceinte. Et soudain, cet ours s'est matérialisé au bord de la route. J'ai pilé, en même temps que je me disais : ça va pas, la tête ? C'est une ombre que tu as vue, peut-être une grosse pierre. Mais non, c'était bien un ours. Une femelle. Sa fourrure était toute brillante. J'ai pu la regarder presque une minute entière. Puis elle a disparu. Je me souviens d'avoir pensé que ce genre de chose n'arrive pas. Ou si ça arrive, c'est une seule fois dans une vie. Comme une quinte royale au poker. C'est arrivé à Erik, paraît-il, il y a vingt-cinq ans. Dans une donne de merde, cinq couronnes dans le pot et personne qui voulait miser quoi que ce soit.

Giuseppe s'étira en bâillant. Puis il retrouva sa gravité.

– J'ai réfléchi à notre discussion. L'histoire des idées neuves, en particulier celle des deux mobiles différents. J'ai du mal à l'admettre. Elle est trop invraisemblable, trop « grande ville », si tu vois ce que je veux dire. Par ici, les choses se passent en général autrement. Disons d'une manière un peu plus simple. Cependant, je reconnais que beaucoup d'éléments vont dans ton sens. J'en ai parlé à Rundström avant la réunion.

– Qu'a-t-il dit ?

366

– Rundström est un monstre pragmatique qui ne croit à rien, qui ne se laisse jamais aller aux devinettes, qui ne veut tenir compte que des faits. Et il ne faut pas le sous-estimer. Il voit vite, à la fois les ornières et les ouvertures potentielles.

Il se tut pendant qu'un groupe d'enfants traversait le hall, en route vers la bibliothèque.

– J'ai retourné le problème dans tous les sens, dit Giuseppe quand la porte se fut refermée derrière la petite troupe. Un homme, qui s'exprime en anglais avec un accent du Sud, débarque dans le coin et massacre Herbert Molin. L'histoire de sa fille, sa dette vis-à-vis de cette femme en Écosse, je n'y crois pas une seconde. Par contre, tu peux avoir raison sur le mobile secret qui remonterait à la guerre. La brutalité, la rage, ces éléments suggèrent bien une vengeance. Et cet épouvantable journal de bord. Jusque-là, ça peut coller. Dans ce cas, on cherche quelqu'un qui aurait dû en avoir fini, après avoir réglé son compte à Molin. Mais apparemment il est resté sur place. C'est ça qui ne colle pas. Il aurait dû se carapater le plus vite et le plus loin possible.

– A-t-on du nouveau sur les relations entre Molin et Andersson ?

– Rien. Les collègues de Helsingborg ont réinterrogé sa femme, qui s'en tient à ses premières déclarations, à savoir qu'Abraham lui racontait tout, et qu'il lui arrivait de mentionner Molin à l'occasion, sans plus. Et les autres recherches n'ont rien donné. On reste pour l'instant sur l'image superficielle d'un abîme entre ces deux bonshommes – d'un côté, un type sans histoires, violoniste d'orchestre qui composait des rengaines pour se détendre et, de l'autre côté, un ex-policier d'extrême droite au passé violent. Je ne crois pas que nous entamerons cette surface avant d'avoir retrouvé le salaud qui t'a amoché. Comment va ton cou, au fait ?

– Bien, merci.

Giuseppe se leva.

– Abraham Andersson a composé, entre autres tubes, un truc dont le titre était *Crois-moi, j'suis une nana*. C'est Erik qui s'en est souvenu tout à coup, à cause de ce pseudonyme, Siv Nilsson, et d'un vieux disque qu'il avait chez lui, d'un groupe qui se faisait appeler les Fabians et qui jouait dans les dancings. Très curieux, au fond, ce musicien classique qui écrivait des bêtises sous un pseudo de femme. La chanson était nulle, d'ailleurs, d'après Erik. C'est peut-être ça, la vie. Un jour du Mozart, le lendemain une rengaine débile…

Ils retournèrent dans le bureau. Mais la réunion n'eut jamais l'occasion de reprendre. Rundström, qui venait de recevoir un appel sur son portable, leva la main pour imposer le silence aux autres. Il écouta quelques instants encore, puis il coupa la communication.

– Ils ont trouvé une voiture de location du côté de Funäsdalen.

Tous s'attroupèrent autour de la carte de la région punaisée au mur.

– Ici, dit Rundström en pointant l'endroit. C'est une zone de chalets de vacances. La voiture était abandonnée.

– Qui l'a découverte ? demanda Giuseppe.

– Un homme du nom de Bertil Elmberg qui possède un chalet là-bas. Il passait vérifier que tout allait bien dans sa bicoque, quand il a aperçu des traces de pneu, ce qui lui a paru bizarre, à cette époque de l'année. Puis il a aperçu la voiture. Il s'en est approché. Il pense que le chalet le plus proche a pu être cambriolé.

– A-t-il vu quelqu'un ?

– Non. Il n'a pas osé s'attarder. Vu ce qui est arrivé à Molin et à Andersson, j'imagine. Mais il a remarqué autre chose. La voiture avait été louée à Östersund, il y avait un sticker. Et il a aussi eu le temps de voir un journal sur la plage arrière. Un journal qui n'était pas en suédois.

– C'est bon, dit Giuseppe en attrapant sa veste. On y va.

Rundström se tourna vers Stefan.

– Il vaut mieux que tu viennes. Tu l'as presque vu. À supposer que ce soit lui.

Giuseppe proposa à Stefan de prendre le volant, car il avait plein de coups de fil à passer.

– Oublie les limites de vitesse, dit-il. Tant qu'on reste sur la route.

Stefan écoutait la voix de Giuseppe au téléphone. Un hélicoptère était en route. Avec des chiens. Peu avant Linsell, il y eut un appel de Rundström. Une caissière de Sveg avait raconté à un policier qu'elle avait vendu un bonnet tricoté à quelqu'un, la veille au soir.

– Elle ne se rappelait pas à quoi ressemblait le client, ni s'il avait dit quelque chose, soupira Giuseppe. Elle ne savait même pas si c'était un homme ou une femme, seulement qu'elle avait vendu une saloperie de bonnet. Parfois les gens ont vraiment les yeux dans le cul.

Un homme les attendait à la sortie de Funäsdalen. Il se présenta : Elmberg. Ils attendirent ensemble Rundström et un autre véhicule de police. Le cortège s'ébranla derrière Elmberg, qui quitta à un moment donné la route principale.

La voiture était une Toyota rouge. Aucun des policiers présents ne savait distinguer l'espagnol de l'italien ou du portugais. Stefan croyait savoir qu'*El País* était le titre d'un journal italien mais, en regardant le prix, il se dit que *ptas* devait être l'abréviation de *pesetas*, un journal espagnol, autrement dit. Ils continuèrent à pied. La montagne se dressait devant eux. Une maison isolée en rondins était blottie au pied de la pente, peut-être une ancienne bergerie aménagée. Rundström et Giuseppe évaluèrent rapidement la situation. Ils pensaient l'un comme l'autre qu'il n'y avait plus personne. Mais ils dégainèrent tout de même avant d'approcher. Rundström cria un avertissement. Pas de réponse. Il cria à nouveau. L'écho répercuta le son de sa voix. Giuseppe tourna la poignée. La porte n'était pas verrouillée. Il l'ouvrit brusquement. Ils entrèrent. Giuseppe ressortit une minute plus tard et annonça que la maison était vide, mais depuis peu de temps. Il n'y avait plus qu'à attendre l'hélicoptère et les chiens. Les techniciens avaient interrompu leur travail dans la maison d'Elsa Berggren, ils étaient en route.

L'hélicoptère approcha par le nord-est et se posa sur un plateau rocheux au nord de la cabane. Chiens et maîtres-chiens en descendirent, et l'hélicoptère s'éleva dans les airs.

Les chiens flairèrent un verre que l'occupant du chalet n'avait pas pris la peine de rincer, récupéré par Giuseppe dans l'évier de la cuisine.

Ils commencèrent immédiatement à tirer sur leur laisse, plein nord.

Droit vers la montagne.

26

Giuseppe interrompit les recherches peu avant dix-sept heures. D'abord le brouillard était arrivé par l'ouest. Le crépuscule avait fait le reste, en leur ôtant toute visibilité.

Ils avaient commencé à grimper vers treize heures, pendant que des barrages routiers étaient installés dans toute la région. Les chiens avaient plusieurs fois perdu et retrouvé la piste, qui les avait menés plein nord au début, puis le long d'une crête, vers l'ouest, puis à nouveau vers le nord. Les policiers avaient formé une chaîne, avant de se déployer le long de la crête. La pente, au début, n'était pas trop raide. Stefan constata que sa forme physique avait beaucoup baissé. Mais il ne voulait pas être le premier à déclarer forfait. Ils étaient parvenus sur un plateau lorsque Giuseppe, en concertation avec Rundström, prit la décision de redescendre.

Un autre élément était intervenu au cours de cette marche. Une intuition, d'abord vague et insaisissable, qui avait pris progressivement la forme d'un souvenir. Un souvenir réel, qui lui revenait avec de plus en plus de détails.

Stefan était déjà allé à la montagne. Alors qu'il avait huit ou neuf ans. Comment avait-il pu l'oublier ?

C'était à la fin de l'été, quelques semaines avant la rentrée scolaire. Sa mère n'était pas là, elle était partie

chez sa sœur, qui habitait Kristianstad et qui était deve-
nue veuve du jour au lendemain. Un matin, son père
avait annoncé qu'ils allaient charger la voiture et partir
pour un petit voyage improvisé. Ils iraient vers le nord,
ils dormiraient sous la tente et ils vivraient de trois fois
rien. Stefan n'avait qu'un vague souvenir du trajet, où il
s'était retrouvé coincé sur la banquette arrière entre
l'une de ses sœurs et le tas de bagages que son père,
pour une raison ou pour une autre, n'avait pas voulu
ficeler sur le toit. En plus, il avait le mal des transports.
Son père n'aimait pas être contraint à l'arrêt sous pré-
texte qu'un des enfants avait envie de vomir. Stefan ne se
rappelait pas s'il avait réussi à vaincre la nausée. Cette
partie-là du voyage était définitivement ensevelie.

Il marchait le dernier de la chaîne. Trente mètres
devant lui, Erik Johansson répondait de temps à autre à
un appel radio. Son souvenir se précisait un peu plus à
chaque pas.

S'il avait bien eu neuf ans à l'époque, il s'était écoulé
vingt-huit années depuis. 1970, août 1970. Ils avaient
dormi cette nuit-là non loin de la route, serrés sous la
tente, et Stefan avait été obligé d'enjamber les autres
pour sortir faire pipi. Le lendemain, ils étaient arrivés à
un endroit dont Stefan se souvenait à présent qu'il s'ap-
pelait Vemdalsskalet, où ils avaient dressé leur tente
derrière une cabane en rondins, à quelque distance de
l'hôtel de tourisme.

Il était donc déjà venu dans cette région une fois dans
sa vie. Pourquoi n'avait-il pas voulu s'en souvenir? Que
s'était-il passé?

Il y avait une femme là-bas. Elle était venue vers eux
alors qu'ils finissaient d'installer la tente. Son père, en
l'apercevant de l'autre côté de la route, était allé à sa
rencontre. Stefan et ses sœurs, debout en silence, les
avaient regardés se serrer la main et échanger quelques

phrases, hors de portée de voix. Stefan se rappelait avoir demandé à ses sœurs qui était cette femme, mais elles lui avaient dit de la boucler. Ce souvenir le fit sourire. Son enfance était marquée par cette constance de l'attitude de ses sœurs, qui lui parlaient d'une voix sifflante, lui ordonnaient de se taire, ne l'écoutaient jamais et lui témoignaient de façon générale un mépris qu'il avait toujours interprété comme le signe qu'il ne serait jamais admis dans leurs jeux ni dans leur intimité, qu'il serait toujours trop petit, à la traîne.

Qu'avait-il ressenti ensuite ? Leur père était revenu avec la femme. Elle était plus âgée que lui. Ses cheveux pendaient en mèches grises et raides, et elle portait des habits de serveuse, noirs et blancs. Elle ressemblait à quelqu'un, pensa-t-il à présent. Au même instant, il comprit qu'il songeait à Elsa Berggren. Elle souriait, cette femme, mais il y avait chez elle quelque chose de dur, de froid. Ils étaient alignés devant la tente, et il était clair qu'elle n'était pas surprise de les voir. Elle savait donc qu'ils allaient venir. Il s'était inquiété alors à l'idée que leur père ne rentrerait plus à la maison, que sa mère ne reviendrait pas de Kristianstad. La suite de la rencontre avec l'inconnue était soudain d'une netteté parfaite. Leur père avait dit qu'elle s'appelait Vera, qu'elle venait d'Allemagne, et ensuite ils lui avaient serré la main ; d'abord ses sœurs, puis Stefan.

Erik Johansson, sur sa gauche, trébucha sur une pierre et poussa un juron. Stefan s'arrêta. L'hélicoptère apparut en vrombissant à basse altitude et décrivit un grand arc de cercle au-dessus de la vallée. Stefan se remit en marche.

Cette fois-là aussi, ils avaient marché dans la montagne. Pas de longues randonnées. Ils restaient toujours à proximité de l'hôtel.

Il s'était passé autre chose. Un soir d'août. Il faisait une chaleur inhabituelle. Où étaient ses sœurs ? Il ne s'en souvenait plus. Mais la femme qui se nommait Vera et son père étaient assis dans des fauteuils en toile, devant la cabane en rondins et ils riaient, au grand déplaisir de Stefan. Il s'était éloigné, en contournant la cabane. Avisant une porte, il l'avait poussée sans savoir si c'était permis ou non. Il était entré dans la maison de Vera. Deux pièces étroites, au plafond bas. Des photographies encadrées sur un meuble. Il fit un effort pour mieux voir. Une photo de mariage. Vera avec son mari, qui portait l'uniforme.

Soudain il s'en souvenait parfaitement. L'homme sanglé dans son uniforme, Vera en robe blanche, souriante, des fleurs dans les cheveux. À côté de cette photo-là, il y en avait une autre. Sous verre. Au même instant, la porte de devant s'était ouverte et Vera était apparue, avec son père. Elle avait crié quelque chose en allemand, ou peut-être était-ce un mélange d'allemand et de suédois, il ne s'en rappelait pas. En tout cas, elle était en colère. Son père l'avait arraché à la contemplation des photos en le giflant.

Le souvenir se volatilisa au moment où la main atteignait sa joue. Les images s'arrêtaient là. Du retour en voiture vers Kinna, il ne lui restait rien. Pas même la promiscuité à l'arrière ou la peur de vomir. Rien du tout. Une photographie de Hitler, une gifle, et puis rien.

Stefan secoua lentement la tête. Presque trente ans plus tôt, son père avait emmené ses enfants rendre visite à une Allemande qui travaillait dans un hôtel d'altitude. Juste sous la surface du quotidien, comme une photo derrière une autre photo, l'époque hitlérienne était présente. Ainsi que l'avait dit Wetterstedt : rien n'avait vraiment disparu. Les anciennes idées avaient simplement pris de nouvelles formes. Mais le rêve de la race supérieure était toujours vivant. Son père avait rendu visite à une femme qui s'appelait Vera. Et il avait giflé son fils quand celui-ci avait vu ce qu'il n'aurait pas dû voir.

Y avait-il autre chose ? Il fouilla sa mémoire. Son père n'avait jamais commenté l'incident. Il n'y avait qu'un blanc à cet endroit. L'hélicoptère amorça un nouveau virage et disparut vers le sud. Le regard de Stefan errait sur la montagne. Mais tout ce qu'il voyait, c'était une photo, puis une deuxième, sur une commode, dans une pièce au plafond bas.

Le brouillard arriva, bientôt suivi par le crépuscule, et l'ordre fut donné de rebrousser chemin. À dix-huit heures, ils étaient tous rassemblés devant le chalet. L'hélicoptère fit un dernier survol de la vallée après avoir récupéré deux chiens et leurs maîtres, et repartit ensuite vers le nord-est, pour rentrer à Östersund. Pendant son arrêt, le pilote avait déposé des paniers contenant des sandwiches et du café. Rundström parlait sans interruption, soit au téléphone soit par radio. Stefan se tenait à l'écart. Giuseppe prenait des notes en écoutant le compte rendu d'un des techniciens qui avaient exploré la maison. Puis il se servit un café et rejoignit Stefan.

– On aura au moins appris quelques trucs.

Il posa précautionneusement sa tasse sur une dalle et feuilleta son carnet.

– Le propriétaire s'appelle Knut Frostengren et il vit à Stockholm. Il a l'habitude de venir ici trois fois l'an, en été, à Noël et en mars, pour une semaine de ski. Le reste du temps, la maison est vide. Notre homme a bien séjourné ici. Mais il a dû comprendre qu'il devait partir. Elsa Berggren a vu son visage, et il ne peut pas exclure qu'on ait fait fonctionner nos neurones et qu'on ait mis la main sur l'empreinte de sa carte de crédit. On est sur ses traces, et il le sait.

– Où veut-il aller ?

– Je formulerais la question autrement. Pourquoi est-il encore là ?

– Il a quelque chose à faire avant de partir.

– Quoi ?

– Découvrir qui a tué Abraham Andersson. On en a déjà parlé.

Giuseppe secoua la tête.

– Non. Il veut autre chose. Mettre la main sur le meurtrier d'Andersson et lui régler son compte, à lui aussi.

Giuseppe avait raison. Il n'y avait pas d'autre explication. Pourtant Stefan hésitait.

– Pourquoi est-ce si important pour lui ?

– Quand on le saura, on connaîtra aussi le pourquoi de toute cette histoire.

Ils restèrent silencieux, face au brouillard.

– Il se cache bien, dit Giuseppe. Il est habile, notre homme de Buenos Aires.

Stefan se tourna vers lui.

– Comment sais-tu qu'il est de Buenos Aires ?

Giuseppe sortit un papier de sa poche. Une page arrachée à un journal, le supplément des mots croisés d'*Aftonbladet*. Stefan vit qu'on avait gribouillé dans la marge. C'étaient des chiffres, tracés vigoureusement au stylo à bille et biffés ensuite.

– 5-4-1-1, dit Giuseppe. 54, c'est l'Argentine. 11, c'est Buenos Aires. Le journal date du 12 juin, quand Frostengren était ici. Il a l'habitude de garder les vieux journaux pour faire du feu. Ces chiffres ont été notés récemment, sans doute par Fernando Hereira. Le journal qu'on a trouvé dans la voiture n'est pas argentin, d'accord. Mais c'est la même langue. Et je crois qu'il peut être difficile de se procurer des quotidiens argentins en Suède.

– Il n'a pas laissé la suite du numéro quelque part ?

– Non.

Stefan réfléchit.

– Il aurait donc téléphoné en Argentine à partir d'ici. Peut-on retracer la communication ?

– On s'en occupe. Mais Frostengren a une ligne ouverte. Pas besoin de passer par un opérateur.

Giuseppe se pencha et ramassa sa tasse.

– J'oublie parfois qu'on n'est peut-être pas à la recherche d'un tueur, mais de deux. Qui ont fait preuve, l'un et l'autre, d'une grande brutalité et d'un grand sang-froid. Je crois qu'on saura bientôt qui se cache derrière le nom de Fernando Hereira, et quel comportement on peut attendre de sa part. Mais l'autre ? Celui qui a tué Abraham Andersson. Qui est-ce ?

La question resta en suspens dans le brouillard. Giuseppe quitta Stefan pour aller parler à Rundström et à l'unique maître-chien encore sur place. Stefan regarda l'animal couché devant la maison, épuisé, la tête posée à même la terre froide et humide, et se demanda si un chien policier pouvait désespérer en pensant avoir failli à sa mission.

Une demi-heure plus tard, Giuseppe et Stefan reprenaient la route de Sveg, pendant que Rundström restait à Funäsdalen avec le maître-chien et trois autres policiers. Ils roulaient en silence à travers la forêt. Cette fois, Giuseppe avait pris le volant. Stefan vit qu'il était à bout de forces.

Il restait une vingtaine de kilomètres jusqu'à Sveg quand Giuseppe freina et s'arrêta au bord de la route.

– Ça m'échappe, dit-il. J'ai l'impression qu'on ne fait qu'effleurer la surface de cette histoire. Un Argentin qui s'enfonce dans la montagne alors qu'il devrait se barrer d'ici au plus vite. Il ne cherche pas à s'enfuir, non, il se cache, pour mieux revenir. C'est complètement insensé.

– Il y a une possibilité que nous n'avons pas envisagée, dit Stefan. Celui que nous appelons Fernando Hereira sait peut-être quelque chose que nous ignorons.

– Dans ce cas, il n'aurait pas enfilé une cagoule pour aller interroger Elsa Berggren.

Ils échangèrent un regard.

– Tu penses la même chose que moi ?

– Peut-être, dit Stefan. Fernando Hereira sait, ou croit savoir, que c'est Elsa Berggren qui a tué Abraham Andersson. Il voulait le lui faire avouer.

Giuseppe tambourinait sur le volant.

– C'est elle qui nous a rapporté les paroles de son agresseur. Comment savoir si elle ne ment pas ? Il lui a peut-être dit tout autre chose.

– « Je sais que c'est toi qui as tué Abraham Andersson. » Quelque chose comme ça ?

Giuseppe remit le contact.

– On continue à surveiller la montagne. Et on va mettre la pression à Elsa Berggren.

Ils reprirent la route de Sveg, à travers un paysage qui s'arrêtait au bord de la lumière des phares. Ils venaient de s'engager dans la cour de l'hôtel quand le téléphone de Giuseppe sonna. Il écouta quelques instants.

– C'était Rundström, dit-il. La voiture a été louée à Östersund le 5 novembre. Par un certain Fernando Hereira, citoyen argentin.

Ils sortirent de la voiture.

– La battue a commencé, dit Giuseppe. Hereira a justifié de son identité auprès du loueur en présentant son permis de conduire. Supposons, par souci de simplicité, que ce soit son vrai nom. Je me demande si on n'est pas plus près de lui maintenant que tout à l'heure quand on le cherchait là-haut.

Stefan était épuisé. Giuseppe s'apprêta à quitter l'hôtel.

– Je t'appelle. Tu restes jusqu'à quand ?

– Un jour encore.

Giuseppe lui posa la main sur l'épaule.

– Ça fait longtemps que je n'ai pas eu quelqu'un comme toi à qui parler. Dis-moi franchement. Qu'aurais-tu fait différemment, si tu avais été à ma place ?

– Rien.

Giuseppe éclata de rire.

– Tu es trop gentil. Je supporte la critique. Et toi ?

Il sortit sans attendre la réponse. Stefan réfléchit à la question de Giuseppe tout en récupérant sa clé. La réceptionniste était une nouvelle, que Stefan n'avait encore jamais vue. Il monta dans sa chambre et s'allongea sur le lit. Il pensa qu'il devait appeler Elena. Mais d'abord il avait besoin de se reposer.

Il rêva. Un rêve chaotique dont il ne restait, au réveil, que la peur. Il regarda sa montre. Vingt et une heure quinze. S'il voulait dîner, il fallait faire vite. Et il avait oublié son rendez-vous avec Veronica Molin.

Il la trouva dans la salle de restaurant.

– J'ai frappé à ta porte, dit-elle. Tu n'as pas répondu, j'en ai conclu que tu dormais.

– Oui. La journée a été longue. Et la nuit d'avant aussi. Tu as dîné ?

– J'ai besoin de manger à heures fixes. Surtout quand la nourriture n'est pas excellente.

La serveuse qui s'approcha de leur table était nouvelle, comme la réceptionniste. Elle avait un air apeuré. Stefan eut soudain l'intuition que Veronica Molin avait dû se plaindre.

Pour la énième fois, il commanda un bifteck. Veronica Molin buvait de l'eau. Lui voulait du vin.

Elle le dévisagea avec un sourire.

– Je n'avais jamais rencontré de policier avant toi. Pas d'aussi près, je veux dire.

– Alors ?

– Je crois que tout le monde a peur de la police, au fond.

Elle s'interrompit pour allumer une cigarette.

– Mon frère ne va pas tarder à arriver des Caraïbes. Il travaille sur un paquebot de croisière, je te l'ai peut-être déjà dit. Il est steward. Quand il n'est pas en mer, il vit en Floride. Je lui ai rendu visite une fois. J'étais à Miami pour une négociation. Il ne nous a pas fallu une heure pour commencer à nous disputer. Je ne sais plus à quel sujet.

– Quand doit avoir lieu l'enterrement ?

– Mardi à onze heures. Tu viendras ?

– Je ne sais pas.

Le plat de Stefan arriva.

– Comment se fait-il que tu sois encore là ? demanda-t-il. Au début, j'ai eu l'impression que tu hésitais même à venir. Maintenant tu sembles prête à rester indéfiniment.

– Jusqu'à mercredi. Ensuite je partirai.

– Où ?

– D'abord Londres, puis Madrid.

– Je ne suis qu'un simple policier. Mais je suis curieux de savoir ce que tu fabriques.

– En anglais, on m'appellerait *deal maker* ou *broker*, ce qui peut se traduire par « agent » ou « intermédiaire ». Quelqu'un qui fait le lien entre les parties et se débrouille pour qu'un contrat soit signé, une affaire conclue, etc.

– Oserais-je te demander combien tu gagnes ?

– Probablement plus que toi.

– Tout le monde gagne plus que moi.

Elle retourna son verre à pied et le fit glisser sur la nappe, vers lui.

– J'ai changé d'avis.

Stefan lui servit du vin. Ils trinquèrent. Il lui semblait qu'elle le regardait autrement, avec moins de distance.

– Je suis allée voir Elsa Berggren aujourd'hui, reprit-elle, sans savoir que ce n'était pas le meilleur moment. Elle m'a raconté sa mésaventure de cette nuit. La tienne aussi. Avez-vous retrouvé l'agresseur ?

– Pas encore. Et je ne suis pas officiellement sur l'enquête.

– Mais la police croit que c'est ce type-là qui a tué mon père ?

– Oui.

– J'ai essayé de joindre Giuseppe Larsson. J'ai tout de même le droit de savoir ce qui se passe. Qui est cet homme ?

– Nous croyons savoir qu'il s'appelle Fernando Hereira. Et qu'il est argentin.

– Tiens. Ça m'étonnerait que mon père ait connu un Argentin. Quel aurait été son mobile ?

– Un événement survenu pendant la guerre.

Elle alluma une nouvelle cigarette. Stefan regarda ses mains qui tenaient la cigarette et le briquet. Il aurait voulu les prendre dans les siennes.

– La police ne croit donc pas à mon hypothèse de la femme écossaise.

– L'un n'exclut pas l'autre. Il faut enquêter sans a priori. C'est une règle de base.

– Je ne devrais pas fumer pendant que tu manges.

– Ça ne fait rien. J'ai déjà un cancer.

Elle le dévisagea.

– Est-ce que j'ai bien entendu ?

– C'est une blague. Je suis en pleine forme.

Plus que tout en cet instant, il aurait voulu quitter la table. Monter dans sa chambre et appeler Elena. Mais autre chose le tenait à présent.

– Drôle de blague, dit-elle.

– Je voulais peut-être tester ta réaction.

Elle inclina la tête en plissant les yeux.

– Je rêve, ou tu me dragues ?

Stefan vida son verre.

– J'imagine que tu as l'habitude. Tu es très belle, et tu le sais.

Elle secoua la tête sans répondre. Retira son verre quand il voulut lui resservir du vin. Stefan remplit le sien à ras bord et changea de sujet.

– De quoi as-tu parlé avec Elsa Berggren ?

– Elle était fatiguée. Je crois que je voulais avant tout rencontrer l'amie de mon père, celle qui lui avait acheté sa maison. On n'a pas parlé longtemps.

– Je me suis beaucoup interrogé sur leur relation. En dehors de leurs idées communes.

– Elle est très affectée par la mort de mon père. Je ne suis restée chez elle que quelques minutes, mais je dois dire qu'elle ne m'a pas plu.

Stefan fit signe à la serveuse. Il commanda un café, un cognac et l'addition. Veronica Molin attendit que la serveuse se soit éloignée pour reprendre la parole.

– Où est Fernando Hereira en ce moment ?

– Peut-être dans la montagne. En tout cas, il est resté dans la région.

– Pourquoi ?

– Je crois qu'il veut savoir qui a tué Abraham Andersson.

– Je me demande bien ce que cet homme pouvait avoir en commun avec mon père.

– Nous aussi. Mais les choses s'éclairciront tôt ou tard.

– Je l'espère.

Stefan but son cognac d'un trait, puis une gorgée de café et signa la note. Ils remontèrent la volée de marches jusqu'à la réception.

– Je peux t'offrir un deuxième cognac dans ma chambre, dit-elle. Mais n'attends pas autre chose.

– Ça fait longtemps que j'ai cessé d'attendre quoi que ce soit.

– Tu parles.

Ils longèrent le couloir et elle ouvrit la porte de sa chambre. Stefan la serrait d'aussi près qu'il l'osait sans la toucher.

Un ordinateur portable était posé sur la table. Elle suivit son regard.

– Toute ma vie est là-dedans, dit-elle. Je le branche sur la prise du téléphone et voilà, je suis reliée au reste du monde. En attendant l'enterrement de mon père, je peux continuer à travailler.

Elle prit la bouteille de cognac également posée sur la table, et remplit un verre, qu'elle lui tendit. Sans se servir elle-même. Puis elle balança ses chaussures dans un coin et s'assit sur le lit, en repliant les jambes sous elle. Stefan était déjà ivre, et il le savait. Il avait envie de la toucher maintenant, de lui enlever ses vêtements.

Son portable sonna dans sa poche. Elena, à coup sûr.

– Ça peut attendre, dit-il à Veronica.

– Tu n'as pas de famille ?

Il fit non de la tête.

– Pas même une fiancée ?

– On a rompu.

Il posa son verre et tendit la main vers elle. Elle la regarda longtemps avant de la prendre.

– Tu peux dormir là, dit-elle. Mais n'attends rien d'autre.

– J'ai déjà dit que ça faisait longtemps que je n'attendais rien.

Elle se pencha vers lui.

– Et moi, ça fait longtemps que je n'ai pas rencontré quelqu'un qui en attendait autant que toi.

Elle se leva.

– Ne sous-estime pas ma faculté d'analyse, dit-elle. Tu fais comme tu veux. Remonte dans ta chambre et reviens après. Seulement pour dormir, bien sûr.

Quand Stefan se fut douché et enroulé dans la plus grande des serviettes de bain fournies par l'hôtel, son téléphone sonna à nouveau. C'était Elena.

– Je croyais que tu devais m'appeler ce soir, commença-t-elle.

– Je m'étais endormi. Je ne vais pas bien.

– Reviens s'il te plaît. Je t'attends.

– Je serai là dans quelques jours. Mais à présent, il faut que je dorme. Si on continue à discuter, je vais me réveiller tout à fait.

– Tu me manques.

– Toi aussi.

J'ai menti à Elena, pensa-t-il en raccrochant. Et tout à l'heure, je l'ai carrément reniée.

Mais le pire c'est que, là, tout de suite, je m'en fiche.

27

Quand Stefan se réveilla, tôt le matin, Veronica Molin avait disparu. Mais l'écran de l'ordinateur était allumé et il y avait un message pour lui. « Je suis sortie. Sois parti quand je reviendrai. J'aime bien les hommes qui ne ronflent pas. Tu en es. »

Stefan sortit dans le couloir, ceint de sa serviette. Dans l'escalier, il croisa la femme de chambre, qui lui souhaita le bonjour en souriant. Il se dépêcha de regagner sa chambre et se glissa dans le lit. Il se souvenait d'avoir parlé à Elena au téléphone, mais pas de ce qu'il lui avait dit. Sinon que c'était un mensonge. Il se releva pour consulter les messages sur son portable. Elena avait appelé. Il sentit immédiatement une morsure au creux de l'estomac. Il se recoucha, enfouit sa tête sous le drap. Comme quand il était petit, pour se rendre invisible. Il se demanda fugitivement si Giuseppe faisait la même chose. Et Veronica Molin? Veronica Molin qui était déjà au lit quand il avait reparu dans sa chambre, mais qui avait ensuite fermement repoussé ses avances en lui donnant une petite tape sur le bras et en lui expliquant qu'il devait dormir. Il était terriblement excité, mais il avait quand même eu le bon sens de ne pas insister.

Il ne lui était jamais arrivé auparavant de mentir à Elena. Et maintenant qu'il l'avait fait, il ne savait pas si cela lui importait ou non.

Il décida de s'attarder au lit jusqu'à neuf heures. Alors il l'appellerait. D'ici là, il resterait sous la couverture, à jouer qu'il n'existait pas.

Neuf heures. Elle décrocha aussitôt.

– Je n'ai pas entendu le téléphone sonner, expliqua-t-il. J'ai dormi profondément cette nuit, pour la première fois depuis très longtemps.

– J'ai pris peur. À cause d'un mauvais rêve, je ne sais pas ce que c'était.

– Ça va. Mais je redoute l'échéance du 19.

– Tout va bien se passer.

– J'ai un cancer, Elena. Je dois être prêt à mourir.

– Ce n'est pas ce qu'a dit le médecin.

– Elle n'en sait rien. Personne ne peut savoir.

– Quand arrives-tu ?

– Herbert Molin doit être enterré mardi. Je pense que je rentrerai le lendemain. Je te préviendrai quand je serai à Borås.

– Tu me rappelles ce soir ?

– Si je peux.

Leur échange l'avait laissé en nage. Il n'aimait pas ce côté facile du mensonge. Puis il se leva. Ce n'était pas en restant au lit qu'il chasserait le remords. Il s'habilla et descendit. L'ancienne réceptionniste était de retour à son poste et il en fut curieusement rassuré.

– On doit changer le téléviseur de ta chambre aujour-d'hui, dit-elle. Quel moment t'arrange le mieux ?

– N'importe. Est-ce que Giuseppe Larsson est là ?

– Je ne crois pas qu'il ait dormi dans sa chambre cette nuit. Sa clé est là, regarde. Vous avez arrêté quelqu'un ?

– Non.

Il commença à descendre les quelques marches jus-qu'au restaurant, mais se ravisa.

– Et Veronica Molin ?

– Elle sortait quand j'ai pris mon service, à six heures.

Stefan pensa qu'il avait encore une question. Mais laquelle ?

La gueule de bois se faisait bien sentir, en tout cas. Il but un verre de lait au buffet, puis s'installa à une table avec un café. Son téléphone sonna. C'était Giuseppe.

– Réveillé ?

– Moyennement. Je prends mon café. Et toi ?

– J'ai dormi quelques heures dans le bureau d'Erik.

– Du nouveau ?

– Du nouveau, il y en a toujours. Mais du côté de Funäsdalen, ils piétinent, dixit Rundström. Le brouillard rôde toujours. Dès que ça se dissipera, ils recommenceront les recherches, avec le chien. Qu'est-ce que tu comptes faire, là, tout de suite ? Après ton café ?

– Rien.

– Alors je passe te prendre. Je te propose de m'accompagner pour une visite à domicile.

Dix minutes plus tard, Giuseppe arrivait au pas de charge, mal rasé, les yeux cernés, de l'énergie à revendre. Il se servit un café, s'attabla en face de Stefan et posa un sac plastique sur la table.

– Hanna Tunberg. Ça te rappelle quelque chose ?

Stefan secoua la tête.

– C'est elle qui a trouvé Molin. La femme de ménage, qui venait chez lui tous les quinze jours.

– Ça y est, je vois. J'ai lu ses observations dans le dossier, le soir où tu m'as prêté ton bureau.

Giuseppe fronça les sourcils.

– J'ai l'impression que ça fait une éternité. Pourtant c'était il y a à peine quinze jours.

Il secoua la tête comme s'il venait de faire une grande découverte sur la marche du temps et de l'existence.

– Il y avait aussi son mari, il me semble, dit Stefan.

– Il a été traumatisé par ce qu'il a vu. Bref, on a eu quelques conversations approfondies avec elle. Il s'avère qu'elle ne connaissait pas du tout Molin, bien qu'elle eût régulièrement affaire à lui. Elle affirme qu'il ne la laissait jamais seule. Il la surveillait. Elle n'avait pas le droit d'entrer dans la chambre d'amis. Où il gardait sa poupée, si tu t'en souviens. Elle le trouvait arrogant et désagréable. Mais il payait bien.

Giuseppe posa sa tasse.

– Elle a appelé ce matin en disant qu'elle avait réfléchi et qu'elle croyait avoir quelque chose à me dire. J'y vais maintenant. J'ai pensé que tu aurais peut-être envie de venir.

– Volontiers.

Giuseppe ouvrit le sac plastique et en sortit une photographie encadrée sous verre. Le portrait d'une femme d'une soixantaine d'années.

– Tu sais qui c'est ?

– Non.

– Katrin Andersson. La veuve d'Abraham.

– Pourquoi l'as-tu apportée ?

– Parce que Hanna Tunberg me l'a demandé. Elle veut voir à quoi elle ressemble, Dieu sait pourquoi. Alors j'ai envoyé un gars à Dunkärret ce matin récupérer la photo.

Giuseppe vida sa tasse et se leva.

– Hanna habite Ytterberg. Ce n'est pas loin.

La maison était ancienne et bien entretenue, avec une jolie vue sur les crêtes boisées. Un chien les accueillit en aboyant. Stefan aperçut une femme qui les attendait, debout à côté d'un vieux tracteur.

– Hanna Tunberg, annonça Giuseppe. Elle est habillée comme la dernière fois où je l'ai vue. Des gens comme ça, on n'en rencontre presque plus.

– Des gens comment ?

– Qui mettent leurs habits du dimanche pour recevoir

la police. On parie qu'elle nous a fait des brioches à la cannelle ?

Giuseppe sourit et sortit de la voiture.

Hanna Tunberg s'avança. Giuseppe lui présenta Stefan, qui eut du mal à estimer son âge. Peut-être soixante ans, peut-être seulement la cinquantaine.

– J'ai fait du café, annonça-t-elle. Mon mari est sorti.

– Pas à cause de nous, j'espère ?

– Il est un peu spécial. Il n'aime pas trop la police. Mais c'est un homme honnête.

– Sûrement, répondit Giuseppe. On y va ?

L'intérieur de la maison sentait la fumée de tabac, le poil de chien et les airelles. Les murs du salon s'ornaient de ramures d'élan, de citations brodées au point de croix et de quelques tableaux au motif sylvestre. Hanna Tunberg rangea un tricot, alluma une cigarette, aspira la fumée et toussa. Le bruit montait du fond des bronches. Stefan vit qu'elle avait le bout des doigts jauni par la nicotine. Elle remplit les tasses. Une assiette de brioches trônait au centre de la table.

– Alors, dit Giuseppe, on va pouvoir discuter bien tranquillement. Tu disais donc que tu avais réfléchi. Et que tu voulais nous raconter quelque chose.

– Je ne sais pas si c'est important.

– Ça, on ne peut jamais le savoir à l'avance. Nous t'écoutons.

– C'est au sujet de cette femme qui rendait souvent visite à Herbert Molin.

– Tu veux dire Elsa Berggren ?

– Elle était là, quelquefois, quand je venais faire le ménage. Elle s'en allait à mon arrivée. Je la trouvais bizarre.

– Comment ça ?

– Impolie, en fait. J'ai du mal avec les gens qui se croient au-dessus des autres. Herbert Molin était pareil.

– A-t-elle dit quelque chose, pour te donner ce sentiment ?

– Non, c'était juste une impression comme ça. Qu'elle
me méprisait.

– Parce que tu faisais le ménage ?

– Oui.

Giuseppe hocha la tête.

– Tes brioches sont excellentes. On t'écoute.

Hanna Tunberg fumait, nota Stefan, sans s'apercevoir
qu'elle laissait tomber de la cendre sur sa jupe.

– C'était au printemps. Vers la fin du mois d'avril.
J'étais venue comme d'habitude, pour m'occuper de
l'entretien, mais Herbert n'était pas là. J'ai trouvé ça
étrange parce qu'on avait décidé de l'heure ensemble.

Giuseppe leva la main.

– Était-ce toujours ainsi ? Vous conveniez à l'avance
de l'heure à laquelle tu devais venir ?

– Toujours. Il voulait savoir.

Giuseppe lui fit signe de continuer.

– Il n'était pas là. Je ne savais pas quoi faire. Mais
j'étais certaine de ne pas me tromper. J'avais l'habitude
de noter par écrit le jour et l'heure.

– Et alors ?

– J'ai attendu. Il n'arrivait toujours pas. Il y avait un
traîneau sous une fenêtre. J'ai grimpé dessus pour regarder à l'intérieur. Je me disais qu'il était peut-être malade.
Mais de ce que je pouvais voir, il n'y avait personne
dans la maison. Puis j'ai pensé à Abraham Andersson.
Je savais qu'ils se fréquentaient, tous les deux.

La main de Giuseppe se leva derechef.

– Comment le savais-tu ?

– Herbert l'a dit une fois. « Je ne connais personne ici,
à part Elsa et Abraham. » Ça m'est resté.

– Alors ?

– Je me suis dit que je pouvais toujours aller voir. Je

savais où il habitait. Mon mari lui avait réparé un archet une fois. Il sait faire plein de choses, mon mari. Donc j'y suis allée et j'ai frappé à sa porte. Abraham a mis un certain temps à m'ouvrir.

Elle écrasa son mégot et alluma une autre cigarette. Stefan commençait à se sentir mal au milieu de toute cette fumée.

– C'était l'après-midi, reprit-elle. Il devait être dans les trois heures. Et il n'était pas habillé.

Giuseppe ouvrit de grands yeux.

– Quoi, il était nu ?

– J'ai dit qu'il n'était pas habillé. S'il avait été nu, je l'aurais dit. Tu me laisses raconter mon histoire ou tu vas continuer à m'interrompre sans arrêt ?

– Je reprends une brioche et je me tais. Continue.

– Il avait un pantalon. Mais pas de chemise. Et pas de chaussures aux pieds, ni de chaussettes. Je lui ai demandé s'il savait où était Herbert. Il ne le savait pas. Puis il a refermé sa porte, c'était clair qu'il ne voulait pas me laisser entrer. Et j'ai tout de suite compris pourquoi.

– Il n'était pas seul ?

– Bien sûr.

– Comment pouvais-tu le savoir ? Tu as vu quelqu'un ?

– Pas sur le moment. Mais quand je suis retournée à ma voiture, que j'avais laissée un peu plus loin, j'ai vu une autre voiture, derrière le garage. J'ai eu l'impression que ce n'était pas celle d'Abraham.

– Pourquoi ?

– Je ne sais pas. On a des idées parfois, ça ne t'arrive jamais ?

– Ensuite ?

– J'allais démarrer lorsque j'ai vu dans le rétroviseur quelqu'un sortir de la maison. C'était une femme.

Quand elle a vu que j'étais toujours là, elle est vite rentrée à l'intérieur.

Giuseppe sortit de son sac la photo de Katrin Andersson et la lui tendit. Elle la prit et répandit aussitôt de la cendre sur le verre.

– Non, dit-elle. J'étais assez loin, et je ne l'ai vue que dans mon rétroviseur, mais ce n'est pas elle.

– Qui était-ce, alors ?

Silence. Giuseppe répéta sa question.

– Qui était-ce ?

– Elsa Berggren. Mais je ne peux pas l'affirmer à coup sûr.

– Pourquoi ?

– Ça s'est passé trop vite.

– Elsa Berggren, pourtant, tu l'avais déjà vue. Comment peux-tu ne pas être sûre ?

– Je te raconte les choses comme elles se sont passées. Je l'ai peut-être vue deux ou trois secondes, pas plus. Elle est sortie, elle a vu la voiture, elle a sursauté et elle s'est dépêchée de refermer la porte.

– Elle ne voulait pas être vue ?

L'étonnement se peignit sur le visage de Hanna Tunberg.

– Mets-toi à sa place ! Si elle sortait d'une maison où il y avait un type pas habillé et qui n'était même pas son mari.

– La mémoire fonctionne comme un appareil photo, dit Giuseppe. On voit quelque chose, l'image s'enregistre. Pour s'en souvenir, il n'est pas nécessaire de l'avoir eue longtemps sous les yeux.

– Les photos floues, ça existe, non ?

– Bon. Pourquoi ne nous racontes-tu cela que maintenant ?

– Ça m'est revenu aujourd'hui. Ma mémoire n'est pas très bonne. Mais j'ai pensé que ça pouvait être important. Si c'était bien Elsa Berggren. Car ça voudrait dire qu'elle avait une relation à la fois avec Herbert et avec Abraham, n'est-ce pas ? Et si ce n'était pas elle, en tout cas ce n'était pas la femme d'Abraham.

— Tu n'es pas certaine d'avoir reconnu Elsa Berggren. Mais tu es sûre que ce n'était pas Katrin Andersson. C'est bien ça ?

— Oui.

Hanna Tunberg fut prise d'une nouvelle quinte de toux bronchiteuse et écrasa sa cigarette d'un geste exaspéré.

Soudain elle parut avoir quelque difficulté à reprendre son souffle. Elle fit mine de se lever de son fauteuil. Puis elle tomba en avant, renversant la cafetière. Giuseppe se leva d'un bond. Le corps de Hanna Tunberg heurta le tapis. Il se précipita vers elle et la retourna sur le dos.

— Elle ne respire plus. Appelle l'ambulance !

Il commença à lui faire du bouche-à-bouche pendant que Stefan attrapait son portable.

Après coup, il se rappellerait l'événement comme une séquence filmée au ralenti. Giuseppe essayant de ranimer la femme étendue au sol, pendant qu'un mince panache de fumée s'élevait encore du mégot, dans le cendrier, vers le plafond.

L'ambulance mit une demi-heure à arriver. Giuseppe avait entre-temps renoncé. Hanna Tunberg était morte. Pendant qu'il allait se rincer la bouche à la cuisine, Stefan pensa qu'il avait souvent vu des morts, accidentés, suicidés ou assassinés, mais qu'il réalisait maintenant seulement à quel point la mort était proche. L'instant d'avant, Hanna Tunberg tenait une cigarette entre ses doigts et répondait «oui» à une question de Giuseppe. L'instant d'après, elle n'existait plus.

Giuseppe sortit dans la cour accueillir les ambulanciers.

– Ça s'est passé en un clin d'œil, expliqua-t-il ensuite à celui des deux qui s'était agenouillé pour vérifier le décès.

– On n'est pas censés prendre en charge des personnes décédées, répliqua celui-ci. Mais on ne peut pas la laisser là.

– Deux officiers de police sont témoins qu'elle est morte de causes naturelles. Je vous enverrai un rapport.

Après le départ de l'ambulance, Giuseppe jeta un regard en coin à Stefan.

– On n'y croit pas, hein ? Que ça puisse aller si vite. D'un autre côté, c'est sans doute la plus belle mort qu'on puisse souhaiter.

– À condition qu'elle n'arrive pas trop tôt.

Ils ressortirent dans la cour, où le chien aboyait. Il s'était mis à pleuvoir, entre-temps.

– Qu'est-ce qu'elle a dit ? Que son mari était sorti ?

Stefan regarda autour de lui. Pas de voiture dans la cour, à part celle de Giuseppe. La porte du garage ouverte, et le garage vide.

– Je crois qu'il a pris sa voiture.

– Vaut mieux l'attendre. Mais on peut aussi bien le faire à l'intérieur.

Ils retournèrent dans le séjour et s'assirent en silence. Le chien continua d'aboyer un moment. Puis il se tut, lui aussi.

– Comment tu fais, toi, pour annoncer un décès aux proches ? demanda soudain Giuseppe.

– Ça ne m'est jamais arrivé. Un collègue s'est toujours chargé de prendre la parole dans ces moments-là. Moi, j'étais juste présent.

– Une fois, une seule, j'ai envisagé de donner ma démission, dit Giuseppe. C'était il y a sept ans. Deux sœurs de quatre et cinq ans étaient en train de jouer au bord d'un étang. Leur père les a laissées seules quelques minutes. On n'a jamais su comment, mais elles se sont noyées toutes les deux. Et c'est moi qui ai dû aller voir la mère, avec un pasteur, pour lui annoncer la nouvelle. Le père était dans un état que je ne peux même pas te décrire. Il était sorti avec les fillettes pour laisser leur mère préparer tranquillement la fête d'anniversaire de l'aînée. Là, j'ai vraiment failli laisser tomber. Ce fut la seule fois.

Le silence faisait des allers et retours dans le petit salon. Stefan contemplait le tapis où Hanna Tunberg avait cessé de respirer. Le tricot en cours posé sur un guéridon, les aiguilles croisées par-dessus. Ils sursautèrent tous deux quand le téléphone de Giuseppe sonna. Il répondit et écouta quelques instants, pendant que le crépitement de la pluie s'intensifiait soudain contre les vitres.

– C'était l'ambulance, dit-il en raccrochant. Ils ont croisé le mari de Hanna en route. Il les a suivis. On n'a plus rien à faire ici.

Ni l'un ni l'autre ne bougèrent.

– Nous ne saurons jamais, dit Giuseppe. Un témoin s'avance, franchit la limite, se déclare prêt à parler, parle. Seulement voilà : disait-elle la vérité ?

– Pourquoi non ?

Giuseppe s'était approché de la fenêtre et regardait la pluie au-dehors.

– Je ne sais rien de Borås, dit-il. Sauf que c'est une ville. Alors que Sveg est un petit bourg de deux mille habitants. Toute la province du Härjedalen compte moins d'habitants qu'une seule des banlieues de Stockholm. Cela veut dire qu'il est plus difficile d'y garder des secrets.

Quittant la fenêtre, Giuseppe se posa distraitement dans le fauteuil d'où Hanna s'était levée pour mourir. Il se releva aussitôt, et resta debout.

— J'aurais dû te prévenir. Je crois que j'ai tout simplement oublié que tu n'étais pas d'ici. Mais c'est comme les anges et leurs auréoles. Tout le monde ici a sa petite auréole de rumeurs. Hanna Tunberg ne faisait pas exception à la règle.

— Je ne comprends pas où tu veux en venir.

Giuseppe fixait le tapis d'un air sombre.

— On ne doit pas dire de mal des morts. Mais il n'y a pas de mal à être curieux. La plupart des gens le sont. Le travail policier repose même en partie là-dessus. Les faits. Et la curiosité.

— Quoi, c'était une commère ?

— C'est Erik qui me l'a raconté. Et il parle toujours en connaissance de cause. J'avais sans cesse ce détail présent à l'esprit pendant qu'elle nous racontait son histoire. Si elle avait vécu cinq minutes de plus, j'aurais pu l'interroger à fond. Maintenant ce n'est plus possible.

Giuseppe reprit sa position à la fenêtre.

— On pourrait tenter l'expérience. On gare une voiture à l'endroit où elle prétend avoir laissé la sienne. Puis on demande à quelqu'un de surveiller le rétro pendant que quelqu'un d'autre sort de la maison d'Andersson, compte jusqu'à trois et retourne à l'intérieur. Je peux te l'affirmer d'ores et déjà : soit on voit tout de suite qui c'est, soit on ne voit rien du tout.

— Alors elle mentait ?

— Oui et non. Je soupçonne qu'elle a plutôt jeté un coup d'œil en catimini par la fenêtre. Mais nous ne le saurons jamais.

— L'observation était donc correcte en elle-même ?

— Je le crois. Elle voulait nous communiquer un détail qu'elle pensait peut-être important, sauf qu'elle n'avait pas envie de nous dire comment elle s'était procuré l'information.

Giuseppe soupira.

– Je suis en train de m'enrhumer. J'ai mal à la gorge. Non, pas vraiment encore, mais ça ne va pas tarder. Et dans quelques heures, j'aurai mal à la tête. On y va ?

– Juste une question. Deux, en fait. Si c'est bien Elsa Berggren que Hanna a vue, qu'est-ce que cela signifie ? Et si ce n'était pas elle, alors qui ? Et qu'est-ce que cela signifie ?

– Pour moi, ça fait trois questions. Sans doute décisives, mais auxquelles on n'a pas de réponse.

Ils se hâtèrent sous la pluie jusqu'à la voiture. Le chien, qui avait rejoint sa niche, suivit muettement leur départ. C'était le deuxième chien triste que Stefan voyait en peu de temps. Il se demanda ce qu'il avait saisi du drame de la matinée.

Peu avant d'arriver à la route, Giuseppe freina.

– Il faut que j'appelle Rundström. Mais ça m'étonnerait que le brouillard se soit levé. En plus, j'ai entendu un avis de tempête ce matin à la radio.

Il fit le numéro. Stefan essayait de penser à Elena. Mais c'était Hanna Tunberg qu'il voyait. La manière dont elle avait désespérément cherché son souffle avant d'expirer dans un sifflement.

Rundström finit par décrocher. Giuseppe lui raconta d'abord la mort de Hanna Tunberg. Puis il l'interrogea sur le brouillard, le chien, l'homme dans la montagne…

Ce ne fut pas long. Giuseppe rangea son portable et tâta son cou.

– Chaque rhume me fait l'effet d'être potentiellement fatal. Il ne s'est pas écoulé une heure depuis que Hanna Tunberg est morte sous nos yeux et pourtant, mon rhume m'inquiète davantage.

– Pourquoi t'inquiéterais-tu pour une morte ?

Giuseppe le regarda.

– Je ne pensais pas à elle. Je pensais à ma propre mort. La seule qui m'importe.

Stefan frappa du poing contre le toit de l'habitacle. Le geste, brutal, était complètement inattendu.

– Tu te plains d'un rhume alors que je suis peut-être en train de crever, merde !

Il ouvrit sa portière et sortit de la voiture. Giuseppe le rejoignit sous la pluie.

– Désolé.

Stefan fit une grimace.

– Quelle importance ? Cancer ou mal de gorge, après tout…

Il remonta dans la voiture. Giuseppe était encore debout sous la pluie.

Stefan regardait, à travers les gouttes, les arbres qui bougeaient lentement. La buée ne venait pas du pare-brise. Il avait les larmes aux yeux.

Ils reprirent la route de Sveg. Stefan, la tête appuyée contre la vitre, essayait de compter les arbres, laissait tomber, recommençait. Elena était là. Et Veronica. Lui-même, où était-il ? Il ne le savait pas.

Il était midi trente quand ils s'arrêtèrent devant l'hôtel. Giuseppe déclara qu'il avait faim. Ils coururent jusqu'à la réception, vestes déployées au-dessus de leur tête pour se protéger de la pluie.

La fille de la réception se leva en les voyant.

– Tu dois appeler Erik Johansson, dit-elle à Giuseppe. Il a essayé de te joindre. C'est urgent.

Giuseppe prit son portable, le regarda et poussa un juron en l'allumant. Il s'assit sur le canapé, pendant que Stefan feuilletait un dépliant consacré aux vieilles bergeries du Härjedalen. Hanna Tunberg continuait de mourir sous ses yeux. La fille de la réception cherchait un document dans un classeur. Giuseppe parlait avec Erik Johansson.

Stefan pensa que ce qu'il avait vraiment envie de faire,

là, tout de suite, c'était se masturber. Comme l'unique manière de conclure dignement cette nuit inachevée. Et sa trahison vis-à-vis d'Elena.

Giuseppe se releva, l'air tendu.

– Alors ? demanda Stefan.

La fille de la réception les dévisageait avec curiosité. Stefan constata distraitement que l'ordinateur sur lequel elle travaillait était la copie conforme de celui que Veronica Molin avait dans sa chambre.

Giuseppe entraîna Stefan dans le restaurant désert.

– L'homme de la montagne a peut-être trouvé une issue, grâce au brouillard. Ensuite il a dû voler une autre voiture.

– Quoi ?

– Quand Erik est rentré chez lui pour manger, il a découvert qu'il avait été cambriolé. On lui a pris un pistolet et un fusil. Plus des munitions et un viseur amovible. Ça a dû se passer tôt ce matin.

Giuseppe tâta son cou.

– N'importe qui a pu le faire, bien sûr. Mais un type qui prend le risque de rester dans le coin, de venir menacer Elsa Berggren chez elle, tout cela parce qu'il *veut* quelque chose – c'est un type animé par une grande détermination. À présent, il a besoin d'une arme. S'il est intelligent, il s'est évidemment débarrassé des autres. Alors il raisonne. Qui détient à coup sûr des armes chez lui ? Un policier, naturellement.

– Dans ce cas, il devait en savoir long sur Erik Johansson. Comment s'est-il renseigné ? Où ? Quand ?

– Je ne sais pas. Mais je crois qu'il est temps de faire machine arrière. À un moment donné, on a *vu* quelque chose. Mais on n'a pas compris.

Giuseppe se mordit la lèvre.

– Au départ, on cherchait un meurtrier qui voulait

nous faire croire qu'ils étaient deux. Maintenant qu'on en cherche deux, je me demande si ce n'est pas tout compte fait le même homme. Qui a lâché son ombre pour mieux nous semer.

28

À quatorze heures quinze, ils étaient à nouveau rassemblés dans le bureau d'Erik Johansson. Giuseppe avait insisté pour que Stefan assiste à la réunion, cette fois encore. Erik Johansson était fatigué et en colère. Mais par-dessus tout, il était inquiet. Stefan s'était assis contre le mur, derrière les autres. La pluie avait cessé et le soleil, déjà bas dans le ciel, les éclairait par la fenêtre ouverte. Erik Johansson avait branché le haut-parleur. La voix de Rundström s'entendait distinctement, malgré la mauvaise qualité de la liaison. Le brouillard stagnait toujours sur le nord-ouest du Härjedalen.

– On ne peut rien faire, criait-il dans le haut-parleur.

– Les barrages ?

– Toujours en place. Un Norvégien, qui était ivre, a eu tellement peur en voyant la police qu'il a foncé dans le fossé. Il avait d'ailleurs une peau de zèbre dans sa voiture.

– Pourquoi ?

– Comment veux-tu que je le sache ? Je ne savais même pas qu'il y avait des zèbres dans le Härjedalen. Une peau d'ours encore, on aurait pu comprendre.

La communication fut interrompue. Puis la voix de Rundström revint.

– J'ai une question concernant le vol d'armes, criat-il. Qu'est-ce qui a été pris, comme munitions ?

– Deux chargeurs pour le pistolet, douze cartouches pour le fusil.

– Ça ne me plaît pas. Que disent les techniciens ?

La voix de Rundström n'arrivait plus que par vagues.

– La maison était vide, dit Erik Johansson. Ma femme est à Järvsö pour voir notre fille. Je n'ai pas de voisins proches. L'armoire était fracturée.

– Des empreintes ? Une voiture que quelqu'un aurait vue ?

– Non.

– Le brouillard va se dissiper, d'après les gars de la météo. Mais le jour tombe. On est en train de décider quoi faire. Si c'est lui qui a volé les armes chez toi, il n'y a plus de raison de rester là. Ça veut dire qu'il a réussi à fiche le camp.

Giuseppe se pencha vers le micro.

– Ici Giuseppe. Je trouve qu'il est trop tôt pour retirer la surveillance. Ce n'est pas nécessairement lui, l'auteur du cambriolage chez Erik. D'autre part, j'ai une question. A-t-on une idée ce que ce Hereira a pu emporter comme provisions ?

– Frostman croit savoir – mais sans certitude – qu'il n'avait pas de conserves dans son garde-manger. Par contre, le congélateur était plein. Il a dit que ça valait le coup de le laisser branché, vu la quantité de baies et de viande d'élan qu'il reçoit de ses amis.

– Un steak d'élan décongelé sur un camping-gaz, ça ne mène pas loin. Tôt ou tard, il faudra qu'il quitte la montagne pour se ravitailler. À moins qu'il ait effectivement franchi le barrage.

– On a répertorié les habitations. Il y a un vieux bonhomme seul, du nom de Hudin, qui crèche dans un lieu-dit du nom de Högvreten. On a une surveillance là-bas. Le vieux a quatre-vingt-quinze ans, paraît-il, et il n'a pas froid aux yeux. Pour le reste, ce sont des chalets de vacances. On ne peut pas dire que le coin soit surpeuplé.

– Autre chose ?

– Pas pour l'instant.

– Dans ce cas, merci pour tout.

La voix de Rundström disparut dans un grésillement. Erik Johansson raccrocha.

– Il ne s'appelait pas Frostengren ? commenta un policier. Rundström a parlé d'un Frostman.

Giuseppe répondit avec irritation.

– Rundström n'a pas la mémoire des noms. Bon, je propose qu'on fasse le point. Quelqu'un ici ne connaît-il pas encore Stefan Lindman ? Un collègue de Borås qui a travaillé autrefois avec Herbert Molin…

Stefan reconnaissait tous les visages présents dans le bureau. Il se demanda soudain comment ils réagiraient s'il se levait et leur annonçait tout à trac qu'il devait commencer une radiothérapie dans quelques jours parce qu'il avait un cancer. Évidemment, il n'en fit rien.

Il y avait une myriade de détails et de rapports à débrouiller. Giuseppe aiguillonnait le groupe. Hors de question de s'attarder sur des vétilles. Mais c'était à lui de départager ce qui était urgent et ce qui pouvait attendre. Stefan essaya d'écouter, mais s'aperçut rapidement qu'il avait l'esprit plein de femmes. Hanna Tunberg se levant de son fauteuil. Veronica Molin, sa main et son dos endormis. Et puis Elena. Avant tout Elena. Il avait honte de l'avoir reniée face à Veronica Molin.

Il essaya de se concentrer sur ce qui se disait autour de la table.

On parlait des armes utilisées lors du meurtre de Molin. Dans la mesure où Hereira arrivait sans doute de l'étranger, il avait dû se les procurer en Suède. Giuseppe avait la liste des vols d'armes des derniers mois. Toujours aucun résultat probant de ce côté. Et aucun poste frontière n'avait d'informations relatives à l'entrée sur le territoire suédois d'un citoyen argentin répondant au nom de Hereira.

– L'affaire est entre les mains d'Interpol, dit Giuseppe. La collaboration avec les pays d'Amérique latine ne semble pas toujours simple. Quand une fille de Järpen a disparu à Rio, voici quelques années, ç'a été un enfer pour obtenir des renseignements de la part de la police brésilienne. Dieu merci, elle est revenue toute seule. Elle était tombée amoureuse d'un Indien et elle avait séjourné un moment dans la forêt amazonienne, voilà. Mais l'idylle n'a pas duré. Maintenant elle est institutrice et mariée à un agent de voyages d'Östersund. D'après la rumeur, sa maison est pleine de perroquets.

Il y eut quelques rires. Giuseppe leva la main.

– On ne peut qu'espérer voir surgir des fichiers un Fernando Hereira qui pourrait nous convenir.

D'autres documents furent examinés et laissés en attente. Le premier rapport sur le passé d'Abraham Andersson n'était pas achevé, loin de là. Jusqu'ici on n'avait rien trouvé qui le reliât à Herbert Molin, à part ce que leur avait raconté Hanna Tunberg. Il fallait activer ce secteur des recherches, tout le monde était d'accord là-dessus.

Visiblement, Giuseppe luttait pied à pied contre sa propre impatience. Il sait qu'à l'instant où il perd son calme il devient un mauvais policier, pensa Stefan.

Ils se mirent à parler de Hanna Tunberg. Erik Johansson raconta au groupe qu'elle avait été l'une des initiatrices du club de curling de Sveg, qui remportait désormais des succès au niveau international.

– Ils faisaient ça là-haut, dans le parc près de la gare. Je vois encore Hanna en train d'arroser la glace, dès qu'il faisait assez froid à l'automne.

– Et maintenant elle n'est plus là, dit Giuseppe. Ça n'a pas été un moment agréable, je peux vous l'assurer.

– De quoi est-elle morte ? demanda un des policiers qui n'avait rien dit jusque-là, et dont Stefan se rappela qu'il venait de Hede.

Giuseppe haussa les épaules.

– Une attaque. Peut-être le cerveau, ou alors le cœur. C'était une grande fumeuse. Juste avant de mourir, elle était en train de nous parler d'Elsa Berggren. Elle croyait l'avoir vue au printemps dernier chez Abraham Andersson. Elle a eu toutefois la franchise d'admettre qu'elle n'en était pas absolument certaine. Mais si elle disait vrai, cela signifie au moins deux choses. D'abord, que nous avons établi un lien entre Andersson et Molin. Ensuite, qu'Elsa Berggren a menti en niant connaître personnellement Andersson. Dans ce cas : pourquoi ?

Giuseppe attrapa un classeur et le feuilleta.

– Katrin Andersson, la veuve d'Abraham, a dit lors d'un entretien avec la police de Helsingborg qu'elle n'avait jamais entendu le nom d'Elsa Berggren. Elle prétend avoir une bonne mémoire des noms et elle dit aussi que son mari, je cite, « n'a jamais eu de secrets pour moi ».

Giuseppe referma sèchement le classeur.

– Bon. Ça, c'est une vérité qui ne résiste peut-être pas à l'examen. On connaît ce genre de phrase.

– Je crois tout de même que nous devons rester prudents, intervint Erik Johansson. Hanna était quelqu'un de bien à tout point de vue. Mais elle adorait les potins. Les gens comme elle ne font pas toujours la part de ce qui est et de ce qu'ils inventent.

– Que veux-tu dire ? coupa Giuseppe. On doit la prendre au sérieux, oui ou non ?

– Nous ne pouvons pas être sûrs que c'est bien Elsa

Berggren qu'elle a vue sortir de chez Abraham Andersson.

– À supposer que les choses se soient passées comme ça. Je crois plutôt qu'elle a épié par la fenêtre.

– Dans ce cas, le chien aurait aboyé.

Giuseppe ramassa un autre classeur et le feuilleta sans découvrir ce qu'il cherchait.

– Je sais avoir lu quelque part dans un rapport d'audition d'Abraham Andersson, après le meurtre de Molin, qu'il gardait parfois son chien dans la maison. C'était peut-être le cas ce jour-là. Même si certains chiens de garde aboient aussi à l'intérieur dès qu'ils entendent un bruit suspect.

– Celui-ci s'est laissé kidnapper sans broncher, dit Stefan. À mon avis, ce n'était pas un chien de garde. Plutôt un chien de chasse.

Erik Johansson hésitait encore.

– Y a-t-il autre chose qui les relie ? Elsa et Molin étaient, comme on le sait, des nostalgiques du nazisme. Des malades, quoi. Mais inoffensifs. Andersson l'était-il aussi ?

– Il militait au parti centriste, dit Giuseppe. Pendant une période, il a même siégé au conseil communal de Helsingborg. Il a démissionné après une histoire concernant les subventions accordées à l'orchestre symphonique. Mais il n'a pas abandonné le parti centriste pour autant. Son engagement était incompatible avec des idées d'extrême droite. On peut d'ailleurs se demander comment il aurait réagi s'il avait su qu'il avait pour voisin un ancien SS.

– Justement, il le savait peut-être.

La phrase avait échappé à Stefan. Giuseppe le regarda. Le silence se fit.

– Répète.

– Je veux seulement dire qu'on peut retourner le

raisonnement. Si Abraham Andersson avait découvert que son voisin Herbert Molin était un ancien nazi, et éventuellement aussi qu'Elsa Berggren partageait ses idées, cela ouvre la possibilité d'un autre type de lien.

– Lequel ?

– Je ne sais pas. Mais Molin était venu jusqu'ici pour se cacher. Il voulait à tout prix garder le silence sur son passé.

– Tu veux dire qu'Andersson aurait pu le menacer de révéler son secret ?

– On peut même imaginer un chantage. Herbert Molin avait tout fait pour camoufler ses traces. Il avait peur. D'une personne, ou de plusieurs. Si Abraham Andersson était au courant, et s'il parlait, toute son existence était menacée.

Giuseppe fit la moue.

– Si Andersson avait été tué avant Molin, je pourrais admettre ton raisonnement.

– Peut-être Andersson a-t-il aidé le meurtrier à retrouver Molin ? Quelque chose a pu mal tourner ensuite... Il y a évidemment aussi une autre possibilité. Qu'Elsa Berggren ait compris, ou simplement soupçonné, qu'Abraham était d'une manière ou d'une autre responsable de la mort de Herbert. Et qu'elle se soit vengée.

Erik Johansson protesta.

– Ce n'est pas possible ! Elsa, une femme de plus de soixante-dix ans, aurait traîné Abraham Andersson dans la forêt, l'aurait attaché à un arbre et l'aurait abattu de face ? Ça ne colle pas. Elle n'a même pas d'arme chez elle.

– Les armes, ça se vole, dit Giuseppe froidement. Et ça se jette. C'est bien connu.

– Je ne peux pas imaginer Elsa en meurtrière.

– Personne ne le peut. Mais tu sais aussi bien que moi

que les gens les plus paisibles en apparence sont capables de n'importe quoi autant que les autres.

Erik Johansson ne répondit pas.

– Nous devons naturellement garder présente à l'esprit l'hypothèse de Stefan, reprit Giuseppe. Mais nous ne devons pas nous laisser aller aux spéculations. Il nous faut rassembler les faits. Par exemple, nous assurer de ce qu'on peut apercevoir ou non dans le rétroviseur d'une voiture stationnée à l'endroit indiqué par Hanna Tunberg. Ensuite nous devons nous concentrer sur Elsa Berggren. Sans oublier tout le reste. Les personnes présentes autour de cette table savent que cela peut prendre du temps. Nous sommes peut-être tout près du but, si nous parvenons à capturer l'homme de la montagne et qu'il s'avère qu'il a tué non seulement Molin, mais aussi Andersson.

Avant la fin de la réunion, ils rappelèrent Rundström.

Le brouillard était toujours aussi compact au nord de Funäsdalen.

Il était seize heures. Les policiers se dispersèrent, laissant Giuseppe et Stefan seuls dans le bureau. Le soleil avait disparu. Giuseppe bâilla. Puis il rit.

– Tu n'aurais pas découvert une salle de bowling par hasard, au cours de tes balades ? C'est exactement ce qu'il nous faudrait, là, maintenant.

– Je n'ai même pas trouvé un cinéma.

– Ils passent des films à la maison du Peuple. En ce moment, c'est *Fucking Åmål*. Un bon film, soit dit en passant. Ma fille m'y a traîné, c'est pour ça que je l'ai vu.

Giuseppe alla s'asseoir dans le fauteuil de Johansson.

– Erik est indigné. Je le comprends. Ce n'est pas bien qu'un policier se fasse voler des armes. En plus, je le soupçonne d'avoir oublié de fermer sa porte à clé. C'est vite arrivé, à la campagne. Ou alors il a laissé la fenêtre entrouverte. Il est très discret sur la manière dont le voleur a réussi à s'introduire chez lui.

– Il me semble qu'il a parlé d'un carreau brisé.

– Il peut très bien l'avoir brisé lui-même. Je ne suis pas certain qu'il ait tout fait très légalement. Beaucoup d'armes dans ce pays ne sont ni achetées, ni stockées dans les règles. En particulier les fusils de chasse.

Stefan ouvrit une bouteille d'eau gazeuse qui était sur la table. Puis il s'aperçut que Giuseppe l'observait.

– Comment vas-tu ?

– Je n'en sais rien, dit-il. Je crois que j'ai bien plus peur que je ne veux l'admettre.

Il reposa la bouteille.

– Je préfère ne pas en parler. Les événements d'ici m'intéressent davantage.

– Je pensais passer la soirée dans ce bureau. Relire le dossier à fond. Notre discussion d'aujourd'hui nous a apporté pas mal de nouveaux éclairages. Elsa Berggren me préoccupe. Je n'arrive pas à la cerner. Si Hanna Tunberg a bien vu ce qu'elle prétend avoir vu, qu'est-ce que ça nous donne ? Erik a raison de protester. On n'imagine pas une femme de son âge en train de traîner un type dans la forêt.

– Il y avait autrefois un vieux policier à Borås qui s'appelait Fredlund. Il était raide, colérique et lent, mais c'était un enquêteur hors pair. Un jour qu'il était pour une fois de bonne humeur, il a dit un truc que je n'ai pas oublié. « Quand on avance, on tient sa lanterne devant soi pour voir où on met les pieds. Mais parfois on doit aussi éclairer les côtés. Pour voir où on ne met *pas* les pieds. » Je ne suis pas certain d'avoir bien compris. Mais dans mon interprétation, ça veut dire qu'on doit sans arrêt repositionner le centre de l'enquête.

– Que se passe-t-il si tu appliques ton interprétation à

la situation qui nous occupe ? J'ai beaucoup trop parlé aujourd'hui. J'ai besoin d'écouter.

– Quel pourrait être le lien entre l'homme de la montagne et Elsa Berggren ? Ce qu'elle affirme, à savoir qu'elle a été agressée, n'est pas nécessairement vrai. C'est peut-être ma présence qui a déclenché cette version des faits. Alors voilà la première question : y a-t-il un lien entre elle et Hereira ? La deuxième question va dans un sens différent : y a-t-il encore quelqu'un, dans ce contexte, que nous n'avons pas réussi à identifier ?

– Quelqu'un qui partagerait les opinions d'Elsa Berggren et de Herbert Molin ? Tu penses à un réseau néonazi ?

– Nous savons qu'un tel réseau existe.

– Hereira serait donc venu de loin pour danser le tango avec Herbert Molin, et il déclenche malgré lui une série d'événements. Elsa Berggren décide de régler son compte à Abraham Andersson. Pour ce faire, elle va chercher la personne adéquate dans son réseau d'aspirants à la chemise brune, et cette personne s'occupe de tout. C'est cela ?

– J'entends moi-même à quel point ça paraît tiré par les cheveux.

– Pas tant que ça, dit Giuseppe. Je vais garder l'idée en réserve pour ce soir, quand je me réattaquerai au dossier.

Stefan retourna à l'hôtel. Aucune lumière ne filtrait par la fenêtre de Veronica Molin. La fille de la réception était penchée sur son ordinateur flambant neuf.

– Combien de temps comptes-tu rester ? demanda-t-elle en le voyant.

– Jusqu'à mercredi. Si c'est possible.

– L'hôtel ne sera complet qu'en fin de semaine.

– Des pilotes d'essai ?

– Non, un groupe de coureurs d'orientation qui nous

viennent de Lettonie. Ils vont s'entraîner dans nos forêts.

Stefan prit la clé qu'elle lui tendait.

– Est-ce qu'il y a un bowling à Sveg ?

– Non, fit-elle, surprise. Pourquoi ?

– Je me posais juste la question.

Il grimpa l'escalier et s'étendit sur son lit. Quelque chose en rapport avec Hanna Tunberg… Il commença à se souvenir. Les images se dérobaient. Il lui fallut quelque temps pour leur donner une cohérence.

Il avait cinq ou six ans. Où se trouvaient sa mère et ses sœurs ? Il était seul à la maison avec son père. Dans son souvenir, c'était le soir. Il jouait par terre, derrière le canapé rouge du séjour. Sa petite voiture était en bois, jaune et bleue, avec un liseré rouge, et le regard de Stefan était fixé sur l'itinéraire invisible qu'il lui inventait sur le tapis, pendant que son ouïe enregistrait le froissement des pages du journal. Un bruit familier. Mais pas complètement inoffensif. Il pouvait arriver que son père lise quelque chose qui le mettait en colère, parfois au point de déchirer le journal. « Salopards de socialistes », grondait-il, et crac, le journal se déchirait. Ça faisait le même bruit que les feuilles d'un arbre. Ensuite survenait la tempête. La voiture de Stefan longeait à présent une route sinueuse au bord d'une paroi abrupte. Ça pouvait mal finir. Il savait que son père était dans le fauteuil vert sombre à côté de la cheminée. Dans un moment il baisserait son journal et il demanderait à Stefan ce qu'il fabriquait. Pas gentiment. Pas parce qu'il s'intéressait. Juste comme on pose une question pour vérifier que tout est en ordre.

Soudain le bruit des pages tournées s'arrêta. Il y eut un grognement, puis un choc sourd. La voiture s'immobilisa. Un pneu arrière crevé. Stefan devait s'extirper très lentement du siège du conducteur pour que la voiture ne plonge pas dans le ravin.

Prudemment, il jeta un coup d'œil par-dessus le dossier du canapé. Son père était tombé sur le tapis, le journal encore à la main. Et il gémissait. Stefan s'approcha. Pour ne pas se trouver complètement sans défense, il avait emporté la voiture. Il ne la lâchait pas. Au besoin, il pourrait s'enfuir avec. Son père le fixait avec des yeux apeurés. Ses lèvres étaient toutes bleues. Elles remuaient, elles formaient des mots. «Je ne veux pas mourir comme ça. Je veux mourir debout comme un homme.»

Le souvenir s'éteignit. Stefan n'était plus dans l'image, il était dehors. Que s'était-il passé ensuite? Il se rappelait sa propre peur, la voiture dans sa main, les lèvres bleues de son père... Sa mère était entrée. Ses sœurs devaient être là aussi, mais il ne se souvenait pas d'elles. Il n'y avait que lui, son père et sa mère. Et une voiture au liseré rouge. Il se rappela soudain la marque. Brio. Une petite voiture en bois de chez Brio. Ils étaient plus forts pour les trains que pour les voitures, chez Brio, mais comme c'était son père qui la lui avait donnée, il l'aimait. C'était important, ce qu'il recevait de son père. Il aurait préféré un train. Mais la voiture avait un liseré rouge. Et maintenant elle était suspendue au bord du ravin.

Sa mère l'avait bousculé en poussant un cri. Ensuite tout devenait flou. Une ambulance, son père dans un lit d'hôpital, les lèvres moins bleues. Quelques paroles que quelqu'un avait dû répéter souvent, sinon comment s'en serait-il souvenu? Une attaque sans gravité, sans gravité aucune.

Mais ce qui lui revenait très clairement à présent, c'étaient les paroles de son père. «Je ne veux pas mourir comme ça. Je veux mourir debout comme un homme.»

Comme un soldat, pensa Stefan. En marche vers un quatrième Reich qui ne finirait pas sous les décombres, contrairement au troisième.

Il prit sa veste. Au milieu de tous ces souvenirs, il avait dû s'assoupir un moment, car il était déjà vingt et une heures. Il ne voulait pas dîner à l'hôtel. Il sortit. Il y avait un kiosque en bas, du côté du pont, un kiosque à deux guichets qui faisait partie de la station-service. Il commanda de la purée de pommes de terre avec des saucisses grillées et avala le tout en écoutant les commentaires d'un groupe d'ados sur une voiture qui stationnait dehors. Puis il se remit en marche, en se demandant ce que faisait Giuseppe, s'il était encore penché sur ses rapports. Et Elena ? Il avait laissé son portable dans la chambre. Il traversa la bourgade plongée dans le noir. L'église, les quelques magasins, les locaux vides attendant que quelqu'un ait besoin d'eux.

En revenant à l'hôtel, il croisa la fille de la réception qui s'apprêtait à rentrer chez elle. Il ressortit, longea la façade. De la lumière filtrait par un interstice des rideaux de la chambre de Veronica Molin. Il approcha en se demandant à nouveau, de façon saugrenue, pourquoi la fille de la réception avait été en larmes ce matin-là, pendant sa première visite. Une voiture passa. Il se haussa sur la pointe des pieds et jeta un coup d'œil par la fente.

Elle portait un vêtement bleu sombre – peut-être un pyjama en soie ? – et travaillait à son ordinateur en lui tournant le dos. Il allait repartir, quand elle se leva soudain et sortit de son champ de vision. Stefan s'était baissé d'instinct. Quand il risqua un dernier regard, il vit l'écran du portable où se profilait une ombre, comme un motif en filigrane. Tout d'abord il ne comprit pas ce qu'il voyait.

Puis il la reconnut.

C'était une croix gammée.

29

Ce fut comme s'il avait reçu une décharge électrique. Il faillit tomber. Au même moment, une voiture tourna au coin de l'hôtel. Stefan s'enfuit en direction de la cour voisine, où le journal local avait ses bureaux. En moins d'une semaine, il avait eu la stupéfaction de découvrir un uniforme SS dans une penderie du Härjedalen, d'apprendre que son propre père avait été un partisan du nazisme qui payait jusqu'après sa mort le prix du sang pour entretenir une organisation sinon dangereuse dans les faits, du moins criminelle dans son intention. Et maintenant cette croix gammée qui luisait sur l'écran de Veronica Molin. Sa première impulsion fut de frapper à sa porte et de lui demander des comptes. Mais de quoi ? D'avoir menti, en premier lieu. Non seulement elle savait que son père avait été nazi, mais elle l'était aussi !

Il s'obligea à se calmer, à redevenir flic, à raisonner froidement, à faire la part des faits et des extrapolations. Et pendant qu'il se tenait là dans l'obscurité, devant les fenêtres éteintes de la rédaction du journal *Härjedalen*, tous les événements intervenus depuis le matin où il avait pris un café à la cafétéria de l'hôpital de Borås semblèrent soudain prendre forme. Herbert Molin avait consacré ses dernières années aux puzzles, quand il ne dansait pas avec sa poupée en rêvant de façon délirante à un nouvel empire germanique. À présent, Stefan croyait voir le puzzle dont Molin lui-même constituait une pièce centrale. *La dernière pièce se met en place, et le motif apparaît.* L'esprit de Stefan bouillonnait tout à coup, comme si de multiples vannes s'ouvraient en même temps et qu'il lui incombait de diriger très vite ces trombes d'eau vers tel et tel canal, en résistant pied à pied pour ne pas être lui-même entraîné dans le tourbillon.

Il se tenait absolument immobile. Soudain une ombre passa devant ses pieds et le fit sursauter. Un chat ! Stefan le vit disparaître à travers le cercle lumineux d'un réverbère.

Qu'est-ce que je vois ? pensa-t-il. Un motif, parfaitement clair. Et peut-être plus que cela. Peut-être une forme de conjuration.

Il se mit en marche. Il réfléchissait mieux quand il était en mouvement. Il se dirigea vers le pont de chemin de fer, le tribunal sur sa gauche, toutes fenêtres éteintes. Un peu plus loin dans la rue, il croisa trois dames chantant et rigolant, qui le saluèrent d'un « *hej !* » joyeux et passèrent leur chemin en continuant à fredonner leur chanson. Un tube de ABBA : *One of Us Is Crying*, il avait reconnu la mélodie. Puis elles disparurent et il bifurqua vers la voie ferrée, jusqu'au pont. Au-dessus du fleuve, les rails qui ne servaient plus qu'au transport de la tourbe et à la ligne touristique Inlandsbanan pendant l'été s'incrustaient dans le bois comme des crevasses désolées. Sur l'autre rive – celle d'Elsa Berggren –, un chien aboyait.

Il s'arrêta au milieu du pont. L'air de la nuit était limpide, et de plus en plus froid. Il ramassa une pierre et la laissa tomber dans l'eau.

Ce qu'il devait faire, et pas plus tard que tout de suite, c'était avoir une discussion avec Giuseppe. Mais peut-être pas tout de suite quand même. Il avait besoin de réfléchir. Il voulait profiter de sa longueur d'avance. Veronica Molin ignorait qu'il l'avait observée par la fente du rideau. Comment allait-il exploiter cet avantage ?

Il avait du mal à se défendre de la colère. Elle l'avait entortillé en le regardant droit dans les yeux. Elle l'avait même laissé partager son lit, probablement dans le seul but de l'humilier.

Il quitta le pont et revint vers l'hôtel. Il n'y avait qu'une chose à faire. Aller lui parler. Deux hommes qui jouaient aux cartes à la réception hochèrent la tête à son entrée avant de se concentrer à nouveau sur leur partie. Stefan s'arrêta devant la porte de Veronica Molin. Il aurait voulu l'enfoncer à coups de pied. Mais il frappa. Elle ouvrit aussitôt. Par-dessus son épaule, il vit que l'ordinateur était éteint.

— J'allais me coucher, dit-elle.

— Il faut qu'on parle.

— Cette nuit, je veux dormir seule. Juste pour ton information.

— Je ne viens pas pour ça. Même si je me demande encore pourquoi tu m'as fait dormir dans ton lit. Sans que je puisse te toucher.

— C'est toi qui le voulais. Enfin bon, il peut m'arriver de me sentir seule, moi aussi.

Elle s'était assise sur le lit dans la même attitude que la veille, les jambes repliées sous elle. Il avait envie d'elle, l'orgueil blessé intensifiait le désir.

Il s'assit dans le fauteuil, qui grinça sous son poids.

— Qu'est-ce que tu veux ? Il s'est passé quelque chose ? Vous avez retrouvé l'homme de la montagne ?

— Je ne sais pas. Je ne suis pas venu pour parler de lui. Mais d'un mensonge.

— Lequel ?

— Le tien.

Les yeux de Veronica Molin parurent se rétrécir.

– Je ne vois pas de quoi tu parles. Et je n'ai pas beaucoup de patience avec les gens qui ne jouent pas cartes sur table.

– Alors je vais jouer cartes sur table. Tout à l'heure, tu travaillais à ton ordinateur. Avec une croix gammée en fond d'écran.

Elle resta interloquée. Puis elle jeta un regard vers la fenêtre, le rideau pas tout à fait fermé.

– Mais oui, dit-il. Accuse-moi de voyeurisme, si tu veux, mais je n'espérais pas te surprendre toute nue. C'était juste une impulsion. Quoi qu'il en soit, je l'ai vue.

– D'accord, dit-elle d'une voix égale. Il y avait bien une croix gammée à l'écran. Mais le mensonge ?

– Tu prétendais ignorer les choix de ton père. Tu as parlé de honte. Mais je comprends mieux maintenant ton insistance à vouloir dissimuler l'histoire. En fait, c'est toi que tu veux protéger. Directement.

– Comment ça ?

– Parce que ses idées sont les tiennes.

– C'est ce que tu crois ?

Elle se leva pour allumer une cigarette et resta debout.

– Ce n'est pas seulement que tu es bête, dit-elle lentement. Tu es d'une arrogance complètement déplacée. Je croyais voir en toi un policier peut-être un peu hors norme. Mais pas du tout. Tu n'es qu'une merde. Une petite merde sans intérêt.

– Tu n'arriveras à rien en m'insultant. Tu peux me cracher au visage si tu veux, je ne perdrai pas mon sang-froid.

Elle se rassit sur le lit.

– Au fond, ce n'est peut-être pas plus mal. Comme ça, on peut éclaircir les choses.

– Je suis tout ouïe.

417

Elle écrasa sa cigarette à moitié consumée.

– Que sais-tu de l'informatique ? Internet ?

– Pas grand-chose. Tu as dit hier soir que tu pouvais te connecter au monde, où que tu sois. Et aussi que ta vie tenait dans ton ordinateur.

Elle alla s'asseoir devant la table et lui fit signe d'approcher son fauteuil.

– Je vais t'emmener en voyage, dit-elle. Bienvenue dans le cyberespace. Tu as tout de même déjà entendu ce mot ?

Elle enfonça une touche. L'ordinateur se mit à bourdonner. L'écran s'éclaira. Elle pianota sur le clavier, des images papillotèrent jusqu'au moment où l'écran se colora en rouge. La croix gammée émergea peu à peu.

– Comme la réalité, la toile possède un sous-sol. Tu y trouves tout et n'importe quoi.

Elle continua à pianoter. La croix gammée disparut. Stefan se retrouva face à quelques petites filles asiatiques presque nues. L'image s'effaça, remplacée par des photos de la basilique Saint-Pierre de Rome.

– Il y a de tout, reprit-elle. C'est un instrument merveilleux. On peut chercher l'information où qu'on soit. En cet instant, Sveg est le centre du monde. Mais je parlais du sous-sol. Toutes les informations y sont, tout ce que tu as besoin de savoir, en quantité illimitée, que tu aies envie d'acheter des armes, de la drogue, des images pornographiques de jeunes enfants. Tout ce que tu veux.

Elle appuya sur une touche. La croix gammée revint.

– Ceci également. Des organisations néonazies, parmi lesquelles plusieurs suédoises, soit dit en passant, affichent leurs opinions sur mon écran. Tout à l'heure, j'essayais d'apprendre des choses sur ces gens qui, de nos jours, se réclament du nazisme. Combien sont-ils, quels sont leurs réseaux, comment raisonnent-ils ? Etc.

Elle pianota encore. Une image de Hitler. Ses doigts se déplaçaient à une vitesse extraordinaire. Sa propre photo apparut à l'écran. Un portrait avec cette légende : Veronica Molin. *Broker*.

Elle enfonça une dernière touche et l'écran s'éteignit.

– Maintenant je veux que tu partes, dit-elle. Tu m'as espionnée, tu as entrevu une image, tu en as tiré les conclusions que tu voulais. Très bien. Si tu es un imbécile, ce n'est pas mon problème. Je te demande juste de sortir d'ici. Nous n'avons rien à nous dire.

Stefan ne sut que répondre. Elle était furieuse, convaincante.

– Imagine que les rôles aient été inversés, dit-il. Comment aurais-tu réagi ?

– Je t'aurais interrogé avant de t'accuser.

Elle se leva avec brusquerie.

– Je ne peux pas t'empêcher de venir aux funérailles de mon père. Mais je ne me sentirai pas tenue de t'adresser la parole, ni de te serrer la main.

Elle le poussa littéralement dehors et claqua la porte. Il retourna à la réception, où les joueurs de cartes avaient disparu. Tout en grimpant l'escalier, il se demanda comment diable il avait pu se comporter de cette manière.

Le sauvetage arriva sous la forme d'une sonnerie de portable. C'était Giuseppe.

– Tu ne dormais pas, j'espère ?

– Plutôt le contraire.

– Insomnie ?

– Oui.

Autant raconter la vérité. Giuseppe éclata de rire.

– C'est dangereux de regarder dans la chambre des filles. On ne sait jamais sur quoi on peut tomber.

– Je me suis conduit comme un imbécile.

– Ça nous arrive à tous, un jour ou l'autre.

– Tu savais, toi, qu'on peut visiter toutes les organisations néonazies grâce à l'Internet ?

– Toutes, ça m'étonnerait. Tu peux être sûr qu'il y a plein de départements et de compartiments, dans ce sous-sol dont elle parle. À mon avis, les organisations dangereuses n'affichent pas leur adresse sur le net.

– Tu veux dire qu'on n'a accès qu'à un premier niveau ?

– À peu près.

Stefan éternua plusieurs fois de suite.

– J'espère que je ne t'ai pas contaminé, dit Giuseppe.

– Comment va ta gorge ?

– Un peu de fièvre, et le côté gauche enflé. Les gens comme nous, qui voient tant d'affreusetés, ont tendance à devenir hypocondriaques.

– La réalité me suffit, personnellement.

– Excuse-moi.

– Qu'est-ce que tu voulais ?

– Quelqu'un à qui parler, je crois.

– Tu es encore dans le bureau d'Erik ?

– Il y a du café.

– J'arrive.

En longeant les fenêtres de l'hôtel, Stefan jeta un regard à celle de Veronica Molin. Il y avait toujours de la lumière. Mais plus de fente entre les rideaux.

Giuseppe l'attendait devant la maison communale, avec un cigarillo allumé.

– Tu fumes ?

– Seulement quand je suis très fatigué et que je dois néanmoins garder les yeux ouverts.

Il coupa le bout de son cigarillo, piétina la braise et ils entrèrent. L'ours empaillé veillait sur eux. Le bâtiment était désert.

– Erik Johansson a téléphoné, dit Giuseppe. C'est un type très franc. Il a dit que le coup du cambriolage l'avait tellement démoralisé qu'il ne se sentait pas en état de travailler ce soir. Il allait boire un verre de gnôle et avaler un somnifère. Ce n'est peut-être pas un mélange très conseillé, mais je trouve qu'il a raison.

– Des nouvelles de la montagne ?

Giuseppe referma la porte du bureau. Stefan aperçut deux thermos estampillées «Commune du Härjedalen». Il secoua la tête quand Giuseppe lui en proposa une tasse. Quelques viennoiseries pleines de miettes traînaient sur un sac en papier déchiré.

– Rundström m'appelle de temps en temps. On a aussi eu des nouvelles du central d'Östersund. Un des hélicoptères qu'on nous envoie d'habitude est en panne. On en aura un autre de Sundsvall demain.

– La météo ?

– Pas de brouillard en ce moment. Ils ont déplacé le Q. G. à Funäsdalen. Les barrages routiers n'ont rien donné, à part notre ivrogne norvégien. Apparemment, sa grand-mère est missionnaire en Afrique et c'est elle qui a rapporté la peau de zèbre en Suède. Presque tout s'explique, dans la vie. Mais Rundström est inquiet. Si on lance les recherches dans la montagne demain et qu'on ne le trouve pas, c'est qu'il aura réussi à franchir le barrage. Et qu'il est peut-être bien l'auteur du cambriolage chez Erik.

– Il n'est peut-être jamais parti dans la montagne…

– Tu oublies que le chien a flairé une piste.

– Il peut avoir fait demi-tour. S'il est vraiment originaire d'Amérique latine, j'imagine qu'il doit trouver la montagne suédoise à l'automne un peu froide pour lui.

Giuseppe s'approcha de la carte punaisée au mur et traça lentement avec l'index un cercle autour de Funäsdalen.

– La question est de savoir pourquoi il n'a pas depuis longtemps quitté la région. J'en reviens toujours à ça. Parmi toutes les questions qui tournent dans cette enquête, c'est l'une des plus importantes. La seule explication que je trouve, c'est qu'il lui reste quelque chose à faire. Un truc pour lequel il est prêt à prendre tous les risques. Cette idée-là me met très mal à l'aise, d'autant plus s'il s'est équipé au passage chez Erik. Ce qui me conduit ce soir à une question qu'on ne s'est pas vraiment posée jusqu'à présent.

– Où sont les armes dont il s'est servi contre Herbert Molin ?

Giuseppe s'éloigna de la carte.

– Le fait qu'il s'en soit probablement débarrassé provoque un certain désordre dans ma cervelle. Et dans la tienne ?

Stefan réfléchit avant de répondre.

– Il a fini. Il s'en va. Ensuite quelque chose survient qui le fait revenir. Et il a besoin d'armes à nouveau. C'est ça ?

– Oui. Mais ça ne me dit rien qui vaille. Si c'est lui qui a tué Abraham Andersson, il serait donc parti et revenu deux fois de suite. Et si c'est lui qui s'est introduit chez Erik, ça veut dire qu'il se serait débarrassé par deux fois des armes qu'il détenait ? Ça ne colle pas. Nous savons que cet homme est un organisateur minutieux. Or ces armes balancées ici et là suggèrent autre chose. Est-ce Elsa Berggren qui l'intéresse ? Il demande qui a tué Abraham Andersson et n'obtient aucune réponse. Il insiste. Puis il tombe sur toi et te casse la figure.

– Que se passe-t-il si nous posons la même question que lui ?

– C'est exactement ce que j'ai fait ce soir.

Giuseppe désigna d'un geste les classeurs qui encombraient le bureau.

– Je me suis sans arrêt posé cette question en reparcourant le dossier. Je me suis même demandé s'il avait rendu visite à Elsa Berggren pour faire diversion et nous semer, alors qu'il est l'auteur du meurtre d'Abraham Andersson. Mais pourquoi reste-t-il ici ? Qu'attend-il ? Que quelque chose se produise ? Mais quoi ? Cherche-t-il quelqu'un d'autre ? Mais qui ?

— Il manque un maillon, dit Stefan lentement. Une personne, mais laquelle ? Tueur ? Ou nouvelle victime ?

Ils restèrent silencieux. Stefan avait du mal à se concentrer. Il voulait aider Giuseppe. Mais il songeait sans cesse à Veronica Molin. Et il devait appeler Elena. Il regarda sa montre. Vingt-trois heures déjà. Elle dormait sûrement, mais tant pis.

— Je dois téléphoner chez moi, dit-il en quittant le bureau.

Il se plaça à côté de l'ours empaillé en pensant que l'ours le protégerait peut-être.

Elle ne dormait pas.

— Je sais que tu es malade, dit-elle, mais je me demande si ça te donne vraiment le droit de me traiter de cette manière.

— Je travaille.

— Tu ne travailles pas. Tu es en arrêt de travail, Stefan.

— Je suis en train de discuter avec Giuseppe.

— Et alors ? Ça ne te laisse pas une minute pour m'appeler ?

— C'est ce que je fais ! Excuse-moi. Je n'avais pas vu qu'il était si tard.

Silence.

— Il faut qu'on parle, dit-elle. Mais pas maintenant.

— Je ne sais même pas pourquoi je suis ici, Elena. Peut-être le rendez-vous à l'hôpital me fait-il tellement peur que je n'ose pas rester chez moi. Je ne sais plus rien, en ce moment. Mais tu me manques.

– Tu n'aurais pas rencontré une autre femme là-haut ?

Il sentit la peur. Une peur dure, immédiate.

– Et ce serait qui ?

– Je ne sais pas. Une plus jeune.

– Bien sûr que non.

Il perçut sa tristesse et se sentit d'autant plus coupable.

– Il y a un ours empaillé à côté de moi. Il te salue.

Elle ne répondit pas.

– Tu es là ? Elena ?

– Oui. Je vais me coucher maintenant. Appelle-moi demain. Essaie de dormir.

Stefan retourna dans le bureau, où Giuseppe était penché sur un classeur. Stefan se servit un café tiède. Giuseppe leva la tête. Il avait les cheveux en bataille, les yeux injectés de sang.

– Elsa Berggren, dit-il. Demain, j'aurai une nouvelle conversation avec elle. Je pense emmener Erik. Mais c'est moi qui poserai les questions. Erik est trop gentil. Je crois même qu'il a un peu peur d'elle.

– Qu'espères-tu ?

– Découvrir ce qu'elle ne nous dit pas.

Giuseppe se leva et s'étira.

– Bowling ! Je vais demander à Erik d'en toucher deux mots au conseil communal. S'il ne serait pas possible d'en aménager un petit. Juste pour les policiers en visite.

Il se rembrunit à nouveau.

– Quelles questions poserais-tu à Elsa Berggren ? Tu connais le dossier presque aussi bien que moi.

Stefan resta silencieux une minute entière avant de répondre.

– J'essaierais de découvrir si elle savait qu'Erik avait des armes chez lui.

– C'est une idée. On essaie de situer cette bonne femme dans le cadre. On finira bien par trouver.

Le téléphone sonna. Giuseppe écouta, s'assit, approcha un bloc-notes. Stefan lui donna un crayon qui traînait par terre. Giuseppe hocha la tête et regarda sa montre.

– On arrive.

Il raccrocha. À son expression, Stefan comprit qu'il y avait du nouveau.

– C'était Rundström. Une voiture a forcé un barrage il y a vingt minutes. Les policiers sont indemnes. Mais de justesse.

Il s'approcha de la carte murale et marqua un carrefour au sud-est de Funäsdalen. Stefan estima à vingt kilomètres la distance entre ce carrefour et le chalet de Frostengren.

– Une berline bleu foncé, peut-être une Golf, poursuivit Giuseppe. Un homme au volant. Son signalement peut correspondre à celui que nous cherchons. Les policiers n'ont pas eu le temps de bien voir. Mais si c'est lui, il est en route vers Sveg.

Giuseppe regarda à nouveau sa montre.

– S'il roule vite, il sera ici dans deux heures.

Stefan montra une route secondaire sur la carte.

– Il peut bifurquer ici.

– On déménage en ce moment tous les barrages de Funäsdalen. Ils vont construire un mur. Ce n'est qu'ici qu'on n'a aucune surveillance.

Il s'empara du téléphone.

– J'espère qu'Erik n'est pas encore endormi.

Stefan attendit pendant que Giuseppe parlait avec Erik Johansson du barrage à installer au plus vite.

Il raccrocha en hochant la tête.

– Erik est un type bien. Il venait de prendre son somnifère, mais il a dit qu'il allait se mettre deux doigts dans le gosier. Je crois qu'il veut vraiment l'arrêter, ce salaud. Et pas seulement parce qu'il a peut-être volé ses armes.

– Ça ne colle pas, protesta Stefan. Il aurait commencé par cambrioler Erik Johansson, avant de retourner dans la montagne ?

– Rien ne colle avec rien. Mais on ne va quand même pas imaginer qu'un troisième homme est impliqué dans cette histoire.

Il s'interrompit de lui-même.

– Ou peut-être que si. Mais qu'est-ce que cela signifie ?

– Je ne sais pas.

– Quel que soit le type qui est au volant de cette voiture, c'est peut-être lui qui a les armes. Et si ça se trouve, il va commencer à s'en servir. Il faudra qu'on se tienne à carreau, dis donc.

Giuseppe sourit. Puis il cessa de sourire.

– Tu es policier. En ce moment, on manque de collègues, c'est le moins qu'on puisse dire. Tu viens ?

– D'accord.

– Erik a dit qu'il prenait une arme pour toi.

– Je croyais qu'elles avaient disparu dans le cambriolage.

Giuseppe fit la grimace.

– Il avait un pistolet en réserve. À la cave, m'a-t-il dit. Plus son arme de service.

Le téléphone sonna à nouveau. C'était Rundström. Giuseppe écouta en silence.

– Voiture volée, dit-il après avoir raccroché. C'était bien une Golf. Volée à une station-service en plein village de Funäsdalen. Un chauffeur de poids lourd est témoin. D'après Rundström, il s'agit d'un partenaire d'Erik au poker. Le témoin, bien sûr, pas le voleur.

Giuseppe était pressé maintenant. Il jeta sur la table les dossiers qui recouvraient sa veste.

– Erik va mobiliser ses deux collègues. On ne peut pas dire qu'on constitue une force impressionnante. Mais on devrait quand même pouvoir arrêter une Golf.

Trois quarts d'heure plus tard, le barrage était installé, trois kilomètres au nord-ouest de Sveg. Ils attendirent en silence. La forêt bruissait dans la nuit. Giuseppe s'entretenait à voix basse avec Erik Johansson. Les autres policiers étaient à peine visibles. Des ombres au bord de la route.

Les phares des voitures de police trouaient l'obscurité.

30

La voiture qu'ils attendaient n'arriva jamais.

En revanche, cinq autres véhicules se présentèrent au barrage. Erik Johansson connaissait deux des conducteurs. Les trois autres étaient des inconnus – deux femmes habitant à l'ouest de Sveg et employées par le service communal d'aide à domicile, et un jeune homme en bonnet de peau qui repartait vers le sud après avoir rendu visite à de la famille, du côté de Hede. Tous durent ouvrir leur coffre avant d'être autorisés à repartir.

La température avait grimpé et il tombait maintenant une neige mouillée qui fondait aussitôt. En l'absence de vent, chaque son s'entendait avec une netteté particulière. Un pet lâché par quelqu'un, une main heurtant une portière…

Sur le capot d'une des voitures de police, ils étalèrent une carte qui fut immédiatement trempée et l'éclairèrent avec leurs lampes torches. Avaient-ils commis une erreur ? Existait-il malgré tout un chemin de fuite qu'ils auraient négligé ? Mais ils ne découvrirent aucune faille. Les barrages avaient été installés au bon endroit, leur confirma Giuseppe, qui fonctionnait depuis le début comme un central téléphonique en contact permanent avec les autres groupes de policiers éparpillés dans les forêts cette nuit-là.

Stefan se tenait à l'écart. Erik Johansson lui avait

donné un pistolet, d'un modèle qu'il avait déjà eu entre les mains. La neige tombait sur sa tête pendant qu'il songeait à Veronica Molin, à Elena et, surtout, au 19 novembre, en se demandant si la nuit et la forêt augmentaient ou diminuaient son angoisse. Il ne le savait pas.

Il y eut aussi un court instant où il pensa que tout pourrait être fini en quelques secondes. Il avait dans sa poche une arme chargée. S'il l'appliquait contre son front et appuyait sur la détente, il n'aurait pour sa part jamais à subir de rayons.

Personne ne comprenait où avait bien pu passer la Golf. Giuseppe, nota Stefan, s'énervait de plus en plus au téléphone.

Soudain le portable d'Erik Johansson bourdonna.

– Qu'est-ce que tu dis ? cria-t-il dans l'appareil.

Il fit signe aux autres que la carte mouillée devait être à nouveau dépliée sur le capot, pendant qu'il continuait d'écouter. Puis il pointa un endroit, si brutalement que son index fit un trou dans la carte, répéta un nom : « Löten », et raccrocha.

– Coups de feu, annonça-t-il. Il y a peu de temps, au bord du lac Löten, à trois kilomètres de l'embranchement vers Hårdabyn. Le type à qui je parlais s'appelle Rune Wallén, c'est un gars qui conduit une pelleteuse, il habite juste à côté. Il dit qu'il a été réveillé par une détonation. Sa femme l'a entendue aussi. Il est sorti. Ça a recommencé. Il en a compté dix en tout. Il est chasseur, alors on peut lui faire confiance.

Erik Johansson regarda sa montre et compta en silence.

– Il dit qu'il lui a fallu un quart d'heure pour retrouver mon numéro de portable. On chasse parfois ensemble, c'est pour ça qu'il savait l'avoir quelque part. Puis il a discuté environ cinq minutes avec sa femme pour savoir quoi faire. Il croyait évidemment qu'il me réveillerait. Autrement dit, les coups de feu ont été entendus il y a vingt-cinq minutes au maximum.

– Il faut se regrouper, dit Giuseppe. On conserve le barrage ici. Mais une partie d'entre nous et de ceux qui se trouvent plus au nord doivent se rapprocher de Löten. Nous savons maintenant qu'il y a des armes en jeu. Alors grande prudence, et pas d'interpellation.

– On ne lance pas un avis de recherche ? demanda Erik Johansson.

– Bien sûr que si. Tu t'en occupes. Appelle Östersund. Et continue de surveiller le barrage.

Giuseppe jeta un regard à Stefan, qui acquiesça.

– Stefan et moi, nous allons voir du côté de Löten. J'appellerai Rundström de la voiture.

– Pas de folies, dit Erik Johansson.

Giuseppe parut ne pas entendre. Il était immobile, une lampe torche éclairait son visage.

– Qu'est-ce qui se passe ? dit-il comme pour lui-même. Qu'est-ce qui se passe au juste ?

Stefan prit le volant pendant que Giuseppe parlait à Rundström et lui rendait compte de la situation, et des décisions qu'il avait prises.

– On peut croiser une voiture, dit-il après avoir rangé son portable. Dans ce cas, on ne s'arrête pas. On repère simplement le modèle et l'immatriculation.

Ils mirent trente-cinq minutes à atteindre l'endroit indiqué par Rune Wallén. Ils n'avaient croisé aucune voiture. Stefan conduisait lentement. Soudain Giuseppe poussa une exclamation et leva la main. Stefan pila et vit une voiture bleu nuit à moitié enfouie dans le fossé.

– Recule un peu, dit Giuseppe. Éteins les phares.

Stefan obéit. Il avait cessé de neiger. Tout était silencieux. Giuseppe et Stefan sortirent de la voiture et se déployèrent, pliés en deux, de part et d'autre de la route, l'arme au poing. Stefan n'aurait su dire combien de temps ils attendirent ainsi, aux aguets. Enfin ils perçurent un bruit de moteur au loin. Les phares découpèrent la nuit. La voiture de police s'arrêta dans le faisceau de la lampe torche allumée par Giuseppe. C'était Rundström, accompagné d'un policier qui s'appelait Lennart Backman. En se souvenant de son nom, Stefan se rappela aussi qu'il y avait eu autrefois un joueur de foot qu'il admirait qui portait ce nom-là. Mais quelle était l'équipe ? Hammarby ou AIK ?

– Vous avez vu quelque chose ? cria Rundström.

La forêt répercuta sa question.

– La bagnole paraît vide. Mais on attendait que tu arrives.

– Qui est avec toi ?

– Lindman.

– Toi et moi, cria Rundström. On avance. Les autres restent là.

Stefan se tint prêt avec son arme, tout en éclairant les pas de Giuseppe. Rundström et lui s'approchèrent de la Golf, de part et d'autre.

– Il n'y a rien, cria Giuseppe. Bougez les voitures, qu'on ait plus de lumière.

Stefan avança celle de Giuseppe de façon que les phares éclairent le fossé.

Rune Wallén ne s'était pas trompé. La voiture bleu nuit portait des traces d'impact. Trois balles dans le pare-brise, le pneu avant gauche hors d'usage ; même le capot était perforé.

– On lui a tiré dessus de face, dit Rundström.

Ils éclairèrent l'habitacle. Giuseppe désigna une tache sombre.

– Ça peut être du sang.

La portière côté conducteur était ouverte. Ils examinèrent le sol à l'extérieur, mais ne virent aucune trace de sang. Giuseppe dirigea sa lampe vers la forêt.

– Je ne comprends rien, dit-il.

Ils formèrent une chaîne. Le faisceau des lampes jouait sur les troncs et les fourrés. Il n'y avait personne. Ils s'étaient enfoncés d'une centaine de mètres dans la forêt quand Giuseppe décida de rebrousser chemin. Des sirènes approchaient, venant de l'est.

– Le chien est en route, dit Rundström quand ils furent à nouveau sur l'asphalte, autour de la voiture abandonnée.

Les clés étaient restées sur le contact. Giuseppe ouvrit le coffre. Quelques boîtes de conserve et un sac de couchage. Ils échangèrent un regard.

– Duvet bleu foncé, dit Rundström. De la marque Alpin.

Il chercha dans la mémoire de son portable et établit la communication.

– Inspecteur Rundström, brigade criminelle, désolé de te réveiller. Y avait-il un sac de couchage dans ton chalet ? Oui ? De quelle couleur était-il ?

Il hocha la tête. Bleu foncé.

– Et la marque ?

Il écouta.

– Te rappelles-tu avoir eu des boîtes de saucisses Bullens Pilsnerkorv dans ton garde-manger ?

Frostengren dut fournir une réponse circonstanciée, car Rundström écouta longtemps.

– C'est tout ce que je voulais savoir, dit-il ensuite. Merci de ton aide.

Il raccrocha.

– Il avait beau ne pas être bien réveillé, il a pu me dire que son duvet n'était pas de la marque Alpin. L'Argentin devait avoir son propre équipement. Mais pour les conserves, ça colle.

432

Tout le monde comprit ce que cela signifiait. Fernando Hereira avait franchi les barrages. Il avait quitté la montagne.

Une voiture de police surgit à grande vitesse, sirène hurlante, et freina à leur hauteur. Un des techniciens que Stefan avait déjà rencontrés en sortit. Rundström lui expliqua en deux mots la situation.

– Dans quelques heures à peine, il fera jour, dit Giuseppe. On doit faire venir des agents. C'est une route fréquentée. Enfin, relativement parlant.

Stefan aida les autres à installer les bandes plastique apportées par le technicien. Ils déplacèrent les voitures pour que leurs phares n'éclairent pas seulement la voiture dans le fossé, mais aussi la route et l'orée de la forêt. Giuseppe et Rundström s'écartèrent pour laisser le technicien commencer son travail. Ils firent signe à Stefan de les rejoindre.

– Et maintenant ? dit Giuseppe. Si je peux m'exprimer franchement, on est largué.

– Les faits sont les faits, répliqua Rundström avec impatience. Le type qu'on traquait dans la montagne nous a échappé. Bien. Il vole une voiture. Quelqu'un lui tend une embuscade sur la route. Ce quelqu'un a pour intention de le tuer, puisqu'il vise le pare-brise – on ne va pas supposer que Hereira a canardé son propre moyen de transport après l'avoir flanqué dans le fossé. Bref, il a eu une chance incroyable. S'il n'est pas mort dans la forêt, évidemment. Il peut y avoir du sang sans que nous l'ayons vu. Est-ce qu'il a neigé, d'ailleurs ? On a eu quelques millimètres, là-haut, à Funäsdalen.

– Pluie mêlée de neige pendant une heure, c'est tout.

– Le maître-chien arrive, dit Rundström. Il a tenu à prendre sa propre bagnole et il a crevé en route, bien sûr. Mais je crois que Hereira s'en est tiré. La tache sur le siège ne me suggère pas une blessure sérieuse. Si ça se trouve, ce n'est même pas du sang.

Il alla poser la question au technicien.

– Ça peut être du sang, dit-il en revenant. Ou du chocolat.

– Est-ce qu'on a un horaire ? demanda Giuseppe.

– Tu m'as appelé à quatre heures trois minutes, dit Rundström.

– Si on se fie aux estimations d'Erik, le drame s'est donc joué entre trois heures trente et trois heures quarante-cinq.

Ensuite ce fut comme s'ils pensaient tous la même chose au même moment.

– Les voitures, dit Giuseppe lentement. À notre barrage, il y en a deux qui sont passées juste avant que Rune Wallén appelle Erik pour lui parler des coups de feu.

Les implications étaient claires. L'homme qui avait tiré sur la Golf se trouvait peut-être parmi les conducteurs. Giuseppe regarda Stefan.

– Tu t'en souviens ?

– D'abord il y a eu une femme qui conduisait une Saab verte. Erik l'a reconnue.

Giuseppe acquiesça.

– La deuxième voiture roulait vite. C'était une Ford, il me semble.

– Une Escort rouge, confirma Stefan.

– Un jeune homme avec un bonnet de peau. Qui repartait vers le sud après une visite en famille à Hede. L'horaire peut coller. D'abord il tire sur Hereira, ensuite il franchit notre barrage.

– Vous n'avez pas demandé à voir son permis ?

Giuseppe eut un geste résigné.

– Immatriculation ?

Giuseppe appela Erik Johansson, lui expliqua la situation, attendit, écouta, rangea son téléphone.

– ABB 303. Mais Erik n'est pas certain des chiffres. Son carnet a pris l'eau et les pages se sont collées. On accumule les conneries, cette nuit.

– On fait rechercher cette voiture tout de suite, dit Rundström. Une Ford Escort rouge. ABB 303 ou quelque chose d'approchant. Il nous faut le propriétaire sur-le-champ. On engueulera Erik plus tard.

– Qui pouvait savoir ? demanda Giuseppe. Qui pouvait savoir que Fernando Hereira passerait à cet endroit à ce moment au volant d'une Golf bleu foncé ?

Rundström et lui retournèrent à leurs portables. Stefan attrapa le sien, mais ne trouva personne à qui téléphoner. Une voiture arriva. En sortirent deux policiers ainsi que le maître-chien avec sa chienne Dolly, qui flaira tout de suite une piste. La petite colonne disparut dans la forêt. Rundström raccrocha. Il était en rage.

– Le fichier des cartes grises a une panne informatique. Pourquoi faut-il toujours qu'ils nous cassent les couilles ?

– Grosse panne ou petite panne ?

Giuseppe s'adressait à la fois à Rundström et à un interlocuteur au central d'Östersund.

– C'est la nuit qu'ils saisissent les dernières infos. Ils pensent être à nouveau opérationnels dans une heure.

Le technicien passa devant eux après être retourné à sa voiture échanger ses chaussures contre des bottes en caoutchouc.

– Des indices ? demanda Giuseppe.

– Plein. Je vous appelle si quelque chose me paraît important.

Six heures. Il faisait encore nuit. Dolly et les policiers ressortirent de la forêt.

– Elle a perdu la trace, expliqua son maître. Elle est

rendue, on ne peut pas la pousser à bout. Faudra faire venir d'autres chiens.

Rundström parlait sans interruption au téléphone. Giuseppe avait une fois de plus déplié la carte sur le capot.

– Il n'a pas beaucoup de choix. Il trouvera deux chemins de gravier. Le reste, c'est de la friche. Il faudra qu'il choisisse l'un des deux.

Giuseppe replia vaguement la carte et la jeta dans la voiture. Rundström s'énervait au téléphone à cause d'une personne « incapable de comprendre à quel moment ça devient sérieux ». Giuseppe entraîna Stefan de l'autre côté de la route.

– Tu raisonnes juste. En plus, tu n'as aucune responsabilité dans cette affaire. Alors dis-moi quelles conclusions on devrait tirer, à ton avis.

– Tu as formulé toi-même la question cruciale. Qui pouvait savoir que Hereira allait passer à cet endroit cette nuit ?

Giuseppe le regarda, debout dans la lumière des phares d'une des voitures.

– Y a-t-il plus d'une réponse ? dit-il enfin.

– Pas vraiment.

– Celui qui a tiré était en contact avec Hereira.

– Oui. Soit directement, soit par l'intermédiaire de quelqu'un.

– Et après, il se plante sur la route avec l'intention de le tuer ?

– Je n'ai pas d'autre explication. À moins qu'il y ait une fuite de votre côté. Quelqu'un qui l'aurait informé du motif des barrages, et de leur emplacement.

– Ça ne paraît pas très crédible, dit Giuseppe. Quoi qu'il en soit, il faut retrouver Hereira. Et identifier le conducteur de la Ford rouge. Est-ce que tu as vu son visage ?

– Pas très bien, avec ce bonnet.

– Erik a dit qu'il ne se souvenait pas de son physique, ni de son accent. De toute façon, même s'il en avait eu un, il n'est pas sûr qu'Erik l'aurait remarqué. Il a peut-être craché son somnifère, mais j'ai l'impression qu'il n'est pas bien clair.

Soudain Stefan eut un accès de vertige complètement inattendu. Il dut s'agripper à Giuseppe pour ne pas tomber.

– Tu es malade ?

– Je ne sais pas. Tout s'est mis à tourner.

– Tu dois repartir à Sveg. Je vais demander à quelqu'un de te conduire. Erik n'est pas le seul à tenir une petite forme cette nuit, dis donc.

Giuseppe paraissait sincèrement inquiet.

– Tu crois que tu vas t'évanouir ?

Stefan fit non de la tête. Il ne voulait pas dire la vérité, qu'il se sentait capable de s'effondrer d'un instant à l'autre.

Giuseppe le reconduisit lui-même jusqu'à Sveg. Le trajet se déroula en silence. Le jour pointait. Il ne neigeait pas, mais le ciel était couvert de nuages lourds. Stefan avait distraitement noté que le soleil se levait vers huit heures moins le quart. Giuseppe freina dans la cour de l'hôtel.

– Comment tu te sens ?

– Comme n'importe qui après une nuit blanche. Dès que je me serai reposé, ça ira mieux.

– Tu ne crois pas qu'il vaudrait mieux rentrer à Borås ?

– Non. Je reste jusqu'à mercredi comme prévu. Et j'aimerais bien savoir si cette voiture a un propriétaire.

Giuseppe passa un coup de fil à Rundström.

– Le fichier des cartes grises est toujours en panne, annonça- t-il en raccrochant. Ça me dépasse. Ils n'ont aucune sortie papier ? Aucune sauvegarde ?

Stefan ouvrit la portière et s'extirpa lentement de la voiture. La peur lui vrillait le ventre. Pourquoi est-ce que je ne le dis pas ? pensa-t-il. Pourquoi est-ce que je ne dis pas à Giuseppe que je tremble littéralement de peur ?

— Va dormir, dit Giuseppe. Je t'appelle.

Il démarra. La fille de la réception, qui était devant son ordinateur, leva les yeux à l'entrée de Stefan.

— Tu es matinal ! lança-t-elle d'une voix gaie.

— Ou alors c'est le contraire, répondit-il avec raideur avant de lui prendre la clé des mains et de monter dans sa chambre.

Il s'assit sur le bord du lit et appela Elena sur son portable. Elle était déjà à l'école. Il lui raconta la nuit qu'il venait de vivre et le brusque accès de vertige. Lorsqu'elle lui demanda de confirmer le jour de son retour, il fut incapable de contrôler son irritation et répondit en élevant la voix qu'il avait besoin de dormir. Ensuite il déciderait.

À son réveil, il était treize heures trente. Stefan resta allongé à contempler le plafond.

Il avait à nouveau rêvé de son père. Ils étaient ensemble, dans un canoë à deux places. Devant eux, une chute d'eau. Il avait essayé de dire à son père qu'il fallait rebrousser chemin avant que le courant ne les entraîne dans le tourbillon. Mais son père n'avait pas répondu. En se tournant vers lui, Stefan n'avait pas vu son père, mais maître Jacobi, l'avocat. Il était nu, le torse recouvert d'algues. Le rêve se dissolvait sur cette image.

Il se leva. Le malaise était passé, et il avait faim. La curiosité le poussa cependant à appeler d'abord Giuseppe. Occupé. Il prit une douche et réessaya. Toujours occupé. En s'habillant, il s'aperçut qu'il venait de prendre les derniers sous-vêtements propres dans la valise. Il retéléphona. Giuseppe décrocha avec un rugissement.

– C'est Stefan.

– Je croyais que ce serait encore ce journaliste d'Östersund qui m'a pourchassé toute la matinée. Erik croit qu'il a été informé par Rune Wallén. Dans ce cas, ça va lui coûter cher. Le chef de la police s'agite. Il se demande ce qui se passe, et il n'est pas le seul.

– Alors ?

– On a le numéro. C'est ABB 003. Erik s'était trompé d'un chiffre.

– Qui est le propriétaire ?

– Un certain Anders Harner, qui a pour adresse une boîte postale à Albufeira. Un des policiers de Hede a pu nous dire exactement où c'était, parce qu'il est allé là-bas en vacances. C'est dans le sud du Portugal. Notre problème est d'un autre ordre. Anders Harner a soixante-dix-sept ans. Et ce n'est pas un vieux monsieur qu'on a vu dans cette voiture, aucun d'entre nous n'est myope à ce point.

– Peut-être était-ce son fils, ou un autre membre de sa famille ?

– Ou alors la voiture était volée. On s'en occupe. Rien n'est simple, dans cette enquête.

– Pourquoi ne pas dire plutôt que nous avons affaire à quelqu'un d'organisé ?

– C'est vrai.

– Et Fernando Hereira ?

– L'hélico de Sundsvall a fini par arriver. On a lâché les trois chiens dans la forêt, mais ils n'ont rien trouvé jusqu'à présent. Ce qui est très surprenant, bien sûr. Et toi, comment vas-tu ? Tu as dormi ?

– C'est passé tout seul.

– J'ai eu un accès de mauvaise conscience après t'avoir quitté. Je ne sais pas combien de règles j'enfreins

439

en t'autorisant à participer à notre travail. Mais je n'aurais pas dû oublier que tu es malade.

– C'est moi qui ai voulu venir.

– Au fait, le technicien pense que les armes d'Erik ont pu servir cette nuit. En tout cas, la possibilité n'est pas exclue.

Stefan descendit prendre son petit déjeuner. Il se sentit mieux après, mais encore fatigué. Il remonta s'allonger dans sa chambre. Il y avait une tache au plafond qui ressemblait à un visage. Celui de maître Jacobi, pensa-t-il. Est-ce qu'il vit toujours ?

On frappa à la porte. En ouvrant, il se trouva face à Veronica Molin.

– Je te dérange ?

– Pas du tout.

– Je suis venue m'excuser. J'ai réagi trop fort hier soir.

– C'était ma faute. Je me suis conduit comme un idiot.

Il aurait voulu la faire entrer, mais le linge sale faisait obstacle. Et la chambre n'avait pas encore été aérée après la nuit.

– C'est le bazar dans ma chambre.

– Pas dans la mienne, répliqua-t-elle en souriant.

Puis elle regarda sa montre.

– Je dois aller chercher mon frère à l'aéroport d'Östersund tout à l'heure. Mais avant cela, j'ai un moment.

Il prit sa veste et la suivit dans l'escalier en retenant son envie de la toucher.

Dans la chambre, l'ordinateur était éteint.

– J'ai parlé à Giuseppe Larsson, dit-elle. J'ai été obligée de lui soutirer les informations une à une, pour cette nuit. C'est par lui que j'ai su que je pourrais sans doute te trouver à l'hôtel.

– Que t'a-t-il dit ?

– Qu'il y avait eu des coups de feu. Et que l'homme que vous cherchez courait toujours.

– C'est bien le problème. On ne sait pas combien d'individus sont recherchés. Un, ou deux ou peut-être trois.

– Pourquoi ne suis-je pas informée de ce qui se passe ?

– La police préfère travailler au calme. C'est-à-dire loin des journalistes. Et des proches. C'est vrai en général, mais surtout quand on ne sait pas très bien ce qui s'est produit. Et pour *quelles raisons* ça s'est produit.

– J'ai du mal à accepter l'idée que mon père ait pu être tué à cause de son passé, de ce qu'il aurait fait ou pas fait en Allemagne. La guerre est finie depuis plus de cinquante ans. Moi, je crois toujours que sa mort est liée à cette femme qu'il était parti retrouver en Écosse.

Stefan décida soudain de lui parler de la découverte qu'il avait faite dans l'appartement de Wetterstedt à Kalmar. Pourquoi, il n'en savait rien. Peut-être parce que c'était un secret qu'il avait en commun avec elle. Sans révéler la manière dont il en avait pris connaissance, il évoqua l'existence de la fondation Sveriges Väl et de tous ceux, vivants ou morts, qui contribuaient à son financement.

– J'en sais encore trop peu, conclut-il. Peut-être s'agit-il d'un réseau beaucoup plus vaste ? Je ne suis pas naïf au point d'imaginer une conspiration internationale. Mais j'ai compris que les idées du nazisme étaient vivantes. Quand cette affaire sera terminée, j'en toucherai deux mots à mon chef. Je pense qu'il faut mettre la Säpo[1] sur le coup, et que ça mérite une enquête sérieuse.

Elle l'avait écouté attentivement. Elle resta un instant silencieuse avant de répondre.

– Tu as raison. Je ferais la même chose à ta place.

– Même si ces gens-là ne représentent qu'un rêve sans espoir, ils contribuent à propager la folie dans le monde.

---

1. Säpo : abréviation familière de *Säkerhetspolisen*, la « police de Sûreté ».

Elle regarda sa montre.

– Tu dois aller chercher ton frère, je sais. Réponds juste à une question. Pourquoi m'as-tu laissé dormir ici ?

Elle hésita. Puis elle posa la main sur son ordinateur.

– J'ai dit que cette machine contenait ma vie. Mais ce n'est pas tout à fait vrai.

Stefan regardait sa main, et l'ordinateur, tout en écoutant ce qu'elle lui disait. L'ensemble, image et son, se grava dans son esprit.

Elle retira sa main, l'image disparut.

– J'y vais, dit-il. À quelle heure commencera la cérémonie demain ?

– À onze heures, comme prévu.

Il se dirigea vers la porte. Au moment où il allait ouvrir, la main de Veronica se posa sur son bras.

– Tu dois aller chercher ton frère, dit-il.

Le téléphone sonna dans sa poche.

– Tu ne réponds pas ?

Il obéit. C'était Giuseppe.

– Où es-tu ?

– À l'hôtel.

– Il s'est passé un truc très étrange.

– Quoi donc ?

– Elsa Berggren a téléphoné à Erik. Elle a demandé qu'on aille la chercher chez elle.

– Pourquoi ?

– Elle veut avouer le meurtre d'Abraham Andersson.

Il était quatorze heures vingt-cinq.

Le lundi 15 novembre.

31

À dix-huit heures, Giuseppe appela Stefan et lui demanda de venir au bureau de police. Un vent froid le cueillit à la sortie de l'hôtel. Devant l'église, il se retourna brusquement. Une voiture passa sur Fjällvägen, puis une deuxième. Il avait cru voir une ombre en face de l'école. Mais il n'en était pas certain. Il continua jusqu'à la maison communale. Giuseppe l'attendait dehors. Il le suivit dans le bureau d'Erik Johansson, où il nota la présence de deux fauteuils supplémentaires. Un pour Elsa Berggren, pensa-t-il. Et un pour son avocat.

– Ils sont en route vers Östersund, dit Giuseppe. Elle est inculpée et sera écrouée demain. Erik les accompagne.

– Qu'a-t-elle dit ?

Giuseppe désigna le magnétophone posé sur la table.

– La bande est en route vers Östersund, elle aussi. Mais j'avais branché deux magnétos exprès, en pensant à toi. Tu seras tranquille, personne ne te dérangera ici. Moi, je dois aller manger quelque chose et me reposer un peu.

– Si tu veux, je te prête ma chambre.

– La banquette, dehors, ça m'ira très bien.

– Je n'ai pas besoin d'écouter la bande. Tu peux me raconter.

Giuseppe s'assit dans le fauteuil d'Erik Johansson et commença à se gratter comme si son front le démangeait.

– Je préfère que tu l'écoutes.

– Elle a avoué ?

– Oui.

– Le mobile ?

– Je veux que tu écoutes la bande, et que tu me dises ce que tu en penses.

– Tu as des doutes ?

– Je ne sais pas ce que j'ai. C'est pour ça que j'aimerais avoir ta réaction.

Giuseppe se leva lourdement.

– Toujours aucune nouvelle de Hereira. La Ford rouge reste elle aussi introuvable. Tout comme le type qui a tiré. Mais on en parlera après. Je serai de retour dans deux heures maxi.

Giuseppe enfila sa veste.

– Elle était dans ce fauteuil, dit-il. Maître Hermansson dans celui-là. Elle l'avait appelé ce matin. Quand on est arrivé chez elle, il était déjà là.

Giuseppe sortit et referma la porte derrière lui. Stefan enfonça la touche de lecture. Bruit d'un micro qu'on déplaçait. Puis la voix de Giuseppe.

GL : Alors, nous commençons cet interrogatoire en notant que nous sommes le 15 novembre 1999 et qu'il est quinze heures sept. L'interrogatoire se déroule au poste de police de Sveg. Il est conduit par Giuseppe Larsson, inspecteur à la brigade criminelle d'Östersund, en présence du commissaire Erik Johansson. Il se déroule avec Elsa Berggren, à la demande de celle-ci. Elsa Berggren est représentée par maître Sven Hermansson, également présent. Eh bien, je crois qu'on peut y aller. Puis-je te demander tout d'abord de nous indiquer ton nom ainsi que tes date et lieu de naissance ?

EB : Je m'appelle Elsa Maria Berggren et je suis née le 10 mai 1925 à Tranås.

GL : Peux-tu parler un peu plus fort ?

EB : Je m'appelle Elsa Maria Berggren et je suis née le 10 mai 1925 à Tranås.

GL : Merci. Numéro d'identification ?

EB : 25 05 10 – 02 21.

GL : Merci.

(Nouveau raclement de micro, bruit de toux, une porte se refermait.)

GL : Alors, si tu veux bien parler un peu plus près du micro, peux-tu nous dire ce qui s'est passé ?

EB : C'est moi qui ai tué Abraham Andersson.

GL : Tu affirmes l'avoir tué ?

EB : Oui.

GL : De façon délibérée ?

EB : Oui.

GL : Nous parlons d'homicide volontaire. C'est bien cela ?

EB : Oui.

GL : As-tu demandé conseil à ton avocat avant de faire ces aveux ?

EB : Il n'y a rien à discuter. J'avoue que je l'ai tué. Homicide volontaire avec préméditation. C'est bien comme ça qu'on dit ?

GL : Nous avons l'habitude d'appeler ça comme ça, oui.

EB : Alors je reconnais être coupable vis-à-vis d'Abraham Andersson d'homicide volontaire avec préméditation.

GL : Tu te reconnais coupable de meurtre. C'est cela ?

EB : Comment faut-il que je le dise pour que tu l'entendes ?

GL : Pourquoi l'as-tu tué ?

EB : Il menaçait de révéler que l'homme qui a été assassiné récemment dans la région, Herbert Molin, était national-socialiste. Je ne le voulais pas. Ensuite il m'a menacée de la même manière. Et il se livrait au chantage.

GL : Contre toi ?

EB : Contre Herbert Molin. Il l'obligeait à lui verser de l'argent chaque mois.

GL : Depuis combien de temps ?

EB : Ça a commencé un an environ après l'emménagement de Herbert à Rätmyren. Autrement dit, ça durait depuis huit ou neuf ans.

GL : S'agissait-il de grosses sommes ?

EB : Je n'en sais rien. Pour Herbert, je pense que ça représentait de toute façon beaucoup d'argent.

GL : Quand as-tu décidé de tuer Andersson ?

EB : Je ne pourrais pas citer une date exacte. Après la mort de Herbert, il a pris contact avec moi et il a exigé que je continue de payer. Sinon, a-t-il dit, il me dénoncerait.

GL : Comment a-t-il pris contact avec toi ?

EB : Il est arrivé chez moi sans sonner et il s'est montré très grossier. Il voulait de l'argent. C'est à ce moment-là, je pense, que j'ai pris ma décision.

GL : Quelle décision ?

EB : Pourquoi m'obliges-tu à tout répéter ?

GL : Est-ce à ce moment-là que tu as pris la décision de le tuer ?

EB : Oui.

GL : Que s'est-il passé ensuite ?

EB : J'ai exécuté mon projet quelques jours plus tard. Puis-je avoir un verre d'eau ?

GL : Bien sûr.

(Raclement de micro, bruits de chaise. Stefan voyait la scène comme s'il y était. Erik, qui était sûrement le plus proche de la table d'appoint où étaient posés quelques verres à côté d'une bouteille d'eau gazeuse ouverte, lui donnait à boire.)

GL : Tu l'as donc tué ?

EB : C'est ce que je suis en train d'expliquer depuis le début.

GL : Peux-tu nous dire comment les choses se sont passées ?

EB : Je suis allée chez lui un soir. J'avais emporté mon fusil de chasse. J'ai menacé de le tuer s'il ne renonçait pas à ce chantage. Mais il ne m'a pas prise au sérieux. Alors je l'ai obligé à aller dans la forêt derrière la maison. C'est là que je l'ai abattu.

GL : Tu l'as abattu ? C'est-à-dire ?

EB : Je lui ai tiré une balle dans le cœur.

GL : Avec un fusil de chasse ?

EB : Mais bon sang de… Tu crois que c'était quoi ? Une mitraillette ? J'ai dit que j'avais emporté mon fusil.

GL : S'agit-il d'une arme que tu détiens habituellement chez toi ? Pour laquelle tu as une licence ?

EB : Je n'ai pas de licence. J'ai acheté ce fusil en Norvège il y a quelques années, et je l'ai rapporté en fraude.

GL : Où se trouve ce fusil maintenant ?

EB : Au fond du fleuve Ljusnan.

GL : Tu as jeté le fusil à l'eau après avoir tué Abraham Andersson ?

EB : Je ne l'ai pas fait avant, c'est sûr.

GL : Sans doute. Mais je dois te demander de répondre clairement aux questions, sans commentaires inutiles.

(Ici Giuseppe était interrompu par une voix d'homme, de toute évidence celle de Sven Hermansson. À la surprise de Stefan, l'avocat s'exprimait avec un accent du Småland très prononcé qui le rendait difficile à comprendre. Il saisit cependant que maître Hermansson n'estimait pas que sa cliente eût répondu de façon contestable. Il ne put entendre la réponse de Giuseppe car le micro était à nouveau déplacé à ce moment-là.)

GL : Reprenons. Peux-tu nous dire d'où précisément tu as jeté le fusil ?

EB : Du pont. Ici, à Sveg.

GL : Quel pont ?

EB : L'ancien.

GL : De quel côté ?

EB : Côté bourg. J'étais au milieu du pont.

GL : Tu l'as jeté, ou tu t'en es débarrassée simplement ?

EB : Je ne vois pas la différence. Le plus juste serait sans doute de dire que je l'ai lâché dans l'eau.

GL : Je fais une digression. Voici quelques jours, tu as été agressée à ton domicile par un homme masqué. Tu as affirmé que cet homme t'avait demandé avec insistance qui avait tué Abraham Andersson. Y a-t-il quelque chose, dans les déclarations que tu as faites ce jour-là, que tu souhaites modifier ?

EB : Non.

GL : Tu n'aurais pas, éventuellement, inventé cet échange pour faire diversion ?

EB : Ça s'est passé exactement comme je l'ai dit. En plus, ce Li… – comment s'appelle-t-il déjà, ce policier pâlot qui est arrivé de Borås ? Lindgren ? – a été attaqué lui aussi, devant ma maison.

GL : Lindman. Comment expliques-tu cet épisode ? Pourquoi l'homme qui t'a agressée voulait-il savoir qui avait tué Abraham Andersson ?

EB : Il pensait sans doute que c'était moi.

GL : Il avait raison, d'après ce que tu dis.

EB : Oui. Mais comment pouvait-il le savoir ?

GL : Est-ce à ce moment-là que tu as décidé d'avouer ? Pour te protéger de lui ?

EB : Il est clair que ça a joué un rôle.

GL : Alors on laisse cette histoire de côté pour l'instant. Revenons sur ce qui s'est passé chez Abraham

Andersson. Tu as dit, je cite d'après mes notes, que tu l'as « obligé à aller dans la forêt derrière la maison » et que là, tu l'as « abattu ». C'est exact ?

EB : Oui.

GL : Peux-tu nous dire en détail ce qui s'est passé ?

EB : J'ai poussé l'arme dans son dos et je lui ai ordonné d'avancer. Une fois dans la forêt, je me suis mise face à lui et je lui ai dit une dernière fois que c'était sérieux, et que je ne plaisantais pas. Ça l'a fait rire. Alors j'ai tiré.

(Silence. La bande défilait. Quelqu'un, peut-être l'avocat, toussa. Stefan comprit. Ça ne collait pas. Il faisait nuit, elle était dans la forêt. Comment pouvait-elle voir quoi que ce soit ? En plus Abraham Andersson avait été attaché à un tronc. Les policiers étaient partis de l'hypothèse qu'il vivait encore à ce moment-là. Stefan devina que Giuseppe s'interrogeait sur ces aveux d'Elsa Berggren et qu'il cherchait intérieurement la meilleure manière de poursuivre. Il devait être en train de fouiller sa mémoire à la recherche des détails qui avaient été divulgués par les journaux et de ceux qui n'étaient connus que de la police.)

GL : Tu étais donc face à lui quand tu as tiré ?

EB : Oui.

GL : Peux-tu nous préciser la distance ?

EB : Peut-être trois mètres.

GL : Et il ne bougeait pas ? Il n'a pas tenté de fuir ?

EB : Il ne croyait sans doute pas que j'allais tirer.

GL : Te souviens-tu de l'heure qu'il était ?

EB : Autour de minuit.

GL : Autrement dit, il faisait nuit noire.

EB : J'avais emporté une lampe torche puissante, que je lui ai fait porter quand on est parti dans la forêt.

(Nouveau silence. Elsa Berggren avait répondu à la première question qui arrêtait Giuseppe.)

GL : Que s'est-il passé ensuite ?

EB : Je me suis approchée pour voir s'il était mort. Il l'était.

GL : Qu'as-tu fait après ?

EB : Je l'ai attaché à un arbre. J'avais apporté une corde à linge.

GL : Tu l'as donc attaché à un arbre après l'avoir tué ?

EB : Oui.

GL : Pourquoi as-tu fait ça ?

EB : À ce moment-là, je n'avais pas l'intention d'avouer. Alors je voulais que ça ait l'air d'autre chose.

GL : D'autre chose que quoi ?

EB : Qu'un meurtre commis par une femme. Je voulais que ça ressemble plus à une exécution.

(Réponse à la deuxième question, pensa Stefan. Mais Giuseppe ne la croit pas encore.)

EB : Je voudrais me rendre aux toilettes.

GL : Alors nous faisons une pause. Il est quinze heures trente-deux. Erik peut te montrer où c'est.

La bande continua à défiler. L'interrogatoire reprenait. Giuseppe revint au point de départ et renouvela toutes ses questions, en s'arrêtant sur des détails de plus en plus nombreux. Un interrogatoire classique, pensa Stefan. Giuseppe est fatigué, il a travaillé jour et nuit, plusieurs jours d'affilée, mais il vérifie tous ses dires point par point.

L'interrogatoire s'arrêtait à dix-sept heures deux minutes après la conclusion de Giuseppe, la seule possible au vu de ces aveux.

GL : Je crois que nous allons pouvoir en rester là. Je résume. Elsa Berggren, tu te reconnais coupable d'homicide volontaire avec préméditation sur la personne d'Abraham Andersson, le 3 novembre peu après

450

minuit, dans la forêt située derrière sa maison de Dunkärret. Tu as décrit le déroulement des faits, le mobile étant que Herbert Molin et toi étiez les victimes d'un chantage exercé par Abraham Andersson. Tu affirmes avoir jeté l'arme du crime, un fusil de chasse, dans le fleuve Ljusnan du haut du vieux pont de chemin de fer. C'est bien cela ?

GL : Oui.

GL : Souhaites-tu modifier quoi que ce soit dans ces déclarations ?

EB : Non.

GL : Maître Hermansson souhaite-t-il prendre la parole ?

SH : Non.

GL : Alors voilà ce qui va se passer maintenant. Tu es en état d'arrestation. Tu vas être conduite au commissariat d'Östersund. Ensuite le procureur statuera sur ton inculpation. Maître Hermansson pourra t'expliquer tout cela en détail. Souhaites-tu ajouter quelque chose ?

EB : Non.

GL : Tu as raconté les choses comme elles se sont passées ?

EB : Oui.

GL : Dans ce cas, nous déclarons l'interrogatoire terminé.

Stefan se leva et s'étira. Il étouffait dans ce bureau. Il entrouvrit la fenêtre et vida la bouteille d'eau entamée qui traînait sur la table. Il éprouvait le besoin de bouger pour mieux réfléchir à ce qu'il avait entendu. Giuseppe dormait quelque part. Il griffonna un mot et le posa sur la table.

Courte balade entre les deux ponts. Stefan.

Il marchait vite, à cause du froid. Le sentier de promenade le long du fleuve était éclairé. À nouveau il eut la sensation d'être suivi. Il se retourna. Personne. Mais il avait bien vu une ombre. J'invente, pensa-t-il. Il n'y a rien du tout. Il continua vers le vieux pont, celui du haut duquel Elsa Berggren prétendait avoir lâché son fusil. Pas jeté, mais lâché. Disait-elle la vérité ? Il fallait bien l'admettre. Il n'arrivait jamais que quelqu'un avoue un meurtre à la place d'un tiers, à moins de raisons très particulières de vouloir protéger le coupable. Le plus souvent, il s'agissait d'un mineur. L'un ou l'autre parent endossait la responsabilité à la place de l'enfant. Mais en dehors de ce cas de figure ? Il s'arrêta devant le pont, essaya d'imaginer le fusil au fond de l'eau, et rebroussa chemin. Giuseppe avait oublié une question. Pourquoi avoir choisi ce jour précis pour passer aux aveux ? Pourquoi pas la veille, ou le lendemain ? Sa décision avait-elle simplement pris forme ce jour-là ? Ou bien y avait-il un autre motif ?

Il revint à la maison communale en passant par l'arrière du bâtiment. Il vit du dehors que Giuseppe était revenu et qu'il parlait au téléphone. Avec Rundström, d'après les répliques qu'il pouvait entendre par la fenêtre entrebâillée. En passant dans le hall, Stefan vit que la bibliothèque était encore ouverte. Il eut l'idée de chercher le quotidien de Borås dans la salle de lecture. Mais il ne le trouva pas. Il revint dans le bureau de la police, où Giuseppe parlait toujours au téléphone avec Rundström. Stefan s'attarda sur le seuil. Regarda la fenêtre. Retint son souffle. À l'instant, il était passé là, dehors, dans le noir, et il avait entendu tout ce que disait Giuseppe. Stefan alla fermer la fenêtre, ressortit et contourna une fois de plus le bâtiment de la maison communale. Il n'entendait plus rien. Il retourna dans le bureau et rouvrit la fenêtre.

– Qu'est-ce que tu trafiques ? demanda Giuseppe qui avait raccroché entre-temps.

– J'ai découvert que tout ce qui se disait dans ce bureau s'entendait parfaitement du dehors à condition que la fenêtre soit entrebâillée. De nuit, on peut aussi écouter sans être vu.

– Et alors ?

– Juste une intuition. D'une possibilité.

– Quelqu'un espionnerait nos conversations ?

– Simple délire de ma part, sûrement.

Giuseppe ferma la fenêtre.

– Par mesure de prudence, sourit-il. Alors ? Que penses-tu de ses aveux ?

– Les journaux ont-ils précisé qu'il était attaché à un arbre ?

– Oui. Mais pas qu'on s'était servi d'une corde à linge. J'ai parlé à l'un des techniciens qui a travaillé sur les lieux. Il confirme que les choses ont bien pu se passer ainsi.

– Ce serait elle, alors ?

– Les faits sont les faits. Mais tu as sûrement remarqué mon hésitation.

– Si ce n'est pas elle, pourquoi protéger le coupable ?

Giuseppe secoua la tête.

– On doit partir du principe que cette affaire-là est résolue. Une femme a avoué. Si on retrouve le fusil dans le fleuve demain, on saura très vite si c'est l'arme qui a tué Andersson.

Giuseppe s'était assis et roulait entre ses doigts un cigarillo coupé.

– Ces derniers temps, on a dû livrer la guerre sur plusieurs fronts. J'espère que celui-ci au moins est stabilisé maintenant.

– Pourquoi a-t-elle choisi de raconter son histoire aujourd'hui plutôt qu'un autre jour ?

– Je ne sais pas. J'aurais peut-être dû lui poser la question. Je suppose qu'elle s'est décidée, tout simplement.

Elle nous respecte peut-être au point de croire qu'on aurait fini par l'arrêter tôt ou tard.

– Qu'est-ce que tu en penses ?

Giuseppe fit la grimace.

– On ne sait jamais. Parfois il arrive que même des policiers suédois arrêtent un criminel.

On frappa à la porte entrouverte. Un garçon entra avec un carton à pizza. Giuseppe paya et fourra la note dans sa poche. Le garçon disparut.

– Cette fois, je ne la jette pas dans un cendrier. Tu crois encore que c'est Hereira qui l'a prise ? Qu'il était là par hasard dans le restaurant en même temps que nous ?

– Peut-être.

Giuseppe ouvrit le carton.

– Ce que nous avons de plus continental à Sveg : notre pizzeria. Ne va pas croire qu'il soit dans nos habitudes de nous faire livrer à domicile. Mais si on a des contacts, c'est possible. Tu en veux ? Je n'ai pas eu le temps de manger, je me suis endormi direct.

Giuseppe découpa la pizza à l'aide d'une règle.

– Les policiers ont tendance à grossir, dit-il. Stress et mauvaise alimentation. Mais on ne se suicide pas beaucoup. Les médecins sont pires que nous dans cette catégorie. Par contre, on a une forte surmortalité liée aux maladies cardio-vasculaires. Ce qui n'est pas très surprenant.

– Je serai peut-être l'exception, dit Stefan. Avec mon cancer.

Giuseppe, qui s'apprêtait à mordre dans une part de pizza, s'arrêta dans son geste.

– Bowling, je te dis. Tu vas voir que ça peut te guérir.

Stefan ne put s'empêcher de rire. Giuseppe sourit.

– Il suffit que je dise « bowling » et tu te marres. Je crois que ça ne te convient pas d'être trop sérieux. Comment dire ? Ça ne te va pas au teint.

– « Ce policier pâlot de Borås. » C'est comme ça qu'elle m'a décrit, non ?

– C'est bien le seul truc rigolo qu'elle ait dit. Pour être sincère, Elsa Berggren me fait l'effet de quelqu'un d'épouvantable. Je suis content de ne pas l'avoir eue comme mère.

Ils mangèrent en silence. Giuseppe posa le carton contenant les restes de pizza en équilibre sur la corbeille à papier.

– Les informations arrivent doucement, dit-il en s'essuyant la bouche. Seul problème, ce ne sont pas les bonnes. La section Interpol de Buenos Aires nous a faxé qu'ils ont bien chez eux un Fernando Hereira, qui est emprisonné à vie pour avoir exercé l'ancestral et noble métier de faussaire. Ils veulent savoir si c'est lui. Qu'est-ce qu'on répond à cela ? Que si le type a réussi à se cloner et qu'on parvient à le prouver, on les préviendra sans faute ?

– Tu te moques de moi.

– Non, hélas. Mais si on prend patience, ils nous enverront peut-être de bonnes nouvelles. On ne sait jamais.

– L'Escort rouge ?

– Disparue. Tout comme son conducteur. On n'a toujours pas réussi à localiser le propriétaire, Harner. On dirait qu'il a émigré au Portugal. Mais je reste sceptique, puisque la voiture est enregistrée en Suède. Stockholm s'en occupe. On a lancé un avis de recherche national, tôt ou tard ça donnera des résultats. Rundström est têtu.

Stefan s'essayait intérieurement à une synthèse. Son rôle, dans cette enquête, à supposer qu'il en eût un, était devenu de formuler les questions susceptibles d'aider Giuseppe.

– Ton souhait, j'imagine, est que les médias répandent

au plus vite la nouvelle que le meurtre d'Andersson est résolu ?

Giuseppe parut très surpris.

– Et pourquoi donc ? Si on a raisonné juste, une telle annonce risquerait de faire disparaître Hereira. N'oublie pas qu'il a mis la pression à Elsa Berggren. Je crois qu'elle dit la vérité sur ce point. Non, notre premier objectif, dès qu'il fera jour, sera de retrouver le fusil.

Stefan pensa soudain à une question qu'il se posait depuis le début.

– N'y a-t-il pas de procureur sur cette affaire ? Je n'ai entendu aucun nom.

– Lövander, dit Giuseppe. Albert Lövander, ancien champion de saut en hauteur. Maintenant il se consacre surtout à ses petits-enfants. Bien sûr qu'il y a un procureur, qu'est-ce que tu crois ? Qu'on travaille en dehors des cadres juridiques ? Mais Rundström et lui sont comme de vieux chevaux de trait. Ils communiquent deux fois par jour, le matin et le soir. En dehors de ça, Lövander ne se mêle pas de notre travail.

– Il a bien dû donner des directives ?

– Oui. Celle de continuer comme on le fait.

Il était vingt et une heures quinze. Giuseppe téléphona chez lui. Stefan sortit et observa un moment l'ours empaillé. Puis il appela Elena.

– Où es-tu ? demanda-t-elle.

– Devant l'ours.

– J'ai regardé une grande carte de Suède à l'école aujourd'hui. Pour voir où tu étais.

– On a des aveux. L'un des meurtres est pour ainsi dire résolu. C'était une femme.

– Qu'a-t-elle fait ?

– Elle a pris un fusil et elle a tué un homme parce qu'il la faisait chanter.

– Celui qu'on a trouvé attaché à un arbre ?

456

– Oui.

– Aucune femme ne ferait une chose pareille.

– Pourquoi ?

– Les femmes se défendent. Elles n'attaquent pas.

– Ce n'est sans doute pas aussi simple.

– C'est quoi, dans ce cas ?

Il n'avait pas la force de s'expliquer.

– Quand reviens-tu ?

– Je te l'ai déjà dit.

– Tu as repensé à notre voyage à Londres ?

Stefan l'avait complètement oublié.

– Non, mais je vais le faire. Et je trouve que c'est une bonne idée.

– Qu'est-ce que tu fais, là, tout de suite ?

– Je discute avec Giuseppe.

– Il n'a pas de famille ?

– Pourquoi donc ? Il est en ce moment même au téléphone avec sa femme.

– Peux-tu répondre sincèrement à une question ?

– Laquelle ?

– Est-il au courant de mon existence ?

– Je le crois.

– Tu le *crois* ?

– J'ai dû mentionner ton nom. Ou alors il m'a entendu te parler au téléphone.

– Bon. Merci de ton coup de fil. Et attends demain si tu veux me rappeler. Je vais me coucher tôt ce soir.

Stefan retourna dans le bureau, où Giuseppe se curait les ongles à l'aide d'un trombone déplié.

– Je repense à cette histoire de fenêtre entrebâillée. C'est évidemment embêtant d'imaginer que quelqu'un ait pu surprendre nos conversations. J'ai essayé de me rappeler à quels moments la fenêtre était ouverte, mais c'est impossible.

– On devrait peut-être plutôt se demander quelle

information a été divulguée dans cette pièce et nulle part ailleurs.

Giuseppe contempla ses mains en silence.

– La décision de déplacer les barrages a été prise ici, dit-il enfin. On a parlé d'une voiture, qui était en route de Funäsdalen vers le sud-est.

– Est-ce possible ?

– Tu avais envisagé une fuite, tu t'en souviens ? Cette fuite a peut-être pour origine une fenêtre mal fermée.

Stefan hésita.

– Depuis vingt-quatre heures, j'ai la sensation que quelqu'un me suit, dit-il. Plusieurs fois, j'ai cru sentir une présence dans mon dos. Mais je ne suis pas certain de ce que j'avance.

Giuseppe ne dit rien. Il se leva et alla s'adosser à la porte.

– Va jusqu'au mur pendant que je continue à te parler. Quand j'éteins la lumière, jette un coup d'œil dehors.

Stefan obéit, pendant que Giuseppe parlait au hasard, en demandant pourquoi le cassis était tellement meilleur que les groseilles. Puis il éteignit. Stefan scruta l'obscurité. Giuseppe ralluma et se rassit derrière le bureau.

– Alors ?

– Non.

– Ça ne veut rien dire. Il y avait peut-être quelqu'un avant. Mais on ne peut pas y faire grand-chose.

Il voulut prendre un classeur, sur lequel étaient posés deux sacs plastique. L'un des deux tomba par terre.

– Le technicien a oublié ça, dit Giuseppe. Papiers et détritus divers trouvés sur la route, pas loin de la Golf bleue.

Stefan le ramassa. Le sac contenait une facture de station-service. Sale, à peine lisible. Il l'approcha de son visage, sous le regard attentif de Giuseppe. La facture provenait d'une station Shell de Söderköping. Stefan reposa le sac sur la table et leva la tête vers Giuseppe. Les pensées se bousculaient en lui.

– Elsa Berggren n'a pas tué Abraham Andersson, dit-il lentement. C'est plus grand que ça, Giuseppe. Et quelqu'un a très bien pu écouter ce qui se disait dans cette pièce.

32

Il s'était remis à neiger. Giuseppe consulta le thermomètre extérieur. Un degré en dessous de zéro. Il se rassit
et regarda Stefan. Après coup, celui-ci se rappellerait
cet instant – l'image distincte d'une situation qui se
retournait. Les ingrédients en étaient les flocons de
neige, Giuseppe avec ses yeux rougis et l'histoire proprement dite, ce qui s'était produit à Kalmar, la découverte qu'il avait faite dans l'appartement de Wetterstedt.
Quelques heures plus tôt à peine, il l'avait racontée à
Veronica Molin. Maintenant, c'était Giuseppe qui
l'écoutait avec la plus grande attention. Fut-il surpris ?
Rien dans son expression ne le trahit.

Stefan voulait cerner un ensemble de faits. Cette
facture crasseuse provenant d'une station-service de
Söderköping devenait la clé capable d'ouvrir enfin
toutes les serrures. Mais pour cela, il devait tout dire,
pas se contenter de fragments.

Qu'avait-il ressenti en examinant le petit sac tombé
du bureau ? En premier lieu, ce fut comme une défla-
gration silencieuse, un mur qui s'écroulait sans bruit.
Une réalité jusque-là restreinte se révélait soudain
être beaucoup plus vaste. Même s'ils tâtonnaient à
la recherche d'un homme qui s'appelait peut-être
Fernando Hereira et qui venait éventuellement d'Argentine, l'enquête était restée essentiellement locale. On

cherchait la solution dans le Härjedalen. Tel un projectile, le bout de papier sale de la station-service transperçait cette construction imaginaire. Le mur artificiel n'existait plus, et il devenait enfin possible de *voir*.

Quelqu'un s'était arrêté à Söderköping pour remplir le réservoir d'une Ford Escort rouge appartenant à un dénommé Harner, qui avait une adresse postale au Portugal. Ce quelqu'un avait ensuite traversé la Suède avant de s'arrêter sur une route perdue à l'ouest de Sveg et de tirer sur une voiture qui descendait de la montagne. Giuseppe et lui essayèrent de gratter la saleté incrustée dans le papier, mais impossible de déchiffrer la date. L'heure, en revanche, était lisible : 20 h 12. Giuseppe dit que les techniciens allaient résoudre vite fait le problème de la date.

Quelqu'un quitte Kalmar en direction du Härjedalen. Söderköping n'est pas loin de Kalmar. Il y fait halte pour prendre de l'essence. Puis le voyage continue. Il doit tuer l'homme qui, selon toute vraisemblance, est coupable du meurtre de Herbert Molin. En tant que policiers, ni Giuseppe ni Stefan ne croyaient aux coïncidences. Quelque part dans le sous-sol boueux où rôdaient Wetterstedt et sa fondation secrète, la visite de Stefan avait suscité des remous d'anxiété. Ils ne pouvaient pas avoir la certitude qu'il était l'auteur de l'effraction chez Wetterstedt. À moins que. Stefan se rappela le claquement de la porte de l'immeuble au moment où il sortait de l'appartement, et la sensation d'être épié, la même que ces derniers jours. Deux ombres invisibles égalent peut-être une ombre visible, dit-il à Giuseppe. Il se peut que l'ombre qui me surveillait là-bas soit celle qui me suit ici. La conclusion de Stefan était qu'ils avaient raisonné plus juste qu'ils n'avaient osé le croire. Tout revenait à ce sous-sol où l'ancien nazisme rencontrait du sang neuf, où s'opérait la jonction entre la vieille démence et la nouvelle. Or quelqu'un avait fait irruption dans ce monde d'ombres, en assassinant Herbert Molin. Un frisson avait parcouru les rangs des vieux nazis ou, comme l'avait exprimé Giuseppe par la suite : « Les cloportes ont commencé à s'agiter. » Si leur ennemi était l'homme qui avait tué Herbert Molin, qu'en était-il alors d'Abraham Andersson ? Était-il uniquement informé du passé de Molin et d'Elsa Berggren, ou connaissait-il aussi l'existence du réseau et avait-il menacé de dévoiler non seulement celui-ci, mais aussi l'organisation plus vaste dont il était peut-être un élément ? Quoi qu'il en soit, une voiture s'était arrêtée à Söderköping, en route vers le nord. Une voiture conduite par un homme chargé de tuer quelqu'un. Pendant qu'Elsa Berggren, au même moment, endossait soudain la responsabilité d'un meurtre qu'elle n'avait probablement pas commis. Or c'était là qu'un motif devenait visible, et entraînait une conclusion envisageable. Il existait bel et bien une organisation. À laquelle le propre père de Stefan avait contribué, et contribuait encore, de nombreuses années après sa mort. Dont Herbert Molin faisait partie, tout comme Elsa Berggren. À la différence d'Abraham Andersson. Mais d'une manière ou d'une autre, celui-ci avait flairé son existence. En surface, un homme aimable, violoniste au sein de l'orchestre symphonique de Helsingborg, membre du parti centriste et auteur de rengaines inoffensives sous le pseudonyme de Siv Nilsson. Par en dessous, un homme qui avait ménagé plus d'une issue à sa tanière. Qui exerçait chantage et menaces, qui posait des conditions. Et qui était peut-être, tout au fond de lui, indigné d'avoir pour voisin un vieux nazi irréductible.

Une demi-heure plus tard, Stefan était parvenu au terme de ses ruminations.

– La tanière, dit-il. La tanière d'Abraham Andersson. Que savait-il ? On ne peut que se livrer à des conjectures. Mais une chose est certaine. Il en savait trop.

La chute de neige devenait toujours plus dense de l'autre côté de la fenêtre. Giuseppe avait dirigé le faisceau de la lampe de travail de manière à éclairer l'obscurité au-dehors.

– Il y a eu comme une attente cette dernière semaine, dit-il en regardant la neige. Là elle tombe pour de bon, et il n'est pas sûr qu'elle fonde. Les hivers par ici peuvent être imprévisibles. Mais ils sont toujours longs.

Ils buvaient un café. La maison communale était déserte, la bibliothèque avait fermé pour la nuit.

– Je crois qu'il est temps pour moi de retourner à Östersund, dit Giuseppe. Ce que tu m'as raconté finit de me convaincre de l'urgence d'impliquer la Säpo dans notre travail.

– Et les informations que je t'ai fournies ? demanda prudemment Stefan.

– On peut toujours les avoir reçues anonymement. Ne compte pas sur moi pour te dénoncer sous prétexte que tu as fracturé la porte de ce salopard.

Il était vingt-deux heures quinze. Ils continuèrent à discuter, en déplaçant les éléments dans tous les sens. Quelques heures plus tôt, Elsa Berggren avait tenu l'un des rôles principaux. Maintenant elle était, du moins provisoirement, reléguée dans les coulisses. Restaient, sur le devant de la scène, Fernando Hereira et l'homme qui avait rempli le réservoir d'une Ford Escort à Söderköping avant de continuer sa route vers le nord.

La porte d'entrée de la maison communale claqua. Erik Johansson arriva peu après, de son pas lourd, avec des flocons dans ses rares cheveux.

– J'ai bien cru finir dans le fossé à cause de la neige, dit-il en époussetant sa veste. Ça a failli mal tourner.

– Tu conduis trop vite.

– C'est probable.

– Quelles nouvelles d'Östersund ?

– Lövander va demander l'inculpation demain. Il est passé au commissariat écouter la bande. Il m'a rappelé sur la route.

– A-t-elle ajouté quelque chose ?

– Elle n'a rien dit de tout le trajet jusqu'à Östersund.

Giuseppe laissa le fauteuil du bureau à Erik Johansson, qui s'assit et bâilla. Giuseppe lui parla de la facture de la station-service et de leurs efforts conjoints pour en saisir les implications. Il inventa une histoire laborieuse pour rendre compte des informations obtenues par Stefan concernant la fondation secrète. Erik Johansson, distrait au départ, écoutait avec une concentration croissante.

– Je suis d'accord, dit-il quand Giuseppe eut fini. C'est remarquable. Je suis aussi d'accord sur le fait qu'il faut alerter la Säpo. Si nous avons sur le territoire une organisation qui se réclame du nazisme et qui tue des gens, il faut s'en occuper dare-dare. On a vu pas mal de choses dans la même veine, ces dernières années en Suède. Pendant ce temps, de notre côté, on continue à chercher l'Escort rouge.

– Je croyais que Stockholm s'en chargeait ?

Erik ouvrit sa serviette et en sortit quelques fax.

– Ils ont localisé Anders Harner. Il déclare que la voiture est bien à lui, mais qu'elle dort dans un parking de Stockholm, chez un certain Mattias Sundelin, dont j'ai le téléphone ici.

Erik Johansson composa le numéro et activa la fonction haut-parleur. Les sonneries résonnèrent longuement. Puis une voix de femme répondit.

– Je cherche Mattias Sundelin.

– De la part de qui ?

– Je m'appelle Erik Johansson et je suis policier à Sveg.

– Où ça ?

– Dans le Härjedalen. Mattias Sundelin est-il là ?

– Un instant.

Ils attendirent.

– Mattias, fit une voix pâteuse.

– Je me présente, Erik Johansson. Je t'appelle du poste de police de Sveg. Il s'agit d'une Fort Escort rouge immatriculée ABB 003 et appartenant à Anders Harner. Il affirme que cette voiture se trouve dans ton parking. Tu confirmes ?

– Oui, bien sûr.

– La voiture est donc chez toi ?

– Pas chez moi. En ville. Je loue des emplacements dans un garage.

– Sais-tu si la voiture y est en ce moment ?

– Je ne peux pas les avoir à l'œil à chaque instant. Il y a quatre-vingt-dix places en tout. C'est à quel sujet ?

– On a besoin de la retrouver. Il est où, ton garage ?

– À Kungsholmen. Je vérifierai demain matin.

– Non. On a besoin de le savoir tout de suite.

– Pourquoi est-ce si urgent ?

– Je n'ai pas l'intention de te le dire. Écoute : tu vas aller là-bas et vérifier si la voiture y est encore.

– Maintenant ?

– Oui. Maintenant.

– J'ai bu du vin. Si j'y vais, ce sera ivresse au volant.

– Quelqu'un peut-il s'en occuper à ta place ? Sinon, tu devras prendre un taxi.

– Tu peux appeler Pelle Niklasson de ma part. J'ai son numéro sur moi.

Erik Johansson prit note, remercia et raccrocha. Puis il appela le nouveau numéro, tomba directement sur le dénommé Pelle Niklasson et renouvela ses questions.

– Je ne sais pas si je l'ai vue aujourd'hui. On a quatre-vingt-dix voitures là-bas, en stationnement longue durée.

– On a besoin d'une confirmation.

– Tu sais où je suis ? À Vällingby. Tu ne veux tout de même pas que je me tape la route à cette heure ?

– Dans ce cas, une voiture de police viendra te chercher.

– Qu'est-ce qui se passe ?

Erik Johansson soupira.

– C'est moi qui pose les questions. Combien de temps te faut-il pour y aller ?

– Quarante minutes.

– Vas-y. Tu as de quoi noter ? Je te donne mon numéro. Rappelle-moi dès que tu seras fixé.

La neige continuait à tomber de l'autre côté de la fenêtre. Ils attendirent. Pelle Niklasson rappela après trente-sept minutes.

– Erik Johansson.

– Comment le savais-tu ?

– Qu'est-ce que je savais ?

– Que la voiture ne serait plus là.

Giuseppe et Stefan tressaillirent et se penchèrent d'un même mouvement vers le haut-parleur.

– Elle a été volée ?

– Je ne sais pas. Ce n'est pas censé être possible de voler une voiture ici.

– Explique-toi.

– Ce parking pratique des tarifs élevés justement parce qu'il assure un niveau de sécurité élevé au client. Entre autres, aucune voiture ne quitte les lieux sans qu'on ait contrôlé l'identité du conducteur.

– Les sorties sont fichées ?

– Dans l'ordinateur, oui. Mais ce n'est pas moi qui m'en occupe. Je suis surtout chargé de l'entretien.

– Mattias Sundelin ?

– Lui, c'est le chef. Il ne fait rien.

– Qui, alors ?

– Les collègues. On est cinq, en plus de la femme de ménage. Et du chef, comme je le disais. L'un des cinq sait à quel moment la voiture est sortie. Mais j'aurai du mal à les joindre à cette heure.

Stefan leva la main.

– Demande-lui de nous faxer leurs coordonnées.

– Est-ce que tu as leurs coordonnées ?

– Elles doivent être là quelque part…

Il chercha et revint au bout du fil.

– J'ai trouvé la copie des permis de conduire.

– Tu as un fax ?

– Je devrais pouvoir le faire marcher, je crois. Ce n'est pas comme les ordinateurs. Mais je ne peux rien vous envoyer sans l'accord de Sundelin.

– Il sait de quoi il retourne. On n'a pas le temps d'attendre, dit Erik Johansson avec autorité. Tu peux noter ? Je te donne mon numéro de fax.

Le télécopieur se trouvait dans le couloir à l'extérieur du bureau. Erik Johansson alla vérifier que la ligne fonctionnait. Puis il se rassit avec les autres.

Quelques instants plus tard, la machine émit un crépitement. Les papiers commencèrent à sortir. Quatre photocopies de permis de conduire. Le texte était à peine lisible, et les photos faisaient penser à des ombres chinoises. L'appareil se tut ; ils retournèrent dans le bureau. La neige, vit Stefan, commençait à s'accumuler sur le rebord de la fenêtre. Les copies circulaient de l'un à l'autre. Erik Johansson nota par écrit les quatre noms, *Klas Herrström, Simon Lukac, Magnus Holmström, Werner Mäkinen*, en les prononçant lentement à voix haute au fur et à mesure.

Stefan n'entendit pas le dernier nom ; il s'était arrêté

467

au troisième. Il demanda à voir la copie. Il retint son souffle. Le visage était réduit à un simple contour. Pourtant il le reconnaissait.

– Je crois qu'on le tient, dit-il à voix basse.

– Qui ?

– Magnus Holmström. Je l'ai rencontré chez Emil Wetterstedt. Sur l'île d'Öland.

Giuseppe était passé très rapidement sur cette visite dans son compte rendu à Erik Johansson. Mais celui-ci réagit au quart de tour.

– Tu en es sûr ?

Stefan se leva et plaça la copie sous la lampe.

– C'est lui. J'en suis sûr.

– C'est lui qui a tiré sur la Golf bleue ?

– Je dis seulement que j'ai rencontré Magnus Holmström à Öland et que c'est un néonazi convaincu.

Silence.

– On prévient Stockholm, dit Giuseppe. Ils vont aller dans ce parking et nous procurer une photo correcte de ce gars. Mais où est-il maintenant ?

Le téléphone sonna. C'était Pelle Niklasson, qui voulait savoir si le fax était passé.

– Mais oui, nous te remercions, répondit Erik Johansson. Parmi tes collègues, il y en a un qui s'appelle Magnus Holmström…

– Ah oui, Maggan.

– Pardon ?

– On l'appelle comme ça.

– As-tu son adresse ?

– Je ne crois pas. Ça ne fait pas longtemps qu'il travaille chez nous.

– Les employés doivent tout de même justifier d'une adresse, non ?

– Je peux regarder. Ce n'est pas moi qui m'occupe de ces trucs-là.

Il mit presque cinq minutes avant de revenir en ligne.

– Il a indiqué l'adresse de sa mère à Bandhagen. Skeppstavägen 7A, c/o Holmström. Mais il n'y a pas de numéro de téléphone.

– Quel est le prénom de sa mère ?

– Je n'en sais rien. Est-ce que je peux rentrer chez moi ? Ma femme n'était pas trop contente de me voir partir.

– Appelle-la et dis-lui de prendre son mal en patience. Ce qui va arriver maintenant, c'est qu'un policier de Stockholm va te joindre au téléphone.

– Mais qu'est-ce qui se passe à la fin ?

– Tu disais que Magnus Holmström ne travaillait chez vous que depuis peu de temps.

– Quelques mois, pourquoi ? Il a fait quelque chose ?

– Quelle impression te fait-il ?

– Comment ça, « impression » ?

– Fait-il bien son boulot ? A-t-il des habitudes particulières ?

– Il est assez renfermé. Il ne dit presque rien, en fait. J'ai du mal à le cerner.

– Quand l'as-tu vu pour la dernière fois ?

– Il est de congé depuis lundi.

– OK. Dans ce cas, tu n'as plus qu'à attendre sur place le coup de fil de notre collègue.

Le temps qu'Erik Johansson raccroche, Giuseppe avait déjà appelé le commissariat de Kungsholmen, à Stockholm. Stefan s'occupa de dénicher le numéro de téléphone de la mère, mais, d'après les renseignements, il n'y avait pas de Holmström à l'adresse indiquée. Il continua en recherchant un portable au nom de Magnus Holmström, en précisant son numéro d'identification. Sans résultat.

Vingt minutes après, tous les téléphones se turent à l'unisson, et Erik Johansson mit en route un café. Il continuait de neiger, mais les flocons étaient un peu moins serrés qu'avant. Stefan s'approcha de la fenêtre. Dehors, le sol était blanc. Giuseppe partit aux toilettes et revint un quart d'heure plus tard, l'air sombre.

– Mon estomac ne supporte pas tout ça. Il se bloque. Rien depuis avant-hier, c'est ennuyeux.

Ils attendirent en buvant le café. Puis il y eut l'appel d'un officier de police, à Stockholm, disant qu'on n'avait trouvé aucun Magnus Holmström à l'adresse de Bandhagen. La mère, qui se prénommait Margot, affirmait ne pas avoir vu son fils depuis plusieurs mois. Il avait l'habitude de passer de temps en temps récupérer son courrier quand elle était au travail. Mais elle ne savait pas où il habitait. Les recherches se poursuivraient tout au long de la nuit.

Giuseppe appela le procureur Lövander à Östersund. Erik Johansson s'assit devant son ordinateur et commença à pianoter. Stefan pensa soudain à Veronica Molin et à son ordinateur portable qui, à l'en croire, contenait toute sa vie. Il se demanda si son frère et elle étaient revenus à Sveg malgré la tempête, ou s'ils avaient décidé de passer la nuit à Östersund. Giuseppe raccrocha.

– Ça roule, dit-il. Lövander a compris ce qui se prépare. On lance un nouvel avis de recherche. Plus seulement une Ford Escort rouge, mais un certain Magnus Holmström, probablement armé, et considéré comme dangereux.

– On devrait demander à Margot Holmström si elle est informée des opinions politiques de son fils, dit Stefan. Quel genre de courrier reçoit-il ? Peut-être garde-t-il un ordinateur chez elle, qui contiendrait par exemple une messagerie électronique ?

– C'est curieux qu'il fasse adresser son courrier chez sa mère alors qu'il habite ailleurs. Ou bien c'est une

470

habitude chez les jeunes qui passent d'une colocation à l'autre. Dans ce cas, il a sûrement aussi une adresse e-mail.

– Ou bien il se cache, intervint Erik Johansson. Quelqu'un sait-il comment faire pour obtenir de plus grosses lettres à l'écran ?

Giuseppe lui montra la manœuvre.

– On devrait peut-être le rechercher sur l'île d'Öland, suggéra Stefan. C'est là que je l'ai rencontré. Et il a pris de l'essence à Söderköping.

Giuseppe, d'exaspération, se frappa la tête.

– Je suis trop fatigué, rugit-il. On aurait dû y penser tout de suite.

Il se remit à téléphoner. Il fallut un temps infini pour localiser le policier de garde, à Stockholm, auquel il avait parlé peu auparavant. Pendant qu'il attendait, Stefan lui donna les indications pour se rendre chez Wetterstedt, sur l'île.

Il était une heure trente quand Giuseppe raccrocha. Erik Johansson écrivait toujours. Il ne neigeait presque plus. Giuseppe consulta le thermomètre.

– Moins trois degrés. Elle va tenir. Au moins jusqu'à demain.

Il regarda Stefan.

– J'ai le sentiment qu'il ne va plus se passer grand-chose cette nuit. La battue a commencé. Un plongeur essaiera de récupérer le fusil dès le lever du jour. D'ici là, je crois que le mieux que nous ayons à faire, c'est dormir. Je loge chez Erik. Je ne me vois pas encore passer une nuit à l'hôtel.

Erik Johansson éteignit l'ordinateur.

– On a quand même fait un grand pas, dit-il. On cherche maintenant deux personnes, dont une dont on connaît le vrai nom. Il faut voir ça comme une avancée.

– Trois. En fait on cherche sans doute trois personnes.

Personne ne contredit Giuseppe.

Stefan enfila sa veste et quitta la maison communale. La neige, douce sous ses pas, étouffait tous les sons. Quelques flocons isolés tombaient encore. Il se retourna plusieurs fois, mais aucune ombre ne le suivait. Le bourg était endormi. À l'hôtel, la chambre de Veronica Molin n'était pas éclairée. Il se demanda à nouveau si son frère et elle avaient choisi de rester à Östersund. Les funérailles n'étaient qu'à onze heures le lendemain, ils auraient donc largement le temps de revenir à Sveg. Il entra dans l'hôtel. Les deux joueurs de cartes de la veille étaient à leur place, malgré l'heure tardive, et lui adressèrent un hochement de tête au passage. Il était trop tard pour appeler Elena. Stefan se déshabilla, prit une douche et se coucha tout en pensant à Magnus Holmström. «Renfermé», avait dit Pelle Niklasson. C'était sûrement une impression qu'il pouvait donner si tel était son désir. Mais Stefan avait vu autre chose. Un jeune homme glacial, dangereux. Il n'avait aucun mal à l'imaginer en train de viser Fernando Hereira. Avec l'intention de le tuer. Mais était-ce lui qui avait exécuté Abraham Andersson ? Pourquoi, dans ce cas, Elsa Berggren avait-elle endossé le meurtre ? Elle était peut-être coupable. Mais Stefan n'y croyait pas. En revanche, s'il avait raison, Magnus Holmström avait très bien pu lui révéler ce qui ne figurait pas dans les journaux, entre autres le détail de la corde à linge.

Le motif émerge peu à peu, pensa Stefan. Il manque encore plusieurs pièces, mais on a obtenu une profondeur de champ.

Il éteignit. Pensa à la cérémonie du lendemain, après laquelle Veronica Molin retournerait à un monde dont il ignorait tout.

La sonnerie du portable le ramena à la surface. Il le chercha à tâtons dans sa poche de veste. C'était Giuseppe.

– Je te réveille ?

– Oui.

– J'ai hésité à t'appeler. Mais j'ai pensé que ça t'intéresserait.

– Qu'est-ce qui se passe ?

– La maison de Molin brûle. On est en route, Erik et moi. L'alerte a été donnée il y a un quart d'heure. Un chasse-neige passait par là et le conducteur a vu des lueurs d'incendie dans la forêt.

Stefan se frotta les yeux.

– Tu es toujours là ? demanda Giuseppe.

– Oui.

– Au moins, il n'y a pas à s'inquiéter pour les dégâts, vu que la maison était déjà dévastée.

La liaison était mauvaise. La voix de Giuseppe disparut. Deux secondes plus tard, le portable sonnait à nouveau.

– Je voulais juste te dire ça.

– Qu'est-ce que tu en penses ?

– Mon hypothèse, c'est que quelqu'un connaissait l'existence du journal de Molin, sans savoir que tu l'avais trouvé. Je te rappelle dès que j'en saurai plus.

– Tu crois donc à un incendie criminel ?

– Je ne crois rien. Il peut y avoir des causes naturelles, bien sûr. Erik me dit qu'ils ont un bon chef pompier ici. Paraît-il qu'il n'y a jamais eu un incendie à Sveg dont Olof Lundin n'ait pas réussi à déterminer l'origine. Allez, on se rappelle.

Stefan posa le téléphone sur la table de chevet. Par la fenêtre entrait la lumière de l'éclairage extérieur de l'hôtel, réfléchie par la neige. Il pensa à ce que venait de dire Giuseppe. Ses pensées vagabondèrent pendant qu'il essayait de se rendormir.

Il se voyait dans la côte, marchant vers l'hôpital. Là, il passait devant l'école de Bäckäng. Il pleuvait. Ou peut-être était-ce de la neige. Il était mal chaussé. Il avait voulu affronter l'épreuve dignement, avec les chaussures noires achetées l'année précédente, qu'il n'avait presque jamais mises. Il aurait mieux fait d'enfiler des bottes, ou au moins ses chaussures marron à grosse semelle de caoutchouc. Il avait déjà les pieds mouillés.

Il faisait trop clair pour se rendormir. Il se leva, dans l'idée de baisser le store et de faire barrage à la luminosité artificielle. Ce fut alors qu'il le vit.

Il y avait un homme dans la cour. Qui levait la tête vers lui. Stefan portait un T-shirt blanc : peut-être était-il visible, à sa fenêtre, malgré l'obscurité de la chambre ? L'ombre, en bas, ne bougeait pas. Stefan retint son souffle. Soudain l'homme leva les bras, lentement, comme si quelqu'un l'avait menacé d'une arme. Un geste de capitulation, aurait-on dit.

Puis il se détourna et disparut.

Stefan se demanda si c'était une hallucination. Mais les empreintes étaient là, bien visibles dans la neige. Il s'habilla à toute vitesse, attrapa ses clés et dévala l'escalier. La réception était déserte, les joueurs avaient disparu. Il ne restait que leur jeu de cartes éparpillé sur la table. Stefan se précipita dehors, mais s'immobilisa en entendant un bruit de moteur. Une voiture qui s'éloignait. Il regarda lentement autour de lui. Puis il avança vers l'endroit où s'était tenu l'homme. Les empreintes étaient très nettes. Il était entré dans la cour de l'hôtel par la rue où se trouvait le magasin de meubles, et il était reparti par le même chemin.

Le regard de Stefan s'attarda sur les traces qui étaient sous sa fenêtre.

Il se figea. Il avait déjà vu ces empreintes auparavant.

L'homme qui s'était tenu là un instant plus tôt, le

regard levé vers lui, avait esquissé quelques pas de tango dans la neige scintillante.

La première fois que Stefan avait vu ce même motif, il avait été dessiné dans le sang.

33

Il devait appeler Giuseppe.

C'était la seule option raisonnable.

Mais quelque chose en lui résistait. La situation était beaucoup trop irréelle. Ces traces dans la neige, l'homme debout sous sa fenêtre qui avait lentement levé les bras en signe de renoncement, ou de soumission…

Il vérifia que le portable était bien dans sa poche. Puis il suivit les traces qui, sortant de la cour de l'hôtel, croisaient les empreintes d'un chien. Celui-ci avait traversé la rue après avoir laissé une tache jaune sur la neige. Les promeneurs nocturnes étaient rares à Sveg. Pas d'autres traces sur le trottoir que celles de l'homme aperçu par Stefan. Des pas décidés, qui formaient une double ligne droite s'éloignant vers le nord et qui, une fois dépassé le magasin de meubles, remontaient en direction de la gare. Stefan regarda autour de lui. Personne, aucune ombre furtive, rien que ces empreintes dans la neige. À hauteur du salon de thé, l'homme s'était retourné. Puis il avait obliqué vers le bâtiment de la gare, qui était éteint et désert. Stefan laissa passer une voiture. Puis il traversa à son tour.

Devant la gare, il s'arrêta, indécis. Les empreintes contournaient le bâtiment en direction du quai et des voies ferrées. Sauf erreur, Stefan suivait maintenant l'homme qui avait tué Herbert Molin. Pas seulement tué, mais torturé, fouetté à mort, traîné sur le parquet dans un tango sanglant. Une pensée le frappa, sérieusement, pour la première fois. L'homme pouvait être fou. Ce qu'ils tentaient d'interpréter depuis le début comme un acte rationnel et prémédité pouvait malgré tout relever du contraire, de la démence pure et simple. Il rebroussa chemin jusqu'à un réverbère et composa le numéro de Giuseppe. Occupé. Ils sont arrivés sur le lieu de l'incendie, Giuseppe est au téléphone, peut-être avec Rundström... Tout en surveillant le bâtiment de la gare, il refit le numéro. Toujours occupé. Il attendit quelques minutes et fit une troisième tentative. Une voix de femme l'informait que son correspondant ne pouvait momentanément être joint et l'invitait à réessayer plus tard. Il rangea le téléphone en essayant de parvenir à une décision. Puis il se mit en marche en direction de Fjällvägen. Après avoir longé un grand entrepôt, il tourna à gauche et se retrouva bientôt au milieu des voies. La gare était visible, mais déjà loin. Il s'enfonça dans les ombres et commença à se rapprocher de la gare. Un fourgon stationnait sur une voie de garage. Il se faufila derrière. Mais il n'était pas encore assez près pour voir la direction prise par les traces. Il avança jusqu'à l'angle du wagon et jeta un regard.

La neige étouffait tous les bruits. Stefan n'entendit pas l'homme approcher par-derrière. Il sentit une douleur fulgurante à la base du crâne.

Il était inconscient quand il s'affaissa dans la neige.

Stefan ouvrit les yeux sur une obscurité totale. En sentant la pulsation douloureuse à la tête, il se rappela instantanément : le wagon de marchandises, son coup d'œil prudent en direction de la gare. Puis la foudre. Il ignorait la suite. Mais il n'était plus en plein air. Il était à l'intérieur, assis dans un fauteuil. Il essaya de remuer les bras. Impossible. Pareil pour les jambes. Il était entravé. Et on lui avait bandé les yeux.

La peur le submergea.

Il avait été capturé par l'homme dont il suivait la trace dans la neige. Il avait fait ce qu'il n'aurait jamais dû faire. S'engager seul sur le terrain, sans collègue, sans appui. Son cœur battait la chamade. Quand il tourna la tête, l'élancement à la nuque fut terrible. Il écouta, attentif dans le noir, en se demandant combien de temps il était resté évanoui.

Il sursauta. Quelqu'un respirait tout contre lui.

Où était-il ? À l'intérieur, mais où ? Cette odeur… Il la reconnaissait, sans pouvoir l'identifier.

Il était déjà venu dans cette pièce.

Papillotement de l'autre côté du bandeau. Il n'y voyait rien, mais quelqu'un avait allumé une lampe. Il retint son souffle. Des pas étouffés – il devait y avoir un tapis. Et cette vibration du sol – un plancher, une vieille maison. Stefan était déjà venu, il en était certain.

Une voix d'homme s'adressa à lui dans un anglais hésitant. Sur sa gauche. Une voix rauque, au débit lent. Un accent très prononcé.

– Je regrette d'avoir dû t'assommer. Mais cette rencontre était nécessaire.

Stefan ne répondit pas. Chaque mot pouvait être dangereux, si l'homme était fou. Le silence était la seule protection qui lui restait.

– Je sais que tu es policier, poursuivit la voix. Peu importe comment je le sais.

L'homme se tut, comme pour lui donner la possibilité de répondre. Stefan attendit.

– Je suis fatigué, reprit la voix. Le voyage a été beaucoup trop long. Je veux rentrer chez moi. Mais j'ai besoin de réponse à certaines questions. Et aussi de parler à quelqu'un. Dis-moi : qui suis-je ?

Stefan essayait fébrilement de décrypter ce qu'il entendait. Pas les mots, mais ce qu'ils cachaient, ou révélaient. L'homme donnait l'impression d'être parfaitement calme. Ni anxieux, ni excité, ni en colère.

– Je veux que tu me répondes, insista la voix. Il ne va rien t'arriver. Mais je ne peux pas te laisser voir mon visage. Qui suis-je ?

Stefan sut qu'il devait obéir. La voix trahissait une grande détermination.

– Je t'ai vu ce soir. Tu étais dans la cour de l'hôtel. Tu as levé les bras. Tu as dessiné dans la neige les mêmes empreintes que dans la maison de Herbert Molin.

– Je l'ai tué. C'était nécessaire. Pendant des années, j'ai cru que je flancherais, le moment venu. Mais je n'ai pas flanché. Peut-être sur mon lit de mort regretterai-je mon acte. Je ne sais pas.

Stefan s'aperçut qu'il était en nage. Il veut parler, pensa-t-il fébrilement. Moi, j'ai besoin de temps pour découvrir où je suis. *Pendant des années*, a-t-il dit. C'est là que je peux embrayer. Mais pas de questions directes.

– Je comprends que cet acte était lié à la guerre, dit-il. À des événements qui se sont produits il y a longtemps.

– Herbert Molin a tué mon père.

Il avait parlé posément. Fernando Hereira, ou quel que fût le vrai nom de cet homme, disait la vérité. *Herbert Molin a tué mon père*. Stefan n'en doutait pas une seconde.

– Que s'est-il passé ?

– Des millions de gens sont morts à cause de Hitler. Mais chaque mort est unique. Chaque horreur a son propre visage.

La voix se tut. Stefan attendit, en essayant de retenir l'essentiel de ce qui avait été dit jusque-là. La référence était bien la Seconde Guerre. Et son mobile avait été de venger son père. Il avait aussi évoqué son voyage

« beaucoup trop long ». Et peut-être le plus important de tout : « Je dois parler à quelqu'un. » Quelqu'un à part moi, pensa Stefan. Qui ?

– Ils ont pendu Josef Lehmann, reprit la voix. À la fin de l'automne 1945. C'était juste. Cet homme avait exercé une terreur indescriptible dans plusieurs camps. Mais ils auraient dû pendre aussi son frère, Waldemar Lehmann. Il était bien pire. Deux hommes, deux frères qui servaient leur maître en torturant des innocents. L'un a été pendu. L'autre a disparu. Les dieux sont d'une indulgence incompréhensible. Il se peut même qu'il soit encore en vie. J'ai cru parfois l'apercevoir dans la rue. Mais je ne connais pas son visage. Il n'existe aucune photographie de lui. Waldemar était plus prudent que Josef. C'est ça qui l'a sauvé. Et sa particularité, c'est qu'il prenait plaisir à laisser les autres exécuter les atrocités à sa place. Sa spécialité était de former des monstres. Des ouvriers de la mort.

Stefan perçut comme un sanglot, ou un soupir, puis l'homme dut se lever, car il y eut un grincement. Stefan avait déjà entendu ce bruit : un fauteuil ou peut-être un canapé qui grinçait de cette façon précise.

– Je veux rentrer chez moi, dit la voix. Reprendre ma vie, ou ce qu'il en reste. Mais d'abord je dois savoir qui a tué Abraham Andersson, et si j'ai une part de responsabilité dans sa mort. Je ne peux pas défaire ce qui a été fait, mais je peux jusqu'à la fin de mes jours allumer des cierges et demander son pardon.

– Tu conduisais une Golf bleue quand quelqu'un t'a tiré dessus, sur la route. Je ne sais pas si tu es indemne. En tout cas, tu as réussi à t'enfuir. Celui qui a fait cela est peut-être l'homme qui a tué Abraham Andersson.

– Tu en sais long. Mais tu es policier, c'est ton métier de savoir. Et aussi de tout faire pour me capturer. Même si, pour l'instant, les rôles sont inversés : c'est toi qui es mon captif. Tu as raison, j'ai eu de la chance. Il n'a pas réussi à m'atteindre. Je me suis caché dans la forêt toute la nuit avant d'oser continuer.

– Tu avais donc une voiture.

– Je paierai pour celle qui a été abîmée. Une fois que je serai rentré, j'enverrai de l'argent.

– Je veux dire après. Tu avais une autre voiture.

– Je l'ai trouvée dans un garage, au bord de la forêt. Je ne sais pas si elle a manqué à quelqu'un. La maison paraissait vide.

Stefan devina une légère impatience dans la voix de l'homme et comprit qu'il devait être encore plus prudent dans le choix des mots. Il y eut un tintement. Une capsule, pensa Stefan. Mais pas de verre. Il boit au goulot. Une faible odeur d'alcool se répandit dans la pièce.

L'homme entreprit alors de lui raconter ce qui s'était passé ce jour-là, cinquante-quatre ans plus tôt. Une histoire brève, nette, effarante.

– Waldemar Lehmann était un maître, comme je le disais. Un maître dans l'art d'infliger la souffrance. Herbert Molin est entré un jour dans sa vie. Je ne connais pas tous les détails. Il a fallu que j'attende de rencontrer Höllner pour savoir enfin qui avait tué mon père. Mais les informations que j'ai réussi à rassembler suffisent à rendre la mort de Molin nécessaire et juste.

Nouveau tintement de capsule. Il est en train de se saouler, pensa Stefan. Est-ce qu'il va perdre le contrôle de ses gestes ? Sa peur s'intensifia. Comme s'il attrapait lentement la fièvre.

– Mon père enseignait la danse. C'était un homme paisible, qui adorait apprendre aux gens à danser. Surtout aux jeunes et aux timides. Herbert Molin est venu le voir, au cours d'une semaine de permission à Berlin. Nous ne saurons jamais qui l'a conduit jusqu'à mon père. Toujours est-il qu'il est devenu son élève – il désirait tout particulièrement connaître le tango. À chaque permission, il revenait à Berlin prendre des leçons chez mon père. Je ne sais pas combien de fois il l'a fait, mais je me souviens de ce jeune soldat qui venait chez nous, que j'apercevais en coup de vent, au début et à la fin des leçons. Je peux encore visualiser ses traits. Quand j'ai revu Herbert Molin, je l'ai reconnu.

L'homme se leva. Stefan eut à nouveau la sensation de reconnaître ce grincement, mais cette fois il l'associa à la maison d'Öland, où il avait rencontré Emil Wetterstedt. Je deviens fou, pensa-t-il avec désespoir.

La voix revint, sur sa droite. L'homme s'était assis dans un autre fauteuil. Qui ne grinçait pas. Ce qui réactiva la mémoire de Stefan. Il connaissait ce fauteuil qui ne grinçait pas. Dans quelle pièce se trouvait ce fauteuil ? Il devait à tout prix se souvenir.

– J'avais douze ans. Mon père donnait ses cours à la maison, car on l'avait privé de son studio de danse en 1939, au début de la guerre. Un matin, il y avait eu une étoile jaune sur la porte. Voilà. Il n'en parlait jamais. Personne n'en parlait. Nous voyions nos amis disparaître les uns après les autres. Mon père est resté. Quelque part à l'arrière-plan il y avait mon oncle, dont la protection s'étendait de façon invisible sur toute notre famille, car il était le masseur personnel de Hermann Göring. Personne n'avait le droit de nous toucher. Jusqu'au jour où Herbert Molin est devenu l'élève de mon père.

La voix s'étrangla. Stefan fouillait sa mémoire. Où était-il ? C'était la première chose à savoir s'il voulait avoir une chance de se libérer. L'homme sur sa droite était imprévisible. Il avait torturé Herbert Molin, il l'avait mis à mort, exactement comme les gens dont il parlait.

– J'entrais parfois dans la pièce où mon père donnait

ses leçons. Une fois, nos regards se sont croisés, et le jeune soldat a souri. Je m'en souviens encore. Son visage m'a plu. Un jeune homme en uniforme, qui souriait. Comme il ne disait jamais un mot, je le prenais naturellement pour un Allemand. Comment aurais-je pu imaginer qu'il venait de Suède ? J'ignore par quel concours de circonstances ce soldat s'est ensuite retrouvé sous la coupe de Waldemar Lehmann. D'une manière ou d'une autre, Lehmann a appris qu'il prenait des leçons de danse chez un juif, qui avait eu l'impertinence non seulement de rester à Berlin, mais de s'y comporter comme un homme libre, au même titre que n'importe qui. Je ne sais pas de quelles méthodes il a usé pour convertir Herbert Molin. Mais il a réussi. Un après-midi, il est venu prendre son cours. J'avais l'habitude de m'asseoir dans l'entrée et d'écouter ce qui se passait dans cette pièce où mon père repoussait les meubles contre les murs pour faire de la place. Cette pièce avait des tentures rouges et un parquet usé. J'entendais la voix aimable de mon père qui comptait les pas, parlait de « pied gauche » et « pied droit », qui soulignait l'importance de la rectitude du dos. Soudain, le gramophone s'est tu. Tout est devenu silencieux. J'ai cru qu'ils faisaient une pause. Puis la porte s'est ouverte, le jeune soldat est sorti très vite. Il a quitté l'appartement. J'ai vu ses pieds, ses souliers de danse, au moment où il est parti. D'habitude, mon père sortait du salon derrière son élève en s'épongeant le visage avec son mouchoir, et il me souriait. Mais là, il n'y avait que du silence. J'ai jeté un coup d'œil. Je l'ai vu. Il avait été étranglé avec sa propre ceinture.

La suite parvint aux oreilles de Stefan comme un cri prolongé.

– Il l'avait étranglé avec sa propre ceinture ! Et il lui avait fourré dans la bouche les débris noirs d'un disque, l'étiquette était pleine de sang, mais c'était du tango, je l'ai vu. Toute ma vie, j'ai cherché à savoir qui était l'homme qui avait fait ça à mon père. Et par hasard Höllner me l'a dit. C'était un Suédois ! Quelqu'un qui n'était même pas dans l'obligation de servir Hitler, qui était venu en Allemagne de son plein gré, qui avait repris à son compte la haine délirante contre les juifs, même celui qui l'avait aidé à surmonter sa timidité en lui apprenant à danser. Je ne sais pas ce que Lehmann lui a fait, à quoi il l'a contraint, sous quelle menace. Je ne sais pas comment ce Suédois a été contaminé par la folie des nazis. Mais ça n'a pas beaucoup d'importance. Ce qu'il a fait, ce jour-là, quand il est arrivé chez nous, non pour danser, mais pour assassiner mon père, on ne peut même pas le décrire. Je l'ai vu – c'était sa propre ceinture qu'il avait autour du cou. Il était mort. Et pas seulement lui. Ma mère, mes frères, mes sœurs, moi, tous, nous sommes tous morts ce jour-là. Ma mère a survécu quelques mois, le temps de nous faire sortir du pays. C'est la dernière faveur que mon oncle a réussi à soutirer à Göring. Dès qu'elle nous a su en sûreté en Suisse, elle s'est suicidée. Aujourd'hui, il ne reste que moi. Les autres sont morts avant l'âge de trente ans – ma sœur de sa propre main, mon frère par l'alcool. Moi, je me suis retrouvé en Amérique du Sud. Ou plutôt, j'ai fait en sorte d'y aller car je savais que de nombreux nazis étaient réfugiés là-bas. J'ai cherché cet homme. Je ne pouvais pas admettre qu'il ait le droit de vivre alors que mon père était mort. J'ai fini par le trouver. Un vieil homme qui s'était caché ici, dans la forêt. J'ai fait ce que je devais faire. Je lui ai donné sa dernière leçon de danse. J'allais rentrer chez moi, lorsque quelqu'un a tué son voisin. Et je me demande si je suis aussi coupable de ce crime-là.

Le silence se fit. Stefan avait mémorisé le nom mentionné par Fernando Hereira, l'homme dont la rencontre avait été décisive pour lui.

– Qui était Höllner ? demanda-t-il.

– Le messager que j'espérais depuis toujours. On a dîné à la même table un soir, par hasard, dans un restaurant de Buenos Aires.

Fernando Hereira se tut. Stefan attendit.

– Quand j'y repense, c'est tellement simple. Höllner était de Berlin, comme moi. Et son père avait, depuis le milieu des années trente, le même masseur attitré que Göring. Göring souffrait de douleurs constantes à cause de son addiction à la morphine et il ne supportait aucun masseur en dehors de mon oncle. Ça, c'était le premier point de départ, l'autre étant Waldemar Lehmann qui, contrairement à son frère, a réussi à disparaître dans le chaos de l'après-guerre. On ne l'a jamais retrouvé. Beaucoup ont essayé pourtant. Il était tout en haut de la liste des criminels de guerre, juste après Martin Bormann. On a réussi à arrêter Eichmann. Mais jamais Waldemar Lehmann. Parmi ceux qui le cherchaient, il y avait un major anglais nommé Stuckford. Pourquoi, je n'en sais rien. Mais il était présent en Allemagne en 1945 et il a dû être là quand on a ouvert les camps. Je sais qu'il a présidé à la pendaison de Josef Lehmann. Au cours de ses recherches, Stuckford a appris qu'un soldat d'origine suédoise serait devenu à la fin de la guerre l'un des exécutants de Waldemar Lehmann, qui l'aurait entre autres forcé à assassiner son professeur de danse.

Fernando Hereira fit une pause. Comme s'il devait rassembler ses forces pour achever son récit.

– Un jour, longtemps après la guerre, Höllner et Stuckford se sont rencontrés lors d'une conférence sur la chasse aux criminels de guerre nazis. Ils en sont venus à parler de Waldemar Lehmann. Au cours de cette conversation, Stuckford a dit à Höllner ce qu'il savait du meurtre de ce professeur de danse de Berlin. L'assassin était un Suédois du nom de Mattson-Herzén. Ce nom lui avait été livré par un autre dignitaire nazi qui cherchait à monnayer sa liberté, au cours d'un des innombrables interrogatoires menés par Stuckford après la guerre. Tout cela, Höllner me l'a raconté. Et aussi que Stuckford venait de temps à autre à Buenos Aires.

Stefan entendit Fernando Hereira s'emparer de la bouteille, puis la reposer tout de suite sans avoir bu.

– La fois suivante où Stuckford est passé à Buenos Aires, je suis allé le voir dans son hôtel. Je lui ai dit que j'étais le fils du professeur de danse. Un an après, j'ai reçu une lettre d'Angleterre. Stuckford m'apprenait que Mattson-Herzén avait changé de nom dans les années cinquante, qu'il s'appelait maintenant Molin, et qu'il était encore en vie. Je n'oublierai jamais cette lettre. J'avais retrouvé l'homme au gentil sourire qui venait prendre ses leçons chez nous. Stuckford, grâce à ses contacts, m'a permis de suivre sa trace jusqu'ici, dans la forêt.

La voix se tut. Il n'y aura pas de suite, se dit Stefan. D'ailleurs, ce n'est pas nécessaire. Devant moi est assis un homme que je ne peux pas voir, qui a vengé son père. Nous avions raison de penser que ce meurtre avait son origine dans la guerre.

Fernando Hereira venait de compléter le puzzle. Et il était ironique, sans doute, que Herbert Molin eût consacré ses dernières années précisément aux puzzles, toujours en compagnie de sa peur.

– Tu as compris ?

– Oui.

– Tu as des questions ?

– Pas sur ce que tu viens de dire. Mais j'aimerais savoir pourquoi tu as déplacé le chien.

– Quel chien ?

– Après la mort d'Abraham Andersson. Tu as pris son chien et tu l'as enfermé chez Molin.

– Je voulais vous montrer que la situation n'était pas celle que vous croyiez. Je n'avais pas tué l'autre homme.

– Pourquoi le chien nous aurait-il donné cette idée ?

La réponse fusa, simple, convaincante :

– J'étais ivre quand j'ai décidé ça. En fait, je ne comprends toujours pas que personne ne m'ait surpris cette nuit-là. J'ai pris le chien pour susciter un désordre. Dans votre manière de penser. Je ne sais pas si j'ai réussi.

– On s'est posé de nouvelles questions.

– Alors j'ai réussi.

– Quand tu es arrivé dans la région, la première fois, est-ce que tu as campé sous une tente, au bord du lac, près de chez Molin ?

– Oui.

Stefan nota que l'impatience avait disparu. Hereira était parfaitement calme. D'ailleurs, il n'entendait plus la bouteille. Hereira se leva et s'avança de quelques pas en faisant vibrer le plancher. Il se tenait à présent derrière la chaise de Stefan. La peur un instant endormie l'envahit aussitôt. Il se rappela les mains autour de son cou. Si l'homme choisissait de l'étrangler maintenant, il ne pourrait même pas bouger.

Le fauteuil grinça. La voix revint, sur la gauche. Où donc l'homme l'avait-il emmené ?

– Je croyais que c'était fini. Toutes ces atrocités. Mais les idées formées dans le cerveau tordu de Hitler sont encore là. Elles ont pris d'autres noms, mais ce sont les mêmes. Par exemple, l'idée qu'il est tout à fait possible d'exterminer un peuple entier si on le juge utile. Avec les nouvelles techniques, les groupes qui propagent ces idées n'ont aucun mal à communiquer entre eux. Tout est dans les ordinateurs aujourd'hui.

Stefan se dit qu'il avait entendu les mêmes mots ou presque dans la bouche de Veronica Molin.

– Ils continuent à détruire des vies, poursuivit la voix. Ils continuent à cultiver leur haine. Contre ceux qui ont une autre couleur de peau, d'autres habitudes, d'autres dieux.

Stefan comprit soudain que le calme de Hereira était trompeur. Il était proche du point de rupture. S'il franchissait ce point, il pouvait devenir violent. Il a sauvagement torturé Herbert Molin, pensa Stefan pour la énième fois. Il a failli m'étrangler, il m'a assommé deux fois, il m'a attaché dans ce fauteuil. Je suis plus fort que lui. J'ai trente-sept ans, il en a presque soixante-dix. Il ne peut pas me libérer, car dans ce cas je le neutraliserais sur-le-champ. Il sait qu'il s'en est pris à un policier, ce qui est le pire des délits, en Suède ou en Argentine.

Il était très clair que l'homme pouvait le tuer maintenant. Il s'était confessé. Que restait-il, après cela ? La fuite. Et la question de ce qu'il devait faire de ce policier captif.

Je n'ai pas vu son visage, songea-t-il. Tant que c'est le cas, il peut disparaître en me laissant ici. Je dois faire en sorte qu'il ne me retire pas le bandeau.

L'homme reprit la parole. L'impatience était revenue dans sa voix.

– Qui a essayé de me tuer sur la route ?

– Un jeune nazi. Son nom est Magnus Holmström.

– Il est suédois ?

– Oui.

– Je croyais que la Suède était un pays respectable. Où les seuls nazis étaient les vieux de la génération de

Hitler, ceux d'entre eux qui ne sont pas encore morts, qui se cachent encore dans leurs trous.

– Les vieux ont des héritiers.

– Je ne parle pas des jeunes gens au crâne rasé. Je parle de ceux qui rêvent de sang, qui projettent des massacres, qui voient un avenir de domination et de soumission.

– Magnus Holmström est de ceux-là.

– Vous l'avez arrêté ?

– Pas encore.

La capsule tinta.

– C'est elle qui lui a demandé de venir ?

Qui ça, *elle* ? pensa fébrilement Stefan. Puis il comprit qu'il n'y avait qu'une seule réponse : Elsa Berggren.

– Nous ne le savons pas.

– Qui, sinon elle ?

– Nous ne le savons pas.

– Mais il devait bien y avoir une raison !

Doucement, s'intima Stefan. Ne pas trop en dire, ni trop peu. Trouver les mots justes. Il veut savoir s'il a une part de culpabilité dans cette mort. Bien sûr que oui. En tuant Herbert Molin, il a retourné une pierre. Les cloportes, pour parler comme Giuseppe, ont filé dans toutes les directions et, maintenant, ils veulent se réfugier sous la pierre. Ils veulent que quelqu'un remette la pierre au même endroit – là où elle était avant que la grande angoisse ne se propage dans la forêt.

Il y avait encore beaucoup de points obscurs. Comme s'il manquait un maillon décisif, un facteur qu'il ne parvenait pas à cerner. Pas plus que Giuseppe, pas plus que quiconque.

Il pensa à la maison de Herbert Molin, qui brûlait dans la forêt. Cela lui apparut comme une question inoffensive.

– Est-ce toi qui as mis le feu à la maison de Herbert Molin ?

– Je savais que la police irait là-bas. Et que tu resterais peut-être seul. C'était une possibilité. J'avais raison, puisque tu es rentré à l'hôtel.

– Pourquoi moi ? Pourquoi pas un des autres policiers ?

L'homme ne répondit pas. Stefan réalisa qu'il venait de commettre une erreur et de franchir une frontière dangereuse. Il attendit.

La capsule tinta. L'homme se leva. Stefan aiguisa son ouïe. Soudain, le plancher cessa de vibrer. Tout était silencieux, immobile. L'homme avait-il quitté la pièce ? Stefan tendit ses sens au maximum. Il semblait bel et bien avoir disparu.

Une horloge sonna. Stefan comprit où il était. C'était l'horloge d'Elsa Berggren. Il avait noté sa résonance particulière quand il lui avait rendu visite la première fois, et aussi quand il y était retourné en compagnie de Giuseppe.

Au même instant, le bandeau lui fut arraché des yeux, si vite qu'il n'eut pas le temps de réagir. Il était réellement dans le salon d'Elsa Berggren, sur le fauteuil où il s'était tenu lors de sa première visite. L'homme était derrière lui. Stefan tourna prudemment la tête.

Fernando Hereira était très pâle, les yeux cernés. Il ne s'était pas rasé depuis des jours. Ses cheveux gris étaient en désordre, ses vêtements – pantalon sombre et veste bleue – crasseux. La veste avait un accroc au col. Aux pieds, il portait des baskets. Voilà donc le campeur du bord du lac, l'homme qui avait soumis Herbert Molin à une violence inouïe avant de l'entraîner dans un tango sanglant et de laisser son cadavre nu au bord de la forêt.

L'horloge avait sonné la demie. Cinq heures et demie du matin. Stefan était resté évanoui plus longtemps qu'il ne le pensait. Sur la table, une bouteille de cognac. Pas de verre, effectivement. L'homme prit la bouteille, avala une rasade. Puis il regarda Stefan.

– Quelle sera ma peine ?

– Je n'en sais rien. Le tribunal en décidera.

Fernando Hereira eut un geste résigné.

– Personne ne comprendra. Peut-on être condamné à mort dans votre pays ?

– Non.

Il but une gorgée de cognac. En posant la bouteille sur la table, il faillit la renverser. Il est ivre, pensa Stefan.

– Je veux parler à quelqu'un, reprit Hereira. Je veux expliquer à la fille de Molin pourquoi j'ai tué son père. C'est Stuckford qui m'a appris qu'il avait une fille. Peut-être aussi d'autres enfants ? Mais je veux parler à sa fille, Veronica. Elle doit être ici.

– L'enterrement de Herbert Molin va avoir lieu tout à l'heure.

Fernando Hereira tressaillit.

– Aujourd'hui ?

– À onze heures. Son fils devait arriver hier soir.

Il y eut un silence. Fernando Hereira contemplait ses mains.

– Je n'aurai la force de parler qu'à elle seulement. Elle expliquera à son frère. Je veux lui dire pourquoi je l'ai fait.

Stefan eut l'intuition qu'il tenait peut-être son ouverture.

– Veronica Molin ne savait rien du passé de son père. Elle est bouleversée. Si tu lui dis la même chose qu'à moi, je crois qu'elle comprendra.

– Tout ce que je dis est vrai.

Il avala une rasade de cognac.

– Voici ma question. M'accorderas-tu le temps dont j'ai besoin ? Si je te laisse partir en te demandant de me ramener Veronica Molin, aurai-je le temps de lui parler avant que tu ne m'arrêtes ?

– Comment puis-je savoir que tu ne lui feras pas de mal ?

– Bien sûr. Mais pourquoi le ferais-je ? Elle est innocente.

– Tu m'as agressé deux fois.

– C'était nécessaire. Je le regrette.

– Comment envisages-tu les choses ?

– Je te laisse partir. Je reste ici. Il est bientôt six heures. Tu parles à Veronica Molin, tu lui expliques où je suis. Quand elle m'aura quitté, tu pourras revenir avec tes collègues. Je sais que je ne rentrerai jamais chez moi. Je resterai ici, et je mourrai en prison.

Fernando Hereira parut se perdre dans ses pensées. Disait-il la vérité ? Impossible de le savoir.

– Je ne peux pas faire courir ce risque à Veronica Molin.

– Pourquoi ?

– Tu t'es montré capable d'une grande violence. Ta demande est déraisonnable.

– Je veux la rencontrer seule. Je ne la toucherai pas.

Fernando Hereira frappa du poing sur la table. Stefan fut à nouveau submergé par la peur.

– Que se passera-t-il si je refuse ?

Hereira le regarda longuement.

– Je suis un homme pacifique. Pourtant j'ai maltraité mon prochain. Je ne sais pas.

Stefan savait qu'il n'accéderait pas à l'exigence de Hereira. D'un autre côté, s'il ne présentait pas une alternative acceptable, il pouvait arriver n'importe quoi.

– Je te laisse le temps dont tu as besoin, dit-il. Tu peux lui parler au téléphone.

Le regard de Hereira étincela. Il est épuisé, pensa Stefan, mais pas au bout du rouleau, loin de là.

492

– J'en fais déjà trop, ajouta-t-il. Je te donne du temps et la possibilité de parler avec elle. Tu imagines bien qu'en tant que fonctionnaire de police, je n'en ai aucun droit.

– Est-ce que je peux te faire confiance ?

– Tu n'as pas le choix.

Hereira hésita. Puis il se leva et arracha l'adhésif qui maintenait Stefan prisonnier.

– Nous devons nous faire confiance l'un à l'autre, dit-il. Il n'y a pas d'autre solution.

Stefan fut pris de vertige en se dirigeant vers la porte. Il avait les jambes en coton et la nuque douloureuse.

– J'attends son appel, dit Hereira. On parlera une demi-heure. Ensuite tu pourras dire à tes collègues où je suis.

Stefan traversa le pont. Avant de quitter la maison, il avait noté sur un papier le numéro de téléphone d'Elsa Berggren. Il s'arrêta à l'endroit où un plongeur commencerait dans peu de temps à chercher le fusil qui reposait peut-être sur le lit du fleuve. Malgré la fatigue, il essaya de réfléchir. Fernando Hereira avait commis un meurtre. Mais il avait en lui quelque chose d'implorant. Une détresse authentique, quand il avait dit vouloir parler à la fille de Molin pour tenter de lui expliquer et, si possible, obtenir son pardon. Stefan se demanda une fois de plus si Veronica Molin et son frère avaient passé la nuit à Östersund. Dans ce cas, il serait obligé d'appeler les hôtels un par un.

Il était six heures trente quand il frappa à la porte de sa chambre. Elle ouvrit si brusquement qu'il faillit reculer. Elle était tout habillée. À l'arrière-plan, il aperçut l'écran allumé de son ordinateur.

– Je sais qu'il est très tôt, mais je dois te parler. Je croyais que ton frère et toi étiez peut-être restés à Östersund à cause de la neige.

493

– Mon frère n'est pas venu.

– Pourquoi ?

– Il a changé d'avis. Il a appelé en disant qu'il ne voulait plus venir aux funérailles. Je suis rentrée tard hier soir. Qu'y a-t-il de si urgent ?

Stefan se dirigeait déjà vers la réception. Elle le suivit. À peine assis, il lui résuma sans préambule les événements de la nuit. Fernando Hereira, le meurtrier de son père, attendait son coup de fil et peut-être son pardon dans la maison d'Elsa Berggren.

– Il voulait te voir en personne, mais je ne pouvais évidemment pas l'accepter.

– Je n'ai pas peur, dit-elle après un silence. Mais je n'y serais pas allée. Quelqu'un est-il au courant, à part toi ?

– Non.

– Parmi tes collègues ?

– Personne.

Elle le considéra gravement.

– Je vais l'appeler. Mais je veux être seule. Quand j'aurai fini, je frapperai à ta porte.

Stefan lui donna le papier portant le numéro de téléphone d'Elsa Berggren. Puis il monta l'escalier. En ouvrant la porte de sa chambre, il pensa qu'elle était peut-être déjà en train de parler avec lui. Il regarda sa montre. Dans vingt minutes, il prendrait contact avec Giuseppe et il lui expliquerait où se trouvait Hereira.

Dans la salle de bains, il s'aperçut qu'il n'y avait plus de papier toilette. Il redescendit à la réception.

Ce fut alors qu'il la vit. Par la fenêtre. Veronica Molin, dans la rue. Elle semblait pressée.

Il s'immobilisa. Tenta de comprendre. Dans sa tête régnait un total chaos. Elle allait à la rencontre de Fernando Hereira, c'était évident. Mais pourquoi ?

494

Quelque chose qu'il aurait dû voir... Une relation qui était à l'inverse de ce qu'il avait cru jusque-là.

Quelque chose avec son ordinateur. Quelque chose qu'elle a dit, ou que je me suis dit à moi-même sans vraiment en saisir la portée. L'angoisse devint une vague, qui se dressait devant lui. Il appela la réceptionniste, qui descendait les marches vers le restaurant.

– La clé de Veronica Molin, dit-il, en criant presque. Donne- la-moi.

– Mais elle vient de sortir.

– Justement !

– Je ne peux pas.

Stefan frappa du poing sur le comptoir.

– Police, rugit-il. Donne-moi la clé !

Elle la détacha du tableau. Stefan s'en empara et courut jusqu'à la chambre au fond du couloir.

Elle n'avait pas éteint son ordinateur. Stefan resta planté devant l'écran, comme pétrifié.

Soudain, il voyait tout clairement.

La nature du lien.

Mais aussi, surtout, sa propre erreur catastrophique.

34

Sept heures passées de quelques minutes. Il faisait encore nuit. Stefan courait. Ce qui était à présent clair, limpide, il aurait dû le voir depuis longtemps. Mais il avait été trop paresseux. Ou alors trop angoissé par ce qui l'attendait dans quelques jours. J'aurais dû comprendre au moment où Veronica Molin m'a appelé à Borås en me demandant de revenir. Pourquoi n'ai-je eu aucun soupçon ? Toutes les questions, pourtant évidentes, je ne les formule que maintenant.

Il était devant le pont. Dans l'obscurité. Pas de Giuseppe, pas de plongeur. Combien de temps la maison de Herbert Molin mettrait-elle donc à brûler ? Il prit son portable, mais la même voix de femme lui proposa de réessayer plus tard. Il faillit jeter le téléphone dans le fleuve.

Puis il vit, sur le pont, un homme qui venait vers lui. À la lueur des réverbères, il le reconnut. Un jour, l'un de ses tout premiers jours à Sveg, il avait bu un café dans sa cuisine. Son nom lui échappait. L'homme qui n'était jamais de sa vie allé plus loin que Hede… Björn Wigren ! Celui-ci avait déjà identifié Stefan et le salua.

– Tu es toujours parmi nous ? Je te croyais reparti. Dis donc, personne ne me fera avaler qu'Elsa a commis ce meurtre.

Stefan se demanda comment Björn Wigren pouvait

savoir qu'elle avait été arrêtée. Mais la question manquait d'importance dans l'immédiat.

– J'ai besoin de toi, dit-il en cherchant dans ses poches du papier et un crayon. Tu as de quoi écrire ?

– Non. Mais je peux aller chercher ce qu'il faut chez moi, si c'est important. De quoi s'agit-il ?

Il est d'une curiosité vraiment terrible, pensa Stefan en regardant autour de lui.

– Suis-moi.

Il longea la culée du pont jusqu'au début du chemin de halage, bordé par une congère immaculée. Il s'accroupit et forma avec le doigt des lettres dans la neige.

Maison d'Elsa. Veronica. Dangereuse. Stefan.

Il se redressa.

– Tu arrives à lire ?

Björn Wigren lut à haute voix.

– Qu'est-ce que ça signifie ?

– Que tu vas rester ici et attendre les policiers. Ils seront accompagnés d'un plongeur. L'un des policiers s'appellera sans doute Larsson, ou Rundström. Ou alors ce sera Erik Johansson, que tu connais. Tu vas leur montrer ça. Tu as saisi ?

– Qu'est-ce qu'il veut dire, ton message ?

– Pour l'instant, cela ne te concerne pas. Mais pour les policiers, c'est important. Tu restes ici jusqu'à ce qu'ils arrivent.

Stefan fit un effort d'autorité.

– Tu restes ici. C'est compris ?

– Oui. Mais je suis intrigué, c'est normal. C'est lié à Elsa ?

– Tu le sauras le moment venu. Le plus important, là, tout de suite, c'est que tu prennes au sérieux ce que je te demande. Tu rendras un grand service à la police.

– D'accord, je vais rester. Je faisais juste une petite promenade matinale de toute façon.

Stefan traversa le pont en essayant de rappeler Giuseppe. Toujours la même voix préenregistrée. Il jura, rangea le portable dans sa poche, il ne pouvait pas attendre davantage. Puis il tourna à gauche et s'arrêta devant la maison d'Elsa Berggren. Du calme, se dit-il. Il n'y a qu'une seule façon de procéder. Être le plus convaincant possible en feignant de ne rien savoir. Veronica Molin doit continuer à voir en moi l'imbécile pour lequel elle a eu toutes les raisons de me prendre jusqu'à présent.

Il pensa à la nuit où il avait dormi près d'elle. Elle en avait sans doute profité pour monter fouiller sa chambre. C'était uniquement pour cela qu'elle l'avait attiré dans son lit. Même ça, il n'avait pas été capable de le voir. Il n'avait été qu'un imbécile bouffi d'orgueil, et faux jeton vis-à-vis d'Elena, par-dessus le marché. Et l'autre s'était servie de sa faiblesse.

Ce point précis, il ne pouvait honnêtement le lui reprocher.

Il entra dans le jardin. Tout était silencieux. Il vit qu'une bande plus claire se dessinait dans le ciel à l'est, au-dessus des sapins. Puis il sonna. Après quelques secondes, Fernando Hereira écarta imperceptiblement le rideau qui couvrait la partie vitrée de la porte. Stefan éprouva un immense soulagement qu'il ne lui soit rien arrivé. Au moment d'entrer dans la chambre de Veronica Molin, il était encore préoccupé avant tout par sa sécurité à *elle*. Ensuite tout s'était inversé. À compter de l'instant où il avait vu l'ordinateur, il avait tremblé pour Fernando Hereira. Peu importe que cette rencontre eût lieu entre une femme et l'assassin de son père. Fernando Hereira avait le droit d'être jugé de façon équitable devant un tribunal.

Fernando Hereira ouvrit la porte. Il avait les yeux très brillants.

– Tu arrives trop tôt, dit-il avec impatience.

– Je peux attendre.

La porte du séjour était entrebâillée. De l'endroit où il était, Stefan ne pouvait voir Veronica Molin. Un court instant, il envisagea de tout dire à Fernando Hereira. Puis il résolut de se taire. Elle écoutait peut-être derrière la porte. Elle était capable de tout, il le savait maintenant. Il fallait au contraire prolonger l'entrevue le plus longtemps possible pour laisser à Giuseppe et aux autres le temps d'arriver.

Il se dirigea vers les toilettes.

– Je reviens tout de suite. Comment ça se passe ?

– Comme je l'espérais, dit Hereira d'une voix lasse. Elle m'écoute. Et j'ai l'impression qu'elle comprend. Au-delà, je ne sais pas.

Il retourna dans le séjour d'un pas mal assuré. Stefan s'enferma aux toilettes. Restait le plus dur : croiser le regard de Veronica Molin et la persuader qu'il n'en savait pas plus qu'une demi-heure auparavant. D'un autre côté, pourquoi le soupçonnerait-elle d'être devenu soudain intelligent ?

Il fit le numéro de Giuseppe. Quand la voix féminine lui demanda de réessayer plus tard, il faillit céder à la panique. Il tira la chasse d'eau, ressortit des toilettes, s'approcha de la porte d'entrée et ouvrit le verrou en toussant. Puis il revint dans le séjour.

Veronica Molin était dans le fauteuil où lui-même avait été attaché un peu plus tôt. Elle le regardait. Il lui rendit son regard et hocha la tête d'un air encourageant.

– Je peux attendre dehors, dit-il en anglais. Si vous n'avez pas fini.

– Je veux que tu restes.

Fernando Hereira acquiesça en silence. Lui non plus n'était pas gêné par la présence de Stefan.

D'un air dégagé, il choisit la chaise la plus proche de

la porte. De cette place, il pouvait surveiller aussi les fenêtres, dans le dos des deux autres.

Veronica Molin continuait à le dévisager d'un regard inquisiteur. Il voyait à présent de quelle manière elle avait à chaque instant, depuis le début, sondé son état d'esprit.

Il choisit de soutenir son regard tout en répétant intérieurement son mantra : *je ne sais rien, je ne sais rien.*

La bouteille de cognac était toujours sur la table. À moitié vide. Mais Hereira avait revissé la capsule. Il parlait à Veronica. De Höllner. Il s'exprimait de façon très circonstanciée, décrivant en détail leur rencontre fortuite et la manière dont Höllner, tel un envoyé du ciel, avait fourni les informations qui lui manquaient encore. C'est ce que tu peux faire de mieux, pensa Stefan, prolonger ton récit le plus longtemps possible. Stefan avait besoin de Giuseppe. Il ne pourrait pas gérer la situation tout seul.

Soudain, il tressaillit.

Ni Fernando Hereira ni Veronica Molin ne semblaient avoir remarqué quoi que ce soit, mais Stefan venait d'entrevoir un visage par la fenêtre. Celui de Björn Wigren. Il avait donc quitté son poste de guet près du pont. Il avait été incapable de résister à la curiosité.

Le visage de Wigren reparut. Manifestement, il ne se sentait pas en danger. Que pouvait-il voir, de l'endroit où il les épiait ? Trois personnes plongées dans une conversation sérieuse, mais pas très animée. Peut-être avait-il aperçu la bouteille de cognac sur la table. Mais en quoi la situation pouvait-elle être qualifiée de « dangereuse » ? En rien du tout, se dit Stefan. Il se demande naturellement qui est cet homme, et il n'a peut-être pas vu Veronica Molin le jour où elle a rendu visite à Elsa Berggren. Il doit se dire que ce policier venu du Sud est fou à lier. Il doit aussi se demander ce que font tous ces gens chez Elsa en son absence. Et comment ils ont réussi à entrer.

Stefan était hors de lui, de colère et de désespoir. Giuseppe n'apercevrait jamais de lui-même le texte gravé dans la neige au pied du pont. Et maintenant, il n'y avait personne pour le lui indiquer. Il n'y avait rien.

Le visage disparut. Stefan fit une prière muette pour que Björn Wigren regagne la congère. Dans ce cas, il ne serait peut-être pas trop tard. Mais le visage reparut. Il avait changé de fenêtre, il était à présent derrière Fernando Hereira. Il suffisait que Veronica Molin tourne la tête pour l'apercevoir.

Un portable sonna. Stefan crut que c'était le sien, mais Veronica Molin ramassa le sac à main posé au pied de son fauteuil, en sortit un téléphone et répondit. Quelle que soit la personne qui l'appelle, elle me laisse un répit, pensa Stefan.

Le visage de Björn Wigren avait disparu. Stefan se reprit à espérer qu'il était retourné près du pont.

Veronica Molin écouta sans un mot son interlocuteur invisible. Puis elle éteignit l'appareil et le rangea au même endroit.

Quand elle se redressa après avoir reposé son sac, sa main tenait un pistolet.

Elle se leva lentement et fit deux pas de côté. Stefan et Fernando Hereira étaient tous deux dans son champ de tir. Stefan retint son souffle, Hereira parut ne pas comprendre. Puis il se leva, mais se rassit aussitôt. Veronica Molin venait de le braquer avec son arme.

– C'est idiot, dit-elle en s'adressant à Stefan. De ta part comme de la mienne.

Elle s'était tournée vers lui. Elle tenait le pistolet à deux mains, et la stabilité du geste trahissait l'expérience.

– C'était la réceptionniste de l'hôtel. Elle voulait me dire que tu avais pris ma clé et que tu étais entré dans ma chambre. Je sais très bien que je n'avais pas éteint l'ordinateur.

– Je ne sais pas de quoi tu parles.

Stefan n'espérait pas s'en tirer par des palabres. Mais il avait besoin de temps. Son regard glissa vers les fenêtres. Björn Wigren restait invisible. Il ne pouvait qu'espérer. Cette fois, elle avait suivi son regard. Sans baisser son arme, elle s'approcha de la fenêtre la plus proche. Apparemment, elle ne vit rien.

– Est-ce que par hasard tu ne serais pas venu seul ?

– Qui aurais-je pu amener, à ton avis ?

Elle se tenait toujours près de la fenêtre. Stefan pensa que ses traits, qu'il trouvait auparavant si beaux, lui paraissaient maintenant affaissés et laids.

– Ça ne sert à rien de mentir, dit-elle en quittant la fenêtre. Surtout quand on ne maîtrise pas cet art.

– Je ne comprends pas, dit Fernando Hereira. Qu'est-ce qui se passe ?

– Rien, dit Stefan. Sinon que Veronica Molin n'est pas ce qu'elle prétend être. *Dealmaker*, *broker*, tout ce qu'on veut, peut-être. Mais le reste du temps, elle répand les idées de son père.

Fernando Hereira en resta médusé.

– Les idées de…

– C'est sa fille, après tout.

– Il vaut peut-être mieux que je lui explique moi-même, coupa Veronica Molin.

Elle s'exprimait lentement, distinctement, dans un anglais sans faute. La diction de quelqu'un qui ne doute pas d'avoir raison. Et ses paroles étaient pour Stefan aussi limpides qu'effarantes. Son père avait été son héros, qu'elle avait toujours admiré et dont elle n'avait jamais hésité à suivre l'exemple. Son admiration n'excluait pas la critique. Son père représentait un idéal politique valable, mais sous des formes dépassées. Elle, au contraire, appartenait à la nouvelle génération, qui avait su adapter le droit du plus fort et la théorie des sous-hommes à la réalité d'aujourd'hui, en revendiquant toujours la possibilité, pour la minorité, d'exercer une domination sans partage sur les «faibles». Elle employait des mots tels que «troupeau», «masse informe», «lie», «racaille». Elle ne prévoyait aucune issue pour les habitants des pays pauvres. Le continent africain, lui, était condamné en bloc, à quelques rares exceptions près, là où quelques hommes forts régnaient encore. L'Afrique devait être abandonnée à son sort. Il ne fallait pas la secourir, mais au contraire l'isoler toujours plus jusqu'à ce qu'elle meure d'elle-même. Cette vision du monde était dominée par la conviction que l'ère nouvelle, celle des réseaux électroniques, fournissait à la minorité agissante l'instrument dont elle avait besoin pour établir et consolider sa suprématie.

Stefan l'écouta en pensant qu'elle était folle. Elle croyait vraiment à ce qu'elle racontait, sa certitude venait de loin, de profond. Elle ne se doutait absolument pas que son idéal était délire, déraison, un rêve qui ne se réaliserait pas. Pour finir, elle se tourna vers Fernando Hereira.

– Tu as tué mon père. Tu vas donc mourir. Juste une chose : tu as eu tort de revenir à cause d'Abraham Andersson. C'était un minable qui avait réussi, d'une manière ou d'une autre, à découvrir la vérité sur mon père. Tant pis pour lui.

– C'est toi qui l'as fait ?

Fernando Hereira la regardait sans ciller. Stefan réalisa qu'il avait devant lui un homme qui venait d'échapper au cauchemar de toute une vie pour être immédiatement confronté à un autre.

– Il existe une organisation national-socialiste, disait Veronica Molin. Je fais partie des dirigeants de la section suédoise, au travers de la fondation Sveriges Väl que connaît Lindman, mais j'appartiens aussi au groupe restreint qui dirige le réseau au niveau global. Exécuter un homme tel qu'Abraham Andersson ne présente aucune difficulté pour nous. Il existe beaucoup de gens disposés à exécuter les ordres sans poser de questions.

– Comment a-t-il su, pour ton père ?

– Par une coïncidence malheureuse. Une sœur d'Elsa a fait partie pendant des années de l'orchestre symphonique de Helsingborg. Quand Abraham a décidé d'emménager ici, elle lui a dit qu'elle avait une sœur à Sveg, et que cette sœur avait des sympathies national-socialistes. Il a commencé à l'espionner. Puis il a espionné mon père. Mais quand il a prétendu lui extorquer de l'argent, il est clair qu'il a signé son arrêt de mort.

– Magnus Holmström, intervint Stefan. Est-ce à lui que tu as donné l'ordre d'exécuter Abraham Andersson ? Avez-vous contraint ensuite Elsa Berggren à endosser le meurtre ? L'avez-vous menacée, elle aussi ?

– Tu sais certaines choses. Mais ça ne t'aidera pas.

– Que comptes-tu faire ?

– Te tuer, dit-elle calmement. Mais d'abord je dois abattre l'autre.

Abattre. Comme si elle avait parlé d'un animal. Elle est folle à lier, pensa Stefan. Et si Giuseppe n'arrivait pas tout de suite, ce serait à lui qu'il incomberait de tenter de la désarmer. Fernando Hereira ne lui serait d'aucun secours, il avait trop bu. La persuader de renoncer à son projet n'aurait pas de sens. Il voyait avec une évidence implacable qu'il avait affaire à une folle. S'il l'attaquait, elle n'hésiterait pas à tirer.

Du temps. Voilà ce dont j'ai besoin.

– Tu ne t'en tireras pas, dit-il.

– Bien sûr que si. Personne ne sait où nous sommes. Je vais abattre l'autre, et te régler ton compte après. Ensuite j'arrange la scène pour qu'on ait l'impression que tu l'as descendu avant de retourner l'arme contre toi. Personne ne s'étonnera du suicide d'un cancéreux. Surtout s'il vient de tuer un homme. Et personne ne pourra faire le lien entre cette arme et moi. D'ici, je me rendrai tout droit à l'église où la cérémonie doit débuter dans quelques heures. Personne n'aura même l'idée qu'une fille sur le point d'enterrer son père consacre une partie de sa matinée à bousiller deux types. Je serai là, près du cercueil, la fille abîmée dans son chagrin. Et mon cœur sera en joie à la pensée que mon père aura été vengé avant d'être mis en terre.

Stefan perçut un bruit infime dans son dos. Il comprit tout de suite. La porte de la maison. En tournant à peine la tête, il vit Giuseppe entrer dans le vestibule. Leurs regards se croisèrent. Giuseppe se déplaçait en silence. Il était armé. En quelques secondes, la situation avait basculé. Quelle situation ? Il fallait la rendre lisible pour Giuseppe.

– Tu comptes donc nous tuer l'un après l'autre avec ce pistolet que tu tiens. Et tu espères t'en tirer ?

Elle se figea.

– Pourquoi parles-tu si fort ?

– Je parle normalement.

Elle se déplaça de manière à pouvoir regarder vers l'entrée. Giuseppe n'y était plus. Il se planque derrière la porte, se dit Stefan. Il m'a forcément entendu.

Veronica Molin était immobile. Aux aguets.

Comme un animal nocturne, pensa Stefan. L'ouïe aiguisée au maximum.

Puis tout alla très vite. Elle se déplaça, cette fois vers la porte. Stefan savait qu'elle n'hésiterait pas à tirer.

Il était trop loin pour se jeter sur elle, elle pourrait faire volte-face. Et à cette distance, elle ne pouvait manquer sa cible. À l'instant où elle atteignait la porte, il s'empara de la lampe posée sur une table près du fauteuil et la jeta de toutes ses forces contre l'une des vitres, qui vola en éclats. Dans le même élan, il se jeta – en entraînant Fernando Hereira dans sa chute – derrière le canapé, qui se renversa sur eux. Il eut le temps de voir qu'elle s'était retournée, l'arme au poing. Elle tira. Stefan ferma les yeux en pensant qu'il mourait. Il perçut un énorme sifflement. Fernando Hereira tressaillit à son côté. Quand Stefan le regarda, son front était couvert de sang. Il y eut un deuxième coup de feu. Stefan était encore indemne. Il leva la tête. Giuseppe gisait à terre. Veronica Molin avait disparu. La porte d'entrée était grande ouverte. Fernando Hereira gémissait. Mais sa blessure n'était pas profonde. Stefan bondit par-dessus le canapé renversé jusqu'à Giuseppe, qui était allongé sur le dos et pressait ses mains contre son cou, au départ de l'épaule droite. Stefan s'agenouilla.

– Je crois que ce n'est pas grave, dit Giuseppe.

Il était livide, sous l'effet du choc et de la douleur. Stefan alla chercher une serviette pour étancher le sang.

– Appelle des renforts, dit Giuseppe. Et retrouve-la.

Stefan composa le numéro d'urgence sur le téléphone d'Elsa Berggren. Puis il s'entendit crier dans le combiné pendant que Fernando Hereira se levait, pour s'effondrer l'instant d'après dans un fauteuil. Le policier du central du commissariat d'Östersund promit d'engager une action immédiate.

– Ça va aller, dit Giuseppe. N'attends pas ici, tu dois la retrouver. Elle est folle ?

– Complètement cinglée. Peut-être plus fanatique encore que son père.

506

– Ça explique sûrement plein de choses, dit Giuseppe. Mais là, à l'instant, je ne sais pas très bien quoi.

– Ne dis rien. Ne bouge pas.

– Il vaut mieux que tu restes ici en attendant les autres. J'ai réfléchi de travers. N'y va pas. Elle est trop dangereuse. Tu ne peux pas y aller seul.

Mais Stefan avait déjà empoché l'arme de Giuseppe. Il ne voulait pas attendre. Elle avait cherché à le tuer. Cela le mettait hors de lui. Non seulement elle l'avait mené en bateau, mais elle avait eu l'intention de le tuer, et avait aussi visé Fernando Hereira et Giuseppe. Si les choses avaient tourné un tout petit peu différemment, il y aurait eu trois morts sur le tapis d'Elsa Berggren, au lieu d'un type indemne et deux blessés légers. Mais à l'instant où il s'appropriait l'arme de Giuseppe, Stefan était avant tout un type atteint d'un cancer qui ne voulait pas qu'on lui vole la possibilité de guérir.

Il sortit de la maison. Björn Wigren était sur le trottoir, derrière la grille. En apercevant Stefan, il s'enfuit. Stefan lui hurla de rester où il était.

Björn Wigren avait le regard vitreux. Seule sa mâchoire remuait. Je devrais lui casser la gueule, pensa Stefan, il a failli nous tuer tous.

– Par où est-elle partie ? Dis-le-moi. Par où ?

Björn Wigren indiqua le chemin qui longeait le fleuve jusqu'au nouveau pont.

– Reste ici, dit Stefan. Ne bouge surtout pas, cette fois. L'ambulance et la police sont en route. Tu vas leur expliquer que ça s'est passé ici.

Björn Wigren ne posa aucune question.

Stefan se mit à courir. Le chemin de halage était désert. À la fenêtre d'une maison, il entrevit un visage aux yeux écarquillés. Il essayait de repérer les empreintes de Veronica Molin dans la neige. Mais trop de gens avaient circulé sur le chemin. Il s'arrêta, défit le cran de sécurité du pistolet. Puis il se remit à courir. La lumière était encore faible, et de lourds nuages bouchaient le ciel. Parvenu au pont, il s'arrêta. Il ne la voyait nulle part. Il essaya de réfléchir. Elle n'avait pas de voiture. Elle n'avait pas anticipé ce scénario. Elle était en fuite, réduite à l'improvisation. Où peut-elle aller ? Une voiture ! pensa-t-il. Elle va essayer de se procurer une voiture. Elle n'osera pas retourner à l'hôtel. Elle sait que j'ai vu ce qu'il y a dans son ordinateur, même si ce n'est que la page qui était affichée à ce moment-là, la croix gammée avec, dessous, une lettre où Veronica Molin atteste de l'immortalité des vieux idéaux nationaux-socialistes. Elle sait que les secrets de l'ordinateur n'ont plus d'importance. Elle a essayé de tuer trois personnes. Il ne lui reste que deux possibilités. La fuite ou le renoncement. Or cette femme-là n'est prête à renoncer à rien. Il traversa le pont. Du côté de la station-service, tout paraissait calme. Quelques automobilistes prenaient de l'essence aux pompes. Stefan regarda autour de lui. Si quelqu'un avait essayé de voler une voiture sous la menace d'une arme à feu, l'ambiance n'aurait pas été la même. Il essaya de se mettre à sa place, de raisonner comme elle. Il était encore convaincu qu'elle chercherait en premier lieu un moyen de transport.

Puis il perçut un signal d'alarme intérieur. Raisonnait-il de travers ? Derrière l'apparence de calme et de sang-froid, il avait vu un être humain en proie à une confusion extrême. Peut-être n'aurait-elle pas du tout la réaction rationnelle qu'il imaginait ? Son regard tomba sur l'église, à sa gauche. Qu'avait-elle dit ? *Je serai là... Mon père aura été vengé avant d'être mis en terre.* Soudain, il ne pouvait détacher son regard de l'église.

Était-ce possible ? Il n'en savait rien. D'un autre côté, il n'avait rien à perdre. En traversant la rue, il entendit un bruit de sirènes au loin. Le grand portail était entre-bâillé. Stefan fut tout de suite sur ses gardes. Prudemment, il l'ouvrit un peu plus. La porte grinça. Il la poussa juste assez pour pouvoir se faufiler. Les sirènes ne s'entendaient plus du tout : les murs de l'église étaient épais. Doucement, il poussa l'une des portes intérieures. Tout au bout de l'allée centrale, au pied de l'autel, était posé un cercueil. Celui de Herbert Molin. Il s'accroupit en tenant à deux mains l'arme de Giuseppe. Personne. Sans se redresser, il avança jusqu'à l'abri formé par la dernière rangée de bancs. Tout était silencieux. Il risqua un regard par-dessus les dossiers en bois. Il ne la voyait nulle part. Il pensa qu'il s'était trompé et qu'il n'avait plus qu'à quitter l'église, quand un léger bruit lui parvint. Cela venait de la sacristie. Il écouta, aux aguets. Rien. Pourtant il ne voulait pas s'en aller avant d'être sûr. Il s'avança le long de l'allée centrale, toujours accroupi et prêt à tirer. Parvenu à la hauteur du cercueil, il se figea pour mieux écouter, la tête levée vers l'autel. La silhouette de Jésus planait au-dessus d'un soldat romain agenouillé au premier plan. Silence complet du côté de la sacristie. Il contourna le cercle d'autel et s'immobilisa à nouveau. Rien.

Alors il leva son arme et entra. Il l'aperçut trop tard. Elle se tenait dans l'encoignure d'une armoire, contre le mur, et le visait au cœur.

– Lâche ce pistolet.

Sa voix était basse et sifflante. Lentement il s'inclina et déposa le pistolet de Giuseppe sur les dalles.

– Même à l'église tu ne me laisses pas en paix. Même le jour des funérailles de mon père. Tu ferais mieux de penser au tien, de père. Je ne l'ai jamais rencontré. Mais d'après ce que j'ai entendu dire, c'était un homme de qualité. Fidèle à ses convictions. Dommage qu'il ait échoué à te les transmettre.

– Qui te l'a dit ? Emil Wetterstedt ?

– Peut-être. Cela n'a plus beaucoup d'importance.

– Que comptes-tu faire ?

– Te tuer.

C'était la deuxième fois ce matin qu'il vivait cet échange de répliques. Mais il n'avait même plus la force d'avoir peur. Il devait la persuader d'abandonner la partie. C'était son seul espoir. À moins d'un retournement inespéré.

Non. Il y avait une troisième possibilité. Il était à côté de la porte. Si elle relâchait sa vigilance, il pourrait se jeter en arrière et s'enfuir à travers l'église, se cacher parmi les bancs, peut-être même réussir à sortir.

– Comment as-tu deviné ? Que je serais ici ?

Toujours la même voix basse et sifflante. Mais Stefan sentit que sa détermination faiblissait. Elle ne visait plus son thorax, mais ses jambes. Elle ne va pas tarder à s'effondrer, pensa-t-il. Doucement, il déplaça le poids de son corps sur la jambe droite.

– Pourquoi ne laisses-tu pas tomber ? Tu vois bien que ça ne sert à rien.

Elle ne répondit pas.

Ce qu'il espérait se produisit à ce moment. Elle baissa un peu plus son arme et tourna la tête pour regarder par l'une des fenêtres. Stefan bondit. Il courut de toutes ses forces, le long de l'allée centrale, s'attendant chaque seconde à entendre la balle qui le rattraperait en sifflant et qui le tuerait.

Puis il s'étala de tout son long. Il n'avait pas vu le bord du tapis. Son épaule heurta un banc.

Il entendit une détonation. La balle se ficha en sifflant dans le bois juste à côté de lui. L'écho du deuxième coup de feu se répercuta comme un roulement de tonnerre. Stefan perçut un choc sourd. Il se retourna. Elle était étendue sur les dalles, en biais devant le cercueil de son père. Le cœur de Stefan battait à se rompre. Qu'était-il arrivé ? S'était-elle suicidée ? Au même instant, la voix bouleversée d'Erik Johansson retentit du haut de la tribune d'orgue.

– Reste allongée. Ne bouge pas. Veronica Molin, est-ce que tu m'entends ? Reste allongée. Ne bouge pas.

– Elle ne bouge pas, cria Stefan.

– Tu es blessé ?

– Non.

– Veronica Molin ! Reste où tu es. Les bras écartés du corps.

Elle ne bougeait pas du tout. Un énorme grincement se fit entendre du côté de l'escalier menant à la galerie. Erik Johansson apparut dans la nef. Stefan se leva. Ensemble, ils s'approchèrent prudemment du corps inerte. Stefan leva la main.

– Elle est morte. Regarde, la balle est entrée dans l'œil.

Erik Johansson déglutit et secoua la tête.

– Non. J'ai visé ses jambes. Je ne suis pas mauvais tireur à ce point.

Ils s'approchèrent encore. Stefan avait raison. La balle était entrée par l'œil gauche. L'instant d'après, il aperçut l'impact sur le socle en maçonnerie des fonts baptismaux.

– Regarde, dit-il. La balle a ricoché.

Erik secoua la tête sans répondre. Stefan comprit. Erik Johansson n'avait jamais de sa vie tiré sur un être humain. Et maintenant qu'il l'avait fait, en visant les jambes, la personne était morte.

– Ça s'est fait comme ça, dit Stefan. Tu n'y es pour rien. C'est fini à présent. Tout est fini.

La porte de l'église s'ouvrit sur un homme effaré, qui ouvrit de grands yeux en apercevant la scène. Stefan tapota l'épaule d'Erik Johansson. Puis il s'approcha du bedeau pour lui expliquer la situation.

En arrivant à la maison d'Elsa Berggren une demi-heure plus tard, Stefan ne trouva que Rundström. Giuseppe avait été rapatrié vers l'hôpital d'Östersund. Fernando Hereira avait disparu. Juste avant que les brancardiers l'emmènent, Giuseppe avait dit qu'il ne l'avait pas vu partir.

– On le retrouvera, conclut Rundström.

– Je n'en suis pas si sûr, dit Stefan. Nous ne connaissons pas son vrai nom. Il peut avoir plusieurs passeports. Il s'est montré très habile jusqu'à présent.

– N'était-il pas blessé ?

– À peine.

Un homme en combinaison de travail entra dans la maison. À la main il tenait un fusil boueux qu'il posa sur la table.

– Je l'ai trouvé tout de suite. Dès la première plongée. Il y a eu des coups de feu dans l'église ?

Rundström agita la main.

– Je t'expliquerai plus tard.

Puis il examina le fusil.

– Je me demande si Elsa Berggren pourra être inculpée de faux témoignage, dit-il. Ce Magnus Holmström est apparemment aussi pyromane. La maison de Molin a été incendiée de plusieurs côtés à la fois.

– Fernando Hereira a dit que c'était lui. Pour faire diversion et attirer la police là-bas.

– Il y a beaucoup de choses que je ne comprends pas encore. Giuseppe est à l'hôpital, Erik est à l'église. Il n'y a donc que toi, Stefan Lindman de Borås, qui peux m'expliquer ce qui est arrivé dans mon district ce matin.

Stefan passa le reste de la journée dans le bureau d'Erik Johansson. La conversation avec Rundström se prolongea pendant des heures à cause des interruptions incessantes. Mais à treize heures quarante-cinq, Rundström reçut un coup de fil l'informant que Magnus Holmström avait été arrêté à Arboga, à bord de l'Escort recherchée. Peu après dix-sept heures, Rundström déclara qu'il en savait maintenant assez. Il raccompagna Stefan à son hôtel. Ils se séparèrent à la réception.

– Quand repars-tu ?

– Demain.

– Je demanderai à quelqu'un de te conduire à l'aéroport.

Stefan lui serra la main.

– Toute cette histoire est très étrange, ajouta Rundström. Mais je crois bien que nous finirons par faire la clarté. Pas sur tous les points, ce n'est pas possible. Il y a toujours des failles. Assez, en tout cas, pour mettre la main sur les coupables.

– À mon avis, vous aurez du mal à retrouver Hereira.

– Au fait, il fumait des cigarettes françaises. Tu te souviens du mégot que tu avais trouvé au bord du lac et que tu as donné à Giuseppe ?

Stefan hocha la tête. Puis il dit :

– Je suis d'accord avec toi. Il y a toujours des failles. Par exemple, une personne en Écosse dont le nom commence par un « M ».

Rundström parti, Stefan pensa qu'il n'avait peut-être pas lu le journal de Herbert Molin.

Il demanda sa clé à la réceptionniste. Elle était toute pâle.

– J'ai mal fait ?

– Oui. Mais c'est fini maintenant. D'ailleurs, je m'en vais demain. Je te laisse avec les pilotes d'essai et les coureurs baltes.

Ce soir-là, il dîna à l'hôtel. Il appela ensuite Elena et lui communiqua l'heure de son retour. Alors qu'il s'apprêtait à se coucher, Rundström téléphona pour lui dire que Giuseppe allait relativement bien. La blessure était sérieuse, mais pas vraiment grave. Erik Johansson, en revanche, n'allait pas bien du tout. Il s'était effondré. Rundström conclut en disant que la direction de la Säpo était désormais informée de la situation.

– L'info va exploser dans les médias. On a retourné une très grosse pierre. Il apparaîtrait déjà que ce réseau est d'une ampleur que personne n'avait soupçonnée. Sois heureux de ne pas être la cible des journalistes.

Stefan mit longtemps à trouver le sommeil. Il se demanda comment s'étaient déroulées les funérailles. Mais, plus que tout, il était traversé par des images, des souvenirs liés à son père.

Je ne comprendrai jamais. Et je ne pourrai jamais lui pardonner. Il ne m'a jamais montré son visage. J'avais un père qui idolâtrait le mal.

Le lendemain matin, Stefan fut conduit à l'aéroport de Frösön. Peu avant onze heures, son avion se posa à Landvetter. Elena était là, et il ressentit de la joie en la voyant.

Deux jours plus tard, le 19 novembre, une pluie mêlée de neige tombait sur Borås lorsque Stefan aborda la montée vers l'hôpital. Il se sentait calme. Capable d'affronter ce qui l'attendait.

D'abord il but un café à la cafétéria. Quelques journaux de la veille traînaient sur une chaise. Partout il n'était question que des événements du Härjedalen et de la filiale suédoise d'un réseau néonazi qui avait des ramifications partout dans le monde. Le directeur de la Säpo se fendait d'une déclaration à propos de cette «découverte choquante d'une réalité bien plus enracinée et bien plus dangereuse que celle des groupuscules à dominante skinhead qu'on associait jusqu'à présent à la malfaisance fascistoïde ».

Stefan reposa les journaux. Il était huit heures dix.

Il se leva et se rendit dans le service où il avait rendez-vous.

Il se demanda où était Fernando Hereira en cet instant. On ne l'avait toujours pas retrouvé.

En son for intérieur, Stefan formula le souhait qu'il ait pu rentrer à Buenos Aires. Pour continuer à fumer tranquillement ses cigarettes françaises.

Son crime avait été expié depuis longtemps.

Inverness | avril 2000

Le dimanche 9 avril, Stefan partit de chez lui de très bonne heure pour aller chercher Elena. Au cours du trajet entre Allégatan et Norrby, il se surprit à fredonner tout seul. Quand cela lui était-il arrivé pour la dernière fois ? Et quelle était cette mélodie ? Elle venait de loin, en tout cas. Soudain il se rappela que c'était un morceau que son père jouait au banjo et qui s'appelait Beale Street Blues. Son père avait dit que cette rue-là existait réellement, peut-être dans plusieurs villes nord-américaines, mais avec certitude à Memphis.

Sa musique m'est restée, pensa Stefan. Alors que mon père, son visage, ses opinions délirantes disparaissent à nouveau dans l'obscurité. Il en est revenu pour me dire qui il était vraiment. Maintenant, je l'y enfonce une nouvelle fois. La seule manière dont je veux me le rappeler désormais, c'est par ces bribes de musique qu'il m'a laissées. Où je peux éventuellement lui reconnaître un côté sympathique. Pour les nazis, tout chez les Africains était barbare – leur musique, leurs traditions, leur façon de vivre. Les Noirs n'étaient pour eux que des êtres inférieurs. Hitler a refusé de serrer la main de Jesse Owens, l'athlète noir américain qui avait dominé les Jeux olympiques de Berlin en 1936. Mais mon père adorait le blues, la musique noire. Il ne s'en cachait pas. Peut-être est-ce là que je peux sentir la faille, l'indice qu'il n'était pas voué uniquement au mépris et à la haine. Je ne saurai jamais si j'ai raison. Mais je peux choisir ce que j'ai envie de croire.

Elena l'attendait en bas de son immeuble. Sur la route de l'aéroport, ils essayèrent de savoir lequel des deux se réjouissait le plus de ce voyage. Elena, qui ne s'échappait quasiment jamais de Borås ? Ou Stefan qui, après sa dernière entrevue avec le médecin, commençait sérieusement à croire que la radiothérapie et l'opération avaient eu raison de son cancer ? La question resta sans réponse.

Le vol de la British Airways à destination de Gatwick décolla à sept heures trente-cinq. Elena, qui détestait l'avion, écrasa la main de Stefan au moment du décollage. L'appareil disparut au-dessus de la mer, au nord de Kungsbacka. Quand ils émergèrent des nuages, Stefan eut une brusque sensation de liberté. Pendant six mois, il avait vécu avec une peur constante ou presque. Maintenant cette peur n'était plus là. Il ne pouvait avoir l'absolue certitude d'être guéri. Il pouvait rechuter, son médecin avait dit qu'il continuerait à subir des contrôles pendant cinq ans. Mais elle lui avait conseillé de recommencer à vivre normalement, sans guetter d'éventuels symptômes, sans cultiver la peur. Et là, dans l'avion au-dessus de la mer, ce fut soudain comme s'il osait vraiment faire le saut, abandonner la peur, embrasser un état qu'il attendait depuis si longtemps.

Elena le regarda.

– À quoi penses-tu ?

– À ce que je n'ai pas osé croire pendant six mois.

Elle prit sa main sans rien dire. Un instant, il crut qu'il allait fondre en larmes. Mais il se domina.

L'avion se posa à Gatwick et ils se séparèrent comme convenu après le contrôle des passeports. Elena allait rester deux jours chez un parent éloigné originaire de

Cracovie, qui tenait une épicerie dans l'une des innombrables banlieues de Londres. Stefan, de son côté, poursuivait son voyage.

– Je n'ai toujours pas compris pourquoi tu devais aller là-bas, dit Elena en le quittant.

– Je suis policier. J'aime bien suivre une histoire jusqu'à son terme.

– Mais le coupable a été arrêté, en tout cas l'un des deux. Et la femme est morte. Vous savez ce qui est arrivé et pourquoi. Que reste-t-il à « suivre » ?

– Il y a toujours des failles. Si ça se trouve, ce n'est qu'indirectement lié à mon travail. Ce n'est peut-être que de la curiosité pure et simple de ma part.

Elle le regarda.

– Les journaux ont dit qu'un policier avait été blessé et qu'un autre avait été exposé à une menace mortelle. Je me demande à quel moment tu m'avoueras que c'était toi. Combien de temps faudra-t-il que j'attende ?

Stefan eut un geste vague.

– Tu ne sais pas pourquoi tu fais ce voyage, poursuivit Elena. Ou bien tu ne veux pas m'en parler. Pourquoi ne peux-tu pas me dire simplement ce qu'il en est ?

– J'essaie. Si, je fais des efforts, je t'assure. Mais là, c'est la vérité : je veux ouvrir cette dernière porte et découvrir ce qui se cache derrière.

Il la suivit du regard jusqu'à ce qu'elle eût disparu parmi la foule qui se pressait vers la sortie. Puis il se dirigea vers le hall des liaisons intérieures. La mélodie du matin lui revint en tête.

L'appareil décolla à dix heures vingt-cinq comme prévu. Un haut-parleur grésillant informa les voyageurs que la durée du vol serait de deux heures à peine. Il ferma les yeux et ne se réveilla que lorsque les roues de l'avion heurtèrent la piste d'atterrissage, près d'Inverness en Écosse. En se dirigeant vers le bâtiment vieillot de l'aéroport, il remarqua que l'air était vif et transparent, comme celui dont il avait gardé le souvenir dans le Härjedalen. Sauf que là-bas les sapins avaient formé un cercle sombre. Ce paysage-ci était très différent, de hautes montagnes nettement découpées au nord, ailleurs des champs et de la lande, sous un ciel qui paraissait bas et proche. Il récupéra les clés de la voiture de location qu'il avait réservée, avec une certaine appréhension à l'idée de rouler à gauche, et il prit la direction d'Inverness. La route était étroite. Il s'énerva contre la boîte de vitesses, qui ne lui donnait pas la sensation d'être très fiable. Il faillit faire demi-tour et réclamer une meilleure voiture. Il renonça à cette idée, en pensant qu'il n'allait pas loin de toute façon : l'aller-retour à Inverness, plus une éventuelle excursion sur place.

L'hôtel où l'agence de voyages lui avait réservé une chambre pour deux nuits s'appelait «Old Blend» et se trouvait dans le centre-ville. Il eut du mal à dénicher la rue. À ce stade, il avait déjà semé le désordre à plusieurs ronds-points, obligeant d'autres automobilistes à freiner de façon brutale. Il respira quand la voiture fut enfin à l'arrêt devant l'Old Blend – une bâtisse à trois étages, en brique sombre. Il pensa qu'il allait loger à l'hôtel pour la dernière fois dans le cadre de sa quête autour des circonstances de la mort de Herbert Molin. Il avait appris beaucoup de choses. Il avait même rencontré le meurtrier. Où était-il maintenant, ce meurtrier ? Quelques jours plus tôt, Giuseppe l'avait appelé d'Östersund. Ni la police suédoise ni Interpol ne progressaient dans leurs recherches. Fernando Hereira devait être en Amérique du Sud, sous un autre nom – le sien – et Giuseppe doutait fort qu'ils le retrouvent. Et à supposer que les autorités suédoises le localisent un jour, elles auraient le plus grand mal à obtenir son extradition. Giuseppe avait promis de l'informer dès qu'il aurait du nouveau. Puis il lui avait demandé comment il allait, et s'était réjoui avec Stefan des résultats des derniers tests.

– Qu'est-ce que je te disais ! Tu étais en train de mourir d'accablement. Jamais de ma vie je n'avais vu un type aussi déprimé que toi.

– Tu n'as peut-être pas rencontré beaucoup de types avec une sentence de mort accrochée autour du cou. D'un autre côté, tu t'es pris une balle dans l'épaule.

– Oui, dit Giuseppe. Je m'interroge souvent sur ses intentions à ce moment précis. Je me souviens de son regard. Je préfère croire qu'elle voulait juste me neutraliser. Mais ce n'était sans doute pas le cas.

– Comment te sens-tu maintenant ?

– Encore un peu de raideur dans l'articulation. Mais ça va.

– Et Erik Johansson ?

– Il aurait demandé à partir en préretraite. Cette histoire l'a affecté très durement. Je l'ai vu il y a quelques jours. Il a beaucoup maigri.

Giuseppe soupira.

– Ça aurait pu être pire, ajouta-t-il. Bien pire.

– Je compte emmener Elena au bowling un de ces jours. Je ferai tomber quelques quilles en pensant à toi.

Ils échangèrent enfin quelques mots au sujet de Magnus Holmström, dont le procès devait s'ouvrir la semaine suivante. Holmström avait choisi de se taire. Mais les preuves réunies contre lui suffisaient largement à l'inculper et à justifier une longue peine.

C'était fini. Pourtant, il y avait encore ce maillon mystérieux qui titillait la curiosité de Stefan. Il n'en avait rien dit à Giuseppe. Ce maillon se trouvait ici, à Inverness. Même si la manœuvre de diversion absurde de Veronica Molin avait échoué – c'était d'ailleurs la seule faiblesse dont elle avait fait preuve, au cours de ces semaines d'automne dramatiques –, il y avait bien quelqu'un derrière le « M » du journal de Herbert Molin. Stefan avait obtenu l'aide d'une collègue prénommée Evelyn, qui travaillait à Borås de longue date. Ensemble ils avaient mis au jour la liste des policiers anglais présents lors de la visite d'études qui s'était déroulée au mois de novembre 1971. Ils avaient même découvert une photographie, non pas dans un tiroir, mais carrément accrochée au mur, dans une salle des archives. La photo avait été prise devant le commissariat. On y reconnaissait Olausson, ainsi que quatre policiers invités, dont deux femmes. La plus âgée des deux s'appelait Margaret Simmons. Stefan s'était interrogé sur ce que savait exactement Veronica Molin au sujet du voyage de son père en Écosse. Quand elle avait tenté de les lancer sur cette fausse piste, elle avait dit que la maîtresse de son père se prénommait non pas Margaret, mais Monica.

Herbert Molin ne figurait pas sur la photo. Mais c'était bien à cette occasion, en novembre 1971, qu'il avait rencontré cette femme, à qui il avait rendu visite l'année suivante en Écosse. Ils avaient fait de longues promenades à Dornoch, sur la côte, au nord d'Inverness. Peut-être Stefan pousserait-il jusqu'à Dornoch pour voir à quoi ça ressemblait. Mais Margaret Simmons avait quitté la localité lors de son départ à la retraite, en 1980. Sans poser de questions, Evelyn avait aidé Stefan à retrouver sa trace. Un jour enfin, début février, à peu près au moment où Stefan commençait à croire qu'il allait survivre à la maladie et qu'il pourrait peut-être reprendre son travail, elle l'avait appelé et lui avait livré triomphalement non seulement une adresse, mais un numéro de téléphone à Inverness.

Maintenant, il était à Inverness. Il n'avait pas réfléchi au-delà, il n'avait pas échafaudé le moindre plan. Allait-il lui passer un coup de fil, ou frapper à sa porte ? Margaret Simmons avait quatre-vingts ans. Elle pouvait être malade, ou simplement fatiguée, elle refuserait peut-être de le recevoir.

Il entra dans l'hôtel, où il fut accueilli par un homme aimable qui lui souhaita la bienvenue d'une voix de stentor. La chambre qu'il lui attribua, la douze, se trouvait au dernier étage. Pas d'ascenseur, rien qu'un escalier grinçant recouvert d'un tapis moelleux. Un téléviseur était allumé quelque part dans l'hôtel. Stefan posa sa valise et s'approcha de la fenêtre. Le trafic bourdonnait dans la rue en bas, mais, en levant les yeux, il pouvait voir la mer, les montagnes et le ciel. Il prit deux petites bouteilles de whisky dans le minibar et les vida, debout à la fenêtre. La sensation de liberté était encore plus forte qu'au matin. Me revoici, pensa-t-il. Je vais survivre. Quand je serai vieux, je regarderai cette période comme un événement qui a transformé ma vie. Au lieu d'y mettre fin.

Le jour déclinait. Il avait décidé d'attendre le lendemain pour prendre contact avec Margaret Simmons. Une pluie fine tombait sur Inverness. Il descendit jusqu'au port, longea les quais au hasard et s'aperçut soudain qu'il était plein d'impatience. Il voulait se remettre au travail. Il n'avait rien perdu, sinon du temps. Mais qu'était-ce au juste que le temps ? Un souffle inquiet, des matins qui se muaient en soirs, puis en nouveaux jours ? Il ne savait pas. Les semaines chaotiques dans le Härjedalen, au cours desquelles ils avaient recherché d'abord un meurtrier, puis deux, lui paraissaient maintenant presque irréelles. Et le temps écoulé depuis le 19 novembre quand, à huit heures quinze tapantes, il était entré dans le bureau de son médecin avant de commencer les rayons quelques jours plus tard, comment voyait-il ce temps-là à présent ? Comment le décrirait-il, s'il devait s'adresser une lettre à lui-même ? Ce temps-là avait été immobile. Il avait vécu comme si son corps était une prison. À la mi-janvier seulement, quand la radiothérapie et l'opération avaient été derrière lui, il avait retrouvé la sensation d'un temps mobile. Un temps qui avançait, qui coulait sans retour.

Il entra dans un restaurant proche de l'hôtel. On venait de lui donner la carte quand son portable sonna.

— Comment est l'Écosse ? demanda la voix d'Elena.

— Bien. Mais c'est difficile de rouler à gauche.

— Ici il pleut.

— Ici aussi.

— Qu'est-ce que tu fais ?

— Je m'apprêtais à dîner.

— Et ta mission ?

— J'ai décidé de ne m'y mettre que demain.

— Et après, tu viendras comme promis ?

— Pourquoi est-ce que je ne viendrais pas ?

— Quand tu es tombé malade, tu as disparu. Je t'ai perdu. Je ne veux pas revivre ça.

— Je viendrai.

— Ce soir, je vais dîner polonais avec des gens de ma famille que je n'ai jamais vus.

— J'aimerais y être.

Elle éclata de rire.

— Tu mens mal. Salue l'Écosse.

Après le dîner, il continua sa promenade dans la ville. Les quais, le port, les rues du centre. Il se demanda où il allait, en réalité. Son but était intérieur.

Il dormit profondément cette nuit-là.

Le lendemain, il se leva de bonne heure. La pluie fine tombait toujours. Il descendit prendre son petit déjeuner. Puis il composa le numéro qu'il avait reçu d'Evelyn. Une voix d'homme répondit.

– Simmons.

– Je m'appelle Stefan Lindman et je cherche à joindre Margaret Simmons.

– À quel sujet ?

– Je viens de Suède. Elle s'est rendue une fois à Borås, dans les années soixante-dix. Je ne l'ai pas rencontrée alors, mais un collègue policier m'a parlé d'elle.

– Ma mère n'est pas là. D'où appelez-vous ?

– D'Inverness.

– Elle est à Culloden aujourd'hui.

– Où est-ce ?

– À quelques dizaines de kilomètres d'Inverness. C'est là, en 1745, qu'a eu lieu la dernière campagne militaire sur le sol britannique. Vous n'apprenez pas l'histoire, en Suède ?

– Pas grand-chose sur l'Écosse, j'en ai peur.

– Le combat n'a duré qu'une demi-heure. Les Écossais ont été saignés à blanc, les Anglais ont massacré tous ceux qui leur tombaient sous la main. Maman a l'habitude de se balader sur le champ de bataille. Elle y va trois ou quatre fois par an. Elle commence par le musée, où ils montrent parfois des films. Puis elle marche. Elle dit qu'elle aime bien entendre la voix des combattants monter de la terre. Elle dit qu'elle se prépare à sa propre mort.

– Quand rentre-t-elle ?

– Ce soir. Mais elle ira tout de suite se coucher. Combien de temps un policier suédois reste-t-il à Inverness ?

– Jusqu'à demain après-midi.

– Alors rappelez demain matin. C'était quoi, votre nom ? Steven ?

– Stefan.

La conversation était terminée. Stefan résolut de ne pas attendre le lendemain. Il descendit dans le hall et demanda qu'on lui explique la route jusqu'à Culloden. Le visage du réceptionniste s'éclaira.

– C'est un jour parfait pour se rendre là-bas. La météo est la même que le jour de la bataille. Brouillard, pluie, vent modéré.

Stefan fit démarrer la voiture de location et sortit de la ville. Il lui fut plus facile que la veille de franchir les ronds-points. Puis il quitta la route principale et suivit les panneaux jusqu'au parking où stationnaient deux cars et quelques rares voitures de tourisme. Il laissa son regard errer sur la lande hérissée de piquets surmontés de fanions, qui étaient rouges d'un côté, jaunes de l'autre, séparés par une distance de deux cents mètres environ. Ils devaient sans doute marquer l'emplacement des armées respectives. Au loin, on apercevait les montagnes et la mer. Stefan pensa que les chefs de guerre avaient choisi pour leurs soldats un bel endroit où mourir.

Il acheta un billet d'entrée au musée, où quelques classes d'écoliers faisaient grand tapage tout en regardant les mannequins habillés en soldats, qui mimaient des scènes de combat violent. Il chercha Margaret du regard. La photographie vue aux archives avait été prise près de trente ans plus tôt. Pourtant il était certain de la reconnaître en la voyant. Elle ne se trouvait pas dans le musée. Il ressortit sous la bourrasque voir si elle était par hasard sur le champ de bataille. La lande était déserte. Seuls les petits drapeaux rouges et jaunes battaient contre leurs mâts. Il revint au musée. Les enfants se dirigeaient vers un auditorium ; il les suivit. À l'instant où il entrait, la lumière s'éteignit et un écran s'éclaira. Il chercha à tâtons une place au premier rang. Le film dura trente minutes, avec des effets sonores terribles. Lorsque la lumière revint dans la salle, il resta assis. Les enfants se bousculaient à la sortie. Quand le vacarme devenait trop assourdissant, ils se faisaient tancer sévèrement par leurs professeurs.

Stefan se retourna. Elle était assise au dernier rang. Elle portait un imperméable noir. Elle se leva. Il vit qu'elle prenait appui sur son parapluie et qu'elle faisait très attention à l'endroit où elle posait les pieds. Stefan resta assis ; elle lui jeta un regard en passant. Il s'assura qu'elle ait quitté l'auditorium avant de la suivre. Les enfants avaient soudain disparu. Une femme seule tricotait devant un présentoir de cartes postales et d'objets souvenirs. De la cafétéria voisine lui parvenaient des bruits de radio et de faïence entrechoquée.

Stefan se dirigea vers la sortie. Margaret Simmons s'éloignait vers le mur d'enceinte du site. Malgré la pluie, elle n'avait pas ouvert son parapluie ; le vent était trop fort. Il attendit qu'elle eût ouvert la grille et disparu de l'autre côté. Alors il se mit en branle, en se demandant comment une telle quantité d'enfants pouvait se volatiliser ainsi comme par magie. Elle avait choisi un des sentiers qui serpentaient à travers la lande. Il la suivait à distance, en se persuadant qu'il avait eu raison d'agir ainsi, et de venir jusque-là. Il voulait savoir pourquoi Herbert Molin parlait d'elle dans son journal. Elle était la grande exception. Après la guerre – depuis le franchissement de la frontière norvégienne, le goût des glaces et la gêne face aux filles d'Oslo jusqu'à l'horreur de la débâcle finale –, plus rien n'avait eu, semblait-il, d'importance dans sa vie. Jusqu'à ce voyage en Écosse. Si ses souvenirs étaient exacts, c'était le passage le plus long de tout le journal, plus long même que les lettres de guerre expédiées à ses parents. Dans quelques minutes, il rattraperait cette femme et il découvrirait peut-être ce qu'il restait à savoir de Herbert Molin.

Des pierres tombales se dressaient à intervalles réguliers le long du chemin. Non à la mémoire de soldats individuels, mais des clans écossais dont les membres avaient été massacrés par l'artillerie anglaise.

Margaret s'était arrêtée pour se pencher vers l'une des tombes. Stefan s'immobilisa. Elle jeta un regard dans sa direction avant de se remettre en marche. Il s'éloigna à sa suite, sur la lande, un policier suédois de moins de quarante ans qui suivait à trente mètres une femme écossaise, ancien officier de police elle aussi, qui se consacrait maintenant à préparer le moment de sa mort.

Ils étaient parvenus au milieu du champ de bataille, à mi-chemin des fanions rouges et des fanions jaunes. Alors elle s'arrêta et se retourna vers lui. Elle ne le quitta plus du regard. Elle l'attendait. Elle était petite, maigre, très maquillée. Stefan la vit donner un coup de parapluie impatient contre la terre. Il approcha.

– Qui êtes-vous ? demanda-t-elle quand il fut devant elle. Pourquoi me suivez-vous ?

– Je m'appelle Stefan Lindman. Je viens de Suède. Je suis policier, moi aussi.

Elle repoussa les mèches de cheveux que le vent rabattait sur son visage.

– Vous avez dû parler à mon fils. Il est le seul à savoir où je suis.

– Il s'est montré très serviable.

– Que voulez-vous ?

– Vous avez visité autrefois Borås. Ce n'est pas une grande ville, deux églises, deux places de marché, un fleuve pas très propre. Il y a vingt-huit ans, à l'automne 1971, vous avez rencontré là-bas un collègue à moi, du nom de Herbert Molin. L'année suivante il vous a rendu visite à Dornoch.

Elle le dévisagea en silence.

– J'aimerais continuer ma promenade, dit-elle enfin.
Elle se remit en marche. Stefan la rattrapa.

– De l'autre côté ! ordonna-t-elle. Je veux être seule sur mon côté gauche.

Il se plaça à sa droite.

– Herbert est mort ? demanda-t-elle sans le regarder.

– Il est mort.

Elle hocha la tête.

– C'est comme ça quand on vieillit. Les gens croient que la seule chose qui nous intéresse encore, c'est d'apprendre qu'Untel ou Untel est mort. Ils se conduisent comme des ahuris et ils ne s'en rendent même pas compte.

– Herbert Molin a été assassiné.

Elle s'immobilisa. Stefan crut presque qu'elle allait tomber. Puis elle reprit sa promenade.

– Que s'est-il passé ? demanda-t-elle après un silence.

– Il a été rattrapé par son histoire. Tué par un homme qui voulait venger un acte commis pendant la guerre.

– Le meurtrier a-t-il été arrêté ?

– Non.

– Pourquoi ?

– Il s'est échappé. Nous ne savons même pas son nom. Il a un permis de conduire argentin au nom de Hereira et il habite, croyons-nous, à Buenos Aires. Mais son vrai nom n'est probablement pas celui-là.

– Qu'avait fait Herbert ?

– Il avait assassiné un professeur de danse juif à Berlin.

Elle s'arrêta à nouveau et regarda autour d'elle.

– C'est une bataille extrêmement étrange qui s'est livrée ici, dit-elle. En fait, on ne peut même pas parler de bataille. Ça a été tout de suite fini.

Elle désigna un endroit, sur la lande.

– Nous étions de ce côté. Les Anglais étaient là-bas. Ils ont tiré avec leurs canons. Les Écossais ont été décimés par rangs entiers. Quand enfin ils sont passés à l'attaque, il était trop tard. En moins d'une demi-heure, le sol a été jonché de milliers de cadavres. Ils sont toujours là.

Elle se remit en marche.

– Herbert Molin tenait un journal secret, dit Stefan. La plus grande partie de ce journal concerne la guerre. Il s'était engagé à titre volontaire dans la Waffen SS. Mais vous le savez peut-être déjà.

Elle ne répondit pas. Son parapluie heurtait durement le sentier à chaque pas.

– J'ai découvert ce journal chez lui, poursuivit Stefan. Il était enveloppé dans un imperméable avec quelques photos et quelques lettres. Or la seule chose qu'il ait pris la peine de consigner en détail, après la guerre, c'est ce voyage qu'il a fait au printemps 1972, à Dornoch. Il évoque «de longues promenades avec M».

Elle le regarda, surprise.

– Il n'a pas écrit mon prénom en toutes lettres ?

– Non.

– Qu'écrivait-il ?

– Que vous vous promeniez ensemble.

– Et à part ça ?

– Rien.

Elle continua de marcher en silence. Puis elle s'arrêta à nouveau.

– Un ancêtre à moi est tombé à cet endroit, dit-elle en plantant son parapluie dans le sol. Je descends en partie du clan MacLeod – Simmons est mon nom marital. Évidemment, je ne peux pas l'affirmer avec certitude, mais j'ai décidé qu'Angus MacLeod était tombé ici. Ici et nulle part ailleurs.

– Je me suis demandé… ce qui avait pu se passer entre vous.

Elle se tourna vers lui, comme surprise par la question.

– Il était amoureux de moi. C'est parfaitement idiot, bien sûr, mais que vouliez-vous donc que ce soit ? Les hommes sont des chasseurs, qu'il s'agisse de traquer un animal ou une femme. Et il n'était même pas beau. Il était… grassouillet. Et moi, j'étais mariée. J'ai failli avoir une attaque quand il a téléphoné en disant qu'il était en Écosse. C'est la seule fois de ma vie que j'ai menti à mon mari. Quand je devais voir Herbert, je prétextais des heures supplémentaires. Il voulait me persuader de retourner avec lui en Suède.

Ils étaient parvenus au bord du champ. Elle rebroussa chemin par un sentier qui longeait un mur bas en pierres sèches. Revenue à son point de départ, la grille, elle leva la tête vers Stefan.

– J'ai l'habitude de prendre un thé à cette heure-ci. Ensuite je ressors. Vous me tenez compagnie ?

– Volontiers.

– Herbert buvait toujours du café. Rien que ça. Comment aurais-je pu vivre avec un homme qui méprisait le thé ?

Ils entrèrent dans la cafétéria. Quelques jeunes gens en kilt, attablés dans un coin, discutaient à voix basse. Margaret choisit une table près de la fenêtre, d'où elle avait vue sur le site, jusqu'à Inverness et à la mer.

– Il me déplaisait, dit-elle soudain d'une voix où perçait la détermination. Il s'accrochait à moi, bien que je lui aie expliqué dès le départ que son voyage était absurde. J'avais un mari qui me posait déjà suffisamment de problèmes, vu qu'il buvait beaucoup trop. Mais il était le père de mon fils, et ça, c'était le plus important. J'ai donc prié Herbert de reprendre ses esprits et de rentrer en Suède. Je croyais qu'il avait suivi mon conseil. Et voilà qu'il a commencé à m'appeler au commissariat. J'avais peur qu'il se mette à téléphoner chez moi. Alors j'ai accepté de le revoir. C'est là qu'il me l'a dit.

– Quoi ? Qu'il était national-socialiste ?

– Non, bien sûr. Qu'il l'*avait été*. Il n'était pas bête, et il savait que j'avais subi la guerre, ici même pendant le Blitz. Il m'a dit qu'il regrettait tout ça.

– Vous l'avez cru ?

– Je ne sais pas. La seule chose qui comptait, à mes yeux, était qu'il disparaisse.

– Mais vous avez continué de vous promener avec lui ?

– Il avait trouvé un autre moyen de m'utiliser. En se confessant à moi. Il m'assurait que « tout ça » était une erreur de jeunesse. J'avais peur qu'il tombe à genoux devant moi, là, dehors. C'était affreux, en fait. Il voulait que je lui pardonne. Comme si j'avais été son pasteur, ou alors la représentante de tous ceux qui avaient souffert sous Hitler.

– Que lui avez-vous dit ?

– Que je pouvais l'écouter à la rigueur. Mais que ses problèmes de conscience ne me concernaient pas.

Les hommes en kilt se levèrent et quittèrent la cafétéria. La pluie se mit à tambouriner contre les vitres.

– Ce n'était donc pas vrai ? reprit-elle.

– Quoi ?

– Qu'il le regrettait.

– Il a probablement conservé ses convictions jusqu'au bout. Il avait peur, après tout ce qui s'était passé en Allemagne. Mais, à mon avis, il n'a jamais renoncé à sa foi. Il l'a même transmise à sa fille, qui est morte elle aussi.

– Comment ?

– Dans un échange de tirs avec la police. Elle a bien failli m'avoir, soit dit en passant.

Elle le dévisagea.

– Je suis vieille. J'ai tout mon temps. Ou pas du tout, c'est selon. Mais je veux entendre cette histoire depuis

534

le début. Pour la première fois, je crois bien que Herbert commence à m'intéresser.

Alors qu'il était déjà dans l'avion vers Londres où l'attendait Elena, Stefan pensa que c'était pendant qu'il racontait l'histoire à Margaret, dans la cafétéria du musée de Culloden, qu'il avait pu enfin saisir le sens de ces semaines d'automne passées dans le Härjedalen. Tout lui apparaissait sous un jour neuf – les pas de tango sanglants incrustés dans le parquet, les vestiges du bivouac au bord de l'eau noire. Surtout il se voyait lui-même, tel qu'il avait été à ce moment-là, un homme dévoré d'angoisse se déplaçant comme une ombre instable à la périphérie d'une étrange enquête pour meurtre. En racontant l'histoire à Margaret, il devenait lui-même une pièce du puzzle. Sauf que ce «lui-même» était un autre, à la fois lui et pas lui, avec lequel il n'avait plus la force de rester en contact.

Quand il eut fini, ils demeurèrent longtemps silencieux à regarder par la fenêtre la pluie qui avait entre-temps diminué d'intensité. Margaret ne posa aucune question ; elle resta simplement assise, en frottant d'un doigt maigre l'aile de son nez. Les visiteurs étaient peu nombreux à Culloden ce jour-là. Les serveuses désœuvrées étaient assises derrière le comptoir, à feuilleter des revues et des brochures de voyages.

– Il a cessé de pleuvoir, dit-elle enfin. Le moment est venu de ma deuxième promenade parmi les morts. J'aimerais que vous m'accompagniez.

Le vent qui soufflait auparavant du nord avait tourné plein est. Elle choisit cette fois un autre itinéraire, comme si elle voulait couvrir avant la fin de sa visite l'intégralité du champ de bataille.

– J'avais vingt ans quand la guerre a éclaté, dit-elle. J'habitais Londres en ce temps-là. Je me souviens de l'horrible automne 1940, des sirènes qui hurlaient. Chaque nuit, je savais que quelqu'un allait mourir, mais qui ? Le voisin ? Ou moi ? Je me souviens qu'à mon idée, c'était le Mal en personne qui se déchaînait. Ce n'étaient pas des avions, là-haut dans le noir, mais des diables aux pieds griffus qui lâchaient leurs bombes sur nous. Plus tard, longtemps après, alors que j'étais déjà dans la police, j'ai compris qu'il n'y avait pas de gens mauvais – mauvais dans leur âme, si vous voyez ce que je veux dire. Mais que certaines circonstances pouvaient faire surgir la cruauté.

– Je me demande quelle opinion Herbert Molin avait de lui-même.

– Par rapport au mal ?

– Oui.

Elle réfléchit avant de répondre. Ils s'étaient arrêtés près d'un tumulus, à la périphérie du site. Elle se pencha pour renouer son lacet. Il voulut l'aider, mais elle refusa de la tête.

– Herbert se voyait comme une victime, dit-elle en se redressant. En tout cas quand il se confessait à moi. Je comprends maintenant que c'était un mensonge. À l'époque, je ne l'ai pas percé à jour. J'étais obnubilée par la peur qu'il ne se découvre soudain malade d'amour au point de venir hurler sous mes fenêtres.

– Il ne l'a jamais fait ?

– Non, Dieu merci.

– Qu'a-t-il dit, quand vous vous êtes séparés ?

– « Au revoir », c'est tout. Peut-être a-t-il essayé de m'embrasser, je ne sais plus, j'étais trop contente de le voir disparaître.

– Vous n'avez jamais eu de ses nouvelles par la suite ?

– Jamais. Jusqu'à ce jour.

Ils rebroussèrent chemin, pour la deuxième fois, en direction du musée.

– Je n'ai jamais cru que le nazisme était mort avec Hitler, reprit-elle. Les gens qui entretiennent ces idées-là sont aussi convaincus aujourd'hui qu'ils l'étaient alors, mais ils ont d'autres noms, et d'autres méthodes. La haine ne s'exprime plus de façon ouverte, mais différemment : par en dessous, si je puis dire. L'Europe est en train de s'affaisser sous l'effet de cette haine – mépris pour les faibles, attaques contre les immigrés, racisme. Je le vois partout. Et je me demande si nous lui opposons vraiment la résistance nécessaire.

Stefan avait ouvert la grille.

– Je reste encore un petit moment, dit-elle. Je n'en ai pas tout à fait fini avec les morts. Votre histoire est surprenante. Mais je n'ai toujours pas obtenu de réponse à la question que je me pose.

– Laquelle ?

– Pourquoi êtes-vous venu ?

– Je voulais savoir qui se cachait derrière l'initiale du journal de Herbert Molin. Je voulais savoir pourquoi il avait entrepris ce voyage en Écosse.

– C'est tout ?

– Oui. Je suis venu par curiosité.

Elle repoussa une mèche de cheveux et lui sourit.

– Bonne chance, dit-elle.

– Pourquoi dites-vous cela ?

– Peut-être le retrouverez-vous un jour. Aron Silber-stein, qui a tué Herbert.

Stefan sursauta. Il mit un instant à pouvoir réagir.

– Quoi, il vous a raconté ce qui s'était passé à Berlin ?

– Il m'a parlé de sa peur. Lukas Silberstein, son professeur de danse, avait un fils prénommé Aron. Herbert redoutait une vengeance, et il a toujours pensé que cette vengeance viendrait de lui. Il avait gardé le souvenir du garçon, je crois même qu'il rêvait de lui dans ses cauchemars. J'ai bien l'impression que le petit a fini par retrouver sa trace.

– Aron Silberstein ?

– J'ai une bonne mémoire. C'était ce nom-là. Et maintenant, nous allons nous dire au revoir et retourner chacun à nos occupations. Moi auprès de mes morts, et vous du côté des vivants.

Elle fit un pas vers lui et lui effleura la joue. Puis elle s'éloigna d'un pas ferme sur la lande. Il la suivit du regard jusqu'à ce qu'elle eût disparu. S'effaçaient avec elle les ruminations autour des événements de l'automne. Le journal existait encore, avec les photos et les lettres, dans un recoin obscur du commissariat d'Östersund. Margaret Simmons ne lui avait pas seulement expliqué le voyage de Herbert Molin en Écosse. Elle lui avait donné le nom de l'homme qui se faisait appeler Fernando Hereira.

Il repassa dans le hall du musée et acheta une carte postale et une enveloppe. Puis il s'assit sur un banc et écrivit à Giuseppe.

> *Giuseppe,*
> *Il pleut, ici en Écosse. Mais c'est très beau. L'homme qui a tué Herbert Molin s'appelle Aron Silberstein.*
> *Salutations*
> *Stefan*

Il quitta Culloden et retourna à Inverness, où le réceptionniste de l'hôtel promit de poster sa carte.

Il ne restait plus qu'à patienter. Stefan fit encore une longue promenade. Puis il dîna dans le même restaurant que la veille. En fin de soirée, il parla longuement à Elena. Elle lui manquait, et il n'avait plus de difficulté à le lui dire.

Le lendemain, il s'envola pour Londres. De Gatwick, il prit ensuite un taxi jusqu'à l'hôtel où l'attendait Elena. Ils restèrent trois jours ensemble à Londres avant de repartir pour Borås.

Stefan retourna au commissariat le lundi 17 avril. Sa première initiative fut de se rendre aux archives, dans la salle où figurait au mur la photographie de la visite des policiers britanniques en 1971. Il la décrocha et la rangea dans un tiroir, en compagnie d'autres photos de visiteurs.

Il referma soigneusement le tiroir.

Il inspira à fond.

Puis il alla reprendre le travail qui lui avait si long-temps manqué.

Postface

Ceci est un roman. Je ne décris pas les événements et les milieux tels qu'ils sont, ou ont été, dans la réalité. Je m'autorise certaines libertés. Par exemple celle de déplacer des carrefours, de repeindre des maisons et surtout d'inventer des enchaînements fictifs là où c'est nécessaire. La même chose vaut pour les personnages. Ainsi, je ne crois pas qu'il existe à Östersund un policier prénommé Giuseppe. Personne n'a donc lieu de se sentir visé. Toute ressemblance avec des personnes réelles ne peut cependant être totalement évitée. Il s'agit dans ce cas de pures coïncidences.

Mais le soleil, début novembre dans le Härjedalen, se lève bien autour de huit heures moins le quart. On retrouve donc, au milieu de la fiction, un certain nombre de vérités indubitables.

Ce qui était évidemment mon intention.

Henning Mankell
Göteborg, septembre 2000

Meurtriers sans visage
Christian Bourgois, 1994, 2001
et « Points Policier » n° P 1122

La Société secrète
Flammarion, 1998
et « Castor Poche » n° 656

Le Secret du feu
Flammarion, 1998
et « Castor Poche » n° 628

Le Guerrier solitaire
Prix Mystère de la Critique
Le Seuil, 1999
et « Points Policier » n° P 792

La Cinquième Femme
Le Seuil, 2000
et « Points Policier » n° P 877

Le chat qui aimait la pluie
Flammarion, 2000
et « Castor Poche » n° 518

Les Morts de la Saint-Jean
Le Seuil, 2001
et « Points Policier » n° P 971

La Muraille invisible
Prix Calibre 38
Le Seuil, 2002
et « Points Policier » n° P 1081

Comédia Infantil
Le Seuil, 2003
et « Points » n° P 1324

L'Assassin sans scrupules
théâtre
L'Arche, 2003

Le Mystère du feu
Flammarion, 2003
et « Castor Poche » n° 910

Les Chiens de Riga
Prix Trophée 813
Seuil, 2003
et « Points Policier » n° P 1187

Le Fils du vent
Seuil, 2004
et « Points » n° P 1327

La Lionne blanche
Seuil, 2004
et « Points Policier » n° P 1306

L'Homme qui souriait
Seuil, 2004
et « Points Policier » n° P 1451

Avant le gel
Seuil, 2005
et « Points Policier » n° P 1539

Ténèbres, Antilopes
théâtre
L'Arche, 2006

RÉALISATION : PAO ÉDITIONS DU SEUIL
IMPRESSION : BRODARD ET TAUPIN À LA FLÈCHE
DÉPÔT LÉGAL : AVRIL 2007. N° 92684 (40127)
IMPRIMÉ EN FRANCE